Rula Förbeck
So ein kurzes Leben lang

Rula Förbeck

So ein kurzes Leben lang

Die Geschichte der Ursula Granz

Bibliografische Information der Deutschen Nationalbibliothek:
Die Deutsche Nationalbibliothek verzeichnet diese Publikation
in der Deutschen Nationalbibliografie, detaillierte bibliografische
Daten sind im Internet über dnb.dnb.de abrufbar.

TWENTYSIX - Der Self-Publishing-Verlag
Eine Kooperation zwischen der Verlagsgruppe Random House und
BoD - Books on Demand

© 2018 Eva-Maria Hoffmann

Herstellung und Verlag:
BoD - Books on Demand, Norderstedt

ISBN: 978-3-7407-4764-0

Band I

Das Funkeln der Träume

In Gedenken an meine Mutter

I

Zittrig klagend klang ihr erster Schrei, zittrig und leise, irgendwie wehmütig. Mit zarter Stimme kam die Kleine zur Welt, so als müsste sie vorsichtig abwarten, was da in dieser plötzlichen Helle auf sie zukommt.

Zärtlich strich Friede dem kleinen Mädchen, das ihr die Hebamme auf den Bauch gelegt hatte, die feuchten blonden Härchen aus der Stirn und lächelte. Die Kleine steckte einen Daumen in den Mund, lutschte schmatzend daran und blinzelte mit ihren dunkelblauen, verhangenen Neugeborenenaugen in das Licht der kleinen Lampe auf dem Nachtschrank neben dem Bett. Willkommen in unserer Welt, dachte Friede, willkommen, mein Kleinstes! Du bist ein süßes kleines Wesen, wie werden sich deine Geschwister freuen, dich zu sehen.

Jedes ihrer Kinder hatte sie so begrüßt. Und Briefe hatte sie vorher geschrieben, sobald sie es gewusst hatte, dass sie schwanger war, Briefe an ihre Mutter und die Schwester im fernen Königsberg, ihrer Heimatstadt, in denen sie ihnen mitteilte, dass Gott ein kleines Wunder hatte geschehen lassen. Und jedes Mal hatten die beiden gewusst, dass ein Kind unterwegs war, und sie hatten die Köpfe geschüttelt, die Mutter und Elsa, ihre Schwester, die Mutter traurig, Elsa verwundert, bei jedem Kind mehr. Sie konnten nicht verstehen, wenn Friede schon wieder Nachwuchs erwartete, in diesen schweren Zeiten, wo doch so schon das Geld weder vorn noch hinten reichte bei Friede und ihrem Mann Martin in Breslau.

Gott sei Dank hatte Martin Arbeit, ging es ihm nicht so wie vielen anderen in dieser unruhigen, unsicheren Zeit. Doch das Gehalt war schmal, wenig für eine Familie mit nun wieder vier Kindern. Viele Nachbarn und Bekannte mussten stempeln gehen, wussten nicht wie sie ihre Familien durchbringen sollten. Martin war gelernter Kaufmann, hatte bis zum großen Zerwürfnis im Betrieb eines Onkels in Königsberg gearbeitet, um sich fern von Breslau ein wenig den Wind um die Nase wehen zu lassen. Dort hatten sie sich kennen gelernt.

Vor die Wahl gestellt, Friede zu heiraten oder die Wünsche seiner
Familie zu erfüllen, entschied er sich für seine große Liebe. Mit
Friede wollte er leben und alt werden, Kinder haben, sich etwas
aufbauen, vielleicht ein eigenes Geschäft. Seine Eltern und
Geschwister hatte er seit Ewigkeiten nicht gesehen, sie hatten
jeden Kontakt zu ihm und seiner Familie eingestellt, und das
nicht nur, weil sie strenggläubige Katholiken waren, Friede aber
im protestantischen Glauben erzogen worden war. Eine große
Rolle spielte wohl auch, dass sie zwei Töchter mit in diese Ehe
gebracht hatte. Nicht einmal seine Schwester Hedwig, zu der er
immer ein sehr liebevolles Verhältnis gehabt hatte, war auf
seiner Seite gewesen.
Sie, Friede war in den Augen seiner Familie nicht standesgemäß,
eine Ehe mit ihr kam nicht in Frage, und man nahm es ihm sehr
übel, dass er sich über den Willen der Familie gestellt und eine
Frau geheiratet hatte, die aus armen Verhältnissen stammte,
schon früh der Mutter hatte helfen müssen, die kleine Familie
durchzufüttern, weil deren Ehemann schon viel zu jung an den
Folgen einer Bleivergiftung, einer Berufskrankheit, verstorben
war.
Ja, es war alles andere als standesgemäß, wenn sie die Wäsche,
welche die Mutter für die besseren Familien wusch, austrug und
zudem auch noch in reicheren Haushalten putzte. Damit stand
sie in den Augen von Martins Familie auf der untersten Stufe.
Aber ohne Friedes Hilfe hätte es die Mutter nicht geschafft, die
kleineren Geschwister nach dem frühen Tod des Vaters allein
groß zu ziehen. So hatte Friede keine Möglichkeit gehabt, länger
die Schule zu besuchen oder gar einen Beruf zu erlernen, sie
musste für die Mutter und ihre Geschwister da sein und sie hatte
es gern getan und nie geklagt. Doch selbst die Tatsache, dass sie
vor Jahren eine Anstellung als Telefonistin in der Fabrik jenes
Onkels gefunden hatte, wo sie Martin dann bei der Arbeit
begegnet war, half ihr wenig, man wusste um ihre Herkunft.
Als leichtes Mädchen war sie beschimpft worden von Martins
Familie, man hatte ihm sogar verboten, sie nochmals
mitzubringen. Noch heute sah sie das abweisende Gesicht von
Martins Mutter, ihre zusammengekniffenen schmalen Lippen,
vor sich, die spöttisch nach oben gezogen Brauen und das
geringschätzige Lächeln, das ihren Mund umspielte und mehr
einer Grimasse glich. Der alte Herr Granz hatte damals schon

nicht mehr gelebt, aber seiner Frau eine stattliche Pension und
ein kleines Vermögen hinterlassen gehabt. Auf den ersten Blick
hatten Mutter und Geschwister Friedes Armut gesehen, obwohl
sie immer sauber und ordentlich gekleidet ging. Darauf legte sie
den größten Wert. Den Ausschlag für deren Ablehnung,
Abneigung, ja vielleicht sogar Hass, gaben jedoch ihre beiden
kleinen Mädchen. Einem anständigen, gottesfürchtigen Mädchen
passierte so etwas nicht!
Doch in Friede war keine Bitterkeit, als sie jetzt daran dachte, sie
war ruhig und ein wenig schläfrig, die Entbindung hatte ihre
Kraft gekostet.
Das hellere roséfarbene Deckenlicht hatte die Hebamme vorhin
ausgeschaltet, nachdem sie die Kleine gebadet hatte. Nun trat sie
aus dem Halbdunkel des Schlafzimmers an das Ehebett und
fragte ob Friede noch etwas brauche. Die Kleine nuckelte noch
immer an ihrem Daumen und döste vor sich hin.
Friede blickte in das gütige, faltige Gesicht der alten Frau und
schüttelte langsam den Kopf. Nein, sie brauchte nichts, nur
dieses winzige Etwas auf ihrem Bauch, das so friedlich nuckelte,
und ein klein wenig Ruhe von der Anstrengung der Entbindung.
„Soll ich jetzt Ihren Mann rufen, Frau Granz?"
„Warten Sie noch ein paar Minuten, es ist gerade so friedlich
hier, so harmonisch!", seufzte Friede.
Die Hebamme nickte.
„Das ist das Kind, Frau Granz, es ist so ruhig, ein kleiner
Sonnenschein, es spürt schon jetzt, dass es geliebt wird und es
wird diese Liebe mitnehmen in sein Leben. Es wird sie
weitergeben an alle um es herum!"
Sinnend betrachtete Friede ihre Jüngste. Ein zartes, ruhiges
Geschöpf, klein und bezaubernd.
Doch du wirst auch Mut und Kraft brauchen, dachte sie, mehr als
deine beiden kleinen Schwestern Hedwig und Erna hatten, die
uns im letzten Jahr für immer verlassen haben, die nicht genug
Kraft hatten, die tückische Krankheit zu besiegen. Innerhalb von
nicht einmal zwei Wochen sind sie von uns gegangen, unsere
beiden Sonnenscheine. Sie waren doch noch so klein und hilflos,
noch nicht einmal zwei und drei Jahre, so süß, so lieb, zwei
zierliche Mädchen mit feinem blondem Haar. Es tut noch immer
so weh, ja so furchtbar weh!
Oh Gott, warum hast du sie uns genommen, unsere kleinen

Engel? Warum? Wir haben sie so geliebt, wir alle, so sehr.
Warum? Wir mussten zusehen und konnten ihnen nicht helfen.
Bei der kleinen Erna hatten die Ärzte noch mit einem
Luftröhrenschnitt versucht, ihr Leben zu retten. Doch als das
Kind aus der Narkose erwachte, hatte es nicht gewusst wo es war,
so benommen war es noch gewesen. Die dicken Verbände hatten
es wohl gestört und so waren sie von den kleinen Händen
abgerissen worden. Überall war das Blut verspritzt, keine
Krankenschwester war im Zimmer gewesen, die es hätte
verhindern können. Nur die ein Jahr ältere Hedwig hatte im Bett
daneben gelegen, weinend und selbst nach Luft ringend, ihr
knapp dreijähriges, kurzes Leben am seidenen Faden hängend.
Und zwölf Tage später war auch sie ihrer Schwester in den Tod
gefolgt. Zurück waren Friede und Martin geblieben, weinend,
todtraurig und am Boden zerstört, nur aufrecht gehalten durch
die Anwesenheit ihrer anderen Kinder, für die sie gerade jetzt
hatten stark sein müssen.
Lange war es Friede nicht einmal möglich gewesen an der
Kinderklinik Sankt Anna vorbei zu laufen, in der die beiden
kleinen Mädchen im gemeinsamen Zimmer bis zu ihrem Tode
behandelt worden waren. Heute noch sah sie die beiden kleinen
weißen Särge vor sich, in denen ihre beiden kleinen
Sonnenscheine gelegen hatten. Sie würden immer bei ihr sein,
tief in ihrem Herzen trug sie alle ihre Kinder, auch die beiden
toten.
Ja, du brauchst nicht nur Liebe, kleines Mädchen, stark und
furchtlos wie ein Bär wirst du sein müssen, wie eine Bärin. Meine
kleine Bärin, Ursula, dachte sie und schaute zärtlich in das kleine
Gesichtchen. Ursula, ist ein guter Name für dich. Du bist ein ganz
besonderes Mädchen. Kämpfe, kleine Ursula, kämpfe, damit es
dir besser geht als deinen beiden kleinen Schwestern, die es nicht
geschafft haben. Kämpfe, du musst leben!

    Draußen war es hell geworden, ein Stück blauer
Morgenhimmel sah zum Fenster herein und ein paar
Sonnenstrahlen huschten über das Nachtschränkchen und
streiften an einer Ecke das Bett. Sicher würde heute wieder ein
schöner frühherbstlicher Tag werden, wie die ersten beiden
Oktobertage auch schon.
Martin saß am Bett und hielt Friedes Hand. Behutsam streichelte

er ihren Arm und gab ihr einen Kuss auf die Stirn.
„Na, mein Friedelchen! Hast du es geschafft?! Und es ist ein
Mädchen, ja?! Wie wollen wir sie nennen, diese Kleine?", fragte
er mit warmer Stimme und strich behutsam mit der Hand über
den weichen Flaum auf dem Kopf des Säuglings.
Die Hebamme legte ihm die Kleine, die, eingehüllt in weiße,
saubere Tücher und eine leichte kleine Decke, noch immer den
Daumen im Mund, schlummerte, in den Arm und er hielt eins der
kleinen, zarten Händchen und streichelte mit der anderen die
fast durchsichtigen Finger des Säuglings.
Friede blickte auf seine Hände und sah ihm dann in die braunen
Augen, die unter dichten, dicken dunklen Brauen glücklich
blitzten.
„Weißt du, Martin, vorhin ist mir ein hübscher Name für sie
eingefallen. Was hältst du denn von Ursula?"
„Wenn er dir gefällt, warum nicht?! Weißt du, ich bin so froh,
dass ihr zwei alles gut überstanden habt! Ja, und die anderen
Kinder warten auch draußen, sie sind schon lange wach und
möchten ihre Schwester sehen. Dürfen sie herein oder bist du zu
müde, mein Herz? Vielleicht möchtest du lieber erst mal eine
Weile schlafen?", fragte er besorgt.
Müde, doch glücklich lächelnd schüttelte Friede den Kopf.
„Lass sie nur mal für einen Moment herein, sonst bringt die
Neugier sie noch um! Sie möchten die Kleine doch auch
begrüßen."
Als Martin die Tür öffnete, drängten sich die Kinder herein.
„Mama, Mama, wo ist denn das Kindchen?", fragte Magdalena,
genannt Lene, mit ihren acht Jahren die Älteste.
Ihren kleinen Bruder Sievert, der in wenigen Tagen seinen
zweiten Geburtstag feiern würde, schleppte sie auf den Armen
zum Bett der Mutter.
„Mama, was ist es für ein Kind, eine Schwester oder ein Bruder?
Und wie wird es heißen? Und ist es auch nicht krank wie die
Hedwig und die Erna waren? Mama, sag doch!" rief sie aufgeregt.
Der kleine hellblonde Junge blickte verwundert seine
aufgedrehte, ziemlich laut fragende große Schwester Lene an.
Seine Augen strahlten groß in seinem kleinen Gesicht, als er das
Baby in den Armen seiner Mutter erblickte. Er streckte die Hände
aus.
„Haben!"

„Da bist du noch zu klein! Das dürfen nur die Liesel und ich! Wir sind schon viel größer als du!", empörte sich Lene und ihre hellblauen Augen blitzten. Aufgeregt spielte sie mit den großen weißen Schleifen in ihren langen braunen Zöpfen.
Doch die kleine Liesemarie stand ganz still am Bett der Mutter, mit ihren sechs Jahren ein sehr ruhiges und liebevolles Mädchen, das immer ein wenig nachdenklich wirkte, und betrachtete verträumt mit ihren großen braunen Augen das neue Schwesterchen. Lenes Worte hatte sie gar nicht wahrgenommen. Lächelnd sah Friede ihre Kinder an.
„Es ist ein gesundes und niedliches, kleines Schwesterchen für euch und bis jetzt ist es auch ein liebes kleines Ding, das euch bestimmt viel Freude machen wird, genauso wie Papa und mir."
„Mama, sieh doch, jetzt hat die Schwester die Augen aufgemacht und sieht mich an!", sprudelte Lene heraus.
„Sie hat mich auch angesehen, Mama.", sagte nun auch Liesel leise.
Friede lachte.
„Ja, sicher hat sie euch angesehen, aber sie kann euch noch gar nicht erkennen, dazu ist sie noch viel zu klein. Doch wartet nur ab, wenn sie erst größer ist und ihr mit der Kleinen spielen könnt! Das wird euch gefallen. Aber nun lasst eure Muttel mal wieder ein wenig allein. Ich bin doch recht müde. Helft dem Papa beim Frühstück machen, ja, meine großen Mädchen, und passt auf Sievert auf!"
Erschöpft lehnte sie sich im Bett zurück, Martin verließ mit den Kindern den Raum. Von fern hörte Friede die vier in der Küche rumoren, bevor sie in den Schlaf sank.

Vorhin war die Sonne wieder hinter dicken Regenwolken hervorgekommen, die der Wind schnell vom Himmel gewischt hatte, welcher nun im schönsten Blau leuchtete. Schon seit dem frühen Morgen wechselten sich Wolken und Sonnenschein ab, ein Schauer nach dem anderen verfinsterte die strahlende Aprilsonne, die Mühe hatte, bis zum nächsten alles wieder trocken zu lecken.
In der Grünstraße standen noch kleine Pfützen im Rinnstein, doch sie spiegelten schon den blauen Himmel, als Familie Granz im Sonntagsstaat aus der Haustür trat. Friede trug ihr dunkelblaues Kleid mit dem weißen Kragen, welches Martin so

an ihr mochte. Den hellen Sommermantel, den er ihr ein paar
Monate nach der Hochzeit gekauft hatte, trug sie darüber. Liesel
und Lene strahlten mit ihren weißen Schleifen in den langen
Zöpfen um die Wette und hielten Sievert fest an ihren Händen.
Zur Feier des Tages hatten beide ihre blauen Kleider und die
weißen Strümpfe angezogen. Selbst Sievert trug eine neue kurze
Hose mit langen Strümpfen darunter. Der schwarze Anzug, den
Martin bei seiner Hochzeit mit Friede in Königsberg getragen
hatte, stand ihm immer noch ausnehmend gut. Er trug die kleine
Ursula auf seinen Armen. Das Baby blinzelte in die helle Sonne,
als sie ins Freie traten, sah den Vater an und gähnte. In ihrem
weißen Kleidchen würde sie heute ohne die warme Jacke frieren
müssen, wenn auch der Weg bis zur Kirche Maria Magdalena
nicht allzu weit war. Gut, dass Friede sie ihr angezogen hatte.
Martins Augen wanderten zum Frühlingshimmel hinauf,
hoffentlich wird das Wetter nun halten, damit man wieder
trocken nach Hause kommt.
„Kinder passt auf die Pfützen auf, sonst müsst ihr mit nassen
Füßen in die Kirche gehen!"
Die beiden Mädchen blickten den Papa mit ihrem liebsten
Lächeln an und nickten ernsthaft. Aufmerksam führten sie ihren
kleinen Bruder um die nächste blinkende Pfütze herum.
So bewegte sich die kleine Familie langsam die Grünstraße
entlang in Richtung Kirche.
Nachdem man das Gotteshaus ohne weitere Regenschauer und
mit trockenen Füßen erreicht hatte, sah sich Martin suchend um,
doch niemand war zu sehen. Nun, vielleicht kommen sie etwas
später, es ist ja noch Zeit, wir sind zu früh von zu Hause
losgegangen, der Kinder wegen, denn man weiß ja nie was
unterwegs passiert.
Sie werden bald da sein, dachte er erneut, während er das Baby
an seine Frau weiterreichte und Liesel und Lene über die Köpfe
strich. Dann nahm er seinen Sohn auf den Arm, denn der Kleine
wollte nicht mehr laufen. Friede hatte seinen fragenden,
kummervollen Blick bemerkt und wusste, dass er auf sie wartete.
Aber genauso gut wusste sie, dass er vergeblich warten würde.
Sie konnten ihm nicht verzeihen, dass er sich über ihren Willen,
ihre Wünsche hinweggesetzt hatte und sein Leben mit ihr
verbrachte. So hatte er auch vor fünf Jahren bei ihrer Hochzeit in
Königsberg vergeblich gewartet. Als Hedwig und Erna getauft

wurden, waren sie ebenfalls eingeladen, aber nicht erschienen, und auch nicht, als sie ihre beiden kleinen Mädelchen zu Grabe hatten tragen müssen. Auch zu Sieverts Taufe war keiner gekommen. Warum sollten sie gerade heute hier sein? Nein, Friede wusste genau, dass Martins Mutter und seine Geschwister auch heute nicht kommen würden. Sie musste nur in die traurigen Augen ihres Mannes sehen, um zu wissen, dass er wieder vergeblich hoffte.

Und doch blieb er immer treu an ihrer Seite. Sie war die Frau, die er wollte, die er liebte, egal was kommen würde, für sie würde er immer da sein, auch wenn er seine Familie nie wieder sehen würde. Er liebte sie!

Und Friede? Oh ja, sie liebte ihren Martin! Auch sie würde für ihn durchs Feuer gehen. Sie gehörten zusammen, das hatten sie beide sofort gespürt und ihre Liebe gegen alles und jeden verteidigt. So wird es immer bleiben, da war sie sich sicher. Und sie wünschte sich, dass diese Ehe voller Liebe und Respekt voreinander noch bis ans Ende ihrer Tage dauern möge.

Friede streichelte Martins Wange.

„Komm, lass uns hineingehen! Es wird Zeit."

Ernst sahen seine dunklen Augen aus und auch die Gläser seiner Brille konnten den feuchten Schimmer darin nicht verbergen. Er liebte seine Friede, er konnte und wollte nicht ohne sie sein, davon vermochte ihn seine Familie auch mit ihrer Sturheit nicht abzubringen.

Er schluckte, doch der dicke Kloß im Hals ließ sich nicht so schnell beseitigen. Nun sollte er seine jüngste Tochter also auch ohne seine Familie ans Taufbecken tragen. Konnten sie ihn denn nie verstehen?

In der Kirche herrschte eine feierliche Stille, als das Glockengeläut verstummt war. Das kleine Mädchen im weißen Taufkleidchen blickte mit ihren großen blauen Augen um sich. Friede hielt sie auf dem Arm und lächelte. Diese Kleine war ein echter Schatz! Immer freundlich, immer lachend, nur höchst selten hörte man das Kind weinen. Aufmerksam betrachtete sie ihre Umwelt und freute sich über jede Zuwendung. Man konnte sie nur gern haben.

Als das Taufwasser den Kopf der kleinen Ursula benetzte, sah sie die Mutter erschrocken an und holte ganz tief Luft, doch kein Laut kam aus dem kleinen Mund.

Liesel stand auf Zehenspitzen und streckte vorsichtig ihre Hand
ins Taufbecken. Erstaunt zog sie diese zurück und zu Lene
gewandt flüsterte sie:
„Warum kriegt die Uschi jetzt Wasser auf den Kopf? Da wird sie
doch ganz nass!"
Martin lachte und legte den Finger auf die Lippen.
„Pst!"
„Sie kriegt doch heute ihren Namen, Ursula, und da macht das
der Pfarrer so.", flüsterte Lene der Kleinen ins Ohr und legte
dann ebenfalls wie der Papa den Finger auf den Mund.
„Dürfen wir dann gar nicht mehr Uschi zu ihr sagen?", flüsterte
Liesel aufgeregt und hielt sich erschrocken die Hand vor den
Mund, als Lene sie strafend ansah.
„Doch!", sagte Martin Granz leise und strich der Kleinen sacht
übers Haar.
Nachdenklich blickte Liesel vor sich hin. Noch auf dem Heimweg
blieb sie still und in sich gekehrt.
Am Abend saß Liesel auf den blank gescheuerten Holzdielen in
der kleinen Küche und spielte mit Sievert und seinen Holzautos.
Ihr Gesichtchen glühte. Friede musterte das Mädchen besorgt.
Schon öfter hatte Liesel in letzter Zeit Fieber gehabt, über
Schmerzen in Gelenken, Armen und Beinen geklagt und war
ständig müde. Manchmal konnte sie sich kaum auf den Beinen
halten und sah die Mutter nur traurig an. Irgendetwas stimmte
nicht mit ihr.

Fünf Monate später. In der Zwischenzeit waren wieder Briefe
in Königsberg bei Friedes Mutter Auguste Berger angekommen,
jede Menge Briefe. Einer war dabei, in dem Friede von einem
neuen Wunder berichtete, doch die anderen waren ganz und gar
nicht erfreulich gewesen und hatten das Herz von Auguste
Berger mehr als einmal hart und schnell gegen ihre Rippen
schlagen lassen, dass sie vor Schmerz die Hände gegen ihre Brust
drücken musste und kaum noch atmen konnte. Gut, dass sie in
Elsa eine Stütze hatte, einen Menschen, der den Kummer mit ihr
teilte und ihr in ihrer Entscheidung, die sie zu treffen gezwungen
war, zur Seite stand. Es ging nicht anders, wenn sie ihrer Tochter
Friede und deren Familie helfen wollte, nein, helfen musste.
So saßen nun Mutter und Tochter im Zug nach Breslau und
wollte Gott, so fuhren sie nicht allein zurück.

Elsa blickte in das sorgenvolle Gesicht der Mutter und nahm ihre Hand.

„Alles wird gut Muttelchen, glaube mir. Wir werden das schon hinkriegen. Sieh mal, ich habe meine Arbeit auf der Werft und Wilhelm bringt uns doch immer Sachen von seinem Hof, Kartoffeln, Obst, Wurst, Schinken, Speck, na du weißt schon. Und mit der Schule, das ist kein Problem, da kümmere ich mich drum. Ja, alles andere wird auch werden, du wirst schon sehen!"

Ja, das Marjellchen hat recht, wir werden es schon schaffen, dachte Auguste Berger. Ich habe schon so oft gezweifelt in meinem Leben, doch es ist immer wieder weitergegangen. Wie oft hat Friede mir geholfen, als sie noch in Königsberg lebte. Immer konnte ich mich auf sie verlassen, nun bin ich halt mal wieder dran, auch wenn mir das nicht mehr leicht fällt, mit meinen beinahe neunundfünfzig Jahren. Seufzend blickte sie aus dem Fenster. Abgeerntete Felder flogen abwechselnd mit Wiesen, Wäldern und kleinen Dörfern vorbei, ab und zu eine Stadt. Bald würden sie ankommen.

Noch zehn Minuten, hatte der Beamte auf dem Bahnsteig gesagt, dann kam er endlich, der Zug mit ihrer Schwester und der Mutter. Friede erhob sich von der Bank. Die letzten Minuten konnte sie stehen, wenngleich sie schrecklich müde war, wie stets in den letzten Wochen. Unter ihrem Kleid wölbte sich der Bauch. Ja, das kleine Wunder war schon recht deutlich zu sehen. Im Dezember würde ihr jüngstes Kind geboren werden. Uschi wird nächsten Monat ein Jahr, Sievert fünf Tage später drei, Lene hatte gerade ihren neunten Geburtstag gefeiert und Liesel war im Sommer sieben. Ja, weiß Gott, sie hatte alle Hände voll zu tun. Doch das war nicht das Schlimmste. Deswegen hatte sie die Mutter nicht um Hilfe gebeten. Nein, eigentlich war es ein Hilfeschrei gewesen. Sie wusste wirklich nicht wie es sonst weitergehen sollte.

Ein Pfiff ertönte, die Menschen wichen von der Bahnsteigkante zurück, ein Fauchen, Stampfen, Quietschen und Zischen beherrschte den Bahnsteig. Der Zug aus Königsberg fuhr ein und kam langsam zum Stehen. Weißer Dampf quoll unter der riesigen schwarzen Lokomotive hervor, dann öffneten sich die Türen. Aus dem dritten Waggon stieg Elsa Berger freudig winkend aus, drehte sich um und half der Mutter die Gitterstufen herunter.

Friede umarmte und küsste Mutter und Schwester.
„Ich bin so froh, dass ihr hier seid! Wie schön, euch zu sehen! Es ist schon so lange her.", flüsterte sie.
Tränen rollten über ihre Wangen, Tränen der Freude und der Erleichterung, aber auch Tränen der Hilflosigkeit, der Müdigkeit. Oh ja, sie war furchtbar müde, die letzten Monate hatten ihre Kräfte verzehrt. Elend war sie, abgekämpft und mutlos. Sie hatte sich die Entscheidung, die Mutter und Elsa um Hilfe zu bitten, nicht leicht gemacht. Im Gegenteil! So schwer wie noch keine andere Entscheidung bisher war sie ihr geworden. Es hatte ihr das Herz zerrissen, doch es blieb nur dieser eine Weg und sie musste ihn gehen. Das hatte sie eingesehen, ob sie es wollte oder nicht, so war es das Beste.
Sie war Martin böse gewesen für den Vorschlag. Tagelang hatte sie kein Wort mit ihm gewechselt, hatte vermieden ihn anzusehen. Wortlos hatte sie jeden Abend das Essen auf den Tisch gestellt, sich nur mit den Kindern beschäftigt. Doch schließlich hatte sie das Unvermeidliche akzeptiert. Ihre eigene Hilflosigkeit und ihr angegriffener Zustand hatten es ihr bewiesen. Und nun waren die Beiden hier eingetroffen, es gab kein Zurück. Wollte sie das Wohl und Glück ihres Kindes nicht aufs Spiel setzen, dann musste sie nun handeln.
Auguste Berger blickte in die Tränen verschleierten Augen ihrer Tochter, sah ihre sorgenvolle Miene und die dunklen Augenringe. Der schon recht runde Bauch war das Einzige, was auf eine Frau in froher Erwartung deutete. Friede sah krank aus, ihr Gesicht war schmal geworden und der Kummer hatte sich darin eingegraben. Man sah auf den ersten Blick, dass es ihr nicht gut ging.
Die Mutter schob ihren linken Arm unter Friedes rechten und sie stiegen die Treppe vom Bahnsteig hinunter, liefen durch die Bahnhofshalle, vorbei an den Schaltern und traten hinaus auf den Vorplatz. Die späte, helle Septembersonne schien warm und Auguste Berger atmete unbewusst tief ein. Nun, das war also Breslau! Sie sah die Stadt, in der ihre Tochter eine neue Heimat gefunden hatte, zum ersten Mal.
Nur Elsa war schon zweimal hier gewesen. Als sie ihre Lehre beendet hatte, wollte sie unbedingt von ihrem ersten Gehalt auf der Werft ihre Schwester besuchen, hatte sich in den Zug gesetzt und war, mit den guten Wünschen der Mutter und kleinen

Geschenken für Friede, Martin und die Kinder beladen, für ein paar Tage hierher gefahren. Damals lebten Hedwig und Erna noch, die beiden süßen Mädchen, in die sie sich sofort verliebt hatte. Als sie zum zweiten Mal hierher gefahren war, hatte sie zusammen mit ihrer Schwester deren kleine Mädchen zu Grabe getragen. Sie hatte die Schwester stützen müssen, damit sie nicht am Grab zusammenbrach. Wie hatten sie beide geweint, wie hatte Friede geschrien nach den beiden süßen Mädchen! Martin hatte stumm daneben gestanden, abwesend, in einer anderen Welt, in die er niemanden hinein ließ, allein mit seinem Kummer und der tiefen Trauer, die sich über seine Seele gelegt hatte. Es war schrecklich gewesen. Noch heute sah Elsa diese Bilder vor sich, eingebrannt für immer.

Elsa lief den Beiden, Mutter und Schwester, einige Schritte voraus. Der Weg bis zur Grünstraße war leicht zu merken gewesen, einfach immer geradeaus. Schon nach wenigen Minuten standen die Drei vor dem Haus.

Es war Samstag, Martin war schon daheim bei den Kindern. Er stand in der Tür, Uschi auf dem Arm, den kleinen Sievert fest an sein Hosenbein geklammert, hinter seinem Rücken versteckte sich Lene.

Martin lachte.

„Ich weiß nicht, liebe Schwiegermama, was ich falsch gemacht habe, aber die Kinder tun alle nicht das, was ich möchte. Die Kleine wollte ich gerade aufs Töpfchen setzen, da fing Sievert an zu weinen, weil Lene mit ihm geschimpft hatte.

Aber, nun kommt erst einmal herein! Schön euch hier zu haben. Ihr müsst doch müde sein von der langen Fahrt. Guten Tag, Elsa, lange nicht gesehen! Wann warst du das letzte Mal da? Ach ja, ich weiß...", sagte er leise, ein Schatten huschte über sein Gesicht und ein Muskel zuckte an seinem Mundwinkel.

„Da haben wir sie dorthin auf den Weg gegeben, die Hedwig und die Erna."

Er schluckte, umarmte Auguste Berger, küsste sie auf die Wange und drückte auch seine Schwägerin herzlich.

„Oma, komm mal mit!", sagte Lene, ergriff die Hand der Großmutter und zog Auguste Berger hinter sich her.

„Du musst doch auch die Liesel sehen, sie wartet ja schon auf dich. Papa hat sie vorhin noch ein wenig hingelegt, sie ist doch krank, weißt du?", damit öffnete sie die Tür zu der kleinen

Kammer, in der sie gemeinsam mit Liesel schlief.
Die zwei Betten hatten gerade darin Platz und ein Schrank. An
der Wand war ein Haken für Lenes Schultasche, darüber hatte
Martin ein kleines Regal für Spielsachen angebracht. Auf der
Fensterbank stand ein Blumentopf mit einem reich blühenden
Fleißigen Lieschen. Ja, Friede hatte sich schon immer gern mit
Pflanzen umgeben und überall vor den Fenstern standen sie und
genossen ihre Pflege. Liesel lag auf dem Bett und sah der
Großmutter erwartungsvoll entgegen. Auguste beugte sich zu ihr
und küsste das blasse Mädchen auf die Stirn.
„Na, meine Kleine, was machst du denn für Sachen? Deine Mutter
hat mir einen Brief geschrieben, du bist krank gewesen,
Marjellchen, und sogar im Krankenhaus warst du eine Zeit. Wie
geht's dir denn jetzt? Wie geht es deinem Rücken, tut er noch
weh, Marjellchen?"
Bei den Fragen der Großmutter waren abwechselnd Licht und
Schatten über das kleine schmale Gesicht mit den großen
braunen Augen gehuscht.
„Aber Oma, weißt du, mir tut immer alles so weh und der Doktor
hat gesagt, ich muss ganz sehr aufpassen und viel draußen
spielen.", meinte Liesel und nickte ernst mit dem Kopf.
„Ja, und dann bin ich einmal in der Nacht aus dem Bett gefallen.
Oma, das hat ganz sehr weh getan und ich musste ins
Krankenhaus. Denk mal, Großmutter, da hab ich in einem ganz
harten Bett gelegen, sehr lange. Das war überhaupt nicht schön.
Ja, und dann durfte ich wieder heim. Aber, sieh mal, ich hab jetzt
ein Korsett an. Der Doktor hat gesagt, das ist nur was für sehr
vornehme Damen. Bin ich nun etwa vornehm, Großmutter? So
wie Papas Familie?", fragte sie und Auguste Berger musste trotz
der ernsten Lage lächeln.
Ach dieses Marjellchen! Was war das für ein süßes Kind gewesen,
als Friede mit den beiden Mädchen noch in Königsberg lebte.
Warum musste gerade dem Lieselchen so etwas Schlimmes
passieren?
„Ja, mein Marjellchen, da hast du nichts Schönes erlebt! Aber nun
geht's dir doch wieder besser, Liesel, nicht wahr? Und das wird
jeden Tag ein bisschen mehr. Du wirst sehen!
Na komm, ich helfe dir beim Aufstehen, du kannst wieder ein
wenig umherlaufen. Du möchtest doch sicher auch die Tante Elsa
sehen, sie ist ja auch mitgekommen und freut sich schon mächtig

auf dich. Gib mir deine Hand!" Damit nahm sie eine Hand von Liesel, schob ihre Hand unter den Rücken des Kindes und half ihm aus dem Bett.
Zusammen mit Lene gingen sie ins Wohnzimmer.

Mit den Fingern der rechten Hand strich sich Martin über den kahlen Kopf. Nach seiner Verwundung im Krieg waren seine Haare ausgefallen. Damals war er Gott dankbar gewesen, dass er ihn am Leben gelassen und nicht, wie so viele Andere, im Schützengraben hatte sterben lassen. Was machte es da schon, dass er einen kahlen Kopf behielt? Noch lange hatte er im Lazarett mit dem Tode gerungen. Der Granatsplitter war tief in sein Hirn eingedrungen, doch er hatte sich verkapselt, nach einiger Zeit. Martin hatte sich ins Leben zurück gekämpft.
Die Ärzte hatten ihn gewarnt. Man wisse nicht, wie lange er überleben werde, höchstwahrscheinlich werde er eines sehr frühen Todes sterben. Er solle sich keine großen Hoffnungen machen, ein Wunder, dass er nicht gleich gestorben sei. Unerträgliche Kopfschmerzen, unter denen er auch heute immer wieder noch litt, hatten ihm lange Zeit das Leben zur Qual gemacht, oft konnte er nicht richtig sehen und auch so einige andere Dinge hatten ihn fast verzweifeln und mutlos werden lassen.
Erst seine große Liebe zu Friede hatte seinem Leben wieder einen Sinn gegeben, hatte sein Dasein wieder lebenswert gemacht. Ihr liebevolles Lächeln, ihre strahlenden Augen, wenn sie ihn ansah, hatten ihn bezaubert. Er hatte nicht mehr an den Tod gedacht, dem er schon so nahe gewesen war. Für Friede und mit ihr hatte er leben wollen, und nicht nur kurz, nein, ein langes, glückliches und erfülltes Leben an ihrer Seite hatte er sich ausgemalt. Und das hatte er schließlich auch gegen den Willen seiner Familie durchgesetzt.
Nun war Friede seine Familie, die einzige, die ihm noch blieb. Martin liebte seine Frau und die Kinder, die beiden Mädchen, die sie mit in die Ehe gebracht hatte, nicht minder, sie waren ihm wie eigene. Die kleine, zarte Liesemarie war ihm besonders ans Herz gewachsen, ein liebes, stilles und kluges Kind. So war es ihm sehr schwer gefallen, Friede diesen Vorschlag zu unterbreiten. Doch so wie bisher konnte es nicht weitergehen. Seine Frau war wieder schwanger, zum siebten Mal, und die Schicksalsschläge

der vergangenen Jahre hatte sie nur schwer verkraftet. Hedwigs und Ernas Tod konnte sie nicht verwinden. Es nagte noch immer an ihrer Seele, dass diese beiden unschuldigen Wesen so früh hatten gehen müssen. Sie litt sehr darunter, als Liesel krank wurde, wochenlang im Gipsbett lag und Friede sich die schwersten Vorwürfe machte.

Nun war das Mädchen zwar wieder zu Hause, brauchte jedoch ständig Hilfe und Pflege und würde wohl auch erst im nächsten Jahr zur Schule gehen können, so bis dahin alles gut ging. Doch auf Hilfe und Pflege würde sie nach Auskunft der Ärzte noch Jahre, wenn nicht sogar ihr ganzes, wie prophezeit wurde, kurzes Leben angewiesen sein.

Friede hatte die beiden Kleinen und auch Lene zu versorgen und im Dezember kam das Baby dazu. Es war einfach nicht möglich, ohne dass jemand auf der Strecke blieb. Liesel würde unter diesen Umständen nicht die Pflege und Aufmerksamkeit bekommen, die sie dringend brauchte und Friede, seine liebe Friede, würde unter der Last der Pflichten unweigerlich zusammenbrechen. Er musste sie nur ansehen, um zu wissen, dass der Zeitpunkt sehr nah war, an dem das geschehen würde, viel zu nah.

Martin hatte Angst um beide und am Ende auch um die anderen Kinder. Nein, so konnte es nicht weitergehen! Er war froh, dass die Schwiegermutter gekommen war.

Abermals strich er sich über den Kopf, eine Angewohnheit, die ihm von seiner Verletzung geblieben war.

Auguste Berger hatte sich noch einmal alles in Ruhe berichten lassen. Den Großteil kannte sie aus Friedes Briefen, doch was sie nun an Einzelheiten zu hören bekam, zeichnete ein noch weitaus traurigeres Bild, als sie sich hatte vorstellen können. Liesels Anblick aber und die Gewissheit, dem kleinen Mädchen, und damit auch ihrer Tochter Friede, helfen und der Kleinen ein schöneres Leben ermöglichen zu können, bewogen sie, Martins und Friedes Vorschlag zuzustimmen, ihre Bitte zu erfüllen. Vor allem Liesel zuliebe hatte sie "ja" gesagt.

Friede saß am Tisch und weinte, ihre Finger spielten mit den Fransen der aus dünnem, feinem Garn gehäkelten Tischdecke, die sonst nur sonntags aufgelegt wurde.

An so manchem langen Winterabend in Königsberg hatte sie an dieser Decke gearbeitet. Doch darüber dachte sie jetzt nicht nach,

das kleine Mädchen, das nebenan schlief, hatte sie die ganze Zeit
vor Augen. Furchtbar fühlte sie sich! Was war sie? War sie
überhaupt noch eine gute Mutter? Wenn sie das wäre, wie konnte
sie dann überhaupt eine solche Entscheidung treffen?
Schluchzend nahm sie ihr Taschentuch und putzte sich die Nase.
Doch die Tränen rannen erneut. Friede senkte ihren Kopf. Konnte
sie denn überhaupt noch einem Menschen in die Augen sehen?
Ihrer Mutter? Elsa?
Da, eine leichte Bewegung in ihrem Leib! Nachdenklich strich sie
über ihren Bauch. Nein, sie hatte nicht so viel Kraft, sie konnte
Liesel nicht alles geben, was sie brauchte, ihr ein einigermaßen
normales und glückliches Leben ermöglichen. Dazu war sie nicht
in der Lage. Hier würde das Mädchen untergehen, hatte doch
keiner die Zeit, sich ausreichend um sie zu kümmern. Martin
hatte Recht, alle hatten Recht. Es gab nur diese eine Lösung.
Vorerst jedenfalls. Später würde man sehen, wenn die Kinder
größer waren, es Liesel besser ging, dann würde alles wieder
anders werden.
Elsa Berger erhob sich, ging um den schweren, dunklen
Eichentisch herum, strich dabei der Mutter über die Schulter und
nahm dann Friede in die Arme. Es war selten, dass man die sonst
so kühl und überlegt wirkende junge Frau so aufgewühlt sehen
konnte. Sie schmiegte sich an die ältere Schwester, streichelte
behutsam deren Wange und sprach beruhigend auf sie ein.
„Friedel, nimm es nicht so schwer! Glaub mir, wir verstehen dich!
Jeder hier weiß, dass du es dir nicht leicht gemacht hast.
Natürlich fällt es dir so verdammt schwer, das Lieselchen
herzugeben. Aber sieh mal, es ist doch einfach das Beste für sie
und für euch anderen alle auch. Sie wird es bei uns gut haben
und so oft es geht, werden wir euch besuchen, das verspreche
ich.
Irgendwann wird es ihr vielleicht auch wieder besser gehen,
dann kann sie ja zurück. Man muss abwarten! Muttel sieht das
auch so. Wir können uns doch viel besser um die Kleine
kümmern. Muttel arbeitet zu Hause und ich verdiene mein Geld
auf der Werft. Wenn man im Kontor arbeitet, bekommt man ein
gutes Gehalt und wenn ich erst Prokuristin bin...! Na, im Moment
sind wir natürlich noch auf unsren Wilhelm angewiesen. Er denkt
immer an Muttel und mich und seit seine Frau den Hof geerbt
hat, noch mehr. So oft er kann bringt er uns was vorbei, letztens

erst wieder Äpfel, Möhren und Kopfsalat. Das hilft uns sehr viel.
Da wird auch das Marjellchen noch satt, da geht es ihr besser als
hier!"
Bei diesen Worten ahnte noch keiner im Raum, welch wichtige
Rolle Wilhelm Berger, Elsas und Friedes Bruder, noch für Leben
und Gesundheit von Liesel Granz spielen sollte.
Friede hatte sich wieder etwas beruhigt und die Tränen
getrocknet. Martin, der neben ihr saß, hatte sie in den Arm
genommen und streichelte nun vorsichtig ihren Bauch.
„Es wird alles gut, mein Friedelchen!", murmelte er und drückte
Friede einen Kuss auf ihr dunkelblondes Haar.

Als Liesel am nächsten Morgen erwachte, sich die Augen rieb
und blinzelte, sah sie genau in Tante Elsas Gesicht.
„Guten Morgen, du kleine Langschläferin!", meinte diese.
„Soll ich dir gleich einmal beim Aufstehen helfen? Dann geht es
leichter mit deinem Korsett, kleine Dame. Was hältst du dann
von einem ganz wunderbaren Sonntagsfrühstück, bevor wir alle
zur Kirche gehen?"
Ihre Stimme klang freundlich und lustig. Liesel lachte und
reichte der Tante die Hand. Elsa half der Nichte aus dem Bett,
beim Waschen und Anziehen und saß dann auch am großen
Frühstückstisch in der Stube neben ihr.
Friede beobachtete die Beiden und war froh, dass sie sich
augenscheinlich gut verstanden. Das hatte sie nur hoffen können,
denn dass Elsa sie hier besuchte war inzwischen zwei Jahre her,
Liesemarie war noch ziemlich klein gewesen.
Heute Nachmittag wollte man mit dem Mädchen sprechen und
Friede hoffte, dass es nicht zu schwer werden würde, Liesel zu
überzeugen. Sie war ja noch klein und sicher wollte sie nicht so
ohne weiteres weg von zu Hause. Wie konnte sie mit ihren sieben
Jahren verstehen, dass es so, zumindest vorläufig, zu ihrem
Vorteil, für ihr Wohl, ihre Gesundheit wichtig war, dass ihr
weiteres Leben davon abhing, wie gut und aufmerksam sie in der
nächsten Zeit gepflegt und betreut wurde. Nein, dazu war sie
noch viel zu klein, ihr Marjellchen, ihr Lieselchen.
Friede machte sich nichts vor, ein ganzes Stück Arbeit lag vor
ihnen, um Liesel zu überzeugen, oder besser gesagt zu überreden,
mit der Großmutter und ihrer Tante Elsa mit nach Königsberg zu
fahren. Und selbst wenn man das geschafft hätte! Die lange Fahrt

mit der Eisenbahn bedeutete dann für das kranke Kind auch
wieder eine ungewohnte, große Anstrengung, von der man nur
hoffen konnte, dass sie die gut überstand.
Nein, dieser Tag und die folgenden, ja die ganze nächste Zeit,
würden alles andere als einfach werden. Darin war sich Friede
sicher. Mit der Zeit sollte es sich herausstellen wie goldrichtig für
die Gesundheit und das Leben der kleinen Liesel diese
Entscheidung der Familie gewesen war.

Friede küsste und umarmte ihre kleine Tochter. Sie drückte
sie an sich, ihr Gesicht war blass, das Kinn zuckte, ihre blutleeren
Lippen zitterten und sie versuchte ihre Tränen zu verbergen. Die
sollte Liesel nicht sehen, auf keinen Fall! Fröhlich sollte sie auf
die Reise gehen. Traurig und von Heimweh geplagt würde das
Kind noch früh genug sein. Nein, gern sollte sie an ihr Zuhause
denken, nicht traurig und voller Tränen, die weinenden
Gesichter der Eltern und Geschwister vor Augen.
Lene drückte die Schwester und meinte:
„Du hast es gut, Lieselchen, du darfst mit der Oma und Tante Elsa
mitfahren und ein wenig bei ihnen bleiben. Ach, ich wollte, dass
ich auch mitkönnte! Das wäre dann lustig, ja? Und dann muss ich
auch nicht mehr auf die Kleinen aufpassen. Vielleicht können wir
ja mal tauschen!?" Und leise flüsterte sie Liesemarie ins Ohr:
„Morgen frage ich gleich mal den Papa!"
In Liesels dunklen, nun doch auch von Tränen feuchten Augen
blitzte es kurz auf, doch sie schwieg.
Kurz darauf hob Martin sie zu Elsa und Auguste Berger in den
Waggon. Als der Pfiff des Schaffners ertönte und der Zug anfuhr,
saß sie am Fenster, stumm und leicht das weiße Taschentuch, das
ihr Elsa gegeben hatte, in der Hand haltend, wie zum Winken,
doch sie bewegte es nicht. Auch Friede stand wie erstarrt, nur
ihre Hand winkte mechanisch, als gehöre sie nicht zu ihr. Erst als
man den Zug schon nicht mehr sehen konnte, ließ sie den Arm
sinken und sah blind vor Tränen noch immer in die Richtung.
Uschi begann im Kinderwagen zu weinen, da kam langsam
wieder Leben in Friede.
Es musste weiter gehen, die Kinder brauchten sie, die Kinder und
Martin.

Gegen Ende der ersten Dezemberhälfte kam das neue Wunder

der Familie Granz zur Welt, ein kräftiger Junge.
Obwohl es für Friede bereits die siebente Entbindung war, hatte
die sie diesmal alle ihre Kraftreserven gekostet. Es ging und ging
nicht vorwärts, geradeso, als wollte das Kind nicht kommen. Der
alten, erfahrenen Hebamme, die auch schon der kleinen Ursula
auf die Welt geholfen hatte, war es schließlich Angst geworden,
als sie spürte, dass die junge Frau am Ende ihrer Kräfte war. Sie
hatte Martin nach einem Arzt geschickt, der dann Schlimmeres
verhinderte.
Friede hatte das Bewusstsein verloren, denn der Blutverlust war
recht groß gewesen.
Den Kleinen legte ihr die Hebamme in die Arme, als sie wieder zu
sich kam.
Strenge Bettruhe verordnete der Arzt und so blieb die
Versorgung der Kinder zunächst einmal an Martin hängen. Drei
Tage konnte er sich im Büro frei nehmen, dann musste es
irgendwie gehen. Abends, wenn er von der Arbeit nach Hause
kam, kümmerte er sich rührend um seine Familie, Lene half wo
sie konnte. Tagsüber sah eine Nachbarin aus dem Haus, eine
junge Frau, die selbst einen kleinen Sohn von eineinhalb Jahren
hatte, nach den Kindern.
Vier Tage ging es so mehr schlecht als recht, dann stand Friede
wieder auf.

Ganz fest hatte sie sich vorgenommen, wenn ihre Liesel zur
Schule kam, dann würde sie nach Königsberg fahren. Friede
wollte dabei sein am großen Tag ihres kleinen Mädchens. Das
war das Wenigste, was sie für sie tun konnte.
Doch als das Frühjahr kam, war alles ganz anders, das Geld war
knapp, Martin war im Büro unabkömmlich, auch Lene musste ja
zur Schule gehen und Friede konnte die lange Reise nicht mit den
Kleinen und einem Säugling allein machen. Außerdem ging es ihr
auch gesundheitlich noch nicht wieder so gut. Seit der
Entbindung hatte sie sich noch nicht wieder richtig erholt.
So kam statt der Familie Granz zu Liesels Einschulung nur ein
Päckchen mit einer süßen Karte für Liesemarie und einem langen
Brief für Auguste und Elsa Berger.
Darüber konnte sich Liesemarie allerdings nicht so richtig
freuen. Ihr wäre es weitaus lieber gewesen, wenn Eltern und
Geschwister an ihrem ersten Schultag bei ihr gewesen wären,

wenigstens die Mutter. Für Liesel war dieser Tag doch viel schwerer als für die anderen Kinder in ihrer Klasse. Jeder konnte sehen, dass sie krank war, und sie war das Älteste, aber das Kleinste der Mädchen. Wie schön wäre es gewesen, wenn die Mutter hier wäre, sie trösten könnte, dafür hätte sie alles gegeben!
Aber sie war ja schon ein großes Mädchen, Tante Elsa und die Großmutter hatten es ihr doch erklärt, warum ihre Muttel nicht kam, nicht kommen konnte. Das musste sie schon verstehen.
So ging sie denn zwischen den Beiden am ersten Tag in die Schule und sie schenkten ihr eine Tüte mit Süßigkeiten im Namen der Eltern und Geschwister.
Am Nachmittag saßen die Drei in der Küche zusammen, Auguste Berger hatte zur Feier des Tages einen Kuchen gebacken, und sie schwatzten und Tante Elsa erzählte von ihrem ersten Schultag, an dem sie vor Aufregung auf dem Schulhof gestolpert sei und sich die Knie aufgeschlagen hatte.
Später packten sie Liesels Fibel und das Rechenbuch in Papier ein, damit sie nicht schmutzig würden. Nun begann auch Liesel sich langsam auf die Schule zu freuen.

Anfang August 1926 wurde der der kleinste Granz-Junge in der Maria Magdalena Kirche auf den Namen Hannes getauft. Martins Familie war auch diesmal nicht gekommen. Martin stand am Taufbecken und schluckte seine Trauer und seinen Groll mühsam hinunter. Friede stand neben ihm, blickte in seine Augen und ahnte, welcher Kampf nun wieder in seinem Herzen tobte. Ihre Blicke begegneten sich, Martin ergriff ihre Hand und drückte sie. Er hatte seine Entscheidung nicht bereut, er brauchte Friede an seiner Seite, egal was kam, sie war der wichtigste Mensch in seinem Leben. Ohne diese Frau wollte er nie mehr sein, ganz gleich was seine Familie nun tat oder nicht tat. Der kleine Hannes weinte, als seine blonden Haare nass wurden. Tante Elsa, die ihn als Patentante über das Taufbecken hielt, schaukelte ihn. An ihrer Seite stand die kleine Liesel. Gemeinsam waren sie für eine Woche nach Breslau gekommen.
Liesemarie hatte große Sehnsucht nach den Eltern und Geschwistern, vor allem aber nach der Mutter. Seit fast einem Jahr war sie nun schon in Königsberg. Es sah nicht so aus, als ob sie bald wieder für immer nach Breslau käme. Den neuen Bruder

sah sie zum ersten Mal, und die Geschwister waren gewachsen.
Mit Sievert konnte sie sich richtig gut unterhalten und die kleine
Uschi rannte ihr überall hin nach. Oh, wie gern würde sie hier
bleiben. Bei der Großmutter und Tante Elsa gefiel es ihr gut, aber
das Heimweh war dennoch zu ihr gekommen und ließ ihr oft
keine Ruhe. Dann dachte sie an ihre Muttel, Papa, Lene, Sievert
und Uschi, und nun würde sie auch an Hannes denken.
Leider brauchte sie noch immer Hilfe und Unterstützung im
Alltag und die Mutter hatte mit den kleinen Geschwistern genug
zu tun, so dass auch Lene ihr oft helfen musste. Nun, vielleicht
ging es ja im nächsten Jahr besser. Liesel hoffte es so sehr. Sie gab
sich ja so viel Mühe, schnell gesund zu werden. Doch das Korsett
war sie noch nicht los geworden, denn obwohl sie es ständig trug,
war ihr Rückgrat noch immer verkrümmt. Die Ärzte in
Königsberg sagten, sie brauche eben viel Geduld, ihre Knochen
seien noch immer zu weich.
Und so fuhr das kleine Mädchen fünf Tage später mit der Tante
wieder zurück nach Königsberg. Tieftraurig saß sie am Fenster
des Waggons und winkte mit einem weißen Taschentuch. Dicke
Tränen kullerten ihre Wangen hinab, herzzerreißendes
Schluchzen drang aus ihrer kleinen Brust. Wie lange würde sie
ihre Muttel diesmal nicht sehen? Wann durfte sie denn endlich
wieder nach Hause, wann war sie gesund? Wie lange musste sie
noch darauf warten, bei ihren Geschwistern zu sein, mit ihnen zu
spielen, zu lachen? Sie wollte endlich so wie alle Kinder sein,
gesund, lebendig, fröhlich spielen, ihre Schwestern und Brüder
jeden Tag um sich haben, bei ihrer Mama und Papa sein, endlich
eine richtige Familie haben. Sie wollte nie wieder weg, nie, nie
wieder!! Wann war es endlich so weit?
Friede war mit zum Bahnhof gekommen, auf die Kinder gab die
junge Nachbarin acht, und so konnte auch sie sich die Zeit dazu
nehmen. Sie winkte dem Zug leichenblass hinterher. Liesels
Gesicht mit den großen, traurigen Augen und den Tränen auf den
Wangen ging ihr den ganzen Tag nicht mehr aus dem Sinn.

Ende September fand wieder ein sehr langer und
ausführlicher Brief seinen Weg von Breslau in die ehrwürdige
Stadt Königsberg, ein sehr liebevolles seitenlanges Schreiben, in
dem unter anderem davon die Rede war, dass wieder ein kleines
Wunder der Liebe in Breslau geschehen würde, auf das man sich

schon sehr freue. Mitte März wäre es soweit und man sei sicher, dass auch Liesel und die Bergers ihre Freude teilten.
Doch die kleine Liesel konnte sich nicht wirklich darüber freuen. Na schön, sie bekam also mal wieder ein neues Geschwisterchen, ja das war schön, aber wie viel lieber wäre es ihr, sie, Liesel, könnte wieder zurück nach Breslau, wäre wieder bei ihrer Mama und den Geschwistern. Wäre das für sie nicht das wunderbarste aller Wunder? Oh, wie sehr wünschte sie sich das, wie oft bat sie darum, doch nichts geschah.

II

Weihnachten kam schnell heran. Liesel hatte inzwischen schon fleißig gelernt, sie war ein kluges Mädchen und brachte nur gute Zensuren mit. So verwunderte es nicht, dass Großmutter und Tante sehr stolz auf sie waren. Dabei hatte es das Mädchen wirklich nicht leicht, denn es gab genügend Kinder, die sie hänselten und mit Schimpfwörtern bedachten. Mit viel Mühe kämpfte sie dagegen an, versuchte die Kinder für sich zu gewinnen, was allerdings furchtbar schwer war.
Umso mehr freute sie sich auf den Weihnachtsmann. Tante Elsa musste ihr jeden Abend die Weihnachtslieder vorsingen, welche auch ihre Muttel immer in der Vorweihnachtszeit gesungen hatte, wenn sie alle um den leuchtenden Adventskranz herum gesessen hatten, wenn es nach Tannennadeln und Plätzchen geduftet hatte. Ach, war das wunderschön gewesen! So wunderbar, so wie ein fernes Märchen. Ihre Muttel hatte eine sehr schöne Stimme und Liesel hatte immer andächtig gelauscht, später hatte sie mitgesungen. Nun saß sie mit Tante Elsa und der Oma und es klangen dieselben schönen, feierlichen Lieder. Doch oft war ihre Kehle dann wie zugeschnürt und ihre Stimme wurde immer leiser.
Zusammen hatten sie eine wunderschöne Karte geschrieben, Liesel hatte sie ausgesucht. Das Christkind, ganz in helles Licht getaucht, war darauf zu sehen, mit Spielzeug im Arm. Ein Mädchen und ein kleiner kniender Junge beteten und blickten erwartungsfroh auf die Gaben. So eine schöne Karte hatte Liesel bis dahin noch nie gesehen. Und ein kleines Päckchen für Eltern und Geschwister hatten sie gepackt. Das werden sie Weihnachten erhalten. Und Liesel malte sich ihre Gesichter aus, wenn sie es auspacken würden, ihre Augen schwammen in Tränen.
Liesel war sich ganz sicher, dass sie sich darüber freuten, denn Tante Elsa hatte ihr erzählt, dass es die Eltern nicht leicht hatten, mit nur sehr wenig Geld musste die inzwischen recht große Familie ernährt werden. Und es waren keine guten Zeiten für Familien mit vielen Kindern.

In diesem Jahr war Weihnachten sehr kalt. Am Heiligabend

hatte Martin noch eine kleine, etwas krumme Fichte gekauft, die als einziger Baum gegen Nachmittag noch zu kriegen war und wohl deshalb fast umsonst war. Mehr hätte er auch nicht ausgeben können, doch einen Weihnachtsbaum wollte er schon für seine Kinder haben. Als er damit nach Hause kam, waren seine Finger ganz steif, der Frost war auch am Tag recht spürbar. Aber es war schön draußen, kalt und klar, die Sonne schien. Er freute sich auf den Abend, denn wie immer zu Weihnachten sorgte Friede für Wärme, Behaglichkeit und Harmonie. Ein Fest ohne sie konnte er sich gar nicht mehr vorstellen. Und in diesem Jahr würde zum ersten Mal auch Hannes unterm Baum sitzen und staunen. Schon jetzt konnte er seine großen freudigen Augen vor sich sehen, die sich am Weihnachtsbaum förmlich festsaugen würden.

Nur eine fehlte, die kleine Liesel. Heute Abend würden sie das kleine Päckchen auspacken, alle gemeinsam, welches das Mädchen zusammen mit seiner Schwägerin Elsa und der Schwiegermutter geschickt hatte. Er wusste, dass Friede oft an die Kleine dachte und sie viel lieber hier gehabt hätte. Und er wollte gar nicht wissen, wie viele heimliche Tränen seine Frau schon deswegen geweint hatte. Auch ihm tat es sehr leid, was mit dem Mädchen geschehen war, doch sie hatte es besser dort in Königsberg. Daran mussten sie immer denken, so schwer es ihnen auch fiel.

Der März war zur Hälfte vorbei, als Friede an einem Donnerstag gegen Mittag mit den Kindern zum Krämerladen lief. Sie brauchte Mehl, Zucker und Milch für die Kinder, und ein paar weitere Kleinigkeiten. Heute Mittag wollte sie ihrer Rasselbande Pfannkuchen backen, die mochten sie gern, vor allem Lene. Sie ließ dafür alles andere stehen.

Draußen war es nicht besonders kalt. Friede hatte die Kleinen aber trotzdem warm angezogen, besonders Hannes, der im Wagen saß. Denn was sie im Moment zu aller letzt gebrauchen konnte, war, ein krankes Kind pflegen zu müssen. Jeden Tag konnte es soweit sein. Wenn es nach den Kindern ging, dann konnte es lieber heute als morgen kommen, das neue Geschwisterchen.

Nur Lene war in letzter Zeit öfter still und in sich gekehrt, was man von dem lauten und fröhlichen Mädchen sonst gar nicht

kannte. Ja, sie hat auch immer genug zu tun mit den Kleinen,
seufzte Friede in sich hinein. Doch das ist nun einmal so, wenn
man die Älteste ist. Sie hatte das am eigenen Leib spüren müssen,
wie es ist, wenn man der Mutter helfen muss mit den jüngeren
Geschwistern. Es hatte nicht immer Freude gemacht. Und wie
traurig war sie gewesen, wenn sie statt mit den Freundinnen
spazieren zu gehen Wäsche austragen musste. In diesen
Gedanken versunken war sie an dem Geschäft angekommen, Lene
mit Sievert und Ursula an der Hand war die Erste, Friede, die den
Wagen mit dem kleinen Hannes schob, kam unmittelbar danach.
„Guten Morgen, Frau Granz!", grüßte die freundliche Frau Haber
hinter dem Ladentisch, als die Glocke schellte. Sie mochte fünf,
sechs Jahre älter sein als Friede und ihr Mann besaß den Laden
schon bevor Friede hierher gezogen war.
„Ach Frau Haber, einen schönen guten Morgen auch!", erwiderte
Friede.
„Wir brauchen heute nicht viel. Aber mein Mann erhält erst
heute Abend sein Geld. Könnten Sie uns das Wenige heute bitte
anschreiben? Ich schicke dann auch gleich die Lene, wenn er
kommt."
Frau Haber nickte.
„Nehmen Sie nur was Sie brauchen, das geht schon in Ordnung,
Sie zahlen doch sonst immer gleich. Hm, Frau Granz, nun kommt
wohl auch das Kind bald? Es sieht ganz so aus, ja? Da haben Sie
ganz schön zu tun, nicht wahr? Ich meine, Sie mit den ganzen
Kleinen. Aber wissen Sie was? Schicken Sie doch einfach die Lene
mit 'nem Zettel. Und wenn was zu schwer wird für das Mädchen,
dann kann ja unser Junge mal helfen. Das ist ein ganz Lieber und
Fleißiger, unser Olaf, der macht das gern."
Friede war vor Freude rot geworden. Das war ein wunderbarer
Vorschlag. Zumindest in der ersten Zeit nach der Entbindung
würde ihr das viel helfen. Die Frau Haber wusste gar nicht, wie
viel. Sie drückte der Frau zum Abschied die Hand und verließ mit
einem freundlichen Gruß und den Kindern das Geschäft. Ihre
Einkäufe packte sie mit zu Hannes in den Wagen und hob die
kleine Ursula noch mit obenauf. Sievert hielt sich am Wagen fest
und Lene lief neben der Mutter.
Doch keine zwanzig Meter weiter durchfuhr ein starker,
ziehender Schmerz Friedes Leib. Sie blieb stehen und presste ihre
Hände dagegen. Schwer und stoßweise kam ihr Atem. Es war

soweit! Sie lehnte sich an die Hauswand. Nur einen Augenblick!
Lene blickte sie angstvoll an. Hoffentlich kam sie noch gut nach
Hause! Friede holte mehrmals tief Luft und löste sich von der
Wand.
„Kommt Kinder, eure Muttel muss nach Hause! Laufen wir
weiter!", presste sie hervor, schob den Wagen weiter und zog die
Kinder mit.
Lene sah die Mutter von der Seite an und blieb immer dicht
neben ihr.
Als sie vor dem Haus in der Grünstraße ankamen, hielt sich
Friede einen Moment an der Hauswand fest, bis die nächste Wehe
vorbei war.
Familie Krüger aus dem zweiten Stock im Vorderhaus trat gerade
mit ihren beiden dreizehn - und fünfzehnjährigen Jungen zur
Haustür heraus. Man wollte zum Bahnhof den Cousin von Herrn
Krüger und dessen Ehefrau abholen. Frau Krüger hatte die
Situation sofort erfasst und gemeinsam halfen sie Friede, den
Wagen und die Kinder ins Haus zu bringen und Friedes Einkäufe
in der Küche zu verstauen. Lene zog Ursula und Sievert die
Jacken aus und brachte sie in das Zimmer, in dem sie früher mit
Liesel gewohnt hatte, und das sie nun mit den beiden Kleinen
teilen musste, was ihr überhaupt nicht gefiel. Frau Krüger
kümmerte sich indes um Hannes und Friede. Der Junge weinte
und wollte sich nicht von Frau Krüger beruhigen lassen, die ihn
auf dem Arm durch die ganze Küche trug, von einer Ecke zur
anderen und um den Tisch herum zum Fenster. Sie schaukelte
ihn hin und her dabei und sang ihm ein Lied. Doch es war nichts
zu machen, der Junge wollte zu seiner Mutter.
„Lassen Sie nur, Frau Krüger. Ich nehme ihn gleich wieder auf
den Schoss, im Moment geht es ja wieder besser.", meinte Friede
gequält lächelnd.
Um keinen Preis wollte sie sich etwas anmerken lassen. Doch
Frau Krüger wusste es besser.
„Frau Granz, aber wenn die Wehen stärker werden, brauchen Sie
hier jemand. Die Lene kann Ihnen allein mit den Kindern auch
nicht helfen. Wann kommt denn Ihr Mann nach Hause? Sicher
erst abends. Und haben Sie denn schon etwas gegessen, und die
Kinder?!", fragte sie besorgt und aufgeregt.
Friede schüttelte den Kopf.
„Ich wollte ihnen Pfannkuchen backen, wenn wir vom Einkauf

zurück sind. Und das werde ich auch gleich tun.", verkündete sie
und erhob sich schwerfällig von ihrem Stuhl.
Aus dem hellbraunen Küchenschrank holte sie einen Steinkrug
und stellte ihn auf den Tisch, dazu einen Quirl, Mehl, Eier, Milch,
Schmalz und die eckige Salzdose aus Porzellan mit dem
Holzdeckel. Eine große Pfanne hing an der Wand über dem Herd,
in dem noch ein kleines Feuer glimmte, an das sie vor dem
Einkauf vorhin nachgelegt hatte.
Gerade als sie den Teig im Krug quirlte und Frau Krüger den
kleinen Hannes einigermaßen beruhigt hatte, zerriss ein
erneuter heftiger Schmerz ihren Bauch, dass sie vor Schreck
nach Luft schnappte und sich am Tisch festhalten musste.
„Jetzt ist es aber gut!", rief Frau Krüger erschrocken.
„Lassen Sie das jetzt! Den Kindern werde **ich** das Essen machen.
Sie kümmern sich um sich! Erst werde ich das Feuer etwas
anheizen, wir müssen nicht nur Pfannkuchen backen, auch genug
heißes Wasser werden wir brauchen. Die Lene kann dann
inzwischen mal zur Hebamme laufen. Weiß sie den Weg dahin?"
„Ja, sie war schon mehrmals mit dort. Das schafft sie, im
September wird sie ja schon elf, ein großes Marjellchen."
Friede senkte den Kopf:
„Aber Frau Krüger, es tut mir so leid, dass ich Sie hier mit
einspanne! Hoffentlich ist ihr Mann noch rechtzeitig zum
Bahnhof gekommen, nicht dass Ihre Verwandtschaft auf ihn
warten musste. Sie haben sicher auch genug zu tun, wenn Sie
Besuch kriegen. Und nun sind Sie hier und helfen stattdessen
mir! Ich kann Ihnen nicht genug danken! Was sollte ich jetzt
ohne Sie tun?"
Dankbar sah sie die Krüger an.
„Danke können Sie später sagen, wenn alles gut vorbei gegangen
ist! Das tu ich doch gern! Wie sollte das auch gehen, Sie allein mit
den Kindern?", meinte diese resolut und strich Friede über den
Arm.
„Ja!", seufzte Friede.
„Mein Mann wollte sich frei nehmen im Büro, aber das geht
leider erst ab morgen. Heute früh hatte ich schon so ein Gefühl,
so als ob es bald los geht. Aber ich dachte, bis zu Habers Laden
kann ja nichts passieren, das ist nicht so weit. Ja, doch dann ging
es auf dem Rückweg los. Nur gut, dass ich Sie vor dem Haus
getroffen habe!"

Frau Krüger lachte, etwas Ähnliches sei ihr bei ihrem jüngsten
Sohn auch passiert, deshalb könne sie das sehr gut verstehen.
Als aus dem Zimmer der Kinder ein lautes Getöse zu hören war,
lief die hilfsbereite Frau hinüber, den kleinen Hannes auf ihre
Hüfte geklemmt.

Nach sechs qualvollen Stunden nickte die alte Hebamme
zufrieden und hielt ein bläulich violettes, kräftig schreiendes,
kleines menschliches Wesen in die Höhe.
„Es ist ein Junge! Ein kräftiger, gesunder Junge, Frau Granz!
Herzlichen Glückwunsch!", sagte sie in ihrer ruhigen Art.
Dann ging es ans Baden und Wiegen, ehe sie den Säugling, in
frische weiße Tücher gewickelt, in Friedes Arme legte. Die
begrüßte ihr jüngstes Kind genau so wie sie alle ihre Kinder
begrüßt hatte und wünschte ihm viel Glück für sein Leben.
Und bald nahm wieder ein Brief mit der genauen Beschreibung
des geschehenen Wunders seinen Weg ins ferne Königsberg, wo
Auguste und Elsa Berger und die kleine Liesemarie sich
kopfschüttelnd und stöhnend in die Arme fielen.
Doch Liesels kleines Herz hüpfte auch vor Freude, denn Mitte
August sollte die Taufe des kleinen Bruders sein und sie durfte
dann mit der Oma und Tante Elsa nach Breslau zu den Eltern
fahren, sie durfte wieder ihre Muttel drücken, durfte ihr ganz
nah sein und den Geschwistern, und Papa . Das war wie
Weihnachten, nur viel, viel schöner!
Doch bis dahin war noch eine lange Zeit, Liesel würde die Tage
zählen.

Die kleine Uschi war schon mächtig aufgeregt, denn heute
würden sie alle in die Kirche gehen und ihr jüngster Bruder
erhielt seinen Namen. Gestern waren Tante Elsa und die Oma mit
der Eisenbahn gekommen, sie war mit dem Papa auf dem
Bahnhof gewesen und hatte die Beiden abgeholt. Und auch ihre
Schwester Liesel hatten sie mitgebracht, die Mama hatte zu
Hause geweint, als sie das Mädchen umarmt hatte. Uschi runzelte
die Stirn. Das konnte sie nicht verstehen. Warum hatte die Mama
da geweint?
Sievert unterbrach ihren Gedankengang indem er mit seinem
Holzauto gegen ihr Bein fuhr.
„Tüüt, tüüt, rüber gehen! Hier ist die Straße, Uschi, du kannst

nicht hier stehen, du musst aus dem Weg! Tüüt, tüüt, jetzt
komme i c h doch. Ach, mit Mädchen kann man nicht spielen, die
haben keine Ahnung.", meinte der kleine Kerl.
Doch Ursula hatte gar nicht richtig auf den größeren Bruder
geachtet, zu sehr war sie schon wieder in ihren Gedanken über
Liesel versunken. Warum weinte die Muttel nur immer, wenn sie
Liesel in die Arme nahm und warum war ihre große Schwester
immer so furchtbar traurig, wenn sie wieder mit der Tante und
der Oma wegfuhr. Erneut runzelte das kleine Mädchen die Stirn,
war Zug fahren nicht schön? Sie musste das Lieselchen danach
fragen, gleich nachher.
Doch dazu kam es nicht mehr, Friede hatte den Kindern ihre
Sachen bereit gelegt und Lene half der Mutter, alle anzuziehen.
Die kleine Uschi war mit einem Mal so aufgeregt, dass sie nicht
mehr daran dachte, die Liesel zu fragen und am Abend hatte sie
es ganz vergessen.
Friede hatte gerade ihrem Jüngsten das Taufkleid angezogen, als
Martin schon zum Aufbruch mahnte.
„Seid ihr alle fertig, Friedelchen? Sind die Kinder angezogen? Wo
sind Elsa, Liesemarie und deine Mutter, noch in ihrem Zimmer?
Wir müssen bald los, sonst kommen wir zu spät in die Kirche.",
rief er ins Schlafzimmer, in dem Friede mit den Kindern auf dem
Bett saß und alle noch einmal betrachtete.
„Oh, Friedel, du siehst heute ganz besonders hübsch aus!", raunte
Martin seiner Frau ins Ohr und strich ihr sanft über die Schulter.
„Ich bin so glücklich, dass ich dich habe, dass du immer bei mir
bist. Ich liebe dich!", flüsterte er und drückte sie an sich.
Einen Moment lehnte sich Friede an ihren Mann, küsste ihn auf
Stirn, Wange und Mund, wandte sich dann schnell wieder den
Kindern zu und nahm den Kleinen auf den Arm.
Die Kinder folgten ihr und Martin aus dem Zimmer. Lene lief
schnell über den Flur und holte die Großmutter, Tante Elsa und
Liesemarie, die im Sonntagsstaat schon auf den Aufbruch
gewartet hatten. Nun konnte es losgehen!

Martin sah wie sein Sohn von der Patin über das Taufbecken
gehalten wurde und wünschte ihm im Stillen alles Glück dieser
Welt. Doch dann wanderten seine Gedanken wieder zu seiner
Familie, zu Friede, mit der er nun schon über sieben Jahre
glücklich war und zu seinen älteren Kindern, auch zu Lene und

Liesel. Oh ja, und wie glücklich er war mit seiner Friede und der kleinen Rasselbande, die ständig neue Streiche ausheckte und manchmal kaum zu bändigen war. Immer war etwas los, so dass er kaum noch an seine Verwundung und die Prophezeiung der Ärzte dachte, so wunderbar lebendig fühlte er sich mit seiner Familie.

Martin schmunzelte vor sich hin, als er daran dachte, wie Sievert ihn neulich gefragt hatte, wann er denn nun endlich mit Hannes und dem kleinen Friedrich, der von allen nur Fredi gerufen wurde, unten auf der Straße mit dem Ball spielen könnte. Sievert dauere es nun doch viel zu lange bis der Fredi laufen könne. Könnte das denn nicht schneller gehen?

Martin musste sich ein lautes Lachen verkneifen, als ihm Sieverts aufgeregtes Gesicht in den Sinn kam.

Doch dann verdunkelten sich jäh Martins Augen, als er an diejenigen seiner Familie dachte, die heute wieder nicht erschienen waren, die ihm immer noch grollten und es wohl nie verstehen würden, dass er seinem Herzen gefolgt war. Nein, er hatte eigentlich nicht damit gerechnet, sie hier zu sehen. Warum sollten sie gerade heute hier sein, wo sie es doch seit knapp acht Jahren vermieden, ihn zu sehen, ihn, seine Frau und seine Kinder. Es war ihnen egal was er tat, was sie taten, egal selbst wie es ihren Enkelkindern, ihren Nichten und Neffen ging.

Ja, hatten sie ihn und seine Frau nicht auch in ihren schwersten Stunden, als sie ihre beiden kleinen Mädchen zu Grabe tragen mussten und geglaubt hatten, dass die Welt, die Zeit stillstehen müsste, allein gelassen! Sie hatten ihnen weder beigestanden, noch sie getröstet, noch sonst irgendetwas. Keine Regung war gekommen, keine Karte, kein aufmunterndes Wort für die Trauernden, nichts, absolut nichts! Sie hatten sich nicht gemeldet, obwohl er ihnen geschrieben hatte. Er und seine Familie existierten nicht mehr für die Granz, die sich für die besseren Menschen hielten, für welche, die über andere zu richten auserwählt waren.

Doch nun war das Maß endgültig voll. Er wollte auch nicht mehr! Warum sollte er warten auf Menschen, die ihn im Stich ließen, nur weil er die Frau geheiratet hatte, die er liebte und mit der er glücklich war? Menschen, die kalten Herzens darüber hinweggingen, wenn ihm ein Kind geboren oder getauft wurde und deren Herzen genauso eisig waren und ohne Mitgefühl, als er

zwei seiner kleinen, süßen Mädchen verlor! Nein, solche
Menschen wollte er von nun an auch nicht mehr zu seiner
Familie zählen. Es war genug, sie brauchten nicht mehr zu ihm zu
kommen, nun wollte e r sie nicht mehr sehen.
Hier in der Kirche schwor er sich, dass er nie wieder einen Fuß
über deren Schwelle setzen würde, weder er, noch seine Frau
oder seine Kinder. Keiner mehr! Endgültig hatten sie es verspielt.
Er würde nicht mehr umsonst warten und auf ein Wunder hoffen.
Am Ende enttäuschten sie ihn doch immer wieder.
Grimmig blickte Martin um sich und sah dabei genau in Friedes
blaue Augen.
Prüfend musterte sie sein Gesicht und glaubte Trotz und
Entschlossenheit darin zu lesen. Gleich nach der Feier wollte sie
ihn danach fragen.
Gerade benetzte der Pfarrer die blonden Flusen auf Fredis
Köpfchen, dessen braune Augen, weit aufgerissen, sich mit
Tränen füllten. Ein lautes Weinen tönte durch die Kirche und
Friede tröstete ihren Jüngsten, der auch bald wieder verstummte
und die Zeremonie weiterhin still über sich ergehen ließ.

Später saßen alle im Wohnzimmer um den großen Eichentisch
und kosteten den Kuchen, den Friede und Elsa gestern am späten
Abend noch gebacken hatten. Zusammen hatten sie in der Küche
gestanden und Hand in Hand gearbeitet.
„Wie zu Hause, in Königsberg! Weißt du noch, Elsa?", hatte
Friede geflüstert und leise begonnen ein Lied zu singen.
„Natürlich, weiß ich das noch! Es war eine schöne Zeit, als du
noch dort warst!"
Dann hatte auch Elsa mitgesungen.
Zweistimmig war leise eine Melodie erklungen, ein Lied von der
Heimat an der hellen Küste der Ostsee.
Wehmütig war das alte traute Lied durch die Küche geschwebt,
fest und sicher hatte sich Elsas dunkle Stimme durch den Raum
geschwungen, als hätte sie den vor Heimweh traurig klingenden
Sopran Friedes wieder aufrichten wollen.
Als Martin den Kopf zur Tür herein gesteckt und andächtig
gelauscht hatte, war ihm lächelnd bedeutet worden, er könne die
Mandeln für den Kuchen in der kleinen Mühle, die Friede schon
am Tisch befestigt hatte, mahlen. So hatte er den Beiden helfen
und noch dabei die schöne Stimme seiner Frau bewundern

können.
Aber auch Elsa brauchte sich beim Singen nicht hinter der
großen Schwester zu verstecken. Ihre Altstimme klang
wunderbar sanft neben Friedes hellem Sopran. Friede hatte in
Königsberg im Kirchenchor gesungen. An manchem Abend war
sie zur Probe gegangen, geübt hatte sie auch zu Hause und sich
damit die Hausarbeit versüßt, denn sie sang sehr gern, mit
ganzem Herz und viel Gefühl. Und bald hatte die kleine
Schwester einfach mitgesungen und auch mitgeholfen, so dass
mit der Zeit ein sehr inniges Verhältnis zwischen den beiden,
vom Wesen her doch recht unterschiedlichen, Mädchen
entstand. Noch heute waren sie sehr vertraut, obwohl sie doch
inzwischen so weit voneinander entfernt wohnten. Vor allem
Elsa war nicht gerade erfreut gewesen, als Friede mit ihrem
Mann vor fast acht Jahren in dessen Heimat zog, zumal sich
Martin wegen der Heirat mit seinen Eltern und Geschwistern
überworfen hatte. Doch wozu gab es schließlich die Post? Ständig
wechselten seitdem Briefe und Karten hin und her, und erst
recht seitdem Liesemarie bei Auguste und Elsa Berger lebte.
So war Elsa immer froh, wenn es einen Anlass gab und dazu noch
genügend Geld für die Fahrt nach Breslau vorhanden war. Dann
bestieg sie stets mit Freuden den Zug und nahm die lange Fahrt
zur Schwester auf sich.
Doch diesmal war der Mutter, die schon daheim etwas kränkelte,
die Reise nicht so gut bekommen, und man hatte sie kurz nach
der Ankunft erst einmal zu Bett geschickt.
Deshalb hatten die beiden jungen Frauen dann ohne sie in der
Küche gestanden und den Taufkuchen gebacken.

Friedes Kinder stürzten sich auf den Mohnkuchen, der ihrer
Meinung nach am besten schmeckte. Selbst Liesemarie, die seit
dem Beginn ihrer Krankheit ein schlechter Esser war, aß mit
großem Appetit. Vor allem die Streuseldecke darauf hatte es ihr
angetan. Mit großen Augen verspeiste sie ihren Kuchen und sah
immer wieder in die Runde am Tisch. Ach, wie aufgeregt war sie
doch noch immer. Schon Wochen vor der Reise hierher hatte sie
die Tage gezählt bis es endlich losging. Nicht schlafen hatte sie
gekonnt die letzten Tage zuvor, weil sie immer an die Eltern, vor
allem an ihre Muttel denken musste. Ihre Geschwister hatte sie
vor sich gesehen, wie sie mit ihnen spielte. Alles hatte sie sich

vorher genau ausgemalt. Dann kam die lange Fahrt mit der
Eisenbahn, wo sie stundenlang aus dem Fenster sehen konnte,
Bäume und Häuser zählen, in ihrer Fibel lesen, die
mitgenommenen belegten Brote essen, mit der Oma und Tante
Elsa erzählen und doch zwischendurch immer wieder an ihre
Muttel und alle daheim denken. Und jedes Mal, wenn sie an die
Breslauer dachte, begann ihr kleines Herz zu hüpfen, so dass ihr
ganz schwindlig wurde vor Freude, alle bald zu sehen.

So saß sie nun glücklich am Tisch und genoss es, allen so nah
zu sein. Alle Geschwister waren ein gutes Stück gewachsen. Uschi
spielte viel mit Sievert, Lene hatte alle Hände voll zu tun, wenn
sie der Mutter mit Hannes und Fredi helfen musste. Liesel fand
die kleinen Jungen einfach süß. Hannes wird schon zwei Jahre,
dachte sie, aber er läuft mir nicht hinterher wie die Uschi das
immer getan hat. Schade, er lässt sich gar nicht anfassen, fängt
immer gleich an zu weinen. Und es ist ziemlich laut hier, nicht so
ruhig wie bei Oma und Tante Elsa. Aber es ist trotzdem schön
hier, die Muttel ist hier, ich kann sie umarmen, sie anfassen, ihr
einen Kuss geben, sie einfach ansehen. Das ist so schön!
Und schon war Liesel nicht mehr so glücklich, ihre Augen
verdunkelten sich. Oh, wie gern würde sie für immer hier sein!
Sogar den Lärm der Geschwister würde sie dafür ertragen. Doch
erst ein paar Tage vor der Abfahrt war sie mit Tante Elsa beim
Arzt gewesen, im Krankenhaus. Sie brauchte noch immer Pflege
und viel Hilfe im Alltag. Die Mutter hatte diese Zeit nicht, sie
hatte genug Arbeit mit den Geschwistern. Die arme Lene musste
ihr ja sogar dabei helfen. Und die hatte gesagt, das gefiele ihr
nicht so gut, viel lieber möchte sie mit ihren Freundinnen
spielen, als auf die Kleinen aufzupassen.
Wenn sie nur gesund wäre, endlich ganz gesund, dann könnte sie
hier bleiben. Sie könnte dann ihrer Muttel helfen mit den
Kleinen. Und in der Küche könnte sie auch helfen, so wie sie
manchmal auch der Oma half und Tante Elsa. Ja, die Mutter
würde staunen und Papa auch, und Lene und die kleinen
Geschwister. Hoffentlich war es bald soweit, hoffentlich musste
sie nicht mehr lange darauf warten. Wenn sie erst wieder hier
war, könnten die Kinder in der Schule auch nicht mehr sagen, sie
hätte keinen Vater und keine Mutter, weil sie bei der Großmutter
und der Tante lebte. Keiner könnte sie dann mehr hänseln wegen

ihres Rückens oder ihrer Größe, denn dann käme der Papa sofort
in die Schule und die Kinder, die sie geärgert hatten, würden
bestraft werden. Ja, und dann, wenn sie wieder ganz gesund
wäre, ihr Rücken wieder gerade und sie würde auch so groß sein
wie die anderen Kinder! Ja, dann! Der schönste Tag in ihrem
Leben wäre dann, lachen und singen würde sie, vor Freude ganz
laut schreien, jubeln und tanzen. Liesel lächelte vor sich hin und
Martin, der neben dem Mädchen saß, strich ihr sanft übers Haar.
„Na, Lieselchen, worüber freust du dich denn, meine Kleine? Ist
es schön, hier bei uns zu sein?", fragte er.
Elsa hatte ihre Nichte beobachtet und ahnte etwas von dem
Kampf, der in dem Mädchen tobte.
"Hast du geträumt, mein Marjellchen?", fragte sie das Kind
vorsichtig. Doch Liesel konnte nur schlucken, immer wieder,
schnell hintereinander, damit der dicke Kloß in ihrer Kehle
endlich wieder weg war.
Als die Tante den Arm um ihre Schultern legte, schmiegte sie sich
an sie und versuchte ein tapferes Lächeln.

Lange vor der Sonne war die kleine Uschi schon wach. Vor lauter
Aufregung und Vorfreude hatte sie gestern Abend nur schwer
einschlafen können. Auch in der Nacht war sie immer wieder
wach gewesen und hatte zum Fenster geschaut ob es draußen
nicht bald hell wurde und sie endlich aufstehen dürfte. Ganz still
hatte sie gelegen und gewartet, doch dann war sie jedes Mal
wieder eingeschlafen.
Ihr kleines Herz pochte ganz mächtig. Wie konnten die
Geschwister nur so fest schlafen? Sievert schniefte sogar ganz
leicht vor sich hin. Warum war denn noch keiner wach, wo doch
heute ihr großer Tag war? Ja, heute hatte sie Geburtstag! Die
Mama hatte gesagt, vier Jahre wird sie nun. Das waren die Finger
einer Hand! Na gut, ohne Daumen, aber immerhin. Mit vier
Jahren war sie nämlich schon fast ein großes Mädchen, ja fast so
groß wie ihr lieber Sievert, der wird in einigen Tagen schon sechs
und kommt im nächsten Frühling in die Schule. Ganz schnell
wollte sie wachsen, damit sie bald auch so groß war wie er.
Draußen graute langsam der Morgen, ein rötlich-blauer
wolkenloser Himmel war oben im Fenster zu sehen.
Endlich wagte es Uschi, sich zu bewegen. Aus Küche und Stube
hatte sie Geräusche gehört. Ob gar die Mutter schon

aufgestanden war? Der Vater war sicher schon zur Arbeit gegangen. Oder saß er vielleicht noch mit der Mutter in der Küche beim Frühstück?
Eigentlich hatte Martin gemeint, er könne ja jetzt morgens allein essen, Friede solle ruhig noch etwas liegen bleiben und sich ausruhen, sein Frühstück könne er durchaus selbst zubereiten. Sie solle nun ihre Kräfte besser einteilen. Friede jedoch konnte nicht anders, wie immer war sie morgens die Erste und ließ es sich nicht nehmen, mit ihrem Martin gemeinsam den Tag zu beginnen.
Uschi aber lag noch immer ganz still neben Lene im Bett und lauschte. Vorsichtig drehte sie sich zur Seite und zählte immer wieder die Finger ihrer rechten Hand. Eins, zwei, drei, vier, ohne den Daumen. Wann wurde Lene denn endlich wach? Oder Sievert, oder beide? Wann konnte sie endlich aufstehen? Hannes schlief diese Nacht bei Muttel und Papa, er hatte gestern etwas Fieber gehabt und die Mutter hatte ihn lieber bei sich haben wollen.
Sie drehte sich wieder zur Fensterseite, sah in dem kleinen Viereck einen hellen Streifen am Morgenhimmel. Dann wanderte ihr Blick zu Lene, die auf einmal blinzelte und sie streng aus ihren hellen wasserblauen Augen ansah und, als Uschi etwas sagen wollte, den Zeigefinger auf den Mund legte, um ihr zu bedeuten, dass sie still sein und Sievert nicht aufwecken solle. Für die Kleine war das die reinste Folter, denn sie konnte beim besten Willen kaum noch ihre Arme und Beine stillhalten. Doch auf Lene musste sie hören, denn Lene war schließlich schon zwölf und ihre älteste Schwester, was fast so viel war wie Muttel. Und Lene konnte sehr streng sein mit ihren kleinen Geschwistern, vor allem, wenn sie der Mutter helfen musste, es aber eilig hatte zu ihren Freundinnen hinaus auf die Grünstraße zu kommen. Uschi blinzelte die Schwester an, schwieg und rührte sich nicht.
Traurig dachte sie daran, dass ja heute ihr Geburtstag war und sie doch so furchtbar gern jetzt aufstehen möchte.
Da rieb sich plötzlich mit einem lauten Seufzer Sievert seine Augen, streckte sich lang und sprang dann mit einem Jauchzer aus dem Kinderbett.
„Uschi hat Geburtstag, Uschi hat Geburtstag, trallalallalala! Heute gibt es Kuchen, trallalallalala! Komm her, du Uschilein!“, rief der Kleine übermütig, stürzte sich zu den Mädchen ins Bett,

umarmte seine kleine Schwester und gab ihr einen Kuss auf die Wange.

Uschi sah ihren Bruder überrascht an und lachte dann laut los. Lene war sprachlos und wagte nicht einmal mit den Kleinen zu schimpfen, zu niedlich war dieser Auftritt gewesen.

Da stand auch schon die Mutter in der Tür, eine Hand auf der Klinke, die andere auf ihrem wieder hochgewölbten Bauch. Lächelnd betrachtete sie ihre Kinder, die lachenden aufgeregten Gesichter der beiden Kleinen, die wie immer unzertrennlich waren und das von dunklen Zöpfen umrahmte, etwas ernstere Gesicht ihrer Ältesten.

„Guten Morgen, meine Lieben! Habt ihr alle gut geschlafen?" Friede trat ins Zimmer, ging zum Bett der Mädchen, umarmte Ursula, drückte ihr kleine Küsschen auf Stirn und Mund und strich ihr über das seidige blonde Haar.

„Alles Gute zum Geburtstag, mein Marjellchen!", flüsterte sie. „Vor allem bleib mir schön gesund, meine Kleine!"

Dann hielt sie Ursula ein wenig von sich, blickte ihr in die leuchtenden, blauen Augen, die genauso wie ihre eigenen strahlen konnten, wenn das Mädchen glücklich war. Und das passierte oft, denn ihre Uschi war ein so aufgewecktes, fröhliches Kind, das man einfach gern haben musste. Ihr Lachen klang durch alle Räume der Wohnung, fröhlich und ansteckend. Von den Geschwistern wurde sie geliebt, denn Uschi war nie nachtragend und ihr kleines Herz schlug für alle gleichermaßen. So klein wie sie war, hatte sie doch schon einen ausgeprägten Sinn für Gerechtigkeit und wenn Lene beim Spielen mit den jüngeren Geschwistern eines den anderen vorzog, ging Uschi dazwischen und half dem Benachteiligten. Meist war das Sievert, der halt auch manchmal die große Schwester neckte, was sie ihm oft nicht so schnell vergaß. Ja, und auch Sievert stellte sich oft schützend vor Uschi, die beiden waren ein Herz und eine Seele. Aber es verging auch kein Tag, an dem sich die kleine Ursula nicht mindestens ein Mal in die Arme ihrer Muttel geworfen und sie geherzt und gedrückt hätte. Wenn Friede dann in die leuchtenden Augen ihres Mädchens sah, war auch sie glücklich und fand sich selbst wieder in ihrer Tochter, sich und ihren Martin.

„Na, komm mal mit, mein Engelchen, und ihr beiden auch! Lene, hilf den Kleinen bitte beim Waschen und Anziehen! Hannes sitzt

schon in der Küche auf seinem Stuhl, und ich hole noch Fredi; er
spielt noch in der Kammer in seinem Bettchen. Dann gibt es erst
einmal Frühstück. Beeilt euch! Nun wascht euch ordentlich den
Schlaf aus den Augen, damit sie blitzen können!" Damit schob
Friede ihren Bauch zur Kammertür hinein, hinter der Klein-Fredi
gerade begonnen hatte, seinen Unwillen darüber kund zu tun,
dass er ganz allein im Zimmer war und keiner mit ihm spielte.
Als dann endlich alle um den Küchentisch saßen und ihren
Haferbrei löffelten, war Friede froh, die erste Runde des Tages
hinter sich zu haben und ein wenig verschnaufen zu können. Den
ganzen Tag über hielten die Kinder sie auf Trab.
Lene zog sich schon die Jacke an, um zur Schule zu gehen, dann
war Friede wieder mit den vier Kleinen allein, der Älteste fast
sechs, der Jüngste eineinhalb. Der Geburtstagskuchen für Uschi
war zu backen, der Haushalt zu erledigen und Essen für die
Kinder zu kochen, denn wenn Lene aus der Schule kam, hatte sie
stets großen Hunger und es war an der Zeit auch den Kleinen
eine warme Mahlzeit zu geben. Die Vier machten es ihr nicht
immer leicht und im Moment war sie wirklich froh, wenn Lene
kam, ihre Schulaufgaben erledigte und ihr dann helfen konnte.
Friede war nun im siebten Monat und das Bücken fiel ihr schon
schwer. Doch nicht nur das, auch die viele Wäsche machte ihr zu
schaffen. Bei sieben Personen fiel doch so Einiges an. Fredi
brauchte nachts noch Windeln, jeden zweiten Tag war da zu
waschen, länger mochte sie die eingeweichten Stücke nicht
liegen lassen. Und auch sonst, ihre Kinder, ja überhaupt die
ganze Familie sollte stets sauber gekleidet sein. Schließlich war
sie das von Kindheit an so gewöhnt und auch hier in ihrer Familie
sollte es so sein. Martins Hemden fürs Büro mussten auch noch
gestärkt und gebügelt werden, ebenso wie die Wäsche und die
weißen Häkeldecken ihrer Aussteuer. Das ließ sich Friede nicht
nehmen, ordentlich und sauber musste alles sein.
Martin war dankbar für ihre Fürsorge und unermüdliche Arbeit,
manchmal bis tief in die Nacht. Doch zur Zeit sollte sie sich lieber
etwas mehr schonen, denn schon bald würde sie wieder all ihre
Kräfte brauchen.
Am späten Nachmittag kam der Vater endlich aus dem Büro, er
hatte sich bei Herrn Winter, dem Vorsteher, eine Stunde frei
geben lassen. Die hatte er eh schon lange an Überstunden
abgearbeitet, so konnte er doch heute der kleinen Uschi eine

Freude machen, wenn er etwas früher nach Hause kam, heute wo
sein Kind Geburtstag hatte.
Natürlich wartete Ursula schon sehnsüchtig auf ihren Papa, den
sie liebte und verehrte und ganz sicher eines Tages, wenn sie
groß war, heiraten würde. Außerdem gab es den
Geburtstagskuchen, den die Mama heute gebacken hatte und
dessen leckerer, süßer Duft die ganze Wohnung in einen
Bäckerladen verwandelt hatte, erst, wenn der Papa daheim war.
Er schloss die Tür auf und rief laut in den Flur:
„Wo ist denn nun mein kleines Geburtstagskind? Ist es vielleicht
gar nicht da, mein Uschilein?"
Aufgeregt lief Uschi auf ihn zu. Er hob sie hoch in die Luft und
wirbelte sie herum, dass sie juchzte, drückte sie dann an sich und
gab ihr einen Kuss.
„Hatte meine Kleine einen schönen Tag?", und als das Mädchen
nickte:
„Na, dann wollen wir mal den Kuchen kosten! Was meinst du,
Uschi?"
Er nahm das Mädchen bei der Hand und zog es in die Stube.
Uschis Augen glänzten. Der Tisch war gedeckt, vier Kerzen auf
einem bunten hölzernen Kranz und ein großes Lebenslicht in der
Mitte brannten. Und was war das? Uschi stand und sah wie
gebannt auf den Tisch. Ihre Augen wurden immer größer. Neben
dem Kuchen saß da eine Puppe, eine ganz wunderbare Puppe,
eine aus Stoff mit aufgenähten Knopfaugen und dicken,
geflochtenen Zöpfen aus gelber Wolle, in die rote Schleifen
gebunden waren. Und was für ein hübsches Kleid die Puppe trug!
Hellblau war es, mit roten Tupfen und darüber war eine
schneeweiße Schürze mit einem Häkelrand am Saum gebunden.
Staunend betrachtete Uschi das Püppchen. In ihren leuchtenden
Augen blitzten verräterische Tränchen, den Mund vor Andacht
und Entzücken leicht geöffnet, blieb sie eine Zeit lang ganz still.
Dann drehte sie sich zu Martin, der sie auf den Arm genommen
hatte, um und umarmte ihn.
„Ist die schöne Puppe denn für mich, Papa?", fragte sie leise
zögernd.
Als er lächelnd nickte und bejahte, juchzte sie, schlug die
Ärmchen um seinen Hals und drückte sich glücklich an ihn.
„So eine schöne Puppe! Und ganz allein für mich!?", fragte sie
zur Vorsicht noch einmal und als er nickte, drückte sie ihn noch

fester.

„Ach, du lieber Papa! So eine habe ich mir doch gewünscht, genau so eine. Das ist aber ein schöner Geburtstag! Und so viele Lichter!"

Wieder drückte ihn die Kleine, bis er sie behutsam auf den Boden stellte und Friede sich zu ihr hinab beugte und ihre Tochter in die Arme nahm.

Als Uschi dann mit aller Kraft die Kerzen ausgepustet hatte, schnitt Friede den Mohnkuchen in Stücke und gab jedem eines davon auf den Teller, erst Uschi, dann Martin und danach den anderen Kindern, sich selbst zuletzt. Es war der Lieblingskuchen der kleinen Ursula, die ihr Stück mit großen Augen betrachtete und dann genüsslich verspeiste.

Oft gab es nicht Kuchen bei Familie Granz, denn das Geld war immer knapp. Das Wenige, das Martin mit nach Hause brachte, reichte hinten und vorn nicht für die ständig wachsende Familie, in der es nun bald wieder Nachwuchs geben sollte. Friedes entsprechender Brief war schon vor Monaten nach Königsberg gereist und die Wogen dort über ihre und Martins Unvernunft inzwischen wieder geglättet.

So saßen die Kinder nun um Ursulas Geburtstagstisch und aßen sich satt am Kuchen, wer weiß wann es den nächsten geben würde. Da es inzwischen schon ziemlich spät war, bildete er auch für die Kinder gleich das Abendessen. Nur Martin aß spät am Abend noch eine Scheibe Brot, das er mit Knoblauch einrieb und den Rest der Zehe mit einem Schluck Korn hinunter spülte. Zu der Zeit schlief Uschi selig lächelnd neben Lene und träumte von der Stoffpuppe mit den gelben Zöpfen und den Knopfaugen.

In den letzten Dezembertagen des Jahres 1928, an einem kalten, aber frostfreien, Tag wurde den Granzes wieder ein gesunder Junge geboren, der mit seinem lauten Geschrei und ständigem Weinen Friede in den ersten Nächten sehr erschreckte. Doch da er vom Hausarzt, welcher eiligst zu Rate gezogen wurde, für völlig gesund erklärt wurde, beruhigte sich Friede langsam wieder, und als er ihr mehrmals täglich die Brust leer trank, mehr als alle ihre Kinder vorher, begann sie, sich keine Sorgen mehr um ihn zu machen. Er gedieh prächtig, war jedoch trotz der Trinkorgien an ihrer Brust ein schlankes Kind, aber groß. Ein süßer Fratz mit seinen feinen, blonden Härchen und Martins dunklen, braunen Augen, die, von langen Wimpern umschattet, sein schmales, feines Gesichtchen beherrschten. Friede liebte ihn vom ersten Augenblick an, so wie sie alle ihre Kinder liebte, mit ihrem ganzen großen Herzen.

Und wieder war es Magdalena, die, wenn sie aus der Schule kam, der Mutter helfen musste, die zu Habers Laden lief, mit dem Zettel, der Milchkanne und dem Geld in der einen, dem Einkaufskorb in der anderen Hand. Wenn Kanne und Korb zu schwer wurden, half ihr Olaf Haber beim Tragen. Der schlaksige, sommersprossige, rothaarige Junge, den die anderen Jungs seines Alters verspotteten und Feuerfresser nannten, war inzwischen fünfzehn Jahre alt und lernte im Geschäft seiner Eltern, das er später einmal übernehmen sollte. Fleißig und hilfsbereit wie er war, konnte er es nicht mit ansehen, wie die, für ihre zwölf Jahre, noch recht kleine, schmächtige Lene die schweren Sachen nach Hause schleppte. Von seiner Mutter hatte er gehört, dass der Storch mal wieder bei Granzes vorbeigeschaut hatte und Lene ihrer Mutter deshalb mehr helfen musste. Also trug er seinerseits dazu bei, dass bei Familie Granz trotz erneutem Kindersegen alles seine Ordnung hatte. Bald waren die Beiden gute Freunde und traurig, als Friede wieder selbst zu Habers kam und ihre Einkäufe mit dem Kinderwagen nach Hause transportierte.
Als Mitte März Krokusse und Schneeglöckchen blühten und die Tage langsam wieder länger wurden, fand es Friede an der Zeit und so sprachen sie und Martin an einem Sonntag in der Kirche nach dem Gottesdienst mit dem Pfarrer und vereinbarten einen Termin. Am Abend saß sie noch bis spät in der Stube am Tisch und schrieb einen langen, ausführlichen Brief, in vielen lieben Worten, wie es ihre Art war. Manchmal blickte sie kurz auf, sann ihrem letzten Satz nach und schrieb dann eilig weiter. In ihren Gedanken war sie sowohl hier bei ihren Kindern und Martin, als auch bei Liesel und ihren anderen Lieben in Ostpreußen.

In Königsberg war man darauf vorbereitet, man hatte diesen Brief schon erwartet, dieses Mal jedoch auch mit Besorgnis neben der Freude. Seit einigen Wochen war es Auguste Berger immer schwerer gefallen, mit dem Waschen fremder Wäsche ihren Unterhalt zu verdienen, schwerer als je zuvor in den zweiundzwanzig Jahren seit dem Tod ihres lieben Gustavs, und

die winzige Witwenrente, die sie für ihren viel zu jung
verstorbenen Mann erhielt, war nur ein Tropfen auf den heißen
Stein. Ihre Tochter Elsa gab zwar einen beträchtlichen Teil ihres
Lohnes, den sie für ihre Arbeit im Kontor der Werft erhielt, dazu,
doch Auguste konnte und wollte ihr ja auch nicht alles
abnehmen.
Elsa war eine junge Frau, sie steckte einen Teil ihres Lohnes in
die Aussteuer und ein paar hübsche Kleidungsstücke hatte sie
sich im letzten Jahr auch gegönnt, vor allem seit sie im Sommer
Paul Kerner kennengelernt hatte.
Wie hatte sie gestrahlt, ihre hellen, blauen Augen hatten
geleuchtet, als sie ihn zum ersten Mal mit nach Hause gebracht
und der Mutter vorgestellt hatte.
Auguste war tief beeindruckt gewesen von dem ernsthaften,
schlanken, jungen Mann. Sein Lächeln hatte sich in seinen
graugrünen Augen gespiegelt, die durch leichte, schwarz gefasste
Brillengläser freundlich blickten. Sein hellbraunes Haar lag in
leichten Wellen nach hinten gekämmt und ließ die hohe Stirn
frei. Er mochte so Mitte der Dreißig sein, an seinen Schläfen
blitzten die ersten weißen Haare. Paul arbeitete als höherer
Beamter in verantwortungsvoller Position, aber darüber sprach
er kaum, höchstens Belanglosigkeiten. Doch Elsa war mächtig
stolz auf ihn und sie mochte ihn sehr. Ihre Gefühle für ihn hatte
man ihr an der Nasenspitze ansehen können.
Stets gut gelaunt war sie seit dem Sommer jeden Morgen im Büro
auf der Werft erschienen, so gut gelaunt, dass die Kollegen schon
anfingen über sie zu tuscheln.
Aber auch Lieselchen fand den Onkel Paul ganz wunderbar. Ihr
kleines Herz hatte der groß gewachsene Mann im Sturm erobert.
Wenn er kam, vergaß er nie, ihr eine klitzekleine Kleinigkeit
mitzubringen, eine süße Nascherei, bunte Karten, ein kleines
Buch oder auch eine neue Schleife für ihr dunkles Haar. Mit
Vorfreude und Spannung hatte sie stets gewartet, wenn sie
wusste, dass er kommen wollte. Jedes Mal hatte er sie hoch
gehoben, sich mit ihr im Kreis gedreht, kaum, dass er Elsa
begrüßt hatte. So hatte es Liesel immer sehr bedauert, wenn ihr
Onkel Paul eine Weile nicht gekommen war, Elsa nicht abholte,
sondern sich mit ihr irgendwo in der Stadt getroffen hatte.
Sie waren ein schönes Paar, beide groß und schlank, gut
aussehend. Paul Kerner kam aus gutem Hause. In modische

Anzüge gekleidet, einen Hut auf dem Kopf, selbstbewusst und
doch freundlich und warmherzig kam er daher. Elsas hübsches
ebenmäßiges Gesicht strahlte, wenn sie neben ihm ging. Ihr
blondes Haar steckte sie meist in einem großen Knoten nach
hinten, was ihr zusammen mit der ganz leicht gebogenen Nase
ein klassisches Profil und vornehmes Aussehen verlieh.
Die Beiden hatten viel miteinander unternommen, so viel es Elsa
neben der Hilfe für ihre Mutter und die kleine Nichte möglich
gewesen war. Doch so oft es ihre und Pauls Zeit zugelassen hatte,
waren sie zusammen gewesen und hatten die vielen
gemeinsamen Ansichten und Interessen entdeckt, die ihre Seelen
miteinander verbanden.
Mitte Dezember hatte Paul Kerner dann Auguste Berger gefragt,
ob er ihre Elsa heiraten dürfe und sowohl sie als auch Elsa hatten
„ja“ gesagt. Am Heiligabend war dann die Verlobung gewesen,
unterm winzigen Weihnachtsbaum in der kleinen, gemütlichen,
sauberen Wohnung von Auguste Berger hatte Paul Elsa einen
wunderschönen, schmalen, fein gearbeiteten goldenen Ring mit
einem Saphir in der Farbe von Elsas Augen an den Finger
gesteckt.
Paul und Elsa, Elsa und Paul.
Über fast zwei Monate hatten sich die Beiden als glücklichste
Menschen auf der ganzen Welt gefühlt.
Doch dann hatte Auguste Berger ihre Schmerzen vor Elsa nicht
mehr verbergen können. Immer öfter war sie von ihnen
heimgesucht worden, immer weniger Wäsche hatte sie
annehmen können. Wochenlang war die Pein so unerträglich
gewesen, dass sie nicht aufrecht hatte gehen können. Mit
gebücktem Rücken hatte sie am Waschbrett gestanden und mit
schmerzverzerrtem Gesicht die Hemden, Kleider, Tischwäsche
und anderen Stücke gerieben und mit der Bürste geschrubbt, mit
verschrumpelten, verbogenen Fingern, an denen jedes Gelenk
geschmerzt und sie noch in der Nacht um ihren Schlaf gebracht
hatte.
Und es war immer schlimmer geworden, weil sie sich nicht hatte
schonen können. So hatte die Wäscherei immer weniger Geld
eingebracht und als ob das nicht genug gewesen wäre, war dann
an jenem Tag Anfang Februar 1929 geschehen, was nicht hätte
geschehen dürfen.
Als Liesemarie von der Schule nach Hause gekommen war, hatte

sie die Großmutter nicht wie üblich in der Wohnung vorgefunden. Nachdem das Mädchen auch in der Waschküche vergeblich nach ihr gesucht hatte, war ihr von der Nachbarin, Frau Weniger, die nebenan wohnte, berichtet worden, dass man die Großmutter ohnmächtig im Treppenhaus gefunden hätte und sie nun im Krankenhaus sei. Die mitleidige Frau hatte Liesel zu sich genommen bis ihre Tante Elsa von der Werft nach Hause gekommen war.

Noch am Abend waren Tante und Nichte ins Krankenhaus gegangen, doch man hatte sie nicht zu Auguste Berger gelassen. Nur der Stationsarzt war noch zu sprechen gewesen. Von ihm hatte Elsa erfahren, dass die Mutter einen schweren Herzanfall erlitten hatte und es ein Wunder sei, dass sie noch am Leben war, doch man im Moment unmöglich sagen könnte, wie die Sache ausginge. Man müsse abwarten und sie brauche viel Ruhe, sehr viel Ruhe.

Während Liesel im Bett noch lange an die Großmutter gedacht hatte, bevor sie endlich in einen traumlosen Schlaf gesunken war, hatte Elsa Berger in der Stube beim Licht der hölzernen Stehlampe gesessen, die gefalteten Hände im Schoß, und hatte Zwiesprache gehalten mit ihrem Herrn dort oben und ihn um das Leben der Mutter gebeten. Tränen waren über ihre Wangen geronnen. Was sollte nun werden? Ohne die Mutter ging es doch nicht. Das Lieselchen war ja auch noch da. Ohne die Mutter müsste Liesel wieder nach Breslau zu Friede, denn sie, Elsa, musste jeden Tag zur Werft fahren. Dann könnte sich tagsüber keiner mehr um die Kleine kümmern.

So alt war doch die Mutter noch nicht, im Dezember gerade zweiundsechzig Jahre alt geworden, dass der Herr sie zu sich rief. Nein, das war doch viel zu früh, sie musste noch hier bleiben bei ihr und Liesel! Was hatte sie denn bisher von ihrem Leben gehabt? Nur Arbeit und unendliche Mühe und die Sorge um die Kinder. Immer hatte sie zu tun gehabt, nie Zeit für sich behalten. An den Abenden hatte sie noch genäht und die Kleidung der Kinder ausgebessert oder den Mädchen geholfen, die Aussteuerwäsche mit deren Initialen zu besticken, Decken oder Borten oder Topflappen zu häkeln oder warme Sachen für den Winter zu stricken. Die Mutter hatte nicht sitzen können ohne eine Arbeit auf dem Schoß. Wie oft hatten sie dann dabei zusammen gesungen oder Geschichten erzählt? So war es gewesen bis zum heutigen Tag. Für ihre Kinder hatte sie alles getan, keine Zeit war ihr zu viel, keine Arbeit zu schwer gewesen. Und nun lag ihre stets so fleißige Mutter im Krankenhaus und kämpfte um ihr Leben.

Noch lange hatte Elsa so gesessen, vor sich hin in den Lichtkreis geschaut, den die Lampe auf den Boden malte, und gegrübelt.

Eine Woche später hatte sich Auguste Berger wider aller Erwartungen auf dem Weg der Besserung befunden, nach einer weiteren Woche war sie auf ihr unaufhörliches Drängen hin in Elsas Obhut entlassen worden, jedoch mit dem strengen Hinweis der Ärzte, auch zu Hause noch Bettruhe zu halten und dann nach den Anweisungen des Hausarztes ihren Körper langsam und vorsichtig wieder mehr zu belasten. So harte, schwere Arbeit wie ihre Wäscherei sollte sie jedoch nicht mehr verrichten, denn das würden weder ihr Herz, noch ihre Knochen und Gelenke mehr vertragen. In Zukunft würde also ein Großteil aller Belastungen, vor allem der finanziellen, an Elsa hängen bleiben. Sicher erhielten sie noch immer auch Zuwendungen an Naturalien, ihre Kartoffeln, Obst und manches Gemüse, auch Hausgeschlachtetes, Fleisch und Wurst, von Elsas Bruder Wilhelm, doch nicht so regelmäßig wie sie es hätten gebrauchen können.

Nun, es hatte eben auch so gehen müssen. Immerhin hatte Auguste Berger nun mehr Zeit und Gelegenheit sich um Liesel zu kümmern, welche die neu gewonnene, zusätzliche Aufmerksamkeit sehr genoss. Nicht dass die Großmutter vor ihrer Krankheit nicht für das Mädchen dagewesen wäre. Doch war das neben ihrer Wäscherei leider nur eingeschränkt möglich gewesen, wenngleich sie in den letzten Jahren, seit Liesel bei ihnen lebte, nur noch bis zum frühen Nachmittag in der Waschküche gestanden hatte.

Zunächst hatte Liesel ihr bei der Arbeit zugesehen und der Großmutter mal die Bürste für das Waschbrett oder beim Bügeln die Wäschestücke gereicht, so gut sie es vermochte. Später, als das Mädchen zur Schule ging, hatte sie die Großmutter in der Waschküche, die sich unten im Keller des Hinterhofgebäudes des Mietshauses befand, in welchem sie in der Bismarckstraße wohnten, und die Auguste Berger gegen ein kleines Entgelt für ihre Zwecke nutzen durfte, wenn sie nach Hause kam, abgeholt. Dauerte der Unterricht länger, war die Großmutter bereits oben in der Wohnung gewesen und hatte eine Kleinigkeit für das

Mittagessen zubereitet. Warmes Essen gab es erst am Abend,
wenn auch Elsa von der Werft zurück kam. Dann saßen sie
zusammen in der kleinen Küche, wo der Tisch nur gerade noch
Platz hatte, weil er mit einer Seite an der schmalen Wand stand,
so dass da für jeden eben noch ein Sitzplatz blieb. Um die weiße
Pendellampe darüber summten im Sommer die Fliegen, die durch
das enge, kleine Fensterchen am oberen Teil der Wand herein
geflogen kamen und derentwegen dann ein klebriger Streifen
Papier an der Lampe befestigt war, um ihrer habhaft zu werden.
An diesem Tisch erledigte Liesel dann auch ihre Schulaufgaben,
während die Großmutter immer etwas zu tun hatte, manchmal
auch wieder hinunter in die Waschküche lief, aber doch öfter
immer wieder nach Liesel sah.

Als es Auguste Berger nach ihrem Zusammenbruch nun wieder
besser gegangen und sich alles wieder ein wenig eingependelt
hatte, blieb ihr auch mehr Zeit für ihre Enkeltochter, mit der sie
am Nachmittag bald auch vorsichtig kleinere Spaziergänge
unternahm, doch nie zu weit, immer so, dass sie das Haus bald
wieder erreichen konnten. Oft saßen sie auch in der Küche
zusammen und fertigten kleine Handarbeiten, welche sich ganz
gut in der Nachbarschaft verkaufen ließen oder hübsche
Geschenke waren, meistens half Liesel der Oma bei der
Küchenarbeit. Zu tun hatten die Beiden immer etwas, nur zum
Unterhalt der kleinen Familie konnte Auguste Berger nicht mehr
viel beitragen.

Und so war es auch schwierig geworden, außergewöhnliche
Dinge oder Unternehmungen, wie etwa eine Reise zu dritt nach
Breslau zu Liesels Familie zu bezahlen. Obwohl es ja wieder einen
recht feierlichen Anlass gab. Man musste genau überlegen und
rechnen.

Freilich würde Lieselchen gern wieder zu den Eltern und
Geschwistern fahren. Den neuen Bruder hatte sie schließlich
noch nicht gesehen und als nun endlich der Brief von ihrer
Muttel mit der Einladung zur Taufe im Juli gekommen war, geriet
Liesel ganz aus dem Häuschen. Im Juli, da hatte sie doch Ferien
und die Oma wäre bis dahin bestimmt wieder ganz gesund. Sie
könnten doch fahren, nach Breslau, mit dem Zug, sie alle drei!
Endlich würde sie dann alle wiedersehen, auf den neuen Bruder
war sie doch schon so gespannt. Wie er wohl aussah? Ob er lieb
war und sie mit ihm spielen konnte? In Gedanken versuchte sie

sich den kleinen Jungen vorzustellen, doch sie hatte ständig die Gesichter von Hannes, Sievert und Fredi im Sinn und bald standen ihre dunklen Augen voller Tränen. Jonathan sollte der Kleine heißen. Ihre Muttel hatte geschrieben, dass ihn alle Joni nannten. Das gefiel Liesel gut. Joni, es klang irgendwie niedlich, fand sie.

Nur gut, dass die Großmutter und Tante Elsa sie nicht sehen konnten, wie sie so allein am Küchentisch saß, träumend statt ihre Rechenaufgaben zu lösen. Die Oma hatte sich für ein Viertelstündchen in die Stube zurückgezogen und Elsa arbeitete noch im Kontor. Noch eine ganze Weile saß Liesel so still auf ihrem Stuhl und sann vor sich hin, dann wischte sie sich energisch die Tränen weg, putzte sich die Nase und rechnete ihre Aufgaben zu Ende.

Als Auguste Berger die Küche wieder betrat, blickten ihr zwei große braune Kinderaugen erwartungsvoll entgegen.

Doch erst nach dem Mittagessen am Sonntag kam die Einladung zu Jonis Taufe wieder zur Sprache. Inständig bat Liesel Großmutter und Tante, doch mit ihr im Sommer nach Breslau zu fahren.

„Kinder, ich weiß nicht so recht, aber ich denke, wir können uns das gar nicht leisten. Schaut mal, ich verdiene nichts mehr seit meinem Herzanfall. Und ihr wisst ja was die Ärzte gesagt haben. Mal einige Stücke bügeln für andere Leute oder Decken häkeln, sticken, ja gut, das geht noch, aber mehr schlecht als recht und es bringt kaum etwas ein. Ebenso wenig wie die Witwenrente. Ach Elsa, dein Vater ist viel zu früh gegangen! Wir konnten doch wirklich nichts zurücklegen für schlechte Zeiten. Die vielen schweren Jahre, die dann kamen, immer nur von der Hand in den Mund.“

Auguste Berger sah von Elsa hinüber in die traurigen Augen vom Lieselchen und ihr Herz tat ihr furchtbar weh.

„Ich weiß, Marjellchen!“, murmelte sie leise.

„Du hast Sehnsucht nach deiner Muttel, nach den Geschwistern und dem Papa! Aber was sollen wir tun?“

Nervös hatte Elsa ihre Hände im Schoß geknetet, hinter ihrer Stirn arbeitete es.

„Muttel!“, sagte sie dann leise, aber mit fester Stimme.

„Wir werden sehen! Lass es dir erst einmal wieder so gut gehen, dass du die lange Fahrt wagen kannst. Du weißt selbst wie

anstrengend das ist. Das Geld werden wir zusammen kriegen. Ich kann länger arbeiten, jetzt wo du dich mehr um die Liesel kümmern kannst, es ist sehr viel zu tun im Kontor, und bis zum Sommer ist noch Zeit. Jeden Pfennig werden wir sparen. Habt keine Angst, wir schaffen das schon!", meinte sie resolut.
Ein großer, schwerer Stein plumpste in diesem Moment von Liesels kleinem Herzen. Eigentlich hätte man ihn hören müssen, denn ein wahrer Felsbrocken war es gewesen, dick und riesig hatte er auf das kleine Herz gedrückt. Von da an klammerte sie sich mit ihrer ganzen kindlichen Seele an dieses Versprechen, das Tante Elsa gegeben hatte. Sie würden nach Hause fahren, nach Breslau, zu ihrem Zuhause, zu ihrer Muttel und Papa und den Geschwistern. Ja, ganz gewiss würden sie das! Daran glaubte sie, das musste sie, denn anders waren das Heimweh und die Sehnsucht nicht zu ertragen. So lieb und gut die Großmutter und Tante Elsa auch zu ihr waren, wie sehr wünschte sie sich doch zu ihrer Muttel!

III

Strahlend blauer Himmel wölbte sich über der Stadt. Schon am frühen Morgen brannte die Sonne heiß auf die Pflastersteine der Straßen und in die Fenster der Häuser, so dass viele der Einwohner schon morgens die Räume abdunkelten, die Vorhänge geschlossen hielten, Jalousien herunter ließen, weil man es sonst im Laufe des Tages in den Wohnungen nicht mehr aushalten konnte. Mittags wurde es draußen unerträglich, die Hitze flimmerte über den Straßen und man lechzte nach einem erfrischenden Getränk und einem Plätzchen im kühleren Schatten. Friede hatte an solchen Tagen immer eine große Emaillekanne mit kaltem, ungesüßtem Tee in der Küche stehen, denn die Kinder hatten immer Durst und wenn Martin aus dem Büro nach Hause kam, ließ er sich gern mit der kühlen Erfrischung verwöhnen.

In den Räumen der kleinen Firma, in welcher Martin als Kaufmann arbeitete, stand in diesen Tagen die Luft und die Arbeit ging langsamer von der Hand als sonst. Seine drei Kollegen und er brüteten länger über ihren zu erstellenden Listen und sahen lieber zweimal über die zu fertigenden Verträge, nur dass sich ja kein Fehler einschlich, denn die Aufmerksamkeit ließ vor allem in den schwül warmen Nachmittagsstunden nach. Jeder wollte fehlerfrei arbeiten, denn sobald Vorsteher Winter etwas entdeckte was ihm missfiel, konnte man sehr schnell seine Papiere bekommen und das Büro nur noch von außen sehen.

Martin Granz arbeitete sehr sorgfältig, klug und besonnen, schließlich hatte er ja in der Firma des Onkels eine ausgezeichnete Ausbildung genossen und genug Erfahrungen gesammelt. Und so mag es nicht verwundern, dass er sich hier schon einen guten Namen gemacht hatte und insgeheim als Nachfolger für den in ein paar Jahren in Pension gehenden Winter galt. Aber auch ihm machte die Hitze zu schaffen, seine Kopfschmerzen waren fast so stark wie kurze Zeit nach seiner Verwundung im Krieg. Er war froh, nach Feierabend endlich nach Hause zu kommen und Friede in den Arm nehmen zu können. Da half nur ihre kühle Hand auf seinem pochenden

Schädel und eine Tasse kalter Tee. Leider hatten sie in diesen
heißen Julitagen nicht viel Zeit füreinander, war doch Jonis Taufe
vorzubereiten.
Friede hatte alle Hände voll zu tun, denn schon morgen kamen
ihre Mutter, Elsa und ihr Lieselchen. Wie freute sie sich darauf,
die Drei zu sehen, besonders ihr Töchterchen! Wie sah deren
Rücken inzwischen aus, wie fühlte sich das Kind? Hatten die drei
Königsberger eine gute Reise? Sie kamen mit dem Nachtzug und
waren morgens gegen halb acht in Breslau, eine Fahrt von abends
sieben Uhr an. Was für eine lange Tour für ihre Mutter, der es
immer noch nicht sehr gut ging, und für ihre kleine Liesel!
Würden sie die gut überstehen?
Diese und viele andere Fragen sausten ihr durch den Kopf,
wirbelten durcheinander, mischten sich mit denen für die
Taufvorbereitungen und den Alltäglichkeiten mit den Kindern.
Manchmal wusste sie kaum noch Ordnung zu halten in dem
ganzen Wirrwarr in ihrem Kopf. Langsam aber sicher wurde auch
die Wohnung zu klein für so viele Menschen, elf Personen mit
den Königsbergern, das waren schon allerhand. Tagsüber würde
das sicher kein Problem, jedoch für jeden einen Schlafplatz zu
finden, könnte nicht ganz leicht werden.
Am nächsten Morgen auf dem Bahnsteig, als Friede endlich ihre
Liesel wieder in die Arme schließen konnte und mit Küssen und
Fragen überschüttete, ihrer Mutter und Schwester einen Kuss auf
die Wange drückte und die Beiden ebenfalls umarmte, aber
waren alle Überlegungen, Fragen und Sorgen der letzten Tage
vergessen, hatten sich in Luft aufgelöst, als hätten sie nie
existiert. Nur eine tiefe und große Freude war in ihr, ein Gefühl,
als müsse sie bersten vor Glück. So eine lange Zeit hatte sie ihre
Lieben nicht gesehen! War ihr Lieselchen, ihr Marjellchen,
gewachsen in diesen Monaten! Gut, nicht so viel vielleicht wie
andere Kinder in dem Alter, aber das lag an ihren kranken
Knochen. Ihr kleiner Rücken hatte sich noch mehr verbogen,
trotz des Korsetts, das sie immer noch trug.
Auch ihrer Muttel sah sie die Krankheit an, die Schmerzen hatten
sie ganz krumm gezogen und kleiner war sie geworden, was
Friede ganz deutlich auffiel. Dass ihr Herz nicht mehr in Ordnung
war, konnte man an den bläulich verfärbten Lippen sehen. Ja, ihr
Muttelchen war alt geworden! Friede war erschrocken, als sie die
kleine schmale Gestalt betrachtete, suchte es sofort vor ihr zu

verbergen und hoffte, dass es der Mutter nicht aufgefallen war.
Nur gut, alle waren gut angekommen! Das war die Hauptsache.
Als sie alle zusammen wenig später die Granzsche Wohnung
betraten, schlug ihnen der Lärm der Kinder entgegen. Lene flog
der Großmutter um den Hals und drückte dann ihrem
Schwesterchen fast die Luft ab. Zuletzt gab sie Tante Elsa die
Hand und ließ sich von ihr umarmen. Die ruhige und immer
etwas vornehm wirkende Elsa flößte dem Mädchen immer den
größten Respekt ein, ja, war ihr fast unheimlich.
Bald waren die Ankömmlinge von den Granz-Kindern umringt,
jeder wollte zuerst die Oma umarmen, die Schwester mit sich
ziehen und die Tante scheu drücken.
Lene hatte den Tisch gedeckt und, als sich endlich alle wieder
etwas beruhigt hatten und Friede die Kanne mit dem frisch
gebrühten Tee in die Mitte stellte, gab es Frühstück. Ein lautes,
ein sehr fröhliches Frühstück. Schnell hatten die Kinder gemerkt,
dass heute niemand darauf achtete, dass alle ordentlich am Tisch
saßen und gesittet aßen. Die Mutter unterhielt sich mit der
Großmutter und Tante Elsa. Das war die Gelegenheit, einmal
nicht so ganz brav die Tischsitten, auf die Friede und Martin
sonst sehr viel Wert legten, zu beherzigen. Außerdem musste
Schwester Liesel ja unbedingt erfahren, was sich seit ihrem
letzten Besuch hier bei ihnen so zugetragen hatte, was der kleine
Joni so alles tat, wie süß er gewesen war in den ersten Wochen
und Monaten und was er nun schon alles gelernt hatte.
Liesel konnte gar nicht so richtig zuhören, immer wieder
betrachtete sie verstohlen ihren jüngsten Bruder, der auf Friedes
Schoß saß. Er gefiel ihr gut, der kleine Jonathan. Der weiche
hellblonde Flaum auf seinem schmalen Kopf war ein hübscher
Kontrast zu den dunklen Augen, ein feines kleines Näschen ließ
sein Gesicht sehr zart erscheinen. Als das Mädchen in seine
braunen Augen sah, glaubte sie in einen Spiegel zu blicken.
Ängstlich und zurückhaltend wurde nun auch sie von dem
Kleinen gemustert. Ein scheues Lächeln breitete sich auf seinem
Gesichtchen aus, spielte erst nur um seinen Mund, dann kroch es
weiter die Wangen hinauf bis auch die Augen strahlten. Auch
Liesel musste lachen. Der Junge streckte die Ärmchen nach ihr
aus und Liesel war auf einmal ganz glücklich. Ja, er war lieb, der
neue Bruder, fand sie. Er gefiel ihr ausnehmend gut! Sie blickte in
die Runde und betrachtete auch die anderen Geschwister. Nun,

sie gefielen ihr eigentlich alle, alle ihre Schwestern und Brüder, alle wie sie da saßen, alle gesund und munter und auch lieb. Und doch immer so fern von ihr, genau wie die Eltern. Fern von ihr, und manchmal erschienen sie ihr ein wenig fremd, obwohl sie doch alle liebte und große Sehnsucht nach ihnen hatte, obwohl sie alle glühend beneidete, dass sie hier zusammen waren. Es machte das Mädchen traurig, denn es war ihre Familie, sie gehörte dazu und doch auch nicht.

Am nächsten Nachmittag, dem Samstagnachmittag, gegen zwei Uhr war es, als sich die gesamte Familie Granz, Mutter und Tochter Berger und die beiden Taufpaten auf den Weg zur Kirche machten. Ins Blau des Himmels hatten sich nur ein paar vereinzelte zarte, fast durchsichtige Federwölkchen geschlichen, die zerfranst und zerrissen dort oben schwebten. Doch sie hinderten die Sonne kaum, ihr heißes Licht über die Stadt zu gießen. So lief der Taufzug in der Hitze eher gemächlich in Richtung Kirche, Lene und Liesel mit den Kleinen vornweg. Friede trug Joni im Taufkleid auf dem Arm, in der Hoffnung, das frisch gebügelte weiße Stück werde nicht beschmutzt oder zerknittert. An Martins Hand lief der kleine zweijährige Fredi, zumindest die erste Hälfte des Weges, dann wollte auch er getragen werden. Zwischen Lene und Liesel stolperte der vierjährige Hannes und ließ sich von ihnen ziehen. Dahinter spazierten einträchtig Sievert und Uschi. Der Blondschopf ging seit Ostern zur Schule, wurde im Oktober sieben und fühlte sich immer mehr als Beschützer der zarten fast Fünfjährigen. Elsa Berger, die hinter Friede ging, hatte die Mutter untergehakt, deren Herz die schwüle Hitze arg zu schaffen machte und die froh war, dass sie bald im kühlen Gotteshaus Zuflucht finden würde. Die beiden Taufpaten, eine entfernte Cousine von Friede, welche auch für die Taufe ein paar Tage aus Königsberg gekommen war und bei Bekannten wohnte, und eine Freundin Friedes, die in Glogau verheiratet war, bildeten den Schluss des Zuges, der sich langsam entlang der Grünstraße schob wie eine Prozession.

Einmal kam der Tross ins Stocken, weil Hannes sich die Knie blutig geschlagen hatte. Plötzlich hatte er keine Lust mehr gehabt zwischen seinen beiden ältesten Schwestern zu trotten, hatte ihnen trotzig seine Hände entzogen und war bei den nächsten Schritten auch schon hingefallen. Das Geschrei war

groß, alle umstanden ihn, um, nachdem man ihn beruhigt hatte,
ihren Weg wieder fortzusetzen.
Trotz des kleinen Zwischenfalls kamen sie pünktlich in der
Kirche an, denn Friede hatte natürlich bei der Schätzung der
benötigten Zeit bis hierher solche und ähnliche Vorkommnisse
mit bedacht. Schließlich kannte sie ihre Kinder. Aufatmend
betraten alle wenig später das kühle Gewölbe der Maria
Magdalena Kirche, suchten sich einen Platz auf den Bänken der
vorderen Reihen und hielten die Kinder an, leise zu sein. Diesmal
wartete Martin nicht auf das Kommen auch seiner Familie, er
hatte seinen Schwur gehalten und ihnen keine Einladung
geschickt. So und so wäre keiner gekommen! Doch obwohl er das
genau wusste und die Angelegenheit als erledigt betrachtete,
berührte es ihn in seinem Innern doch noch immer tief und
verletzte seine Gefühle und seinen Stolz.
Nur wollte er sich heute auf gar keinen Fall etwas von seinen
Gedanken anmerken lassen. Ein Festtag sollte es sein für seinen
jüngsten Sohn und die Familie. Er wusste, Friede war im Geiste
bei ihm, spürte förmlich ihren suchenden besorgten Blick. Sie
sollte sich keine Gedanken machen, genug andere Sorgen und
Kümmernisse lasteten bereits auf ihr. Vor Friede verstellen
konnte sich Martin jedoch nicht. Natürlich spürte sie, dass er sich
bemühte, fröhlich und locker zu wirken, es aber in seinem Innern
ganz anders aussah. Zu gut kannte sie ihren Mann, aber sie sagte
nichts, doch sie wusste seine gute Absicht zu schätzen.
Die Glocken begannen zu läuten, der Pfarrer betrat den
Kirchenraum. Andächtig standen alle mit feierlichen Mienen vor
ihren Plätzen.
Ursula saß neben Sievert und betrachtete die bunten,
bleigefassten Scheiben der hohen Kirchenfenster, durch die helle
Sonnenstrahlen fielen, in denen kleine Stäubchen tanzten.
Fasziniert folgten Ursulas Augen den winzigen Punkten bei ihrem
Schwebetanz.
Die Zeremonie verlief ohne Zwischenfälle. Elsa und Auguste
Berger hielten mit Lenes Hilfe die Kinder im Zaum und bis auf
Jonis kurzes Weinen war es eine schöne und feierliche
Angelegenheit. Als Martin seinen Sohn über das Taufbecken
gehalten hatte, war ihm dessen Ähnlichkeit mit Fredi und
Hannes so richtig bewusst geworden. Alle drei hatten die blonden
Haare und die schmale Nase ihrer Mutter und seine dunklen,

braunen Augen geerbt, wenn auch Hannes Haar langsam dunkler
wurde. Nun, rein äußerlich waren die Drei eine gute Mischung
aus ihnen beiden, Friede und ihm, während die anderen Kinder
eher dem einen oder anderen glichen. Bei dem Gedanken musste
Martin lächeln.
Als sie eine halbe Stunde später den kühlen Kirchenbau wieder
verließen, schlug ihnen die hochsommerliche Hitze mit Macht
entgegen.
Bis Mittwoch blieben Auguste und Elsa Berger mit Liesemarie
noch in Breslau und genossen die Granzsche Gastfreundschaft.
Nach halb neun Uhr am Mittwoch Morgen saßen sie bereits im
Zug nach Königsberg und Liesel sah mit Tränen feuchtem Blick
aus dem Fenster auf die vorbeiziehende Landschaft, Städte und
Dörfer, Felder, Wiesen, Wälder. Winkende Kinder kamen in Sicht
und verschwanden schnell wieder. Doch Liesel nahm sie nicht
wahr, ihre Gedanken waren bei der Mutter, den Geschwistern
und Papa Granz, wie Lene ihren Stiefvater schon eine Weile
insgeheim nannte und Liesel das nun auch tat seit sie es von der
Schwester wusste. Einerseits wäre Liesel so furchtbar gern in
Breslau geblieben, wünschte sich so sehr, mit den Geschwistern
zu spielen, bei ihrer Muttel und Papa Granz zu sein, andererseits
machten ihr jedoch der Lärm und das Toben der Kleinen Angst.
Sie war inzwischen die Ruhe, das stillere Leben im Haushalt von
Großmutter und Tante gewohnt und irgendwie ein wenig
erleichtert, bald wieder tun und lassen zu können was sie wollte,
ohne Rücksicht auf sechs Geschwister nehmen zu müssen. Bei
den beiden Bergers wurde sie umsorgt und die beiden Frauen
versuchten auch mit dem Wenigen, was sie hatten, ihre Wünsche
zu erfüllen. Jedoch führten sie auch ein recht strenges Regiment,
was die Tischsitten und Benimmregeln betraf und Liesel hatte
stets Sauberkeit und Ordnung zu halten. In diesen Dingen hatte
das Mädchen zu gehorchen. Dann fehlten ihr die Geschwister
wieder sehr, die Lene, Uschi und die Jungs, der kleine Joni, der
ihr so gut gefiel und den sie gerade zu ihrem Lieblingsbruder
ernannt hatte. Die größte Sehnsucht hatte sie allerdings nach
ihrer Muttel, sooft sie in Königsberg auch an ihre Familie dachte.
Liesel liebte ihre Großmutter sehr und war gern bei ihr, und auch
Tante Elsa mochte sie sehr, in ihren Träumen jedoch sah sie ihre
Mutter. Ja, nachts im Traum nahm ihre Muttel sie in den Arm,
band ihr weiße Schleifen in die langen dunklen Zöpfe und strich

ihr dann ganz sanft über das Haar. Und dann weinte Liesel in
ihrem Traum und das Herz tat ihr so weh.

In Breslau hatte das Leben indessen wieder seinen gewohnten
Gang. Da Sievert nun seit Ostern zur Schule ging, hatte Friede
vormittags eine gewisse Erleichterung, es war ein Kind weniger
zu betreuen. Doch hatte der Junge auch oft mit den kleineren
Geschwistern gespielt und ihr so manche Momente mehr Zeit für
den Haushalt verschafft. Gerade Hannes und Fredi vermissten
den großen Bruder, der stets so lustige Einfälle hatte. Doch am
meisten vermisste ihn die kleine Uschi. Nun kamen die beiden
jüngeren Brüder zu ihr, wenn Sievert in der Schule war und sie
Langeweile hatten. Nicht, dass sie die Jungs nicht mochte, doch
lieber hätte sie sich mit dem kleinen Joni beschäftigt, ein wenig
natürlich nur, noch lieber spielte sie allein, wartete bis der große
Bruder nach Hause kam und ihr von der Schule erzählte. Oft saß
sie dann neben ihm, wenn er seine Schulaufgaben erledigte, sah
ihm dabei zu und wartete geduldig bis er endlich fertig war.
Manchmal saß auch Lene mit am Tisch über ihren Aufgaben. Sie
hatte nun schon das siebte Schuljahr begonnen, kam oft später
nach Hause und saß dann erst abends am Küchentisch, weil sie
tagsüber Friede mit den Kindern helfen musste. Lene war es oft
leid, sich immer um die Kleinen kümmern zu müssen und
manchmal hätte sie die Geschwister nur zu gern dafür
gepiesackt, doch sie traute sich nicht. Wenn die Mutter sie nun
dabei erwischte? Nur wenn sie ganz sicher war, Friede war nicht
im Raum, dann setzte es schon einmal die eine oder andere
leichte Kopfnuss, wenn die Jungs nicht auf sie hörten. Schließlich
waren die Geschwister daran schuld, dass sie zu Hause bleiben
musste, um auf sie aufzupassen. Dabei hatte sie doch zwei gute
Freundinnen in der Grünstraße und noch bessere in der
Tauentzienstraße und der Vorwerkstraße, die oft genug auf sie
warten mussten. Nun ja, manchmal ließ sie eben die Geschwister
ihren Groll darüber spüren, dass sie nicht wie die anderen
Mädchen ihres Alters einige Freiheiten mehr hatte. Ständig
musste sie Rücksicht nehmen und kleine Kinder hüten, obwohl
sie doch schon fast erwachsen war, immerhin schon dreizehn.
Und wenn sich am späten Nachmittag oder an den Wochenenden
auch noch Olaf Haber zu den Freundinnen gesellte, war es für
Lene doppelt so bitter, wenn sie zu Hause bleiben musste.

Sagte Friede jedoch: „Na, Lenchen!? Warst heute so fleißig,
Marjellchen! Ohne dich, was sollte ich da wohl tun? Na los, geh
ruhig mal für eine Stunde zu den Mädchen nach draußen, bis der
Papa kommt. Zum Abendessen bist du aber wieder hier!", küsste
sie schnell noch ihre kleinen Geschwister und war flugs zur Tür
hinaus, bevor es sich die Mutter wieder anders überlegen konnte.
Friede schüttelte dann jedes Mal lachend den Kopf.
„Das Marjellchen hat Hummeln im Hintern!", murmelte sie
kopfschüttelnd.

Kurz vor Sieverts siebten Geburtstag zu Anfang eines milden,
sonnigen Oktobers wurde Ursula fünf, wie sie selbst fand, doch
schon ein recht großes Mädchen und eigentlich könnte sie nun
auch mit Sievert schon zur Schule gehen. Er lernte schließlich
keine schweren Dinge und auf einer Schiefertafel schreiben, das
könne sie auch schon. Die Eltern und Lene lachten, Sievert
dagegen protestierte lautstark. Einen ganzen Kopf war er größer
als Uschi, da konnte sie ja unmöglich mit ihm zur Schule gehen.
Auch wenn sie seine allerliebste Schwester war und er alles für
sie tun würde, aber das konnte nicht sein. Was sollten denn die
anderen Jungs in seiner Klasse denken, wenn seine kleine
Schwester am Morgen mit der Schultasche auf dem Weg zur
Mädchenschule war? Alle würden sie lachen! Und überhaupt, sie
war viel zu klein, um Bücher und Schiefertafel tragen zu können.
Er würde ihr dann helfen müssen. Und wieder würden alle
lachen.

Ende Oktober wurde es zwar etwas kühler, blieb aber doch
noch recht angenehm. Auch der November begann mild und das
änderte sich kaum. Den ganzen Monat über war es nicht allzu
kalt, die Temperaturen sanken nicht unter den Gefrierpunkt, so
dass es für Friede noch ganz erträglich war, mit den Kindern
nach draußen zu gehen. Sie schob den Kinderwagen mit Joni und
Fredi, den sie auch mit hineinsetzte, gern in Richtung
Tauentzienplatz, Uschi und Hannes liefen nebenher, hielten sich
jeweils an den Seiten neben den Händen der Mutter fest und
schoben mit. Sie liefen meist eine Runde über die Bahnhofstraße,
vorbei am jüdischen Friedhof, die Tauentzienstraße ein Stück
entlang und nahmen auf dem Rückweg dann Friedes Einkäufe aus
Habers Laden mit.

Wie immer, wenn sie den Laden betrat, wurde sie sehr freundlich von Herrn oder Frau Haber begrüßt. Und sie verließ den Laden nie, ohne ein paar nette Worte über ihre Kinder gehört zu haben. Vor allem Frau Haber war stets voll des Lobes, besonders Lene hatte es ihr angetan. Seit ihr Sohn mit dem Mädchen Freundschaft geschlossen hatte, beobachtete sie die Beiden mit Wohlwollen. Ihr Olaf hatte es nicht immer leicht, gleichaltrige Freunde hatte er kaum. Da er früher in der Schule wegen seiner roten Haare ständig Ziel von Spott und Hänseleien gewesen war und auch gern einmal verprügelt worden war, hatte er früh gelernt, sich möglichst von anderen fern zu halten und seinen eigenen, ganz persönlichen Weg zu beschreiten. Der Umgang mit Lene tat ihm gut, denn er lernte ein wenig aus sich heraus und auf andere Menschen zuzugehen, jedenfalls bis zu einer gewissen Grenze, hinter die er sich aber auch immer wieder schnell zurückziehen konnte. Lenes Freundinnen hatten ihn schließlich auch akzeptiert und in ihren Kreis mit eingebunden. Er war sehr klug und hatte eigentlich weiter zur Schule gehen, nur zu gern studieren und ein berühmter Chemiker werden wollen, seitdem er in der Zeitung einen Artikel über den Chemiker Fritz Haber, der in Breslau geboren war, gelesen hatte. Jedoch war ihm von seinem Vater ein Strich durch die Rechnung gemacht worden. Als einziges Kind der Habers solle er das Geschäft übernehmen, das die Großeltern aufgebaut hatten. Das wäre er ihnen schuldig. Nach einigen fruchtlosen Auseinandersetzungen hatte Olaf schließlich aufgegeben und sich dem Vater gefügt, vorerst jedenfalls. Seinen Traum hatte er insgeheim allerdings nicht aufgegeben.

Wenn Friede Habers Laden verließ, war der Kinderwagen noch schwerer zu schieben, es saßen nicht nur zwei Kinder drin, zwei ließen sich mitziehen, auch die schweren Einkaufskörbe mit Kartoffeln, Gemüse, Mehl, Zucker, Milch und all den anderen Dingen hingen mit daran. Heilfroh war Friede dann immer, wenn sie wieder vor dem Haus in der Grünstraße stand und den Wagen samt Kindern und Lebensmitteln heil bis hierher gebracht hatte. Der November ging und der Dezember begann. Kälter war es geworden und Friede begann mit den Vorbereitungen auf das Weihnachtsfest. Doch zunächst musste auch eine Kleinigkeit für Hannes' vierten Geburtstag in der Monatsmitte und Jonis ersten zum Jahresende beschafft werden. Leider war das Geld, gerade jetzt in der Weihnachtszeit, sehr knapp und Friede hatte arg zu rechnen. Für alle Kinder ein kleines Geschenk zu Weihnachten, eine klitzekleine Kleinigkeit, das Backen von Plätzchen, der Christbaum, alles kostete. Friede nähte und strickte für die Kinder, änderte um, doch so manches musste auch gekauft werden. Sievert brauchte dringend neue Schuhe, auch Lenes Füße waren aus ihren Stiefeln herausgewachsen, ein neuer Mantel musste auch noch für sie sein. Aus den zu klein gewordenen Kleidungsstücken nähte Friede welche für die anderen Kinder. Der Stoff von Lenes altem Wollmantel wurde gewendet, daraus wurde ein Mantel für Liesel, den sie im Winter in Königsberg würde tragen können. Friede schickte ihn ihrer Tochter zum Weihnachtsfest.

Dass sie selbst viele Dinge fertigen konnte, umarbeiten, ändern, ausbessern, half ungemein sparen, jedoch fielen trotzdem noch mehr Ausgaben an als Martin Geld mit nach Hause brachte. Mitunter wusste Friede nicht wie sie haushalten sollte, damit das Gehalt bis zum Monatsende reichte. In den Wintermonaten war es besonders schlimm.

So kam es, dass Martin für Hannes' Geburtstag Sieverts alte kleine Holzeisenbahn im Keller reparierte und mit einem neuen bunten Anstrich versah, jeden Wagen in einer anderen Farbe, gelb, grün, rot und blau, die Lokomotive schwarz. Für Joni hatte Friede aus Stoff einen kleinen Kasper genäht mit blau-gelber Zipfelmütze, rot-grüner Jacke und lila Hose und einer roten Knollennase im Gesicht, aus dem riesige schillernde, gestickte Augen lachten. Auch unter dem Weihnachtsbaum lagen wenige kleine, aber hübsche Dinge. Granzes Kinderschar freute sich unbändig über diese kleinen Gaben, die mit viel Liebe hergestellt waren und hübsch verpackt, mit ein paar Plätzchen und Nüssen dekoriert, den Platz unter dem Baum verzierten.

Ein wunderschönes Fest bereiteten Friede und Martin ihren Kindern.

Schon in der Adventszeit hatten sie am frühen Abend zusammen gesessen und bei Kerzenschein gesungen, die Kinder so ganz leicht die alten Weihnachtslieder gelernt, die sie am Heiligabend dann vorm Weihnachtsbaum sangen. Nur „Stille Nacht" sang Friede mit ihrer schönen Stimme allein.

Die Kinder lauschten, Martin hatte den Arm um seine Friede gelegt und sie an sich gezogen, während der kleine Joni an Lenes

Hand ehrfürchtig und mit großen Augen die leuchtende
Herrlichkeit der brennenden Weihnachtbaumkerzen und das
Glitzern der Kugeln betrachtete. Völlig selbstvergessen stand der
kleine Junge und erst als Martin und Friede sich und dann ihre
Kinder der Reihe nach umarmten und küssten und ihnen Frohe
Weihnacht wünschten, wurde er aus seiner Verzückung gerissen.
Nach den Feiertagen, noch vor Jonis Geburtstag, hatte Friede
wieder einen Brief nach Königsberg zu schreiben. Lange hatte sie
schon überlegt wie sie ihn formulieren sollte und ob es nicht
besser wäre, noch eine Zeitlang damit zu warten. Schließlich eilte
das nicht so sehr, sie konnte es immer noch tun. Doch eines
Abends hatte sie sich endlich dazu durchgerungen. Unter
anderem war darin die Rede von einem neuen Wunder, welches
im Sommer in Breslau geschehen würde und worauf sich Friede
und Martin sehr freuten. Die Mutter, Elsa und das Lieselchen
würden doch sicher die Freude mit ihnen teilen. Es seien zwar
schwere Zeiten, aber sie würden das schon irgendwie schaffen,
schließlich war das ja immer der Fall gewesen.

In Königsberg teilte man diese Freude keineswegs. Die Mutter
war entsetzt, Elsa schüttelte nur den Kopf und zuckte mit den
Schultern, während Liesel überhaupt nicht wusste was sie von
dieser Nachricht halten sollte. Das Mädchen hatte ihre eigenen
Probleme. Ihr Rücken und die Beschwerden mit den anderen
Knochen wurden nicht besser, ihr Rückgrat verbog sich immer
mehr.
Kurz vor Weihnachten war sie mit Tante Elsa und der
Großmutter wieder zu einer Untersuchung im Krankenhaus
gewesen. Noch lange hatte der Professor mit den beiden Frauen
gesprochen, während sie draußen im Gang auf einer Bank hatte
sitzen und warten müssen. Mit bleichen Gesichtern waren Mutter
und Tochter nach einer, wie es Liesel schien, Ewigkeit zu ihr
gekommen. Und Elsas Lächeln, mit dem sie Liesel zum
Mitkommen aufgefordert hatte, war sehr gequält gewesen.
Schweigsam hatten sie den Heimweg zurückgelegt, alle drei,
Großmutter, Tante Elsa waren still, in sich gekehrt, sie selbst
hatte es nicht gewagt zu fragen. Vielleicht hatte sie ja etwas
falsch gemacht, das Korsett nicht richtig getragen oder etwas
Anderes nicht beachtet. Also war es besser gewesen, sie schwieg
auch erst einmal.

Als sie später am Abend im Bett gelegen und nicht hatte
einschlafen können, weil sie sich immer wieder fragte, was wohl
der Professor über sie, Liesemarie, der Oma und der Tante gesagt
hatte, waren noch lange die Stimmen der Beiden aus der Stube zu
hören gewesen, noch sehr lange. Was war geschehen?
Doch eine Antwort auf ihre Frage erhielt Liesel in den nächsten
Tagen nicht, auch in den nächsten Wochen nicht.
Erst Ende Februar brachten Elsa und Auguste Berger das
Mädchen nach Gollau zu Elsas und Friedes Bruder Wilhelm, der
hier mit seiner Frau den Hof seiner Schwiegereltern
bewirtschaftete.
Man sagte Liesel, dass sie für ein paar Wochen bei Onkel Wilhelm
und seiner Frau Henriette bleiben sollte. Henriette war, obwohl
noch sehr jung, eine richtige Bäuerin und konnte gut zupacken,
war dabei aber freundlich und gutmütig. Liesel müsse sich
erholen, die frische Landluft und viel Aufenthalt im Freien
würden ihr gut tun und sie wieder gesund machen. Das habe
ihnen der Professor im Krankenhaus erzählt.
Liesel war entsetzt. Sie sollte einfach so hier bleiben bei Onkel
Wilhelm!? Warum hatte ihr das keiner vorher gesagt? Warum
konnte sie nicht bei der Oma bleiben? In Königsberg konnte sie
doch auch prima draußen spielen, im Innenhof oder wenn sie die
Großmutter auf ihren Spaziergängen begleitete. Nein, Liesel
konnte es nicht verstehen, warum sie so plötzlich bei Onkel
Wilhelm bleiben sollte. Nein, nein, sie wollte hier nicht bleiben.
Sie kannte den Onkel doch nicht so gut. Nur wenn er nach
Königsberg gekommen und ihnen Kartoffeln, Obst oder Wurst
gebracht hatte, war sie ihm begegnet. Ja, sicher, jedes Mal war er
lustig gewesen und hatte ein Späßchen mit ihr gemacht, so dass
sie lachen musste. Sogar zaubern konnte er! Aber hier wohnen?
Ohne die Großmutter und Tante Elsa? Nein!!!
Traurig und trotzig zugleich blickte das Mädchen vor sich hin, als
alle am Nachmittag in der großen Stube mit den schweren
dunklen Eichenmöbeln saßen und den Kuchen aßen, den
Henriette aus Anlass des Besuchs von Schwiegermutter und
Schwägerin gebacken hatte.
Durch einen Schleier von Tränen und mit fest zusammen
gepressten Lippen starrte Liesel zum Fenster hinaus in den
Garten, wo die Wäsche im Wind flatterte. Nein, sie würde nicht
hier bleiben, ganz gewiss nicht. Eigentlich wollte sie doch am

liebsten zu ihrer Muttel nach Breslau. Ja, dahin konnte sie doch, mit den Geschwistern draußen im Hof spielen, auf die Jüngeren aufpassen. Das könnte sie doch tun. Aber auf keinen Fall hier allein bei Onkel Wilhelm und Tante Henriette sein! Sie schluckte und die Tränen schwappten über und liefen ihre Wangen hinunter.
Plötzlich stand Henriette neben dem Stuhl des Mädchens. Sie strich ihr über das dunkle Haar, legte ihr dann die Hand auf die Schulter und fragte:
„Lieselchen, hör mal, möchtest du vielleicht einmal mit mir in den Stall kommen, zu den Ziegen und zu den Kaninchenställen hinten an der Wand zum Garten? Wenn du magst, Marjellchen, darfst du die Tiere auch füttern und streicheln. Hm, kommst du mit? Ich zeige dir gern alles!"
Liesel senkte den Kopf und überlegte. Schließlich nickte das Mädchen unter Tränen und rutschte an Henriettes Hand vom Stuhl.
Als Auguste und Elsa Berger am Abend wieder zurück in die Stadt fuhren, waren sie allein.

Mitte Juni 1930 wurde Ursulas kleine Schwester geboren. Hannes und Fredi freuten sich unbändig, endlich kriegten sie auch einmal eine kleinere Schwester, bisher hatten sie nur ältere. So eine Kleine dagegen war niedlich und bald konnten sie ja dann mit ihr spielen, wie mit Joni, der mit seinen eineinhalb Jahren den größeren Brüdern ständig hinterher trippelte und mit ihnen spielen wollte. Jetzt im Sommer verbrachten sie den Nachmittag meist auf dem Hof mit Lene als Kindermädchen, zu der sich dann auch manchmal die eine oder andere Freundin gesellte, während Friede oben mit der Jüngsten blieb und sich um ihren Haushalt kümmerte, um sich dann später für eine knappe Stunde dazu zu setzen, die Kleine schlafend im Wagen neben sich.
Lene war von dem Neuankömmling zunächst wenig begeistert. Noch ein Plagegeist mehr, auf den sie aufpassen musste. Hörte das denn nie auf?
Allerdings hatte sie das kleine Mädchen schon nach kurzer Zeit in ihr Herz geschlossen und verbrachte freiwillig viel Zeit mit ihr. Neugierig und vorsichtig hatte die kleine Uschi den Säugling am Anfang betrachtet. Das kleine Köpfchen mit dem Stupsnäschen, feines blondes Haar, kleine Ohren und ach, was für niedliche

Fingerchen zu Fäusten geballt. Fasziniert betrachtete sie immer
wieder die kleine Schwester. Und wenn dann gar solch kleine,
zarte Hand ihren hingestreckten Zeigefinger umklammerte,
brach Ursula in helles Entzücken aus.
„Oh, Mama, sieh nur, sie hält sich an mir fest! Sie kennt mich
schon!" Und ganz leicht und vorsichtiger als vorsichtig strich sie
mit nur einem Finger, als könnte sie sonst etwas zerbrechen,
über den weichen Haarflaum der Kleinen und lächelte glücklich.
Friede drückte das Mädchen an sich und blickte sinnend in deren
leuchtende Augen.
„Ach, meine kleine Uschi! Ich glaube, du liebst alle Menschen um
dich herum. Nicht wahr, Marjellchen?", freute sie sich über die
Tochter.
Ja, meine Kleine, das tust du, dachte sie, und du bringst allen
Lachen und Freude.

Mitte November, an Martins einundvierzigsten Geburtstag
erhielt das nunmehr jüngste Kind der Familie Granz seine Taufe
und den Namen Rotraud. Gerufen wurde das kleine, recht zarte
Kind jedoch meistens Traudel oder von der Mutter auch
Traudelchen und Marjellchen. Diesmal gab es nur eine kleine
Feier, nur in der Kirche und anschließend einen mit frischem
Kuchen beladenen Kaffeetisch in der Grünstraße, zu dem die
beiden Taufpaten gebeten waren. Da Liesel zur Schule gehen
musste, waren Auguste und Elsa Berger nicht mit ihr gekommen.
In den Weihnachtsferien holten sie ihren Besuch dann nach.
Liesel freute sich unendlich sehr, die Eltern und Geschwister und
vor allem ihr neues Schwesterchen zu sehen. Als dann auch noch
Elsas Verlobter Paul zum ersten Mal mit nach Breslau fuhr, war
das Glück des Mädchens perfekt. Auf so eine wunderbare Reise
war sie noch nie gegangen! Nicht nur, dass sie wieder die ganze
Nacht mit der Eisenbahn fahren würden, nein, auch ihr bester
Onkel Paul kam mit. Würde das lustig sein! Was wohl ihre Muttel
zu dem Onkel sagte, der Tante Elsa heiraten wollte? Ob er ihr
auch so gut gefiel wie ihnen allen Dreien? Ach ja, endlich würde
die Mutter sie wieder in ihre Arme nehmen. Wie sie sich darauf
freute, sie zu sehen! Und die Geschwister! Ob sie sich sehr
verändert hatten? Gewachsen waren sie bestimmt, jedenfalls
wohl mehr als sie. Mit ihren zwölf Jahren war sie erst so groß wie
eine Achtjährige, ihr Rücken wurde immer krummer.

Doch die Geschwister waren alle gesund und Liesel wünschte sich
sehnlichst auch endlich so zu sein wie sie, gerade und groß.
Als sie alle am Weihnachtsmorgen in Breslau ankamen, hob sich
gerade die Morgendämmerung und machte langsam einem
rötlich-blauen, blank geputzten Himmel Platz. Es war frostig kalt,
nur der Schnee für den Heiligabend war nicht rechtzeitig
gekommen.
Friede war nach dem ersten Stillen von Traudel schnell in ihre
Sachen geschlüpft, hatte den Kindern das Frühstück auf den
Tisch gestellt und Lene geweckt, die sich am liebsten im Bett
noch einmal herumgedreht hätte. Doch die beiden Kleinen, Joni
und Traudel, waren schon eine ganze Weile wach gewesen und
auch die Größeren hatten bereits in den Betten gespielt. Lene
hatte sich schlaftrunken erhoben, ihr Gesicht über dem Ausguss
in der Küche mit kaltem Wasser bespritzt, ihre Zähne geputzt
und sich angezogen.
Friede hatte sich hastig den Mantel übergeworfen, den warmen
Schal umgelegt, einen Hut aufgesetzt und die schwarzen
Schnürstiefel angezogen.
„Lene, ich muss zum Bahnhof, Marjellchen! Pass gut auf die
Kinder auf! Frühstückt schon mal, ich esse dann mit der Oma und
den anderen. Bis später, Marjell!“
Damit war sie zur Tür hinaus gewesen und Lene hatte ihre eiligen
Tritte auf der Treppe und wenig später die schwere Haustür
klappen hören.
Gerade noch rechtzeitig kam Friede auf dem Bahnsteig an, um
den Zug aus Königsberg einfahren zu sehen. Schwere Bremsen
quietschten, weißer Qualm stieg in die kalte Morgenluft empor,
die Lokomotive stand und die Türen der Waggons wurden
geöffnet. Eilig und suchend liefen Menschen hin und her,
zwängten sich zwischen anderen hindurch, fragten den Schaffner
um Hilfe. Ein emsiges Treiben hatte sich in Windeseile entfaltet.
Reisende stiegen aus, suchten nach ihrem Gepäck, Verwandten
und Freunden, Leute gingen an den Wagen entlang, blickten in
Fenster und Türen, ebenfalls auf der Suche, nach einem Platz im
Zug oder denen, die sie abholen wollten. Friede suchte sich
entlang der Wagen einen Weg durch die Menschenknäuel. Ihre
Augen wanderten umher in der Hoffnung die Gesichter ihrer
Lieben in dem Wirrwarr schnell zu entdecken.
Plötzlich stand ein schlanker junger Mann vor ihr, der sie von

oben bis unten neugierig musterte.

„Guten Morgen!", rief er, fasste sie an den Schultern und hielt sie ein Stück von sich.

„Ja, ich glaube, ich habe Sie gefunden!", seine Brillengläser funkelten und er lachte, während Friede ihn entsetzt anblickte.

„Sie sind Friede, nicht wahr? Friede Granz! Die Ähnlichkeit ist unverkennbar."

Die völlig erschrockene Friede hatte sich nicht so schnell wieder gefangen und nickte nur.

„Oh, natürlich, Entschuldigung! Ich vergaß mich vorzustellen: Paul Kerner. Ich bin der Verlobte Ihrer Schwester Elsa.", lachte er in ihr blasses Gesicht, das nun langsam wieder Farbe bekam.

„Mama, Muttelchen! Oh, mein liebes Muttelchen!", und schon war Liesel herangestürmt und umklammerte die Mutter.

„Mein liebstes Muttelchen!", flüsterte das Mädchen und heiße Tränen der Freude rannen über ihre Wangen.

Sie schluchzte und drückte sich immer wieder an ihre Mutter, die inzwischen ebenfalls begonnen hatte zu weinen.

Paul Kerner saß ein dicker Kloß im Hals. Er räusperte sich und schluckte, dann holte er die Koffer von dem Platz, an dem die beiden Bergers noch immer standen und die Szene beobachtet hatten.

Inzwischen hatte sich der Bahnsteig geleert, es war ruhiger geworden. Als sie alle zusammen auf den Bahnhofvorplatz traten und Friede sich nach den beiden Türmen mit den Uhren umsah, zeigten die kurz nach Neun.

Liesel war den ganzen Tag über nicht von Friedes Seite gewichen, ängstlich versuchte sie, immer in ihrer Nähe zu sein, so war es erst spät in der Nacht möglich sich über die Geschehnisse in Königsberg zu unterhalten.

„Friede, endlich können wir über Lieselchen reden.", wandte sich Elsa ernst an die Schwester. Es war still im Raum, nur das Ticken der Wanduhr ließ tröpfchenweise die Sekunden verrinnen. Nach einigen Augenblicken fuhr Elsa fort.

„Im Brief lässt sich darüber nicht so gut schreiben, wir haben damals nur das Nötigste mitgeteilt, wir mussten handeln. Friede, es musste mit einem Mal alles ganz schnell gehen. Wir wissen nicht was sonst mit dem Mädchen passiert wäre. Wir waren mit ihr im Krankenhaus, du weißt ja, jedes halbe Jahr muss sie einmal

dort vorgestellt werden. Diesmal war der Professor nicht so recht zufrieden. Aber das war nur ein Grund. Er hat uns erklärt, dass man ein neues Operationsverfahren für solche Fälle wie die Liesel hätte. Man könne ihr die Wirbelsäule brechen und sie müsse anschließend mehrere Monate im Gipsbett liegen. Es würde ihr dann besser gehen, der Buckel wäre nicht mehr so groß, könnte sich irgendwie verwachsen. Wir haben das, was er uns erklärt hat, nicht so recht verstanden, haben uns Bedenkzeit ausgebeten. Er meinte, bis zur Entscheidung sollte Liesel auf jeden Fall weiter viel ins Freie gehen, sich draußen bewegen, das Korsett tragen, ja und alles, woran sie sich sonst schon immer halten sollte. Na, ihr wisst schon. Wir waren ziemlich fertig, als wir nach Hause kamen, und wussten nicht wie wir uns verhalten sollten."
Friede hatte Elsas Worte mit einigem Entsetzen verfolgt.
„Was ist dann weiter passiert? Warum habt ihr Liesel später zu Wilhelm gebracht? Das versteh ich nicht so ganz. Wäre das nicht eine Chance für Liesel gewesen? Hätte sie nicht gesund werden können?", entfuhr es ihr aufgebracht.
„Friede, nein, glaub mir, das wäre sie sicher nicht!", rief Elsa bestimmt.
„Hör mir erst bis zum Ende zu. Wir hatten auch erst gedacht, dass es für Liesel vielleicht gut wäre. Nach der ersten Aufregung hatten wir uns eigentlich schon etwas mit dem Gedanken vertraut gemacht, wollten euch schreiben und um Erlaubnis für die Operation fragen. Aber dann kam Paul eines Tages ganz aufgeregt zu uns. Ich hatte mit ihm darüber gesprochen und er hatte sich deswegen ein wenig umgehört. Du weißt ja, er hat so einige Verbindungen. Er hat erfahren, dass die da in dem Krankenhaus komische Sachen machen, dass da schon Kinder gestorben sind, die dort wegen solchen oder ähnlichen Sachen operiert wurden. Paul meinte, wir könnten nicht vorsichtig genug sein, wenn wir das Beste für Liesel wollen. Das wären wohl nicht so sichere Operationen, eigentlich mehr Versuche, die noch oft schief gingen. Also waren wir sehr unsicher geworden, haben viel überlegt und versucht noch mehr heraus zu finden. Dann, Anfang Februar, haben wir direkt vom Krankenhaus ein Schreiben erhalten, wir sollen so schnell wie möglich mit Liesel zur Operation kommen, Ende des Monats wieder ein Schreiben, wohl weil wir uns nicht gerührt hatten. Da haben wir furchtbare Angst gekriegt um das Mädchen, Angst, dass man sie uns einfach

wegholt oder so. Paul hat gesagt, es ist besser wir bringen sie aus der Stadt, irgendwo aufs Land. Da fiel uns nur Wilhelm ein und wir haben Liesel hingebracht. Er war mehr als erstaunt und hat uns genauso ausgefragt wie ihr jetzt. Aber es hat ihr unheimlich gut getan, dort zu sein. So viel gute, saubere Luft, Licht und Sonne, viel Milch und gutes Essen. Sie ist kräftiger geworden, ihre Knochen fester und ihre Bronchien waren noch nie so frei wie zu dem Zeitpunkt, als wir sie wieder geholt haben. Paul war mit uns gefahren und war richtig erstaunt über unsere Kleine."
Friede hatte während dieser Erzählung immer wieder den Kopf geschüttelt und Tränen standen in ihren Augen, als ihr bewusst wurde, dass wohl eine echte Gefahr für ihre Tochter bestanden hatte, der die Mutter und Schwester gerade noch ausgewichen waren.
„Habt ihr deshalb den Arzt für Liesel gewechselt? Weil ihr Angst hattet, dass ihr etwas geschieht?", fragte sie leise.
„Ja, Friede, wir waren viel zu besorgt, dass da noch einmal irgend etwas in dieser Richtung kommt.", warf Auguste Berger ein, die bisher still die Worte ihrer Töchter verfolgt hatte.
Noch eine ganze Zeit lang sprach man in der Granzschen guten Stube über Liesel, über das was geschehen war und das, was die Zukunft für das Mädchen noch bereit halten könnte, erst spät in der Nacht fanden alle ihre Ruhe.

IV

Ein wunderbarer sonniger, warmer Morgen war angebrochen, frühlingshaft. Über den blauen Himmel schwebten einzelne leichte, durchsichtig zarte Federwolken, die den Sonnenstrahlen den Weg zur Erde nicht verwehrten. Das hellgrüne Laub der Bäume fing das warme Licht gierig ein und reckte sich seiner Quelle entgegen. In einer Pfütze vor dem Haus in der Grünstraße, die von den heftigen Regengüssen am Vortag übrig geblieben war, badeten zwei kleine, dicke Spatzen und tschilpten und plusterten sich auf und lärmten dabei die ganze Zeit. Sie schlugen mit den Flügeln, platschten und spritzten, ihr Toben und Tschilpen war mehrere Häuser weit zu hören und hallte in dieser frühen Stunde von den gegenüber liegenden Häuserwänden wider.
Auch Uschi, die schon leise aufgestanden war, weil sie vor Aufregung und Neugier auf diesen Tag nicht hatte schlafen können, sich in der Küche bei Friede gewaschen hatte und nun in die, für heute bereit gelegten, Sachen schlüpfte, hörte das laute Gezeter der beiden Vögel durchs offene Fenster, spitzte die Ohren und lachte.
Friede hatte in den letzten Wochen ein wunderschönes rosa Kleid mit gerüschten kurzen Ärmeln und Falbeln am Halsausschnitt, von den Schultern herunter bis zur Taille und unten um den Saum herum, genäht. Der Stoff dazu war das Geschenk von Ursulas Patentante Anna gewesen. Ihre zweite Patin, Tante Emma, hatte eine Schultasche aus Rindsleder spendiert, während Friede und Martin eine bunte Zuckertüte mit ein paar Süßigkeiten, einer Schiefertafel und Griffeln, mit einer großen rosa Schleife darauf, schon seit Tagen, eingewickelt in Papier, auf dem Kleiderschrank in der Kammer versteckt hielten.
Ursula steckte bereits in dem rosafarbenen Kleid und nestelte aufgeregt an dem Knopf in ihrem Nacken, konnte ihn jedoch nicht schließen, denn viel zu nervös zappelten ihre kleinen Finger. Friede schloss den Knopf und gab Uschi einen Kuss.
„Was ist los, Marjellchen? Freust du dich schon so sehr auf die Schule?", fragte sie lachend das Mädchen.
Ursula nickte mit blitzenden Augen. Vorsichtig band ihr die

67

Mutter eine Schürze über das Kleid, damit es beim Frühstück keinen Schaden nehmen konnte. Uschi hüpfte in die Küche und half Lene und dem Vater beim Tisch decken, während Friede schnell noch die Kleinen wusch und anzog, was heute ein recht schwieriges Unterfangen war, weil alle aufgeregt in ihrer Unterwäsche durcheinander quirlten. Hannes und Fredi sprangen in den Betten umher, der fast Sechsjährige vornweg, der kleine Fredi immer hinterher, versuchte den Bruder zu fangen, bis sich Friede den Jüngeren griff und festhielt. Dann bekam Hannes seine Hose, Hemd und Weste, um sich anzuziehen, Fredi half die Mutter dabei und schloss dann die Knöpfe an Hannes' Kleidung.

Als endlich alle am Tisch saßen und frühstückten, strich sich Friede eine gelöste Haarsträhne aus der Stirn und genoss die kurze Zeit der Besinnung.

Eine Stunde später waren alle Granzes auf dem Weg zur Kirche für die Segnung.

Ursula stand in einer Reihe mit anderen Mädchen und erhielt den Segen, aber sie war so aufgeregt und neugierig auf die Schule, dass sie die Worte des Pfarrers gar nicht verstand. Wann könnte sie nun endlich in die Schule gehen, so wie Sievert? Sie trat von einem Bein auf das andere, zupfte an der Falbel ihres Kleides, spielte mit den Fingern und wäre am liebsten los gerannt. Das dauerte aber lange! Nur gut, dass ihre langen blonden Zöpfe auf dem Rücken in einer rosa Schleife, aus den Stoffresten ihres Kleides, zusammen gebunden waren, sonst hätte sie das Mädchen am Ende noch aufgelöst. Friede und Martin beobachteten lächelnd die wachsende Ungeduld ihrer Tochter. Beide konnten sie verstehen, schließlich fieberte Uschi diesem Tag schon seit Sieverts Schulbeginn vor zwei Jahren entgegen.

Erst als die Kinder mit Schultüte und Tasche sich zu einem Foto auf dem Schulhof aufstellten, hatte die kleine Ursula ihre Ruhe wiedergefunden. Strahlend, mit leuchtenden Augen, in denen sich der Himmel spiegelte, schaute sie zum Fotografen. Ihre Tüte hielt sie fest im Arm. Es war nicht eine von den großen Tüten hier im Kreis der Kinder, aber für Uschi enthielt sie den größten Schatz, den sie sich vorstellen konnte, die Schiefertafel und die Griffel zum Schreiben. Was für ein wunderschöner Tag! Wie stolz und glücklich war das kleine Mädchen! Endlich! Endlich war es

soweit!
Noch als sie am Abend im Bett lag und sich auf den ersten
richtigen Schultag freute, war sie erfüllt von diesem Gefühl. Jetzt
endlich gehörte sie dazu, zu den großen Kindern, die Lesen,
Schreiben und Rechnen lernten und so viele andere Dinge. Ihren
Namen schreiben konnte sie schon. Das hatte ihr Sievert gezeigt.
Aber es gab ja noch so viel mehr. Sie wollte die Zeitung lesen
können wie Papa oder die Bücher, die in der Stube im
Bücherschrank standen oder die Lene in dem Karton unterm Bett
oder auf der Kommode stehen hatte.
Mit diesen Gedanken schlief sie schließlich ein, als schon lange
die Sterne am schwarzen Nachthimmel glänzten.

Von nun an ging Ursula zur Schule. Jeden Tag saß sie so dort
glücklich und stolz in der Bank auf ihrem Platz und hörte
aufmerksam auf die Worte des Lehrers. Fleißig und gewissenhaft
erledigte sie auch zu Hause ihre Aufgaben. Zusammen mit Sievert
saß sie, wie sie es sich gewünscht hatte, am Küchentisch, schrieb,
las und rechnete.
Dem aufgeweckten Mädchen fiel das Lernen leicht und sie hatte
viel Freude daran. So dauerte es nicht lange und sie konnte die
ersten Bücher lesen. Bald las sie ihren jüngeren Geschwistern
sogar vor und kaum war sie mit einem Buch fertig, hielt sie schon
das nächste in der Hand.
Doch da sie nun ein großes Mädchen war, bestand sie auch
darauf, der Mutter mehr zu helfen und war dabei stets fröhlich
und gut gelaunt, so dass Friede sie immer öfter mit kleinen
Aufgaben betraute.
So verging Uschis erstes Jahr in der Schule wie im Flug.

Ende April 1932 kam Friede erneut nieder und schenkte einem
weiteren Mädchen das Leben.
Während man über so viel Unvernunft seitens Friede und Martin
in Königsberg nur die Köpfe schüttelte, waren die Granz-Kinder
in Breslau von dem kleinen Blondschopf mit den hellen blauen
Augen begeistert.
Auch Uschi, die sich in der letzten Zeit oft lange und liebevoll mit
der kleinen Traudel beschäftigt und Lene damit ein doch recht
lästiges Problem abgenommen hatte, kümmerte sich nun auch
sehr lieb um die jüngste Schwester. Die Mutter war froh über

diese Hilfe, allerdings schickte sie Ursula auch öfter zu den Jungs hinunter auf den Hof, damit sie an die Luft kam und ebenso spielen konnte wie diese. Am meisten freute sich Sievert, wenn Ursula mit hinunter kam. Er, die Brüder und ein paar Kinder aus dem Haus waren dann schon meist eine Weile dort beschäftigt. Oftmals spielten sie mit Murmeln, auch wenn das Friede nicht so gern sah seit Fredi sich eine der bunten Kugeln in die Nase gesteckt hatte und Friede mit ihm zum Arzt musste, um das Spielzeug wieder daraus entfernen zu lassen. Lene hatte dann an jenem Nachmittag auf den Rest der Kinderschar aufpassen müssen, obwohl sie sich mit einer ihrer Freundinnen verabredet gehabt hatte. Mehr als verärgert darüber, dass sie die Freundin nicht hatte sehen können, hatte sie dann am Abend ihre Wut am kleinen Fredi ausgelassen und ihn geschubst, so dass er sich an der Kommode den Kopf gestoßen und lauthals zu schreien begonnen hatte.

„Mama, Mama, die Lene hat mich geschubst!", weinte der Fünfjährige und Friede war nicht umhin gekommen mit Lene zu schimpfen.

„Magdalena!"

Das war ein Achtungszeichen für Lene, ein Hinweis, dass sie zu weit gegangen war, wenn die Mutter sie Magdalena nannte.

„Magdalena, so geht das nicht! Musst du so grob sein mit deinen kleinen Geschwistern? Du hast auch genug Unsinn gemacht, als du so klein warst! Du bist über zehn Jahre älter als Fredi. Schäm' dich, so einen Kleinen zu schubsen. Er hätte sich noch mehr weh tun können. Ich möchte so etwas nicht noch einmal hören oder sehen! Hast du mich verstanden?"

Lene nickte, sah zu Boden und schluckte ihre Antwort, die ihr bereits auf der Zunge lag, lieber hinunter. Nur selten wurde die Mutter laut, aber dann war es besser, ihr nicht zu widersprechen, wenn sie keine Strafe riskieren wollte. Wie schnell sie dann eine Woche lang ihre Freundinnen nicht treffen durfte, hatte sie schon erlebt.

Schon im August fand die Taufe der jüngsten Granz-Tochter statt, damit auch das Lieselchen mit dabei sein konnte. Im August waren Sommerferien und auch Elsa Berger hatte sich ein paar Tage frei genommen und fuhr mit ihrer Nichte und der Mutter nach Breslau. Nur Paul Kerner, der ebenfalls herzlich eingeladen war, hatte leider nicht mitkommen können, zu wichtig war seine Arbeit derzeit geworden.

Liesel hatte Ende Juli ihren vierzehnten Geburtstag gefeiert und Ostern mit dem siebten Schuljahr begonnen. Noch immer hoffte sie, eines Tages wieder ganz gesund zu sein, einen geraden Rücken zu haben und so groß zu wachsen wie ihre Freundinnen es waren. Doch ganz tief in ihrem Innern begann sie zu begreifen, dass es nie so sein würde, dass sie immer anders wäre als die gleichaltrigen Mädchen.

Sie wollte nicht darauf hören, auf diese Stimme in ihr, die es ihr immer wieder zuraunte, sie wollte es nicht glauben, sie konnte einfach nicht. Es musste doch alles wieder gut werden für sie!

Sie, Liesemarie, hatte nichts Böses getan, niemals, nie! Immer war sie lieb gewesen, hatte alles getan, was früher die Mutter und später die Großmutter und Tante Elsa ihr aufgetragen hatten. Nie war ein böses Wort über ihre Lippen gekommen, geduldig hatte sie alle Hänseleien oder gar Beschimpfungen anderer Kinder ertragen und genau so geduldig alle Leiden, die ihre Krankheit mit sich gebracht hatte. Oma und Tante half sie mit aller Kraft und soweit sie es vermochte.

Warum, schrie es in ihr, kann ich nicht gesund werden? Wieso nicht? Wie sehr wünsche ich mir, groß zu sein, groß und gerade, lange Beine zu haben und keinen Buckel mehr?! So muss es doch werden, wenn ich es mir so sehr wünsche!

Doch gleichzeitig mit diesen Gedanken wurde ihr bewusst, dass diese Wünsche niemals wahr werden würden, niemals! Liesel war zu klug, um nicht zu begreifen, dass dies auf ewig nur Träume bleiben würden. Hart traf sie diese Erkenntnis, als sie während der Fahrt träumend aus dem Fenster blickte und ihren Gedanken nachhing.

Als Elsa und Auguste Berger mit Liesel in Breslau ankamen, war der Himmel Wolken verhangen, dunkelgrau und schwer, so als wollte es jeden Moment anfangen zu regnen. Feuchtwarme Luft lag drückend über der Stadt und machte das Atmen schwer. Schwer wie Blei lastete der Druck auch auf Auguste Bergers schwachem Herz.

Friede wartete bereits mit Uschi und Sievert, die unbedingt Oma, Tante und Schwester zuerst, vor den anderen Kindern, sehen wollten, auf dem Bahnsteig. Lene war inzwischen bei den Kleinen geblieben, heilfroh, zwei davon weniger hüten zu müssen. Je

älter sie wurde, umso lästiger war es ihr, ständig auf die
Geschwister achten zu müssen und für sich und ihre
Freundinnen so wenig Zeit zu haben.
Die beiden Kinder sahen die Bergers zuerst und rannten auf sie
zu. Uschi flog der Großmutter um den Hals, begrüßte dann die
Tante und umarmte vorsichtig ihre ältere Schwester. Sievert, der
den schon großen, vernünftigen Schuljungen herauskehrte,
reichte den beiden Frauen artig die Hand und bekam sogar eine
kleine Verbeugung hin. Auguste Berger strich ihm über den Kopf
und drückte ihn dann an sich. Friede musste ein Lachen
unterdrücken, so hatte sie ihren Großen ja noch nie erlebt, so
bemüht erwachsen zu wirken. Und nun konnte sie endlich ihre
zweitälteste Tochter wieder in die Arme schließen.
„Mein Marjellchen! Wie lange habe ich dich nicht gesehen! Es ist
so schön, dich wieder hier zu haben, meine Kleine! Ich habe
schon so sehr darauf gewartet. So oft habe ich an dich gedacht,
du sicher auch an uns, nicht wahr. Es ist schon wieder so viel Zeit
vergangen seit wir uns zuletzt gesehen haben. Ach, mein liebes
Marjellchen, ich bin so froh, dass du hier bist!" Leise kamen die
Worte und legten sich schwer auf Liesels Herz, passend zu ihren
traurigen Gedanken während der Reise.
Doch sie hatte keine Zeit jetzt darüber nachzusinnen. Uschi und
Sievert nahmen Liesel auf dem Heimweg in ihre Mitte und
erzählten ihr aufgeregt durcheinander redend und lachend die
neuesten Neuigkeiten, welche die Schwester unbedingt wissen
sollte.
„Du, Liesel, weißt du schon von unserer neuen Schwester? Ich
meine, wie sie aussieht?", fragte der schlanke Junge mit dem
glatten, hellen Haar der Mutter und ihren blauen Augen.
Und dann erzählte er Liesel in allen Einzelheiten, was sie bisher
schon alles mit dem kleinen Mädchen erlebt hatten. Uschi hatte
ihre kleine Hand inzwischen in die der Schwester geschoben und
bekräftigte immer wieder Sieverts begeisterte Erzählungen. Nur
schade, dass sie so bald schon vor dem Haus in der Grünstraße
standen und in wenigen Minuten die lärmende Geschwisterschar
über sie hereinstürmen würde.

Zwei Tage später wurde die kleine Annegrete, die jeder nur
Grete oder Gretel nannte, getauft. Dass man ihr dabei das blonde
Haar mit Taufwasser benetzte, gefiel der Kleinen gar nicht.

Erschrocken stimmte sie ein herzzerreißendes Weinen an, das
durch die ganze Kirche hallte. Vergeblich versuchte Friede das
Kind wieder zu beruhigen. Erst als Martin seine Tochter auf den
Arm nahm, leicht schaukelte und flüsternd mit ihr sprach,
verstummte sie schließlich.
Als endlich die Gesellschaft aus der Kirche trat und sich in
Richtung Grünstraße auf den Weg machte, lugte auch nach Tagen
zum ersten Mal wieder die Sonne durch die sich langsam
verziehenden Wolken, und die Pfützen überall auf den Wegen
und Straßen begannen zu glänzen. Ein schillernder Regenbogen
überspannte den Himmel in Richtung der Oder.
Sievert hatte die kleinen Brüder um sich geschart und rief ihnen
etwas zu. Plötzlich rannten die Jungen los, von der Kirchentür bis
zum Gehweg und diesen entlang in Richtung Zuhause.
Erschrocken sah Friede ihnen hinterher. Hannes und Fredi liefen
nebeneinander, Joni konnte nicht mithalten, blieb stehen und
fing an zu weinen. Im selben Moment stolperte Fredi und lag
auch schon der Länge nach mitten in einer großen Pfütze, in
seinem Sonntagsstaat, mit dem Gesicht im Wasser. Klitschnass
rappelte er sich auf, kniete im Wasser und weinte nun auch.
Friede, die einen Moment vor Schreck erstarrt war, lief zu ihm
und half ihm auf. Auch Sievert reichte dem Bruder die Hand, rot
vor Scham, denn schließlich hatte er das Kommando zum
Wettlauf gegeben. Auch Martin eilte mit der kleinen Grete auf
dem Arm herbei. Wütend sah er seine vier Jungen an, seine
Augen blitzten hinter den Brillengläsern.
„Was sollte das denn sein? Jetzt geht aber gesittet weiter! Müsst
ihr denn dauernd nur Unfug treiben und eurer Mutter noch
zusätzliche Arbeit aufbürden? Schämt euch! Und du, Sievert, als
Ältester! Stiftest die Kleinen an?! Nicht noch einmal, mein
Freund! Du enttäuschst mich!", warf er ihm vor und wendete sich
ab.
Langsam setzten sich alle wieder in Bewegung, Fredi triefnass an
der Hand der Mutter, Hannes und der kleine Joni still
nebeneinander, Sievert mit hängendem Kopf und glühenden
Wangen als Letzter hinterher. Nur Uschi, die neben Liesel ging,
sah sich immer wieder nach ihm um. Er hatte es doch bestimmt
nicht böse gemeint, dachte sie.
Am späten Nachmittag, als die Kaffeetafel aufgehoben war,
spielten die Kinder unten auf dem Hof. Eine Stunde noch und

macht bloß keinen Unsinn mehr, hatte Friede sie gewarnt.
Die drei Berger-Frauen schichteten die Reste des Kuchens, den
sie am Vortag zusammen gebacken hatten, von den beiden
Blechen auf eines und deckten ein sauberes Geschirrtuch
darüber, das mit Friedes Monogramm „FB", Friede Berger,
bestickt war. Alle Stücke ihrer Aussteuer trugen an einer Ecke
dieses Zeichen, handgestickt von ihr und der Mutter. Das Blech
mit dem Kuchen schob Friede in die kleine Speisekammer, die an
die Küche grenzte.
Gemeinsam mit Elsa spülte sie das Geschirr, während Auguste
Berger am Küchentisch saß, zurückgelehnt auf einem der Stühle,
um ein wenig auszuruhen. Sie sah ihren Töchtern zu. Wie flink
ihnen die Arbeit von der Hand ging! Auguste seufzte. Sie waren
noch jung. Nur Friede sah sehr müde aus. Ja, müde und
abgespannt, mit dunklen Augenringen. Mit ihren knapp
sechsunddreißig Jahren hatte sie bereits elf Kindern das Leben
geschenkt und zwei von ihnen schon wieder verloren. Das war
viel! Zu viel, um es so einfach zu verkraften!
Mühsam erhob sich die Frau und ging zu ihren beiden Töchtern,
die nun die Stapel mit dem Geschirr in den großen Schrank in
der Stube räumen wollten. Doch die Mutter kam ihnen zuvor und
stellte sich neben Friede. Sie legte ihr die Hand auf die Schulter,
mit der anderen hob sie Friedes Kinn und zwang sie, ihr in die
Augen zu sehen.
„Friedelchen, mein Marjellchen, denkst du nicht, dass ihr nun
genug Kinder habt? Du machst dich kaputt!", meinte sie
vorsichtig.
„Ach Muttelchen!", sagte Friede leise. „Wir lieben uns, der
Martin und ich. Es sind alles Zeichen unserer Liebe, glaub mir.
Und wir lieben sie alle! Weißt du, wir finden uns in ihnen wieder.
Wir, unsere Liebe, leben in ihnen fort. Sie sind das Zeugnis davon.
Sieh mal, Martin hat nur mich und die Kinder. Für ihn sind wir
die ganze Familie, die er noch hat, seitdem seine eigene mit ihm
gebrochen hat. Du weißt doch wie das war, dass er sich für mich
entschieden hat, obwohl sie ihn so sehr unter Druck gesetzt
hatten.
Muttchen, du weißt auch, wie sehr er darunter gelitten hat und
es heute noch tut. Ich kenne ihn, ich weiß wie weh es ihm tut,
dass sie auf nichts reagieren, nicht einmal als Hedwig und Erna
starben. Keiner meldet sich, niemand antwortet auf irgendetwas,

weder seine Eltern, seine Geschwister oder sonst jemand. Nichts kommt von ihnen, gar nichts!
Versteh doch, Muttchen, Martin hat nur mich und unsre Kinder!“ Friedes Augen standen voller Tränen und sie ließ ihren Kopf auf die Brust sinken.
„Natürlich weiß ich das alles, Friede. Aber sieh mal wie die Kinder leben! Eure Wohnung ist doch viel zu klein für so viele Leute und Geld ist auch nie genug da. Oder willst du mir sagen, dass am Monatsende noch etwas übrig ist von dem, was Martin mit nach Hause bringt? Meinst du nicht, deine, eure Kinder sollten ein gutes Leben haben, nicht zuletzt weil sie Kinder der Liebe sind? Und du? Wie geht es dir dabei? Ein Kind nach dem anderen. Ja, gut, sieh mich nicht so an! Ich weiß, was du denkst. Auch ich habe fünf Kinder.“, gab sie seufzend zu.
„Aber das war mehr als genug! Natürlich liebe ich sie alle und keines von euch allen würde ich je wieder hergeben wollen, Gott ist mein Zeuge! Aber sieh mich an! Alt und verbraucht bin ich, habe zu viel und zu schwer arbeiten müssen. Na gut, nicht nur wegen der Kinder. Aber du hast schon mehr als doppelt so viele Kinder geboren.
Friede, Marjellchen, glaube mir, so sollte es nicht weiter gehen. Gönne' dir wenigstens mal eine Pause! Deine Kinder brauchen dich, du solltest sie auch großziehen können. Auch wenn es immer wieder ein Wunder Gottes ist, so ein Kind, keines kann allein, ohne Mutter aufwachsen. Und du siehst krank aus. Du musst dich erholen, Kind!
Friede, und was ist mit dem Granatsplitter in Martins Kopf? Du weißt was die Ärzte sagen! Wenn der wandert, kann Martin sterben, jederzeit. Marjellchen, dann bist du mit den Kindern allein. Was soll dann werden?“
Auguste Berger nahm wieder am Tisch Platz und schwieg. Auch Friede erwiderte nichts mehr und Elsa hatte für sich beschlossen, sich nicht in die Angelegenheiten der Schwester einzumischen. Das musste sie alles selbst wissen und entscheiden. Es genügte, wenn die Mutter ihr gut zuredete.

Derweil hockten die Kinder unten im Hof bei der alten Holzbank. Lene, Liesel und Ursula saßen darauf mit einer von Lenes Freundinnen und unterhielten sich angeregt. Liesel berichtete von Königsberg, von der Schule, vom Hafen und der

Werft, zu der Tante Elsa sie mitgenommen hatte, und von der
Schiffsfahrt, zu der Onkel Paul Elsa und sie eingeladen hatte.
Wie hatte sie sich gefreut, als es hieß, morgen fahren wir mit
dem Dampfer. Wer möchte da mitkommen? Ganz früh am
Morgen war Liesel aufgestanden, denn sie wollten gleich mit dem
ersten Schiff los, damit sie den Tag so richtig genießen konnten.
Am Dampfschiffsplatz an der Eisenbahnbrücke, ganz in der Nähe
vom Ostbahnhof, lagen die dicken Dampfer auf dem Pregel, dem
Fluss, der nun bald in die Ostsee münden würde, und warteten
auf Fahrgäste. Onkel Paul hatte die Fahrkarten für alle gekauft
und dann waren sie an Bord gegangen. Ganz vorsichtig war Liesel
an dem fetten Tau, an dem sie sich ganz fest hielt, entlang,
Schritt für Schritt, auf das Boot gestiegen. Da es an dem
Sommertag schon früh sehr warm gewesen war, hatten sie sich
an der Reling ihre Plätze gesucht, so dass sie auch genügend
sehen konnten. Liesel war sehr aufgeregt gewesen. Wann würde
es denn nur endlich losgehen?
Sie hatte sich umgesehen. Oh, so viele Menschen hatten dort
noch auf der Ufermauer gestanden, bereit einzusteigen oder
wartend auf ein anderes Schiff, ein einziges buntes Gewimmel.
Kinder waren zwischen den Erwachsenen umher gesprungen,
Leute mit Koffern und Taschen hatten schwer geschleppt, andere
mit Hüten als Schutz vor der Sonne waren Ausflügler wie sie
gewesen. Ein kleiner Junge hatte ganz allein da gestanden,
weinend, und nach seiner Mutter rufend. Seine Knie hatten
geblutet, er war wohl gefallen und hatte nun seine Eltern
gesucht.
Voll beladene Lastkähne mit dicken, zersägten Baumstämmen,
von der Last schwer ins Wasser gedrückt, waren langsam am
Dampfer vorbei gezogen. Die Segelkutter der Fischer, die auf dem
Weg zum Fischmarkt gewesen waren, hatten Liesel wegen ihrer
schmalen, hohen rechteckigen Segel besonders gut gefallen.
Auch mit Gemüse schwer beladene Kähne waren unterwegs zum
Wochenmarkt in der Altstadt gewesen. Und die alte
Speicherstadt hatte man sehen können, an der sie in Richtung
Hundegatt vorbei gefahren waren, die großen alten Speicher mit
den drei ältesten, dem Bär, dem Stier, dem Hengst, das hatte
Liesel aus dem Unterricht in der Schule gewusst, und all die
anderen, jeder hatte sein eigenes Wappen, große Gebäude mit
hohen spitzen Dächern.

Endlich hatte der Dampfer abgelegt, nach einem Ohren
betäubenden TUUT,TUUT,TUUT, waren die Leinen gelöst worden
und er hatte sich langsam von der Mauer geschoben, dann immer
mehr an Geschwindigkeit gewonnen und war den Pregel entlang
geglitten in Richtung Contienen, wo die neuen Hafenbecken von
Königsberg lagen. Zunächst ging es vorbei am Bahnhof
Holländerbaum, wo es einmal einen Zollbaum gegeben hatte, an
dem die Kapitäne der großen Seeschiffe in alten Zeiten den Zoll
entrichten mussten, wenn sie mit ihrem Schiff in den Hafen
einlaufen wollten.
Und immer weiter den Pregel entlang, mitten im Strom, genau in
einer fast rechtwinkligen Biegung, war eine langgestreckte Insel
in Sicht gekommen. Beim Vorbeifahren hatte Liesel an deren
beiden Enden jeweils ein Leuchtfeuer entdeckt. Wie erstaunt aber
war das Mädchen gewesen, als sie endlich an den riesigen
Hafenbecken des neuen Hafens vorbeigekommen waren, an den
riesigen Lagerhallen des Freihafens gegenüber von Kosse, am
Industriehafen mit seinen Gruppenspeichern und dem
Turmspeicher und dem Holzhafen.
Immer entlang der Küste war die Fahrt über das Frische Haff
gegangen, auf dem sie unzähligen Fischerbooten und Seglern
begegnet waren. Lange waren sie so dahin getuckert, heiß hatte
die Sonne vom Sommerhimmel gebrannt, neugierig und hungrig
hatten die Möwen das Schiff umkreist und zugeworfene
Brotstückchen geschickt im Flug gefangen, bis endlich die
Frische Nehrung am Horizont aufgetaucht war. Die Halbinsel
trennte das Frische Haff von der Ostsee und an ihrem einzigen
Durchlass lag die Stadt Pillau. Hier waren sie wieder an Land
gegangen, Onkel Paul hatte in einer hübschen kleinen Pension
Zimmer bestellt, wo sie übernachten wollten.
Als sie später spazieren gegangen waren, durch die Stadt, den
Hafen ansehen, war Liesel dort den wunderschönen Segelbooten,
die sie auf der Fahrt hierher so bewundert hatte und die der
Onkel Paul so sehr liebte, ganz nah gewesen.
Und dann war das Beste für diesen Tag gekommen, sie standen
auf der Nordmole, ganz weit draußen und Liesel hatte zum ersten
Mal in ihrem Leben das freie, weite Meer gesehen. Gebannt und
fasziniert hatte sie dort gestanden, völlig versunken in den
herrlichen Anblick des riesigen blauen Wassers, das ganz weit
draußen am Horizont mit dem Himmel zu verschmelzen schien.

Möwen segelten kreischend über den wenigen leichten Wellen, denen der Wind gefehlt hatte, um stark und furchteinflößend hoch zu werden. Ja, und dann war langsam die Sonne rotgolden ins Meer versunken, hatte Himmel und Wellen mit ihrem kupferfarbenen, leuchtendem Glanz übergossen. Kein Hauch hatte mehr das Wasser bewegt, fast ganz still und leicht war es gegen die Mole gegluckst, hatte sich daran gebrochen und war wieder zurück geschwappt.

Erst als Tante Elsa sie in den Arm genommen hatte, war Liesel wieder aus ihrem Traum aufgewacht.

So wunderschön hatte sie sich das Meer nicht vorgestellt gehabt. Und selbst jetzt noch, während sie davon erzählte, sah sie diese blaue unendliche Weite des Meeres vor sich, hörte das Kreischen der Möwen und das sachte Rauschen des Wassers, als es abends nur noch ganz leicht gegen die Mole geschlagen hatte, leise, fast säuselnd.

Lenes Freundin fragte immer wieder:

„So richtig auf einem Schiff, auf dem Meer ward ihr da? Mit hohen Wellen und so?" Neugierig und fasziniert sah sie Liesel an, begierig noch mehr davon zu erfahren.

„Nein, es waren keine hohen Wellen. Der Wind hatte sich gelegt, die Ostsee war ganz glatt. Und mit dem Schiff waren wir nur auf dem Haff.", meinte Liesel.

„Liesel, was meinst du, ob ich vielleicht auch bald mal die Oma besuchen kann und auch auf so einen Ausflug gehen kann? Vielleicht wir alle zusammen?", ließ Lene verlauten und Liesel nickte.

Das wäre schön! Am besten alle kämen einmal nach Königsberg. Doch sie wusste, dass die Eltern das Geld dafür nicht hatten. Still hatte Ursula zugehört was die großen Mädchen sprachen. Oh ja, da würde sie auch gern mitfahren. Sie saß auf der Bank, schaukelte mit den Beinen und träumte vom Meer.

Die Jungen hatten von dem Gespräch nichts mitbekommen. Sie knieten oder hockten unweit der Bank und waren ganz vertieft in ihr Murmelspiel. Zwei Jungen aus dem Haus waren dabei, Brüder, die mit ihren Eltern im vergangenen Jahr in die rechte Dachwohnung gezogen waren. Sievert, als der Älteste der Schar, war am Gewinnen, während Joni als Jüngster noch gar nicht richtig mit den bunten Kugeln umgehen konnte, bald keine Lust mehr an dem Spiel hatte und zu den Mädchen auf die Bank kletterte.

„Joni, geh wieder zu den Jungs! Wir können dich hier nicht brauchen. Na, mach schon, spiel mit ihnen!", wollte Lene den Kleinen los werden.

In Jonis braunen Augen funkelten verdächtige Tränen. Müde von der Aufregung des Tages und dem Spiel mit den Großen wollte der Dreijährige hier bei den Mädchen sitzen. Mit kleinen schmutzigen Fäusten rieb er sich die Tränen aus den Augen und verteilte Schmutz und das salzige Nass im gesamten Gesicht.

„Komm her, Joni!", sagte Ursula leise und zog den müden Jungen auf ihren Schoß.

Glücklich lehnte sich der Kleine an sie an und nach wenigen Momenten fielen ihm die Augen zu. Uschi schlang die Arme um den Bruder und verschränkte die Finger ineinander, damit sie ihn festhalten und er nicht hinunterrutschen konnte.

So fand Friede die Kinder, als sie wenig später in den Hof kam. Liebevoll strich sie Ursula übers Haar, nahm den schlafenden Joni auf den Arm und stieg mit ihren Kindern die Treppen hinauf.

Auch in den nächsten Tagen hatten sich die Mädchen viel zu erzählen. Lene versuchte allerdings immer wieder, mehr Zeit mit ihren Freundinnen zu verbringen. Schließlich war doch Liesel mit hier. Sie, Uschi und Sievert konnten ja auf die kleineren Geschwister aufpassen. Ach ja, die Großmutter und Tante Elsa waren ja auch noch da und konnten ebenso mit auf sie achten. Und außerdem musste sie, Lene, das ja sonst schon immer tun. Sie wollte auch einmal ein wenig Zeit für sich.

Immerhin hatte sie die Schule im letzten Jahr abgeschlossen und eine Lehre begonnen. Sie war doch nun erwachsen und wollte nicht dauernd von der Mutter mit eingespannt und bevormundet werden.

Die Mutter ließ Lene so weit es ging gewähren. Sie sah selbst, dass das Mädchen mehr Freiräume brauchte, aber sie hatte eben auch ihre Pflichte zu erfüllen, anders ging es nicht.

Deshalb war Liesel in diesen Tagen oft die Älteste unter den Geschwistern. Zusammen mit Uschi und Sievert spielte sie mit den Jüngeren. Und das gefiel ihr ausnehmend gut. Auch Uschi schloss sich in dieser Zeit enger an Liesel an. Die beiden Mädchen verstanden sich immer besser und bedauerten es beide sehr, als Liesel wieder mit der Oma und Tante Elsa nach Königsberg fahren musste.

Traurig verabschiedeten sie sich auf dem Bahnhof, wohin Uschi unbedingt mitgehen wollte.

„Auf Wiedersehen, Liesel und eine lustige Fahrt! Vielleicht kannst du mir schreiben, einen Brief wie der Muttel, was du gesehen hast aus dem Zug. Ja, bitte, schreib mir einen Brief! Ich kann doch nun schon lesen. Oh, bitte! Ich antworte auch, ganz bestimmt, Liesel! Ich kann doch auch schreiben, nicht nur lesen.“, rief Ursula, als der Zug anfuhr.

Liesel winkte aus dem Fenster, das Elsa Berger herunter geschoben hatte. Diesmal fiel ihr der Abschied nicht so furchtbar schwer, denn Liesel hatte einen Trost. Sie würde nicht nur der Mutter schreiben, auch Uschi wartete auf Post von ihr. Und sie würde ihr auch antworten, so gut sie das in ihrem Alter vermochte. Liesel wusste, die kleine Uschi hielt ihre Versprechen, von nun an hätte sie noch eine ihr teure Verbindung mehr nach Breslau. Das gab dem Mädchen Zuversicht. Tatsächlich dauerte es nicht lange und es reisten regelmäßig Briefe zwischen Königsberg und Breslau hin und her, die einen geschrieben in Liesels feiner, zierlicher Jungmädchenschrift, die anderen von sorgfältiger Kinderhand.

V

Die Wohnung in der Grünstraße platzte aus allen Nähten.
Martin und Friede wussten nicht mehr weiter.
Mit acht Kindern war es nicht möglich, dass jedes Kind in seinem
eigenen Bett schlafen konnte.
Auch Lene wohnte noch zu Hause, hatte ihre Lehre als
Verkäuferin abgeschlossen und arbeitete in einer kleinen
Fleischerei in der Altstadt. Jeden Morgen fuhr sie mit dem alten
klapprigen Fahrrad, das sie sich von ihrem Lohn abgespart und
für wenige Reichsmark von einem älteren Ehepaar aus der
Nachbarschaft gekauft hatte, von der Grünstraße in Richtung
Brüderstraße, die Vorwerkstraße bis zur Taschenstraße und von
da bis zur Breiten Straße. Von da war es nicht weit. In einer
Nebenstraße befand sich das Geschäft, das sich schon seit
mehreren Generationen in Familienbesitz befand, immer vom
Vater an den ältesten Sohn weitergegeben wurde. Nun gehörte es
der Tochter des letzten Besitzers, dessen einziges Kind sie
geblieben war. Zunächst hatte, nach dem frühen Tod des Vaters,
die Mutter gemeinsam mit einem angestellten Metzgermeister
das Geschäft fortgeführt und es trotz Anfeindungen aus der
Nachbarschaft sogar noch erweitern und einen zweiten Laden in
der Nähe der Ohlauer Straße eröffnen können. Geschlachtet
wurde weiterhin im Stammhaus, auch die Wurst und die
Räucherware wurden nach wie vor hier hergestellt und in die
Filiale täglich frisch geliefert.
Vor etwa fünfzehn Jahren hatte sich die Tochter dann in einen
jungen Fleischergesellen verliebt und als sie schwanger wurde,
hatten die jungen Leute noch schnell geheiratet, gerade noch
rechtzeitig, bevor man im weißen Brautkleid etwas davon sehen
konnte. Als das Kind geboren wurde, hatte der frischgebackene
Vater eben seinen Meisterbrief erhalten und ein halbes Jahr
später übernahmen die jungen Leute das Geschäft.
Hier hatte Magdalena Verkäuferin gelernt, unter dem strengen
Regiment der Fleischersfrau. Doch ihr Fleiß und vor allem die
Freundlichkeit gegenüber den Kunden hatten sich ausgezahlt
und nach Beendigung der Lehrzeit war sie von dem Ehepaar ins
kleine Hinterzimmer, wo die Geschäftsunterlagen aufbewahrt

82

wurden und das als Büro diente, gerufen worden und gefragt, ob
sie noch bleiben wolle. Die Läden liefen gut und man könne sich
eine Verkäuferin, die die Eigentümerin entlaste, durchaus
leisten.
An dem Tag war Lene überglücklich nach Hause geradelt und am
Abend hatte die ganze Familie Granz in Hochstimmung zu Abend
gegessen.
Eine Sorge weniger für Friede! Ihre älteste Tochter verdiente von
nun an ihr eigenes Geld! Einen Teil davon gab sie jede Woche ab,
was Friede natürlich sehr beim Haushalten half, denn genug
Mäuler waren jeden Tag zu stopfen. Sievert war inzwischen fast
zwölf und Uschi wurde zehn. Die kleineren Jungs waren knapp
neun, sieben und bald sechs. Fredi ging schon das zweite Jahr zur
Schule, Hannes gar das dritte und Joni würde nächstes Ostern
eingeschult werden, Uschi besuchte schon die vierte Klasse der
Volksschule und Sievert, der kluge Sievert, Martins ganzer Stolz,
lernte sehr fleißig in der sechsten Klasse der Höheren Schule.
Mitte Juni hatte Familie Granz den vierten Geburtstag der
kleinen Traudel gefeiert und Gretel war Ende April schon zwei
gewesen. Während die Familie zahlenmäßig immer weiter
anwuchs, wurden die Kinder auch langsam älter und es wurde
immer schwieriger alle in der viel zu kleinen Wohnung zu
versorgen, zu kochen, zu waschen und zu putzen, allen einen
Schlafplatz zu geben oder eine ruhige Ecke zu finden, in der sie
ihre Aufgaben für die Schule erledigen konnten, ohne von den
anderen Geschwistern gestört zu werden. So wurden die älteren
Kinder mit eingespannt, auf die kleineren Geschwister zu achten,
wie das Lene immer getan hatte, der aber, seit sie den ganzen Tag
arbeitete, kaum noch Zeit dafür blieb. Meistens war es nun Uschi,
die sich um die Kleinen kümmerte und der Mutter im Haushalt
half. Doch Friede war am Ende ihrer Kräfte und ihre Nerven
waren überstrapaziert in der für so viele Menschen zu engen
Behausung und sie bat Gott inständig darum, dass er sie endlich
eine größere Wohnung finden ließ.
Gestern Abend hatte Friede einen langen Brief an die
Königsberger mit einer wunderschönen Geburtstagskarte für
Liesel geschrieben. In ein paar Tagen würde das Mädchen
sechzehn. Ihre Tochter war nun fast erwachsen und lebte nach
wie vor in Königsberg bei Großmutter und Tante. Nur selten
konnte sie Eltern und Geschwister sehen, zu selten, viel zu selten.

Friede und Martin konnten sich und der Familie die weite Reise von Breslau nach Königsberg nicht bezahlen, stets lebten sie nur von der Hand in den Mund. Auguste Berger und ihre Tochter Elsa brachten die erforderlichen Mittel auch nur zu besonderen Anlässen auf, auch wurde die lange Fahrt für Auguste immer beschwerlicher. Ja, und Liesels Gesundheit und die Angst ihrer Mutter um ihr Wohlergehen ließen es nicht zu, dass das Mädchen wieder für immer nach Breslau zurückkehrte. So lebte sie noch immer dort weit im Nordosten Deutschlands, weit, weit weg von Breslau.

Friede verspürte die Sehnsucht nach ihrer Tochter nicht mehr so heiß und brennend wie in den ersten Jahren und die Scham darüber, dass sie ihr Kind weggegeben hatte, weil es so am besten gewesen war, versengte ihr nicht mehr Herz und Seele, doch wenn sie daran dachte, war es ihr immer noch als ob die Tränen, welche sie und Liesel deswegen geweint hatten, sie wie in einem großen, grundlosen See ertrinken ließen.

Bei jedem Brief, den sie nach Königsberg schrieb, ging es ihr so und bei jedem, der von dort kam, war es nicht anders.

Und als sie heute mit den drei Jüngsten zu Habers einkaufen gegangen war und unterwegs den Brief mit den Geburtstagsgrüßen in den Postkasten geworfen hatte, war ihr ein schmerzhafter Stich durchs Herz gegangen.

Noch immer wurde sie das Gefühl nicht los, ihre Tochter allein gelassen zu haben, obwohl sie genau wusste, dass es für das Mädchen damals das einzig Richtige gewesen war, was sie hatte tun können, denn nur bei Großmutter und Tante, die in all den Jahren mehr Zeit und Mühen für Liesel aufgebracht hatten als sie je hätte ermöglichen können, war dem Mädchen all das zuteil geworden, was sie wegen ihrer Krankheit so dringend benötigt hatte und noch heute brauchte, sehr viel Aufmerksamkeit, Pflege, Liebe und Hilfe. Hier bei ihr, wäre sie in der Schar der Kinder unweigerlich untergegangen, verkümmert, unglücklich und verkannt. Nein, es war richtig gewesen, auch wenn sie selbst sich stets ungut dabei gefühlt hatte. Friede wusste, dass ihre Mutter und die Schwester Liesel liebten, als wäre sie ihre eigene Tochter und dass sie das Mädchen auch so behandelten.

Vor allem für Elsa war das Mädchen immer wichtiger geworden, besonders als vor etwa einem Jahr Elsas heile Welt völlig aus den Fugen geriet, als das Leben sie vor die schwerste Entscheidung

stellte, die sie je vor sich gesehen hatte. Aus der Ferne hatte
Friede diese schicksalhafte Zeit, die ihre Schwester durchmachen
musste, aus den vielen traurigen Briefen von Elsa
nachempfunden.
Paul Kerner war in seinem Amt um noch eine Stufe höher
gestiegen, er war wirklich sehr erfolgreich und Elsa ungeheuer
stolz auf ihren Verlobten, der es in seinem Alter schon bis zum
Oberamtsrat gebracht hatte.
Paul hatte sie letztes Jahr im März gefragt ob sie nicht nun
endlich im Sommer heiraten wollten, sie seien doch nun
inzwischen lange genug verlobt und er möchte so gern eine
eigene Familie haben. Glücklich hatte Elsa zugesagt, ja, warum
sollten sie noch warten, sie liebten sich und Elsa stellte sich ein
Leben mit Paul wunderschön vor. So viele gemeinsame
Interessen und Ansichten verbanden sie mit Paul, so ein großes
und wunderbares Gefühl von Liebe und Vertrauen! Was könnte
sie sich Schöneres wünschen für ein gemeinsames Leben. Paul
war so liebenswert, er war alles was sie sich erträumt hatte. Ein
erfolgreicher, selbstbewusster und doch bescheiden gebliebener
Mann, der mit beiden Beinen fest im Leben stand und Elsa
aufrichtig liebte. Und sie liebte ihn und konnte sich das Leben
nicht ohne ihn vorstellen.
So hatten sie Anfang April das Aufgebot bestellt, Anfang Juni
hatten die beiden vor den Altar treten wollen.
Ein emsiges Treiben hatte begonnen, alles musste geplant und
vorbereitet werden. Paul hatte eine große, Elsa, peinlich berührt,
dass Pauls Eltern größtenteils die Geldgeber waren, eine eher
kleine Feier gewollt, denn es sollte nicht zu viel dafür ausgegeben
werden. Auguste und Elsa hatten außer der Aussteuer nichts
dazu beizutragen, es war ihnen einfach nicht möglich.
Mit Pauls und ihrer Mutter und Liesel war Elsa dann auch in
einen Salon für Hochzeitskleidung gegangen und hatte einige der
wunderschönen weißen Träume anprobiert, die sich Kleid
nannten. Die meisten hatten ihr ausnehmend gut gestanden und
die beiden älteren Frauen waren begeistert gewesen. Pauls
Mutter hatte Elsa zu einem weißen, hochgeschlossenen
Spitzenkleid mit kurzer Schleppe und langem Schleier geraten.
Wie eine Fee hatte Elsa darin ausgesehen, schlank, zart und
wunderschön. Gebannt hatte Liesel die Tante beobachtet. Dieses
Kleid hatte ihre oftmals strenge Tante in einem Augenblick

verwandelt. Wie schön hatte sie ausgesehen!
Doch Elsa hatte das Kleid nicht annehmen können, nein,
unmöglich. Es war einfach zauberhaft gewesen, aber ein viel zu
teures Stück. Sie hatte ganz einfach nicht gewollt, dass Pauls
Eltern, wenn sie es auch noch so gut meinten, dieses Kleid
kauften. Sie hatte sich geschämt dieses teure Etwas geschenkt zu
bekommen. Ein schlichteres weißes Kleid ohne Schleppe, das ihr
aber ebenso gut gestanden hatte, jedoch noch nicht einmal halb
so viel kostete wie das Märchenkleid, war schließlich von ihr
akzeptiert worden.
Alle Vorbereitungen waren auf Hochtouren gelaufen, als Paul
eines Abends unangemeldet an der Bergerschen Wohnung
geklingelt hatte. Liesel war durch den dunklen Flur zur Tür
gehuscht, während Auguste und Elsa am gedeckten Tisch sitzen
geblieben waren, das Besteck aus der Hand gelegt, nur um zu
hören, wer so spät noch vorbei schaute. Als Liesel mit Paul
Kerner in die Küche gekommen war, war Elsa überrascht
aufgestanden, hatte Paul mit einem fragenden Blick gemustert
und ihn auf die Wange geküsst.
„Paul!? Wie schön, dass du kommst! Guten Abend!", hatte sie
seinen Gruß erwidert, während er schon Auguste Berger seine
Hand gereicht hatte.
Er war sichtlich in Eile gewesen und erregt, so dass Elsa ihn
verwirrt angesehen hatte. So hatte sie Paul noch gar nicht
gekannt.
„Elsa, entschuldige, dass ich so plötzlich und so spät noch
hierher komme! Aber es ist heute etwas geschehen, bitte, wir
müssen miteinander reden, es ist sehr wichtig! Aber bitte iss erst
fertig!", hatte er aufgeregt, mitten in der Küche stehend,
hervorgebracht.
Von einer plötzlichen Beklemmung ergriffen, die Elsa nichts
Gutes hatte vermuten lassen, hatte sie einen Teller und Besteck
aus dem Schrank, einen Stuhl aus der Stube geholt, ihn Paul hin
geschoben und ihm bedeutet Platz zu nehmen.
„Komm Paul, iss auch etwas! Du bist ja ganz aufgeregt. Was ist
denn Schlimmes passiert? So kenne ich dich doch gar nicht.",
hatte sie vorsichtig gemeint.
Forschend hatte sie in seine Augen geblickt, die erregt geblitzt
hatten.
„Elsa, es ist nichts Schlimmes, weißt du! Eigentlich ist es

wunderbar. Aber, du hast Recht, ich muss erst einmal etwas
essen, den ganzen Tag über war keine Zeit dazu, ich hatte so viel
zu tun, so viel zu planen, ich bin mehr als nur hungrig. Ich weiß
nur nicht ob ich überhaupt etwas runter kriege, ich bin so
aufgeregt. Damit hatte ich nicht gerechnet, jetzt nicht."
Fahrig hatte er nach dem Besteck gegriffen und begonnen ein
wenig auf dem Teller herumzustochern. Elsa hatte ihn mit
wachsender Besorgnis beobachtet. Ein fremder Paul hatte da
neben ihr am Tisch gesessen und versucht seiner Aufregung Herr
zu werden. Sie hatte ihm eine Tasse Tee eingegossen, die er
dankend in einem Zug ausgetrunken hatte. Ihre Hand hatte auf
seiner Schulter gelegen.
Langsam war der junge Mann ruhiger geworden und sein Hunger
hatte über die Nervosität gesiegt.
Später, als Liesel und Auguste Berger in der Küche das Geschirr
abgewaschen hatten, waren Elsa und Paul zusammen in die Stube
gegangen, Paul hatte Elsas Hände in die seinen genommen und
nach Worten gesucht.
„Elsa, meine liebste Elsa, habe keine Angst, es ist wirklich nichts
Schlimmes, nein es ist etwas Schönes, wenn es auch zeitlich nicht
gerade günstig kommt. Aber wir werden das schon hinkriegen,
wir beide zusammen. Also, es ist so: ich bin heute befördert
worden! Und..",
„Aber, das ist ja wunderbar!", war ihm Elsa überrascht ins Wort
gefallen.
„Ich gratuliere dir! Oh, Paul, du bist der Beste! Wie hast du das
nur so schnell wieder geschafft? Deshalb bist du so aufgeregt
heute."
„Ja, das war wirklich schnell hintereinander, nicht wahr! Ich
konnte es auch kaum glauben.", hatte Paul vorsichtig gemeint
und ihre Hände noch fester gehalten.
„Elsa, mein Elschen! Es gibt da noch etwas, was du wissen musst.
Ich weiß nicht, wie ich es sagen soll. Es ist wegen der Hochzeit.
Liebes, wir müssen die Hochzeit etwas verschieben, weißt du. Es
tut mir sehr leid."
Mit großen, erschrockenen Augen hatte Elsa ihn angesehen,
nicht verstehend was er ihr da eröffnete.
„Elsa, es ist so, das hat nichts mit meiner Liebe zu dir zu tun! Es
ist nur, die Beförderung ist mit einer Umsetzung verbunden,
einer Umsetzung, gegen die ich mich genau so wenig wehren

kann wie gegen die Beförderung. Liebchen ich bin höherer
Beamter, ich muss dahin gehen, wohin man mich schickt, das
weißt du doch. Und sie holen mich nach Berlin!"
Mit wachsendem Entsetzen hatte Elsa ihm zugehört und nun
schimmerten Tränen in ihren hellen Augen. Zärtlich hatte Paul
ihre Stirn geküsst und dann wieder ihre Hände gestreichelt.
„Elsa, hab keine Angst! Du wirst doch mit mir kommen. Es wird
nur keine Zeit mehr sein, hier in Königsberg zu heiraten, in zwei
Wochen muss ich schon in Berlin anfangen. Aber das ist doch
nicht so schlimm, wir verschieben die Hochzeit und heiraten
etwas später, wenn wir uns in Berlin etwas eingelebt haben. Mein
Herz, es kommt doch nicht auf ein paar Wochen an, wenn man
sich liebt!", hatte er nun mehr geflüstert als gesprochen.
„Du liebst mich doch auch, so wie ich dich liebe. Alles wird gut!"
Wie erstarrt hatte Elsa zugehört, ihre Gedanken aber hatten sich
überschlagen. Nur langsam hatte sie begonnen, alles zu begreifen
was Paul erzählte, zu verstehen, was es für sie bedeutete, was er
von ihr verlangte.
Unendlich traurig hatte sie ihn angesehen.
„Paul, mein lieber Paul! Was soll ich nur sagen? Wie soll ich es
sagen? Ich freue mich so sehr für dich! Du hast etwas geschafft,
wovon andere ein halbes Leben lang träumen und es doch nicht
erreichen. Und ich denke, du wirst noch viel mehr erreichen. Das
ist erst der Anfang! Das glaube ich ganz fest, und ich wünsche es
dir von ganzem Herzen. Es ist nur so, ich kann nicht mit dir
kommen. Wie sollte ich?", hatte sie erstickt mit Tränen in den
Augen herausgebracht.
Paul hatte sie in die Arme genommen und fest an sich gedrückt
gehalten.
„Warum denn nicht, mein Elschen? Wenn es wegen der Hochzeit
ist, dann können wir ja versuchen, ob wir hier den Termin auf
dem Standesamt vielleicht noch verschieben und wenigstens
diese Trauung noch hier haben können und dann nur noch
kirchlich in Berlin heiraten. Hm, was hältst du davon?"
„Paul, du verstehst mich nicht!", hatte Elsa leise erwidert, sich
von ihm gelöst, ihn lange mit traurigem aber festem Blick in die
Augen gesehen.
Kerzengerade hatte sie ihm gegenüber gesessen, die Hände im
Schoß fest ineinander verschränkt, als müsse sie sich an sich
selbst festhalten.

„Ich kann nicht mitkommen, Paul, versteh das doch, bitte.
Überlege doch, was soll dann aus meiner Mutter werden, was aus
der Liesel? Paul, es geht nicht, ich kann hier nicht weg. Sie
brauchen mich doch, die Beiden! Wie sollte ich sie allein lassen
können? Ich könnte keine Nacht mehr ruhig schlafen, würde ich
das tun. Bitte, Paul, versteh mich doch, ich kann nicht. Es tut mir
so leid, aber wer soll sich um meine Mutter kümmern? Sie wird
immer älter und auch nicht gesünder.", traurig hatten ihre
Worte geklungen, aber bestimmt.
In Paul hatten die Gefühle gestritten, damit hatte er nicht
gerechnet. Nein, eigentlich war heute gar keine Zeit gewesen,
über alles nachzudenken, welche Folgen seine Versetzung
eventuell haben könnte, so überraschend war sie auch für ihn
gekommen. Im Gegenteil, gefreut hatte er sich über das in ihn
gesetzte Vertrauen, über die Chance, die sich ihm bot, über die
neuen Möglichkeiten in Berlin für ihn und auch für Elsa, die dort
sicher auch bald eine gute Stelle finden würde. Im Büro hatte er
alle Hände voll zu tun gehabt, denn alles musste auf seinen
Weggang vorbereitet, ein Nachfolger gesucht und eingearbeitet
werden und ein paar Tage Urlaub um zu packen brauchte er ja
schließlich auch. So war es heute spät geworden, doch er war
trotzdem noch zu Elsa gekommen, um ihr die freudige Nachricht
mitzuteilen. Dass sie sich mit ihm freuen würde, hatte er
erwartet, auch, dass sie ein wenig traurig war über die
Verschiebung der Hochzeit, doch ihre Weigerung mit ihm zu
kommen, war für ihn ein Schlag ins Gesicht gewesen.
„Aber Elsa, mein Elschen, wir wollen doch heiraten, unser Leben
miteinander verbringen. Wieso kommst du nicht mit? Ich kann
dich ja verstehen, dass du Angst hast um deine Mutter, um Liesel,
aber das wird sich alles finden. Dein Bruder Wilhelm ist nicht
weit und der Ernst in Gumbinnen mit seiner Ofensetzerei. Kann
nicht einer von ihnen die Mutter aufnehmen? Und die Liesel
natürlich auch? Liesel ist doch bald erwachsen, jedenfalls ist sie
kein Kind mehr. Komm mit mir nach Berlin, bitte! Ich liebe dich
und möchte dich um mich haben. Bitte!"
Traurig und verletzt hatte er in Elsas blaue Augen geblickt, in
denen Tränen gestanden und deren Lider nervös gezuckt hatten.
Erneut hatte er ihre Hände genommen und sie festgehalten.
Lange hatten sie so gesessen und gesprochen, doch Paul hatte
ihre Zustimmung an dem Abend nicht mehr erlangen können.

Nur seine Bitte, noch einmal über alles nachzudenken, ihre Liebe nicht einfach so wegzuwerfen, ehe nicht alles Für und Wider abgewogen wäre, hatte sie ihm nicht abschlagen können.

Elsa liebte Paul, und wie sehr! Ein Leben ohne ihn hätte sie sich noch gestern nicht vorzustellen vermocht. Paul war das Licht in ihrem Leben, die Wärme, die Liebe, Harmonie und Einklang, Zärtlichkeit und Verlangen, einfach alles, wofür es zu leben lohnte. Doch wie könnte sie mit ihm glücklich sein, wenn sie damit gleichzeitig zwei Menschen, die ihr ebenfalls viel bedeuteten und ihre Hilfe brauchten, verletzte? Es war ihr gewesen, als würde sie die Mutter und Liesel mit ihrem Weggang für immer im Stich lassen, sie schutzlos dem Schicksal ausliefern. Bliebe Paul mit ihr hier in Königsberg, könnte sie sich stets um die beiden kümmern, doch von Berlin aus wäre das kaum möglich. Und ihre Brüder hatten ihre eigenen Familien, der eine den Hof, der andere sein Geschäft, keiner konnte sich ständig um Mutter und Nichte sorgen. Das konnte nur sie, Elsa.
Sie hatte noch lange wach gelegen und gegrübelt, nach einem Ausweg gesucht. Doch nichts war ihr gut und richtig erschienen. Nein, sie musste bleiben! Das war sie ihrer Mutter schuldig. Auch wenn es ihr wegen Paul das Herz zerriss.
Oh, wie schwer fiel es ihr eine Entscheidung zu treffen. Wie gern wollte sie bei Paul sein, die Frau an seiner Seite sein, ihre Tage und Nächte mit ihm verbringen, ihm Kinder schenken und für sie sorgen, sie und ihn mit ihrer Liebe überschütten. Nur zu gern! Doch was würde dann aus der Mutter und Liesel werden, die Beiden brauchten sie. Liesel war ihr in all den Jahren wie eine eigene Tochter geworden, sie konnte sie nicht einfach hier allein lassen.

Als sie sich am nächsten Morgen wie gerädert und mit rotgeweinten Augen auf den Weg ins Kontor gemacht hatte, hatte Elsas Entschluss festgestanden. Er hatte sich auch nicht bis zum Ablauf ihrer Bedenkzeit geändert und selbst Pauls flehende Bitten hatten sie nicht umstimmen können.
So war denn Paul allein nach Berlin gefahren, wehmütig und verbittert, doch nicht ohne Elsa zuvor noch eine letzte Frist zum Überlegen eingeräumt zu haben. Bis zum Herbst, hatte er gedacht, wenn die goldenen Blätter fallen, wenn es kälter wird.

Wenn bis dahin Elsas Entschluss fest bliebe, dann wollte er sie nicht mehr drängen. Trotzdem würde er noch weiter warten, das hatte er schon damals gewusst.

Jetzt, ein Jahr später, hatte er Elsas Willen akzeptiert, jedenfalls sah alles danach aus. In seinen Briefen blieb dieses Thema nach wie vor unerwähnt, doch noch immer waren sie lang und ausführlich und jeder Satz ließ seine tiefe Liebe zu Elsa ahnen. Elsa saß lange über jedem Brief und Tränen glitzerten in ihren Augen, doch sie bleib fest in ihrer Entscheidung für Mutter und Nichte.

Endlich war es soweit, Ursula konnte es kaum noch erwarten, aber da ging es ihr nicht anders als den anderen Granz-Kindern auch. Es wurde aber auch höchste Zeit! Nicht mehr auszuhalten war es in den letzten Monaten gewesen, viel zu eng in der kleinen Wohnung für so viele Kinder. Immer das Bett teilen mit anderen Geschwistern, nachts aufwachen, weil man getreten worden war, nicht wissen wo man in der Enge seine Aufgaben für die Schule erledigen, wo man sein Spielzeug oder gar das Tagebuch aufbewahren sollte. Alles war zu eng, einfach alles! Uschi hob die Augenbrauen und zuckte mit den Schultern. Na, egal, morgen war der große Tag! Nun würde alles anders werden. Ja, ab morgen hatten sie alle genügend Platz. Und so schön im Grünen lag die Siedlung, hatte der Papa gesagt, und zur Schule ging man nur die Straße hinunter und auf die andere Straßenseite, gar nicht so weit. Selbst die Kirche sollte nur einfach schräg über die Straße sein, eine schöne, noch ganz neue Kirche.
Morgen würden sie alle zusammen dorthin ziehen, auch die Lene. Ach wie freute sie sich darauf! Aber ein wenig tat es ihr dennoch leid. Wann würde sie denn dann ihre Freundinnen aus der Schule sehen können? Mit wem sollte sie dort spielen? Kannte sie doch da keinen Menschen. Ein bisschen Angst hatte sie schon auch vor ihrem neuen Zuhause, vor der neuen Schule, den Lehrern und Kindern, der neuen Umgebung, aber die Neugier darauf und die Freude, endlich mehr Platz zu haben, siegten in ihren Überlegungen über die Angst. Ja, morgen wird es losgehen!
Auch Friede war heilfroh, endlich aus der Enge herauszukommen, wenn es auch für sie erst einmal wieder nur

jede Menge Arbeit bedeutete, die sie im Moment gar nicht
gebrauchen konnte. Seit Monaten litt sie unter nervösen
Beschwerden, fand nur noch selten einen festen Schlaf und
wurde immer öfter von heftigen Migräneanfällen heimgesucht,
die sie zu den ungelegendsten Zeiten quälten. Immer öfter
schleppte sie sich müde und abgespannt durch die Tage, oft auch
geplagt von grässlichen Magenschmerzen, die sie mit Natron zu
besänftigen suchte. Trotzdem würde sie nur zu gern die Plagen
des Umzugs mit so vielen Kindern in Kauf nehmen, wenn man
nur endlich mehr Platz hätte und die Kinder jedes sein eigenes
Bett.
Wie glücklich war sie gewesen, als man ihnen vor wenigen
Wochen, wegen ihrer Kinderzahl bevorzugt, die große Wohnung
in Zimpel zugewiesen hatte.
Nur einmal war sie mit Martin in den Abendstunden dort
gewesen, um sich alles anzuschauen. Doch sie hatten nichts
ausgemessen. Wozu auch? Ihre Möbel würden auf jeden Fall dort
genügend Platz finden und so nach und nach müsste man noch
Einiges ergänzen. Die Hauptsache war doch, dass man erst einmal
dort war. Nun, die größeren Kinder mussten eben beim Umzug
morgen mit anpacken, Lene, Sievert, Uschi, Hannes und auch
Fredi, jeder konnte etwas tun. Das würden sie auch! Friede
kannte ihre Kinder, wenn Not am Mann war, konnten sie sehr
fleißig sein. Waren die Jungs auch oft wild und unberechenbar,
wenn sie draußen spielten, helfen konnten sie auch mit
Ausdauer.

Als am nächsten Tag dann der Lastwagen mit all der
Granzschen Habe vor dem Haus im Meisenweg hielt, waren die
Kinder vor Neugier und Aufregung, endlich ihr neues Reich in
Augenschein nehmen zu dürfen, kaum noch zu halten und
stürzten ins Haus um sich alles anzusehen.
Jedoch mussten zunächst erst einmal all die Möbel, Kisten und
Kartons, Koffer, Taschen, Lampen und all die vielen anderen
Sachen vom Auto abgeladen, ins Haus getragen, aufgestellt und
ausgepackt, es musste sauber gemacht und eingeräumt werden,
all die Dinge erledigt werden, welche bei dem Umzug einer
großen Familie eben getan werden müssen. Da war es schon eine
große Hilfe, dass zwei von Martins Kollegen aus der Firma heute
am Sonntag gekommen waren um mit anzupacken, vor allem die

großen und schweren Möbelstücke abzuladen, ins Haus zu tragen
und zurecht zu rücken, Friedes große Waschwannen in den
Keller zu bringen und so manche schwerere Arbeit mehr. Das
hätten Friede und Martin allein mit den Kindern nur mit
äußerster Anstrengung schaffen können.
Obwohl die Kinder emsig und hart mit zupackten, waren sie dann
doch am späten Nachmittag kaum noch zu halten, zu neugierig
und gespannt waren sie auf die Spielmöglichkeiten in der neuen
Siedlung, zu sehr lockte es sie, die Gegend zu erkunden. Und
Martin ließ sie ziehen, zumal bereits mehrmals seit ihrer Ankunft
der eine oder andere Junge aus der Nachbarschaft am Auto
stehen geblieben und zugesehen oder sogar geholfen hatte.
Das ließen sich Sievert, Hannes und Fredi nicht zweimal sagen,
im Nu waren sie verschwunden. Lene half der Mutter Geschirr
und Wäsche auszupacken und einzuräumen. Und auch Ursula
wollte unbedingt der Mutter weiter zur Hand gehen und spielte
später noch mit den kleineren Geschwistern, bis am Abend die
Jungen müde und abgekämpft, schmutzig, mit zerzaustem Haar
und Hannes mit einem großen Loch in der Hose, zurückkamen
und sich hungrig an den Küchentisch setzten.
„Jungs, geht euch bitte erst waschen! So schmutzig möchte ich
euch am Tisch nicht sehen!", rief Friede entsetzt.
„Wo ward ihr überhaupt so lange? Papa hat schon gedacht ihr
habt euch verlaufen!"
„Oh, Muttel, nein!", sagte Hannes und zupfte erregt und ein
wenig verlegen an seinem verschwitzten Hemd.
„Weißt du überhaupt wie schön es hier ist? Wir haben uns alles
angesehen. Bis an der Oder waren wir und haben Steine ins
Wasser geschmissen. Die anderen Jungs haben uns alles gezeigt,
das Ufer, die Wiesen, die Anlegestelle, na eben alles. Und dann...",
sprudelte er aufgeregt hervor und Fredi fiel ihm ins Wort:
„Ja, und dann haben wir noch einen Wettlauf gemacht, weil es
doch schon so spät war und Papa gesagt hat, wir sollen bald
wieder da sein, bis zum Essen. Und dann ist der Hannes
hingefallen und seine Hose war kaputt! Schimpfst du ihn jetzt
sehr?"
Fragend sah er Friede von unten her an. Die musste sich ein
Lachen verkneifen und bedachte stattdessen Hannes mit einem
strafenden Blick, unter dem der Junge merklich
zusammenzuckte.

„Muttel, bitte, ich kann wirklich nichts dafür! Es war schon so spät und ich bin so schnell gerannt, da war dann so ein Stein, mitten auf dem Weg. Ich hab den zu spät gesehen. Was ist nun mit der Hose? Kannst du nicht einen Flicken drauf setzen oder so? Bitte, Muttel, das war keine Absicht.", flüsterte er fast mit gesenktem Blick.

„Nun macht schon, wascht euch die Hände! Wir wollen essen, alle haben Hunger und warten auf euch.", rief Friede den Jungen zu und stellte einen großen Topf mit Pellkartoffeln auf den Tisch, den Lene und Uschi inzwischen mit Tellern, Besteck, einer Pfanne mit Rührei, einer Schüssel mit grünem Salat und einer kleinen Vase mit wilden Blumen gedeckt hatten.

Fredi hatte die Blumen auf den Wiesen am Flutkanal gepflückt und sie selbst während des Wettlaufs der Kinder fest in seinen verschwitzten Händen gehalten und vorhin ganz verstohlen Uschi in die Hand gedrückt, die die halb zerdrückten und zerzausten Blüten in Friedes kleinste Glasvase sortiert und ihnen Wasser gegeben hatte. Nun standen sie wie bunte Friedensstifter mitten auf dem Tisch und reckten ihre Köpfe in alle Richtungen. Friede war gerührt und da Martin, müde und unter seinen Kopfschmerzen leidend, es vermied beim Essen viel zu reden, hatte auch sie keine Lust nochmals mit den Jungen zu schimpfen. Der erste Tag im neuen Heim sollte in Ruhe und Harmonie zu Ende gehen und als schöne Erinnerung in ihnen allen sein.

Noch einen freien Tag hatte Martin für den Umzug erhalten und ihn an den Sonntag angehängt, um noch ein wenig mehr Zeit zum Einräumen und Auspacken zu haben und Friede die schwereren Arbeiten abnehmen zu können. Die hatte mit den beiden kleinen Mädchen, der fünfjährigen Traudel und der dreijährigen Grete genug nebenbei zu tun und war über jede Hilfe, die sie kriegen konnte, froh und erleichtert. Auch der kleine Joni, der seit Ostern nun zur Schule ging, hing noch öfter an ihrem Rockzipfel als ihr lieb war.

Als sie am Montagmorgen aufstand und das Frühstück vorbereitete, schaute sie mit Entsetzen aus dem Küchenfenster. Draußen schüttete es wie aus Eimern, als wollte sich ein ganzes Meer vom grauen Himmel über Zimpel ergießen. Schade, dachte sie, da können die Kinder wohl nicht im Garten spielen. Stattdessen werden sie hier zwischen halb ausgepackten Kisten

und Kartons umher rennen und hinter den noch nicht an die
Wand gerückten Möbeln Verstecken spielen. Ja, das ist wirklich
sehr schade, denn das hätte mir sehr viel geholfen. Uschi hätte
die drei Kleinen gut hinter dem Haus beschäftigen können,
während die Großen hier drin mit anpacken. Nun würde hier
drin alles durcheinander quirlen. Sie seufzte, strich sich das Haar
aus der Stirn und goss kochendes Wasser in die große
Emaillekanne mit dem Kräutertee. Dann rief sie die Kinder und
reichte Martin, der sich noch schnell am Ausguss in der Küche
rasiert hatte, das Handtuch, damit er die Reste der Seife
abwischen konnte.
Endlich saßen alle gewaschen und gekämmt um den Küchentisch
und sprachen das Tischgebet. Kaum konnten sie es erwarten, mit
dem Essen beginnen zu dürfen. Friede hatte süße Mehlsuppe
gekocht, die alle Granz-Kinder gern mochten. Für sie war das der
schönste Start in den Tag.
Lene war schon früher aufgestanden und fuhr bereits mit dem
Rad in die Stadt zur Arbeit. Ihr Weg bis dorthin hatte sich mit
dem Umzug um Einiges verlängert und sie musste heute erst
einmal sehen wie lange sie bis hin brauchte, also war sie deshalb
noch eher losgefahren. Am Abend würde sie nun auch später
wieder zurück sein und Friede nicht mehr so gut wie bisher
unterstützen können. Doch den Platz, den sie nun hier in der
Wohnung in Zimpel zur Verfügung hatten, wollte schon jetzt
keiner mehr missen.
Unendlich dankbar war Friede, dass sie nun hier wohnen
konnten.
Erst am späten Nachmittag, nach viel Arbeit und Mühen, immer
wieder von den Kindern unterbrochen, aber auch mit ihrer Hilfe
bewältigt, nach einem herzhaften Eintopf, den Friede auf dem
neuen weiß emaillierten Küchenherd gekocht hatte, nach
unendlichen Quengeleien, dass man lieber draußen spielen wolle,
war es endlich soweit, das dicke Grau riss auf und die ersten
Sonnenstrahlen lugten zum Küchenfenster herein. Eine halbe
Stunde später stiegen die Granz-Kinder vorsichtig durch das
noch nasse Gras hinter dem Haus. Die Wiese dampfte in der
warmen Sommersonne, Regenwürmer krochen über den
feuchten Boden, über die sich die dicken schwarzen Amseln vom
Dach des Nachbarhauses freudig hermachten. War das ein
Festmahl! Fasziniert beobachtete Joni die umher hüpfenden,

nach den Würmern pickenden Vögel. Plötzlich bückte er sich und begann die fetten Würmer aufzulesen und in seiner linken Hand zu sammeln.

„Iiihh!", rief Ursula entsetzt. „Was machst du da? Warum sammelst du die ollen Regenwürmer? Leg die schnell wieder hin, Joni!"

Doch Joni wurde umso emsiger bei seiner Suche.

„Aber Uschi, ich will doch nur den Vögeln helfen, damit sie genug zu essen finden. Schau mal, wie viele ich schon habe. Da werden die sich aber freuen!", sagte er und lief mit den Würmern in der Hand den Amseln hinterher, um sie zu füttern.

Doch die waren eine solche Fütterung nicht gewohnt und hüpften und flatterten vor ihm davon. Joni, nicht faul, lief immer hinter den Vögeln her. Uschi, Traudel und Gretel standen an der Hauswand und riefen ihm zu, er solle aus der nassen Wiese kommen, doch Joni war nicht zu bremsen. Immer schneller jagte er den Vögeln hinterher, bis er schließlich ausrutschte, der Länge nach im nassen Gras landete und verschmiert und schlammig, mit zerquetschten Würmern in der Hand wieder aufstand. Nun war das Gezeter groß. Uschi schnappte den Jungen am Kragen, denn an den Händen mochte sie ihn nicht anfassen, bedeutete den kleinen Schwestern ihr zu folgen und schleppte Joni mit sich ins Haus.

Ein wenig später lief sie dann mit den beiden Mädchen den Meisenweg entlang, schließlich wollte sie auch genauer wissen, wo sie nun leben würde. Die Häuser der Siedlung waren neu und es gab viel Grün und Gärten. Weiter vorn befand sich eine riesengroße Wiese. Und als sie näher kamen, sah sie auch die neue Kirche, die dort stand, von der die Mutter erzählt hatte, dass sie erst vor zwei Jahren fertig gebaut worden sei.

Sie lief mit den Mädchen an der Kirche vorbei immer weiter die Straße entlang bis sie endlich die Schule sehen konnte, in die sie nach den Ferien gehen würde. Kuckucksweg sagte das Schild an der Kreuzung. Einem riesigen roten Backsteinbau standen die Mädchen nun gegenüber und Uschi freute sich schon auf den ersten Tag in dieser schönen großen Schule. Doch ein wenig beklommen war ihr auch und das Herz hüpfte ein paar Mal recht aufgeregt und hastig in ihrer Brust. Würde sie hier neue Freundinnen finden? Waren liebe, nette Mädchen in ihrer Klasse? Nun, bald würde sie es erfahren, denn in der nächsten Woche waren die Ferien zu Ende und die Schule begann. Uschi konnte es kaum noch erwarten. Was dann wohl alles auf sie zukam?

Die warme Mittagssonne blendete Ursula, als sie nach dem Unterricht aus dem Schulgebäude trat. Auf ihren Schultern drückten die Riemen des Ranzens. Schnell sah sie sich nach ihrer Begleiterin um, die ihre Schultasche noch in der Hand trug und sie sich nun ebenfalls über die Schulter warf und den noch losen Riemen einhakte.
„Kommst du mit nach Hause, Uschi? Ich meine natürlich noch ein Stück den Meisenweg entlang.", fragte das Mädchen mit dem kurzen Bubikopf-Haarschnitt und lachte, dass ihre Sommersprossen tanzten.
Das kastanienbraune Haar glänzte golden in der Mittagssonne.
„Ja, freilich, Uschi! Was denn sonst?", antwortete Uschi und wollte sich vor Lachen ausschütten.
Die beiden Mädchen fassten sich an den Händen und rannten über die Straße und den Meisenweg entlang und konnten nicht aufhören zu kichern.
Seit sie nebeneinander auf einer Schulbank saßen und Ursula sich als neue Schülerin in der Klasse vorstellen musste und dann in der nächsten Pause auch den Namen ihrer Nachbarin erfahren hatte, waren die zwei nur am Lachen. Das war ja auch zu komisch! Da saßen sie nun Seite an Seite und beide hießen Ursula, kurz Uschi. So ein Zufall! Das Beste aber war, dass sie sich auf Anhieb mochten, die Uschi Granz und die Uschi Franz. Und sie hatten sich eine Menge zu erzählen, die Uschi und die Uschi. Uschi Franz wohnte nicht weit vom Granzschen Haus entfernt im Habichtsweg. So konnten die Mädchen fast den gesamten Schulweg gemeinsam gehen, was Uschi als wunderbar empfand. Gleich am ersten Schultag hatte sie eine Weggefährtin gefunden, die dazu noch neben ihr in der Bank saß und mit der sie sich ausnehmend gut verstand. Was konnte sie sich noch mehr wünschen?
Überschwänglich riss sie die Wohnungstür auf und stürmte zur Mutter in die Küche. Friede legte das Messer, mit dem sie gerade begonnen hatte einen Berg aus Kartoffeln zu schälen, zur Seite, gerade noch rechtzeitig bevor sich Uschi in ihre Arme stürzte.
„Muttel, das war ein schöner Tag in der Schule!!!", rief das Mädchen, atemlos noch vom Laufen mit der neuen Freundin.

Lächelnd drückte Friede die Tochter an sich und strich ihr übers
Haar.

„Muttel, was glaubst du, ich habe heute schon eine Freundin
gefunden! Sie sitzt gleich neben mir und ...", sie machte eine
bedeutungsvolle Pause und sah die Mutter mit verschmitztem
Gesicht an.

„Und?", fragte Friede neugierig.

„...und, ja, Muttel, stell dir vor: sie heißt wie ich!!! Sie heißt auch
Ursula, Uschi. Uschi Franz! Muttel, das passt so schön.", schloss
sie aufgeregt und lachte mit blitzenden Augen.

Friede freute sich mit ihr und drückte das Mädchen noch einmal
an sich.

„Na, dann war das ja ein schöner erster Tag in der neuen Schule
für dich, mein Marjellchen. Ich freue mich, dass es dir gleich so
gut dort gefallen hat. Wenn es den Jungs auch so ergangen ist,
dann wäre ich sehr zufrieden. Aber sie sind noch nicht zu Hause,
müssen jedoch bald kommen. Da bin ich ja mal neugierig. Sicher
trödeln sie noch ein wenig auf dem Weg. Bring deine Schultasche
weg!"

Damit schob sie Ursula mit einem kurzen Blick auf die Wanduhr
aus der Küche, um sich eilig wieder dem Kartoffelschälen zu
widmen. Wenn die Jungen kamen, könnten die Kinder noch
etwas Suppe vom Vorabend essen, neu kochen würde sie erst am
Abend. Dann war auch Martin zu Hause, der sich immer auf ein
warmes Essen freute, und alle würden wie jeden Tag gemeinsam
am Tisch sitzen. Für Friede war das die schönste Zeit des Tages,
wenn sie alle ihre Lieben um sich versammelt hatte, die Kinder
mit großem Appetit aßen und danach von ihrem Tag erzählten.
Dann blickte sie von einem zum anderen und in Martins Augen,
die ihren Blick zurückgaben und ebenfalls zu lächeln schienen
wie sie. War das nicht ein großes Glück eine solche Familie zu
haben?

Doch manchmal mischte sich dann auch ein anderer Gedanke mit
in ihre Überlegungen, der sie bedrückte. Fehlten hier nicht auch
Liesel und Hedwig und Erna? Die eine im fernen Königsberg und
die zwei anderen dort, von wo sie nie zurückkehrten. Daran
musste sie so oft denken, nicht eines ihrer anderen Kinder
konnte diese Gedanken verscheuchen, nicht hundert andre
Kinder hätten das vermocht, das wusste Friede. Ja, das Leben ging
weiter, doch es blieben immer ihre Kinder.

Martin merkte in solchen Momenten sofort was in Friede vorging
und es tat ihm weh, dass sie sich so sehr quälte. Ihrer
angegriffenen Gesundheit tat es nicht gut, dass sie so oft ins
Grübeln kam, dann noch mehr unter schweren Kopfschmerzen
und Magenbeschwerden litt. Wie viele Nächte hatte Friede schon
schlaflos neben ihm gelegen. Das hatte er gespürt und war jedes
Mal erstaunt, dass sie morgens mit ihm zusammen wieder
aufstand und Haushalt und Kinder versorgte bis spät in die
nächste Nacht hinein. Sie kannte keine Ruhe, nicht am Tag und
nachts konnte sie auch selten welche finden.
Nur den Kindern und ihm gegenüber ließ sie sich nichts
anmerken, doch Martin wusste Bescheid. Sie hatte doch schon so
genug um die Ohren, sie musste endlich damit aufhören, sich so
viele Gedanken zu machen. Nichts wurde damit ungeschehen,
nicht der Tod der Kleinen und auch Liesels Krankheit nicht.
Er musste besser auf seine Friede achten, das nahm er sich fest
vor.

Ein knappes Jahr später, Ende Juli 1936 eilte abermals ein sehr
langer Brief von Breslau nach Königsberg, der pünktlich an
Liesels achtzehntem Geburtstag dort ankam, sehnsuchtsvoll von
dem jungen Mädchen erwartet. Doch er enthielt nicht nur die
allerliebsten und herzlichsten Wünsche für das neue Lebensjahr
und die Zukunft, nein, darin stand auch in lieben, glücklichen,
vielen langen Sätzen, dass es noch vor Weihnachten wieder ein
Wunder zu erwarten gäbe, man sich schon furchtbar darauf freue
und hoffe, dass es ihnen dort im Norden auch so gehe. Aber da
war man geteilter Meinung ob der zu erwartenden Geschehnisse.
Dass sich Friede in anderen Umständen befand, war ja nun
wahrlich schon oft genug passiert, doch wenigstens hatte man in
Breslau inzwischen etwas mehr Platz für ein neues Kind, lebte
man nicht mehr so beengt wie früher in der Grünstraße.
Elsa Berger beschloss, diesmal mit Liesel allein nach Breslau zu
reisen, sollte es eine Einladung zur Taufe geben, denn ihrer
Mutter konnte sie die lange Nachtfahrt nicht mehr zumuten, zu
gebrechlich war diese in den letzten Monaten geworden. Doch
gar zu gern würde sie sich das neue Heim der Familie ihrer
Schwester ansehen und auch Liesel würde sicher hocherfreut auf
diese Fahrt mitkommen. Diese Gedanken behielt sie jedoch
zunächst für sich, erst musste das Kind ja geboren sein, dann

würde man weitersehen.

Außerdem war Liesel dann mitten in ihrem letzten Lehrjahr auf der Werft, wo sie als Stenotypistin ausgebildet wurde, die Abschlussprüfungen würden anstehen, je nachdem wann die Taufe stattfinden würde und das wäre alles zu bedenken, ehe man eine Reise plante. Nein, erst einmal abwarten und noch nicht die Pferde scheu machen. Man würde sehen.

Liesel hatte viel Freude an ihrer Ausbildung, wie in der Schule lernte sie sehr schnell und gern, ihre gute Auffassungsgabe half ihr dabei. Nur ihre körperlichen Beeinträchtigungen bereiteten ihr so manchmal Sorgen, denn sie benötigte eine Fußbank zum Schreiben mit der Schreibmaschine, weil ihre Beine nicht bis zum Boden reichten und sonst schnell einschlafen würden. Auch das lange Sitzen den ganzen Tag über bereitete ihr große Probleme. Oft konnte sie dann am Abend vor lauter Schmerzen zu Hause kaum noch auf einem Stuhl sitzen, ihr krummer, verbogener Rücken rächte sich für die angestrengte Haltung im Büro.

Und doch war sie die Schnellste beim Stenografieren und schaffte die meisten Anschläge in der Minute an der Schreibmaschine. Nein, Liesel ließ sich nicht unterkriegen. Durch Fleiß, unermüdliches Üben und ständiges Zähnezusammenbeißen schaffte sie, was die anderen Lehrmädchen nicht vermochten.

Elsa und Auguste Berger waren stolz auf das junge Mädchen, das mit so viel Eifer und Ernst seine Aufgaben bewältigte, trotz seiner Behinderung und der damit verbundenen Nachteile und vielen zu ertragenden Schmähungen und Beleidigungen zu einem stets gut gelaunten und sehr fröhlichen Menschenkind heran gewachsen war.

Was jedoch weder die Tante noch die Großmutter wussten, ja nicht einmal ahnten, war, mit wie viel Sehnsucht und Ungeduld Liesel auf Nachrichten aus Breslau wartete, wie sehr sie eine neue Gelegenheit herbei wünschte, nach Breslau reisen zu können, mit welch freudiger Erwartung sie jeden Brief von der Mutter in die Hände nahm und gierig mit den Augen verschlang und jedes Wort noch viele Tage lang in ihrem Herzen nachhallen ließ, wie sie versuchte zwischen den Zeilen zu lesen, nach verborgenen Mitteilungen zu suchen, nach Anhaltspunkten dafür, dass man sie gern in Breslau sehen würde. Selbst in den Briefen der kleinen Uschi suchte sie danach.

Wie liebevoll waren diese Schreiben der fast Zwölfjährigen an die
ältere Schwester stets gehalten, wie ausführlich berichteten sie
über das Leben der Familie, die Streiche der Geschwister, die
Freundinnen der Schwester, die Schule, welch ausführliches,
anschauliches Bild zeichneten sie vom Leben in Breslau.
Liesel gaben sie immer das Gefühl, trotz großer Entfernung mit
dazu zu gehören. Die Briefe aus Breslau halfen ihr, wenn sie sich
einsam fühlte, wenn sie Sehnsucht nach Eltern und Geschwistern
hatte.
Auch sie brachte viele Stunden mit den Antworten zu, beschrieb
das Leben in Königsberg, mit der Großmutter und Tante Elsa, ließ
alle in Breslau daran teilnehmen. Doch viel, viel lieber würde sie
wieder nach Schlesien fahren, alle wiedersehen, ihre Muttel in
die Arme schließen, die Geschwister umarmen, mit allen
unendlich lange reden und lachen, mit den jüngsten
Geschwistern spielen. Sie wollte nicht immer nur Briefe
schreiben und wieder auf Antwort warten.

Das konnte und wollte sie allerdings der Tante und auch der
Großmutter nicht so sagen. Die beiden kümmerten sich um sie,
hatten stets alles für sie getan, hier war sie aufgewachsen, zur
Schule gegangen, hatte geweint und gelacht. Immer waren sie da
gewesen für sie, hatten ihren Kummer geteilt und ihre Tränen
getrocknet. Liesel wollte ihnen nicht weh tun, nein niemals hätte
sie das fertig bekommen. Sie konnte es niemand anvertrauen,
wie sehr es sie trotzdem zu ihrer Muttel und den Geschwistern
zog.

VI

Ursula blinzelte in die Morgensonne. Och, war das warm heute! Ein wunderschöner Sommertag würde es wieder werden, wie schon seit der letzten Woche einer nach dem anderen, voll Sonnenschein und glühender Hitze, so richtig nach ihrem Geschmack. Herrlich! Da konnte sie am Nachmittag wieder mit Uschi zum Baden an die Oder laufen oder zum Flutkanal, das war näher. Gleich nach dem Mittagessen, wenn Muttel einverstanden war, könnten sie loslaufen. Sie sprang behände aus dem Bett und rannte in die Küche.

„Muttel, mein liebes Muttelchen! Guten Morgen! Hast du schon das schöne Wetter draußen gesehen?", fragte sie und drückte der Mutter einen Kuss auf die Wange.

Friede stellte die beiden Tassen, die sie gerade aus dem Schrank genommen hatte, auf den Tisch, nahm das Mädchen in den Arm und drückte es sanft an sich.

„Na, mein Uschilein, guten Morgen, Marjellchen! Ich wette, du hast für heute schon was vor, bei diesem schönen Wetter? Stimmt's?", fragte sie verschmitzt lachend.

Schließlich kannte sie ihre Tochter gut genug um zu wissen, dass Uschi ganz sicher wieder zu ihrer besten Freundin gehen wollte. Kein Tag verging, ohne dass die beiden Mädchen sich sahen, auch in den Ferien nicht. Wenn es möglich war, gingen sie zusammen schwimmen, mal ins Bad, mal zur Oder, und bei kühlerem Wetter spazieren, mit Uschis jüngeren Geschwistern. Die Freundin, die als Einzelkind aufwuchs, genoss es richtig, auf die Kleinen aufzupassen und mit ihnen zu spielen. Für sie war es eine willkommene Abwechslung, doch auch Uschi hatte die Kinder gern um sich. Nun, eigentlich waren es meist nur noch Traudel und Grete, die bei den beiden Uschis waren, Joni verbrachte seine Zeit meist lieber mit den großen Brüdern, deren Spiele ihm weitaus besser gefielen als die der Mädchen.

„Muttelchen, was soll ich dir heute helfen? Geht das alles am Vormittag zu erledigen? Weißt du, vielleicht könnte ich dann am Nachmittag zu Uschi. Es wird sicher wieder heiß und wir könnten schwimmen gehen, noch ein wenig üben. Du weißt doch, nächste

Woche fangen wir im Schwimmklub an, bei Sievert. Eines Tages
werde ich so gut und schnell schwimmen wie er!", erklärte sie
Friede.
Die nickte dem Mädchen zu und lachte.
"Na gut, Marjellchen. Du hilfst mir am Vormittag mit den
Mädchen und in der Küche, dann kannst du nach dem Essen
gehen. Lene kommt heute früher nach Hause, sie kann mir dann
noch weiter helfen. Aber morgen nimm dir doch bitte nichts vor,
da werde ich dich brauchen, auch am Nachmittag, ich will
Marmelade kochen und Gurken einlegen. Du könntest mir zur
Hand gehen und auch immer mal nach den beiden Marjellchen
sehen.", sagte sie und sah die Tochter an.
„Ich weiß doch, du tust das gern, Uschi.", fügte sie hinzu und
strich dem Mädchen über das Haar.
Ursula seufzte und nickte dann der Mutter zu. Ja, wenn sie ihre
Muttel so ansah, die, so müde und mit dunklen Augenringen, so
blass mit ihrem kleinen Bäuchlein, in der Küche stand, für alle
immer da war, von morgens bis in die Nacht sich nicht schonte,
wie konnte sie dann nein sagen, wenn sie um ihre Hilfe bat. Nie
würde sie ihre Muttel im Stich lassen oder mal schnell eine
Notlüge gebrauchen, wie sie es schon von Lene erlebt hatte. Nein,
natürlich würde sie erst ihre Arbeit tun und erst am Nachmittag
mit Uschi zum Schwimmen gehen. Flugs machte sie sich frisch
und putzte ihre Zähne, half dann Traudel und Grete beim
Anziehen und sorgte gemeinsam mit Sievert für Ruhe und
Ordnung im Zimmer der Jungs, die sich quer über die Betten eine
Kissenschlacht lieferten und kichernd immer wieder damit
anfingen sich zu ärgern und zu necken. Als schließlich Joni von
einem straff geworfenen Kissen am Kopf getroffen wurde und
laut schimpfend das Zimmer verließ, ließen die Jungs endlich
voneinander ab und kamen in die Küche um zu frühstücken.
Sievert blinzelte Uschi zu und warf mit Schwung eine Strähne
seines hellblonden Haars zurück, die sich ihm hartnäckig immer
wieder in die Stirn schob. Eine Geste, als wollte er sagen, da
haben wir sie mal wieder gebändigt. Er lachte sein verschmitztes
Jungenlachen, das alle an ihm mochten. Ursula lachte zurück und
setzte sich neben Grete an den Tisch. Liebevoll half sie der
kleinen Schwester beim Löffeln der Morgensuppe und wischte
ihr dann den Mund sauber.
Die Jungen schoben sich hastig Löffel für Löffel des

Haferflockenbreis in den Mund, tauschten verschwörerische
Blicke und fragten Friede alsbald ob sie nach dem Frühstück
gleich zur Oder gehen dürften, sie hätten noch etwas Wichtiges
zu erledigen, dort am Fluss, in den Wiesen. Die Mutter würde sie
doch hoffentlich nicht brauchen, sie hätten doch gestern auch
die Kartoffeln, Mehl, Zucker und die ganzen anderen schweren
Sachen für sie eingekauft und nach Hause geschleppt, weil der
Papa es so gewollt hätte. Friede sah von einem der Jungs zum
anderen.
“Und da glaubt ihr nun, dass ihr deshalb heute nichts zu tun
braucht?“, fragte sie mit gerunzelter Stirn.
Betreten blickten die Kinder vor sich hin.
„Och, Muttel!“, rief Hannes entsetzt und blickte sie aus großen,
dunklen Augen an.
„Müssen wir etwa den ganzen Tag über hier bleiben? Das ist doch
langweilig! Bitte, lass uns doch zum Kanal gehen oder zur großen
Wiese! Wir passen auch gut auf! Wirklich, wir machen keinen
Unsinn. Außerdem kommt der Sievert doch auch mit und der
wird schon bald vierzehn, der ist doch schon groß!“, meinte er
und die anderen nickten zustimmend.
„Muttel, ich bin doch dabei! Und gestern haben wirklich alle mit
geschleppt, das war mächtig schwer. Ja, und dein Regal im Keller
haben wir auch gebaut, den ganzen Nachmittag über.“, fügte
Sievert hinzu und nahm die Mutter liebevoll in den Arm.
Der große schlanke Junge strich Friede eine Strähne aus der Stirn
und klemmte sie ihr hinters Ohr, lächelte spitzbübisch und sagte:
“ Sei mal nicht so, mein Muttelchen! Wir helfen dir morgen
doppelt so viel, versprochen! Nicht wahr, Jungs?“, wandte er sich
an die jüngeren Brüder.
„Nun, wer sagt euch denn, dass ihr nicht raus dürft?“, fragte
Friede lächelnd.
„Na, geht schon! Aber passt gut auf Joni auf und macht keinen
Blödsinn am Wasser! Ihr wisst das ja genau, nicht wahr. Und
morgen habt ihr dann hier wieder etwas zu tun, vergesst das
nicht!“, gab sie sich geschlagen und die Kinder sahen sich
erleichtert an.
Wenig später rannten sie aus dem Haus und verschwanden in
Richtung Oder.

Mit geschlossenen Augen lag Ursula im Gras und lauschte auf

die Geräusche, die vom Wasser kamen. Ein paar Kinder platschten dort im Fluss, bespritzten sich gegenseitig und lachten. Warme Sonnenstrahlen lagen auf Uschis nassem Körper, der vom zu ausgiebigen Aufenthalt in der Oder noch eine bläuliche Gänsehaut trug. Wie wild waren sie um die Wette geschwommen, die beiden Mädchen. Sie übten für den Schwimmverein. Ab nächsten Dienstag war es endlich so weit. Uschi konnte es kaum erwarten. Es war zu schön! Einfach wunderbar war das! Seit Sievert regelmäßig mehrmals in der Woche zum Schwimmen ging, hatte sie es sich gewünscht. Auch sie wollte so gut und schnell schwimmen können wie der große Bruder und ihre Freundin Uschi Franz tat es ihr gleich, wie sie so oft die gleichen Wünsche und Träume hatten, die beiden Mädchen. Lange hatten sie Sievert immer wieder gebeten und nahezu gedrängt, dass sie einmal mitgehen und zusehen dürften. „Ihr seid noch zu klein!", hatte er sie stets vertröstet.
Doch vor den Sommerferien hatte er sie dann endlich dem Trainer der Mädchen vorgestellt und sie durften nicht nur zusehen, sondern selbst mit ins Becken steigen und einige Bahnen schwimmen. Wie stolz waren sie gewesen, als sie dann beide eingeladen wurden, ab der nächsten Woche für drei Monate auf Probe zu trainieren. Und sie würden beide ihr Bestes geben, das hatten sie sich geschworen. Uschi wollte so lange trainieren bis sie schneller und besser schwimmen konnte als der Bruder. Ganz fest hatte sie sich das vorgenommen. Doch das hatte sie noch nicht einmal ihrer Freundin erzählt, niemandem. Eine große Überraschung sollte das werden für alle. Und Ursula wusste, sie würde es schaffen, wenn sie es nur wollte.
„Hast du die Jungs dort drüben gesehen?", wurde sie von Uschi aus ihren Gedanken gerissen.
„Uschi, sieh doch mal! Sind das nicht deine Brüder? Dort drüben bei den Bäumen, ja, genau dort. Ist das nicht Sievert? Und den Hannes sehe ich auch! Der Joni ist auch mit dabei. Was machen die da? Sieh doch mal! Die haben doch irgendwas. Ich kann es nicht genau erkennen, sie sind zu weit entfernt.", rief Uschi aufgeregt und stupste die Freundin an die Schulter.
Angestrengt blickte Uschi in die angegebene Richtung, doch auch sie konnte nicht richtig sehen was die Brüder da taten, sie waren einfach zu weit weg. Außerdem wurden sie von den langen herunterhängenden Zweigen der Weiden gerade halb verdeckt.

„Ach lass sie mal!", meinte sie und zuckte die Achseln.
„Heute Abend zu Hause werde ich sie fragen. Die Jungen haben es
gut, seit dem Morgen sind sie schon draußen und machen
irgendwelchen Unsinn, nur zum Mittagessen waren sie kurz
daheim. Da taten sie ganz geheimnisvoll und sind gleich wieder
verschwunden. Ja, und ich musste erst noch meiner Muttel
helfen, dann durfte ich erst mit dir zum Baden. Naja, aber das tue
ich gern. Meiner Mutter geht es nicht so gut zurzeit. Aber Gott
sei Dank kommt Lene heute früher aus dem Laden, sie hilft nun
der Mutter, ihre Freundinnen sind sowieso nicht hier in dieser
Woche, da hat sie Zeit. Die sind zusammen für ein paar Tage
weggefahren, die Lisa, die Lotte und Herta, ins Riesengebirge, nur
Lene hat nicht frei bekommen. Sonst ist sie ja auch meist nur
noch mit ihnen zusammen und ich passe auf die Mädchen und
Joni auf. Aber das weißt du ja genauso gut wie ich.",
nachdenklich waren die Worte des Mädchens und Uschi Franz
war in diesem Moment froh, dass sie keine kleineren Geschwister
hatte, auf die sie ständig achten musste.
Ursula drehte sich mit Schwung auf den Bauch, legte den Kopf
mit den nassen, hochgesteckten Zöpfen auf die Unterarme und
blinzelte ihre Freundin an.
„Noch eine Viertelstunde, Uschi, dann geh ich noch mal ins
Wasser. Kommst du mit?", fragte sie die Freundin.
„Ja, aber nicht wieder so lange wie vorhin. Mir ist jetzt noch
kalt!", bibberte das Mädchen und streckte sich in die Sonne.
Entlang eines langen Grashalmes stieg gemächlich, aber doch
ohne inne zu halten, ein Marienkäfer empor. Uschi beobachtete
das Tier, hielt ihm dann ein Gänseblümchen entgegen und ließ
ihn darauf klettern. Nun stieg der Käfer an der Blume nach oben.
Uschi hielt den Stängel des Blümchens erneut an einen Grashalm,
das kleine Tierchen erklomm auch diesen wieder, immer dem
Sonnenlicht entgegen. Oben angekommen spannte es seine
Flügel auf und flog davon. Uschi lachte und stieß die Freundin an:
„Komm, wir gehen schwimmen! Nicht mehr lange, dann muss ich
doch nach Hause."
Die Mädchen fassten sich an den Händen und rannten laut
lachend ins Wasser, warfen sich hinein und schwammen um die
Wette.
Ruhig und gemächlich floss hier das Wasser der Oder und es
machte Spaß zu schwimmen. Doch viel Zeit blieb den Beiden nun

nicht mehr, zum Abendessen musste Uschi spätestens zu Hause
sein. Martin mochte es nicht, wenn die Kinder zu spät kamen.
Uschi wollte unbedingt pünktlich sein, denn nächste Woche
begann die Probezeit im Schwimmklub und da wollte sie
unbedingt hin und nicht vorher ihre Teilnahme am Training
riskieren durch Unpünktlichkeit.
Schnell trockneten sich die Mädchen ab, zogen sich ihre Sachen
an und stopften die nassen Badeanzüge und Handtücher in ihre
Taschen. Uschi zupfte sich ihren bunten Sommerrock zurecht
und ließ die gelbe Bluse lose darüber hängen. Dann löste sie die
festgesteckten Zöpfe und warf sie auf den Rücken, damit sie auch
ein wenig trocknen konnten. Sie schlüpfte in die Sandalen: fertig.
Langsam schlenderten sie über die Wiese zum Trampelpfad, der
zur Straße führte, alberten und lachten, als plötzlich Hannes vor
ihnen stand. Sichtlich erschrocken sah er die Mädchen an, drehte
sich dann schnell um und wollte gerade wieder in die dichten
Büsche verschwinden, aus denen er eben so plötzlich aufgetaucht
war. Uschi konnte ihn gerade noch an einem seiner Hosenträger
erwischen und festhalten.
„Halt!", rief sie ebenfalls erschrocken.
„Was ist los? Wo willst du hin, Hannes? Wo sind die anderen?",
fragte sie schnell, bevor sich der Junge wieder losreißen konnte.
„Was? Wieso? Welche Anderen meinst du, Uschi?", sagte er,
bemüht, recht unbeteiligt und unwissend zu erscheinen, so als
wüsste er nicht ganz genau, nach wem die Schwester fragte.
Doch Uschi hielt ihn fest: „Wo sind sie und was macht ihr wieder
für Blödsinn? Wo ist Sievert?", fragte sie eindringlich.
„Wir haben euch vorhin gesehen."
„Wieso, was habt ihr denn gesehen?", fragte er nun kleinlaut und
wagte es nicht, der Schwester in die Augen zu sehen.
Da traten auf einmal die Brüder auf den Weg und Hannes wischte
sich die Schweißperlen von der Stirn und wandte sich erleichtert
an Sievert.
„Sievert, die Uschi hat mich festgehalten und so viel gefragt,
nach euch und was wir vorhin gemacht haben. Die Mädchen
haben uns gesehen! Aber ich habe nichts verraten, wirklich
nicht!", versicherte er dem großen Bruder.
Uschi musste lachen.
„Also, verraten hat er nichts, aber irgendwas habt ihr bestimmt
wieder angestellt, das sehe ich doch. Uns könnt ihr es ja sagen!

Wir petzen doch nicht, nicht wahr Uschi!"
Die beiden Mädchen sahen sich an, blinzelten sich zu und
blickten dann neugierig von einem Jungen zum anderen.
„Nun, was ist?", fragte Uschi noch einmal, als die Jungen
zögerten.
„Was war das?", rief die Freundin plötzlich erschrocken und
zeigte auf Sievert.
Uschis Blick folgte dem ihren. Ja, nun hatte sie es auch gesehen,
Sieverts Hemd bedeckte eine große Beule an seinem Bauch und
diese Beule hatte sich bewegt. Da, nun wieder. Etwas befand sich
in Sieverts Hemd. Gebannt starrten die Mädchen darauf und
wichen vorsichtig einen Schritt zurück.
„Sievert, was hast du da drin, in deinem Hemd?", fragte Uschi
den Bruder und sah ihn mit großen Augen an.
Aus dem Augenwinkel bemerkte sie auf einmal auch in Hannes
Hemd eine Bewegung. Es sah aus, als würde etwas aus seinem
Bauch heraus wachsen.
„Und du auch, Hannes! Was habt ihr da?", fragte sie nun sehr
eindringlich, denn es machte ihr doch ein wenig Angst was mit
den Jungs los war.
Doch der große Bruder lachte laut und in seinen Augen blitzte
der Schalk.
„Komm nur her, Uschilein, es ist nichts Schlimmes oder
Gefährliches! Komm, ich zeig es dir!", rief er und knöpfte sein
Hemd ein wenig auf.
Die Mädchen kamen näher, sahen hinein und fuhren im nächsten
Augenblick erschrocken wieder zurück. Sie stießen mit den
Köpfen zusammen und die Jungen konnten sich vor Lachen kaum
halten.
„Seid ihr verrückt?", stieß Ursula hervor.
Sie war blass geworden und auch die Freundin hatte alle Farbe
aus dem Gesicht verloren und war drei Schritte zurück gewichen.
„Das sind ja Schlangen! Iiihh!", rief sie entsetzt und schüttelte
sich.
Auch Uschis Herz hatte vor Schreck einen Satz gemacht und sich
beinahe aus dem Takt bringen lassen.
„Sievert, was wollt ihr mit den Schlangen? Ihr könnt sie doch
nicht mit nach Hause nehmen! Der Papa wird böse und die Muttel
erschrickt sich ganz fürchterlich. Außerdem, was ist, wenn die
jemanden beißen? Wo habt ihr die überhaupt her? Bringt sie

zurück! Macht schon! Wir müssen nach Hause, es gibt gleich
Abendessen. Na los, macht schon, bringt sie zurück. Ich sag dem
Papa, dass ihr gleich kommt. Beeilt euch aber, sonst kriegt er nur
wieder seine Kopfschmerzen.", brachte das Mädchen hastig
hervor und versuchte mit wedelnden Armen die Brüder zur
Umkehr zu bewegen, die sich aber nur widerstrebend in Richtung
Wiesen in Bewegung setzten und bald wieder im Gebüsch neben
dem Weg verschwunden waren.
Dann nahm sie die Freundin an der Hand und zog sie hinter sich
her. Schnell, sie musste möglichst bald zurück sein, wenn sie es
schaffte, noch vor dem Vater! Warum mussten die Brüder auch
immer solchen Blödsinn aushecken! Wegen denen kam sie
womöglich zu spät. Sie verfiel in einen schnelleren Schritt und
die letzten Meter bis zum Haus rannte sie, rief Uschi noch einen
Gruß zu und verschwand in der Haustür.
Eine Viertelstunde später erschien Sievert mit den Brüdern. Alle
taten so, als wäre nichts geschehen und alles sei in bester
Ordnung. Nun, Uschi sagte nichts, von ihr würde keiner etwas
erfahren. Als der Vater vorhin aus dem Büro gekommen war,
hatte er natürlich nach dem Verbleib seiner Söhne gefragt. Uschi
hatte nur gemeint, dass die Jungen gleich hier sein würden und
war sehr froh, dass sie dann tatsächlich in der Tür standen. Sie
hatte nicht vor, für die Brüder zu lügen.
Mit großem Appetit wurden die Pellkartoffeln mit Quark und
dazu der grüne Salat verspeist. Selbst Uschi, die sich sonst beim
Essen eher zurück hielt, war vom Schwimmen heute sehr hungrig
geworden. Doch immer wieder betrachtete sie über den Tisch
hinweg die aufgeregten, geröteten Gesichter ihrer Brüder, die
sich eifrig, wie ihr schien, ein wenig zu eifrig über die Teller
beugten und kräftig zulangten.
Später half sie gemeinsam mit Lene der Mutter beim Abwasch,
las noch ein wenig in einem von Uschi ausgeliehenem Buch und
ging dann, ohne noch einmal die Möglichkeit gehabt zu haben,
einen der Jungen nach den Schlangen zu fragen, müde und
abgekämpft zu Bett. Sie dachte nicht mehr daran, nur an die
Stunden an der Oder, das Schwimmen und die warme Sonne. Ja,
sie hatte es genossen, das zu tun, woran sie Freude hatte. Mit
Uschi zu schwatzen, sich im Wasser abzukühlen, zu toben, auf
der Wiese zu dösen und zu träumen. Schön waren die Ferien!
Aber sie freute sich auch schon wieder auf die Schule, vor allem

aber auf den nächsten Dienstag, wenn sie in den Schwimmklub gehen durfte. In Gedanken sah sie sich schon bei Wettkämpfen starten und auf dem Siegertreppchen stehen, so wie die Schwimmerin Gisela Arendt auf den Fotos an der Wand im Schwimmverein, die ihr Sievert gezeigt hatte. Ja, das konnte sie schaffen, sie musste sich nur ganz viel Mühe geben und viel üben, so wie Sievert. Oder noch mehr! Ja, das konnte sie. Ganz bestimmt konnte sie das... Damit schlief sie ein.

Auch heute schien ihr die Morgensonne wieder ins Gesicht und weckte sie früh. Ursula reckte sich, schob die Bettdecke vom Körper, schwang die Beine aus dem Bett und sprang auf. Oh, würde das wieder ein schöner Tag werden, die Vögel zwitscherten draußen im Garten, der Himmel spannte sich blau über dem Haus, was für ein Sommertag! Schade nur, dass sie heute daheim bleiben und ihrer Muttel helfen musste. Ja, schade, die Uschi konnte heute wieder zum Kanal und sie nicht. Aber das war nun einmal so, die Mutter brauchte sie. Uschi sah doch selbst, dass sie im Moment nicht alle Arbeit allein schaffte. Es war ihre Mutter und immer für sie da, wie könnte sie sie dann im Stich lassen. Sie liebte ihre Muttel! Aber die sah in letzter Zeit fast nur noch müde und krank aus.
Schnell lief sie in die Küche und warf sich der Mutter an den Hals.
„Guten Morgen, du meine liebste Muttel! Ich hab dich so lieb!“, rief sie mit solcher Inbrunst, dass Friede lächeln musste.
„Guten Morgen, Marjellchen! Hattest du schöne Träume? Ich hab dich doch auch lieb, euch alle!“, meinte sie zu dem Mädchen, das sie so ungestüm umarmt hatte.
„Na, komm, Uschi, meine Liebe! Wir frühstücken nachher, zieh dich an. Du weißt doch, wir haben heute alle Hände voll zu tun. Die Jungs sind auch schon wach. Wie sieht es mit den Mädchen aus?“, fragte sie.
„Muttel, die bring ich gleich mit zum Frühstück, sie müssen sich nur noch anziehen. Ich helfe ihnen. Wir kommen gleich.“, rief Ursula und war schon zur Küche hinaus.

„Nein, Grete, nicht das Messer in die Hand nehmen! Lass es bitte liegen! Du bist noch zu klein dafür! Nachher kannst du mithelfen, mit Uschi die kleinen Gurken waschen. Das wird dir Spaß machen!“, rief Friede der Jüngsten zu, während Uschi dem

Mädchen das Küchenmesser aus der Hand nahm und beiseite legte.

Ja, man konnte nicht genug auf die kleine Grete achtgeben, ständig hatte sie irgendwelche unmöglichen Einfälle, überall wollte sie dabei sein und hatte ihre kleinen Finger dazwischen. Nur einen kleinen Augenblick hatte Ursula das Messer weggelegt und sich abgewandt, um schnell ihre von den Früchten klebrigen Hände abzuspülen, schon hatte die Kleine zugelangt.

Gerade als sie sich wieder über die Mirabellen hermachen wollte, ertönte ein lauter schriller Schrei, der ihr durch und durch ging und es ihr kalt den Rücken hinunter laufen ließ. Da, noch einmal, und ebenso laute und gellende Hilferufe kamen von draußen herein. Entsetzt sahen sich Friede und Ursula an, die beiden kleinen Mädchen waren in die Ecke neben dem Küchenschrank geflüchtet und sahen mit scheuen Augen zur Mutter herüber.

„Muttel, was ist draußen los? Da muss etwas ganz Schlimmes passiert sein! Das klang wie die Frau Bormann aus dem Nachbarhaus! Hast du das auch gehört?", rief Uschi aufgeregt, während draußen erneute Schreie gellten.

Friede bedeutete den Mädchen in der Küche zu bleiben und lief hinaus auf die Straße.

Ursula zog sich einen Stuhl heran, setzte sich und nahm Grete auf den Schoß und schaukelte sie beruhigend. Traudel stellte sich neben sie und legte ihr die Ärmchen um den Hals. Eng aneinander gedrückt warteten sie auf die Mutter. Draußen war lautes Geschrei und Schimpfen zu hören, Türen wurden aufgerissen und wieder zugeschlagen. Immer mehr Leute schienen sich dort zu versammeln und immer lauter zu diskutieren. Was war nur los im Meisenweg? Die Kinder rührten sich nicht von der Stelle, allen klopfte das Herz zum Zerspringen. Wenn nur die Jungs hier wären, dachte Ursula, wenigstens Sievert, dann würde sie sich sicherer fühlen! Aber die waren gleich nach dem Frühstück leise verschwunden. Sehr leise, ungewöhnlich leise, fand Ursula und überlegte angestrengt! Was die wohl wieder ausgeheckt hatten? Na, jedenfalls wünschte sie sich den Sievert möglichst schnell hierher, so zum Schutz für die Mutter, sie und die Mädchen. Zweifellos war draußen etwas Furchtbares vorgefallen, sonst hätte die Nachbarin wohl kaum so geschrien.

„Uschi, ist da jemand ganz sehr hingefallen?", fragte nun Traudel vorsichtig.

Mit blassem Gesicht und weit aufgerissenen Augen sah sie die Schwester an. Beruhigend strich ihr Uschi über den Kopf und schlang dann einen Arm um das Mädchen.

Auch Grete, die sich bisher an Uschi gekuschelt hatte, drehte ihr nun den Kopf zu und sah sie neugierig an.

„Ja, ganz sehr hingefallen, Uschi?"

Traurig verzog sie ihren Mund.

In diesem Moment trat die Mutter wieder in die Küche. Ihr Gesicht war gerötet, eine Haarsträhne hatte sich gelöst, mit fahrigen Bewegungen zog auch sie sich einen Stuhl an den Tisch, auf dem noch immer der angefangene Berg der Früchte auf die weitere Verarbeitung zu Marmelade wartete.

Erschöpft ließ sie sich auf den Stuhl fallen. Uschi hob Grete herunter, sprang besorgt auf, holte ein Glas aus dem Schrank, drehte den Wasserhahn auf, füllte es mit Wasser und stellte es der Mutter hin.

„Was ist los, Muttel? Ist es so schlimm? Was ist mit der Frau Bormann?", fragte sie und strich der Mutter über den Arm.

„Stellt euch vor, bei der Frau Bormann waren vorhin, als sie auf ihren Balkon hinaus kam, mehrere Schlangen. Sie hat sich furchtbar erschrocken und gedacht, dass es giftige Tiere sind. Deshalb hat sie so laut um Hilfe gerufen. Sie hat die Balkontür zugeworfen und ist aus dem Haus gelaufen, hat die ganze Straße zusammen geschrien. Dann standen erst einmal alle vor dem Haus und haben geredet und laut geschimpft. Das ging wohl eine ganze Weile hin und her und keiner hat sich getraut nach oben zu gehen. Es waren ja auch erst nur Frauen. Dann kam der Herr Gründler, ebenfalls aus dem Nachbarhaus, mit seinem gebrochenen Bein angehumpelt, der hatte den Lärm gehört. Der ist dann mit der Frau Bormann als Erster hinaufgestiegen, wir anderen dann so nach und nach hinterher.

Es waren vielleicht fünf oder sechs Schlangen, doch der Herr Gründler meint, die sind nicht giftig, sind nur Ringelnattern. Aber die Witwe Bormann hat das ja nicht wissen können. Nur der Herr Gründler mit seinem Bein hat sich nicht getraut, allein die Tiere zu fangen. Er hatte Angst, dass er hinfällt. Aber dann kam noch der Hoffmann aus der 88, der hatte Nachtschicht und hatte noch geschlafen. Seine Frau hat ihn geholt. Zu zweit haben sie die Schlangen dann in einen Sack gesteckt.

So eine Aufregung aber auch!“, erzählte Friede und trank dabei
immer wieder hastig einen Schluck Wasser.
„Du sollst dich nicht so aufregen!“, warf Uschi ein.
„Das ist nicht gut für dich, dann geht's dir wieder schlecht.“
„Meinst du, das weiß ich nicht selbst? Aber stell dir nur vor, hier
bei uns auf den Balkonen solche Schlangen! Wo kommen die
denn her? Noch nie waren hier welche. Alle haben sich
gewundert und ich auch! Und ich habe so ein ungutes Gefühl
dabei, ich weiß nicht warum.“, sagte Friede nachdenklich.
Ursula war zusammengezuckt. Oh ja, natürlich, das war es! Nun
hatte sie verstanden. Schon gestern war ihr das so seltsam
vorgekommen, hatte sie gedacht, dass etwas nicht in Ordnung ist.
Doch was sollte sie nun tun? Der Mutter sagen was sie dachte?
Nein, auf gar keinen Fall, sie war ja schließlich keine Petze. Nein,
sie würde nichts sagen, zu niemandem. Außerdem war das ja
nicht ihre Sache. Sie hatte ja nur eine gewisse Vermutung, mehr
nicht. Genau genommen wusste sie doch nichts. Es war besser sie
blieb still.
Und das blieb sie auch so lange sie Friede in der Küche half. Aber
da hatte sie sowieso jede Menge zu tun und nebenbei immer
noch einen Blick auf die Geschwister zu haben. Als die Mirabellen
im großen Topf kochten, Friede und Uschi sich mit Rühren
abwechselten und Friede nebenbei das Mittagessen vorbereitete,
wurde es Grete endgültig zu langweilig und sie setzte sich in den
Kopf, nach draußen zu wollen, spazieren mit Uschi und Traudel,
die Sonne schien doch draußen so schön. Doch noch brauchte
Friede ihre Tochter hier drin. Abwechselnd redeten sie Grete gut
zu, sie solle noch ein wenig spielen, dann nach dem Essen könnte
sie mit Uschi noch eine kleine Runde laufen oder im Garten
spielen. Vielleicht kämen ja inzwischen auch die großen Brüder
vom Spielen an der Oder zurück und Sievert vom Schwimmen.
Eine Weile ließ sich die Kleine noch von der Mutter hinhalten,
aber dann begann sie zu weinen. Uschi hatte gerade begonnen
die Gurken abzuwaschen, während Friede die Petersilie für die
Suppe hackte.
Ursula nahm das Mädchen zu sich und ließ es die kleinen Gurken
im Wasser mit der Bürste schrubben. Sie selbst wusch sie
nochmals kurz nach und warf sie dann in eine große Schüssel mit
Wasser, wo sie abermals gespült wurden. Lange hielt Grete nicht
durch, nach fünf Minuten platschte und matschte sie nur noch

zwischen den Gürkchen herum und Ursula nahm ihr die Bürste
aus der Hand.
Endlich war der Eintopf fertig, der Tisch leer geräumt und Friede
deckte den Tisch für das Essen. Uschi rührte mit Hingabe im
riesigen Marmeladentopf und zog den Duft vom Fruchtbrei
immer wieder tief in ihre Nase. Oh, roch das gut! Und wie gut
würde sie erst schmecken, Mutters Marmelade auf frischem Brot.
Es war das Beste was sie kannte! Selbst gekochte Marmelade und
frisches Brot! Ein Festessen war das!
„Muttel, Muttel, wir sind wieder hier!", hängte Joni seinen Kopf
mit dem zerzausten Blondschopf zur Küchentür herein und riss
Uschi aus ihren Gedanken.
Gerade hatte Friede den großen Topf mit der Suppe auf einen
hölzernen Untersetzer gestellt. Sie sah ihren Sohn an, die Haare,
die ihm wirr in die Stirn hingen, die geröteten Wangen, das
Hemd, das er über der Schulter trug, und schüttelte den Kopf.
„Komm einmal her, mein Kleiner! Du bist ja ganz aufgelöst, bist
du so gerannt oder was habt ihr gemacht? Lass dich mal
anschauen! Wie ein Landstreicher siehst du aus!", lachte sie und
gab ihm einen Kuss auf die Stirn.
„Sag den Jungs, sie sollen sich waschen und dann kommt zum
Mittagessen! Wir warten schon auf euch."
Müde saßen die Kinder am Tisch, müde und abgekämpft. Keiner
sagte ein Wort. Hannes war als Erster in der Wohnung gewesen
und sofort auf den Balkon gerannt. Blass und verwirrt war er
später am Tisch erschienen, schweigsam, den Brüdern
bedeutungsvolle Blicke zuwerfend. Nun schwiegen alle und
löffelten angestrengt ihre Suppe. Keiner hob mehr die Augen, so
als fürchteten alle, bei irgendetwas ertappt zu werden, als hätten
sie Angst, jemanden anzusehen.
„Nun erzählt mal! Was habt ihr denn heute gemacht? Ward ihr
an der Oder oder vorn bei der Kirche auf der großen Wiese oder
was sonst? Aber ihr hättet auch hier bleiben können. Es war sehr
interessant hier! Das könnt ihr euch nicht vorstellen, was hier
passiert ist.", unterbrach Friede plötzlich das Schweigen.
Die Kinder zuckten zusammen und sahen die Mutter mit großen
Augen an. Hannes blinzelte und wandte den Kopf ab. Oje, sie weiß
was, dachte er entsetzt. In seinem Kopf fuhren die Gedanken
Karussell, immer schneller, immer wilder. Was sollte er tun? Wo
waren sie nur hin! Wenn nur Sievert hier wäre, aber der war

noch beim Schwimmen.

„Ja, das war eine seltsame Sache und gefährlich, " fuhr Friede fort und Hannes' Herz rutschte in seine Hosentasche, „ja gefährlich war sie auch! Könnt ihr euch vorstellen, dass bei den Nachbarn, also genauer gesagt, bei der Frau Bormann, dass da Giftschlangen auf dem Balkon waren? Glaubt ihr das? Richtige Giftschlangen, fünf, sechs Stück!"

Wie gebannt starrten die Jungen ihre Mutter an. Oh Gott, nur das nicht! Was sollten sie jetzt tun? Bei der Witwe Bormann auch noch! Was, wenn die die Polizei geholt hatte? Das wird mächtigen Ärger geben! Ob die Uschi etwas verraten hatte?

„Ja, was glaubt ihr, was dann passiert ist, als die arme Frau um Hilfe gerufen hat?", fragte Friede die Jungen.

Die wanden sich förmlich auf ihren Stühlen. Hannes' Nasenspitze wurde immer blasser und spitzer.

„Muttel, hör auf!", platzte er schließlich so laut heraus, dass sich die anderen Kinder bestürzt ansahen.

„Muttel, das waren unsere Schlangen!", rief er und Fredi und Joni nickten zustimmend. Friede betrachtete ihn aufmerksam.

„Es tut mir so leid, Muttel! Wir wollten dir keinen Ärger machen, dir und auch Papa nicht. Gestern Abend haben wir die Schlangen mitgebracht. Die Uschi haben wir unterwegs getroffen und sie hat gesagt, wir sollen die Viecher zurückbringen. Aber wir sind nicht bis ganz zum Kanal gelaufen, weil wir nicht zum Essen zu spät sein wollten und weil wir auch die Schlangen wollten, beides eben. Und da haben wir sie hergebracht und auf den Balkon gesetzt, damit keiner was merkt. Aber dann, heute Morgen waren sie weg. Die sind nicht giftig, wirklich nicht, das sind nur Ringelnattern. War denn die Polizei hier? Muttel, sag doch was, bitte!", flehte er.

Nun war auch Fredi blass geworden und Joni standen Tränen in den Augen, die er versuchte wegzublinzeln.

Friede blickte ihre Söhne nacheinander an und schüttelte langsam den Kopf. Auf was für Ideen kamen sie bloß immer?

„Sagt mir nur noch eins: wie habt ihr denn die Tiere ungesehen bis auf den Balkon gebracht? Das würde mich sehr interessieren!", fragte sie traurig und die Jungen zeigten ihr wie sie die Tiere in ihren Hemden versteckt am Körper getragen hatten, sie erzählten wie seltsam sich die Haut der Tiere auf ihrer Haut angefühlt hatte.

„Gut", sagte Friede dann, „geht in euer Zimmer! Da bleibt ihr bis
der Papa kommt, dann werden wir weitersehen. Macht schon,
geht! Wir haben hier zu tun."
Mit gesenkten Köpfen schlichen die Jungen hinaus und es war
still in deren Zimmer bis Martin nach Hause kam.
Inzwischen hatte sich auch Sievert zu den Jungen gesellt, der am
Nachmittag vom Schwimmen zurückgekommen war und die
Brüder ihm berichtet hatten, was geschehen war. Betreten
hockten nun alle Vier bei dem herrlichen Sommerwetter im Haus
und warteten auf die Standpauke vom Vater, einer aufgeregter
als der andere.
Vor allem Sievert plagte ein denkbar schlechtes Gewissen, hatte
er doch als Ältester nicht dafür gesorgt, dass die jüngeren Brüder
die Schlangen gar nicht erst mit nach Hause nahmen. Das würde
ihm der Vater ganz sicher vorwerfen und er würde ja auch nicht
ganz Unrecht damit haben. Ach, hätte er doch nur auf Uschi
gehört und die Tiere wieder ausgesetzt.

Martin sah seine Söhne mit strengem Blick der Reihe nach an,
so wie sie vor ihm standen, der Größe nach wie eine Turnerriege,
gekämmt und gewaschen. Wenigstens ordentlich wollten sie
aussehen, wenn der Vater seine Strafe über sie verhängen
würde. Joni hatte sogar sein Hemd in die Hose gesteckt und Fredi
seine Fingernägel gebürstet, weil die Mutter die schwarzen
Ränder, die er sich heute beim Buddeln am Oderufer geholt hatte,
beim Mittagessen so wenig appetitlich gefunden hatte.
So standen sie und warteten auf das väterliche Donnerwetter.
Unter Martins strafendem Blick wurde Hannes puterrot und sah
verlegen auf seine Fußspitzen, Joni blinzelte, um die Tränen in
seinen Augen zu verscheuchen, Fredi versteckte trotz sauber
gebürsteter Nägel seine Hände auf dem Rücken, alle mit
hängenden Köpfen, nur Sievert sah dem Vater geradewegs in die
Augen.
Nachdem ein paar Minuten schweigend verstrichen waren, in
denen Martin die Kinder nur musterte, ergriff Sievert das Wort
und schilderte dem Vater noch einmal genau das, was seine
jüngeren Brüder der Mutter am Mittag auch schon erzählt
hatten. Allerdings nahm er bei seiner Geschichte alle Schuld für
das Geschehene auf sich. Martin hörte still zu, ohne seinen Sohn
zu unterbrechen, und fragte dann die Geschwister ob sie noch

etwas zu ergänzen hätten oder ob das alles so passiert sei. Erleichtert und ungläubig sahen die drei Jungen erst sich und dann Sievert an. Joni nickte nur, Fredi strich sich die Haare aus der Stirn und setzte an, etwas zu sagen, stockte dann aber und ließ es sein, nur in Hannes regte sich der Widerspruch. Nein, so war das doch gar nicht! Damit hatte Sievert Unrecht.
„Nein, Papa, ich möchte noch etwas dazu sagen! Es war schon anders als Sievert gesagt hat. Wirklich!", erklärte er hastig und bekam vor Aufregung ganz rote Ohren.
„So?!", sagte Martin: „Was war denn anders, mein Sohn? Erzähle doch bitte!"
„Wir waren eigentlich alle daran schuld, dass wir die Schlangen mit nach Hause gebracht haben. Den ganzen Tag haben wir sie auf den Wiesen gesucht und beobachtet. Dann haben wir eine gefangen, ganz vorsichtig, wir hatten ja auch etwas Angst. Als wir weiter gelaufen sind, hat Sievert sie unters Hemd gesteckt. Später wollte ich auch eine haben, wir haben wieder gesucht und welche gefangen. Zum Schluss hatten wir sechs Stück und es war Zeit, dass wir nach Hause mussten. Auf der Straße haben wir die beiden Uschis getroffen, unsere und Uschi Franz, die haben gesagt, wir sollen die Schlangen zurück bringen. Aber wir haben nur so getan als ob wir sie wieder auf die Wiesen bringen, wir haben sie mitgenommen und auf den Balkon gelegt, weil wir mit ihnen spielen wollten.
Papa, die sind nicht böse, sie beißen nicht, wenn man ihnen nichts tut und sie vorsichtig anfasst. Und giftig sind sie auch nicht. Ja, wir alle wollten sie behalten, nicht nur Sievert. Du darfst nicht nur ihn bestrafen! Bitte Papa!! Es tut uns allen sehr leid, nicht wahr, Jungs? Und wir wollten auch nicht, dass die Biester rüber zur Frau Bormann kriechen. Wir waren doch selbst erschrocken, als die einfach verschwunden waren.", schloss er seine, für ihn recht ungewöhnlich lange, Rede.
Die Jungen nickten zustimmend, Hannes hatte Recht.
Martin Granz sah prüfend in die Gesichter seiner Söhne, wiegte den Kopf hin und her und meinte dann entschlossen: „Also schön, wenn das so ist und ihr alle einer Meinung seid, dann bleibt uns nur noch, eine Strafe für euch festzulegen. Hört mir gut zu!", nochmals maß er sie mit einem strengen Blick und fuhr bedächtig fort, während den Kindern einmal mehr das Herz in die Hose rutschte.

„Erst einmal werdet ihr alle gemeinsam zu Frau Bormann rüber
gehen und euch für euren Unfug entschuldigen! Halt!!!“, rief er,
als der kleine Joni sofort loslaufen wollte.
„Halt! Hiergeblieben! Ich bin noch nicht fertig. Und..... ihr helft
der guten Frau ihren Balkon wieder in Ordnung zu bringen. Der
ist nämlich, wie ich gehört habe, bei der Schlangenjagd ziemlich
durcheinander geraten.
Aber das ist auch noch nicht alles! Ihr habt der alten Frau einen
großen Schrecken eingejagt. Sie hätte einen Herzschlag kriegen
können, vergesst das mal nicht! Für diesen Schrecken und den
Ärger und die Aufregung, die sie hatte, werdet ihr sie fragen, wie
ihr euch in den nächsten zwei Wochen nützlich machen könnt,
also was ihr für sie tun könnt. Da fällt der Frau Bormann
bestimmt was ein. So, und nun geht zu ihr hinüber. Aber denkt
dran, dass wir in einer halben Stunde zu Abend essen!“, schloss
Martin und lehnte sich, mit sich selbst zufrieden, auf dem Stuhl
zurück, um noch einen Blick in die Breslauer Zeitung zu werfen.
Eilig und sichtlich erleichtert verließen die Kinder das Zimmer
und begaben sich ins Nachbarhaus, wo sie, nun schon wieder mit
klopfenden Herzen, an Frau Bormanns Tür schellten.
Mit hängenden Köpfen standen sie dann vor der alten Frau und
stammelten ihre Entschuldigung. Als der Vater die Strafe
verkündet hatte, waren sie der Meinung gewesen, es sei ja nicht
so schlimm, wenn sie alle zusammen sich entschuldigten, aber
nun trat selbst der sonst so selbstbewusste und entschieden
auftretende Sievert von einem Bein auf das andere und wusste
nicht wie er beginnen sollte. Nein, es war doch nicht so leicht,
hier vor der alten Dame, der alle in der Straße mit Hochachtung
begegneten, Erwachsene wie Kinder, einzugestehen, dass sie alle
vier die Schuld daran trugen, dass sie, die Frau Bormann, sich so
sehr erschreckt hatte.
Wie froh waren die Jungen, als Frau Bormann sie dann aber, noch
immer ein wenig durcheinander und aufgeregt, herein bat, auf
ein Glas Limonade. Natürlich nahm sie das Hilfeangebot der
Kinder als Wiedergutmachung gern an und freute sich darüber.
Gleich am nächsten Morgen würden sie gemeinsam draußen
aufräumen, ja, und freilich konnten die Jungen beim Einkaufen
helfen und ihr Keller könnte auch einmal wieder ein wenig mehr
Ordnung gebrauchen. Sievert und Hannes versprachen, das für
sie zu erledigen. Schließlich trennte man sich dann in recht

gutem Einvernehmen, gerade noch rechtzeitig, um nicht zu spät
zum Essen zu kommen.

Schließlich waren sie ja noch glimpflich davon gekommen in
dieser Angelegenheit, da mussten sie den Papa nicht unnötig
verärgern.

Später, als die ganze Familie am Esstisch saß und den
aufgewärmten Eintopf vom Mittag löffelte, mussten die Jungen
den anderen ganz genau erzählen was die Frau Bormann zu ihrer
Entschuldigung gesagt hatte. Alle waren sich darüber einig, dass
sie noch einmal nichts weiter als ein blaues Auge davon getragen
hatten.

Nur Lene meinte spitz: „Weißt du, Papa, du bist immer viel zu
gutmütig mit den Rabauken! Wir Mädchen hätten etwas anderes
zu hören gekriegt!"

„Ach, Lene, die Jungen haben doch nicht mit Absicht etwas Böses
getan! Sie hätten uns sagen müssen, dass sie die Tiere
mitgebracht haben und fragen, wohin mit ihnen. Ja das hätten sie
tun müssen. Aber sie konnten nicht wissen, dass die Biester
durch die Abflussrohre und durch die Spalten auf andere Balkone
kriechen würden. Da haben sie nicht dran gedacht. Übrigens bei
Machnitzkes hier aus dem Haus war auch eine Schlange auf dem
Balkon, aber der Herr Machnitzke war ja schon gewarnt und hat
sie gefangen und zu den Wiesen an der Oder gebracht. Da hat er
sie ausgesetzt."

„Also passt mal auf Kinder!", fuhr er nach einer kurzen Pause
fort.

„Wenn ihr noch mal unbedingt irgendwelche Kriech - oder
Krabbeltiere, oder auch fliegende mit nach Hause bringen müsst,
dann sagt eurer Mutter oder mir Bescheid! W i r entscheiden
dann wohin und was mit ihnen wird. Alles klar?"

Martins dunkle Augen blitzten und die Kinder wussten, er meinte
es ernst. Sie nickten und waren befreit, als sie endlich vom Tisch
aufstehen durften.

VII

Ein lauter Pfiff ertönte. „Alles einmal herhören! Die Neuen kommen bitte einmal an den Beckenrand zu den Startblöcken! Hierher zu mir! Alle anderen können weiter schwimmen auf der gegenüberliegenden Seite. Na, macht schon! Ich warte!", rief eine dröhnende Männerstimme quer durch die Schwimmhalle.
Eilig schwammen die beiden Uschis nebeneinander in Richtung des Trainers und schlugen fast gleichzeitig am Rand an. Außer ihnen waren heute noch vier andere Mädchen zum ersten Mal beim Probetraining. Erika und Regina kannte Ursula aus der Schule, sie waren eine Klasse unter ihnen, zwei schlanke, weizenblonde Mädchen mit langen Zöpfen, Zwillinge. Die beiden anderen kamen vom Gymnasium, wohnten beide im Elsterweg. Hunderte Sommersprossen zogen sich, wie darüber gesprüht, von ihren Schläfen bis über das zierliche Näschen, das sich keck nach oben reckte. Auch die Arme und Schultern waren von unzähligen Sommersprossen bedeckt. Grüne, leuchtende Augen strahlten in dem blassen Gesicht, in dessen Stirn sich eine flammend rote Locke unter der Badekappe hervor geschoben hatte. Lachend versuchte das Mädchen, das Luise hieß, die Haare wieder unter die grüne Kappe zu stecken. Staunend musterte Ursula das fremde Mädchen, die vielen Sommersprossen standen Luise gut, sie passten zu ihr. Die etwas kleinere Sabine mit den großen, grauen Augen und dem dunkelblonden Haar wirkte eher farblos neben ihr.
Die sechs Mädchen hingen am Beckenrand und nahmen die Anweisungen des Trainers aufmerksam entgegen. Keine wollte einen Fehler machen, sich eine Blöße geben gleich zu Beginn, im Gegenteil, möglichst gut wollten sie sich anstellen, sicher und schnell schwimmen, um bleiben zu dürfen. Nicht nur Ursula hatte ihren Traum, auch die anderen Mädchen machten sich Hoffnungen, wollten Träume und Wünsche verwirklichen.
„So, Mädchen! Jetzt versucht einmal das, was ich euch erklärt habe, beim Schwimmen umzusetzen. Denkt an eure Haltung, koordiniert eure Bewegungen richtig. Das ist wichtig, das muss euch in Fleisch und Blut übergehen, es ist die Voraussetzung für Kraft sparendes, schnelleres Schwimmen. Aber die

Geschwindigkeit soll heute noch nicht unser Problem sein. Erst
sollt ihr eure Technik verbessern.
Wir sperren die Bahnen jetzt zur Hälfte ab, weil die andere
Gruppe noch fünfzehn Minuten das Becken mit benutzt, danach
haben wir es für uns allein. Bleibt hier von Bahn eins bis zur
Hälfte. Gleich geht es los!", erklärte der Mann mit der laut
dröhnenden Stimme und sprang dann mit einem Satz ins Wasser.
Er wickelte eine bunte Wimpel-Kette, die am mittleren Startblock
befestigt war, ab und schwamm damit zum gegenüberliegenden
Beckenrand, wo er das Kettenende in einen Ring einhakte.
Bahn um Bahn schwammen die sechs Mädchen, immer auf ihre
Bewegungen und Haltung achtend, zwischendurch hörten sie
wieder und wieder die Hinweise vom Trainer.
Als sie schließlich abgekämpft und müde unter den Duschen
standen und sich das Chlorwasser von der Haut wuschen, meinte
Luise nachdenklich, dass sie sich das so nicht vorgestellt habe.
„Wisst ihr was? Der Herr Werner ist ganz schön streng mit uns
gewesen. Immer und immer hat er was an uns auszusetzen
gehabt. Dabei haben meine Eltern und auch meine große
Schwester immer gesagt, ich schwimme sehr gut. Leute, ich habe
mir solche Mühe gegeben! Aber ihm war nichts recht. Das wird
sehr schwer werden mit dem Werner. Was meint ihr dazu?",
sagte sie während sie die Seife abspülte.
Allgemeine Zustimmung kam von den Mädchen, hatte der
Trainer doch auch an ihnen ständig herumgenörgelt. Mit
hängenden Köpfen verließen sie später die Garderoben und
machten sich auf den Nachhauseweg.
„Glaubst du wir schaffen das?", fragte Uschi leise.
Nachdem Uschi Franz eine Weile überlegt hatte, antwortete sie
zögernd.
"Ja, ... Doch wir werden es schaffen, Uschi. Wir lassen uns doch
von dem Werner nicht unterkriegen! Und außerdem, dein Bruder
hat es doch auch geschafft. Wie lange ist er jetzt schon dort im
Verein, zwei Jahre?"
„Nein, ein Jahr, seit wir hier wohnen. Aber du hast Recht, Uschi!
Wenn Sievert das geschafft hat, dann kriegen wir das auch hin! Es
war ja heute das erste Mal. Mach's gut, Uschi, du bist daheim!",
rief Ursula der Freundin zu, winkte noch einmal und lief in
Richtung Meisenweg davon.
„Muttel, Muttel, ich bin wieder hier!", klang Uschis Stimme vom

Flur in die Küche.
Gleich darauf stand das Mädchen in der Tür, lief zur Mutter und
umarmte sie.
„Na, Marjellchen, wie war es denn beim Schwimmen? Hat es
Spaß gemacht? Komm, erzähl mal!“
Sie drückte ihre Tochter an sich und schob sie dann zu einem
Stuhl. Aufgeregt berichtete Uschi von den zwei Stunden im Bad.
Ihre Hände fuhren dabei auf dem Tisch hin und her und
unterstrichen ihre Worte.
„Ach, Muttel, es war ganz schön anstrengend! Der Herr Werner
hat uns derart gejagt. Nichts haben wir richtig gemacht! Wir
müssen erst lernen richtig zu schwimmen, hat er gesagt, mit der
richtigen Technik. Dann kommt erst die Geschwindigkeit, weil
man durch Technik schon mal schneller ist, oder so. Ich hoffe,
dass ich das richtig verstanden habe. Ach, ich frag mal den
Sievert.“
Friede hielt die Hände des Mädchens fest.
„Marjellchen, sei nicht so aufgeregt! Du brauchst dich nicht zu
fürchten, du schaffst das schon. Wenn der Sievert sagt, du
schwimmst gut, dann stimmt das auch. Er meint, du bist fast so
schnell wie er! Und der Trainer muss euch doch erst einmal die
Technik beibringen, Marjellchen. Das war bei Sievert auch so.
Weißt du nicht mehr, wie er die erste Zeit gestöhnt und
geschimpft hat?“
Uschi nickte.
„Ja siehst du! Das bleibt keinem erspart, der Sport treibt. Aber du
weißt doch was du willst. Und du kämpfst dafür, ich kenne dich.
Glaub mir, in ein paar Wochen lachst du darüber, dass du heute
solche Bedenken hattest. Na, komm Marjellchen! Du hast Post
von Liesel. Der Brief liegt auf dem Küchenschrank. Heute Mittag
war keine Zeit, du musstest deine Aufgaben für die Schule
machen und dann bist du gleich zum Verein. Jetzt lies ihn erst in
Ruhe und dann hilf mir noch ein wenig in der Küche, ja!?“
Freudestrahlend nahm Uschi den Brief der Schwester und
verschwand damit im Zimmer der Mädchen.

So, also die Liesel war bald fertig mit ihrer Lehre und es
machte ihr viel Spaß, noch immer, obwohl ihr jeden Tag der
Rücken schmerzte und sie einen langen Weg von und bis ins Büro
zurücklegen musste. Trotzdem gefiel es ihr auf der Werft. Sie

schrieb, dass sie einen Wettbewerb der Lehrmädchen im Maschineschreiben gewonnen und dafür eine Geldprämie erhalten hatte.

Uschi freute sich für die Schwester und sie bewunderte sie. Ja, die Liesel hatte das sicher verdient. Sie hatte es doch bestimmt recht schwer, jedenfalls gegenüber den anderen Mädchen, die mit ihr lernten. Und bald würde die ältere Schwester fertig sein mit der Lehre und richtig arbeiten gehen und könnte sich von dem verdienten Geld schöne Dinge kaufen, so wie die Lene das auch tat. Aber die gab auch zu Hause etwas ab. Das hatte die Mutter so bestimmt und Papa hatte gesagt, so lange sie bei uns die Füße unter den Tisch steckt, ist das völlig in Ordnung, wenn Lene mithilft, der Mutter im Haushalt und ein wenig auch mit Geld. Eigentlich half Lene ihrer Muttel recht wenig, fand Uschi. Meistens war sie mit Freundinnen unterwegs oder ab und zu auch noch mit Olaf Haber, wenn sie nicht arbeiten war. Zu Hause war sie nur selten seit sie von Zimpel aus so weit ins Geschäft zu fahren hatte. Spielen mit den Geschwistern und die Hilfe für die Mutter blieben dann meist für Uschi. Und auch jetzt rief die Mutter nach ihr. Seufzend faltete sie den Briefbogen wieder zusammen, steckte ihn zurück ins Kuvert, legte das auf ihr Kopfkissen und beeilte sich in die Küche zu kommen, wo die Mutter auf sie wartete.

„Na, was schreibt denn das Lieselchen? Wie geht es den Lieben in Königsberg?", fragte Friede und bedeutete Ursula, ihr beim Tischdecken zu helfen.

Während Uschi die Neuigkeiten von der Schwester erzählte, stellte sie Geschirr und Essen auf den Tisch und wollte dann der kleinen Grete die Hände waschen. Wütend wehrte sich die Vierjährige. Ihre Hände seien nicht schmutzig, schimpfte sie und versuchte die Schwester zur Seite zu schubsen. Doch Uschi, die solche Angriffe der Kleinen schon gewöhnt war, wich ihr geschickt aus, klemmte das kleine Mädchen dann zwischen sich und den emaillierten Ausguss und zwang die kleinen Hände unter den Wasserstrahl.

„Na, komm schon, Grete! Wir waschen doch alle die Hände vor dem Essen. Sei lieb, sonst ist die Muttel ja ganz traurig. Willst du das etwa?", fragte sie die Kleine, die sich drehte und wand, um aus der Umklammerung zu entwischen.

Schließlich gab Grete auf, ließ sich die Seife abspülen und die

Hände mit dem Tuch wieder trocken rubbeln. Uschi drückte dem
Mädchen einen Kuss auf die Wange und setzte es auf einen Stuhl
am Tisch.
Friede hatte die Szene beobachtet und war einmal mehr über
Uschi erfreut. Ja, ihre Tochter konnte zupacken und hatte das
Herz auf dem rechten Fleck. Und sie war ihr eine große Hilfe, vor
allem bei den Kindern, obwohl sie doch selbst noch ein Kind war.
Ohne jemals zu murren war sie immer da, wenn Friede sie
brauchte. Gerade jetzt, wo es ihr mal wieder nicht so gut ging
und sie über jede Hilfe dankbar war. Als spürte das Mädchen,
dass die Mutter zurzeit dringend ihrer Unterstützung bedurfte,
war es immer zur Stelle und half wo es nur konnte. Doch nicht
nur das, Uschi ermunterte auch die anderen Geschwister, der
Mutter zu helfen.
Für Friede waren diesmal die ersten Monate der Schwangerschaft
eine Tortur gewesen, ständige Übelkeit, Erbrechen, dazu eine
anhaltende Schlaflosigkeit hatten sie geschwächt und ihre
Gesundheit untergraben. Zunehmende Nervosität und
Appetitlosigkeit hatten dazu geführt, dass sie viel an Gewicht
verloren, statt hinzu gewonnen hatte und sich oft kaum auf den
Beinen halten konnte.
Trotzdem musste alles weitergehen, sie kam nicht zur Ruhe. Die
Kinder brauchten sie, alle, auch das ungeborene. Sie musste alle
Kraftreserven ausschöpfen, die sie hatte, um diese Zeit zu
überstehen. Man sah es ihr an, obwohl es ihr langsam wieder
besser ging. Ihre Augen lagen tief in den Augenhöhlen, von
dunklen Ringen umrandet. Eingefallen auch ihre Wangen und um
den Mund zogen sich scharfe Linien. Trotzdem war sie noch
immer eine hübsche Frau, mit ihren fast vierzig Jahren, doch die
inzwischen zwölf Schwangerschaften und elf Geburten, und nicht
zuletzt der Tod ihrer zwei kleinen Mädchen hatten ihre Spuren
eingebrannt. Zur Zeit war es unübersehbar, sie musste besser mit
ihren Kräften haushalten. Friede wusste das und auch Martin
betrachtete seine Frau mit wachsender Sorge. Die Kinder
mussten ihr mehr helfen, er würde mit ihnen reden.

Am nächsten Tag, einem Samstag, war Martin früher als sonst
nach Hause gekommen mit dem festen Vorsatz, die wenige so
gewonnene Zeit mit seinen Söhnen zu verbringen. Es wurde mal
wieder nötig, fand er, etwas gemeinsam zu unternehmen. So

waren sie denn alle gemeinsam, bewaffnet mit einem großen und mehreren kleinen Eimern, Sieben und Keschern, losgezogen und kamen erst am Abend fröhlich lärmend, verschmutzt und durchnässt wieder zu Hause an.

„Nun mach schon, hol den großen Topf aus der Speisekammer, Uschi! Wir haben unser Abendessen mitgebracht. Die Jungs und ich, wir haben sie alle eigenhändig gefangen, jeden einzelnen. Hat ganz schön gedauert, so viele. Aber dann hatten wir eine gute Stelle gefunden, wo es ganz viele gab. Stimmt's Jungs?", rief Martin in die Küche und stellte den großen, vollen Wassereimer im Badezimmer ab.

Hannes, Sievert, Fredi und Joni waren ihm gefolgt und verfolgten gespannt das weitere Geschehen. Martin verschloss die Wanne mit dem Stöpsel, schüttete den Inhalt des Eimers hinein und ließ Wasser dazu. Die Tiere krochen umher, stiegen übereinander und versuchten an den glatten Wänden der Wanne hinauf zu steigen, immer und immer wieder rutschten sie hinab und begannen den erneuten Aufstieg. Martin zog den Stöpsel vorsichtig heraus und ließ das Wasser ab, um danach wieder frisches hinein laufen zu lassen, einige Male hintereinander bis sich kein Sand mehr in der Wanne zeigte und das Wasser sauber blieb.

Ursula hatte den Topf inzwischen mit Wasser gefüllt, wie die Mutter es ihr gesagt hatte, und ihn auf den Herd gestellt. Friede gab Salz hinein und ließ das Wasser aufkochen. Sie schnitt frisches Brot und deckte mit Ursula den Tisch.

„Papa, die Muttel meint, ihr könnt jetzt kommen!", rief Ursula wenig später dem Vater zu und sah ihm über die Schulter.

„Was habt ihr eigentlich mitgebracht? Ach, das sind ja Krebse!"

„Ja, meine liebe Uschi. Das ist unser Abendessen. Jungs geht euch die Hände waschen!", befahl er und fing mit einem großen Sieb die zappelnden Tiere aus der Wanne und legte sie in eine große Schüssel.

Ursula war inzwischen wieder in die Küche geeilt.

„Muttel, der Papa hat ja mit den Jungs Krebse gefangen! Das habe ich vorhin gar nicht gesehen. Und die wollen wir essen?!"

Martin stellte die Schüssel auf einen Hocker neben dem Herd und hob den Deckel des Topfes. Weißer Qualm quoll darunter hervor, das Wasser kochte. Er nahm einen Krebs nach dem anderen.

„Nein, Papa!", gellte es da wild und durchdringend wie ein Schrei durch die Küche.

Schluchzend stand Ursula neben ihrem Vater.

„Papa, du tust ihnen weh! Sie leben doch noch und das Wasser ist so heiß! Sieh doch wie sie zappeln vor Angst und Schmerzen!", brachte sie mühsam unter Tränen hervor.

„Die armen Tiere!"

Friede nahm das Mädchen in den Arm und zog es behutsam weg vom Herd. Während ihre Brüder in der Tür standen und grinsten, blickte Ursula traurig zum Fenster hinaus in den Garten und schwor sich, von diesem Abendessen nichts anzurühren.

Weil Martin es so bestimmt hatte, saß sie später trotzdem mit am Tisch, versuchte nicht hinzusehen, wenn die armen Krebse gegessen wurden, würgte dabei ihr Brot nur mit Margarine beschmiert hinunter und wusste später nicht einmal mehr zu sagen, was sie eigentlich gegessen hatte.

Jeden Dienstag und Donnerstag liefen die beiden Uschis nun zum Training in die Schwimmhalle.

Ursula klingelte bei Familie Franz im Habichtsweg und trat einen Schritt zur Seite. Sie hörte wie im Haus die Klingel schellte. Eine Tür schlug krachend zu, auf der Treppe lautes Fußgetrappel, die Haustür wurde aufgerissen und Uschi sprang noch schnell einen weiteren Schritt seitwärts. Beinahe hätte die Freundin sie umgerannt, so eilig kam sie aus dem Haus gestürmt. Uschi lachte.

„Du hast es aber heute eilig, Uschi! Wir haben doch noch genug Zeit.", rief sie dem schlanken Mädchen entgegen.

„Ja, ich weiß, aber ich will dir doch unterwegs noch etwas erzählen!", entgegnete Uschi aufgeregt, warf sich den Beutel mit den Schwimmsachen über und schob Ursula auf die Straße.

„Na komm schon!", meinte sie eilig und zog die Freundin mit sich.

„Was gibt es denn so Geheimnisvolles und Wichtiges?", fragte Ursula die Freundin lachend.

„Hm, stell dir vor, wir, das heißt meine Eltern und ich, wir fahren am Freitag nach Görlitz. Meine Mutter hat dort eine Cousine. Die hat ein Kind gekriegt und wir fahren zur Taufe. Und stell dir vor, wir fahren mit einem Auto! Da staunst du, nicht wahr?", sprudelte es aus dem Mädchen heraus.

Ursula sah die Freundin erstaunt an, zog die Nase kraus und begann dann zu lachen. So war die Uschi! Immer fand sie etwas besonders wichtig, war aufgeregt und hell begeistert. Doch meist

hatte sie am nächsten Tag etwas noch viel Wichtigeres und
Aufregenderes gefunden und hielt ihre Umgebung damit in Trab.
So wurde es nie langweilig und Ursula war gern die Freundin von
Uschi Franz, auch wenn sie manchmal über ihren Eifer lachen
musste. Uschi schüttelte das rotbraune Haar, ihre dunkelblauen
Augen blitzten die Freundin an. Machte die sich etwa über sie
lustig?
„Lachst du mich aus oder was ist los, Uschi Granz?", fragte sie die
Freundin misstrauisch und ein wenig ärgerlich.
Ursula musste noch mehr lachen, besann sich aber und stieß das
Mädchen freundschaftlich in die Seite.
„Nein, über dich lach ich nicht, aber ich freue mich, dass du so
eine schöne Fahrt und sogar mit einem Auto machen kannst.
Weißt du, meine Großmutter und meine Tanten und Onkel hier
in Breslau haben wohl auch ein Auto, ja, eine Tante besitzt sogar
ein Reitpferd, das ist etwas ganz Besonderes.", meinte sie dann
nachdenklich.
„Mein Papa hat es uns erzählt. Aber ich habe es nicht gesehen.",
fügte sie traurig hinzu.
„Warum hast du das noch nicht gesehen? Ist das Auto noch ganz
neu?", fragte Uschi Franz neugierig.
Traurig senkte Ursula die Augen und blickte zu Boden, damit die
Freundin nicht die Tränen darin sehen konnte. Sie wollte nicht
weinen, schließlich kannte sie die Großmutter gar nicht, genauso
wenig wie die übrige Familie ihres Vaters.
Nur einmal hatte die Mutter mit ihr und den Geschwistern vor
dem Haus gestanden, in dem die Großmutter und ein Onkel
wohnten. Da hatte sie es ihnen gezeigt, ihnen gesagt, dass sie hier
wohnen würden, hatte es fast geflüstert mit Trauer in der
Stimme und Tränen in den Augen. Und der Vater hatte es
herausgefunden und mit ebensolcher Trauer und Tränen hatte er
Kinder wie Mutter aufgefordert, das nicht noch einmal zu tun. Er
verbiete es ihnen! Solchen Menschen laufe man nicht hinterher,
nein, solchen nicht, viel zu oft und zu lange habe man das
versucht, seine Stimme hatte ganz seltsam dabei geklungen, rau
und wie erstickt und war auf einmal abgebrochen. Und Ursula
hatte die Tränen gesehen, die er versucht hatte vor ihnen allen
zu verbergen.
Nie wieder waren sie zu dem Haus gegangen und so hatten sie
natürlich auch nie das Auto sehen können.

Nachdenklich betrachtete Uschi Franz die Freundin und strich
ihr dann leicht über die Wange.
„Komm, Uschi! Wir müssen nun aber wirklich los. Es tut mir leid
wegen ... Na du weißt schon!", meinte sie dann zögernd.
Nebeneinander liefen die beiden Mädchen in schnellem Schritt
bis zur Schwimmhalle und fanden die anderen Kinder schon
unter den Duschen. Nun aber schnell!
Heute klappte das Schwimmen nach den Vorgaben von Herrn
Werner schon weitaus besser. Kritisch beobachtete er die
Bewegungen der Mädchen, ließ sie drei Bahnen schwimmen und
rief dann alle am Beckenrand zusammen. Ursula hielt den Kopf
schief, das Kinn auf die Unterarme gestützt, die über der Stange
am Rand lagen, um den Trainer besser sehen zu können und kein
Wort, das er sagte, zu versäumen. Sie wollte alles richtig machen,
auf die kleinste Kleinigkeit achten, um schnell und gut zu
schwimmen. Seine Hinweise für die Mädchen wollte sie auf
keinen Fall versäumen.
„Und Uschi, du schwimmst schon ganz gut, die Bewegungen
stimmen, aber alles kann noch ein wenig flüssiger werden!", rief
Herr Werner den Mädchen zu.
„Ja, Herr Werner!", kam von den beiden Mädchen wie aus einem
Mund. Irritiert blickte der Mann hinab und die Mädchen sahen
sich an kicherten und prusteten alle sechs los.
„Ach so, ja .... Ich hatte das vergessen. Ihr heißt ja beide Uschi!
Also gut, die Uschi Granz, das bist doch du, ja?", wandte er sich
an das Mädchen.
„Dein Bruder schwimmt ja auch bei uns. Du bist die Uschi 1 und
du bist dann Uschi 2!", sagte er zu Uschi Franz.
„Also ich meinte die Uschi 1. Weiter so, Mädchen! Das hat mir
schon gut gefallen.", meinte er wohlwollend, Ursula wurde rot
bis an den Haaransatz und senkte verlegen den Blick.
„Uschi 2 muss noch etwas mehr üben. Achte vor allem noch mehr
auf deinen Stil! Große Bögen machen mit den Armen, mehr Kraft
in deine Bewegungen, vor allem mit den Beinen. Gib dir Mühe!
Du kannst das besser, denke ich."
Uschi Franz war ganz klein geworden bei seinen Worten. Sie
wusste, dass sie es besser machen konnte, da hatte der Trainer
recht. Und sie wollte das auch, schließlich war das der Schlüssel
dazu, hier weiter trainieren zu dürfen, jedenfalls für spätere
Wettkämpfe. Und wenn die Freundin das schaffte, würde sie das

auch tun. Sie musste sich nur mehr anstrengen!
Ursula nickte der Freundin aufmunternd zu und lauschte dann
weiter den Worten des Trainers.
Als sie später wieder das Becken allein für sich hatten,
schwammen die sechs Mädchen um die Wette. Ursula kämpfte
mit aller Kraft, ihre Bewegungen waren flüssiger als bisher und
sie schlug als zweite hinter Luise am Beckenrand an, Uschi 2
wurde Fünfte. Die Mädchen umarmten sich und drängelten die
Leiter hinauf, jede wollte die Erste unter der Dusche sein.
Schweigend trotteten die beiden Uschis nebeneinander den
Gehweg entlang, müde von der Übungsstunde und dem
Wettschwimmen. Uschi Franz blickte traurig auf ihre Fußspitzen,
holte tief Luft, als wollte sie etwas sagen, stieß sie dann aber
ohne ein Wort heftig aus und starrte weiter vor sich hin.
„Was ist los mit dir?", fragte Ursula besorgt und sah die Freundin
aufmerksam von der Seite her an.
„Ach, Uschi, ich weiß nicht.", zögerte das Mädchen. Es entstand
eine kleine Pause bevor Uschi Franz fortfuhr.
„Das war heute großer Mist!", stieß sie dann hervor.
„Ja, wirklich! Nichts hat geklappt! Ich war so lahm und der Herr
Werner hat bloß über mich gemeckert, und überhaupt...", brach
sie ab und Tränen glitzerten in ihren Augen.
Bestürzt sah Ursula die Freundin an. Noch nie hatte sie Uschi
weinen sehen, die lustige Uschi, deren Eltern ihr jeden Wunsch
erfüllten, weil sie das einzige Kind war, die ihre beste Freundin
war. Sie blieb stehen und stellte sich dem Mädchen genau in den
Weg.
„Uschi, das war doch heute nicht so schlimm beim Training. Sieh
mal, nach der ersten Übungsstunde war ich auch total müde und
enttäuscht und wollte schon gleich aufgeben, aber meine Muttel
hat mit mir geredet. Sie hat gesagt, das war bei Sievert am
Anfang genau so, der hat doch auch nur geschimpft und hatte
Angst, dass er das nicht schafft, dass alle besser sind.... Na, du
weißt schon. Und sieh mal, wie gut er jetzt ist, mit einer der
besten in seiner Gruppe. Komm, sei nicht traurig! Hast du nicht
gehört, was der Werner alles an Erika auszusetzen hatte? Und die
hat nur gelacht. Bis zum Test haben wir noch genug Zeit zum
Üben. Komm, lass uns weitergehen!", sagte sie und zog die
Freundin mit sich.

Wenig später flog in der Granzschen Wohnung die Küchentür
auf und Uschi stürmte herein und flog der Mutter um den Hals.
„Muttel, Muttel, ich war heute Zweite beim Wettschwimmen!",
rief das Mädchen atemlos.
Friede schob ihre Hand unter das Kinn ihres Kindes und blickte
in das gerötete Gesicht vor sich.
„Du bist ja ganz aufgeregt, Marjellchen! Jetzt setze dich erst
einmal hier hin und erzähle! Was war denn heute so los im
Verein? Das Wettschwimmen. Und außerdem? Was hat der Herr
Werner denn zu euren Schwimmkünsten gemeint?", fragte sie
ihre Tochter und strich ihr lächelnd eine Haarsträhne aus der
Stirn.
Ursula hatte ihren Bericht noch nicht beendet, als abermals die
Tür vom Flur zur Küche aufgerissen wurde und Fredi herein
stürmte.
„Muttel, der Joni hat sich ein Knie aufgeschlagen und das blutet
ganz sehr und das andere ist auch kaputt! Du musst gleich
kommen und ihm helfen!", sprudelte er wild gestikulierend
hervor, mit weit aufgerissenen Augen und von Kopf bis zu den
Füßen verschmutzt und zerzaust.
Erschrocken waren Friede und Uschi zusammengefahren. Was
war denn nun wieder passiert? Welchen Unsinn hatten die
Jungen da schon wieder angestellt?
Friede lief so schnell sie konnte aus der Küche über den Flur und
hinaus ins Treppenhaus, Ursula stürzte hinterher. Hatte sich Joni
schlimm weh getan? Sie musste ihm unbedingt helfen!
Doch auf den wenigen Stufen der Treppe kamen ihnen die Jungen
schon entgegen, allen voran Hannes, der den humpelnden Joni an
der Hand hinter sich her zog.
Sievert, der die Brüder ein paar Straßen weiter getroffen hatte,
als er von einem seiner Freunde kam, schob den kleinen Bruder
die Treppe nach oben. Alle drei waren ebenso schmutzig,
verschwitzt und zerzaust wie Fredi, die Wangen glühten, nur Joni
hatte eine ziemlich blasse Nasenspitze. Sein linkes Knie war
blutverschmiert und eine dicke Blutspur zog sich bis hinunter
zum Fuß. Auch das rechte Knie war lädiert, blutete aber nicht so
sehr.
Friede hob die Hände.
Entsetzt sah sie der Schar entgegen.
„Was habt ihr denn wieder gemacht? Wie ist das denn passiert?

Kommt erst einmal in die Wohnung! Na los, Marsch rein mit
euch! Bringt den Kleinen in die Küche, na los!
Komm her, Joni! Setz dich hier auf den Stuhl! Ich hole etwas zum
säubern und verbinden. Und ihr anderen geht euch waschen!",
dirigierte sie die Kinder.
Keiner der Jungen hatte bisher ein Wort gesagt, stumm hatten sie
nur der Mutter gehorcht und beeilten sich, nun wieder aus ihrer
Reichweite zu kommen. Sie wuschen sich und richteten ihre
Kleidung. Friede holte ein sauberes Tuch und Wasser und
säuberte Jonis Wunden und tupfte vorsichtig etwas Jod darauf.
Der Junge schluckte und zuckte zusammen, verbiss sich aber
tapfer jeden Laut. Uschi hatte sich neben seinen Stuhl gestellt,
sah der Mutter zu und streichelte den Arm ihres Bruders. Es tat
ihr leid, als er vor Schmerz zusammenzuckte und sie hätte ihm
gern geholfen, wusste aber nicht wie. So streichelte sie nur sein
Gesicht und wischte ihm die Tränen von den Wangen. Die Mutter
zog ihm die Söckchen aus und wusch das Blut von Jonis
zerschrammten Beinen.
„Uschi, nimm bitte den kleinen Blecheimer und leg die Strümpfe
hinein und lass dann kaltes Wasser drüber, damit das Blut raus
zieht. Stell den Eimer unter den Ausguss! Ja? Ich danke dir,
Marjellchen!", rief sie dem Mädchen zu.
Inzwischen waren Traudel und die kleine Grete in der Küche
aufgetaucht. Der laute Tumult auf den Stufen im Haus, im Flur
und in der Küche hatte sie angezogen wie ein Magnet. Nun
standen sie aneinander gelehnt in der Tür und sahen neugierig
zu Joni, trauten sich aber nicht näher heran. Uschi stellte den
Eimer unter das Ausgussbecken und ging zu den beiden
Mädchen.
„Kommt ihr mit? Wir spielen noch ein wenig in unserem Zimmer
und dann helfen wir Muttel beim Tischdecken. Ja?" Damit nahm
sie beide an der Hand und zog sie mit sich, bestürmt von den
Fragen der Mädchen, was denn mit Joni geschehen sei. Geduldig
antwortete Uschi auf alle und bald wandten sich die Mädchen
lieber einem Märchenbuch zu, aus dem ihnen die Schwester
vorlesen sollte.
Erst beim Abendessen erfuhren sie dann was am Nachmittag
genau mit Joni passiert war, als die Brüder dem Vater das
Geschehen noch einmal erzählen sollten.
Joni, Fredi und Hannes waren zum Spielen mit einigen Freunden

bei der Zimpeler Wiese gewesen, als plötzlich ein paar
unbekannte größere Jungen aufgetaucht waren und die Kinder
belästigten, Streit anfingen und einen der Kleineren umstießen
und verprügelten. Andere Kinder waren dazwischen gegangen
und bald waren alle in die Rauferei mit einbezogen, obwohl die
meisten gar nicht wussten, worum es eigentlich ging. Sie wollten
nur ihren Freunden beistehen. Joni hatte abseits gestanden und
das Treiben beobachtet, als einer der größeren Jungen einem
anderen nachjagte, Joni dabei zur Seite stieß und dieser stürzte.
Joni rappelte sich wieder auf und wollte der wilden Rauferei
entkommen, rannte einige Meter weit, stolperte und fiel erneut
auf seine Knie. So war es gekommen, dass der Kleine beide Knie
aufgeschlagen hatte und sie alle schmutzig, zerzaust und
zerfleddert nach Hause gekommen waren.
Ursula, Traudel und Grete hatten stumm und mit großen Augen
zugehört und Joni mit manchen mitleidigen Blicken bedacht.
Martin jedoch hatte bei diesem Bericht seine Augenbrauen in die
Höhe gezogen und sich seinen Teil dazu gedacht. Er konnte nur
hoffen, seine Jungs waren am Anlass zu dieser großen Rangelei
wirklich so unschuldig wie sie taten und hatten nur eingegriffen,
um ihre Freunde zu verteidigen, denn er hatte seinen Kindern
erklärt, dass man einen Streit ohne Schlägerei schlichten soll,
sich nur zur Wehr setzt, wenn man angegriffen wird und es gar
nicht anders geht. Er hoffte, dass sie das auch immer beherzigten
und selbst keine Schlägerei anfingen.
Rechtschaffen müde von Schule, Training und den Aufregungen
des Tages lag Ursula an diesem Abend im Bett und dachte noch
einmal über alles nach. Uschi tat ihr leid, dass sie sich so viele
Gedanken um das Schwimmen machte. Gleich morgen wollte ihr
Ursula nochmals Mut machen. Die Freundin sollte wieder Spaß
daran haben, sie wollten gemeinsam trainieren, das hatten sie
sich doch versprochen.
Und ihr Bruder hatte nun beide Knie verpflastert, der arme Joni.
Ob er wohl schon schlief, der Kleine? Ja, die Brüder, sie stellten
jeden Tag irgendeinen Unfug an. Na, gut, der Sievert war wohl
heute nicht mit dabei gewesen, aber sonst schon auch oft genug.
Ja, und vor lauter Aufregung hatte sie ganz vergessen, dass sie
heute endlich einen Antwortbrief an Liesel hatte schreiben
wollen. Morgen musste sie das unbedingt nachholen, denn die
Liesel würde schon darauf warten. Ja, und dann ....

Ursula war fest eingeschlafen und träumte sich einem neuen Tag entgegen.

Friede war froh, als endlich die Wehen einsetzten. Förmlich ersehnt hatte sie diese Schmerzen, bedeuteten sie doch das Ende dieser Schwangerschaft, die für sie mehr Belastung war als jede andere vorher. Waren die ersten Monate wegen der andauernden Übelkeit und dem Erbrechen, der Schlaflosigkeit und Gewichtsabnahme schon eine Tortur für sie gewesen, so hatten die letzten nach nur kurzer Erholung ihren geschwächten Körper bis an den Rand des Zusammenbruchs getrieben, hatten sie mehr als einmal glauben lassen, nicht mehr weiter zu können.
Doch immer wieder hatte sie sich aufraffen müssen, sich mühsam durch die Tage geschleppt, den Kindern zuliebe und Martin. Sie brauchten sie, es musste ganz einfach gehen. Lene hatte wieder mehr helfen müssen, wenn sie am Abend aus dem Geschäft gekommen war, und Uschi. Das Mädchen , das selbst noch ein Kind war mit ihren nun zwölf Jahren, hatte so oft die kleinen Geschwister mit versorgen müssen, neben ihrer Schule und dem Sport ständig der Mutter zur Hand gehen. Nur noch selten hatte sie Zeit gehabt, mit ihrer Freundin Uschi oder anderen Kindern zu spielen. Friede hatte das Mädchen nicht so sehr mit einspannen wollen, aber oft war ihr keine andere Wahl geblieben, trotz ihres schlechten Gewissens, das sie deshalb hatte. Doch Uschi hatte sich nicht einmal deswegen beklagt, im Gegenteil, oft hatte das Mädchen selbst gefragt, ob und was sie der Mutter helfen könne. Und manchmal war ihre Freundin Uschi Franz sogar hier bei ihnen gewesen und hatte die Kleinen mit betreut, weil es ihr einfach Spaß bereitete und so die beiden Mädchen mehr Zeit miteinander verbringen konnten.
Doch nun ging es endlich los. Seit dem Morgen durchzogen immer wieder die heftigen Schmerzen ihren Leib, in immer kürzer werdenden Abständen. Inzwischen waren sie so stark, dass sich Friede jedes Mal irgendwo festhalten musste. Da, jetzt war es wieder so weit! Sie spürte, dass es bald Zeit war, sich hinzulegen und nach der Hebamme zu schicken. Langsam schlürfte sie durch die Küche, füllte den großen Topf auf dem Herd mit Wasser, zog ihn auf die heißeste Stelle und schob sich dann ins Schlafzimmer, unterbrochen von einer erneuten kräftigen Wehe, wegen der sie sich am Bettpfosten festhalten

musste. Scharf sog sie die Luft ein, richtete sich wieder auf und
schlich zum Wäscheschrank. Sie nahm die bereit gelegten
frischen Tücher aus dem oberen Fach und stapelte sie auf dem
Nachtschrank neben ihrem Bett, ebenso wie ein frisches
Nachthemd und die Sachen für den Säugling.
Traudel und Gretel saßen seit dem Morgen in der Küche und
malten Bilder für den Weihnachtsmann, der in zwanzig Tagen
den Kindern der Familie Granz süße Leckereien und kleine
Geschenke bringen sollte.
Friede setzte sich eine Weile zu den Kindern und bestaunte ihre
Zeichnungen. Während man Gretels gezeichnete Wünsche mehr
erahnen musste, als dass man sie aus den Bildern heraus lesen
konnte, waren die Puppe und das Kleid, das sich Traudel
wünschte, schon recht gut zu erkennen. Mühsam erhob sich
Friede wieder und bereitete das Essen für die Kinder vor, denn
bald würden die größeren aus der Schule kommen und sich
hungrig an den Tisch setzen.
Gegen drei Uhr schickte Friede Uschi nach der Hebamme. Es war
höchste Zeit, sie konnte nicht mehr warten. Als die junge Frau zu
ihrem Beistand mit frisch gewaschenen Händen neben dem Bett
stand und Friede untersuchte, stöhnte diese bereits in der ersten
Presswehe und wand sich vor Schmerz.
Sievert und Uschi saßen mit den Geschwistern in der Küche und
spielten, als plötzlich Martin in der Tür stand. Erstaunt sah er
sich um. Alle Kinder waren hier versammelt und spielten
friedlich, welch ungewöhnliches Bild. Wo war Friede? Wo war
seine Frau?
Uschi stand auf und umarmte den Vater.
„Papa, Muttel ist in der Kammer! Frau Hoffmann ist bei ihr, die
Hebamme. Papa, das Kind kommt! Wir kriegen wieder einen
neuen Bruder oder eine Schwester! Aber wir haben noch nichts
gehört, obwohl wir ganz leise sind.", klärte sie den Vater auf.
Martin fasste sich an die Stirn. Oh ja, es war so weit, seine Friede
hatte wieder einige schwere Stunden zu bestehen. Hoffentlich
ging alles gut! Sie war doch ziemlich schwach in der letzten Zeit.
Diese Schwangerschaft war ihr gar nicht gut bekommen. Sie
hatte sich sehr quälen müssen, seine Friede. Er konnte nur
hoffen, dass sie genug Kraft für die Entbindung hatte, dass sie
und das Kind alles gut überstehen würden.
Martin schlich zur Kammertür und lauschte. Alles war

erstaunlich ruhig, er vernahm keinen Laut. Was war los da drin?
Warum hörte man nichts? War das Kind schon da? Nein, sicher
nicht, dann wäre die Hebamme schon einmal heraus gekommen.
Er hob die Hand, wollte klopfen, sie schwebte einen Moment in
der Luft, dann ließ er sie wieder sinken und schlich zurück über
den Flur in die Küche. Hier fiel er auf einen Stuhl und starrte vor
sich hin. Hoffentlich ging alles gut! Oh Herr, mach, dass alles gut
geht! Bitte!
Erschöpft lag Friede in den Kissen. Nach einigen schmerzhaften
Presswehen war auf einmal Ruhe. Die Schmerzen blieben aus,
kein krampfhaftes Zusammenziehen der Muskulatur mehr,
nichts. Sie war in die Kissen zurück gesunken und hatte die
Augen geschlossen. Frau Hoffmann wischte ihr den Schweiß von
der Stirn und setzte dann das hölzerne Hörrohr auf Friedes
Bauch, um die Herztöne des Kindes zu überprüfen.
„Dem Kind geht es gut, Frau Granz!", sagte sie beruhigend.
„Aber wie steht es mit Ihnen? Sie sehen sehr erschöpft aus. Die
Wehen haben ausgesetzt. Aber ich denke, es wird gleich wieder
losgehen. Dann nehmen Sie noch einmal alle Kraft zusammen,
bald haben sie es geschafft!"
In diesem Moment durchzog eine äußerst schmerzhafte Wehe
Friedes Bauch, dass sie das Gefühl hatte, ihr Leib werde davon in
tausend Stücke gerissen. Friede schrie auf.
Martin war gerade wieder in den Flur getreten, um einmal leise
an der Kammertür zu klopfen und nach Friede und dem Kind zu
fragen. Friedes gellender Schrei ging ihm durch Mark und Bein.
Entsetzt schloss er die Küchentür hinter sich und blieb wie
festgenagelt am Türpfosten stehen.
Bitte lass alles gut werden, schütze meine Friede und das Kind,
dachte er und merkte gar nicht, dass er die Hände gefaltet hatte
und nun ineinander verkrampfte. Was hatte er seiner Frau nur
zugemutet? Ihre Gesundheit hatte zu sehr gelitten unter den
vielen Schwangerschaften und Geburten, mehr noch unter dem
Verlust der beiden Mädchen, deren Tod sie bis heute nicht
verkraftet hatte. Sie war mit ihrer Kraft am Ende. Was, wenn sie
es nicht schaffte? Wenn es nun diesmal zu viel für sie war?
Wie eine kalte Hand presste die Angst sein Herz zusammen, das
für einen Moment ins Stolpern kam und dann plötzlich losraste,
dass ihm die Luft weg blieb. Er hob die Arme über den Kopf,
stützte die Hände über sich gegen den Türbalken und versuchte

so wieder leichter atmen zu können.
Nein, schrie alles in ihm, Friede, seine liebe Friede, musste es
schaffen, alles gut überstehen und sein Kind auch. Dann sollte
dies das letzte Kind sein! Nicht noch einmal diese Angst, dass ihr
etwas geschieht, nein nie wieder!
Friede musste ihre letzten Kräfte mobilisieren. Die Hebamme
drückte ihr den Kopf auf die Brust und half ihr, die Beine
anzuziehen. Noch einmal pressen mit aller Kraft, der Kopf war
schon zu sehen. Noch einmal, pressen, pressen, pressen!
Ein lauter Schrei, durchdringend, bis in die Küche hörbar. Ein
Schrei, der in einem leisen Wimmern und Weinen verebbte.
Alle hatten es gehört, Martin, der noch wie angewurzelt im Flur
stand, und die Kinder in der Küche auch. Im Nu standen die
Kinder in der Küchentür, allen voran Traudel, die sofort an
Martin hing und ihn fragte, ob nun endlich der kleine Bruder
angekommen sei. Doch der Vater schickte sie alle wieder zurück
in die Küche und bat Sievert und Uschi auf die Jüngeren
aufzupassen. Leise schloss er die Tür hinter ihnen, stand ganz
still an die Wand neben der Kammertür gelehnt und wartete.

Erst spät an diesem Abend kam er zur Ruhe. Lene war später
nach Hause gekommen, weil im Laden so viel zu tun gewesen
war. Ganz allein, die Chefin war krank, hatte sie dann noch alles
wegräumen, was nicht verkauft worden war, saubermachen, die
Abfälle wegbringen und den Laden verschließen müssen. Kaum
zu Hause angekommen, hatte sie dann gemeinsam mit der
Hebamme die Mutter und die neugeborene Schwester versorgt
und sich dann den Geschwistern gewidmet, die allesamt
aufgeregt und wild durcheinander redeten, lachten und später
dann auch endlich die kleine Schwester sehen durften. Jedoch
nur kurz, denn Friede war so mitgenommen von der Entbindung,
dass sie total erschöpft in den Kissen lag und immer wieder in
einen Dämmerschlaf fiel.
Endlich lagen alle Kinder im Bett, Lene brachte der Mutter eine
Scheibe Brot mit Käse und eine Tasse Kräutertee ans Bett und zog
sich dann zurück. In der Stube hatte sich Martin sein Lager
hergerichtet, damit Friede in den ersten Nächten mit der Kleinen
ihre Ruhe hatte und er hier auch. Immer wieder gingen ihm die
Worte der Hebamme durch den Sinn. Friede hatte es geschafft,
aber mit letzter Kraft, es ging ihr nicht gut. Sie war sehr

geschwächt und Frau Hoffmann hatte ihm empfohlen, morgen
einen Arzt kommen zu lassen, der Friede einmal gründlich
untersuchte. Und er solle dafür sorgen, dass seine Frau recht
schnell wieder zu Kräften komme, damit sie das Kind auch stillen
könne und noch genügend Kraft für alle anderen Kinder habe, für
den Haushalt, für ihn.
Ja, er wusste, dass die Frau Recht hatte. Er für sich hatte das ja
auch schon längst entschieden, dass er mehr auf seine Friede
achten musste. Langsam strich er sich mit der Hand über den
glatten Kopf und massierte ihn von der Stirn bis zum Hinterkopf,
wie er es immer tat, wenn die Kopfschmerzen ihn wieder plagten.
Von ihnen würde er sich nicht unterkriegen lassen, auf keinen
Fall. Friede brauchte ihn!

Fröhlich hüpften die beiden Mädchen die Treppe hinunter,
überquerten den Schulhof und blieben am Straßenrand stehen.
Ursula, die noch ihre Tasche in der Hand hielt, warf sie nun mit
genau abgemessenem Schwung über die Schulter und hakte den
Riemen ein. Dann griff sie nach ihren langen Zöpfen und warf sie
ebenfalls nach hinten.
„Komm, Uschi, gehen wir! Wir müssen nach Hause, heute geht's
ins Schwimmbad, juhu!", rief sie ausgelassen der Freundin zu und
strahlte sie an.
„Ja, klar, ich weiß doch!", antwortete Uschi Franz gelassen.
„Zweimal in der Woche ist Training und ab Januar ist
Vorbereitung für den ersten Wettkampf, also jeden Tag Training.
Weiß ich doch alles!"
Ursula schwieg verblüfft. Was war denn los mit Uschi? Freute sie
sich nicht auf das Training? Seit Ende November waren sie nun
endlich Mitglieder im Schwimmverein, war es amtlich, dass sie
hier trainieren durften. Uschi hatte als Zweitbeste die Erlaubnis
dazu erhalten, aber auch Uschi Franz hatte es geschafft, durfte
als Vierte von den Anwärterinnen bleiben. Nur Erika und Sabine
hatten es nicht so weit gebracht, waren zu weit hinter den
anderen Mädchen zurück geblieben mit nicht ausreichenden
Zeiten.
Ein toller Kampf war das gewesen. Schrill hatte der laute Pfiff die
Feuchtigkeit getränkte Luft zerrissen. Sechs Mädchenkörper
hatten sich in kühnem Schwung hinab gestürzt, Fontänen waren
aufgespritzt. Zwölf Arme hatten mit kräftigen Stößen das Wasser

geteilt. Köpfe hatten sich empor gehoben, eingeatmet, um sofort
wieder einzutauchen. Die Mädchen waren voran geglitten, hatten
sich aneinander vorbei geschoben, waren vorwärts geschossen
bis zum Beckenrand, Wende, nächste Bahn. Ursula hatte sich
vorbei gekämpft an Erika und Sabine, Uschi und Regina. Sie hatte
noch genügend Kraft gehabt für die nächsten Bahnen, war die
ersten nicht zu schnell angegangen. Inzwischen hatte nur noch
Luise vor ihr gelegen, doch das hatte sie nur mehr erahnen als
sehen können in dem ständigen Auf und Ab der Körper im
Wasser, auftauchen, atmen, Kopf wieder ins Wasser, auftauchen,
atmen,..... Sie war flüssig und kraftvoll geschwommen, hatte alles
geben wollen, unter denen sein, die weiter für die Wettkämpfe
trainieren durften. Unbedingt gewollt hatte sie das, dabei sein
müssen hatte sie! Auf der nächsten Bahn war sie Luise immer
näher gekommen, nur noch eine Länge, noch eine halbe, noch ...
Doch da war der Beckenrand gewesen, Luise hatte angeschlagen,
den Bruchteil einer Sekunde vor Ursula. Zum ersten Mal war sie
so nahe hinter Luise gewesen. Ursulas Augen waren in Tränen
geschwommen, als sie von Uschi umarmt worden war, fast hätte
sie es geschafft, fast. Beim nächsten Mal würde sie schneller sein!
Das hatte sie sich in diesem Moment fest vorgenommen. Sie
konnte es, das Training für die ersten Wettkämpfe würde es
zeigen, sie konnte schneller sein als Luise.
Seit diesem Tag arbeitete Uschi noch härter. Und es machte ihr
Spaß zu trainieren, immer ihr nächstes Ziel vor Augen.
Die vier Mädchen trainierten nun gemeinsam mit den anderen
Mädchen im Verein, wobei sie so ziemlich mit die jüngsten
waren, außer zwei, drei anderen Mädchen, die schon sehr früh
mit dem Training begonnen hatten.
Als die beiden Mädchen an der Kirche vorbei liefen, rief Uschi
Franz plötzlich mitten in Ursulas Gedanken hinein: „Uschi, in
fünf Tagen ist Weihnachten! Hast du schon Geschenke für deine
Muttel und deinen Papa? Weißt du schon was?"
Ursula nickte nur, dachte aber noch immer ans Schwimmen. Sie
sah die Freundin nachdenklich an und fragte dann zurück: „Und
du, Uschi, was schenkst du denn deinen Eltern?"
Natürlich war Uschi Franz um eine Antwort nicht verlegen. Sie
hatte von ihrem Taschengeld eine Tüte guten Kaffee und eine
Schachtel Konfekt gekauft, das ihre Mutter so gern mochte.
Bei Taschengeld konnte Ursula leider nicht mitreden, doch sie

hatte zusammen mit Lene der Mutter neue, dicke Topflappen in verschiedenen Farben gehäkelt und für Papa ein Etui für seine Brille ebenfalls gehäkelt aus hellbraunem Garn und es mit weichem schwarzen Stoff ausgefüttert, damit die Gläser nicht zerkratzten. Darüber würden sich die Beiden sicher freuen.
Ja, Weihnachten, sie freute sich auch schon darauf! Heiligabend würden sie zur Kirche gehen, das Krippenspiel sehen, die Weihnachtspredigt hören.
Dann gab es schlesische Weißwürste mit polnischer Soße. Darauf freute sie sich und natürlich bekam auch jedes der Kinder eine Kleinigkeit geschenkt, worauf sie sich wohl am meisten freuten, vor allem die jüngeren unter ihnen. Sicher lag auch wieder ein Päckchen aus Königsberg unter dem Baum, so wie jedes Jahr und so wie auch Muttel und Papa seit ein paar Jahren ein kleines Päcklein ihrerseits nach der Stadt im Norden sandten. Also nur noch fünf Tage bis dahin, bis zu diesem ganz besonderen Abend! Wunderschön war das! Wie konnte man sich nicht darauf freuen?
Inzwischen waren die beiden Mädchen an der Ecke Meisenweg angekommen, beide in Gedanken an Weihnachten versunken, hatten sie es kaum bemerkt.
Sie verabschiedeten sich hastig.
„Ich hole dich dann ab, wie immer, ja? Bis später Uschi!", rief Ursula der Freundin hinterher, die dem Haus ihrer Eltern entgegeneilte.
Vier Stunden später, nach dem Mittagessen, der Erledigung von Aufgaben für die Schule, der Hilfe für die Mutter, Spielen mit den Geschwistern und dem Bemuttern der kleinsten Schwester, und, und, und, machte sich Uschi auf den Weg zum Schwimmverein.
Sie schlüpfte im Flur in Ihren Wintermantel, zog die Schnürstiefel an und griff nach dem Beutel mit den Schwimmsachen.
„Ich geh jetzt zum Schwimmen, Muttel! Bis später! Ich beeile mich, ja!", rief sie noch schnell in die Küche hinein und stürmte auch schon aus der Wohnung.
Im gleichen Tempo rannte sie die Treppe hinunter und aus dem Haus auf die Straße, hüpfte den Gehweg entlang und bog wenig später in den Habichtsweg ein. Als sie den Klingelknopf für Franz drücken wollte, stand Uschi plötzlich in der Haustür und lachte.
„Du bist spät, Uschi, ich habe schon gewartet und dich vom Fenster aus gesehen. Na komm, machen wir uns auf die Socken,

damit wir nicht zu spät kommen.", rief sie vergnügt.
Ihre etwas traurige Stimmung vom Mittag war wie weggeblasen.
Auch Ursula war gut gelaunt, zum einen begann gleich das
Training, das ihr unheimlichen Spaß machte und zum anderen
freute sie sich schon sehr auf das Weihnachtsfest, welches bei
Granzes immer so wunderschön und ein richtiges Fest der Liebe
war. Und in diesem Jahr würde nun auch die jüngste Schwester
mit dabei sein, die Ursula vom ersten Augenblick an ganz fest in
ihr Herz geschlossen hatte. Wie sollte sie auch nicht, so fein und
zart, so still und lieb, wie das kleine Mädchen war.

    Luft holen, Arme lang, weiten Bogen ziehen, eintauchen,
kräftiger Stoß mit den Beinen, Arme nach vorn, atmen, weit
ausholen, Bogen ziehen. Ursula schwamm die Trainingsbahnen
als gelte es einen Wettkampf zu gewinnen. Ihr Stil hatte sich in
den letzten vier Wochen weiter verbessert, ständig war sie darauf
bedacht, Herrn Werners Worte umzusetzen, an all die
wohlgemeinten Ratschläge des Trainers zu denken und sie zu
beherzigen. Aber bei aller Ernsthaftigkeit ihrer Bemühungen,
eines Tages schneller zu schwimmen als Luise und auch bald
schneller als Sievert zu sein, verspürte sie auch eine unbändige
Freude daran, durch das Wasser zu gleiten, sich hier zu bewegen,
zu schwimmen als müsse sie ihr Leben retten, alles zu geben und
am Ende der Übungsstunde müde und erschöpft, aber glücklich
unter der Dusche zu stehen und sich über das Erreichte zu
freuen. Ja, sie war glücklich darüber, sich selbst besiegt zu haben
und ihrem Ziel langsam immer näher zu kommen.
Nach den Trainingsbahnen, die sie mal nur mit den Armen, mal
nur mit den Beinen schwammen, um sich voll auf die richtige
Technik konzentrieren zu können und die jeweiligen Muskeln
intensiv zu kräftigen, folgten jene, wo sie Arme und Beine
zusammen trainierten. Danach kamen die Startsprünge an die
Reihe, von denen Herr Werner damals beim Probetraining
behauptet hatte, sie sprängen alle wie kleine Hündchen ins
Wasser, ließen sich völlig ohne Haltung einfach hineinplumpsen.
Inzwischen machten die Mädchen auch dabei eine weitaus
bessere Figur als am Anfang.
Wie bei jedem Training folgte dann der bei den Mädchen
unbestritten beliebteste Teil, das Wettschwimmen.
Nach gelungenem Startsprung glitt Ursula durch das Becken,

tauchte auf und holte Luft. Mit kräftigen Stößen teilten ihre
Arme das Wasser, sorgten ihre Beine für ständigen Schub von
hinten. Eintauchen, Arme nach vorn, ziehen. Weiter, schneller!
Wieder schlug sie als Zweite am Beckenrand an, knapp hinter
Luise. Uschi Franz wurde Sechste, glücklich über ihren
persönlichen Sieg, ihrem bisher besten Ergebnis. Die beiden
Uschis lagen sich in den Armen, die anderen Mädchen
schwammen herbei, bald war nur noch ein Knäuel von Körpern
im Wasser auszumachen. Die Trainingszeiten hatten sich heute
für fast alle verbessert, Herr Werner war glücklich über dieses
vorzeitige Weihnachtsgeschenk. Seine Mädels machten sich, alles
was recht war!

Uschi Franz hüpfte mit Ursula um die Wette auf einem Bein.
Übermütig und zufrieden mit dem Training waren die beiden
Mädchen auf dem Heimweg.
Plötzlich blieb Ursula stehen, baute sich vor der Freundin auf, so
dass diese fast über sie gestolpert wäre, breitete die Arme aus
und rief laut über die gesamte Straße: „Weißt du was, Uschi? Ich
muss dich jetzt mal drücken! Du bist heute so gut geschwommen,
du warst Sechste! Vier Plätze weiter nach vorn bist du gerutscht!
Ich freue mich so für dich!"
Uschi Franz löste sich aus Uschis Umarmung und tippte der
Freundin an die Schulter.
„Und du? Mensch, Uschi, du hättest es heute beinahe geschafft.
Ganz knapp warst du hinter Luise, wirklich ganz knapp. Du hast
sie bald, glaube mir!"
Ursula senkte den Kopf.
„Ja, ganz knapp. Es ist immer ganz knapp!", rief sie aufgebracht.
„Aber ich krieg sie nicht. Wie macht sie das nur? Ich war heute
schneller als sie beim letzten Mal und trotzdem war sie wieder
vor mir. Es ist nur noch ein Wettkampf zwischen uns beiden.
Dabei dachte ich wirklich, dass ich es heute schaffe."
Uschi Franz blickte der Freundin ins Gesicht, bemerkte die
gerunzelte Stirn und ihren nachdenklichen Blick, der auch ein
wenig traurig schien.
„Klar schaffst du das! Da bin ich mir ganz sicher, Uschi!
Spätestens im Januar hast du Luise eingeholt! Wetten?!"
Sie lachte ihr lautes und fröhliches Lachen und Ursula wurde
davon angesteckt. Lachend und kichernd wie immer, so als wäre

nichts gewesen, liefen sie weiter in Richtung der Franz'schen
Wohnung im Habichtsweg. Ihre Gedanken waren weit weg vom
Schwimmen. Weihnachten stand doch vor der Tür und ein paar
Wünsche auf ihren Wunschzetteln genau so wie in ihren Herzen.

Als sie am Heiligabend zusammen mit den Geschwistern und
den Eltern vor dem Weihnachtsbaum stand, hüpfte Uschis Herz
wie immer zu solchen Gelegenheiten. Die feierliche Stimmung
nahm sie gefangen. Gemeinsam sangen sie die alten
Weihnachtslieder. Am Baum brannten die Kerzen, spiegelten ihr
Licht in den glänzenden Kugeln und dem silbernen Lametta.
Strohsterne und mit Schleifen an den Zweigen fest gebundene
Spritzgebäck-Ringe zierten ebenso den Baum. Und darunter
lagen die Geschenke, für jedes Kind eine Kleinigkeit, sogar für die
jüngste, erst zwanzig Tage alte, Tochter der Familie Granz lag
dort ein kleines Mützchen und Handschuhe für den Tag, an dem
sie zum ersten Mal in dem unförmigen Kinderwagen nach
draußen in den kalten Winter geschoben werden würde.
Uschi stand neben Sievert, der die Lieder nur leise mit brummte,
da er sich nicht getraute mit seiner neuen tiefen Stimme, die
nicht mehr die eines Jungen war, zu singen, während Uschi wie
stets mit aller Inbrunst ihre helle, klare Stimme zum Klingen
brachte, die der von Friede so ähnlich war. Selbst das „Stille
Nacht, heilige Nacht" sang Uschi als Einzige mit der Mutter
gemeinsam. Wunderbar rein und zart klang ihre junge Stimme.
Friede stand mit dem Mädchen Arm in Arm und hielt dabei den
Säugling mit der freien Hand an ihre Brust gedrückt. Friedlich,
das Köpfchen an die Mutter gelehnt, schlummerte das jüngste
Granz-Mädchen, von dem Gesang ungestört, dem nächsten
Stillen entgegen.
Ein zartes kleines Geschöpf mit hellen blonden Haaren, welche
man auf dem Kopf kaum wahrnehmen konnte, so fein waren sie,
ein fast durchsichtiger Flaum.
Endlich war es soweit, die Geschenke wurden verteilt! Eifrig und
hastig stürzten sich die Jungen auf ihre Päckchen, eilig lösten sie
die Schleifen, begierig zu erfahren, welche kleinen Schätze darin
verborgen sein mochten.
Auch Ursula hielt alsbald ein Päckchen in den Händen. Doch sie
öffnete es erst, als sie Friede und Martin ebenfalls ihre kleinen
Gaben überreicht und die beiden beim Öffnen ihrer Geschenke

beobachtet hatte. Glücklich sah sie, wie die Eltern sich freuten, und ihr Herz wurde weit und froh. Oh, wie gern bereitete sie ihnen ebenfalls eine Freude! Ein klein wenig von der Liebe und Freude, die sie von ihrer Muttel und dem Papa erhielt, konnte sie ihnen so zurückgeben. Sie liebte ihre Familie und hätte sich keine andere wünschen mögen, weder die Eltern noch die Geschwister. Alles war gut so wie es war! Glücklich und zufrieden öffnete sie nun ihr Päckchen und freute sich unbändig über die warmen Handschuhe und das Buch, die sie daraus hervor holte. Das Buch hatte sie sich gewünscht, denn sie las noch immer furchtbar gern, und die Handschuhe konnte sie gut gebrauchen, wenn der Winter doch noch kälter wurde, als er bisher gewesen war.

Mit leuchtenden Augen umarmte sie ihre Muttel und den Papa, setzte sich in der Ecke neben dem Stubenbüffet auf den Fußboden, mit dem Rücken an die Wand gelehnt, und begann die ersten Sätze des Buches zu lesen. Schnell nahm das Geschehen der ersten Seiten sie gefangen. Ihre Wangen glühten, sie strich sich über die Stirn, zupfte sich leicht an den Ohrläppchen, kratzte sich das Kinn, wickelte sich die Enden ihrer langen Zöpfe um den linken Zeigefinger und las aufgeregt immer weiter. Nichts hörte und sah sie mehr um sich herum, die Welt schien versunken. Es gab nur noch Uschi und das Buch.

Erst als die kleine Grete auf ihren Schoß krabbelte und ihren Kopf zwischen Uschi und die aufgeschlagene Buchseite schob, wurde diese aus ihrer neuen Welt gerissen.

„Ach Gretelchen, was ist denn? Was willst du? Zeig mir doch mal dein Geschenk! Was hat dir denn der Weihnachtsmann gebracht?", fragte sie die Kleine, die ihr bereitwillig ein kleines Püppchen zeigte.

„Uschi, sieh mal! Das ist vom Weihnachtsmann! Ich habe das gewünscht und da ist es.", plapperte die Kleine und strahlte Uschi an.

„Ach, das ist aber niedlich!", betrachtete Uschi die kleine Puppe, deren Arme und Beine man lustig schlenkern lassen konnte. Sie hatte einen Stoffbalg, und auch die Gliedmaßen waren zur Hälfte aus Stoff. Daran waren die Unterarme mit den Händen, sowie die Unterschenkel mit den Füßen aus Keramik befestigt. Der Kopf bestand ebenfalls aus Keramik, hatte ein niedliches Gesicht mit aufgemalten Augen, Mund und Haaren. Grete war ganz vernarrt in dieses Püppchen, drückte ihm ein Küsschen auf den Mund und wiegte es liebevoll auf ihren Armen.

Ursula lachte, nahm die Schwester in die Arme und drückte sie. Doch Grete befreite sich bald aus dieser Umarmung, zu sehr lockte das Puppenkind. Bald darauf lehnte das Mädchen zwischen Sofa und Wand, die Puppe im Arm und die Augen waren ihm zugefallen. Uschi las noch eine Seite.

Inzwischen hatten sich die Brüder der beiden einen Platz gleich neben dem Tannenbaum erobert und spielten dort mit ihren neuen Spielsachen, wovon die alte Holzeisenbahn einen neuen Farbanstrich erhalten und den Besitzer gewechselt hatte. Eine ganze Weile war es ruhig zwischen den Jungen, doch plötzlich brach ein Streit aus wegen des neuen großen Balles, der eigentlich Fredis Geschenk war, den aber auf einmal alle haben wollten und der Streit wurde um so erbitterter, je mehr Fredi darauf bestand, dass der Ball nur ihm gehöre und keinem anderen. Als es schließlich zu Handgreiflichkeiten kam, dauerte es nicht lange und einer der Brüder stolperte gegen den Weihnachtsbaum. Der kippte ein wenig, wirklich nicht viel, aber es genügte und im Nu stand ein Zweig in Flammen und unweigerlich hätte bald der gesamte Baum gebrannt, wäre Lene nicht in eben diesem Moment in die Stube getreten und hätte das Schlimmste verhindert, indem sie Friedes Blumengießkanne als Feuerlöscher missbrauchte.

Der Baum tropfte. Löschwasser, gemischt mit ein wenig Asche, Kerzenwachs, Nadeln natürlich auch, alles landete auf den Dielen und den noch unter dem Baum liegenden Päckchen, ausgepackten Geschenken und dem kleinen Joni, der den Ernst der Lage noch immer nicht ganz begriffen hatte und dort sitzen geblieben war.

Friede und Martin standen sprachlos und schreckensbleich in der Tür, von dem Geschrei und Hilferufen der Kinder alarmiert und auf das Schlimmste gefasst. Wie begossene Hunde, betreten und unfähig, den Eltern in die Augen zu sehen, standen die Brüder mit hängenden Armen, eng aneinander gedrückt, neben dem angekohlten, tropfenden Baum. Froh, dass Lene alle gerettet hatte, und erleichtert, dass es allen gut ging, schlossen Friede und Martin, mit zornigem Gesicht, ihre Kinder der Reihe nach in die Arme und begannen dann mit den Aufräumungsarbeiten, an denen sich vor allem die Jungen ohne zu murren und äußerst tatkräftig beteiligten. Schließlich hatten sie auch etwas wieder

gut zu machen! Keiner von ihnen traute sich, den angekokelten
Weihnachtsbaum auch nur anzusehen.
Als die Familie später am Abend um den Tisch saß und sich dem
Weihnachtsessen widmete, war das Malheur noch immer in ihren
Gedanken, obwohl niemand, auch nicht mit einer einzigen Silbe,
mehr an das Geschehene erinnerte. Mit großem Appetit fielen die
Kinder über die Weißwürste her, die wie immer am Heiligabend
auf dem Tisch standen. Dazu gab es Klöße, Soße und Sauerkraut,
welches Ursula so gern aß. Keiner bereitete in ihren Augen das
Kraut so wunderbar zu wie ihre Muttel, die im Topf fein
geschnittenen, duftenden Speck röstete, das Kraut dazu gab,
klein gewürfelte Möhren, Wasser und Gewürze ebenso und wenn
alles fertig gekocht war, das Ganze mit einer geriebenen Kartoffel
sämig werden ließ. Wie lecker schmeckte das!
Überhaupt, es war heute ein Festessen! Und ein wunderbarer
Weihnachtsabend sowieso! Was machte es da, wenn die Brüder
den Tannenbaum angebrannt hatten? Alles war doch gut
ausgegangen. Lene war rechtzeitig gekommen und hatte
Schlimmeres verhindert.
Noch im Bett dachte Uschi über den Abend nach und es kam ihr
in den Sinn, was eigentlich hätte passieren können, wäre Lene
nicht zur Stelle gewesen. Sie, Uschi, hatte sich gerade wieder
ihrem neuen Buch gewidmet gehabt, hatte nicht gesehen, was die
Jungen anstellten, denn sie war völlig in Gedanken versunken
gewesen. Nun, Sievert war auch nicht im Zimmer gewesen, sie
war in dem Moment die Älteste gewesen. Diese Erkenntnis
erfüllte sie mit Schrecken. Sie hätte besser aufpassen müssen auf
die Geschwister.
Beschämt legte sie das Buch, in dem sie eigentlich hatte lesen
wollen, aus der Hand, schob es weit unter das Bett und verkroch
sich unter der Bettdecke. Oh nein, sie war schuld daran, dass die
Jungen ihren Streit so weit treiben konnten, sie allein. Ursula
schluckte nur mühsam den dicken Kloß in ihrem Hals hinunter,
Tränen der Scham standen in ihren Augen. Nur ein paar Seiten
hatte sie lesen wollen in dem neuen Buch, an nichts Böses hatte
sie gedacht, nur einfach alles um sich herum vergessen. Doch
beinahe wäre ein Unglück geschehen!
Eigentlich konnte sie froh sein, dass die Muttel nichts zu ihr
gesagt hatte, der Papa, was noch viel schlimmer gewesen wäre,
Gott sei Dank, auch nicht.

Lange lag sie noch und dachte nach, doch irgendwann siegte die Freude über den dennoch schönen vergangenen Tag über ihre Selbstzweifel und Scham, Ursula schlief ein und sah im Traum noch einmal den geschmückten Baum und die glänzenden Augen und frohen Gesichter der Geschwister, als sie ihre Geschenke auspackten, das glückliche Lächeln ihrer Eltern.

Schwere, große Tropfen lösten sich von den dunklen, nassen Zweigen. Zwischen den dicken, grauen Wolken blinzelte die Sonne hervor, sandte die ersten hellen Strahlen des Tages zur Erde, streichelte die noch kalten, kahlen Zweige, den durchnässten, schwarzen Erdboden und das erste zarte grüne Gras, schaute durch Fensterscheiben und auf die Balkone der Zimpeler Häuser. Nur für wenige Minuten erhellte strahlendes Licht und erste milde Wärme des Frühlings die Gärten, Wege und Straßen. Doch schon war alles wie vorher, die Sonne wieder im dicken Grau verschwunden, alles kahl, kalt und düster.
Doch langsam wurde es Zeit, dass es nach dem langen Winter endlich Frühling wurde. Jetzt gegen Ende März war es noch immer kalt, dabei ging es auf Ostern zu, doch von lauen Lüften war weit und breit noch keine Spur. Temperaturen von wenigen Grad über Null luden die Granzkinder nicht gerade zum Spielen unten im Garten oder auf der Zimpeler Wiese ein, geschweige denn auf den Deichwiesen am Wasser des Kanals.
Ziemlich kahl war es draußen noch, so als warte die Natur genau wie die Kinder auf angenehmere Temperaturen um sich zu entfalten. Nur wenige Büsche zeigten die ersten grünen Spitzen, die man jedoch mehr erahnen als sehen konnte. Selbst die Frühlingsblüher, wie Schneeglöckchen und Krokusse blinzelten nur sehr zaghaft aus dem kalten Boden.
Nach wie vor liefen die beiden Uschis am Nachmittag zum Training in die Schwimmhalle, seit Januar aber nun von Montag bis Freitag jeden Tag, schließlich liefen die Vorbereitungen auf ihre ersten Wettkämpfe mit anderen Vereinen.
Beide hatten in den letzten Monaten große Fortschritte gemacht und Herr Werner war mehr als zufrieden mit seinen Schützlingen, was er sich jedoch kaum einmal anmerken ließ. Ständig hieß es nur, ihr könnt das noch besser, wenn ihr euch mehr Mühe gebt. Schon viele Jahrgänge von kleinen Schwimmern und Schwimmerinnen hatte er im Laufe der Jahre,

in denen er als Übungsleiter die Kinder und Jugendlichen im
Verein betreute, erlebt und ihnen mit Rat und Tat zur Seite
gestanden. Wie oft musste er trösten und Mut machen, Kritik
üben, anspornen, war er Lehrer und Berater.
Nur mit dem Lob für seine Schützlinge ging er äußerst sparsam
um, das erhielt man nur bei ganz außergewöhnlichen,
herausragenden Leistungen. Doch die Mädchen wussten, dass in
dieser Hinsicht nicht viel von ihm zu erwarten war, aber
immerhin behandelte er alle gleich.
So wunderten sich die beiden Uschis auch nicht, dass er keine
von ihnen für ihre Leistungssteigerung lobte, gar keines der
Mädchen. Und trotzdem schaffte er es immer wieder die jungen
Schwimmerinnen zu noch besseren Leistungen anzuspornen.
Je mehr sich Ursula aber auch bemühte, je härter sie trainierte,
Luise war ihr immer noch überlegen, schlug stets den Bruchteil
einer Sekunde früher am Beckenrand an. Ursula kam einfach
nicht an sie heran, auch wenn das Ergebnis mehr als knapp
ausfiel.
Auch heute war es nicht anders gelaufen, Ursula war dem
hübschen rothaarigen Mädchen wieder um einen Augenblick nur
unterlegen gewesen. Und doch war sie nicht bereit, das einfach
so hinzunehmen, aufzugeben, sie wollte weiter kämpfen, denn sie
fühlte, dass sie schneller sein konnte. Nun erst recht!
Uschi Franz betrachtete die Freundin von der Seite, als sie
schweigend nebeneinander herliefen, vom Schwimmen nach
Hause.
„Was ist, bist du sprachlos geworden?“, fragte sie Ursula.
„Ärgerst du dich etwa über Luise, weil sie wieder schneller war
als du, Uschi?“
Ursula schüttelte energisch den Kopf.
„Nein! Irgendwann krieg ich sie, dann bin ich schneller. Das weiß
ich ganz genau! Glaub mir, Uschi!“, versicherte sie.
„Nein, ich war nur in Gedanken. Heute ist schon Dienstag, ja? Der
Dienstag vor Ostern, richtig?“
Uschi Franz nickte und blickte Ursula verständnislos fragend ins
Gesicht.
„Warum fragst du?“
„Weil dann am Samstag meine Tante Elsa und Liesel aus
Königsberg kommen. Schade, dass die Oma nicht mitkommen
kann, aber Muttel sagt, sie verkraftet die lange Fahrt mit der

Bahn nicht mehr, ihr geht es nicht so gut. Aber die Liesel hat ihre
Prüfungen abgelegt, sie ist nun Stenotypistin. Sie und die Tante
haben Urlaub und bleiben bis zu Linchens Taufe hier. Ich freue
mich schon so auf die Liesel! Sie wird Augen machen, wenn sie
die Kleine zum ersten Mal sieht. Und unser Zuhause hier kennen
die Beiden ja auch noch nicht. Dann kann ich dem Lieselchen
alles zeigen. Ich bin schon ganz aufgeregt!", sprudelte sie hervor
und hüpfte dabei von einem Bein auf das andere, dass Uschi sie
verwundert betrachtete. So hatte sie die Freundin recht selten
erlebt.
Lachend hielt sie Ursula an den Schultern fest und begann sich
mit ihr im Kreis zu drehen, mitten auf dem Gehweg.
„Na, das ist ja prima! Dann lerne ich ja endlich deine unbekannte
Schwester kennen! Und du kannst sie mal wieder sehen und
musst nicht nur Briefe an sie schreiben. Ich freue mich für dich!
Du musst sie mir unbedingt vorstellen, hörst du! Du hast mir
schon so viel von ihr erzählt!", rief sie ausgelassen so laut, dass es
die ganze Straße hätte hören können.
Arm in Arm liefen die beiden Mädchen weiter durch den
inzwischen recht kalten Abend und beeilten sich rechtzeitig zum
Abendessen bei ihren Familien zu sein.

VIII

Am Ostersamstagmorgen lief Ursula mit Friede zur Straßenbahnhaltestelle. Hier von Zimpel aus war der Weg zum Bahnhof nicht mehr zu Fuß zu bewältigen. Mit der Bahn mussten sie erst in die Innenstadt fahren und deshalb schon sehr früh am Morgen aus dem Haus. Doch Ursula wollte unbedingt mit dabei sein, wenn Liesel und die Tante ankamen, wollte als erste die ältere Schwester begrüßen, sich ungestört von den Geschwistern mit ihr unterhalten. Die ganze Rückfahrt mit der Straßenbahn würden sie Zeit haben nur für sich.

Als sie mit der Mutter aus dem Haus trat, zog sie fröstelnd die Schultern ein wenig nach oben. Huch, war das kalt! Das soll nun Frühling sein? Es hatte ein wenig gefroren, wie die letzten Nächte auch schon. Ob heute auch so ein trüber Tag werden würde wie gestern? Der Himmel sah jedenfalls so aus, wolkenverhangen, soweit man das in der Dämmerung beurteilen konnte. Na, wie Ostern kam es ihr jedenfalls nicht vor. Schnell trippelte sie neben der Mutter her, die sich beeilte zur Haltestelle zu kommen, denn sie waren spät dran, wollten sie ihre Bahn noch rechtzeitig erreichen. Es war die Endhaltestelle, an der die Beiden einsteigen wollten. Die Bahnen fuhren hier eine Schleife, in der sie meist eine kleine Pause einlegten, bevor es die Runde zurück in die Stadt ging.

Als sie zur Haltestelle kamen, stand die Straßenbahn bereits dort und als sie eingestiegen waren, wurden die Türen geschlossen und die Fahrt begann. Nur wenige Menschen saßen heute Morgen im Wagen und der Schaffner stand alsbald neben Friede und sie kaufte die Fahrscheine.

Träumend blickte Uschi aus dem Fenster in den heller werdenden Tag. Die Mutter neben ihr hatte jetzt die Augen geschlossen. Sicher war sie müde von all den Vorbereitungen für den Besuch, für Ostern und schon so einigen für Linchens Taufe. Ja, müde sah sie aus, müde und abgespannt, obwohl ihr Uschi half wo sie nur konnte und auch Lene mit anpackte, wenn sie zu Hause war.

Vor allem mit der kleinsten Schwester, mit Eva-Lina, beschäftigte sich Uschi am liebsten. Das kleine, zarte Mädchen hatte es ihr

vom ersten Augenblick an, als sie es in den Armen der Mutter gesehen hatte, angetan. So ruhig und lieb waren die anderen Geschwister als Baby nicht gewesen. Von Eva-Lina hörte man den ganzen Tag über nichts außer dem Glucksen, welches sie beim Stillen von sich gab und einem leisen, friedlichen Krähen, das ab und zu aus dem Körbchen ertönte. Kein lautes Geschrei oder Weinen. Ursula war von dem freundlichen Wesen der kleinen Schwester fasziniert.
Das alles wollte sie Liesel erzählen und natürlich vom Schwimmen und ihrer Freundin Uschi. Sie lächelte in sich hinein, Liesel würde staunen, was sie alles zu berichten hatte, viel mehr als jemals in ihren Briefen Platz gefunden hätte. Und überhaupt, warum kam die Liesel nicht endlich wieder zu ihnen nach Breslau? Warum war sie so viele Jahre schon in Königsberg? Jetzt wo sie erwachsen war, könnte sie doch zurückkommen. Sie, Uschi, jedenfalls würde das sehr begrüßen!

Friede und Elsa hatten sich viel zu erzählen. Lange hatten sich die Schwestern nicht gesehen, viel war inzwischen geschehen. Doch genauso lange hatten sich Ursula und Liesel nicht gesehen, hatten nur in Briefen ihre Gedanken ausgetauscht, so wie Mutter und Tante. Jedoch war ihr reges Gespräch nun auf der Fahrt hinaus nach Zimpel um einige Nuancen lauter und lebhafter als das der beiden Frauen, die vor allem über den Eifer von Ursula lächeln mussten. Am liebsten hätte das Mädchen der Schwester alles mit einem Mal berichtet, was sich inzwischen zugetragen hatte, alles möglichst in einem langen und verschachteltem Satz ohne Pause, ohne Ende.
Liesel hörte sich den Wortschwall ihrer Schwester ruhig und geduldig an, ohne sie oft zu unterbrechen.
Friede erkannte ihre Tochter kaum wieder, ihre sonst so ruhige und schon recht überlegte und ernsthafte Ursula. So gesprächig hatte sie ihre Zwölfjährige schon lange nicht mehr erlebt. Friede kam kaum dazu mit Liesel ein paar Worte zu wechseln.
Erst zu Hause in Zimpel, als sie ihre Tochter noch einmal in die Arme schloss und sie dann auf Armlänge von sich hielt und ihr Gesicht betrachtete, schossen die Worte aus ihr heraus.
„Ach, mein Marjellchen, du hast dich verändert! So erwachsen siehst du aus, so anders halt.", meinte sie seufzend, sich in diesem Moment bewusst werdend, dass sie selbst langsam älter

wurde.
Liesel sah die Mutter erstaunt an.
„Muttel, ich bin erwachsen! Neunzehn werde ich dieses Jahr!
Hast du das etwa vergessen?", fragte sie lachend die Mutter.
„Nein, natürlich nicht!".
„Siehst du. Meine Lehre habe ich nun auch abgeschlossen. Mit
einer Auszeichnung.", sagte sie leichthin, als wäre es nicht
wichtig und keiner Rede wert.
Friede drückte sie noch einmal an sich.
„Habt ihr das gehört?", fragte sie mit Tränen der Rührung in den
Augen in die Runde.
„Liesel hat eine Auszeichnung erhalten!"
Und dann wieder an das Mädchen gewandt: „Marjellchen, das
hast du prima gemacht! Vielleicht war es doch gut, dass du die
vielen Jahre bei Oma und Tante Elsa gelebt hast, denn ich weiß
nicht, ob das hier für dich möglich gewesen wäre. Ich meine so
ein normales und behütetes Leben führen, das hättest du hier
doch nicht können, bei uns, mit den vielen Geschwistern. Die Zeit
hätten wir für dich nicht gehabt, uns so sehr um dich, nur um
dich, zu sorgen. Es war sicher auch in Königsberg nicht so einfach
für dich, doch hier hättest du noch weniger Möglichkeiten
gehabt. So haben sich die Oma und Tante Elsa so viel und so lieb
um dich gekümmert."
Sie hielt inne und strich Liesel übers Haar, das diese jetzt als
längeren Bubikopf trug.
„Wenn es mir auch immer schwer gefallen ist, dich wieder fahren
zu lassen, überhaupt, dich weg zu geben, heute weiß ich, dass es
richtig war, für dein weiteres Leben wichtig war. Auch wenn es
uns allen manchmal fast das Herz zerrissen hat."
Schweigend und mit Tränen in den Augen hatte Liesel der Mutter
zugehört. Sie sagte nichts, hörte nur zu. Sie konnte nichts sagen,
die Kehle war ihr wie zugeschnürt.
Irgendwie hatte die Mutter ja Recht. Doch wie hart Liesel diese
Erkenntnis hatte erkaufen müssen, das konnte sie wohl nicht
ahnen. Woher sollte sie auch wissen, wie viele einsame und
traurige Tränen Liesel dort oben im Norden, weit weg von Mutter
und Geschwistern, trotz der Liebe, mit der Tante und Großmutter
sie umgaben, vergossen hatte? Wie sollte sie wissen, wie
fürchterlich verlassen sich ein Kind fühlen kann?
Nein, Liesel konnte nichts sagen, sie konnte und wollte nicht. Sie

wollte nicht ungerecht sein.

Die Woche war wie im Flug vergangen. Es war kalt geblieben bis zum Donnerstag, kalt und trübe. Erst am Freitag war es draußen etwas angenehmer gewesen und Uschi und Liesel waren mit den Geschwistern etwas länger spazieren gegangen. Selbst das kleine Linchen hatten sie im Wagen bis vor zur Schule geschoben. Gretel, Traudel und Joni waren nebenher gelaufen, die großen Jungen hatten sie auf der Zimpeler Wiese von weitem spielen sehen. Von der Schule aus war es in Richtung Schwimmbad gegangen und von dort wieder nach Hause. So hatte Liesel schon einen guten Eindruck von Zimpel erhalten, nachdem Uschi mit ihr und Uschi Franz am Mittwoch an der Oder gewesen war und ihr die Barthelner Schleusen gezeigt hatte.
Doch viel würden sie und Tante Elsa wohl in der noch verbliebenen Zeit nicht mehr von diesem neueren Stadtteil in Breslaus Osten sehen können, denn heute, am Samstag, war Linchens Taufe und am Sonntag würden sie schon morgens wieder in den Zug nach Königsberg steigen, weil sowohl Liesel als auch Elsa Berger am Montag wieder zur Arbeit gehen mussten. Schade, dass die Zeit immer so kurz war, wenn Liesel endlich einmal wieder hier in Breslau war, fand Uschi. Viel zu selten konnte sie die Schwester sehen und sich mit ihr unterhalten, viel zu lange waren sie zwischendurch immer nur auf Briefe angewiesen. Dabei verstanden sie sich doch so gut. Liesel war Uschi eine so liebe und einfühlsame Schwester, dass sie sie viel öfter um sich haben wollte.
Schon sehr früh am Morgen war die Mutter heute aufgestanden, hatte für alle die Sonntagssachen aus dem Schrank gesucht und den Tisch für das Frühstück gedeckt. Dabei hatten ihr Uschi und Liesel geholfen und dann zusammen dafür gesorgt, dass die jüngeren Geschwister ordentlich gewaschen und angezogen am Frühstückstisch erschienen. Lene war schon aus dem Haus, denn sie hatte nicht frei bekommen und musste zumindest bis zum Mittag im Laden stehen und dann so schnell wie möglich nach Hause kommen, um vierzehn Uhr begann die Taufe.
Es waren noch Osterferien und so gingen die beiden großen Mädchen gegen zehn Uhr mit allen kleineren Geschwistern und mit Uschi Franz, als Verstärkung bei der Kinderbetreuung, noch

ein wenig an die frische Luft, was so viel hieß wie die Zimpeler Straßen ablaufen und Liesel möglichst das zeigen, was sie noch nicht gesehen hatte. Allerdings sollten sie spätestens um viertel vor zwölf Uhr wieder zu Hause sein, mit möglichst sauberen und unverletzten Geschwistern. Bis dahin würden Friede und Elsa das Mittagessen fertig haben, Punkt zwölf würde gegessen und dann war es Zeit zum Umziehen. Nun, man würde hoffentlich pünktlich in der Kirche sein.

Ursula konnte sich nicht satt sehen an den wunderschönen bunten Glasmalereien der Kirchenfenster. Auch sonst beim Gottesdienst bewunderte sie insgeheim immer wieder die hohen Fenster. Überhaupt gefiel ihr diese neu gebaute Kirche ausnehmend gut, deren Kanzel hinter dem Altar zugleich der Fuß eines riesigen Kreuzes war. Doch heute blieb ihr wenig Zeit, lange darauf zu achten, denn Grete saß neben ihr und wollte keine Ruhe geben. Nichts war ihr heute recht, ständig war sie am Nörgeln. Schon seit dem frühen Morgen ließ sie Uschi keine einzige ruhige Minute, wich ihr nicht von der Seite, hatte ständig ein Anliegen, fragte nach diesem und jenem, wollte alles wissen, kurz und gut, sie war ein nerviges Kind, wie Lene zu sagen pflegte. So hatte Ursula alle Hände voll zu tun mit der kleinen Schwester, obwohl sie doch viel lieber die Zeremonie um Eva-Lina näher verfolgt hätte. Doch Liesel war an ihrer Seite, was ihr ein Trost war, so hatte sie wenigstens die ältere Schwester noch ein wenig in ihrer Nähe. Denn morgen mussten die Königsberger in aller Frühe aufbrechen, der Zug fuhr schon um kurz vor halb neun Uhr.
Ursula war froh, endlich mit Gretel aus der Kirche hinaus zu können, denn das kleine Mädchen wollte einfach nicht mehr still halten. Liesel und Uschi nahmen die Kleine in ihre Mitte und erklärten ihr den, Gott sei Dank, kurzen Weg von der Gustav-Adolf-Gedächtniskirche, den Meisenweg ein Stück zurück bis nach Hause die Welt um sie herum, vom Grashalm bis zur Katze im Garten des Nachbarhauses, die gerade mit scharfen Augen eine Blaumeise im Fliederbusch beobachtete. Alles, was sie sah, fand Gretel heute aufregend und vieler Fragen für würdig. Lene, die hinter den Dreien hergelaufen war, musste sich ein Lachen verkneifen.
Nach dem Kaffeetrinken nahm Ursula endlich ihre jüngste

Schwester in den Arm, schaukelte sie vorsichtig hin und her und sang ihr leise einige Kinderlieder vor. Sacht strich sie der Kleinen über den Kopf und küsste den leichten blonden Flaum.
Um sie herum wurde geredet und gelacht, rannten die Geschwister einander hinterher, hinaus auf den Flur, spielten dort Fangen bis Friede sie hinaus auf die Wiese schickte, damit man mehr Ruhe zum Reden hätte. Ursula blieb von all dem unberührt sitzen, das inzwischen schlafende Linchen an sich gedrückt, vor sich hin träumend.
Morgen ist Liesel wieder weg, wie schade, und am Montag geht die Schule wieder los. Und auch das Training. Dann werden wir sehen, in zwei Wochen sind Wettkämpfe.

Als sie zwei Wochen später fertig war mit dem Aufwärmen und mit dem Handtuch über den Schultern zu den Startblöcken ging, war sie die Ruhe selbst. Nur nichts anmerken lassen, dachte sie! Doch in ihrem Innern herrschte ein unüberschaubares Chaos. Alle ihre Gedanken drehten sich im Kreis, ein nervöses Frieren, wie ein innerliches Zittern breitete sich in ihrem Körper aus, welches sich langsam auch äußerlich bemerkbar machte. Noch nie war Ursula so nervös gewesen. Sie musste sich zusammenreißen, unbedingt! Wie wollte sie sonst den Wettkampf bestehen? Wie wollte sie siegen? Und das musste sie! Diesmal sollte nicht wieder Luise schneller sein. Doch um gegen Luise anzutreten, musste sie erst einmal ihren Durchgang gewinnen, denn Luise schwamm in einem anderen, und nur die besten würden eine Runde weiter kommen.
„Beweg dich, Mädchen!“
Plötzlich stand Herr Werner neben ihr und redete eindringlich auf sie ein. Uschi war erschrocken.
„Komm, trödle nicht, träum nicht, beweg dich! Sonst wirst du wieder kalt. Hopp, hopp, mach hin!“
Hastig begann sie wieder mit ihren Übungen, um die Muskeln warm zu halten. Sie wusste, der Trainer hatte Recht.
Alle standen vorgebeugt auf den Startblöcken und warteten gespannt. Nun war Ursula voll konzentriert. Kein anderer Gedanke als der an den gleich erfolgenden Startsprung und den Wettkampf hatte Platz in ihrem Kopf.
Ein Knall! Uschi sprang. Sie tauchte ein, streckte sich lang, glitt durchs Wasser und schwamm als ginge es um ihr Leben.

Auftauchen, atmen, Arme ziehen, Beine stoßen, Arme nach vorn, lang strecken, den ganzen Körper, Kopf ins Wasser, gleiten und weiter und weiter, Beckenrand, erste Wende, weiter, weiter, weiter. Ihr Körper arbeitete als hätte er ein Eigenleben, ganz ohne ihren Willen. Ihr war, als befände sie sich in einem Film, sähe das Geschehen als Beobachter, als wäre sie das gar nicht selbst, die da die Bahn entlang schwamm. Weiter, weiter, zweite Wende. Zu langsam, die Wende! Zu langsam!
Schneller! Sie musste das wieder aufholen, was sie bei der Wende an Zeit verloren hatte. Los, schneller! Noch ein Mädchen war vor ihr. Knapp vor ihr. Auftauchen, einatmen, eintauchen, Arme, Beine. Los, schneller, schneller! Noch eine halbe Länge. Wende. Schneller, schneller!
Sie hörte Rufe.
„Schneller, schneller! Uschi, Uschi, Uschi!"
Sie lag gleichauf. Schneller, schneller! Anschlag.
Die Mädchen rangen nach Luft. Ursula sah die Hände, die sich ihr entgegen streckten. Uschi Franz stand am Beckenrand und half ihr aus dem Wasser. Dahinter stand der Trainer. Er legte Uschi das Handtuch um die Schultern und während Uschi Franz die Freundin umarmte, brummte Herr Werner etwas wie, na ganz gut hingekriegt, trotz leichter Traumphase vor dem Start, nächstes Mal besser aufwärmen und Konzentration.
„Ach lass den mal reden! Du warst gut, Uschi, prima! Du hast die Vorrunde gewonnen! Mensch, freu' dich! Du bist weiter!! Und, Uschi, du warst schnell!", rief Uschi Franz und zog die Freundin mit sich.
Auch sie musste sich fertig machen, denn ihr Start war in einer halben Stunde.
Ursula lauschte auf die Ansage des Sprechers. Zweifelnd schüttelte sie den Kopf. Das konnte unmöglich ihre Zeit sein. Schneller als sie jemals geschwommen war!
Doch welche Zeit würde Luise schwimmen? Sie startete im gleichen Rennen wie Uschi Franz. Die Freundin würde es also sehr schwer haben, weit vorn zu landen, zumal ja aus den anderen Vereinen und Klubs auch recht starke Schwimmerinnen an den Start gehen würden. So wie sie auch nur in ihrer Bestzeit hatte gewinnen können gegen die anderen Mädchen. Nun, wahrscheinlich konnten sie beide, Uschi Franz und sie, froh sein, überhaupt bis hierher gekommen zu sein.

Obwohl sie die Vorrunde gewonnen hatte, verließ Uschi nun
doch der Mut. Wenn doch nur wenigstens Sievert dabei sein
könnte, ihr Mut zuzusprechen. Er, der doch selbst bis vor kurzem
im Verein geschwommen war, hätte sicher noch einige Tipps für
sie parat gehabt. Aber Sievert war seit letzter Woche in
Gumbinnen bei Onkel Ernst, dem Bruder von ihrer Muttel, in
dessen Ofensetzerei er seine Lehre begonnen hatte.
Er wusste von ihrem Wettkampf und hatte ihr vor seiner Abreise
alles Glück dafür gewünscht. Aber seitdem hatte sie noch nichts
von ihm gehört. Sicher war ein Brief von ihm unterwegs, daran
glaubte sie ganz fest. Er musste ihr doch schreiben, wie die Fahrt
gewesen war und wie es ihm beim Onkel gefiel.
Doch eigentlich wäre es ihr am liebsten gewesen, er wäre jetzt
hier bei ihr, bei seiner Schwester, und könnte ihr beistehen, mit
anfeuern, wie das vorhin geschehen war. Noch immer war sie
dankbar für die lauten Rufe, die sie so beflügelt hatten.
Nach den Vorrunden stand fest, dass auch Luise eine Runde
weiter war, ebenfalls als Erste ihres Durchganges. Doch auch
Uschi Franz hatte es mit ihrer Platzierung gerade noch geschafft
und fiel Ursula überglücklich um den Hals. Doch nun hieß es für
sie alle, fertig machen zum letzten Rennen! Jetzt mussten sie
gegeneinander antreten.
Voll konzentriert stand Ursula auf dem Startblock. Nicht einem
einzigen Gedanken neben dem Schwimmen gestattete sie Einlass
in ihr Hirn. Nicht jetzt!
Und schon ging es los. Ursula sprang, glitt langgestreckt
zwischen den Bahnmarkierungen dahin und hob den Kopf aus
dem Wasser. Der Start war gut geglückt, nichts wie weiter.
Kraftvoll durchfurchten ihre Arme das Wasser, stießen ihre
Beine nach hinten, immer weiter, immer weiter, schneller. Erste
Wende. Gut gemacht! Weiter, schneller! Auftauchen, atmen!
Oh, noch zwei der Mädchen lagen vor ihr, fast gleichauf
schwammen sie eine knappe Länge vor ihr. Luise und ein
Mädchen eines anderen Vereins.
Los, rief sie sich selber zu. Schneller, du musst schneller sein!
Schwimm! Wieder tauchte sie ins Wasser, machte sich lang, dann
wieder die Arme, kraftvoll, die Beine, los, weiter. Wende.
Schneller, schneller, sie musste es schaffen. Schneller!
„Luise, Luise, Luise!", ertönten die Anfeuerungsrufe in der Halle.
„Angelika, Gela, Angelika!", riefen Stimmen für das Mädchen

vom anderen Verein.

Ursula versuchte, nicht darauf zu hören. Schneller! Wende!
Ich bin zu langsam, sagte sie sich, als sie sah, dass sie die Beiden
noch immer vor sich hatte, wenn auch der Abstand zu ihnen
dahin geschmolzen war. Es war nur noch eine Bahn. Wie sollte sie
das schaffen?

Wie nur?

„Uschi! Uschi Granz! Uschi! Uschi Granz!", hörte sie plötzlich. Es
schallte durch die Halle.

„Uschi! Uschi Granz!", immer lauter.

Sie tauchte auf, holte Luft, schoss nach vorn, bewegte Arme und
Beine kräftig und in schnellem Rhythmus. Schneller, schneller,
schneller!

Das Atmen tat weh, ihr Herz schlug hart gegen die Rippen.
Schneller!

Sie war auf gleicher Höhe. Angelika fiel zurück, Luise kämpfte
weiter. Ursula auch. Auftauchen, atmen, schneller, schneller! Du
musst es schaffen, du musst! Die letzten Meter, gleichauf mit
Luise. Noch einmal mit aller Kraft! Los! Du musst es schaffen!
Anschlag.

„Anschlag!", rief der Sprecher und nannte die Namen. Sie hörte
es nicht, das Blut rauschte in ihren Ohren.

Ursula konnte kaum atmen. Sie hielt sich am Beckenrand fest
und rang nach Luft.

Wer hatte zuerst angeschlagen? Luise oder....?

Auch die anderen Mädchen hatten inzwischen den Rand erreicht
und hielten sich ebenfalls schwer atmend daran fest. Ursula hatte
die Seiten der Badekappe nach oben geklappt um besser hören zu
können.

Da, der Sprecher nannte noch einmal alle Namen und die dazu
gehörenden Zeiten. Ursula erstarrte, konnte kaum schlucken,
weil ein solcher dicker Kloß in ihrem Hals steckte, dass sie
meinte daran ersticken zu müssen. Jubel brach aus in der Halle.
Ihre Vereinsmitglieder lagen sich in den Armen. Ursula hing
noch immer regungslos am Beckenrand, die Augen groß und weit
aufgerissen. Uschi Franz war von ihrer Bahn bis zu ihrer
Freundin geschwommen und stupste sie nun an.

„He, Uschi, was ist los mit dir? Warum sagst du nichts?", fragte
sie das sprachlose Mädchen.

„Bist du plötzlich stumm geworden?"

„Nein, das ist sie nicht! Es hat ihr nur die Sprache verschlagen.
Immerhin war es ein harter Kampf. Ein Kopf-an-Kopf-Rennen!
Die Uschi hat gekämpft wie ein Löwe!", brummte der
hinzugetretene Herr Werner und half den Mädchen aus dem
Wasser.
Er fasste Ursula an beiden Schultern, hielt sie ein Stück von sich
und murmelte: „Gut gemacht, Mädchen!"
Abrupt ließ er die Arme sinken, schüttelte heftig den Kopf, als
hätte er etwas Falsches oder Unerhörtes gesagt, wandte sich um
und verschwand in Richtung der gegenüberliegenden
Beckenseite. Uschi starrte ihm nach, als hätte sie eben einen
Geist gesehen.
Die Freundin, die seine Worte gehört hatte, trat neben Uschi,
legte ihr das Handtuch um die Schultern, drückte das Mädchen
an sich und flüsterte: „Ach du meine Güte! War das da eben ein
Lob? Aus Werners Mund? Das gibt es doch nicht! So etwas habe
ich ja noch nie von ihm gehört. Da kannst du ja stolz darauf sein,
Uschi!"
Dann fasste sie das noch immer wie betäubt neben der Tür zu den
Duschen stehende Mädchen an den Händen und wirbelte es im
Kreis herum.
„Mensch, du hast gewonnen! Nun freu dich mal! Du hast
gewonnen, du warst heute die Beste von uns allen! Und glaube
mir, das war verdammt schwer! Ich bin schließlich auch mit
geschwommen, ich weiß wovon ich spreche. Die waren alle so
schnell, so wahnsinnig schnell. Ihr hattet mich bald abgehängt.
Vorn hätte ich nicht mitgehalten, ganz bestimmt nicht!", rief
Uschi Franz und lachte.
„Na, immerhin bist du Fünfte geworden! Das ist doch gut! Und du
warst schneller als sonst! Du kannst dich genauso freuen. Ich
denke, wir können uns alle freuen, alle haben wir uns verbessert.
Uschi, ich freue mich doch auch so sehr. Nur, ich konnte es nicht
glauben, dass ich sogar schneller war als Luise. Es ist so seltsam,
so wie in einem Traum, so als würde ich mir selbst zusehen.
Weißt du was ich meine? Hast du das auch schon mal erlebt? Du
machst etwas, aber du siehst dich, als wärst du nicht du. So als
bist jemand anders und siehst dich im Theater, schaust dir selber
zu. Ach, ich weiß nicht, wie ich es dir erklären soll.", fügte Ursula
leise hinzu.
Uschi Franz lachte.

„Nein, das habe ich noch nicht erlebt. Na, das kann ja noch
kommen. Beeil dich jetzt, wir müssen unter die Dusche, ich fang
schon an zu frieren. Du hast übrigens auch schon blaue Lippen.
Na los!"
Am Nachmittag starteten die beiden Mädchen, Uschi 1 und Uschi
2, zusammen mit Luise und Regina in der Staffel.
Erneut hatten sie all ihr Können und all ihre Kraft in den
Wettkampf zu investieren um gegen die Mädchen der anderen
Vereine bestehen zu können. Luise ging als Erste ins Rennen und
kam auch als Schnellste an. Nun mussten die anderen Mädchen
ihr nacheifern. Doch Regina, die als Nächste schwamm, verlor
einige kostbare, von Luise heraus geschwommene, Sekunden
wieder an die anderen Staffeln.
Uschi Franz wuchs über sich hinaus und kämpfte sich tapfer
wieder näher heran. Doch es reichte nicht, noch immer waren
die Mädchen eines anderen Vereins schneller, lagen bisher
unangefochten in Führung, als Ursula startete. Der Wechsel hatte
gut geklappt, das viele Üben zahlte sich nun aus.
Ursula schwamm, als gelte es Olympiasieger zu werden. Die
andere Staffel hatte ein Problem beim Wechsel und dadurch
etwas Zeit verloren, doch ihre Schwimmerin lag noch immer eine
knappe Länge vor Ursula. Die kämpfte sich heran und lag bald
gleichauf, doch das andere Mädchen mobilisierte ihre letzten
Kräfte und Ursula kam nicht an ihr vorbei.
Sie tauchte ein und schoss vorwärts. Alle Kraft steckte sie in ihre
Bewegungen. Auftauchen, atmen, lang strecken, Arme, Beine.
Vorwärts, Vorwärts, schneller, schneller! Die letzten Meter!
Schneller! Schneller! Anschlag!
Der Bruchteil einer Sekunde hatte das Rennen entschieden.
Glückliche Mädchen rannten aufeinander zu und umarmten sich,
halfen der Letzten ihrer Staffel aus dem Wasser und umringten
sie. Sie hatten gewonnen! Sie hatten auch sich selbst besiegt!
Hatten alles gegeben, alle Kräfte eingesetzt, sich nicht geschont.
Der Sieg war ihre Belohnung dafür. Sie hatten sich selbst belohnt,
nicht zuletzt auch für ihr ausdauerndes, oft mühevolles Training.
So mancher Rückschlag, so manche Träne war so schnell
vergessen.
Sie wurden umringt auch von den anderen Mädchen aus dem
Verein. Der Trainer musste sich den Weg durch seine wild
durcheinander rufenden, heftig gestikulierenden, lachenden

Schützlinge bahnen. Dann stand er vor den vier Staffelmädchen und drückte sie gleich alle zusammen.

„Danke, Mädels! Habt ihr gut hingekriegt! Und du, Uschi1, weiter so!", zu mehr ließ er sich nicht hinreißen. Doch die Mädchen wussten alle, dass sie auch nicht mehr von ihm erwarten konnten, er hatte sich damit schon selbst übertroffen.

Da die Staffel ihr letzter Wettkampf war, standen die beiden Uschis wenig später unter der warmen Dusche, lachten und alberten mit den anderen Mädchen. Beim Anziehen dann beeilten sie sich, denn einen Wettkampf der älteren Mädchen wollten sie sich unbedingt noch ansehen.

Eine Stunde später fand dann für alle noch die Siegerehrung statt.

Ursula stand ganz oben und nahm die Glückwünsche, eine Medaille und eine Urkunde entgegen. Vor Verlegenheit wusste sie nicht wo sie hinschauen sollte. Ihre Hände zitterten so sehr, dass die Urkunde darin zu flattern begann. Und noch einmal stand sie dort oben, mit der ganzen Staffel. Die Mädchen hatten sich die Arme um die Schultern gelegt, um nicht von dem Treppchen herunter zu fallen. Sie lachten und jubelten.

Und als sie spät am Abend dann in den Bus stiegen, den der Verein eigens für die Wettkämpfe gechartert hatte, waren sie alle mehr als nur müde und nicht wenige der Kinder schliefen auf der Heimfahrt ein.

Ursula saß neben Uschi Franz und beide tuschelten leise. Luise schlief eine Reihe weiter vorn neben Regina.

Als sie in Zimpel ankamen, beeilten sich die Uschis aus dem Bus zu kommen, riefen dem Trainer noch einen Gruß zu und rannten beide zu Herrn und Frau Franz, die auf sie gewartet hatten und sie nach Hause brachten.

Ein langer, aufregender und erfolgreicher Tag war zu Ende, an den Ursula noch lange zurückdenken würde, ihr Leben lang. Der Tag, an dem sie sich zum ersten Mal selbst besiegt hatte.

Mein liebes kleines Uschilein!

Nach langer, aber nicht langweiliger, Fahrt bin ich gut hier bei Onkel Ernst angekommen.

Der Onkel hat mich vom Bahnhof abgeholt und erst einmal zur
Tante gebracht,
damit sie mir mein Zimmer zeigt und ich in Ruhe meine Sachen
auspacken kann.
Die Tante Herta ist, soweit ich das schon sagen kann, eine ganz
liebe Frau. Die hat er sich gut ausgesucht. Sie meinte, ich solle
mich erst einmal frisch machen, die Koffer einfach nur ins
Zimmer stellen und erst einmal zu ihr in die Küche kommen. Ich
hätte doch sicher Hunger
von der langen Reise, auspacken könnte ich doch später noch.
Nach dem Essen hat der Onkel mir dann alles gezeigt, das Haus,
das Geschäft.
Mein Zimmer ist nicht groß, aber gemütlich und sauber,
überhaupt ist das Haus sehr sauber,
Tante Herta achtet wohl sehr darauf.
Am nächsten Tag habe ich dann auch mit der Arbeit anfangen
müssen. Dazu kann ich aber
noch nicht viel sagen. Das werde ich in einem späteren Brief tun,
ich muss erst sehen, wie das alles läuft. Jedenfalls bin ich abends
ganz schön müde!
Doch nun zu Dir, meine Uschi! Wie geht es Dir denn inzwischen?
Wie sind die Wettkämpfe gelaufen?
Ich bin mir sicher, dass Du diesmal ganz bestimmt einmal auf
dem Siegertreppchen
stehen durftest! Habe ich recht, kleines Schwesterlein? Jedenfalls
habe ich Dir ganz fest beide Daumen gedrückt! Hoffe, das hat
geholfen!
Grüße bitte ganz lieb unsere Muttel und den Papa von mir!
Die Geschwister natürlich auch!

Ganz viele und liebe Grüße auch an Dich
        von Deinem Bruder Sievert!

P.S. Ich denke ganz oft an Euch alle! Lies der Familie den Brief
ruhig vor, wenn Du magst!

Ursula ließ den Papierbogen sinken, in Gedanken versuchte sie
sich den Bruder dort im weit entfernten Gumbinnen bei Onkel
und Tante vorzustellen. Doch es gelang ihr nicht. Aber sie freute

sich, dass er an sie gedacht und sein Versprechen, er werde ihr auf jeden Fall schreiben, wahr gemacht hatte. Sie lächelte. Aber so kannte sie Sievert, was er versprach, das hielt er auch. Sie hätte sich keinen besseren älteren Bruder wünschen können als ihn. Noch immer hielten sie zusammen wie Pech und Schwefel. So war es gewesen soweit sie zurückdenken konnte. Am meisten freute sie jedoch, dass Sievert an ihre Wettkämpfe gedacht hatte und ihr die Daumen gedrückt und gewünscht hatte, dass sie gewinnen möge.

Heute war Sieverts Brief hier angekommen, fast eine Woche nach den Wettkämpfen. Ursula hatte ihn sofort geöffnet, als die Mutter ihn ihr überreicht hatte. Schließlich wollte sie wissen wie es dem Bruder dort ging im fernen Gumbinnen. Sie wusste, es war nicht so weit von dem Städtchen bis nach Königsberg, aber weit genug, dass Sievert die Großmutter, Tante Elsa und Liesel wohl nicht oft würde besuchen können. Wenn sie Neuigkeiten erfahren wollte, blieb ihr nur der Weg über Briefe mit Sievert selbst. Sie wollte doch alles wissen was der Bruder dort erlebte, alles über Onkel Ernst und die Tante und ihre Familie und wie sie war, die Lehre beim Onkel. Alles interessierte sie, natürlich auch, was es über die Stadt, über Gumbinnen zu berichten gab. Am liebsten würde sie sich sofort in den Zug setzen und dorthin fahren, sich alles ansehen und auf dem Rückweg würde sie über Königsberg fahren, die Oma und Tante Elsa und Liesel besuchen und sich natürlich auch die Stadt und vor allem das Meer, die Ostsee ansehen.

Oh ja, dazu hätte sie die allergrößte Lust! Mit der Bahn durch die Welt fahren und sich alles ansehen, fremde Städte und Landschaften, ja, wenn möglich sogar fremde Länder, Verwandte besuchen, neue Dinge sehen und erleben. Ach, wie wäre das schön!

Ursula seufzte tief und schaute wehmütig aus dem Fenster. Dann nahm sie den Briefbogen erneut in die Hand und las den Brief noch einmal durch. Sie nahm ein Blatt Papier aus der Schublade im Schrank, der an der Wand neben ihrem Bett stand, suchte den Federhalter aus ihrer Schultasche und begann mit flinken Fingern eine Antwort an den Bruder zu schreiben. Er sollte doch nicht so lange darauf warten müssen. Ausführlich und anschaulich, wie es ihre Art war, erzählte sie Sievert was in der Zwischenzeit hier in Breslau alles geschehen war. Von den

Geschwistern, der Schule, Muttel und Papa und, ganz wichtig,
von ihrem Sieg bei den Wettkämpfen der Schwimmvereine.
Vielleicht war ja der große Bruder ein wenig stolz auf seine
Schwester, die sich so viel Mühe gab, ihm nachzueifern. Und sie
fragte, ob er denn in Gumbinnen auch eine Möglichkeit zum
Schwimmen gefunden habe.
„Muttel, hast du bitte einen Briefumschlag für mich?", rief sie
bereits an der Küchentür, schon in dem Moment, als sie die
aufriss, und schwenkte das Blatt Papier in der Hand.
„Ich habe gleich einen Brief an Sievert geschrieben, damit er
nicht so lange auf eine Antwort warten muss. Soll ich dir gleich
noch seinen Brief vorlesen, ja?", setzte sie fröhlich hinzu.
Die Mutter nickte und setzte sich an den Küchentisch, froh ihre
Vorbereitungen für das Abendessen kurz unterbrechen und eine
kleine Verschnaufpause, seit dem Mittag die erste, einlegen zu
können.
„Komm, Marjellchen, setz dich zu mir! Lies ihn mir vor! Danach
kannst du mir ein wenig helfen, ja?!"
Sie legte die Hand auf Ursulas Arm und lauschte den Worten
ihrer Tochter. Ach, Sievert, mein Großer, dachte sie, das bist ja
mal wieder echt du! Der Uschi schreibst du einen Brief und
bittest sie ihn uns vorzulesen, damit du nicht noch einen zu
schreiben brauchst, oder? Still lachte sie in sich hinein. So war er
nun mal, ihr großer Junge, der nun auch schon fast erwachsen
war. Lang und schlank wie er war, schon fast ein Mann. Und sie
war froh, dass es ihm anscheinend gut gefiel bei ihrem Bruder
Ernst und dessen Familie.
Ja, es würde ihm gut gehen in Gumbinnen. Da war sie sicher, ihr
Bruder hatte einen Narren gefressen an ihm von dem Moment
an, als er ihn vor Jahren zum ersten Mal zu Gesicht bekommen
hatte. Das hatte sich nicht geändert, obwohl sie sich lange Zeit
nicht gesehen hatten. Doch immer wieder hatten Ernst und
Herta, die Schwägerin, in ihren Briefen nach Sievert gefragt. Und
nun war der Junge fast erwachsen, konnte zupacken, war fleißig,
das würde dem Ernst gut gefallen. Friede war froh gewesen, als
der Bruder ihnen die Lehrstelle für Sievert angeboten hatte.
Wieder war ihnen eine Sorge von den Schultern genommen
worden. Friede wusste, ihrem Sohn würde die Lehre, so mit
Familienanschluss, gut tun, er lernte einen anständigen Beruf,
würde seinen Weg gehen. Vielleicht konnte er sogar früher oder

später in Ernsts Geschäft einsteigen oder aber sein eigenes gründen. Wer weiß? Um ihn brauchte sich Friede sicher keine Sorgen mehr zu machen. Mit Sievert würde alles gut werden, davon war sie überzeugt.

Um Liesel und Lene brauchte sie sich auch keine großen Sorgen mehr zu machen, zumindest was die Ausbildung betraf. Lene arbeitete nun schon seit ihrer Lehre in der Fleischerei. Alle Kunden mochten sie, immer freundlich und zu lustigen Reden aufgelegt, wie sie war. Viele kauften Fleisch und Wurst nur dort, um von ihr bedient zu werden. Die Chefin war es zufrieden, dass Lenes Art mit den Leuten umzugehen die Kundschaft am Laden festhalten ließ. Zudem war Lene sehr fleißig, obwohl sie den ganzen lieben langen Tag ihr loses Mundwerk nicht halten konnte. Doch dem Geschäft hätte gar nichts Besseres passieren können als Lene, die die Kunden anzog wie ein Magnet. Anfang des Jahres hatte Lene, die inzwischen eine hübsche junge Frau geworden war, mit ihren hellblauen Augen im Gegensatz zum dunklen Haar, sogar eine kleine Gehaltserhöhung erhalten, die sie mit Stolz den Eltern präsentiert hatte.

Aber auch über Liesel, ihre kleine zweitälteste Tochter, war Friede mehr als zufrieden, hatte es das Mädchen doch trotz ihrer Behinderung und damit verbundenen Beeinträchtigungen in fast allen Bereichen ihres Lebens geschafft, eine gute Ausbildung zu erhalten. Mit viel Mühe, Geduld, dem Ertragen so mancher Schmerzen, aber auch mit der ständigen Unterstützung von Großmutter und Tante Elsa hatte sie sich ihr eigenes Leben aufgebaut. Und das war sicher nicht einfach gewesen für das Mädchen und auch nicht für Friedes Mutter und Schwester. Ewig würde sie ihnen dafür dankbar sein, denn sie hätte es nicht vermocht, ihrem Kind das zu bieten, sie soweit zu unterstützen, wie die Beiden es getan hatten. Einen guten Start, den besten unter den gegebenen Umständen, hatten sie ihrer Tochter ermöglicht.

Nun, das nächste Kind, um dessen Zukunft es sich langsam zu sorgen galt, war dann wohl Uschi, der Sonnenschein unter ihren Kindern. Immer hilfsbereit, guter Laune, mit einem riesigen, liebevollen Herzen, in dem man glaubte, die ganze Welt wiederzufinden, weil es allem und jedem offen stand.

Mit diesen Gedanken rührte Friede im großen Topf die Nudelsuppe um, gab dann die von Uschi gewaschene und

geschnittene Petersilie dazu und zog den Topf vom Feuer. Ursula
hatte den Tisch gedeckt und eine kleine Vase mit Gänseblümchen
und Butterblumen, welche sie mit den kleinen Geschwistern auf
der großen Wiese, der Zimpeler Wiese, an der Kirche gepflückt
hatte, in die Mitte gestellt. Dazu noch Pfeffer und Salz, denn der
Papa wollte meist noch etwas nachwürzen. Vom Schrank nahm
sie das Körbchen mit den abgeschnittenen Brotscheiben und
stellte es daneben. So, fertig! Nun noch die Kleinen holen, ihnen
die Hände waschen, dann konnte es los gehen. Nur der Papa
fehlte noch, der saß draußen auf dem Balkon, vertieft in die
Breslauer Zeitung.
„Papa, das Essen steht schon auf dem Tisch, komm schnell!", rief
sie zum Vater hinaus und spähte um die Ecke auf den Balkon.
Martin legte die Zeitung neben sich und erhob sich. Ja, es wurde
Zeit, sein Magen knurrte schon eine ganze Weile. Da konnten ihn
auch die Neuigkeiten nicht mehr vom Essen abhalten, später war
immer noch Zeit sie zu lesen. Er beeilte sich in die Küche zu
kommen, wusch sich die Hände am Ausguss und setzte sich zu
Friede und den Kindern an den Tisch.
Als die Suppe in den Tellern dampfte, sprachen sie ein kurzes
Gebet und dann stürzten sich die Kinder auf das Essen.
„Nun esst aber mal langsam und ordentlich! Denkt immer daran,
wie eure Muttel euch das gelehrt hat.", musste Martin sie
ermahnen.
In dem Moment hörte man die Tür im Flur klappen, Schuhe
wurden ausgezogen, hastige Schritte bis zur Küchentür und
schon wurde sie aufgerissen. Lene stand in der Küche, sah auf die
versammelte Familie und das Essen auf dem Tisch.
„Und ich?", fragte sie vorwurfsvoll.
„Ich kriege wohl nichts?", meinte sie dann lachend, als sie die
verdutzten Gesichter der Kinder sah.
Ursula war aufgesprungen, holte nun einen Teller und Löffel aus
dem Küchenschrank, stellte alles neben ihr eigenes Geschirr auf
den Tisch und machte Platz für den Stuhl, den Lene noch heran
schob.
„Na, Lene, du kommst aber heute spät! Die Muttel hat sich schon
gewundert wo du bleibst. Wo warst du denn noch so lange,
wolltest du nicht heute früher kommen?", fragte sie die ältere
Schwester.
Auch Friede blickte die Tochter mit hochgezogenen Augenbrauen

fragend an.

„Nicht, dass ich dich kontrollieren will, aber Uschi hat recht, du wolltest heute schon um Fünf hier sein. Was war denn los? Ist etwas passiert, Marjellchen? Du siehst so abgehetzt aus, ganz rot im Gesicht?"

In Lenes Gesicht war tatsächlich die Röte, vom Hals aus beginnend, langsam empor gekrochen. Selbst die Ohren glühten und Lene senkte verlegen den Blick. Friede betrachtete ihre Tochter und war erstaunt sie so zu sehen. Seit der Kindheit war das nicht mehr vorgekommen.

„Ich, ich ....habe mich nur so beeilt, damit es nicht noch später wird, Muttel. Ja, ich bin nur ein wenig außer Atem, das ist alles. Übrigens, guten Appetit, auch wenn ihr schon bald fertig seid mit dem Essen!", hatte sie sich schnell wieder gefangen.

Sie lässt sich nicht dahinter sehen, dachte Friede, wie schon seit langem nicht mehr. Aber irgendetwas war da geschehen, das spürte sie. Die Lene war so verlegen, sagte sie sich.

Ursula trocknete das Geschirr ab, das Lene abgewaschen in die große Emailleschüssel stülpte und räumte es dann in den Küchenschrank. Jedes Teil legte sie vorsichtig in das Geschirrtuch und rieb es sorgfältig trocken bis es glänzte.

Die Mutter putzte Herd und Ausguss und sah dabei immer wieder unauffällig, wie sie meinte, zu Lene herüber.

Ursula bemerkte ihre Blicke und fragte nach einer Weile vorsichtig: „Du, Lene, was war denn nun heute los? Hm, sag mal! Immerhin bist du nicht einmal zum Essen pünktlich gewesen, obwohl du schon um Fünf da sein wolltest. Das ist doch komisch, oder? Hat dich der Olaf abgeholt und du hast es vorher nicht gewusst?"

Lene blinzelte nervös zur Mutter und überlegte einen Augenblick. Eigentlich wollte sie das noch für sich behalten. Muttel und Papa Granz, überhaupt die Familie, sie würden das schon noch erfahren, zu gegebener Zeit, vielleicht. Das war doch schließlich ihre Sache ob und wann sie jemandem davon erzählte. Ja, ganz allein ihre Angelegenheit! Sie war jetzt erwachsen, fertig! Niemandem musste sie jetzt überhaupt davon etwas sagen, weil es keinem etwas anging. Ja, nur sie ging es etwas an, sie allein.

„Nein, nicht der Olaf, der hat gar nichts damit zu tun!

Verstanden?", rutschte ihr schärfer als beabsichtigt die Antwort heraus.

Erschrocken blickte Uschi sie an, drehte sich um, nahm einen Lappen und wischte den Tisch sauber ab. Warum war Lene gleich so aufgebracht? Sie hatte es doch nicht böse gemeint.

Ursula zog es vor die Küche zu verlassen. Sie setzte sich auf den Stuhl vor ihrem Bett und las noch einmal den Brief von Sievert. Schade, dass der Bruder nun so weit weg war. Ein wenig traurig war sie schon deswegen. Sie hatten einander so gut verstanden und waren immer füreinander eingetreten. Er fehlte ihr sehr, ihr großer Bruder.

Nach einer Weile stand auf einmal Lene vor ihr, legte den Arm um ihre Schultern und legte den Kopf an ihren. Ursula legte Sieverts Brief aufs Bett.

„Sei nicht böse wegen vorhin! Ich habe es nicht so gemeint, wirklich. Es tut mir leid! Ich war nur ein wenig genervt, weißt du. Aber eigentlich war es mein Fehler. Ich hätte nicht erst so spät kommen dürfen. Kein Wunder, dass dann alle wissen wollten warum. Ihr hattet euch ja auch Gedanken gemacht wo ich bleibe. Und ich wollte nicht darüber reden.", meinte sie entschuldigend und strich Uschi eine kleine Haarsträhne aus der Stirn.

„Ist schon gut, Lene, ich habe es schon vergessen!", beteuerte Ursula und sah die Schwester von der Seite her an.

„Und wenn du nicht darüber reden willst, ist auch gut. Dann hast du eben ein neues Geheimnis. Ich will das auch gar nicht mehr wissen. Vielleicht möchte ich eines Tages auch ein Geheimnis haben und mit niemandem sprechen.", meinte sie dann nachdenklich, obwohl sie eigentlich nicht wusste, was das hätte sein können, wo sie doch immer das Herz auf der Zunge trug, wie Muttel so oft sagte.

Lene setzte sich auf Ursulas Bett, nahm die Hände der Schwester in die ihren, hielt sie fest und sah Ursula dabei eine Weile an. Das Mädchen gab ihren Blick zurück.

„Und du bist gar nicht mehr neugierig?"

Uschi schüttelte den Kopf, langsam aber bestimmt.

„Du willst es nicht mehr wissen?", kam die nächste Frage ungläubig aus Lenes Mund.

Uschi schüttelte erneut den Kopf.

„Das gibt's doch gar nicht!", lachte Lene und schüttelte ihrerseits den Kopf.

Uschi stimmte in das Lachen ein und bald kugelten sich die beiden Mädchen auf dem Bett, schubsten sich immer wieder an und lachten erneut.

„Also, pass mal auf!", meinte Lene plötzlich und wurde wieder ernst.

„Ich verrate dir jetzt etwas, was noch niemand weiß. Aber du musst mir versprechen, dass du es niemandem erzählst, hörst du, niemandem! Auch Muttel nicht, gar niemanden, keinem, ja?! Vielleicht sage ich es mal der Muttel, später irgendwann. Doch nicht jetzt. Versprich es mir!", sagte Lene leise und sah sich dabei nach allen Seiten um, als müsse sie sich vergewissern, dass ihr niemand zuhören könnte.

Verwundert waren Ursulas Augen Lenes Blicken gefolgt und dann an deren ernsten Miene hängen geblieben.

Einen Moment überlegte Ursula und schüttelte dann ihren Kopf.

„Was soll ich denn nicht verraten? Wenn du ein Geheimnis hast, das kannst du mir ruhig sagen, ich werde es keinem weitersagen! Das verspreche ich, hoch und heilig. Noch nie habe ich jemanden verraten, das weißt du doch, Lene."

„Hm, ja, klar weiß ich das. Aber das ist ganz wichtig, dass du das nicht vergisst, ja! Denk immer dran!"

Als Uschi zustimmend nickte, fuhr sie fort: „Uschi, es ist etwas passiert!"

Ursula fuhr zusammen und sah die Schwester erschrocken an.

„Nein du brauchst keine Angst zu haben!", meinte sie dann beschwichtigend und legte erneut den Arm um Uschis Schultern.

„Ja, wie soll ich dir das erklären? Da kam also seit einigen Wochen immer ein junger Mann zu uns in den Laden, groß und schlank, sieht gut aus. Weißt du, der sieht aus wie der eine Schauspieler auf den Kinoplakaten. Ach, den kennst du..... Na, der Willy Fritsch, nur ein wenig jünger."

Verträumt blickte sie vor sich auf die Holzdielen und schwieg einen Moment.

„Naja, er kam so aller zwei, drei Tage und holte sich ein Stück Wurst, eine Ecke Schinkenspeck, mal ein wenig Hackfleisch oder ein Stück Speck, immer so viel, dass es für ein Frühstück oder so gereicht hätte. Immer hat er ganz freundlich gegrüßt und sich dreimal für das Wechselgeld bedankt.

Zuerst hat ihn immer die Fleischerin bedient, doch später hat er immer gewartet bis ich keinen Kunden mehr zu bedienen hatte

und kam dann zu mir. Beim ersten Mal hat er ganz schön
gestottert und ich musste mir auf die Zunge beißen, damit ich
nicht laut losgelacht habe. Die Frau Schmidt ist vor Lachen gleich
nach hinten gerannt. Sonst hätte er es sicher mitbekommen. Na,
jedenfalls, kam er dann immer wieder und ständig hat er
gewartet bis ich Zeit hatte. Ab und zu haben wir dann auch ein
paar Worte gewechselt, allerdings nur, wenn Frau Schmidt mal
hinten war und keine weitere Kundschaft im Laden stand.
Schließlich wollte ich meine Arbeit gern behalten.
Also, was soll ich sagen? Gestern hatte er dann wohl die Nase
voll, immer nur darauf warten zu müssen bis ich mal Zeit für ihn
habe. Als ich am Nachmittag aus dem Laden kam, stand er ein
paar Meter weiter. Ich wollte an ihm vorbei, habe nur kurz
gegrüßt und gefragt wie es ihm geht, aber er hat gesagt, er hätte
den ganzen Tag in der Nähe vom Geschäft gestanden und
gewartet bis ich heraus kam. Unmöglich könnte er mich jetzt so
einfach gehen lassen, er müsse unbedingt mit mir reden. Ob wir
ein Stück zusammen laufen könnten.", erzählte Lene aufgeregt.
„Aber du wolltest doch heute früher kommen!", warf Ursula ein.
„Ja, das habe ich ihm auch gesagt, aber er meinte, dass es nicht so
lange dauern wird. Doch dann haben wir geredet und geredet,
und die Zeit war so schnell vergangen. Ich bin mächtig
erschrocken, als ich endlich mal auf die Uhr gesehen habe.
Deshalb bin ich so spät gekommen."
Zweifelnd sah Ursula die Schwester an.
„Das war der Grund? Das war es, was du niemandem erzählen
konntest? Das war alles?", fragte sie ungläubig.
„Ach Uschi!", zierte sich Lene.
„Ja, er hat meine Hand genommen und mich gefragt ob wir uns
wieder treffen wollen. Da habe ich 'ja' gesagt. Nun weißt du's!",
platzte sie heraus.
„Und der Olaf, der Olaf Haber? Was ist mit dem? Bist du nicht mit
ihm zusammen? Ist er denn nicht dein Freund?", fragte Uschi
erstaunt und sah der Schwester aufmerksam ins Gesicht.
„Ja, der Olaf .... hm .... Das muss ich erst einmal sehen.... Weißt
du.... Mal abwarten...!", sagte Lene gedehnt.
Nachdenklich runzelte Lene die Stirn und musterte dabei die
geblümte Decke auf Uschis Bett als sehe sie diese zum ersten Mal.
„Weißt du, Uschi, der Olaf war immer mein guter Freund,
manchmal haben wir uns auch geküsst ..... Aber nichts weiter. Er

ist ein wirklich feiner Kerl, hat mir immer geholfen, war immer
für mich da. Es ist immer lustig gewesen mit Olaf. Wir haben so
viel zusammen unternommen. Aber, Uschi, wir sind kein Paar,
weißt du. Ich bin nicht so eng mit ihm zusammen, ich meine, wir
wollten nicht heiraten oder so. Natürlich weiß ich nicht, ob er
vielleicht an so was gedacht hat, so im Stillen."
Sie schwieg, sah in Ursulas Gesicht, ihre zweifelnde Miene, in
ihren Augen blitzten Tränen, als ihr bewusst wurde, dass sie nun
die Freundschaft mit Olaf vielleicht aufs Spiel gesetzt hatte,
jedenfalls, wenn der junge Mann eventuell in sie verliebt sein
sollte. Es war möglich, dass er nun sehr enttäuscht sein würde.
Doch was sollte sie tun?
Lene sah die Schwester an, als könne die ihr helfen, doch Uschi
schüttelte nur bedauernd den Kopf.
„Lene, ich habe den Olaf immer gemocht. Ich dachte, du und er,
also, ich dachte immer, dass ihr bald heiratet. Das wäre doch
schön! Dann wäre ich vielleicht bald Tante. Hm, naja, aber das ist
ja deine Sache. Du hast dich wohl in den jungen Mann in der
Fleischerei verliebt, ja? Wie heißt er überhaupt? Na, sag schon,
ich werde nichts verraten, versprochen!", meinte sie dann
lachend.
„Er heißt Leo!", sagte Lene zögernd.
„Aber bitte, du hast es versprochen, noch nichts zu Muttel sagen,
oder gar zu Papa Granz!"
Uschi schüttelte energisch den Kopf. Was wollte Lene nur? Sie
konnte sich doch immer auf sie verlassen.

Fünf Monate später saßen Lene und Leo auf den Bänken
inmitten der anderen Zuschauer, als Uschi bei den Wettkämpfen
verschiedener Breslauer und anderer niederschlesischer
Schwimmvereine startete. Nachdem Lene ihren Freund vor etwa
vier Wochen den Eltern vorgestellt hatte, verbrachten die beiden
jungen Leute fast jede freie Minute zusammen und nutzten dafür
jede sich bietende Gelegenheit. Die Schwimmwettkämpfe und
Ursulas Bitte, sich das mal anzusehen und sie eventuell auch ein
wenig zu unterstützen, kamen da nur sehr gelegen. So hatten sie
Ursula hierher begleitet und sie schon mehrmals im Verlauf der
einzelnen Vorrunden und Finales schwimmen sehen.
Gemeinsam riefen sie nun Uschis Namen, sprangen auf und
jubelten, fielen sich dann in die Arme. Uschi hatte ihre Vorrunde

gewonnen und war ins Finale eingezogen, zusammen mit ihrer Vereinsfreundin Luise, und stand glücklich und versonnen vor sich hin lächelnd am Beckenrand und lauschte der Lautsprecherdurchsage. Uschi Franz daneben hatte ihr den Arm mit ihrem Handtuch um die Schultern gelegt. Traurig lehnte sie ihren Kopf an Uschis. Leider war sie nach der Vorrunde ausgeschieden und ließ nun doch den Kopf hängen, obwohl sie damit gerechnet hatte, da sie bis vor wenigen Tagen noch an einer schweren vereiterten Mandelentzündung herumgedoktert hatte und ihre Eltern ihr nur auf ihr inständiges Flehen und Bitten hin die Teilnahme an den Wettkämpfen erlaubt hatten.
„Uschi, du warst schnell wie nie!", raunte Ursula der Freundin zu.
„Ja, Uschi, ich weiß! Aber es hat trotzdem nicht ganz gereicht.", flüsterte das Mädchen traurig.
„Du schaffst es das nächste Mal. Es war so knapp! Und die Mannschaften sind alle sehr stark, viele gute Schwimmer. Und denk dran, du warst ja auch erst krank, Uschi! Bald bist du wieder in besserer Form, glaube mir."
Ursula knuffte die Freundin leicht in die Seite und lief dann zu Herrn Werner, der bei den Startblöcken stand und heftig in ihre Richtung mit den Armen ruderte.
„Los Mädchen, zieh dir was drüber, in einer Stunde ist das Finale!", rief er ihr schon von weitem zu.
„Und dann zeig noch einmal alles was du kannst! Das war übrigens schon ganz gut bisher!", was aus seinem Mund schon ein großes Lob bedeutete.
Konzentriert stand Ursula auf dem Startblock, ein kurzes Winken in Richtung Zuschauer, und sie beugte sich nach vorn.
„Da ist Uschi! Siehst du, Leo? Sie hat uns gewunken. Wir müssen ihr die Daumen drücken, ganz fest! Hoffentlich schneidet sie gut ab!", rief Lene aufgeregt, sprang auf und zog Leo am Arm nach oben in den Stand.
„So können wir sie besser sehen!"
Im gleichen Moment sprangen die Schwimmerinnen ins Wasser. Ursula war gut weggekommen und lag nun gleichauf mit einem Mädchen aus Görlitz. Bis zur ersten Wende kämpfte sie sich an ihm vorbei und heran an eine Schwimmerin ebenfalls aus Breslau, die bei der Wende kostbare Zeit und ihren Vorsprung verlor.

„Uschi Granz! Uschi Granz!", riefen Lene und ihr Freund im Chor, um das Mädchen anzufeuern, andere Zuschauer fielen mit ein. Doch viele riefen auch andere Namen, es war ein wildes Schreien auf den Bänken.
Nur noch eine viertel Länge trennte Ursula von Luise, die an zweiter Stelle, nur kurz hinter einem Mädchen aus der Lausitz, schwamm.
Lene und Leo standen und hielten sich an den Händen. Lene sprang in die Höhe, riss Leo mit und schrie aus Leibeskräften: „Uschi! Uschi! Uschi!"
Mit der freien Hand zeigte sie auf die Schwimmerinnen im Becken, sprang noch einmal hoch und rief Leo zu: „Sie schafft es, sie muss es schaffen! Uschi, Uschi, Uschi!!!"
Im nächsten Moment schlug Ursula an.
Lene fiel Leo um den Hals und küsste ihn. Nur langsam konnte er die junge Frau wieder beruhigen. Aufgeregt hatte sie nach seiner Hand gegriffen und ihn hinter sich her gezogen bis ganz an die Absperrung heran. Hier blieb sie stehen und winkte in Richtung Beckenrand, wo Ursula gerade aus dem Wasser stieg und von Trainer Werner, Uschi Franz und den anderen Mädchen umringt wurde. Beide Uschis lagen sich in den Armen und Herr Werner klopfte Ursula anerkennend auf die Schulter, was bei ihm so viel heißen musste wie, das hast du ganz prima gemacht, meine Anerkennung, herzlichen Glückwunsch.
Stolz und doch auch verlegen stand Ursula inmitten der Mädchen, trat von einem Bein auf das andere und suchte mit ihren Blicken die Reihen der Zuschauer ab. Wo waren nur Lene und Leo geblieben? Nirgends konnte sie die Beiden entdecken, noch einmal schwenkten ihre Augen herum. Da sah sie plötzlich Lenes Winken gleich hinter der Absperrung und hob ebenfalls die Hand. Erst jetzt wurde ihr bewusst, dass sie den Wettkampf gewonnen hatte. Es war ihr bisher schwerstes Rennen gewesen. Buchstäblich im letzten Augenblick hatte sie sich noch an der Lausitzer Schwimmerin vorbei geschoben, nachdem sie sich schon sehr mühevoll vor Luise hatte kämpfen müssen.
Nein, es war ihr nicht leicht gefallen, hier zu gewinnen, als Erste am Beckenrand anzuschlagen. Noch nie war es so schwer gewesen. Sie wusste selbst nicht wie sie es dennoch fertig gebracht hatte. Plötzlich, ohne Vorwarnung begann sie zu zittern, ihr ganzer Körper bebte. Wie verloren stand sie zwischen

den Mädchen und alles an ihr flatterte. Sie schloss die Augen und atmete schwer.

Herr Werner fing das Mädchen auf, das auf einmal schwankend zwischen den Freundinnen stand. Er brachte sie zur nächsten Bank und ließ sie sich setzen. Uschi Franz brachte ihr das Handtuch und schlang es um ihre noch immer zuckenden Schultern.

„Na, na, na! Ist ja schon gut, Mädchen!", sagte der Trainer leise. „Ist alles vorbei! Das ist von der Anspannung. Und du warst sehr gut heute! Es war deine absolute Bestzeit! Noch nie, in keinem Wettkampf und in keinem Training warst du so schnell. Ja, Uschi 1, du kannst es noch weit bringen, du bist mutig, kannst kämpfen und über dich hinauswachsen."

Noch nie hatten die Mädchen eine solche Anerkennung aus seinem Munde gehört. Ursulas Gesicht war in tiefem Rot wie gebadet, sie wagte nicht die Augen zu heben, so verlegen hatte sie diese kurze, knappe Ansprache gemacht.

Mehr als die Medaille und die Urkunde, die sie später bei der Siegerehrung erhielt, waren ihr diese wenigen Worte des Trainers zugleich Dank für ihre harte und fleißige Vorbereitung im Training, Anerkennung für ihre Leistung im Wettkampf und Ansporn zum Weitermachen.

Glücklich und freudestrahlend kam Ursula Stunden später, zwischen Lene und Leo in die Mitte genommen, zu Hause an. Friede war stolz auf die Tochter und Martin nicht minder. In insgesamt drei Disziplinen hatte Ursula auf dem Siegertreppchen gestanden. Friede konnte es kaum glauben. Wie hatte das Mädchen das nur gemacht? Friede schüttelte noch immer ungläubig den Kopf und konnte es nicht fassen, dass ihr Kind so erfolgreich gewesen war. Ihre kleine Uschi! Sie hatte gekämpft wie eine große Bärin. Sie hatte alles gegeben um etwas zu erreichen, was sie unbedingt wollte. Und sie hatte gewonnen! Sie war stark, ihre Ursula, mit einem festen, eigenen, schon fast sturen Willen. Sie würde es meistern, ihr Leben, da war sich Friede sicher. Für das, was sie sich erträumte, würde sie immer kämpfen. Und nicht nur für sich selbst. Wie oft hatte sich das Mädchen schon für die Geschwister eingesetzt, sie liebevoll und so fürsorglich betreut, aber auch nach allen Seiten hin wehrhaft verteidigt, egal gegen wen, immer war sie für sie eingetreten. Und war sie nicht selbst ihr, Friede, eine unverzichtbare Stütze

und Hilfe im täglichen Einerlei, bei Hausarbeit und
Kinderbetreuung? Ja, ihre Uschi hatte das Herz auf dem rechten
Fleck. Da konnte sie als Mutter doch wirklich mehr als nur
zufrieden sein.
Liebevoll und ein wenig nachdenklich strich sie ihrer Tochter
übers Haar. Mach weiter so, Uschi!

IX

Zwischen Weihnachten und Neujahr 1938, an einem kalten,
aber klaren Wintertag, war Leo bei Lenes Eltern zum Abendessen
eingeladen. Mit einer Schachtel Pralinen für Friede und ein paar
guten Zigarren für Martin in der Hand klingelte er an der Tür.
Die Klingel im Granzschen Flur schellte metallen laut und
rasselnd, dass alle in der Wohnung erschrocken
zusammenzuckten. Uschi, die mit Traudel, Grete und der kleinen
Eva-Lina spielte, die Jungen heckten in ihrem Zimmer nebenan
gerade wieder irgend einen Unsinn aus, stürzte zur Tür noch ehe
Lene, die mit der Mutter in der Küche hantierte, die Küchentür
aufreißen und in den Flur treten konnte. Guten Abend, Leo!", rief
Ursula dem jungen Mann entgegen.
„Wir warten schon auf dich. Das Essen ist auch gleich fertig...",
brachte sie gerade noch heraus, bevor Lene ihrem Freund um den
Hals fiel und ihn zur Tür herein zog.
„Schön, dass du da bist, ich bin froh! Wir hätten vielleicht schon
eher mit den Eltern reden sollen. Papa Granz sieht mich schon
immer so komisch an, so allwissend und ein wenig traurig. In den
letzten Tagen bin ich ihm schon meist aus dem Weg gegangen.",
flüsterte sie ihm traurig zu.
Leo wusste genau was sie meinte, er hatte sich sehr viel Zeit
gelassen. Mehr als einmal war er versucht gewesen, sich einfach
um nichts mehr zu kümmern. Schließlich hatte er das nicht so
gewollt, wie es nun gekommen war. Er, Leo Pahl, hatte das nicht
nötig, sich festnageln zu lassen. Wie kam er dazu? Er wollte das
nicht und so schon gar nicht. Ziemlich unverblümt hatte er ihr
das ins Gesicht gesagt, kalt und abweisend.
Dann hatte sich Lene von ihm zurückgezogen, hatte wochenlang
nichts mehr von sich hören lassen und Leo begann sie zu
vermissen. Eine große Leere hatte von ihm Besitz ergriffen. Ohne
seine Lene wollte er nicht sein, das gefiel ihm nicht. An ihr
Lachen und ihren Humor hatte er sich so gewöhnt, dass sie ihm
schon nach ein paar Tagen furchtbar fehlte, hatten sie doch bis
dahin jede freie Minute miteinander verbracht. Schließlich war
er wieder in der Fleischerei erschienen, die er in der letzten Zeit
streng gemieden hatte, und hatte nach ihr gefragt, als er sie nicht

im Laden sehen konnte. Man hatte ihm zuerst nicht sagen wollen
wo Lene war. Doch auf sein Bitten hin hatte ihm die
Fleischersfrau zugeflüstert, dass sie sich hatte in die Filiale in der
Nähe der Ohlauer Straße versetzen lassen, wo sowieso dringend
eine Verkäuferin gesucht wurde.
Als er endlich vor ihr stand, hatte er Tränen in den Augen gehabt
und nicht gewusst was er ihr sagen sollte, wie anfangen, wie sich
entschuldigen, nichts. Stumm hatte er vor ihr gestanden und sie
nur angesehen, die Mütze in den Händen gedreht und zerknüllt,
bis sie ihm bedeutet hatte, er möge am Nachmittag vor dem
Laden auf sie warten.
Geduldig hatte sie sich später seine Reue und
Liebesbeteuerungen angehört, gerührt, doch voller Zweifel.
Lange musste er sie überzeugen, bis sie anfing, ihm wieder zu
glauben. Das war wenige Tage vor Weihnachten gewesen.

Zögernd ließ sich Leo nun von Lene in die Küche ziehen, blieb
mit hochrotem Gesicht vor Friede stehen, die gerade die Hände
aus dem Kloßteig gezogen und abgespült hatte und nun mit dem
weißen Küchenhandtuch, das blaue Streifen und ihr Monogramm
in der Ecke trug, ihre Hände trocknete. Und er überreichte ihr
mehr als verlegen die Schachtel mit den Pralinen, von denen er
durch Lene wusste, dass sie die am liebsten aß. Friede sah dem
jungen Mann prüfend in die Augen, als wolle sie ganz tief in ihn
hinein sehen, so dass er am liebsten seinen Blick gesenkt hätte.
Doch er hielt stand, eine Bitte in den Augen um Verständnis und
Vergebung.
Friede hielt ihm ihre Hand entgegen, die Leo eilig drückte.
„Nun, guten Abend erst einmal!“, sagte sie nur kurz und zu Lene
gewandt fügte sie hinzu:
„Bring ihn zum Papa! Er sitzt in der Stube und liest die Zeitung
und wartet sicher schon, denn er wird das Klingeln ja auch
gehört haben.“
Martin hatte beim Rattern der Klingel die Zeitung zur Seite
gelegt. Nachdenklich saß er auf dem mit dunkelgrünem Samt
bezogenen Sofa, auf dessen Lehne weiße Häkeldeckchen einen
hübschen Kontrast bildeten, und sah den beiden jungen Leuten
entgegen.
„Na, lange nicht gesehen, Herr Pahl! Guten Abend!“, sagte er
förmlich und reichte Leo die Hand. Dem war vor Verlegenheit

und Respekt vor Lenes Vater das Herz durchaus um eine Etage tiefer gerutscht.

„Guten Abend, Herr Granz!", erwiderte er leise mit einem schnellen Seitenblick auf Lene, die neben ihm stand, nahm Martins Hand und erwiderte den festen Händedruck. Mit seinen schlanken, aber kräftigen Händen musste er sich da nicht anstrengen.

„Vielen Dank für die Einladung! Ich habe mich sehr gefreut, dass Sie mir nicht mehr böse sind. Eigentlich wollte ich sowieso mit Ihnen sprechen.", brachte er, noch immer etwas verlegen, hervor und sah Martin dann aber mit einem festen Blick in die dunklen Augen.

Martin hieß ihm Platz zu nehmen und Leo setzte sich ans andere Ende des Sofas, während Lene sich neben ihn stellte, zwischen Sofa und die Stehlampe, Leo und Papa Granz nicht aus den Augen lassend.

„Also, junger Mann, nachdem Sie sich ja wohl augenscheinlich mit der Lene wieder einig sind, dann fangen Sie mal an! Worum geht's denn?", meinte Martin in gespieltem Ernst, musste innerlich aber lächeln, so verlegen und nervös wie Leo Pahl da vor ihm saß und krampfhaft versuchte die Haltung zu wahren. Hatte, er, Martin, sich damals auch so angestellt? Wahrscheinlich schon, gestand er sich ein.

„Herr Granz, ich wollte..., also ich möchte Sie bitten..., ja, hm, also..."; begann Leo zögernd, sein Blick streifte dabei kurz Lenes Gesicht.

„....die Lene und ich, wir möchten gern heiraten! Und ich möchte Sie um Ihre Erlaubnis bitten!", platzte er dann heraus.

„Ich meine, sie ist ja eigentlich volljährig, die Lene, und wir erwarten ein Kind ... Aber das haben Sie bestimmt schon gemerkt. Aber ich wollte Sie trotzdem fragen. Also, bitte, sagen Sie Ja!", rief er plötzlich lauter.

Leiser setzte er hinzu: „Es tut mir leid! Wirklich! Wie ich mich am Anfang der Schwangerschaft Lene gegenüber verhalten habe, das war nicht richtig. Aber ich habe gemerkt wie sehr sie mir gefehlt hat. Ich werde gut auf sie aufpassen und für sie sorgen, für das Kind natürlich auch. Ich habe meine Arbeit, wo ich jederzeit auch mehr tun kann, auch mal am Sonntag, da verdient man ganz gut. Bitte, sagen Sie nicht Nein, Herr Granz, bitte nicht!"

Bedächtig schüttelte Martin seinen kahlen Kopf und fuhr mit

seiner Linken langsam über die Schädeldecke, seine braunen Augen funkelten hinter den Brillengläsern.

„Ja, was soll ich dazu sagen, junger Mann? Hm?", ging die Frage an Leo, dessen von der Mutter frisch gewaschenes, gestärktes Hemd unter den Armen langsam nasse Flecken bekam.

„Im Übrigen, waren wir ja wohl schon einmal beim DU, wenn ich mich recht entsinne. Oder?", fragte Martin Granz belustigt.

„Ja, ja natürlich! Aber ich dachte, ... Ich wusste nicht ... Wenn Sie ... Du willst...", Leo brach ab.

Hilfe suchend sah er zu Lene und dann schnell zu Boden und starrte auf die blank gebohnerten, glänzenden Dielen vor dem Sofa.

Martin musterte ihn mit schrägem Blick.

„Also, mein lieber Leo, wenn ihr euch einig seid, dann will ich nicht im Wege stehen. Ich weiß selbst am besten, wie weh das tun kann und wie viel Unheil es anrichten kann. Ob so oder so, ihr seid erwachsen und mein erster Enkel ist auch schon unterwegs. Als mein zukünftiger Schwiegersohn sollst du mich freilich nicht siezen... Es sei denn du willst das so!", fügte er lächelnd hinzu und man hörte förmlich den Stein von Leos Herzen plumpsen.

Die beiden Männer schüttelten sich die Hände und Martin holte die Flasche mit dem Klaren und zwei Gläser aus dem Stubenschrank, die er dort für besondere Anlässe verwahrt hielt. Lene lief schnell zur Mutter in die Küche um ihr die die frohe Neuigkeit zu überbringen. Überglücklich umarmte sie ihre Muttel und flüsterte: „Nun wird doch noch alles gut, Muttelchen! Ich bin so froh!"

Friede drückte die junge Frau, deren Bauch sich schon recht keck vorwölbte, vorsichtig an sich und strich ihr über den Rücken. Ja, mein Lenchen, dachte sie, nun bleibt dir erspart, was ich erdulden musste. Gott sei Dank!!!

Die beiden Frauen bereiteten den Tisch für das Essen vor. Lene half Ursula dabei, den kleineren Geschwistern die Hände zu waschen und alle ordentlich an dem riesigen Eichenmöbel zu verteilen.

Martin war guter Stimmung und beantwortete lachend die Fragen seiner Kinder. Grete und Traudel hatten am Nachmittag einen bösen Streit gehabt wegen Traudels Puppe, mit der die kleine Grete unbedingt hatte spielen wollen. Das kleine Mädchen war richtig verliebt in die Puppe der älteren Schwester, die jedoch lieber selbst damit spielen wollte. Hin und her wurde das Puppenkind gerissen und als Ursula ins Zimmer kam und den Streit schlichten wollte, hatte man ihm schon ein Bein abgetrennt. Noch jetzt am Abend konnte man die Spannung zwischen den den beiden kleinen Mädchen spüren. Nur Eva-Lina, das kleine Linchen, saß still und in sich gekehrt neben den Geschwistern und gab keinen Mucks von sich. Gegen Abend hatte sie sich den Kopf an der Kommode gestoßen, hatte lauthals auf das Möbelstück geschimpft, geweint und seitdem keinen Ton mehr gesprochen, ihre ganz eigene Art mit den Widrigkeiten ihres jungen Lebens fertig zu werden.

Am lautesten gebärdeten sich die großen Jungen beim Abendessen. Als es aufs Ende der Mahlzeit zuging und sie den Vater in so guter Laune erlebten, unterhielten sie sich immer lauter und ungestümer, bis schließlich Martin mit wenigen leisen, aber ernst gesprochenen Worten die ganze Rasselbande wieder zur Ordnung rief. Die Granzkinder kannten ihren Vater, und ob. Die Güte in Person, jedoch konnte er gar böse Strafen verhängen, wenn bestimmten Regeln nicht entsprochen wurde, die Kinder sich über seine Anordnungen oder gutes Benehmen hinwegsetzten. Dann konnte er über die Maßen streng sein und die Kinder fürchteten ihn, besonders die Jungen, deren wilde Streiche den Vater oft reizten, seine Nerven strapazierten und dafür sorgten, dass ihn die Kopfschmerzen quälten. Auch hatten sie der Mutter zu helfen so gut sie es vermochten, denn die hatte mehr als genug Arbeit den ganzen Tag über zu erledigen.

Später am Abend saßen die Erwachsenen in der Stube beisammen und besprachen den Zeitpunkt und die Einzelheiten für die Hochzeit. Noch einmal hatte Martin die Flasche aus dem Schrank geholt und mit seinem zukünftigen Schwiegersohn ein Gläschen getrunken. Stolz zeigte Magdalena den Eltern den schmalen goldenen Ring, den ihr Leo schon vor drei Tagen an den Finger gesteckt hatte. Vor der Haustür jedoch hatte sie ihn bisher immer abgezogen, weil sie Leo und dem Gespräch mit Papa Granz nicht vorgreifen wollte.

Man einigte sich auf den Februar als annehmbar guten Zeitpunkt für die Hochzeit, gerade noch rechtzeitig vor der Niederkunft und auch noch ausreichend Zeit um alles vorzubereiten. Lene war selig. Mit vor Aufregung geröteten Wangen und blitzenden hellen Augen, lustig und voller Vorfreude saß sie neben Leo und konnte sich gar nicht genug freuen.

Müde und abgekämpft verließen die beiden Mädchen die
Umkleidekabinen und traten aus der Tür, die von den Räumen
der Frauen heraus auf den Gang führte. Ein hochgewachsener
junger Mann trat ihnen in den Weg. Verlegen strich er sich eine
dunkle Locke aus der Stirn, hüstelte und sprach dann die
Mädchen an.
„Na, ihr Zwei! Entschuldigt bitte, wenn ich euch hier so einfach
überfalle. Ihr seid hoffentlich nicht böse, dass ich auf euch
gewartet habe.“
Verwundert sahen die beiden Uschis zuerst ihn und dann sich
gegenseitig an. Uschi Franz zuckte mit den Schultern und hielt
Ursula, die Anstalten machte, davon zu laufen und den jungen
Mann stehen zu lassen, am Arm fest.
„Was wollen Sie von uns?“, fragte sie dann ungnädig mit
gerümpfter Nase und ihre Augen blitzten den Mann an.
„Mädchen, beruhigt euch!“, entfuhr es ihm und er strich sich
abermals eine vorwitzige Haarsträhne aus der Stirn.
„Ich will euch doch nichts tun!“
„Sieht aber ganz so aus!“, stieß Uschi wütend hervor.
„Im Gegenteil! Hört mir bitte mal kurz zu! Mein Name ist
Kästner, Konrad Kästner. Ich bin Jugendübungsleiter bei den
Kajakfahrern. Vorhin habe ich euch eine ganze Weile beim
Training zugesehen. Ihr seid gut, habt Kampfgeist, gebt nicht auf.
Vor ein paar Jahren bin ich selbst hier geschwommen, euer Herr
Werner hatte mich hierher gebracht. Er ist mein Onkel. Aber
dann bin ich zu den Kanuten gewechselt, das hat mir besser
gefallen. Und nun trainiere ich dort die Mädchen. Wie sieht es
aus, habt ihr nicht Lust, euch das dort mal anzusehen?
Womöglich gefällt es euch ja, und wir suchen immer Nachwuchs.
Wir würden uns freuen! Was meint ihr, wollt ihr es euch mal
anschauen?“
Ursula starrte ihn an, als hätte sie kein Wort verstanden von
dem, was Konrad Kästner gesagt hatte. Uschi Franz sog zischend
die Luft zwischen ihren Zähnen in den Mund und stieß sie
anschließend mit einem Pfeifen wieder heraus.
„Oh Mann!“, rief sie und nestelte nervös an den Knöpfen ihrer
Jacke herum.
„Was soll denn das? Sollen wir etwa mit dem Schwimmen

aufhören? Uschi, was denkst du? Sag mal was!", wandte sie sich
an die Freundin.
Ursula hatte bei Uschi Franz' Worten den großen schlanken
Mann entrüstet gemustert.
„Wenn Sie denken, wir würden das Schwimmen aufgeben, dann
irren Sie sich! Aber sehr! Also ich jedenfalls nicht. Ich habe Spaß
daran. Und ich dachte du auch, Uschi. Oder?", stieß sie hastig
hervor.
Uschi Franz nickte.
Aber wir können es uns ja trotzdem einmal ansehen. Das ist doch
bestimmt sehr interessant. Bisher habe ich das nur von weitem
gesehen, aber noch nie so ein richtiges Training, und noch dazu
so ganz aus der Nähe. Also, ich meine, ansehen kostet ja nichts.
Kommst du mit, Uschi? Ja, komm wir machen das!", versuchte
sie, Uschi zu überzeugen.
„Ich weiß nicht!", meinte diese gedehnt.
„Da muss ich erst meine Eltern fragen. Überhaupt, wir sind heute
schon spät dran. Ich werde zu Hause Ärger bekommen. Uschi,
komm, wir müssen los!", damit schnappte sie die Freundin am
Jackenärmel und zog sie hinter sich her.
„Jetzt wartet doch mal einen Moment!", rief Konrad Kästner
hinter ihnen her.
„Hier, ich habe euch aufgeschrieben wo ihr hinkommen könnt.
Überlegt es euch, fragt eure Eltern und kommt vorbei! Und keine
Angst, der Werner, also mein Onkel, der ist euch deswegen nicht
böse."
Mit diesen Worten reichte er ihnen einen handgeschriebenen
Zettel.
„Danke! Wir denken darüber nach."
Und damit waren die Mädchen auf und davon.

Friede hatte später Ursulas kurzem, aufgeregtem Bericht
etwas zerstreut zugehört. Gar zu viel hatte sie heute schon um
die Ohren gehabt.
Eva-Lina fieberte seit dem Morgen. Sie hatte sich bei ihren
Schwestern Traudel und Grete angesteckt, die beide schon seit
einigen Tagen mit einer schweren Erkältung Probleme hatten.
Nun hatte es die Kleine auch noch erwischt und Friede wusste
bald nicht mehr, wem sie zuerst beistehen sollte. Das Zimmer der
Mädchen war angefüllt mit Schniefen und Husten, Linchen und

Grete benötigten beide Wadenwickel gegen das Fieber, das vor allem die Jüngste arg belastete. Jede der Drei wollte alle paar Minuten etwas anderes und Friede wusste bald nicht mehr wo ihr der Kopf stand.

Und das gerade jetzt, wo sie doch mitten in den Vorbereitungen für Lenes Hochzeit steckte. Sicher, eine große Hochzeit würde es nicht werden, aber allein die Granzes waren schon genug Leute, auch ihre Schwester Elsa und Liesel wollten aus Königsberg kommen, sowie Sievert zusammen mit Ernst und Herta extra von Gumbinnen herfahren. Wie sehr freute sie sich, den Bruder und die Schwägerin nach vielen Jahren wieder zu sehen, und vor allem ihren Großen, ihren Sievert einmal wieder in die Arme schließen zu können. Ohne Lenes Hochzeit wäre das sicher nicht so bald passiert.

Von Leos Seite dagegen würden nur Leos Mutter, sein Cousin Kurt als Trauzeuge und seine alte Großmutter dabei sein. Leos Vater war leider vor einigen Jahren, als Leo gerade das letzte Jahr zur Schule ging, an einer schweren Tuberkulose gestorben, die zu spät erkannt worden war.

Eine Hochzeit im Familienkreis würde es werden, bis auf den Polterabend, da waren dann auch einige von Leos Freunden eingeladen und Lenes engste Freundinnen würden natürlich ebenso mit dabei sein. Schon am übernächsten Wochenende, dem letzten im Februar, würde das seit Jahren größte Ereignis ihrer Familie stattfinden.

Es wurde auch langsam Zeit, fanden Martin und Friede, damit Lene noch so einigermaßen in ihr Hochzeitskleid passen könnte, dem, Gott sei Dank, etwas weiter geschnittenen Kleid, das auch Friede vor neunzehn Jahren an ihrem Hochzeitstag getragen hatte. Lene konnte es jedenfalls noch anziehen, wenn sie auch die Häkchen gerade noch schließen konnte, denn Ende April-Anfang Mai würde ihr Kind geboren werden und Lenes Bäuchlein war in den letzten Wochen gut gewachsen. Ja, es war gut, dass Leo und Lene noch vorher heirateten, so würde das Kleine wenigstens ehelich geboren werden und ihrer Tochter würde so manches, was ihr in ihrem Leben widerfahren war, erspart bleiben.

Wie oft hatte sie sich damals gegrämt über die Boshaftigkeit der Menschen, die vielen gehässigen und erniedrigenden Blicke, die ihr die Leute zugeworfen hatten. Wie weh hatten ihr die Beleidigungen getan, die ihr so manche an den Kopf geworfen

hatten, ganz zu schweigen von denen, welche sie durch Martins
Familie erfahren hatte. Ja, es war sehr gut, dass ihre Lene so
etwas nicht erleben musste!
Doch was hatte die Uschi ihr grade erzählt? Kajak fahren wollte
sie mit ihrer Freundin? Sie waren angesprochen worden, die
beiden Mädchen? Friede zwang sich, der hastigen Erzählung
Uschis konzentrierter zuzuhören.
„Also ihr möchtet euch das nur mal ansehen, das Kajakfahren?
Habe ich das richtig verstanden, Marjellchen? Dazu hat euch
dieser Herr Kästner eingeladen. Was sagen denn die Eltern von
Uschi Franz dazu?"
„Muttel, das weiß ich doch noch nicht! Wir haben den Mann doch
heute erst getroffen. Die Uschi fragt jetzt auch erst ihre Leute.
Mal sehen! Aber ich denke, sie darf da bestimmt hingehen, ihre
Eltern erlauben ihr ja immer fast alles, was sie gern möchte. Und
sie hatte wohl große Lust sich das anzuschauen. Aber ich weiß
nicht so recht ob das was für mich ist."
„Obwohl, mitgehen und zusehen würde ich schon auch gern
mal!", fügte sie noch schnell hinzu und grinste dabei
spitzbübisch.
Friede lachte. Das war ein Mädchen, ihre Uschi, tat erst so, als
wäre es ihr egal, dabei möchte sie gar zu gern mitgehen mit der
kleinen Franz.
„Ach Marjellchen, geh damit zum Papa, frag ihn!", damit war für
sie die Angelegenheit erledigt. Martin würde sie schon gehen
lassen, sie war doch schon so ein erwachsenes, großes Mädchen.
Schließlich würde sie in wenigen Wochen aus der Schule
entlassen und begann ein Jahr auf der Hauswirtschaftsschule, um
dann im nächsten Jahr ihre Lehre anzutreten. Ja, ihre Kinder
lernten alle einen ordentlichen Beruf, hatten einen wesentlich
besseren Start ins Leben als sie es gehabt hatte. Das erfüllte
Friede mit Genugtuung und mit Dankbarkeit. Sie würden es
einmal besser und leichter haben.

So eine wunderschöne Hochzeit! Dankbar nahm Lene ihre
Muttel in die Arme und drückte sie an sich, so gut es eben ging
mit dem immer dicker werdenden Bauch, den sie vor sich her
schob und der es ihr heute morgen kaum noch erlaubt hatte ihre
weißen Hochzeitsschuhe zu schließen. Doch was für ein Tag!
Anstrengend zwar für sie, doch wie wunderbar! Wie im Traum

hatte sie diesen Tag erlebt, der der schönste in ihrem Leben sein sollte.

Trotzdem erschien ihr nun alles so unwirklich und so weit entfernt. Sie war zu müde, um jetzt darüber nachzudenken. Mit wenigen, aber herzlichen Worten, Tränen in den Augen und aufgelöstem Haar, dessen Frisur vorhin beim Abnehmen des Kranzes ins Wanken geraten war, dankte sie der Mutter. Sie schmiegte sich noch einmal an sie und wandte sich dann an Martin, der neben seiner Frau stand und nun die Stieftochter, die er eigentlich immer als sein eigenes Kind betrachtet hatte, in die Arme schloss.

„Lass es dir gut gehen, Mädchen! Ich wünsche euch noch einmal viel Glück und Liebe! Und, wenn irgendetwas sein sollte, wenn du Hilfe brauchst, dann melde dich! Wir helfen dir gern, wo wir können. Lene, kommt gut nach Hause!", sagte er in einer Mischung aus Wohlwollen und Rührung.

Einen Moment lang hielt er Lene in Armeslänge von sich und musterte ihr müdes, aber glückliches Gesicht, das von innen zu leuchten schien. Dann zog er sie noch einmal in seine Arme.

„Papa Granz, ich danke dir für diesen schönen Tag, dass ihr das alles möglich gemacht habt .... Ich weiß gar nicht, was ich sagen soll. Habe vielen Dank überhaupt, für alles was du in all den Jahren für mich getan hast. Du warst und wirst immer mein Papa sein.", flüsterte Lene und wandte sich dann nach Leo um, der am Türrahmen lehnte und auf seine Frau wartete.

Die gesamte Familie Granz winkte den beiden jungen Leuten nach, die Kinder jubelten und hüpften vor dem Haus umher bis Martin sie ermahnte, mit nach drinnen zu kommen.

Anfang Mai, als die Birken ihr hellgrünes neues Blätterkleid in der Sonne glänzen ließen, das Gras auf den Oderwiesen schon bis an Ursulas Knie reichte, auf der Wiese hinter dem Haus nahe der Hauswand in der warmen Sonne die blauen Veilchen blühten, lief Ursula mit den Mädchen, Traudel, Grete und Linchen zum Ufer des Flutkanals, in Richtung Günther - Brücke.

Uschi Franz war, wie immer, mit dabei und genoss es, mit Ursulas kleinen Schwestern zu plaudern. Dabei schien es ihr immer so, als wären die Mädchen ihre kleinen Geschwister, die sie leider nie gehabt hatte, obwohl sie sich immer eine Schwester oder einen Bruder, vielleicht sogar Beides gewünscht hatte. Doch ihre

Mutter hatte leider seit ihrer Geburt keine Kinder mehr
bekommen können und so war Uschi ein Einzelkind geblieben.
Glühend beneidete sie ihre Freundin um die Geschwister, obwohl
ihr die Hälfte davon schon gereicht hätte. Doch ganz allein zu
sein, fand sie überhaupt nicht schön. So oft es ging war sie
deshalb auch bei der Freundin, nur selten trafen sich die
Mädchen bei ihr zu Hause, trotz der häufigen Einladungen durch
ihre Mutter.

So trabte sie auch heute wieder an Ursulas Seite mit den kleinen
Mädchen durch den herrlichen Frühlingsnachmittag, der,
durchdrungen von Sonnenschein und Vogelgezwitscher,
geradezu zum Spazieren einlud. Von der rechten Seite her
brannte die Sonne schon warm auf ihrer Haut. In den Vorgärten
waren die dicken Knospen des Flieders kurz vorm Zerbersten. In
jedem Moment konnten sie aufbrechen, sich die weißen oder
lilafarbenen Blütenblätter entfalten und der liebliche Duft der
kleinen Blüten verströmen. Unzählige Bienen, Hummeln und
andere Insekten warteten bereits darauf, den süßen Nektar
daraus zu trinken.

An der Brücke verließen die Mädchen den Weg, wandten sich
nach links und liefen am Ufer des Flutkanals entlang durch das
hohe Gras. Jetzt wärmte die Frühlingssonne ihnen die Rücken.
Ursula genoss die warmen Strahlen und breitete die Arme weit
aus. Oh, wie schön war das hier durch die Wiesen zu laufen! Es
duftete nach Frühling. Und was noch besser war, heute hatten sie
den Nachmittag frei, ganz zu ihrer Verfügung, kein Training,
nichts. Nur die kleinen Schwestern waren zu betreuen, aber das
taten sie und Uschi ja gern. Es war oft recht lustig mit den
Mädchen, ihren Gesprächen zuzuhören, mit ihnen zu spielen
oder ihnen dabei zuzusehen. Gerade waren sie fleißig dabei, ihrer
Muttel auf der Wiese möglichst viele Blumen zu pflücken. Wie
aufgebracht sie waren, als das Linchen ihnen die Fäuste mit
abgerissenen Blütenköpfchen entgegen streckte, wie sie mit ihr
schimpften, wo sie doch Lob erwartet hatte und nun in Tränen
ausbrach, weil sie es nicht verstehen konnte, was daran so
schlimm war, dass sie die Stiele hatte stehen lassen. Traurig und
stumm blieb das Linchen einfach stehen. Keinen Millimeter
rührte es sich vom Fleck. Stumm legte es Ursula die Ärmchen um
den Hals, als die das Kind auf den Arm nahm und tröstete.
„Traudel, Grete, kommt einmal her!", rief sie die Schwestern.

„Was ist los? Könnt ihr dem Linchen nicht einfach erklären wie
man Blumen pflückt? Seid doch nicht immer so frech mit der
Kleinen! Ihr habt das zuerst auch so gemacht. Oder denkt ihr,
dass ihr gleich immer alles gewusst habt? He?"
Trotzig sah Grete ihre große Schwester von unten her an, mit
zusammengekniffenen Lippen und gerunzelter Stirn. Dass sie von
Ursula gerügt wurde, passte ihr gar nicht.
Traudel hatte inzwischen das Linchen gestreichelt, nahm es nun
Ursula aus den Armen und zeigte ihm, dass man die Blumen ganz
unten am Stiel abknappst, damit sie später zu Hause auch in der
Vase Halt finden könnten. Linchen, froh und glücklich, nun etwas
gut und richtig machen zu können und auch noch Spaß daran zu
haben, zupfte alle erreichbaren Gänseblümchen, Butterblumen
und alles andere, was auch nur im Entferntesten wie eine Blume
aussah, ab und hatte bald ihre kleine Hand so voll mit allerlei
Grünzeug, dass sie es nicht mehr halten konnte. Die Mädchen
lachten und lobten sie und Ursula zog die Jacke aus, damit
Linchens gesamte Blumenschätze unbeschadet nach Hause
transportiert werden konnten.
An einer schönen sonnigen Stelle mit wunderbarem Blick auf den
Kanal, vorbei an einer Gruppe Weiden, deren Zweige tief ins
Wasser hingen, und verschiedenen Büschen, unter denen in
einem kleinen Flecken eine Anzahl von Schlüsselblumen stand,
fiel dann auch Uschi Franz' Jacke zu Boden und die Mädchen
ließen sich darauf nieder, jeder auf einem Zipfel.
„Ist das heute schön warm!", murmelte Uschi vor sich hin.
„Ja, herrlich, nicht wahr! Es tut richtig gut, so in der Sonne zu
sitzen.", entgegnete Ursula.
„Weißt du, Uschi, so ein Nachmittag ohne Training ist auch mal
ganz schön. Seit wir auch noch Kajak fahren, haben wir ja kaum
noch Zeit für uns. Ständig ist irgendein Training, mal
Schwimmen, mal Kajak. Wenn es nicht so viel Spaß machen
würde, hätte ich schon längst eins davon aufgegeben. Aber so, ich
wüsste nicht was ich beenden sollte.", meinte sie dann.
Nachdenklich sah sie vor sich hin. Ja, es war so eine Sache mit
der Zeit. Nie hatte man genug davon für Dinge, die man gern tat.
Hatte man aber an Sachen wenig oder kein Interesse oder waren
sie einem gar zuwider, gab es nichts, was sich träger dahin zog
als die Zeit, die man damit verbringen musste. Dumm war auch,
dass sie ihre Pflichten daheim, die sie für ihre Muttel oder die

Geschwister zu erledigen hatte, für das Training nicht
vernachlässigen durfte, darauf achteten die Eltern. Es war ihr
Vergnügen, ihr Spaß, ihre freie Zeit. Wenn sie zum Training ging,
konnte sie eben nicht so viel lesen oder Briefe schreiben oder
etwas anderes tun. Da kam es ihr manchmal so vor, als hätte der
Tag nicht genug Stunden für all die Dinge, die sie noch gern tun
wollte, als müsse sie manchmal die Zeit anhalten, damit sie alles
schaffen konnte, was sie sich vorgenommen hatte.
Seit Ende März gingen die beiden Freundinnen neben dem
Schwimmen nun schon zum Training für die Kanuten. Nach
ihrem gemeinsamen Besuch beim Kanusportverein und einem
längeren Gespräch mit Konrad Kästner, nicht zu vergessen einem
mindestens ebenso langem mit Herrn Werner, hatten Uschi
Granz und Uschi Franz damit begonnen.
Uschi Franz war hellauf begeistert gewesen schon bei ihrem
Besuch dort im Verein. Auch Ursula hatte das Training dort
gefallen, vor allem, wie man mit den jungen Leuten dort umging
und auch das Verhalten der Kanuten untereinander. Alles schien
ihr sehr kameradschaftlich und fair zu sein. Man hatte Freude
und Spaß, neckte sich und half sich untereinander. Aber sie hatte
auch nicht vergessen, dass sie dann noch weniger Zeit für sich
hätte. Man traf sich dort zweimal in der Woche am Anfang,
später dann wenigstens dreimal. Wie sollte sie das noch in ihrem
jetzt schon voll gepackten Nachmittagsplan unterbringen? Sie
wusste, die Mutter brauchte sie daheim und so hatte sie eine
ganze Woche gezaudert, einen Entschluss zu fassen, ob so oder
so.
Erst als die Muttel ein Machtwort gesprochen und gemeint hatte,
sie könne es doch erst einmal versuchen, wenn es nicht ginge mit
der Zeit oder es ihr dort nicht gefalle, würde sie eben wieder
damit aufhören und schließlich würden die Geschwister ja auch
immer größer und selbständiger, so dass sie daheim vielleicht
auch nicht mehr so viel gebraucht werde, war sie endlich mit
Uschi Franz zum Training gegangen.
Zunächst hatten sie erst einmal tagelang das Sitzen in einem
Kajak, das Ein - und wieder Aussteigen und unendlich oft die
Eskimorolle geübt. Selbst nachts im Traum übte Ursula noch
Eskimorolle, hing sie kopfunter im kalten Wasser der Oder und
sah die Luftblasen nach oben steigen. Mit Schwung wollte sie sich
aus der misslichen Lage befreien, doch es gelang ihr nicht. Immer

knapper wurde die Luft, ihre Lungen schienen zu bersten. Sie
wollte schreien, doch ihr Mund war voll Wasser. Mit weit
aufgerissenen Augen hing sie im Wasser, ihr wurde schwindelig.
Schweißgebadet erwachte sie.
Nach jedem Training hatte sie diesen Traum gehabt, immer
wieder. Erst nach und nach hatte es nachgelassen, je besser sie
die Befreiungsrolle beherrschte. Nur noch selten verfolgte sie
nun dieser Traum.
„Uschi, Uschi, die Grete hat mich gehauen!", weinend riss
Linchen Ursula aus ihren Gedanken.
Auch Uschi Franz war neben ihr hoch geschreckt, ebenfalls tief
versunken hatte sie, die Augen geschlossen, ihr Gesicht in der
Sonne gebadet.
„Ach Grete! Was machst du mit der Kleinen? Was ist denn los?
Nicht einmal fünf Minuten hat man Ruhe. Könnt ihr nicht spielen
ohne das Linchen zu ärgern?", rief Ursula mehr erschrocken als
verärgert den beiden größeren Kindern zu.
„Komm Uschi!", meinte sie dann zu Uschi Franz.
„Langsam müssen wir sowieso wieder zurück laufen. Ich soll mit
den Mädchen nicht so spät nach Hause kommen. Der Leo wollte
heute zum Essen bei uns sein, Lene traut sich nicht mehr, sie
meint, das Kind kann jeden Moment kommen. Sie wohnt doch
derzeit mit Leo bei seiner Mutter. Wenn das Kleine dann da ist,
hat der Leo sicher auch ihre kleine Wohnung in der Kirchstraße
fertig renoviert. Na, mal sehen."
Uschi Franz war aufgestanden, schüttelte nun ihre Jacke aus und
hängte sie sich über den Arm.
„Ja, kommt, gehen wir, Mädchen!"
Damit nahm sie auch noch Ursulas Jacke mit den gepflückten
Blumen, unter die sich inzwischen auch einige der gelben
Himmelschlüsselchen geschlichen hatten, die dem Linchen
besonders gut gefielen, und lief zurück in Richtung Siedlung und
Meisenweg, gefolgt von Ursula, die Linchen nun auf dem Arm
trug, Traudel und Grete, alle im Gänsemarsch hintereinander.

Als die kleine Truppe vor dem Haus im Meisenweg ankam,
lehnte schon Leos Fahrrad an der Wand neben der Haustür. Uschi
Franz lief gleich weiter nach Hause und Ursula ging mit den
Schwestern ins Haus, nicht ohne sich über Leos frühes
Erscheinen zu wundern. Kam der Schwager nicht immer erst um

diese Zeit von der Arbeit?

Als sie mit den Kindern den Flur betrat, kam ihnen Joni entgegen gerannt. Beinahe hätte er das Linchen umgerissen, Ursula hatte sie gerade noch festhalten können.

„Uschi, Uschi!", rief er aufgeregt mit hochroten Wangen.

„Uschi, der Lene ihr Kindchen ist da! Und nun sind wir alle Tanten und Onkel!", sprudelte er hervor und vollführte einen Freudentanz.

„Was meinst du, Uschi, sind wir nun auch gleich alle erwachsen? Ich meine, wenn wir doch Onkel und Tanten sind!"

Ursula drückte den immer noch aufgeregt hüpfenden Jungen an sich und strich ihm über das blonde Haar.

„Nein, mein lieber Joni, ich fürchte, da muss ich dich enttäuschen, erwachsen sind wir deswegen nicht. Das wäre aber schön!", fügte sie noch seufzend hinzu.

Schnell lief sie zur Mutter in die Küche, die schon angefangen hatte, alles für das Abendessen vorzubereiten.

„Sind wir zu spät, Muttelchen?", fragte sie zögernd.

„Nein, nein!", sagte Friede beruhigend.

„Nein, der Leo ist nur schon seit zwei Stunden hier. Er hatte sich frei genommen. Denk nur, Uschi, die Lene hat ihr Kindchen schon seit drei Tagen! Und da kommt der Leo heute und sagt uns das erst. Na, er hatte wohl erst einmal alle Hände voll zu tun, wegen der Wohnung, und dann war er ja auch immer im Krankenhaus, die Beiden besuchen. Es ist ein kleines Mädchen. Am Wochenende dürfen sie vielleicht auch schon nach Hause, wenn alles gut ist.", erzählte sie lächelnd ihrer Tochter.

„Ach Muttel, das ist ja wunderbar! Ein kleines Mädchen! Oh, ich freue mich für die Lene. Wie geht es ihr und dem Kind? Wie soll die Kleine denn überhaupt heißen? Hat der Leo was gesagt?", Uschis Fragen überstürzten sich und Friede musste über den Eifer ihrer Tochter lachen.

„Na, komm, sieh noch kurz nach den Kleinen und dann hilf mir das Essen vorzubereiten! Dabei werde ich dir noch ein wenig erzählen. Nur so viel: die Kleine soll Rosemarie heißen."

Uschi stürzte aus der Küche, kümmerte sich um ihre Geschwister, die sie mit tausend Fragen löcherten und denen sie kaum entfliehen konnte.

Erst nach einer ganzen Weile geduldigen Beantwortens von Fragen und einigen Vertröstungen auf später, weil es noch keine

Antwort gab, erschien sie wieder in der Küche, band sich eine
Schürze um und half der Mutter beim Kochen.

Doch erst gegen Ende des Monats Mai reiste dann ein Brief
von Breslau nach Königsberg, in welchem das Ereignis der Geburt
des ersten Enkelkindes von Friede und Martin seine besondere
Erwähnung und Würdigung erfuhr. Ausführlich beschrieb Friede
darin die Geschehnisse und das kleine Mädchen Rosemarie, das
Lene zur Welt gebracht hatte. Auch ihre und aller Freude fand
darin Platz. Und ganz am Ende, in den letzten Sätzen, fanden die
entsetzten Leser in der Stadt am Meer dann noch einen kleinen,
bescheidenen Hinweis darauf, dass noch in diesem Jahr, genauer
gesagt gegen Ende Oktober, der Herr dort oben einmal mehr ein
Wunder in Breslau geschehen lassen würde, eines mit dem die
Granzes eigentlich nun nicht mehr gerechnet hatten, das sie aber
trotzdem mit Freuden empfangen würden.
Die Freude in Königsberg begnügte sich stattdessen mit einigen
schweren Seufzern und noch schwereren Gedanken über Friedes
doch so arg angegriffene Gesundheit. Damit ließ man es
bewenden und schrieb nach Ablauf einiger Tage eine Antwort mit
den besten Wünschen.
Als dann Anfang November die Nachricht von der erfolgreichen
Geburt des jüngsten Granz-Sprosses und eines den Umständen
entsprechenden Gesundheitszustandes der Mutter die
Herbststurm geschüttelte Stadt am Frischen Haff erreichte, war
man dort mehr als erleichtert.
Am letzten Tag des Oktobers, einem kühlen, grauen, bewölkten
Tag, der dem nahen November mehr als gerecht wurde, war der
kleine Junge geboren worden. Zur Vorsicht hatte Martin seine
Frau ins Krankenhaus gebracht, als die Wehen einsetzten. Auf
keinen Fall hatte er ein Risiko eingehen wollen, zu zerbrechlich
war Friedes Gesundheit in den letzten drei Monaten gewesen, so
dass der Arzt dringend zu einer Entbindung unter ärztlicher
Aufsicht in der Klinik geraten hatte. Und man hatte gut daran
getan. Fast hätten Friedes Kräfte nicht ausgereicht für die nicht
leichte Geburt. Das Kind hatte in Steißlage den mütterlichen
Körper nicht verlassen können und hatte gedreht werden
müssen. Doch Friede hatte kaum noch genügend Kraft für die
dann folgenden Presswehen gehabt und war, als dann endlich das
Köpfchen geboren war, nach einer weiteren Wehe in eine tiefe

Ohnmacht geglitten.
Martin hatte sie und das Kind wenig später kurz sehen dürfen.
Bestürzt hatte er ihre tiefen dunklen Augenringe betrachtet und
die Schweißperlen, die sich immer wieder auf ihrer Stirn
bildeten, so oft er sie ihr auch wegwischte. Unendlich müde
hatten ihre Augen ihn angeblickt, furchtbar müde, aber auch
glücklich, dass sie und das Kind es geschafft hatten. Martin hatte
ihr noch einmal über die Stirn gestrichen, ihr einen Kuss auf den
Mund gedrückt und sie dann der Obhut der Schwestern
überlassen.
Sinnend hatte ihm Friede nachgesehen, hatte dann das Kind, das
in ihrem Arm schlummerte, betrachtet und es in seinem Leben
willkommen geheißen, wie sie es mit allen ihren Kindern getan
hatte. Sie hatte ihm alles Gute dieser Welt gewünscht und dass
der Krieg, der vor kurzem begonnen hatte, bald zu Ende gehen
und dieses und alle ihre Kinder nicht gefährden möge.
Vorsichtig und liebevoll hatte sie ihrem jüngsten Sohn über die
feinen hellen Härchen, die Stirn hinunter, über die Nase und
dann rund um das kleine Gesichtchen gestreichelt. Der Kleine
hatte fest geschlafen, die zarten Wimpern lagen auf den Wangen,
der Daumen der rechten Hand hatte zwischen den Lippen
gesteckt, die an ihm saugten und lutschten. Schlaf, mein Kleiner,
hatte Friede gedacht, schlafe und werde groß und stark, gut und
klug und meistere dein Leben!
Dann waren auch ihr die Augen wieder zugefallen.
Am vorletzten Tag im Krankenhaus hatte sie dann den Brief an
die Mutter, Elsa und Liesel geschrieben, in dem sie ihnen die
Ankunft des kleinen Jungen mitteilte. Das Schreiben, das in
Königsberg mit großer Erleichterung aufgenommen wurde, weil
man froh war, dass alles doch gut ausgegangen war, der Brief,
von dem man dort hoffte, dass er nun der letzte seiner Art von
Friede sein würde. Nicht noch einmal wollte man sich solche
Sorgen um sie machen müssen.

In Breslau hingegen ging bald alles wieder seinen Gang, bis auf
die Tatsache, dass vor allem Uschi nun wieder mehr als bisher in
die familiären Pflichten eingebunden war, da Friede mit dem
Säugling jede Menge mehr an Arbeit hatte, selbst aber
gesundheitlich noch immer große Probleme hatte. Auch die
anderen Kinder wollten gut versorgt sein. Und Uschi musste

einspringen und helfen wo immer sie konnte. Leicht fiel ihr das
nicht gerade, der Unterricht in der Hauswirtschaftsschule
dauerte meist bis zum frühen Nachmittag, dann eilte sie so
schnell wie möglich nach Hause, half der Mutter mit den
Geschwistern und im Haushalt, ja und an fast jedem Nachmittag
ging es danach noch zum Schwimmen oder Kajak-Training. Am
Wochenende fanden oft noch Wettkämpfe statt, an denen sie und
Uschi Franz, oder zumindest eine von ihnen teilnahm und die
andere als Beistand mitkam.
Manchmal dachte sie daran, eins von Beiden einfach
hinzuwerfen, entweder das Schwimmen oder das Kajakfahren,
weil sie nicht wusste wie sie das Pensum zeitlich schaffen sollte.
Doch sie brachte es nicht fertig eines davon aufzugeben, weder
wusste sie für welche Sportart sie sich entscheiden sollte, noch
konnte sie auch nur eines davon opfern, wo ihr doch beides so
viel Freude bereitete und sie dabei auch noch erfolgreich war.
Nein, es ging nicht! So wenig Zeit sie auch zur Verfügung hatte
für Dinge, die Mädchen in ihrem Alter sonst taten und für
selbstverständlich erachteten, ihren Sport konnte sie dafür nicht
aufgeben. Dafür brannte sie innerlich zu sehr dafür. Sie musste
sich ganz einfach bewegen, ihren Körper trainieren, ihn
beherrschen und lenken. Und wie gut fühlte es sich an, wenn sie
als Erste am Beckenrand anschlug, wenn sie sich selbst im
Wettkampf besiegt hatte, ihre Ängste und Zweifel, ihre Schwäche
in Mut und Stärke verwandelt und alles aus sich heraus geholt
hatte.
Auch beim Kajakfahren war es nicht anders. Nach den ersten
Wochen der Mühen und Plagen mit solchen Übungen wie der
Eskimorolle, die ihr wochenlang den ruhigen Schlaf geraubt
hatte und sie zweifeln ließ an der Richtigkeit ihrer Entscheidung
mit diesem Sport begonnen zu haben, hatten sich endlich die
ersten Lichtblicke gezeigt. Hart hatten die beiden Uschis
kämpfen müssen, aber schließlich waren sie dabei geblieben.
Die endgültige Entscheidung von Ursula aber war nach dem
Probetraining für das Wildwasserfahren gefallen. So viel Spaß!
Das hatte sie nicht erwartet. Zwar war sie oft genug gekentert,
nun hatte sich das endlose Üben der Eskimorolle ausgezahlt, aber
hier war sie in ihrem Element.
Keiner hätte dem zierlichen Mädchen zugetraut, dass gerade
diese Sportart sie dermaßen begeistern würde, dass sie davon so

gefangen sein würde, wenn er sie nicht selbst in ihrem Einer
dabei gesehen hätte. War das Schwimmen ihr schon wie auf den
Leib geschneidert, so war das Wildwasserfahren der geniale
passgenaue Maßanzug für sie.
Das wollte sie! Es bereitete ihr so viel Freude! Und es forderte
ihren ganzen Einsatz, ihre Körperbeherrschung, ihre Nerven,
ihren Mut, einfach alles! Hier konnte sie sich immer wieder aufs
Neue beweisen, wurde immer wieder herausgefordert und
konnte zeigen, was in ihr schlummerte. War sie zu Beginn mehr
oder weniger mit zum Training gekommen, weil sie Uschi einen
Gefallen tun wollte und wohl auch aus Neugier, so war sie nun
dem Sport verfallen und trainierte hart und teilweise regelrecht
verbissen.
Trotzdem hatte sie Spaß daran. Ihr Körper blieb schmal, doch
war er durch und durch gestählt und geschmeidig waren alle
seine Bewegungen, flink, beherrscht, kraftvoll und doch elegant.
Die Zeit für das tägliche Training musste sie sich
zusammenstehlen, andere Dinge hinten an stellen. Oft half ihr
Uschi, ihre liebste Freundin Uschi mit den Geschwistern und
beim Einkaufen wurden die Brüder mit eingespannt. Irgendwie
schaffte sie es schließlich immer, dass sie pünktlich im
Schwimmbad oder am Bootsschuppen war.
Doch nun mit dem jüngsten Bruder wurde es wieder etwas
schwerer für sie, aber auch das würde sie hinkriegen.

Eine große Taufe hatte es nicht gegeben für den jüngsten
Granz-Sohn. Im kleinen Familienkreis erfolgte die Zeremonie,
etwa ein halbes Jahr nach Rosemaries Taufe, die als Nichte bei
der Feier ihres jüngsten Onkels nicht fehlen durfte. Nach der
Zeremonie in der Gustav-Adolf-Gedächtniskirche lief die ganze
Familie Granz, einschließlich Lene und deren Familie, die
wenigen Meter zum Haus im Meisenweg.
Die Frauen kochten Kaffee, Ursula und Traudel schnitten den
Kuchen, deckten den Tisch und bald saßen alle drum herum und
hatten Stücken des leckeren Mohn-, Käse - oder Streuselkuchens
auf den Tellern. Selbst der kleine Peter, der den Schreck mit dem
Wasser in der Kirche bereits verwunden hatte, durfte vom
Käsekuchen naschen und legte dabei einen gesunden Appetit an
den Tag. Uschi hielt den Kleinen auf dem Schoß, ganz vernarrt in
die zarten weißblonden Härchen auf seinem Kopf und die

dunklen Augen, aus denen er die große Schwester unentwegt betrachtete. Im Übrigen waren alle Granz-Kinder in ihren jüngsten Bruder verliebt, der so ein freundliches und fröhliches Wesen an den Tag legte, dass man ihn einfach lieben musste.

X

Knapp drei Wochen später, nach Ostern begann Ursula ihre Lehre. Etwas schüchtern blieb das junge, schlanke, hochgewachsene Mädchen an der Tür stehen. Die Ladenglocke bimmelte melodisch in hellem Ton. Unschlüssig sah sich Ursula um, musterte die Regale an den Wänden und die vielen Kartons, die aufgetürmt auf einem Tisch darauf warteten, einsortiert oder wieder ins Lager zurück gebracht zu werden. In den Regalen waren Unmengen von Schuhen aufgebaut, nach Größen geordnet. Verschieden große Tische und Regale aus Glas, auf denen ausgewählte Schuhe hübsch arrangiert waren, standen mitten im Raum und trennten die Bereiche der Damenschuhe und der für Herren voneinander ab. In jedem Bereich gab es eine Reihe von fünf Stühlen für die Anprobe, jeder mit einem Schuhlöffel an einer langen Metallkette an seiner Seite hängend. Die beiden Seiten des großen Raumes waren jeweils mit einem dicken, breiten gewebten Läufer ausgelegt, der den Ton jedes Trittes verschluckte. Neben der Ladentür befand sich ein Schirmständer aus Messing und zwischen ihm und der Kasse stand eine dazu passende große Bodenvase aus dem gleichen Material, in der sich ein Arrangement aus riesigen Trockenblumen rekelte. Um den oberen Rand der hohen Vase wand sich eine fein gehämmerte Bordüre. Die Registrierkasse selbst stand auf einem schweren, dunklen, riesigen Holzmöbel, dessen obere Kante ebenfalls mit dem gelben Metall beschlagen war.

„Guten Morgen! Was kann ich für Sie tun, gnädiges Fräulein?", wurde Ursulas Besichtigung unterbrochen.

Eine der älteren Verkäuferinnen stand vor ihr und blickte sie fragend an.

„Äh! Guten Morgen!... Ja, ich wollte.... Das heißt ich sollte mich heute Morgen hier melden.", stammelte Ursula aufgeregt.

„Mein Name ist Granz, Ursula Granz. Ich bin...", weiter kam sie nicht.

Plötzlich stand ein älterer Herr im dunkelblauen Anzug, mit einer ebensolchen Weste, einem hellgelben Hemd und einer Krawatte, einen Ton heller als der Anzug, vor ihr. Sein weißes, schütteres Haar, das glatt gekämmt seinen oben kahlen Kopf umrahmte, ließ ihn äußerst würdevoll erscheinen. Die hellgrauen Augen blitzten Ursula hinter goldumrandeten Gläsern freundlich an.

„Sie sind das neue Lehrmädchen, nicht wahr?! Ja, jetzt erkenne ich Sie wieder. Wir sahen uns zur Unterschrift unter den Lehrvertrag, da waren Sie mit Ihrem Vater hier, nicht wahr! Guten Morgen, Fräulein Granz, nicht wahr!", meinte er überaus liebenswürdig und reichte Ursula die Hand, die sie zögernd ergriff.

„Guten Morgen, Herr Anderlich! Viele Grüße von den Eltern soll ich Ihnen ausrichten und nochmals vielen Dank, dass ich die Lehrstelle hier bekommen habe. Ich freue mich sehr, dass ich hier sein kann. So oft habe ich schon vor Ihrem Schaufenster gestanden und die wunderschönen Schuhe angeschaut! Immer, wenn wir in der Stadt waren, jedes Mal! Meine große Schwester liebt Ihre Schuhe ganz besonders. Sie hat sie mir zum ersten Mal gezeigt."

Ursula war rot geworden vor Aufregung und brach ab.

Doch Herr Anderlich nickte freundlich und klopfte ihr wohlwollend leicht auf die Schulter.

„Ja, mein Kind, wir haben wirklich ein paar sehr schöne Schuhe. Und Sie sollen nun lernen, wie man diese schönen Schuhe auch an die Leute dort draußen verkauft. Aber keine Angst, wir werden Ihnen das alles beibringen. Sie werden sehen, dass das viel Freude macht. Doch zuerst gehen Sie einmal hier mit unserer Frau Hermann mit! Sie ist die Seele vom Geschäft, das sagte jedenfalls immer meine verstorbene Frau, Gott hab sie selig. Die gute Hermann wird Ihnen alles zeigen, zunächst auch wo Sie Ihre Tasche und andere persönliche Sachen lassen können, wo sich das Lager befindet, die Toilette, na und so weiter. Sie werden schon sehen. Inzwischen werde ich das Geschäft hüten. Wir sehen uns dann später!", winkte er den beiden Frauen zu und schob sie nach hinten aus dem Laden, denn die ersten Kunden des Tages hatten soeben die Glocke wieder bimmeln lassen.

Ursula schwirrte der Kopf, als sie am Abend das Schuhhaus „Anderlich" an ihrem ersten Tag dort wieder verlassen konnte. Du meine Güte, war das viel auf einmal gewesen heute! Aber es hatte auch Spaß gemacht, war es doch eine völlig neue Welt, die sich ihr heute für einen Spalt breit geöffnet hatte. Hinter dem

öffentlichen Geschäftsbereich gab es noch einige andere Räume,
die zum Schuhhaus gehörten.

Da war zunächst das Büro mit einem zweiten Telefon, wo Herr
Anderlich den gesamten Schriftkram, wie er es nannte, erledigte,
von wo aus er Bestellungen aufgab, Lieferpapiere sichtete,
Schriftverkehr, Buchhaltung, die Abrechnung für die Gehälter
und so weiter, und so weiter. Auch die dicken Kataloge mit den
neuesten Schuhmodellen lagen hier in einem Regal. Und Ursula
hatte sogar einen Blick hineinwerfen können. Ein großer,
schwerer Schreibtisch mit einem hohen Stuhl dahinter und
einem kleineren davor nahm fast den gesamten Raum ein,
eingefasst von verschieden hohen Schränken und Regalen
entlang der Wände, die nur durch die Tür und ein gegenüber
liegendes hohes schmales Fenster unterbrochen wurden. Dieser
Raum war Herrn Anderlichs Heiligtum, worin er oft ganze
Abende über den Büchern, Abrechnungen und Briefen
verbrachte, hatte ihr Frau Hermann mitgeteilt. Nur manchmal
hatte er sich in der letzten Zeit von einem seiner Freunde einen
Mitarbeiter aus dessen Buchhaltung zur Unterstützung
ausgeborgt.

Aus zwei weiteren großen Räumen, über einen Flur im hinteren
Teil des Erdgeschosses erreichbar, bestand das Lager, in welchem
auf raumhohen Regalen Kartons über Kartons mit Schuhen
gestapelt waren, Schuhe soweit das Auge blickte. In einem Regal
gleich neben der Tür des einen Zimmers befanden sich einige
Kartons mit Unmengen von Schnürsenkeln, in kleineren Kartons
nach Längen und Farben sortiert, und Kartons mit Schuhkrem,
Bürsten und anderen Zubehörartikeln. Dicht an dicht standen die
Regalwände, so dass man gerade noch dazwischen laufen und
sich drehen konnte. Eine große Bewegungsfreiheit beim
Herausnehmen oder Hineinstellen von Kartons oder Kisten hatte
man jedoch nicht. Es roch nach Leder hier, nach Schuhkrem und
Pappe. Die Fenster waren von außen vergittert. Ein großer Hof
und das Hinterhaus waren zwischen den Eisenstäben zu sehen.
Und ein Stück blauer Himmel über ein paar Bäumen neben dem
Hintergebäude, das deutlich schmaler war als das Vorderhaus.
Es gab eine kleine, aber gepflegte und saubere Toilette gleich
gegenüber vom Lager für die Angestellten und eine gleich
daneben für Herrn Anderlich. Ein weiterer kleiner
abgeschlossener Raum diente als Garderobe und

Aufenthaltsraum für die Mitarbeiter. Jeder hatte hier einen schmalen Spind mit einem Schloss daran und konnte seine Sachen einschließen. Uschi bekam den letzten freien Spind ganz in der Ecke, dessen Tür, wenn sie geöffnet war, fast an eine lange Bank anstieß, die dort an der Wand stand. Sie reichte bis zur nahen Raumecke und schloss an eine weitere an der Wand gegenüber den Schränken an und war für alle als Sitzgelegenheit in der Pause gedacht. Ein Fenster hatte der kleine Raum nicht, als einzige Lichtquelle hing oben von der Decke eine Lampe mit einem weiß gestrichenen, breitkegeligen Metallschirm.

Etwas beklommen hatte Ursula ihre Tasche und die Jacke in den schmalen, sauberen Schrank, in dem ein Kleiderbügel an einem der insgesamt drei, an einer der Seitenwände eingeschraubten, Haken baumelte, gehängt und abgeschlossen. Dann war sie Frau Hermann weiter auf ihrem Rundgang durch das riesige Geschäft gefolgt.

Später hatten sie dann gemeinsam Nachschub aus dem Lager nach vorn in den Laden gebracht und die vielen Kartons in die Regale einsortiert, während eine andere Verkäuferin, Fräulein Hartwig, die Kunden bediente.

Um ganz nach oben in die obersten Fächer reichen zu können, gab es kleine Tritte aus dunklem Holz mit mehreren Stufen, auf welche man steigen konnte. Man konnte sie ganz einfach entlang der Regale auf dem Boden, da wo kein Läufer lag, an die Stelle schieben, wo man sie gerade brauchte. Auf jeder Seite des Ladens gab es zwei dieser Tritte. Ursula benutzte sie an diesem ersten Tag hier im „Schuhhaus Anderlich" recht fleißig, denn es gab jede Menge Schuhe neu dort oben einzusortieren. Fast kam es ihr so vor, als hätte man hier nur auf ihre Anwesenheit gewartet. Doch das war von nun an ihre tägliche Arbeit, das und noch so einiges mehr.

Das Geschäft lief gut. Jeden Tag wurden neue Kartons aus dem Lager geholt und einsortiert, viele davon sofort wieder verkauft. Zweimal pro Woche erhielten sie neue Lieferung, standen die Lastwagen vor der Einfahrt und Riesenkartons mit Schuhschachteln, Schnürsenkeln, Schuhkrem und anderen Dingen wurden entladen und im Lager verstaut.

Ja, alles war zur vollsten Zufriedenheit für Herrn Anderlich, wenn auch nicht mehr so wie zu Lebzeiten seiner Frau, was Frau Hermann Ursula ganz im Vertrauen mitgeteilt hatte. Nun ja,

erstens war die Frau Anderlich die eigentliche Seele des
Geschäfts gewesen und zweitens war der Herr Anderlich ja nun
auch nicht mehr so der Allerjüngste. Ursula hatte bei dieser
Bemerkung innerlich lächeln müssen, wie bei so mancher
anderer Bemerkung von Frau Hermann auch, die den ganzen
lieben langen Tag viel redete. Ursula hatte ihr geduldig zugehört,
die ganze Zeit. Was sollte sie auch tun? Schließlich sollte ihr die
gutmütige, etwa fünfzigjährige Frau ja alles zeigen, was es so im
Laufe der Zeit hier zu lernen gab. Dass sie so viele Dinge drum
herum wusste und gern plauderte, war nicht so schlimm. Dabei
wurde es wenigstens nicht langweilig.
Ihr ganzes Leben hatte Frau Hermann schon hier im Laden
verbracht, denn bereits als Kind hatte sie oft ihre Mutter hier
besucht, die jede Woche dreimal im Geschäft sauber machte, als
es damals der blutjunge Herr Anderlich nach dem plötzlichen
frühen Tod seines Vaters übernehmen musste. Mit vierzehn
Jahren hatte sie dann als Gehilfin hier angefangen zu arbeiten
und nebenbei ein Auge auf den kleinen Sohn der Anderlichs zu
haben, der dann jedoch mit elf Jahren leider an Diphtherie
verstorben war. So war sie voll mit ins Geschäft eingestiegen, im
Laufe der Jahre mit allem vertraut, eine Stütze der Besitzer
geworden. Silberne Fäden durchzogen ihr dunkles Haar, das sie
in einem Knoten nach hinten steckte, von Nadeln mit silbernen
Knöpfchen gehalten. Helle, stahlblaue Augen blickten wach in die
Welt, umzogen von vielen Lachfältchen. Zum Lesen und
Rechnung schreiben brauchte sie eine Brille, die an einer Kette
immer auf ihrer Brust baumelte und, wenn sie die trug, ihre
Augen noch größer erscheinen ließen als sie ohnehin schon
waren. Diese hellen blauen Augen, die stets so forschend
blickten, erinnerten Ursula immer, wenn sie Frau Hermann
ansah, an Lene. Als würde Lene sie ansehen, so alles
durchdringend, wie sie es manchmal tat.
Doch nun war Ursula auf dem Heimweg, ein wenig müde mit
immer noch schwirrendem Kopf lief sie zur Haltestelle der
Straßenbahn, vorbei an Schaufenstern mit Kleidern und Blusen,
mit Spielzeug und Schreibwaren, auch an anderen Schuhläden.
Doch die nahm sie kaum wahr, genauso wenig wie alles Übrige
um sie herum, sie beeilte sich nach Hause zu kommen. Ihre
Muttel würde schon warten und die Pflichten mit den
Geschwistern und im Haushalt. Um sieben Uhr wollte sie dann

auch schon wieder ins Kajak steigen. Nur gut, dass nun auch Traudel ein wenig helfen konnte und nicht mehr so klein war, dass sie selbst Hilfe benötigt hätte. Ursula war froh darüber, sonst hätte sie ihren Sport wohl doch erheblich einschränken müssen.

Während Ursula der Mutter in der Küche half, das Abendessen vorzubereiten, berichtete sie ihr genauestens alle Vorgänge im Geschäft. Alles erschien ihr wichtig und interessant, vor allem aber die geheimen Mitteilungen von Frau Hermann über den Besitzer des Schuhhauses „Anderlich".

Im Verein begannen heute die Vorbereitungen auf die Wettkämpfe im Kanufahren auf der Oder in zwei Monaten. Ursula hoffte, im Wildwasser-Einer-Kajak an den Start gehen zu dürfen, das vor allen Dingen. Mal sehen, woran sie noch teilnehmen durfte. Jedenfalls wollte sie sich in allen Disziplinen, in denen sie schon trainiert hatte, qualifizieren. Davon träumte sie und darum würde sie auch hart trainieren. Doch nun würde sie sich erst einmal mit Uschi Franz treffen und auf dem Weg zum Verein sich nach deren Erfahrungen beim Lehrbeginn erkundigen. Uschi lernte Stenotypistin, wie Ursulas Schwester Liesel, in einer Firma in der Altstadt, nicht weit von der Fleischerei, in der Lene arbeitete. Schon früh am Morgen musste sie im Büro sein und fuhr deshalb schon einige Bahnen früher als Ursula zur Stadt. Die Mädchen konnten sich nur noch am Nachmittag sehen und bedauerten das sehr.

Umso intensiver wurden nun ihre Gespräche. Sie redeten und redeten und merkten kaum, wie schnell sie am Bootsschuppen angekommen waren.

Konrad Kästner, von allen nur Konni genannt, hatte bereits mit einem der älteren Jungen, Erwin Kruse, einem großen blonden, schlanken Siebzehnjährigen mit nussbraunen Augen, die Kanus bis zum Wasser getragen. Man musste sie nur noch hinein schieben. Umso schneller waren dann alle mit ihren Booten auf dem Fluss. Die Mädchen waren jedenfalls nicht darüber böse und liefen sofort nach dem Umziehen hinunter, wechselten noch ein paar Worte mit Konni und schon saßen sie im Kajak.

In zwei Tagen war es endlich so weit, Uschi Franz und Ursula durften an den Wettkämpfen auf der Oder teilnehmen. Das harte Training hatte sich für Ursula ausgezahlt, im Einer-Wildwasser

stand sie genauso auf der Starterliste wie für den Slalom. Froh und überglücklich am Wochenende dabei sein zu dürfen, hatte sie Herrn Anderlich gebeten, dass sie ihre Arbeitszeit vom Samstag auf die Woche davor und danach verteilen durfte. Eigentlich war das kein Problem, da sie sowieso nicht allein arbeiten durfte und immer einem ausgelernten Mitarbeiter zugeteilt war. Am Samstag hatte Frau Hermann Dienst im Laden und das Fräulein Hartwig wollte auch da sein, da es noch einen freien Tag, den es anlässlich der Hochzeit eines Cousins in der vergangenen Woche in Anspruch genommen hatte, nachzuarbeiten hatte. So hatte denn auch Herr Anderlich nach reiflichem Überlegen nichts dagegen, dass das Fräulein Granz am Samstag statt zu arbeiten an den Wettkämpfen teilnahm, im Gegenteil, er war außerordentlich stolz auf das kleine Fräulein Ursula, welches seinem Schuhhaus vielleicht noch zur Ehre gereichen würde. Genau so hatte er sich ausgedrückt, als sie ihm ihr Anliegen betreffs der Verlagerung der Arbeitszeit vorgebracht hatte. Puterrot war sie geworden, als er das zu ihr gesagt hatte und wäre am liebsten im Erdboden versunken, als er ihr noch viel Erfolg bei den Wettkämpfen gewünscht hatte und dies nochmals vor den anderen Mitarbeitern bekräftigte.
Ja, er war schon ein lieber alter Herr, der Besitzer vom Schuhhaus "Anderlich". Ursula war der weißhaarige, hagere Mann, der sie stets mit Wohlwollen und fast großväterlicher Milde behandelt hatte, mittlerweile ans Herz gewachsen, als wäre er ihr eigener Großvater, den sie ja leider nie kennengelernt hatte.
In dieser Woche waren Uschi und sie jeden Abend im Verein gewesen und hatten trainiert, leider zu Lasten des Schwimmens. Konni hatte die Kanuten am Mittwoch nach dem Training alle zusammen gerufen. Kurz und knapp, innerhalb einer halben Stunde hatte er jedem noch einmal seine Stärken und Schwächen aufgezeigt, ihnen erklärt worauf sie am Wochenende besonders achten sollten. Am Donnerstag sollte nach dem Training bis Samstag eine Pause eingelegt werden, um dann alles zu geben und auf möglichst guten Plätzen zu landen.
Ursula hatte es also am Freitagnachmittag nicht so eilig wie sonst nach Hause zu kommen. Gemächlich schlenderte sie an den Schaufenstern entlang zur Haltestelle der Straßenbahn. Endlich konnte sie sich einmal die Zeit dafür nehmen, die Auslagen zu

bewundern.

In einem der Fenster erblickte sie einen kleinen Teddy, mit einem verschmitzten Lächeln im Fellgesicht und einer hellblauen Schleife um den Hals. Es sah so aus, als blinzele das hellbraune Stofftier ihr zu und fordere sie auf, es mitzunehmen. Schnell öffnete sie ihre Tasche und sah nach wie viel Geld sie dabei hatte und betrat dann den Laden.

Die Verkäuferin, ein noch junges Ding, vielleicht Anfang zwanzig, zeigte ihr gern das Spielzeug und als sie darauf bestand auch den Teddy aus dem Fenster, denn den gab es mit diesem schelmischen Gesichtsausdruck nur noch dort, und Ursula beschloss, ihn zu kaufen. Vielleicht konnte sie es Peterle, wie alle den jüngsten Granz-Jungen nannten, zu seinem Geburtstag schenken. Da würde der Kleine aber staunen.

In einer Ecke eines Regals saß zwischen zwei Puppen mit starren Gesichtern ein kleines, winziges Ding, ein Püppchen mit runden, gläsernen Augen, die in dunklem Blau leuchteten, hellbraune Haare und Brauen und ein kleiner roter Mund waren aufgemalt. Die Puppe trug ein hellblaues Kleidchen mit einem weißen Kragen.

Uschi gefiel das kleine Puppenkind, es sah aus wie für die kleine Eva-Lina gemacht. Nach kurzer Überlegung wanderte auch das winzige Puppenkind, gut in Seidenpapier eingewickelt zu dem Teddy in Uschis Tasche. Schließlich hatte ja auch das Linchen irgendwann Geburtstag. Solche schönen Sachen musste man kaufen, wenn man sie sah, denn es war Zufall, dass man sie überhaupt gefunden hatte oder man von ihnen gefunden wurde, dachte sie.

Glücklich und zufrieden stieg Ursula wenig später in die Straßenbahn in Richtung Zimpel.

Am nächsten Morgen wurde Ursula von Peterles Weinen geweckt. Sicher hatte er Hunger, der kleine Wicht. Draußen graute der Morgen, ein paar Vögel zwitscherten in den Bäumen hinter den Häusern. Ein heller Himmel schimmerte durchs Fenster. Sie hörte die Mutter aufstehen und zur Toilette gehen, dann wurde es wieder still. Ursula sah nach der Uhr. Kurz nach sechs, der Papa musste schon zur Arbeit sein. Sie drehte sich auf die andere Seite, eine halbe Stunde noch, dann musste sie aufstehen, wollte sie nicht zu spät zum Treffpunkt mit Uschi kommen. Heute begannen die Wettkämpfe.

Die beiden Tage des Wochenendes vergingen wie im Flug. Ursula vermochte später nicht mehr zu sagen was ihr in dieser Zeit am wichtigsten gewesen war. Sie erinnerte sich daran, als wäre sie im Kino gewesen und hätte alles als einen Film erlebt, als wäre sie nur ein Zuschauer dessen gewesen, was geschehen war. Sie sah sich selbst im Kajak sitzen, mit dem Paddel versuchen, das Boot zwischen den Stangen im wilden Wasser hindurch zu steuern. Es war das letzte Rennen, der Kampf um die Plätze. Sie kämpfte sich weiter, immer weiter, suchte den Weg im reißenden Wasser, immer Balance haltend. Nur nicht kentern, ohne Fehler weiter, das Boot auf Kurs halten.
Es brodelte um sie herum, tobte und schäumte, versuchte, sie vom Weg abzubringen, das Kajak umzustürzen, sie ins Wasser zu reißen. Einmal hing sie schon fast mit dem Körper im Nass, hatte Mühe den Slalom-Stangen auszuweichen und das Kajak oben zu behalten. Sie musste weiter, schneller weiter, noch schneller, vor allem aber fehlerfrei. Sie musste es schaffen ohne Fehler eine schnelle Zeit zu fahren. Sie musste und sie wollte mit unter den ersten sein, sie konnte es schaffen.
Sie dachte an Sievert, der immer noch so weit weg in Gumbinnen bei Onkel Ernst war. Ihm, dem großen Bruder, der sie zum Schwimmen, ja überhaupt zum Sport gebracht hatte, wollte sie es beweisen, dass sie auch hier, beim Kanu-Sport erfolgreich war, allen wollte sie es beweisen, der gesamten Familie, ihren Freundinnen, Herrn Anderlich, den Kolleginnen, allen und auch sich selbst.
Vorsicht! Da war eine Stange! Im letzten Moment hatte sie die gesehen und sie gerade noch umfahren können. Sie musste sich besser konzentrieren. An nichts anderes durfte sie jetzt denken. Außer dem Toben des Wassers konnte sie nichts hören, auch nicht die Rufe der Zuschauer, die sie anfeuerten, das wilde Schreien von Uschi Franz, die am Ufer die Strecke mit rannte und mit den Armen fuchtelte. Sie war leider in der Vorrunde ausgeschieden, lediglich eine halbe Sekunde hatte ihr gefehlt an der Qualifikation für das letzte Rennen. Noch mit Tränen in den Augen hatte sie Ursula viel Glück für ihren letzten Start gewünscht.
Ursula fuhr nun konzentrierter, sicher handhabe sie das Paddel,

achtete auf die Stangen. Doch durch den kurzen Moment der Unaufmerksamkeit zuvor hatte sie etwas an Zeit verloren und als sie endlich das Ziel passiert hatte, das Kajak mit Uschis und Konnis Hilfe aus dem Wasser hievte und sich nach der Zeitanzeige umsah, war ihr klar, dass sie die kostbaren Sekunden nur zum Teil wieder hatte aufholen können. Bisher lag sie auf dem ersten Platz.
Noch zwei Starterinnen hatten ihre Fahrt vor sich, dann würde es sich zeigen, ob das gereicht hatte oder ob sie nach hinten rutschte.
Sie konnte sich nicht mehr erinnern, wie sie die Zeit verbracht hatte bis die letzte Teilnehmerin im Ziel angekommen war. Uschi war plötzlich auf sie zu gestürmt, hatte sie fast umgerissen, gejubelt und getanzt. Verstört hatte sie die Freundin betrachtet, als sei diese von einem anderen Stern, bis ihr endlich bewusst wurde, sie, Ursula, hatte trotz allem den zweiten Platz belegt. Sie konnte es nicht fassen. Damit hatte sie nicht mehr gerechnet. Umso glücklicher und befreiter konnte sie nun lachen und Uschis Siegestanz mittanzen. Wie wunderbar! Was würden alle für Augen machen. Und sie nahm sich ganz fest vor, sich in Zukunft noch mehr im Wettkampf zu konzentrieren, sich durch nichts und niemand ablenken zu lassen. Zu leicht hätte sie heute alles verschenken können. Sie hatte noch einmal Glück gehabt.
Am Sonntag war sie dann auch Zweite im Einerkajak der Mädchen im Wildwasserrennen geworden. Sie hatte auch diesen Tag wie im Rausch erlebt und als sie neben Uschi, die auf dem dritten Platz gelandet war, auf dem Treppchen stand, konnte sie vor Freude kein Wort mehr sagen, so dick war der Kloß in ihrem Hals. Mit Tränen in den Augen umarmte sie die Freundin. Selbst Konni blinzelte die Tränen weg, als er den Mädchen, seinen Mädchen, wie er sie stolz nannte, gratulierte.
Sie hatten sich selbst besiegt und sich selbst die größte Freude bereitet. Nicht einmal Konni hätte gedacht, dass ihnen das in dieser relativ kurzen Zeit, in der sie bei ihm trainierten, schon gelingen würde.
Auch drei der Jungen des Vereins waren sehr erfolgreich im Leistungsvergleich der Klubs und die Trainer und Betreuer mit dem Ausgang der Wettkämpfe mehr als zufrieden.

Noch am Montagmorgen, als Uschi zur Arbeit in die Stadt

fuhr, war sie in einer glücklichen Stimmung und trug ein
glückliches Lächeln auf dem Gesicht beim Betreten des
Schuhhauses „Anderlich". Man musste sie nur ansehen und
wusste sofort, dass ihr Wochenende überaus erfolgreich
verlaufen sein musste. Der Herr Anderlich war es dann, der, als
er sie an diesem Morgen erblickte, denn auch sofort fragte,
welchen der vorderen Plätze sie denn belegt hätte, wozu man ihr
nun gratulieren könne. Wie immer trug Ursula auch heute
wieder ihr Herz auf der Zunge und es sprudelte nur so aus ihr
heraus, zwei zweite Plätze, sie sei überglücklich, noch völlig
durcheinander und wisse gar nicht wie das alles gewesen war.
Als ihr dann die ganze Belegschaft gratulierte, wäre Ursula vor
Scham am liebsten im Erdboden versunken. Hätte sie nur nichts
gesagt! Warum konnte sie auch den Mund nicht halten, schalt sie
sich. Und als gelte es die verlorene Arbeitszeit vom Samstag
innerhalb der nächsten Stunde wieder heraus zu holen, stürzte
sie sich wie wild auf die vom Lager nach vorn in den Laden
gebrachten Schuhkartons und stapelte sie in die Regale, ohne
auch nur ein einziges Mal von ihrer Beschäftigung aufzusehen.
Frau Hermann, Fräulein Hartwig und selbst der alte Herr
Anderlich mussten sich ob ihres Eifers ein Lachen verkneifen.
Selbst die Putzfrau, die alte Frau Wagner, eine Polin, die mit
einem Deutschen verheiratet war, schüttelte lächelnd den Kopf,
als sie Uschi hinten im Flur begegnete und von dieser fast um den
Haufen gerannt wurde, so eilig hatte sie es ins Lager gehabt.
In der Mittagszeit, kurz vor der Pause, in der der Laden
geschlossen blieb, hatte sich Frau Hermann eine halbe Stunde
frei genommen, da sie einen Amtsgang zu erledigen hatte.
Fräulein Hartwig holte gerade ein Paar Sandalen für eine Kundin
aus dem Lager, als die gnädige Frau Amtsrat Gleisner den Laden
betrat, die eine Stammkundin war.
Sofort steuerte sie auf Ursula zu, die ihr ein freundliches „Guten
Morgen, gnädige Frau!" zugeworfen hatte, und verlangte von ihr,
gleich und auf der Stelle alle verfügbaren schwarzen Schuhe zu
sehen, die sie zu ihrem schwarzen Kleid auf der Beerdigung des
Herrn Sowieso tragen könne.
Ursula blieb fast das Herz stehen. In ihren Gedanken war sie noch
immer bei ihren Wettkämpfen und außerdem durfte sie noch gar
nicht verkaufen. So hatte es ihr zumindest Frau Hermann gesagt.
Was sollte sie nur tun? Die Frau Amtsrat Gleisner war eine sehr

gute Kundin, die öfters im Schuhhaus einkaufte, sich stets die neuesten Modelle zeigen ließ und einen ausgezeichneten Geschmack besaß.
Ursula wurde es heiß und kalt zugleich. Keine der Verkäuferinnen war anwesend, die Frau Amtsrat aber beharrte auf ihrer Bedienung.
So beherrscht und freundlich wie nur möglich, ließ sie also die Frau Amtsrat Gleisner erst einmal Platz nehmen auf einem der Anprobestühle und schob ihr das kleine Bänkchen für die Füße zurecht. Dann wandte sie sich den Regalen und Glastischen zu und suchte von den neuen Modellen, die erst am Freitag geliefert worden waren, die schwarzen Schuhe heraus, die auch ihr selbst sehr gut gefielen. Die ließ sie die Frau Amtsrat der Reihe nach anprobieren und gab ihr Rat, sobald sie danach gefragt wurde, denn sie hatte diese ganz spezielle Kundin schon öfter beobachtet und wusste, dass sie die Zurückhaltung der Verkäuferinnen sehr zu schätzen wusste.
Schließlich musste sich die Frau Amtsrat Gleisner noch zwischen zwei verschiedenen Paaren entscheiden. Doch gerade das fiel ihr augenscheinlich schwer. Ursula nahm den rechten Schuh des Paares, das ihr besser gefiel, welches aber das teurere war, in die Hand und wiegte ihn prüfend hin und her. Es war ein schöner Pumps aus glattem Leder, in schönem, leicht elegantem Schwung, doch nicht zu aufdringlich, nicht zu auffallend für eine Beerdigung, aber auch zu anderen offiziellen Anlässen gut tragbar, ins Theater vielleicht oder in die Oper.
„Frau Amtsrat Gleisner, ich möchte Sie nicht beeinflussen, nicht dass ich später Ihre Schelte deswegen erwarten muss, aber dieser Schuh ist wunderbar passend, denken Sie nicht auch?!", sagte sie freundlich, doch es war ihr deutlich anzumerken, wie gut ihr selbst der Schuh gefiel, die geröteten Wangen zeigten es deutlich.
Skeptisch sah die Frau sie an, bemerkte ihren träumerischen Blick, der immer wieder auf den Schuh fiel und fragte: „Nun, kleines Fräulein, was haben Sie denn für eine Schuhgröße?"
Uschis Wangenrot wurde um noch einen Ton dunkler.
„Die Gleiche wie Sie, gnädige Frau.", beeilte sie sich zu sagen.
„Gut, dann probieren Sie doch bitte einmal die Schuhe für mich an! Ich möchte sie ganz einfach mal von fern am Bein sehen!"
Ursula schlüpfte in die Pumps, die ihr wie angegossen passten, und lief damit einige Schritte auf und ab, wie die Frau Amtsrat es

ihr sagte, drehte sich und lief genau in die Arme von Herrn
Anderlich, der wie angewurzelt stehen blieb und das Schauspiel
verwundert betrachtete. Schon lag ihm eine Zurechtweisung für
sein vorwitziges Lehrmädchen auf der Zunge, als die Frau
Amtsrat Gleisner plötzlich in die Hände klatschte und begeistert
rief: „Ja, genau so hatte ich mir das vorgestellt! Ich danke Ihnen,
kleines Fräulein! Sie haben mir sehr geholfen!"
„Gern geschehen, Frau Amtsrat Gleisner!", flüsterte Ursula,
entsetzt in Richtung ihres Chefs blickend, über und über in
dunkles Rot getaucht.
„Diese Schuhe muss ich ganz einfach nehmen, Herr Anderlich!
Ihre kleine Verkäuferin hier hat mich so gut beraten, ich kann
gar nicht anders. Nochmals vielen Dank! Packen Sie sie mir bitte
in einen Karton, ja?", meinte sie dann an Ursula gewandt.
Flink schlüpfte Ursula wieder aus den Schuhen und sah fragend
zu dem alten Herrn, doch er nickte ihr zu und ging voran zur
Kasse. Daneben blieb er stehen und beobachtete Ursula wie sie
die Schuhe im Karton verstaute und eine Schleife darum band.
Als er abermals nickte, gab sie den Betrag in die Kasse ein,
drückte die Taste, dass die Kassette aufsprang, nahm das Geld,
das die Frau ihr reichte und sortierte es ein. Dann gab sie ihr die
Quittung und bedankte sich mit noch immer hochrotem Kopf.
Herr Anderlich, der die Frau Amtsrat Gleisner noch bis zur Tür
geleitet hatte, wie er das stets tat, wenn sie seinem Laden die
Ehre bereitete, stand nun wieder vor Ursula und sah sie streng
an. Das Mädchen war noch immer glühend rot, doch sie hielt
seinem Blick stand.
„Nun, mein Fräulein, sagen Sie mir doch bitte einmal, wann ich
Ihnen erlaubt habe, hier die Kunden zu bedienen! Hm?!"
Uschis Herz tat einen Hüpfer und rutschte eine Etage tiefer.
„Herr Anderlich, es tut mir leid, Sie hatten es mir noch nicht
erlaubt. Aber was sollte ich machen. Sie kam auf mich zu und
wollte bedient werden, und Fräulein Hartwig holte Schuhe aus
dem Lager für eine Kundin, sonst war niemand hier. Und da... ich
wollte nur helfen... sie wollte... ach, es tut mir wirklich leid.",
stotternd brach Ursula ab.
„Das muss es nicht!", meinte Herr Anderlich beschwichtigend
und mit einem Augenzwinkern.
„Das muss es wirklich nicht, Fräulein Granz. Das haben Sie
nämlich ganz hervorragend gemacht! Ja, wer so gut Kajak fahren

kann...! Nein, ganz im Ernst. Das hat mir gut gefallen und der
Frau Amtsrat Gleisner wohl auch. Sie war sehr angetan von
Ihnen. Das kommt selten vor! Aber sagen Sie mir eins: wer hat
Ihnen denn gezeigt wie die Kasse funktioniert? Die Frau
Hermann hatte dazu doch noch gar keinen Auftrag dazu."
„Das habe ich gesehen, Herr Anderlich, wenn die anderen
kassiert haben. Aber ich war froh, dass es auch bei mir geklappt
hat, vor allem, weil ich so aufgeregt war, vorhin.", sagte Ursula
und blickte dann verlegen auf ihre Schuhspitzen.
Der alte Mann hatte sie die ganze Zeit über nicht aus den Augen
gelassen. Er mochte das aufgeschlossene, fleißige und
bescheidene Mädchen.
„Kommen Sie mal hierher!", befahl er Uschi und lief ihr voran zu
einem der Regale.
Auf die Schuhe dort weisend fuhr er fort: „Das sind hier zwar
nicht die neuesten Modelle, aber Sie haben einen guten
Geschmack, sicher werden Sie hier ein Paar finden. Es gibt da
welche, die sind so ähnlich, wie die, welche die Frau Amtsrat
vorhin kaufte. Oder nehmen Sie andere, egal. Sie haben mich
vorhin beeindruckt und sind auch sonst so fleißig, ich kann nur
Gutes über Sie sagen. Sehen Sie ein Paar Schuhe als Dankeschön
von mir an. Arbeiten Sie weiter so, dann bin ich mehr als
zufrieden mit Ihnen, kleines Fräulein."
Ursula, die wiederum in tiefes Rot getaucht vor dem Regal stand
und nicht wusste, was sie nun tun sollte, blickte Herrn Anderlich
nach, der in seinem Büro verschwand. Fräulein Hartwig, die
gerade die Ladentür für die Mittagspause abgeschlossen hatte,
aber, die Ohren gespitzt, das Gespräch dennoch hatte mithören
können, kam lachend auf Ursula zu.
„Lassen Sie sich das nicht zweimal sagen, so oft gibt es so eine
Auszeichnung nicht von dem alten Brummbär! Suchen Sie sich
ein paar schöne Schuhe aus und zeigen Sie die ihm zum
verbuchen."
Als später Frau Hermann zurück kam, standen die beiden noch
immer vor dem Regal und Uschi hatte gerade ihre Wahl
getroffen.
Das Fräulein Hartwig hatte natürlich sofort das überaus seltene
Vorkommnis kommentiert und Frau Hermann dachte bei sich, da
hat es doch endlich mal die Richtige getroffen, und freute sich
mit Ursula.

Die saß noch auf dem Nachhauseweg träumend in der
Straßenbahn und sah sich im Geist schon die neuen Schuhe
tragen. Was wohl die Eltern dazu sagen werden, dass ich eine
solche Auszeichnung bekommen habe, dachte sie bei sich, nicht
ohne Stolz.

Nach Peters erstem Geburtstag war es kalt geworden. Dicker
Novembernebel waberte um die Häuser und setzte sich auf Bänke
und Zäune, Bäume und Dächer. Er war überall und kroch selbst in
Türen und Fenster, wenn diese zum Lüften geöffnet wurden.
Auf den Telegrafenmasten saßen, dick aufgeplustert, frierend die
schwarzen Krähen. Hungrig spähten sie zum Boden und
schüttelten ab und an ihr nasses Gefieder. Überall in Zimpel
konnte man ihr heiseres Gekrächze hören, wenngleich der Nebel
so manches Geräusch verschluckte. Auf den Straßen trat man in
nasses Laub und musste aufpassen, dass man nicht ausrutschte
und den Halt verlor. Grau und düster waren die Tage und die
Stimmung der Menschen war es oft auch.
Selbst Ursula, die sonst immer so fröhlich und heiter durch den
Tag ging, blickte an diesem Morgen mit gerunzelter Stirn über
den Balkon hinab auf den kleinen Garten, den der Vater hinter
dem Haus angelegt hatte. Die Wiese darin klitschte vor Nässe. Es
sah nicht so aus, als ob ihre kleineren Geschwister heute lange
draußen spielen konnten, eigentlich sollte man nicht einmal
einen Hund auf die Straße jagen. Schade, heute am Sonntag hätte
sie Zeit gehabt, mit den Mädchen wenigstens ein bisschen
spazieren zu gehen, doch bei dem Wetter. Igitt!!!
Dabei wäre es gut gewesen, heute aus dem Haus zu kommen.
Auch für sie selbst! Seit gestern Sieverts Brief aus Gumbinnen
hier ankam und der Papa ihn gelesen hatte, lag eine
merkwürdige, schmerzhaft fühlbare Spannung in der Luft, eine
Unruhe, die fast greifbar war. Noch lange in der Nacht hatte sie
das Gemurmel der Eltern aus dem Schlafzimmer gehört. Mit tief
umrandeten Augen hatte die Mutter am Morgen in der Küche das
Frühstück auf den Tisch gestellt, aber alle ihre Fragen abgewehrt.
Ursula hatte den Brief nicht gelesen, der Vater hatte ihn an sich
genommen.
Ursula wusste nur, dass Sievert noch in Gumbinnen bleiben
wollte, so lange ihn Onkel Ernst noch beschäftigen könne. Das
hatte Sievert in seinem letzten Brief an sie geschrieben. Sollte

das den Papa so aufgeregt haben?

Nein, das glaube ich nicht, dachte sie. Papa hat das doch schon gewusst und es ist ja auch gut so. In Gumbinnen hatte Sievert seine Arbeit, ob er hier so schnell eine neue finden könnte in diesen Zeiten, wo doch Krieg war, wäre doch sehr fraglich. Also war es doch gut, dass er dort blieb. Ja, sicher, auch sie vermisste den Bruder, mindestens genau so wie die Eltern. Doch das konnte nicht der Grund sein für das, was seit gestern in der Luft lag.

Es musste schon etwas Schwerwiegendes sein, wegen dem der Papa mit Sievert derart unzufrieden war, mit Sievert, seinem ältesten Sohn, den er so sehr liebte. Sie konnte es sich einfach nicht vorstellen, wie es überhaupt passieren konnte, dass er sich derart über Sievert aufgeregt hatte, dass die Luft um ihn herum förmlich zu knistern schien. Was konnte ihr Bruder nur angestellt haben, das den Vater dermaßen erzürnte?

Erst am Nachmittag war es draußen etwas heller geworden, doch noch immer drückte der Nebel herunter. Friede saß im Wohnzimmer am Tisch, Peterle auf dem Schoß. Sie spielte mit dem Kleinen, hob immer wieder die hölzernen Bausteine auf, hielt sie ihm hin, damit er sie aufeinander stapeln konnte.

Auf dem Sofa, ganz an der äußersten Ecke, damit er genug Licht hatte, hockte Martin mit der gestrigen Zeitung, zu der er, seit er Sieverts Brief gelesen hatte, keine Ruhe gefunden hatte. Nur die Überschriften der Artikel hatte er wahrgenommen, zu mehr war er nicht gekommen. Nun zwang er sich dazu zu lesen, er wollte nicht mehr an den Brief denken, ihn zumindest für eine Weile vergessen.

Traudel und Grete spielten zusammen mit ihren Puppen und die Jungen hatte Friede trotz des Wetters nach draußen gelassen, außer Hannes, der bei einem Freund den Sonntag verbrachte, den er von seiner Lehre, die er auch im Frühjahr begonnen hatte, her kannte. So waren Fredi und Joni allein losgezogen und würden, wie man das von ihnen kannte, höchst wahrscheinlich erst gegen Abend total verschlammt und durchgefroren wieder hier erscheinen.

Traurig saß Eva-Lina auf dem Bett und sah den Schwestern zu wie sie mit ihren Puppen spielten. Wie gern würde sie mit den Beiden spielen, aber die wollten die Schwester nicht dabei haben, sie war ihnen zu klein und außerdem hatte es erst am Morgen ein großes Theater gegeben, als Friede Linchens feuchtes Bett

entdeckt hatte. Schadenfroh hatten sich die beiden Schwestern
gegen die Kleine verbündet, sie verspottet und gemeinsam mit
den großen Brüdern ausgelacht.
Nun taten sie so, als wäre das kleine Mädchen gar nicht mit ihnen
im gleichen Raum. Scheinbar ganz vertieft waren sie bei ihren
Puppen, beobachteten aber dabei immer wieder was Eva-Lina tat,
stießen sich an und lachten über sie.
Ursula legte ihre Geldbörse in die schwarze Tasche und packte
noch zwei Taschentücher hinein. Sie zog sich den dunkelblauen
Mantel über. Mit Tränen in den Augen sah Eva-Lina die große
Schwester fragend an. Würde sie nun auch noch weggehen und
sie mit den Beiden allein lassen? Da hob Ursula das Linchen vom
Bett und zog ihm eine warme Jacke drüber, band ihm einen Schal
um den Hals, setzte ihm sein rotes Mützchen auf die blonden
Locken und zog es mit sich zur Tür.
„Komm, Linchen, wir fahren jetzt in die Stadt, du und ich! Magst
du mit mir mitkommen?“.
Selig lächelnd sah die Kleine Ursula an und nickte.
„Ja, Uschi! Ich möchte auch mit in die Stadt. Ja, bitte nimm mich
mit, die Traudel und die Grete wollen doch nicht mit mir spielen.
Ja bitte!“, sagte sie leise.
Ursula schob die kleinen Finger der Schwester in ihre warmen,
von Friede einstmals für eines der größeren Mädchen gestrickten
Handschuhe, zog ihr die Winterschuhe an, gab ihrer Muttel
Bescheid und stieg dann mit dem Mädchen die Treppe hinunter.
Noch in der Straßenbahn lächelte das kleine Mädchen und ihr
Gesicht schien zu leuchten, selbst an diesem trüben Nebeltag.
Ursula hatte das Mädchen auf ihren Schoß gezogen, damit es
besser in die Nebel verhangene Welt da draußen sehen konnte.
Als sie das Leuchten in Linchens Gesicht sah, drückte sie dem
Kind einen Kuss auf die Wange und legte den Arm noch fester um
den schmalen Körper, der sich gleich vertrauensvoll an sie
schmiegte.
Komm, meine Kleine, dachte Ursula, wir machen uns einen
schönen Nachmittag, zu Hause wirst du eh kaum beachtet, vor
allem seit unser Peterle da ist. Es hat einfach keiner mehr Zeit für
die Kleine und niemandem ist sie wichtig, ging es ihr durch den
Kopf. Hatte das Mädchen deshalb wieder angefangen nachts ins
Bett zu machen? Sie wusste nicht warum, aber oft hatte sie das
Gefühl, dass für die anderen Geschwister das Linchen einfach

nicht vorhanden war.

Sie lief mit dem Kind entlang der bunten Schaufenster, an denen das Mädchen aus dem Staunen nicht heraus kam und immer wieder verzückt stehen blieb. Im Café Krone saßen sie dann am Fenster, sahen hinaus auf die Ohlauer Straße und tranken jeder eine heiße Schokolade.

„Oh, Uschi ...", meinte die Kleine überwältigt,

„...du bist meine allerbeste Schwester!!!", und seufzte tief.

Hand in Hand liefen sie wenig später durch den grauen Abend zur Straßenbahnhaltestelle. Ganz fest hielt Linchen die Hand der großen Schwester und blickte mit leuchtenden Augen zu ihr auf. Sie fühlte sich geborgen an ihrer Seite.

An der Haltestelle hielt gerade eine Bahn, als Ursula und Linchen um die Ecke bogen.

„Komm, Linchen, lauf, sonst erwischen wir die Bahn nicht mehr und müssen auf die nächste warten. Da frieren wir nur.", zog sie die Kleine hinter sich her.

Sie hob das Mädchen in den Wagen und sprang hinterher. Es bimmelte und die Bahn fuhr an. Ursula ließ sich auf einen der freien Plätze fallen und zog Linchen auf den Schoß.

„Geschafft!! Gerade noch, meine Kleine!", flüsterte sie dem Mädchen zu und drückte es an sich.

„Guck mal, Uschi, jetzt fahren wir wieder über die große Brücke!", rief die Kleine begeistert aus und klatschte in die Hände.

„Ja, Linchen, das ist die Kaiserbrücke und da unten fließt die Oder. Siehst du?"

„Fährst du da auch mit deinem Kajak lang, Uschi?", fragte das Mädchen.

„Nein, nicht hier in der Stadt, weiter draußen. Wenn du etwas größer bist, Linchen, kann ich dich ja auch einmal mitnehmen."

„Oh ja!! Wann ist das, wenn ich größer bin, Uschi? Ist das bald? Morgen?", fragte Linchen aufgeregt und erwartungsvoll.

„Ach, mein Linchen, nein noch nicht morgen. Ein wenig musst du schon noch warten und wachsen. Jetzt bist du doch noch etwas zu klein. Aber vielleicht im nächsten Jahr, wenn wieder Sommer ist. Mal sehen!", sagte Ursula zögernd.

Wer weiß, was im nächsten Sommer sein wird, dachte sie dabei. Alles ist so ungewiss geworden.

Leicht strich sie dem kleinen Mädchen über die Wange.

„Wir werden sehen, ja, Linchen!"
Die letzten Meter bis zur Haustür liefen die Beiden in schnellem
Schritt, denn es war inzwischen doch recht spät geworden. Der
Nebel hatte sich wieder gesenkt und hüllte die Straßen in
gespenstige Schleier. Jeder Baum glich einem unheimlichen
Riesen, jeder Strauch einem verhutzelten bösen Gnom, der mit
knorrigen Fingern sie zu berühren trachtete.
Linchen hatte sich eng an Ursula gedrückt und spähte ängstlich
nach allen Seiten. Mit einer Hand umkrampfte sie Ursulas rechte
Hand, mit der anderen hielt sie sich zusätzlich an deren Mantel
fest, damit ihr ja nichts und niemand etwas anhaben konnte.
Schnell huschten sie ins Haus und erleichtert atmete Eva-Lina
aus, als die schwere Tür hinter ihnen ins Schloss fiel. Dankbar
sah sie zu Ursula auf, während sie nebeneinander die wenigen
Stufen ins Parterre empor stiegen.

„Musstest du so lange mit Linchen draußen bleiben? Es ist
doch bereits dunkel und dann noch dieses furchtbare Wetter
dazu, wo man kaum die Hand vor den Augen sehen kann. Also
wirklich, Ursula, komm und hilf mir beim Abendessen!", wurde
Uschi von der Mutter empfangen, kaum dass sie mit Linchen die
Küche betreten hatte.
Ursula schluckte und sie schluckte auch ihre Antwort hinunter,
die sie eigentlich schon auf der Zunge gehabt hatte. Schnell zog
sie der Schwester die Jacke aus und hängte sie zusammen mit
ihrem Mantel im Flur an die Haken neben dem Spiegel, brachte
das Mädchen zu Traudel und Grete, die sich lustlos um die kleine
Schwester kümmerten, und band sich ihre Schürze um.
Auf dem schweren, dicken Holzbrett zerteilte sie Kartoffeln,
Möhren, Sellerie und Kohlrabi, welche die Mutter bereits
geschält hatte, in kleine Würfel und schüttete alles in den großen
Topf, in dem das Wasser bereits kochte. In einer kleinen Pfanne
dünstete sie Zwiebelwürfel und kleingeschnittenen Speck glasig.
Doch bei alldem ging ihr der Nachmittag mit dem kleinen
Schwesterchen nicht aus dem Sinn. Immer sah sie das Mädchen
vor sich, wie es mit strahlenden Augen und leuchtendem Gesicht
neben ihr in der Bahn gesessen hatte, wie wohl ihm die
Beachtung getan hatte, die sie ihm geschenkt hatte, und sie
beschloss, sich mehr um Linchen zu kümmern.
Je länger sie darüber nachdachte, desto mehr wurde ihr bewusst,

dass sich in der Familie eigentlich niemand mehr um Eva-Lina kümmerte, seitdem der kleine Peter geboren war. Sie seufzte. Ja, der Junge hatte allen den Kopf verdreht. Als kleiner Nachzügler war es ihm nicht schwer gefallen, alle Geschwister und die Eltern um den Finger zu wickeln und bald hatte sich alles nur um ihn gedreht, das Linchen hatte für die anderen Kinder und selbst für Friede und vor allem Martin aufgehört zu existieren. So schien es Ursula jedenfalls. Warum sonst war, seitdem sich alles nur mit dem Bruder beschäftigte, morgens so oft wieder Linchens Bett nass? Sie war doch, seit sie zwei Jahre alt war, jeden Morgen trocken gewesen, über viele Monate lang. Seltsam, dass sie nun wieder damit anfing.

Am Mittwoch darauf setzte sich Friede abends, als die kleineren Kinder bereits im Bett waren, in der Stube an den Tisch. Tinte und Papier und Sieverts letzter Brief, der, welcher Martin so verärgert hatte, lagen neben ihr. Sie hatte die Hände gefaltet, das Kinn darauf gestützt und grübelte darüber nach, wie sie den Brief an ihren Sohn beginnen sollte. Das, was sie zu schreiben beabsichtigte, waren nicht nur ihre Gedanken und Wünsche, die sie ihm übermitteln wollte, sondern vor allem die Meinung seines Vaters, die sie hiermit zu verkünden hatte. Und die wog ungleich schwerer und es fiel ihr nicht leicht sie zu formulieren. Sie wusste, dass Martin Recht hatte und dennoch war es das erste Mal, wo Vater und Sohn derart gegensätzliche Anschauungen hatten.
Seit Sievert in Gumbinnen lebte, hatte er sich sehr verändert, das Leben dort beim Onkel, die Lehre, die Freundschaften, welche er geschlossen hatte, alles hatte ihn anders werden lassen. Nur gut, dass er sie zum Jahresende besuchen würde, dann konnten er und Martin sich über alles unterhalten. Das wäre sicher besser, als in Briefen darüber zu streiten.
Ja, gut, das war es doch! Sie würde ihm heute nur mitteilen, dass der Vater es nicht gut hieß, dass sein ältester Sohn freiwillig in den Krieg ziehen wollte, sein Junge, der eben erst achtzehn Jahre alt geworden war, der gerade einmal seine Lehre hinter sich gebracht hatte, noch nichts weiter vom Leben gesehen, noch alles vor sich hatte. Nein, auch sie wollte das nicht! Er solle wenigstens noch warten bis zum nächsten Jahr, zumindest bis sein Vater mit ihm hatte sprechen können, von Angesicht zu

Angesicht, also mit anderen Worten, er solle nicht erst am
Jahresende, sondern möglichst von Weihnachten bis ins neue
Jahr hinein bei ihnen hier in Breslau sein. Dann könnten sie doch
in Ruhe über alles reden und er sich immer noch dafür
entscheiden, sollte die Meinung seines Vaters für ihn nicht
zählen oder er sie widerlegen können. Wie auch immer, diese
Zeit solle er sich und den Eltern bitte noch geben vor einer
endgültigen Entscheidung.
Besorgt dachte Friede an ihren Jungen, der nun schon ein junger
Mann geworden war, seine eigene Meinung hatte und im Begriff
war, eine für ihn sehr weitreichende Entscheidung zu treffen, die
im schlimmsten Fall seinen Tod bedeuten konnte. Nein, auch sie
hatte Angst um ihn, nicht nur Martin, der den Krieg aus eigener
schmerzhafter Erfahrung kannte, der wusste wie
menschenverachtend er war.
Sievert sollte sich die Zeit lassen, in Ruhe über alles
nachzudenken, dann konnte er immer noch das tun, von dem er
meinte, dass es richtig war.
Mit gerunzelter Stirn überflog sie noch einmal die Zeilen, die sie
geschrieben hatte, setzte hier und da noch ein Komma, dachte
nochmals darüber nach und verschloss dann den Brief bevor ihn
Martin gelesen hatte. So kategorisch wie er es dem Sohn
verbieten wollte, sich freiwillig zu melden, konnte sie es nicht
schreiben. Dann würde genau das geschehen, was Martin
verhindern wollte, einfach aus Trotz. Sie kannte ihren Sohn.
Genau das wäre das Ergebnis.
Martin war früh zu Bett gegangen, seine Kopfschmerzen hatten
ihn den ganzen Tag über wieder sehr geplagt, da er seit dem
Samstag in einer Art Daueraufregung gefangen war.
Sein Körper hatte dagegen rebelliert, wie er es seit 1918, der Zeit
seiner Verwundung, kannte, wie es ihn seitdem begleitete und
nicht wieder zur Ruhe kommen ließ. So würde Friede ihrem
Mann morgen nur erzählen, was sie in etwa geschrieben hatte,
der Brief selbst aber wäre schon unterwegs zu Sievert. Für alle
Beteiligten wäre somit kostbare Zeit gewonnen. Diese Annahme
ließ Friede wieder ruhiger werden, wenngleich es nur eine
vorübergehende, trügerische Ruhe war, nur an der Oberfläche.
Tief in ihr drin wusste sie, dass das Unausweichliche nur
aufgeschoben war, denn genau so gut konnte Sievert ja jederzeit
zum Kriegsdienst eingezogen werden, und in dem Fall könnte

man nichts dagegen tun. In dem Moment, in welchem ihr das
bewusst wurde, nistete sich die Unruhe in ihr ein, fand einen
Platz tief in ihrem Herzen, tief in ihrem Bewusstsein, und ließ sie
fortan nicht mehr in Frieden leben. Die Angst ergriff langsam
Besitz von ihr, die Angst wieder eines ihrer Kinder oder mehrere
zu verlieren, nicht durch Krankheit, sondern durch den Krieg.
Zuerst nur ganz unbewusst lag sie in ihr wie ein winziges
Samenkorn, irgendwo tief im Innern verborgen. Doch bald sollte
sie anfangen zu keimen und zu wachsen.

    Anfang Dezember, einige Tage nach Linchens viertem
Geburtstag, dem Tag, an dem sie das winzige Püppchen von
Ursula geschenkt bekommen hatte, neben einem wunderbar
weichen von der Schwester gestrickten Schal und einem extra
für das Püppchen gehäkeltem Kleidchen, und vor Freude ganz
aus dem Häuschen geraten war, geschah etwas. Ursula wurde von
Frau Hermann in Herrn Anderlichs Heiligtum gerufen. Natürlich
war ihr Gesicht vor Aufregung wieder in flammendes Rot
getaucht, vom Hals bis hinauf zum Haaransatz, und sie wäre auf
dem Weg den Flur entlang fast über den Eimer der Putzfrau
gestolpert.
Was wollte der Chef von ihr? Hatte sie einen Fehler gemacht?
Rasch ging sie in Gedanken die Geschehnisse der letzten Tage
durch, doch es wollte ihr beim besten Willen nichts einfallen.
Verlegen klopfte sie an die Tür und wartete auf sein Herein.
Mit ernstem Gesicht trat ihr Herr Anderlich entgegen, als sie die
Tür hinter sich geschlossen hatte. Ursulas Herz stolperte kurz
und raste dann weiter. Es war schon ungewöhnlich, dass sie hier
herein gerufen wurde, normalerweise kam der Chef nach vorn in
den Laden, wenn er etwas wollte oder er ließ es über Frau
Hermann ausrichten, wenn sie irgendwas erledigen sollte.
„Na, was machen Sie denn für ein Gesicht, Fräulein Ursula? Ist
Ihnen nicht gut?", fragte er besorgt, als er ihre angespannte
Miene und den hochroten Kopf sah. Das Mädchen war ihm ans
Herz gewachsen. So etwas wie eine Tochter sah er in ihr, eine
Tochter, die er leider nie gehabt hatte. Doch so wie das junge
Fräulein hätte er sich eine Tochter gewünscht, das Herz auf dem
rechten Fleck, aufgeschlossen, doch respektvoll, bescheiden,
klug, umsichtig und dazu noch hübsch und schlank. Was hätte
ein Vater sich weiter wünschen können?

Uschi schüttelte den Kopf auf seine Frage.
„Sie haben mich rufen lassen, Herr Anderlich?"
„Fräulein Ursula, bitte setzten Sie sich, ich möchte kurz mit
Ihnen reden.", meinte er und schob ihr den Stuhl vor seinem
Schreibtisch zurecht.
Sie setzte sich und sah ihn gespannt an. Ihr Herz klopfte noch
immer so laut, dass sie meinte er müsse es hören, was sie noch
verlegener machte als sie ohnehin schon war. Sie hielt die Luft
an.
Er musterte sie und ein Lächeln stahl sich in sein Gesicht.
Freundlich nickte er ihr zu und Ursula atmete erleichtert aus.
„Keine Angst, es ist nichts Schlimmes, was ich Ihnen sagen will,
im Gegenteil! Sie wissen ja, dass unser Fräulein Hartwig
geheiratet hat, die Frau Winterstein, also das war ja schon im
Oktober, eine Kriegshochzeit gewissermaßen, nicht wahr. Das
wissen Sie auch, nicht wahr? Und dass sie bald ein Kind
bekommt, das haben Sie ja auch schon gesehen, nicht wahr. Nun,
der Herr Winterstein, ihr Mann, der ist .... , also wie soll ich
sagen, er ist gefallen für sein Vaterland. Gestern hat die Frau
Winterstein die Nachricht erhalten. Es hat sie sehr
mitgenommen, die arme Frau. Sie hatte einen Zusammenbruch
gestern Abend und liegt im Krankenhaus. Also, was ich sagen
will, Fräulein Granz, sie wird uns in der nächsten Zeit vorn beim
Verkauf fehlen, keiner weiß, wann sie wiederkommt.
Und da wollte ich Sie bitten, weil Sie doch damals das so perfekt
mit der Frau Amtsrat Gleisner gemacht haben, dass Sie, obwohl
Sie noch nicht lange unser Lehrmädchen sind, doch beim
Verkauf mit aushelfen. Ab sofort dürfen Sie ganz offiziell Schuhe
verkaufen, wenn Not am Mann ist. Die Frau Hermann wird es
Ihnen nochmals alles erklären. Auch kassieren dürfen Sie selbst,
aber die Hermann soll am Anfang immer noch mal sehen ob alles
stimmt. Das habe ich ihr schon gesagt. Einverstanden?",
beendete er seine Ansprache, bei der Ursula ihn aus immer
ungläubiger blickenden, großen Augen angeschaut hatte.
Sie konnte es nicht fassen. Die anderen Mädchen, mit denen sie
zusammen die Berufsschule besuchte, durften Kaffee kochen,
Regale einräumen, das Lager aufräumen, sogar putzen, aber
verkaufen durfte noch keines von ihnen. Sie wusste nicht was sie
sagen sollte. Am liebsten würde sie dem Herrn Anderlich um den
Hals fallen, so sehr freute sie sich. Das hatte sie sich gewünscht,

doch in ihren kühnsten Träumen hätte sie nicht gewagt zu
denken, dass das so schnell geschehen könnte. Schließlich hätte
der Chef ja auch eine Aushilfe einstellen können für die Frau
Winterstein. Dass er ihr jedoch so viel Vertrauen schenken
würde, hatte sie nicht erwartet.
Aber trotz ihrer Freude über das ihr von Herrn Anderlich
entgegen gebrachte Vertrauen und der Aussicht, nun jeden Tag
vorn im Laden mit verkaufen zu dürfen, war sie doch entsetzt
über die Ursache dafür. Wie sehr bedauerte sie das arme Fräulein
Hartwig, das ja nun Frau Winterstein hieß. Erst im Oktober war
sie so unendlich glücklich gewesen, ihr Verlobter war auf
Heimaturlaub gekommen und sie hatten geheiratet, und schon
bald würde ihr Kind geboren werden. Sicher hätte sie nicht
gedacht, dass so schnell schon dieses Glück zerbrechen könnte,
dass der junge Soldat, der nun ihr Mann war, sein Leben lassen
musste. Nun würde das Kind seinen Vater nie kennenlernen und
seine Mutter war nach wenigen Wochen zur Witwe geworden,
kaum dass die Ehe geschlossen war. Wie viel Leid und Unglück in
so kurzer Zeit.
Ursula konnte es nicht fassen, was da der jungen Frau geschehen
war. Tagelang grübelte sie darüber nach und stellte sich vor, wie
sie sich fühlen würde, wäre ihr dieses Schicksal zuteil geworden.
Mit Macht musste sie diese Gedanken weit von sich schieben.
Nein, darüber wollte sie nicht nachdenken. Doch jedes Mal, wenn
sie in den nächsten Tagen den Laden am Morgen betrat, kam es
ihr wieder in den Sinn. Und insgeheim wünschte sie der Frau
Winterstein von ganzem Herzen, dass sie sich von dem schweren
Schock bald erholen möge und es ihr wieder besser ging.
Im Geschäft war nun jede Menge Arbeit zu erledigen, denn Frau
Winterstein war zu ersetzen und von den beiden Verkäuferinnen,
die jeweils nur für ein paar Stunden kamen, war die eine, Frau
Hochheim, schwer erkrankt und musste im Krankenhaus
operiert werden. Für ganze vier Wochen fiel sie aus und auch
ihre Arbeit musste mit übernommen werden. So kam es, dass
Uschi fast nur noch mit verkaufte und sogar die Putzfrau Wagner
machte jede Menge Überstunden und half mit, die Kartons ins
Lager oder aus dem Lager nach vorn in den Laden zu tragen,
manchmal reichte sie auch welche den Frauen im Laden zu, wenn
diese oben auf den Tritten standen und Kartons in die Regale
stapelten. Man konnte dann oben stehen bleiben und einräumen

und gewann die Zeit, die man sonst für das Hoch- und
Heruntersteigen benötigte. So arbeiteten alle Hand in Hand, denn
anders ging es nicht. Ursula gefiel diese Art des Zusammenhalts,
des Miteinanders, das aus der Not geboren war, die Mitarbeiter
des Schuhhauses Anderlich aber fester zusammenrücken ließ. Sie
fühlte sich dazu gehörig, vor allem auch, weil sie spürte, dass sie
geachtet wurde, nicht mehr nur das kleine Lehrmädchen war.
Uschi liebte es, mit den Kunden zu reden, ihnen zu raten, die
nach Leder duftenden Schuhe aus den Kartons zu holen, in der
Hand zu wiegen und den Leuten vorzustellen. Keine andere
Arbeit hätte sie sich schöner vorstellen können, keine lieber
machen wollen.
Sauber und hübsch angezogen, wie sie es schon immer geliebt
hatte, ordentlich gekämmt, stand sie schlank und rank im Laden,
hielt anmutig die Schuhe in die Höhe und sprach lächelnd mit
den Kunden. Eine bessere und schönere Werbung für sein
Schuhhaus konnte sich Herr Anderlich nicht wünschen. Wenn
der alte Herr sie manchmal so stehen sah, sehnte er sich mit
Wehmut im Herzen danach, selbst auch so eine Tochter zu haben,
so eine Stütze für sein Alter und das Geschäft, so hübsch
anzusehen und von liebem Wesen, doch auch so verkaufstüchtig
wie das kleine Fräulein Ursula.
So liebenswürdig, wie sie die Kunden beriet, bei der Anprobe
behilflich war, auch bei schwierigen Kunden stets freundlich und
höflich blieb und nicht müde wurde, ihnen immer neue Paare zu
bringen und deren Vorzüge und Schönheit mit schlichten,
warmen Worten hervor zu heben, kam es nur äußerst selten vor,
dass ein Kunde oder eine Kundin, die sie bedient hatte, ohne neue
Schuhe das Geschäft wieder verließ.
Herr Anderlich war mehr als nur zufrieden mit seinem
Lehrmädchen Ursula. So jung und unerfahren im Verkauf sie
auch war, als sie zum ersten Mal sein Schuhhaus betreten hatte,
so schnell war sie nun zu seiner besten Verkäuferin geworden.
Nicht zuletzt, weil sie mit dem ganzen Herzen bei der Arbeit war,
weil man sehen konnte, welche Freude es ihr bereitete, diese
schönen Schuhe hier zu verkaufen, man spüren konnte, dass sie
die liebte. Vor allem die eleganten Abendschuhe, die man in der
Oper trug oder bei einem Ball oder Empfang, hatten es ihr
angetan. Sie konnte sie in der Hand halten und mit den Fingern
der anderen Hand zärtlich das weiche Leder entlang fahren,

vorsichtig und behutsam dem eleganten Schwung der Form folgend, als würde sie die Schuhe streicheln. Wer das sah, musste einen solchen Schuh ganz einfach kaufen, denn der war zweifelsohne etwas ganz Besonderes.

Zwei Tage vor Weihnachten, einem Sonntag, stand Uschi morgens auf dem Bahnsteig und wartete aufgeregt auf den Zug. Nach einer eisigen Nacht war es jetzt in dieser frühen Morgenstunde noch kalt und Ursula schob den Schal, den sie um den Hals trug noch ein wenig weiter nach oben und schlug den Mantelkragen hoch. Unruhig trat sie von einem Bein auf das andere, starrte abwechselnd auf die Uhr und die Gleise entlang in die Richtung, aus der die Bahn kommen musste, ging einige Schritte, machte kehrt und lief wieder zurück.
Noch zehn Minuten! Sie war zu früh hier angekommen, hatte aber auf keinen Fall zu spät sein wollen und deshalb eine Straßenbahn früher genommen und dann in schnellem Schritt hierher geeilt. Das hatte sie nun davon, sie stand hier und fror und womöglich kam der Zug nicht einmal pünktlich.
Wieder nahm sie ihre Wanderung auf, ein paar Schritte in die eine Richtung, einige in die entgegen gesetzte. Noch fünf Minuten! Die Zeit verging aber auch nicht.
„Achtung, in wenigen Minuten trifft am Gleis zwei fahrplanmäßig der D-Zug aus Posen ein. Bitte zurücktreten von der Bahnsteigkante und Vorsicht bei der Einfahrt!", kam die Durchsage aus dem Lautsprecher.
Na, wenigstens pünktlich kam er, sie musste nicht noch länger warten. Sie fror ohnehin schon genug.
Ein dicker, schwarzer Koloss schob sich auf dem Gleis heran. Weißer Dampf quoll überall hervor und hüllte ihn ein. Lautes Fauchen und das Quietschen der Bremsen mischten sich mit dem Fauchen der Lokomotive und dem Rattern der Räder. Schon war die Lok an Uschi vorbei und die ersten Waggons rollten, immer langsamer werdend, neben ihr. Eingehüllt vom dem Dampf wie von Nebel kam der Zug schließlich zum Stehen. Die ersten Türen öffneten sich und Uschi hielt angestrengt Ausschau. Wo war er nur? Hatte er nicht geschrieben, er würde ganz vorn sitzen, damit sie sich auch finden würden?
Plötzlich wurde es dunkel um sie herum. Uschi erschrak und wollte sich rasch umdrehen, doch sie wurde festgehalten. Sie riss

die fremden Hände von ihren Augen und wollte sich heftig zur
Wehr setzen.
„Was ist los, Schwesterlein?", lachte ihr Sievert ins Gesicht.
„Hast du dich etwa erschrocken?"
Noch immer mit heftig klopfendem Herzen fiel Uschi dem Bruder
um den Hals.
„Mein Gott! Du hast mir vielleicht einen Schrecken eingejagt! Du
schreibst, du sitzt ganz vorn, ich suche dich dort, dann kommst
du von hinten und hältst mir die Augen zu, eh. Da wärst du auch
erschrocken, hier so inmitten der vielen Menschen.", warf sie
ihm vor.
„Aber ich bin trotzdem recht froh, dass du da bist!", umarmte sie
ihn nochmals.
„Der Papa war in der letzten Zeit wirklich unausstehlich, also seit
deinem letzten Brief, Sievert. Manchmal hatten wir richtig Angst
vor ihm und auch um ihn. Du kannst dir nicht vorstellen, wie ihn
sein Splitter geplagt hat in dieser Zeit. Man konnte es bald nicht
mehr mit ansehen! Wirklich! Ich freue mich jedenfalls, dass du
jetzt endlich hier bist und nun wieder alles gut wird!", rief sie,
dabei unruhig seine Miene musternd.
„Es wird doch alles gut, oder? Sievert?!", fragte Uschi ängstlich,
als sie seine Abwehr bemerkte und sah wie eine eisige Kälte in
seine Züge kroch.
„Sievert, sag, dass ihr euch vertragt, dass alles gut wird! Bitte!",
rief sie heftig und rüttelte an seinem Arm.
„Das kann ich dir nicht versprechen, Schwesterlein! Tut mir leid.
Wir werden sehen!", fügte er leiser hinzu.
Er nahm Uschi am Arm, hakte sie unter und zog sie mit sich aus
dem Bahnhof hinaus auf den Vorplatz. Hier blieb er stehen und
atmete die Kälte tief ein. Weit breitete er seine Arme aus und
holte nochmals tief Luft.
„Weißt du wie schön es ist, wieder hier zu sein, Uschi?".
Fragend sah sie ihn an.
„Manchmal habe ich so viel Sehnsucht nach Breslau, nach euch
allen, Muttel, Papa, den Geschwistern, besonders dir, aber auch
ganz einfach nach der Stadt, nach der großen, schönen Stadt."
Er schwieg und sah vor sich hin.
„Ach Uschi!", sagte er dann leise und zögernd.
„Kleines Schwesterlein! Es ist nicht immer schön, dort oben in
Gumbinnen, beim Onkel Ernst. Glaube mir! Er ist kein Guter, der

Onkel. Nur am Anfang hat es so ausgesehen, aber dann...", brach
er traurig ab und Uschi meinte, Tränen in seinen Augen glitzern
zu sehen. Nein, sie irrte sich! Seit der Kindheit hatte sie Sievert
nicht mehr weinen sehen.
Noch einmal schaute sie in das Gesicht des Bruders, wie um sich
zu vergewissern. Seine traurigen Augen blickten in eine weite
Ferne und er blinzelte, als wäre ihm etwas ins Auge gefallen.
Da wusste Uschi, er würde nie vor ihr weinen, doch irgendeine
Sache hatte ihn zutiefst getroffen. Ihr liebster Bruder war sehr
nachdenklich und gedrückt, wie sie ihn noch nie gesehen hatte.
Und sie stand hier neben ihm im kalten Morgen und konnte ihm
nicht helfen.
„Komm, Sievert, fahren wir nach Hause! Du bist die ganze Nacht
unterwegs gewesen und sicher müde und hier ist es kalt. Zu
Hause sieht alles wieder anders aus. Die Geschwister freuen sich
schon auf dich, vor allem die Jungs. Der Hannes ist auch da.
Leider kommt er nur noch selten nach Hause, einmal im Monat
und in den Ferien. Du weißt ja, er lernt Maler drüben in Pilsnitz.
Er wohnt dort bei seinem Meister in der Dachstube, hat freie
Unterkunft und Verpflegung. Aber das weißt du ja größtenteils
bereits. Na komm!", hakte sie sich bei ihm unter und zog ihn mit
sich in Richtung Straßenbahnhaltestelle.
Sie fror nun doch sehr und so oft fuhren heute am Sonntag die
Bahnen nicht. Sie wollte nach Hause. Sievert hatte doch
bestimmt genau so viel Hunger und Appetit auf ein Frühstück mit
schönem warmem Kaffee wie sie. Sonntags gab es statt der süßen
Suppe am Morgen duftendes, geröstetes Brot. Sie liebte diesen
Duft, der dann durch die Küche zog. Im Herd prasselte und
blubberte das Feuer, der Wasserkessel dampfte auf den heißen
Platten und pfiff, wenn das Wasser darin kochte. In der Kanne
wurde dann der richtige Bohnenkaffee aufgebrüht, mit frisch
gemahlenen, duftenden Bohnen. Natürlich nur am Sonntag,
unter der Woche gab es dies Köstlichkeit nicht, nur Malzkaffee
oder Tee wie für die Kinder auch. Doch seit sie die Schule
verlassen hatte, durfte sie ebenfalls am Sonntag Bohnenkaffee
trinken und fühlte sich dabei schon sehr erwachsen.
Aber heute morgen war alles etwas anders als sonst, anders als
sie es gewohnt war, anders als sie es sich wünschte, nicht so
ruhig wie sonst am Sonntagmorgen, nicht so friedlich.
Schon als sie mit Sievert zusammen vor der Tür stand und sie

drinnen die Türglocke schellen hören konnten, wusste Ursula auf
einmal, dass mit Sieverts Ankunft durchaus nicht wieder alles gut
werden würde. Sievert fiel den Eltern um den Hals, sicher, er
umarmte und drückte die Geschwister und sie ihn, alle schienen
erfreut, sich nach langer Zeit wiederzusehen, ja, und doch wirkte
alles so unwirklich, so steif, und andererseits auch
spannungsgeladen. Eine ganz seltsame Stimmung lag in der Luft.
Ursula hätte nicht zu sagen gewusst welcher Art sie sei, doch sie
konnte fühlen, dass sie da war, fast greifbar, überall in der
Wohnung.
Was stand nur zwischen Papa und Sievert? Ursula zog ihre Stirn
in Falten und überlegte. Nur zu gern hätte sie Sievert geholfen.
Sein trauriges Gesicht und die weg geblinzelten Tränen in seinen
Augen gingen ihr nicht aus dem Sinn, ebenso wenig wie Papas
Sorgen und Qualen in den letzten Wochen seit Sieverts Brief. Sie
wünschte sich für Beide etwas tun zu können, sie zu versöhnen,
zu beschwichtigen, was auch immer. Wenn sie nur bloß wüsste
worum es eigentlich ging!
Am Abend, als die kleineren Kinder bereits in den Betten lagen,
Hannes, Uschi und Sievert zusammen am Küchentisch saßen und
redeten und lachten, stand auf einmal die Mutter in der Tür.
„Sievert, der Papa möchte mit dir sprechen. Kommst du bitte in
die Stube?“, sagte sie leise, fast vorwurfsvoll.
Sieverts Gesicht wurde ernst. Er erhob sich, winkte den
Geschwistern kurz zu und folgte der Mutter über den Flur in die
Stube.
„Was hat er?“, fragte Hannes erstaunt, der nichts von Sieverts
Brief und der Aufregung, die ihm gefolgt war, mitbekommen
hatte. Nur einmal war er in den letzten Wochen kurz an einem
Sonntag zu Hause gewesen, an dem das Thema nicht zur Sprache
gekommen war.
Ursula erzählte das Wichtigste, vor allem aber, dass sie selbst
nichts Genaues wusste, im Dunkeln tappe, aber furchtbar gern
sowohl dem Papa als auch Sievert helfen würde. Hannes nickte
bedächtig und ernst, sagte aber kein Wort dazu. Schweigend
saßen sie beide am Tisch, Hannes zurückgelehnt, die Arme vor
der Brust verschränkt, den Blick auf den zischenden
Wasserkessel gerichtet, Uschi hatte die Unterarme auf dem Tisch
liegen und spielte nachdenklich mit ihren Fingern.

Nachdenklich saß auch Martin in der Stube, allein in der Mitte
des Sofas. Sievert hatte sich einen Stuhl neben den Tisch
gezogen, so dass er dem Vater zugewandt sitzen konnte,
aufrecht, den linken Arm auf dem großen, schweren Eichentisch
liegend. Friede hatte sich auf einen Sessel, direkt unter der
Stehlampe zurückgezogen, eine angefangene Stickdecke auf dem
Schoß, und tat so, als ginge sie das alles nicht an. Doch ihre Ruhe
war nur äußerlich. Sie wusste genau, dass Martin jeden Moment
explodieren konnte, dass sich zu viel in ihm aufgestaut hatte in
den letzten Wochen. Angstvoll erwartete sie den Ausbruch.
Doch Martin sagte nichts. Still und aufmerksam betrachtete er
seinen ältesten Sohn.
Bald wurde die Stille unerträglich. Sievert rutschte nervös auf
seinem Stuhl hin und her.
„Papa, sollten wir nicht miteinander reden?", stieß er plötzlich
hervor.
Martin nickte ernst.
„Ja, mein Junge!", begann er leise.
„Es ist also dein Wunsch recht bald in den Krieg zu ziehen und
für deinen Führer zu kämpfen?", fragte er, wobei er das Wort
„deinen" besonders betonte.
„Du willst für deinen Führer kämpfen und dein Leben für ihn
geben, ja?", fragte er noch einmal und sah Sievert zwingend an.
„Ja, Vater! Das verstehst du nicht!", sprang Sievert auf und blieb
neben dem Stuhl stehen.
„Ich will mich freiwillig melden. Für den Führer und das
Vaterland will ich kämpfen. Gegen die Russen, die Polen, die
Juden und das ganze andere Gesindel. Wir Deutschen müssen die
anderen führen, wenn es sein muss mit Gewalt. Wir sind ihnen
überlegen. Glaub mir, das wird recht schnell gehen, dann haben
wir sie alle besiegt.", schleuderte er Martin entgegen.
Friede hatte bei seinen Worten aufgehorcht. Dass er gegen alle
und jeden kämpfen wollte, vor allem aber gegen die Juden ließ
sie zusammenzucken.
Martin sah seinen Sohn an, als sehe er ihn zum ersten Mal.
Langsam und ungläubig schüttelte er seinen Kopf. Das war sein
Junge, der da so sprach? Sein Sievert quatschte diese Dinge nach,
die es überall in den Zeitungen zu lesen, im Radio zu hören und
in der Wochenschau zu sehen gab? Die Hetzreden der Nazis
plapperte er nach, ohne zu überlegen? Sein sonst so kluger Junge

fiel auf diese miesen Kriegstreiber herein?
Martin holte tief Luft und presste die Hände gegen seinen
hämmernden Schädel und bewegte ihn hin und her, damit die
bohrenden und stechenden Schmerzen aufhörten. Das konnte
nicht wahr sein! Er wollte es nicht glauben. Nochmals atmete er
tief durch.
„Sievert, Junge!", fing er an, bemüht ruhig und beherrscht zu
bleiben.
Eindringlich sah er seinen Sohn dabei an.
„Sievert, weißt du nicht was der Krieg mit uns Menschen macht?
Kannst du dir vielleicht vorstellen wie viele Soldaten im letzten
Krieg ihr Leben ließen für Deutschland und den Kaiser? Wurden
dahin gemordet auf den Schlachtfeldern? Russen, Polen,
Franzosen usw. und Deutsche! Wie viele waren verwundet, so wie
ich, blieben mehr oder weniger Krüppel für ihr weiteres Leben.
Junge, überlege! Was hat es Deutschland gebracht? Was dem
Kaiser? Was dem deutschen Volk, jedem Einzelnen, den Soldaten,
den Witwen und Waisen? Was hat der Krieg gebracht? Zerstörte
Städte und Dörfer, Leid, Not und Elend, Tod und Krankheit!
Sievert, ist es das was du willst? Ein zerstörtes Land, einen
zerstörten Kontinent? Tausende und abertausende Tote und
Verwundete, ein Europa der Schlachtfelder?
Der Krieg ist nicht schön, Sievert, er ist grausam! Immer!
Junge, wach auf! Du willst in diesen Krieg ziehen, der nicht dein
Krieg ist! Was haben dir die Polen getan, die Franzosen, die
Russen, die Juden, die anderen Menschen, wo auch immer sie
leben? Kannst du nicht in Frieden leben mit anderen?".
Immer eindringlicher waren seine Worte geworden, mit denen er
versuchte den Sohn zu erreichen.
Erregt hatte Sievert dem Vater zugehört, doch nun reichte es.
„Papa, was soll das? Du hast doch keine Ahnung!", rief er unwillig
und strich sich mit einer fahrigen Geste eine widerspenstige
Strähne seines blonden Haars aus der Stirn.
„Der Führer weiß genau was er will, und dieser Krieg muss sein.
Wir haben ihn nicht heraus gefordert. Aber das deutsche Volk
wird sich über die anderen erheben. Außerdem wird der Krieg
nicht lange dauern. Keine Angst, wir sind denen doch haushoch
überlegen. Spätestens in einem Jahr ist alles vorbei!",
prophezeite er.
Martin wurde langsam ungeduldig. Wie verbohrt war sein Junge

nur geworden? Er kannte ihn nicht wieder. Noch mehrmals
versuchte Martin seinen Sohn zu überzeugen. Über zwei Stunden
stritten sie erbittert miteinander, keiner wich von seiner Position
zurück.
Friede saß wie erstarrt unter ihrer Stehlampe, unfähig die Nadel
durch den Stoff zu stechen. Wortfetzen des Gesprächs drehten
sich in ihrem Kopf. Sie flogen auseinander, setzten sich in neuer
Reihenfolge wieder zusammen, neue kamen dazu, andere
verschwanden, doch immer wieder tauchten da Sieverts Worte
über die Juden auf. Friede war entsetzt. Ihr Sohn war zu einem
Judenhasser geworden. Was hatten sie falsch gemacht? Hatten sie
nicht alle ihre Kinder dazu erzogen, alle Menschen
gleichermaßen zu behandeln, wie das gute Christen tun?
Und hatten sie nicht selbst so lange Zeit unter Vorurteilen und
Erniedrigung gelitten, selbst durch die eigene Familie. Hatte er
daraus nichts lernen können?
Endlich hatte Martin seinem Sohn einen, wenn auch kleinen,
Aufschub abgerungen. Seiner Mutter zuliebe, aber nur deshalb,
wollte Sievert noch einmal über alles nachdenken und seine
Entscheidung bis zum Frühjahr verschieben.
Natürlich hatte Martin sich mehr erhofft von diesem Gespräch,
er hatte seinen Ältesten überzeugen wollen, zu warten bis er
eingezogen würde und in den Krieg ziehen müsste. Doch davon
wollte Sievert nichts hören und er blieb stur und ließ nicht
weiter mit sich reden.

Während Martin und Sievert sich zu Uschi und Hannes an den
Küchentisch setzten und noch eine Tasse Tee tranken, blieb
Friede reglos in der Stube sitzen. Ihr Herz schmerzte. Der Streit
zwischen Vater und Sohn hatte sie zu sehr aufgeregt. Traurig
dachte sie daran, dass spätestens im Frühjahr ihr Sievert wohl in
den Krieg ziehen würde. So entschlossen, so verbohrt, so
verblendet, wie er war, sah Friede kaum die Wahrscheinlichkeit,
dass er sich bis dahin noch umstimmen ließ. War es nicht
schlimm genug, wenn die jungen Männer gehen mussten?
Warum nur wollte Sievert dann sogar freiwillig ins Feld ziehen?
Wofür? Wusste er denn nicht, welche Sorgen er ihnen damit
bereitete, dass sie Angst hatten um ihren ältesten Sohn?
Traurig und nachdenklich blieb Friede noch lange unter der
Stehlampe sitzen, sinnend die Lichtkringel beobachtend, welche

die Lampe auf die Dielen vor dem Sofa malte.

Auch über die Feiertage blieb die Atmosphäre frostig, sowohl draußen als auch die innerhalb der Familie. Obwohl sich alle bemühten das Fest nicht zu verderben, spürte man doch, dass etwas in der Luft lag, dass die Meinungsverschiedenheiten fortbestanden. Friede schlich umher mit Schmerzen in der Brust, die Ringe um ihre Augen waren tiefer und dunkler geworden, denn nachts fand sie kaum Schlaf. Nur am Heiligabend waren für ein paar Stunden die Zwistigkeiten vergessen. Lene war mit ihrer kleinen Familie gekommen und irgendwie hatten sogar alle einen Platz am Esstisch gefunden. Ursula hatte sich schon seit Tagen auf die Weißwürste gefreut.
Während Leo seine Tochter auf seinen Knien hatte reiten lassen, dass sie vor Freude jauchzte und jedes Mal, wenn er sie nach hinten fallen ließ und wieder auffing laut lachte, hatte Lene mit der Mutter in der Küche gestanden und das Abendessen vorbereitet.
Uschi hatte arbeiten müssen, denn Frau Winterberg lag noch immer in der Klinik und musste ersetzt werden. Bis zum frühen Nachmittag war Uschi im Geschäft gewesen und hatte auch noch die Straßenbahn nach Zimpel verpasst, so dass sie recht spät erst angekommen war. Doch sie war nicht die Letzte gewesen, denn Hannes hatte sich mit Freunden aus der Schulzeit getroffen und war erst kurz nach ihr wieder im Meisenweg angekommen. Doch bis zur Bescherung war noch genügend Zeit gewesen.
Die Kinder waren aufgeregt und nervös wie jedes Jahr am Weihnachtsabend, doch dann war alles viel zu schnell vorüber. Man hatte sich die schlesischen Weißwürste schmecken lassen. Uschi hatte ganz langsam und bedächtig gekaut, als wolle sie alles möglichst lange genießen, während Fredi und Joni nicht schnell genug hatten fertig sein können, denn nach dem Essen war Bescherung. Also, je eher desto besser! Umso schneller konnten sie ihre Geschenke in den Händen halten.
Doch zuerst kam ja noch das Singen, das die Jungen nicht so sehr liebten, nur Hannes sang leise mit. Wie jedes Jahr sang Friede das „Stille Nacht, heilige Nacht“, doch nur die erste Strophe allein, dann fielen auch Lene und Uschi mit ein. Wie wunderbar klangen die drei schönen Stimmen, Friedes heller Sopran, Lenes dunkle Alt-Stimme und Uschis Sopran, der etwas dunkler war als der der

Mutter, aber klar und rein. Andächtig lauschten die Kinder und Martin blickte stolz und gerührt auf seine Friede und die beiden Mädchen.

Nachdenklich stand Sievert zwischen Hannes und Schwager Leo Pahl. Diese Weihnachtsszenerie rührte auch ihn immer wieder, schließlich hingen die schönsten Erinnerungen an seine Kindheit daran. Auch als Kind hatte er immer mit weichen Knien vor dem Baum gestanden und auf die schöne Stimme der Mutter gelauscht und manchmal hatte er auch mitgesungen.

Jedoch heute mischten sich noch andere Gefühle mit in die bekannten, sentimentalen, weihnachtlichen. Ja, er liebte seine Familie, seine Eltern, die Geschwister. Doch mit dem Vater stimmte er nicht mehr überein, seine Ansichten waren nicht die gleichen. Der Streit am Sonntagabend hatte gezeigt, dass sie sogar total gegensätzlicher Art waren. Er glaubte an andere Ideale und Vorstellungen als der Papa. Doch sollte er nicht seinen eigenen Weg gehen. Der Groll stieg wieder in im auf. Nein, nicht heute! Darüber wollte er nicht heute nachdenken, es war Weihnachten.

Und dann war es endlich soweit, die Gaben durften ausgepackt werden. Es waren keine großen Geschenke, denn die konnten sich Granzes noch immer nicht leisten, doch alles kam von Herzen und sollte Freude bereiten, was es denn auch tat, obwohl es für die älteren Kinder eigentlich mehr nützliche Dinge gab, wie Uschis neues Tuch in der Farbe ihrer Augen, das sie im Frühjahr gut zu ihrem Mantel tragen konnte.

Hannes freute sich genauso sehr über seinen neuen Rucksack, mit dem er endlich auf der Fahrt hinaus nach Pilsnitz und von dort nach Hause etwas hatte, worin er gut seine gesamte Wäsche, die er Friede zum Waschen mitbrachte und wieder mitnahm nach Pilsnitz, unterbringen und außerdem seine Schreibutensilien für die Berufsschule verstauen konnte.

Sievert hatte eine Geldbörse aus seinem Päckchen gewickelt. Die hatte er sich schon lange gewünscht. Dankbar nickte er zur Mutter hinüber, die wie an dem Abend des Streits auf dem Sessel unter der Stehlampe saß und das bunte Treiben um sich herum beobachtete. Dankbar war sie für ihre Familie, für Martin und die Kinder, wenn auch nicht immer alles eitel Sonnenschein war und so manches Wermutströpfchen in ihre Welt fiel und sie verbitterte, wie Sieverts Wunsch sich freiwillig zum Kriegsdienst zu melden. Dennoch war ihr die Familie alles, das wofür sich zu leben lohnte, ihr einziges Besitztum, ihre Arbeit, ihre Liebe und ihre Qual. Sie hoffte für ihre Kinder, dass sie es einmal leichter im Leben hätten als sie selbst, und sie schickte, gerade heute, ihre Wünsche und heißen Gebete nach oben, wie sie es immer tat.

XI

Anfang März liefen die Vorbereitungen für die nächste Kanusaison auf vollen Touren. Doch Konni, Konrad Kästner, ging mit gemischten Gefühlen an die Planung des Trainings für die diesjährigen Wettkämpfe, wusste er doch, dass es nur eine Frage der Zeit war, bis er zum Wehrdienst eingezogen wurde. Noch verschonte man ihn, doch wie lange noch. Die Gedanken an seine Frau Gisela und die beiden Kinder schob er von sich, er mochte nicht daran denken, was werden würde. Nur die Beschäftigung im Kanuverein, das Hineinvergraben, das Aufgehen in der Arbeit mit den jungen Sportlern, bewahrte ihn davor in Angst zu verfallen. Dafür hatte er keine Zeit. Die lief ihm davon, doch er wollte die Saison so gut wie möglich vorbereiten und so lange man ihn ließ für gute Ergebnisse sorgen, so wie letztes Jahr. Ursula und Uschi fuhren mit den Fahrrädern zum Verein, seit Ursula Lenes altes Rad benutzen durfte. Sie sparten Zeit dadurch, die beide jungen Mädchen nicht mehr allzu üppig zu Verfügung hatten. Ursula war in Anderlichs Schuhhaus gut eingespannt, denn Frau Winterstein war nicht wieder zurückgekehrt. Noch lange Zeit, bis zur Entbindung einer kleinen Tochter, hatte sie in der Klinik gelegen. Man hatte gehört sie hätte den Tod ihres Mannes nicht verkraftet. Selbst Herr Anderlich hatte bisher noch keine Ahnung ob sie eines Tages wieder arbeiten käme. Noch würden sie und ihr Kind von ihrer Mutter betreut und es ginge ihr nicht gut.
So war Ursula inzwischen fest in den Verkauf mit eingebunden und am Nachmittag wurde es manchmal etwas später bevor sie aus dem Geschäft kam und nach Hause fahren konnte.
Da kam ihr das Fahrrad gerade recht, mit dessen Hilfe sie die verlorene Zeit wieder aufholen konnte. Uschi Franz ging es nicht besser. Da in ihrer Firma einige der jungen Männer schon eingezogen waren und an der Front waren, blieben so einige Aufgaben an den verbliebenen Mitarbeitern hängen, und oft wurde Uschi als Lehrmädchen auch dazu eingespannt. Jeder hatte seinen Beitrag zu leisten, so die Ansage des Inhabers.
Also radelten die beiden Mädchen jeden Nachmittag zu den Vereinen, mal ins Bad, mal zum Bootsschuppen, manchmal auch

beides hintereinander. Doch mitunter wurde es auch zu viel und sie mussten wählen, schwimmen oder Kajak. Das fiel ihnen nicht leicht und einer Meinung waren sie auch nicht immer.

Heute war Uschi etwas früher nach Hause gekommen, eine der Halbtagskräfte hatte zwei Stunden eher ihre Arbeit begonnen, weil sie von nun an länger arbeiten wollte. Sie brauchte das Geld dringend, da ihr Mann Soldat war und sie drei kleine Kinder zu versorgen hatte. Bei der Gelegenheit sollte Uschi ihre angesammelten Überstunden ein wenig abbauen.

Klar, dass sie sich freute, war doch in den letzten Wochen die Möglichkeit für sich selbst etwas zu tun, recht arg beschnitten worden. Zu viele Verpflichtungen hatten erledigt werden müssen.

Die Haustür fiel ins Schloss und Ursula stieg die wenigen Stufen hinauf. Sie schellte und nach einer Weile öffnete Grete die Tür. „Uschi, du hast einen Brief. Die Muttel hat ihn auf dein Bett gelegt.", rief sie, noch ehe Uschi über die Schwelle getreten war, der Schwester als Begrüßung entgegen.

Schnurstracks ging Uschi an der Küche vorbei, betrat das Zimmer der Mädchen und nahm den Brief vom Bett. Ach, der war ja von Sievert! Seit Weihnachten hatte er nichts mehr von sich hören lassen, obwohl er auf dem Bahnhof vor der Abfahrt versprochen hatte, ihr zu schreiben. Uschi war gespannt.

Doch bevor sie den Umschlag öffnen konnte, tönte die Stimme der Mutter aus der Küche: "Uschi, Marjellchen, bist du das? Kannst du mir bitte in der Küche helfen? Wir müssen heute auch noch die Fenster putzen, jedenfalls damit anfangen! Kommst du?"

Uschi ließ den Brief sinken und schob ihn dann seufzend in den Kasten der Kommode, die neben ihrem Bett stand. Nein, sie wollte Sieverts Zeilen in Ruhe lesen, nicht so zwischen Tür und Angel. Das würde wohl vor heute Abend nichts werden, denn am späten Nachmittag wollte sie Uschi zum Training abholen. Schon um Sechs mussten sie im Hallenbad sein.

Sie band sich die Schürze um und flitzte in die Küche. Die Mutter hatte bereits die Kartoffeln für das Abendessen geschält. Ursula wusch Möhren und putzte auch diese, während Friede sich ans Fensterputzen machte, wobei ihr Uschi und auch Traudel dann später halfen.

Abgekämpft und müde stieg Ursula am Abend ins Bett, knetete

sich das Federkissen unter dem Kopf zurecht und öffnete die Schublade. Sieverts Brief leuchtete ihr in hellem zartem Grün, seiner Lieblingsfarbe, entgegen. Sie schnitt ihn vorsichtig mit dem Messer, das sie aus der Küche mitgenommen hatte, auf, rieb sich die Augen und begann zu lesen:

Gumbinnen, 4.3.1941

Liebe Uschi, kleines Schwesterlein!

Nun wird es aber Zeit, dass ich Dir endlich schreibe. Sicher wartest Du schon sehr ungeduldig auf ein paar Zeilen von mir. Nachdem mein letzter Besuch bei Euch daheim in Breslau nicht so glücklich verlaufen war, bin ich sehr nachdenklich hierher zurückgefahren. Auf den Papa war ich sehr wütend, vor allem, dass er mir nicht zugesteht eine eigene Meinung zu haben. Aber darüber will ich Dir eigentlich nicht schreiben, denn das ist etwas zwischen Papa und mir und das soll nicht auch noch zwischen uns stehen. Denn Du, kleine Schwester, hast immer zu mir gehalten, schon als ganz kleines Mädchen warst Du stets auf meiner Seite. Und das bist Du wohl auch heute noch. Dessen bin ich mir ganz sicher.
Nein, eigentlich gibt es einen ganz frohen Anlass, dass ich Dir heute schreibe, wegen dem ich auch so lange nichts habe von mir hören lassen. Doch Du, liebe Uschi, sollst auch die Erste sein, der ich das mitteile.
Du wirst es kaum glauben, Schwesterchen, Dein Bruder hat sich verliebt! Richtig doll, richtig glücklich verliebt!
Na, was sagst Du nun? Ich bin verliebt in das schönste und liebste Mädchen hier weit und breit, ach, was sage ich, auf der ganzen Welt!
Nun wirst Du sicher wissen wollen, wie das so schnell kam und wo ich sie kennengelernt habe usw.? Ihr Mädchen seid ja da immer sehr neugierig.
Ja, was soll ich sagen? Der Onkel Ernst hat mich zu einem Kunden hier in Gumbinnen geschickt, der einen Kachelofen gesetzt haben wollte. So einen großen Ofen, mit einer gemauerten Sitzbank drum herum und mit Berliner Kacheln verkleidet. Der sollte in der guten Stube stehen und von der Küche aus beheizt werden.

Ein wunderbares riesiges Stück! Ja, und ich sollte dort schon mal alles vorbereiten, die Löcher in die Wände hacken, das Baumaterial hinbringen und abladen und lauter solche Sachen eben.

Wie ich da hinkomme, Uschi, da macht sie mir die Tür auf und steht vor mir und guckt mich an, und ich sie. In dem Augenblick war es um uns beide geschehen, sag ich Dir. Sie ist aber auch etwas ganz Besonderes! Du müsstest sie kennenlernen, dann würdest Du mich verstehen!

Sie heißt übrigens Annemie, also eigentlich Annemarie. Kurze hellbraune Haare hat sie und wunderschöne dunkelblaue Augen und ein ganz liebes Lächeln, so lieb wie sie auch ist, und süße Grübchen sind in ihren Wangen, wenn sie lacht. Schlank ist sie, doch kernig, sie kann zupacken.

Kannst Du Dir vorstellen, wie gern ich dort gearbeitet habe? Freiwillig habe ich länger geschuftet, nur damit ich in ihrer Nähe war.

Als der Ofen fertig war, habe ich mich verabschiedet und sie gefragt, ob wir uns auch so einmal treffen könnten. Ich habe mich gefreut wie ein Schuljunge, als sie „Ja" gesagt hat.

Nun waren wir schon mehrmals spazieren. Jedes Mal bin ich aufgeregt und dann so glücklich, wenn sie neben mir geht und ich ihre Hand halten darf. Und es ist immer wie das allererste Mal.

Du kannst Dir nicht vorstellen wie das ist. Wenn ich in ihrer Nähe sein kann, bin ich ein anderer Mensch, glücklich, unbeschwert, fröhlich! Dann vergesse ich alles andere, auch wie der Onkel Ernst manchmal mit mir umspringt. Aber das gehört nicht hierher und ich bitte Dich, sag das auch den Eltern nicht, dass ich mich beklagt habe.

Meine liebe Uschi, ich hoffe, das mit der Annemie bleibt so wunderschön und sie empfindet das, was ich für sie fühle. Es ist ja alles noch so neu, für mich und für sie natürlich auch.

Und ich wünsche Dir, dass es Dir, meine kleine Schwester auch einmal so geht und Du so glücklich bist!

So, nun habe ich Dich bestimmt recht staunend diesen Brief lesen lassen.

Sage bitte den Eltern es geht mir gut! Nun, das geht es wirklich, weil ich wie auf Wolken durch den Tag schwebe, aber das sage lieber nicht dazu.

Sei nun, liebe Uschi, ganz lieb gegrüßt
von Deinem glücklichen Bruder Sievert!

P.S. Schreib mir bitte auch bald mal wieder! Ich will doch wissen
wie's daheim so geht und was Dein Sport macht.

Lächelnd ließ Ursula den Briefbogen sinken. Das war ja eine tolle
Neuigkeit! Ihr Bruder war verliebt. Wer hätte das gedacht, dass
er dort in Gumbinnen ein Mädchen finden würde? Sie freute sich
für Sievert. Er hatte ein liebes Mädchen verdient, ihr großer
Bruder. Sie gönnte ihm sein Glück, sollte es denn ein solches
wirklich werden, von ganzem Herzen.
Aber was hatte er nur immer mit dem Onkel? Sie konnte sich
kaum an ihn erinnern. Nur einmal war er mit der Tante in
Breslau gewesen und hatte seine Schwester und ihre Familie
besucht, aber da war sie noch recht klein gewesen, vielleicht drei
oder vier Jahre. So war er für sie nur ein fremder, freundlicher
Onkel geblieben.
Doch, was sollte sie nun den Eltern über Sieverts Brief erzählen,
denn lesen lassen sollte sie ihn ja nicht, aber alles erzählen auch
nicht. Ratlos faltete sie das Papier zusammen und steckte das
Blatt wieder sorgfältig zurück in den Umschlag, drehte ihn
mehrmals in der Hand, kam aber zu keinem schlüssigen Ergebnis.
Nach einer Weile stand sie auf und schob den Brief in ihre
Handtasche, die sie immer ins Schuhhaus begleitete. Sie wollte
nicht, dass vielleicht die Mädchen ihn beim Spielen fanden. Dann
kuschelte sie sich im Bett zurecht, dachte noch einmal über
Sieverts Brief nach und schlief darüber ein.

„Los, Uschi, komm, beeil dich! In zehn Minuten beginnt das
Training, wir müssen uns noch umziehen und duschen. Tritt mal
ein wenig schneller!", rief Ursula der Freundin zu.
„Reg dich nicht auf, Uschi! Wir sind gleich an der Schwimmhalle.
Siehst du, da ist sie schon!", antwortete Uschi Franz, bremste
knapp vor dem Fahrradständer am Eingang und sprang vom Rad.
„Keine Angst, wir schaffen das! Und der Werner ist froh, wenn
wir überhaupt da sind.", fuhr sie respektlos fort.
Ursula lachte.

Ja, die Uschi Franz! Immer musste sie das letzte Wort haben. Und
meistens behielt sie auch noch Recht.
Sie rannten gemeinsam die Treppe hinauf, am Pförtner vorbei in
die Umkleidekabinen. In Windeseile waren sie umgezogen,
flitzten unter die Duschen und liefen zum Becken. Herr Werner
schickte die Mädchen gerade ins Wasser, als sie sich dazu
gesellten und hineinspringen wollten.
„Halt!", rief ihnen der Trainer zu.
„Hiergeblieben Uschi 1 und 2! Gerade habe ich mit den anderen
Mädchen gesprochen, habe ihnen meine Entscheidung für die
Vergleiche in vier Wochen mitgeteilt. Also noch mal für euch:
aufgrund der letzten Ergebnisse bei unseren internen
Wettbewerben und der Ergebnisse, die im Training gezeigt
wurden, seid ihr beide nominiert! Alles klar? Ihr dürft euch nun
freuen!", teilte er ihnen mit unbewegter Miene mit.
Glücklich umarmten sich die beiden Mädchen.
„Ach, noch etwas! Wieso seid ihr schon wieder zu spät
gekommen?", fragte er barsch und versuchte bitterböse
auszusehen.
„Tut uns leid! Wirklich! Außerdem kann die Uschi nichts dafür.
Ich musste etwas länger arbeiten heute, bei uns in der Firma ist
die Hölle los, es fehlen schon vier junge Männer. Die sind an der
Front und nur schwer zu ersetzen. Und die Uschi hat mich
abholen wollen, da bin ich grade erst nach Hause gekommen. Tut
mir leid, Herr Werner!", sagte Uschi Franz schuldbewusst.
„Na, schon gut!", brummelte Herr Werner und schob die Beiden
zum Beckenrand. Mit Hallo wurden sie von den Schwimmerinnen
empfangen und zur Nominierung beglückwünscht.
Ein Pfiff ertönte, rief die Mädchen zur Ordnung und ließ sie
wissen, dass das Training begann.
Auf dem Nachhauseweg war endlich Zeit, sich richtig über die
Nominierung zu freuen.
„Dass du das schaffst, habe ich gewusst, schon im Januar war mir
das klar, du bist einfach die Beste, aber dass sie mich auch
mitnehmen wollen, hätte ich nicht gedacht.", meinte Uschi Franz
selbstkritisch und radelte vorsichtig um einen größeren Stein
herum, der mitten auf dem Gehweg lag.
„Ach erzähl nicht, Uschi! Natürlich hast du damit gerechnet. Wir
haben uns doch schon gemeinsam auf die Teilnahme gefreut.
Weißt du nicht mehr?", entgegnete Ursula verwundert.

„Ja, klar, ich habe gesagt, ich würde mich freuen, wenn ... Aber ...
aber so richtig damit gerechnet hatte ich nicht. Ehrlich gesagt,
ich dachte, ich schaffe es diesmal nicht. Weißt du, es ist doch
langsam etwas viel, die Lehre und dann noch zwei verschiedene
Arten Sport, jeden Tag, die ganze Woche über Training, Training
und nochmals Training. Nichts anderes!
Ich weiß gar nicht, wie du das machst, du musst noch jede Menge
zu Hause helfen, hast deine vielen Geschwister. Das ist ganz
schön hart!"
Sie fuhren jetzt langsam und nebeneinander. Ursula nickte und
brummte zur Bestätigung.
„Und außerdem bin ich im Schwimmen nicht so gut wie du!",
fügte Uschi Franz nach einer Weile leise hinzu und blickte dabei
stur über ihren Lenker auf die Fahrbahn, ganz so, als wollte sie
Ursulas Reaktion auf ihre letzten Worte nicht sehen.
Nach einigen schweigend gefahrenen Metern rief Ursula der
Freundin zu: „Nein, Uschi, ich bin nicht besser im Schwimmen,
ich habe nur mehr Lust zum Üben!"
Doch sofort, als ihr die Worte wie von selbst heraus gerutscht
waren, biss sie sich auf die Zunge. Hoffentlich hatte sie die
Freundin damit nicht verletzt! Das war nicht ihre Absicht
gewesen. Sie wusste, dass auch Uschi hart trainierte. Manchmal
wirkte sie halt ein wenig lustlos. Ob sie das aber wirklich war,
vermochte Ursula nicht mit Sicherheit zu sagen.
Uschi Franz war vom Rad gesprungen und schob es nun neben
sich bis zur Haustür. Sie war zu Hause angekommen. Ursula sah
ihr hinterher, erschrocken. Hatte sie Uschi mit ihrer Bemerkung
doch getroffen?
Da drehte sich die Freundin um und winkte ihr kurz.
„Vielleicht hast du Recht, Uschi. Manchmal nehme ich das
Training einfach zu leicht, habe nicht die rechte Lust dazu. Dann
tue ich alles nur halb. Mach's gut bis morgen!", sagte sie leise und
schlüpfte, ohne sich umzusehen durch die Haustür.
Kopfschüttelnd fuhr Ursula langsam bis zum Meisenweg und
stieg nachdenklich vom Rad. Vielleicht sollten sie doch darüber
nachdenken, Uschi und sie auch, ob sie sich nicht entscheiden
sollten, Schwimmen oder Kajak. Doch Freude hatte sie an beiden
Sportarten, wie sollte dann eine Entscheidung aussehen.

Vier Wochen später gewann Ursula bei den Vergleichen der

Schwimmvereine die zweihundert Meter Brustschwimmen, die
vierhundert Meter Freistil und mit der Staffel die viermal
zweihundert Meter Lagen jeweils mit Bestzeiten. Und Uschi
Franz, die sich während der Vorbereitung darauf tatsächlich
mehr als sonst einbrachte und mit großem Eifer und einer
Ausdauer, die man nicht so anhaltend von ihr kannte, trainiert
hatte, wurde Zweite im zweihundert Meter Rückenschwimmen.
Glücklich und ausgelassen fielen sich die Freundinnen nach der
Siegerehrung in die Arme. Trainer Werner meinte jedoch nur,
das habe er schon immer gewusst. Und ohne sein hartes Training
mit ihnen, wären sie alle nicht so weit gekommen. Das ließen sich
die Mädchen nicht zweimal sagen und fielen ihrem bärbeißigen
Trainer alle nacheinander um den Hals, um sich bei ihm für seine
stete Hilfe, Unterstützung und vor allem die viele Zeit, die er in
das Training steckte, zu danken.
Das war zu viel für Herrn Werner! Gerührt und mit den Tränen
kämpfend stand er inmitten der Schar fröhlich schwatzender,
ihn abwechselnd umarmender, glücklich lachender Backfische
und wusste nicht, wie er ihnen entkommen und in Ruhe seine
Tränen abwischen konnte.
Die Arbeit mit den Schwimmern im Verein war sein Leben, auch
wenn er sich das nie anmerken ließ, es war alles was er hatte.
Ohne den Verein war er ein einsamer Mann Mitte der Fünfzig,
der außer seinen Geschwistern und deren Kindern keine Familie
hatte, der sein Leben dem Sport verschrieben hatte.
Und nun das! So viel Nähe ließ er ansonsten nur ungern zu.
Vielleicht auch deshalb seine Strenge und Kauzigkeit. Aber das
wusste er wohl selbst nicht so genau. In seiner Jugend war er ein
anderer gewesen, lustig, aufgeschlossen, fröhlich. Seinen Sport
hatte er geliebt und Maria. Sie hatte er eines Sommers auf dem
Dorf kennengelernt, wo er seinem Onkel bei der Ernte geholfen
hatte, Getreide mähen mit der Sense, Garben binden, große
Heuwagen hoch beladen.
Mittags waren die Mädchen des Onkels gekommen mit Essen und
kühlem Tee. Sie war die Älteste, zwei Jahre jünger als er.
Zusammen wurde gegessen und gelacht. Auf Anhieb hatte sie ihm
gefallen, ihr Lachen ihm den Kopf verdreht. Im Stroh hatte er sie
zum ersten Mal geküsst. Doch bevor er wieder nach Breslau
gefahren war, hatte sie ihm gesagt, dass sie einem anderen
versprochen sei, im September sollte die Hochzeit sein. So war er

gefahren und hatte sie nie wieder gesehen, den Onkel nicht, das
Dorf. Er wollte nichts mehr wissen, weder von ihr noch von
anderen Mädchen. Für ihn waren sie alle gleich. Die Jahre
vergingen, die Jugend verfloss, keine konnte ihn für sich
gewinnen. Immer mehr zog er sich zurück, einen Panzer um sein
Herz gelegt, lebte er nur noch für den Sport.
Und nun fielen sie ihm hier um den Hals und dankten ihm, so
fröhlich, so lustig und lebendig, so herzlich. Plötzlich war ihm,
als hätte er etwas Schönes verpasst in seinem Leben, etwas, dass
es so viel wärmer und reicher gemacht hätte, so unheimlich
lebenswerter.
Erschüttert wischte er sich mit dem Handrücken die Tränen ab,
sah auf die jungen Mädchen hinunter und ein zaghaftes, ein
wenig schmerzliches Lächeln stahl sich in seine Züge.
Ursula hatte es gesehen, dieses Lächeln. Es rührte an ihr Herz,
noch nie hatte sie Herrn Werner lächeln sehen, so ernst und
poltrig wie er immer war.
 Noch immer waren alle in einer Art Freudentaumel, umarmten
sich und jubelten. Doch Herr Werner war verschwunden. Bald
kamen auch die Schwimmer von Trainer Baldur von der
Siegerehrung, auch von ihnen waren drei sehr erfolgreich
gewesen und hatten gleich mehrmals auf dem Treppchen
gestanden. Noch einmal brach Jubel aus. Schließlich schickte
Herr Baldur, von den Jungen „Baldi" genannt, alle zum
Umziehen, es wäre bald Zeit für die Rückfahrt. Erst spät am
Abend waren die beiden Uschis wieder in Zimpel,
verabschiedeten sich hastig und eilten nach Hause.
Kurz darauf berichtete Ursula den Eltern freudig von den
Wettkämpfen und wie glücklich sie gewesen war ganz oben auf
dem Treppchen.
Friede und Martin waren sehr stolz auf ihre erfolgreiche Tochter,
wobei es sich Martin nicht verkneifen konnte, ihr zu sagen, sie
solle aber auch ihre Lehre im Auge behalten.
Friede hatte Ursula umarmt und raunte ihr zu: „Der Papa meint
es nicht so, Marjellchen."
Doch Ursula ärgerte sich. Warum sagte der Papa ihr das, und
gerade jetzt, wo sie so glücklich war? Er wusste doch, dass sie
auch in der Ausbildung gut dastand. Nicht umsonst lobte der
Herr Anderlich sie immer wieder. Was wollte der Papa also? Oder
war er vielleicht immer noch sauer auf Sievert und übertrug das

nun auch auf sie? Dabei war es doch recht still um Sievert
geworden. Seit seinem Brief an sie hatte man nichts wieder von
ihm gehört. Die Eltern wussten noch nicht einmal von der
Annemarie! Na, sie würde auch nichts verraten. So lange Sievert
das nicht wollte, würde sie schweigen. Ursula war unruhig, wenn
sie an den Bruder dachte. Wie mochte er sich nun entschieden
haben, falls er überhaupt schon gewählt hatte, ob er sich nun
freiwillig melden sollte oder nicht? Wo er doch jetzt die Annemie
hatte, würde er Papas Einwänden eher nachgeben? Sie konnte es
nur hoffen für Sievert.
Müde und mit dem Gedanken daran, dass sie morgen zeitig aus
dem Bett müsse, zog sich Ursula zurück.
Noch einmal ließ sie den Tag an sich vorbei ziehen und schlief
endlich mit einem glücklichen Lächeln auf den Lippen ein.

„Welche Schuhe möchten Sie denn, gnädige Frau? Sollen es
nicht doch lieber die cremefarbenen sein? Schauen Sie nur wie
wunderbar die zu ihrem Kleid passen! Und sie sind erstklassig
verarbeitet! Sehen Sie doch, hier diese hübschen, kleinen
Schnallen an der Seite, die zarten Riemchen hier, überhaupt die
ganze Form, so unaufdringlich elegant! Ganz ihr Stil Frau
Amtsrat.", riet Ursula der Frau Amtsrat Gleisner, die dem
Schuhhaus Anderlich auch in dieser Kriegszeit treu geblieben
war, dann und wann hereinschaute und nach den neusten
Modellen fragte.
Dabei wandte sie sich wie zufällig immer an Ursula, von keiner
anderen Verkäuferin wollte sie bedient werden. Lieber tat sie so,
als wüsste sie noch gar nicht so recht was sie eigentlich für
Schuhe suchte und müsste sich erst einmal in Ruhe umschauen.
So auch heute. Eine geschlagene halbe Stunde hatte sie gewartet
bis Ursula einen Wehrmachtsoffizier, dessen Frau fast zwanzig
Paar Schuhe probieren wollte, bedient hatte. Sofort hatte sie sich
dann auf die junge Frau gestürzt und sich von ihr beraten lassen.
Sie suchte ein Paar Sommerschuhe, Sandalen, irgendetwas
zierliches, das den Fuß gut zur Geltung brachte.
Nun, Frau Gleisner konnte man schon ansehen, dass sie jede
Menge Geld für Kleidung, Schuhe und Schmuck ausgab, das Geld,
welches ihr Ehemann wohl genug zur Verfügung hatte.
Also zeigte ihr Ursula auch stets die teuersten Modelle, aber
dabei nur die, welche auch ihr selbst gefielen und zu den Kunden

passten. Dabei war sie sich immer treu geblieben, von Beginn
ihrer Lehre hier bei Anderlich vor drei Jahren bis zum heutigen
Tag.
Nach Beendigung ihrer Lehrzeit wurde ihr vom alten Herrn
Anderlich ein Arbeitsvertrag als Verkäuferin angeboten, den sie
mit der gleichen Freude angenommen, wie ihn der alte Herr
angeboten hatte. Sie arbeitete gern hier. Nichts Schöneres
konnte sie sich vorstellen.
Die cremefarbenen Schuhe für Frau Amtsrat Gleisner waren
preiswerter als das andere Paar, welches noch in die engere Wahl
der Dame gefallen war, doch sie wirkten am Fuß ein klein wenig
plumper. Deshalb hatte Uschi der Frau zu den hellen eleganten
Schuhen geraten und Frau Gleisner befolgte ihren Rat.
Nachdem sie das Geld in die Kasse gelegt und das Wechselgeld
herausgegeben hatte, das die Frau ihr jedoch als Aufmerksamkeit
sofort wieder in die Hand drückte, geleitete sie die Frau Amtsrat
noch bis zur Tür und hielt sie ihr offen.
Sie wusste, die Frau würde wiederkommen, denn sie war
zufrieden über den Kauf und ihre Wahl. Auch ihre nächsten
Schuhe würde sie hier kaufen, wie sie das schon seit Jahren tat.
Ursula räumte alle vorgeführten Schuhe wieder in die Regale
oder stellte sie in die Vitrinen oder auf die Glastische. Dann sah
sie sich im Laden um. Frau Hermann war hinten im Lager und
räumte die Kartons mit den Schnürsenkeln auf, solche Arbeiten
wurden meist in ruhigeren Zeiten erledigt, wenn vorn nicht viel
los war.
Ein junger blonder Mann in einem gut geschnittenen Anzug
besah sich in der Herrenabteilung die schwarzen Schuhe, nahm
mal diesen, mal jenen in die Hand und wiegte ihn prüfend hin
und her. Von allen Seiten besah er sich jedes Modell und stellte
es wieder zurück an seinen Platz. Sonst war der Laden leer.
Langsam ging sie auf ihn zu und blieb in einiger Entfernung vor
ihm stehen.
„Guten Tag! Kann ich Ihnen behilflich sein?", fragte sie zögernd.
Schnell stellte er den Schuh, den er eben noch so ausgiebig
studiert hatte, ins Regal zurück und drehte sich zu ihr um. So
etwa Mitte bis Ende zwanzig mochte er sein. Nicht viel größer als
Ursula stand er vor ihr und sah ihr in die Augen. Nur kurz
begegnete der Blick aus seinen hellen blauen Augen dem ihren,
dann senkte er ihn und eine feine Röte stieg von seinem Hals

langsam bis zu seiner hohen Stirn. Auch Ursula war leicht errötet
und mehr als verlegen stand sie wie festgewurzelt ihm
gegenüber, unfähig, sich von der Stelle zu rühren.
Er räusperte sich und nahm dann langsam den schwarzen Schuh
wieder aus dem Regal.
„Ja, guten Tag, mein Fräulein!", begann er steif.
„Ich suche nach einem Paar schwarzen, schmalen Schuhen, die
ich zum Anzug tragen kann. So in dieser Art hier, das wäre schön.
Wenn Sie mir da etwas zeigen könnten, bitte!?", meinte er
zögernd und sah sie bittend an.
Beschämt spürte er, dass eine neue Welle des Rots in sein Gesicht
stieg und sich darin breit machte.
Uschi wandte sich schnell ab, denn auch sie hatte mit diesem
Farbspiel, das sich ständig im falschen Augenblick bemerkbar
machte und sie von einem Verlegenheitsausbruch in den
nächsten stürzte, zu kämpfen. Man konnte machen was man
wollte, diese Plage kam und ging wie es ihr gefiel. Ursula lief am
Regal entlang und nahm verschiedene Schuhe heraus, um sie
dem Kunden zu zeigen. Dabei gewann sie langsam ihre Fassung
wieder und reichte ihm den ersten Schuh.
„Schauen Sie sich doch einmal diesen an! Er trägt sich sehr gut,
sieht modern und elegant aus, ist schön schmal und trotzdem
bequem. Welche Schuhgröße haben Sie denn? Das hier ist eine
42. Wenn Sie probieren möchten, hole ich Ihnen gern die richtige
Größe.", damit gab sie ihm den Schuh in die Hand und blieb
wartend vor ihm stehen.
„Ja, danke vielmals! Das ist sehr nett von Ihnen, Fräulein! Der
Schuh gefällt mir und die richtige Größe ist es auch. Also, ich
würde ihn gern probieren."
Uschi zeigte auf die Stühle für die Anprobe und bat ihn Platz zu
nehmen.
„Ach Fräulein! Was ist das denn für Leder?", fragte er, den Schuh
noch in der Hand haltend.
„Das ist Boxcalf, es schmiegt sich an, hat eine ganz zarte
Narbung! Sehen Sie das schöne Muster und das Leder sehr fein
verarbeitet! Schauen Sie nur hier und hier, und die Ziernähte! Ein
wirklich schöner Schuh.", antwortete Uschi wie es ihre Art war,
man hörte die Liebe zu solch schönen Schuhen heraus.
Leicht strich sie mit dem Finger über das Leder, das so weich und
fein war. Wie gebannt sah der junge Mann auf ihre Hand und

schluckte. Dieses Mädchen berührte den Schuh wie eine Fee, die
ihn verzaubern wollte. Oder war sie selbst verzaubert? Er konnte
den Blick nicht von ihr lösen. Sie war so anmutig, so schön,
bewegte sich elegant und beherrscht, doch trotzdem
mädchenhaft, schüchtern und ungekünstelt. Er vermochte nicht
zu sagen, was er alles in ihr zu erblicken glaubte. Irgendetwas an
ihr hatte ihn fasziniert, doch genau benennen konnte er es nicht.
Es war so ein Gefühl! Er hatte ihr nur begegnen müssen und es
war da gewesen, dieses unerklärliche wunderbare Etwas, das sich
gerade in seinem Innern ausbreitete.
Wie in einem Traum probierte er den Schuh an und ließ sich
noch den anderen geben, um nun mit beiden Schuhen ein paar
Schritte zu gehen. Auf und ab spazierte er vor dem Spiegel, besah
sich die Schuhe, erhaschte immer wieder das Bild des Mädchens
darin, ging wieder hin und her und wusste zu ersten Mal in
seinem Leben nicht was er tun sollte. Wie sollte er den Kauf noch
hinauszögern? Die Schuhe waren perfekt! Sie liefen sich leicht
und sahen gut aus, selbst seiner gestrengen Mutter würden sie
gefallen. Er würde sie kaufen, ohne Zweifel. Doch er wollte unter
keinen Umständen den Laden so schnell wieder verlassen
müssen.
Ursula beurteilte die Schuhe an seinen Füßen mit kritischem
Blick. Ja, sie sahen gut aus und passten wunderbar zu einem
Anzug. Wenn er nun noch gut darin laufen konnte, würde er sie
sicher kaufen. Schade, dann würde er gehen! Der schlanke junge
Mann war ihr sympathisch, vor allem fand sie es süß, dass er,
genau wie sie, so arg mit seiner Verlegenheitsröte zu kämpfen
hatte. Und wie er sie angesehen hatte! Sie hatte gar nicht
gewusst, wohin sie schauen sollte, denn sein Blick hatte sie
verwirrt. Es war etwas in seinen Augen gewesen.
Oh, nicht träumen, Uschi, wies sie sich sofort zurecht. Immerhin
hatte sie einen Kunden vor sich und der durfte sie nicht
verwirren, schon gar nicht, wenn wie jetzt der Herr Anderlich in
der Tür zum Flur stand.
„Ja, die sehen wirklich gut aus!", beeilte sie sich zu sagen.
„Passen sie denn auch?", fügte sie hinzu und sah ihn fragend an.
„Oh, sie sind wunderbar! Genau so habe ich sie mir vorgestellt.
Das haben Sie gut gemacht, Fräulein, ganz ausgezeichnet!", lobte
er und ging wie zur Bestätigung nochmals einige Schritte, die
nun auch der alte Anderlich beobachten konnte.

Der junge Mann setzte sich wieder und wechselte die Schuhe.
„Also, ich nehme diese, Fräulein! Packen Sie die bitte ein!"
Nachdem Ursula die Schuhe verpackt, kassiert und das
Wechselgeld herausgegeben hatte, gab sie dem Herrn den Karton.
Er bedankte sich und verließ zögernd das Geschäft.
Ursula sah ihm nach. Ein wirklich netter, höflicher und
zurückhaltender junger Mann, fand sie. Trotzdem war sie froh,
dass er wieder gegangen war, denn noch immer glühte ihr
Gesicht in zartem Rot und das gefiel ihr überhaupt nicht.
Doch in dem Moment betrat eine Kundin das Geschäft und
erforderte Ursulas Aufmerksamkeit. Sie fragte nach Sandalen, ob
denn schon die neuen Modelle für den Sommer eingetroffen
seien. Einen Fetzen bunten Stoff legte sie in Uschis Hand. Dazu
müssten die Sandalen passen. Schnell warf Uschi einen Blick zur
Hintertür, doch der alte Anderlich war verschwunden. Uschis
ganze Aufmerksamkeit war auf die neue Kundin gerichtet, die am
Ende gleich zwei Paar zierliche Sandalen in verschiedenen
Farben kaufte, weil sie sich nicht für eine Farbe entscheiden
konnte.
Endlich hatte Ursula ihre normale Gesichtsfarbe zurück und
damit auch ihre Sicherheit wiedergefunden. Na, Gott sei Dank,
dachte sie, das war ja ziemlich peinlich gewesen. Sie musste über
sich selbst lachen. Seit der Lehrzeit war ihr das nicht mehr
passiert.

Uschi Franz ließ die Klingel rasseln und sprang vom Rad.
„Komm Uschi, hier ist eine schöne Stelle!", rief sie, schob das Rad
noch ein paar Meter und lehnte es dann an einen Baum. Ursula
folgte ihr, lehnte ihr Rad ebenfalls an den Stamm und nahm die
Decke und die Tasche mit dem Handtuch und ihrem Buch vom
Gepäckträger.
Gemeinsam breiteten sie die Decke auf der Wiese aus, warfen ihre
Sachen darauf und setzten sich. Uschi Franz warf einen Blick auf
das Wasser, ließ sich dann nach hinten fallen und blinzelte in die
Sonne.
„Meinst du wirklich, es ist so warm, dass wir ins Wasser gehen
sollten?", fragte sie nach einer Weile und gähnte.
Ursula hatte die Beine angezogen und las in ihrem Roman. „Vom
Winde verweht" von Margaret Mitchell, bereits vor drei Wochen
hatte sie es gekauft, doch erst heute hatte sie zum ersten Mal die

Zeit gefunden, darin zu lesen. Sie sah auf, klappte das Buch mit
dem Lesezeichen, das ihr Traudel geschenkt hatte, zu und warf
einen Seitenblick auf die Freundin.
„Wenn du müde bist, können wir auch nur hier auf der Decke
bleiben. Schön warm ist es ja, jedenfalls in der Sonne. Das Wasser
ist halt noch kalt, heute ist der erste richtig schöne, warme Tag
in diesem Jahr. Wir können auch später noch schwimmen,
nächsten Sonntag. Die ganze Woche über hatten wir Training,
das reicht eigentlich, Kajak im Wasser, Schwimmen im Wasser.
Heute ist Sonntag, wir haben uns mal eine kleine Pause
verdient!“.
Damit legte sie sich auf den Bauch und ließ die Sonne ihren
Rücken wärmen. Ach tat das gut! Mal einfach nur faulenzen! Das
Buch gefiel ihr ausnehmend gut. Die Arme aufgestützt, die Hände
unter dem Kinn, las sie noch ein paar Seiten und ließ dann ihren
Blick über die Wiese schweifen. Es war einfach herrlich heute!
Die Luft war still, kaum ein Halm bewegte sich. Über dem Gras
war ein Summen, tausende Bienen, Hummeln, Fliegen und
andere Insekten flogen von Blüte zu Blüte. In den nahen Bäumen
zwitscherten Vögel.
Alles war so friedlich hier, als gäbe es keinen Krieg, als wären
nicht schon so viele Soldaten gefallen, als weinten nicht tausende
Frauen und Kinder. Hier spürte man nichts davon an diesem
warmen Frühlingstag im Mai 1943. Und doch war der Krieg so
nah. Für Ursula zum Greifen nah. Nun betraf er auch sie.
„Uschi, wie geht es deiner Familie? Hast du was aus Königsberg
gehört oder von Sievert?“, fragte Uschi Franz in diesem Moment
und Ursula erstarrte.
„Ja.“, meinte sie zögernd, ungewiss ob sie der Freundin davon
erzählen sollte. Was würde sie sagen?
„Sievert war Ostern hier, das weißt du. Aber mehr nicht, bisher.
Es gab heftigen Streit mit Papa. Er hatte die Annemarie zum
ersten Mal mit hier. Seit zwei Jahren sind sie zusammen, jedoch
hatte Sievert in der Zeit kaum Kontakt mit den Eltern und ihnen
auch nichts von Annemie erzählt. Nur ich wusste Bescheid und in
Königsberg haben sie es auch gewusst und geschwiegen. Aber
nicht deshalb haben sie gestritten.
Es war viel schlimmer! Bevor Sievert die Annemarie kannte,
wollte er sich freiwillig zum Wehrdienst melden. Schon da gab es
einen schlimmen Streit. Papa konnte ihn schließlich dazu

bewegen, die Entscheidung noch etwas zu verschieben. Dann kam die Annemie und Sievert hat erst einmal nicht mehr davon gesprochen. Der Papa war froh darüber, aber noch mehr meine Muttel. Sie hatte furchtbare Angst, ihn zu verlieren.
Zu Ostern nun fing der Sievert wieder davon an. Aber diesmal richtig. Er hat den Papa vor vollendete Tatsachen gestellt, hatte sich bereits gemeldet und ist in der Woche nach Ostern eingerückt. Der Papa war so böse, so habe ich ihn noch nie gesehen, doch er konnte nichts mehr tun.", erzählte sie leise und traurig.
Sie verschwieg, wie sich Vater und Sohn getrennt hatten, dass ihr Vater gesagt hatte, er hätte keinen Sohn mehr, wolle ihn nie wieder sehen, und Sievert seinerseits entgegnet hatte, wenn alle so dächten, könnte Deutschland den Krieg nicht gewinnen. Aber Hitler würde siegen, der Vater werde schon sehen. Sie waren im Bösen auseinander gegangen und auch Annemarie, die fest zu Sievert hielt, aber dennoch vermitteln wollte, hatte es nicht verhindern können.
Ursula verstand die Eltern, ihre Bedenken und Ängste. Auch sie hatte Angst um den Bruder, der freiwillig in diesen Krieg zog, aus dem schon so viele nicht zurückgekommen waren. Man hörte es doch beinahe jeden Tag.
Uschi Franz hatte ihr zugehört ohne sie zu unterbrechen. Und auch jetzt schwieg sie noch. Sie mochte Sievert und es tat ihr leid, dass die Freundin und seine ganze Familie sich nun Sorgen um ihn machten. Sie wollte trösten, aber wie, das wusste sie nicht.
„Uschi, sei nicht traurig! Es wird schon alles gut werden. Ich weiß, du machst dir Gedanken, aber dein Bruder ist erwachsen. Er muss selbst wissen was er tut. Komm, es ist so ein schöner Tag, lass ihn uns noch ein wenig genießen!"
Ursula nickte. Ja, die Uschi hatte ja recht, sie konnte nichts ändern an Sieverts Entschluss. Sie durfte nur nicht dran denken. Denn das stürzte sie nur in unerfreuliches Grübeln. Es würde alles gut werden.
Vor ihr auf der Decke krabbelten ein paar Ameisen und erkundeten sich ihren Weg auf der Suche nach etwas Essbarem für ihr Volk. Sie zupfte einen Grashalm ab und ließ die kleinen Krabbler daran empor laufen, doch ihre Gedanken waren weit weg.

Uschi beobachtete sie eine Weile.

„Sag mal, Uschi, gibt es etwas Neues in Anderlichs Schuhhaus? Wie laufen denn die Geschäfte?", fragte sie schließlich, um die Freundin abzulenken.

In Ursulas Gesicht kroch die Röte bis zu den Haarwurzeln. Verlegen wagte sie nicht hoch zu sehen, sondern beobachtete angestrengt die Ameisen auf dem Halm.

Uschi Franz wunderte sich. Was war denn mit Uschi los? Noch nie war sie bei der Frage nach dem Laden rot geworden. Gab es da etwas, was sie nicht wusste?

„Mensch Uschi, du wirst ja ganz rot! Oh wie süß! Sogar deine Ohren glühen. Wann bist du zuletzt so schüchtern und verlegen gewesen?", lachte sie spitzbübisch und stieß Ursula leicht in die Seite.

„Also, jetzt möchte ich es aber wissen. Was gibt es Neues?", fragte sie gedehnt.

„Ach nichts weiter! Da war nur so ein Mann."

„Aha, ein Mann! Was für ein Mann?", hakte Uschi Franz sofort ein.

„Nicht was du denkst, Uschi! Vor zwei Wochen war er schon mal da und hat Schuhe gekauft. Ja, und am Freitag kam er wieder..."

„...und hat Schuhe gekauft!?", fragte Uschi Franz prompt und lachte über Ursulas betretenes Gesicht.

„Ja, das hat er! Es ist halt immer so komisch.", erwiderte Ursula. Uschi lachte.

„Was ist daran komisch? Du arbeitest nun mal in einem Schuhhaus!"

„Das meine ich nicht! Er ist so, ...ach ich weiß nicht wie ich es sagen soll. Er benimmt sich so... ja er ist immer so verlegen und wird ganz rot. Und ich dann auch. Na, irgendwie ist das eine seltsame Situation. Und jetzt lass mich damit in Ruhe!", meinte sie trotzig.

Die Freundin lächelte, aber sie sagte nichts mehr. Irgendwann würde Ursula schon darüber sprechen wollen, sie wollte sie nicht drängen.

Eine Stunde später schwangen sich die beiden jungen Mädchen wieder auf ihre Räder und fuhren zurück in die Siedlung. Über den jungen Mann in Anderlichs Schuhhaus hatten beide nicht mehr gesprochen. Und in den nächsten vier Wochen würde es auch dabei bleiben, denn es gab wichtigere Dinge, die sie beide beschäftigen sollten.

Eigentlich begann das Training für die Kanuten am Montag wie immer. Die Kajaks lagen schon im Wasser, eins neben dem anderen, als Ursula und Uschi Franz bereits umgezogen zum Ufer kamen. Alle anderen waren schon bei den Booten, Konni stand nahe am Wasser und hatte wohl nur noch auf die beiden Mädchen gewartet.
„Erst einmal ein Hallo an alle! Bevor wir heute beginnen, muss ich euch noch etwas mitteilen!“, es lag ein Zögern in seiner Stimme. Konni schluckte und räusperte sich. Langsam sah er sie alle der Reihe nach an, forschend, als wolle er sich ihre Gesichter genau einprägen.
„Also, was ich euch sagen will, ... sagen muss, ist folgendes: ich habe am Samstag meinen Einberufungsbefehl erhalten. Am Mittwoch geht es los.“
Ungläubig sahen ihn die einen, fassungslos die anderen und neidvoll einige der Jungen an.
Uschi Franz hatte sich als erste wieder gefasst.
„Und was wird dann aus uns? Ich meine aus dem Training?“, fragte sie.
„Es tut mir leid!“. Konni sprach leise und Traurigkeit schwang in seiner Stimme mit.
„Ich meine, für euch tut es mir leid. Euer Training kann keiner übernehmen. Ihr wisst ja, dass schon zwei Leute dafür fehlen. Es wird nicht mehr stattfinden!“
„Aber das geht doch nicht!“
„Das könnt ihr doch nicht machen!“
„Wir können doch nicht einfach aufhören!“
„Wo gibt es das denn?“
Alle sprachen durcheinander, doch nicht laut, es war ein fassungsloses Gemurmel. Einige der Jungs schüttelten Konnis Hand und wünschten ihm Glück auf dem Feld der Ehre. Doch den meisten der jungen Leute waren Wut und Trauer anzumerken.
„Leute, wirklich, es tut mir sehr leid für euch! Aber es geht nicht anders! Der Trainingsbetrieb kann nicht mehr aufrecht erhalten werden. Ich hatte zuletzt schon vier Gruppen zu betreuen und nun geht es einfach nicht mehr weiter. In den anderen Vereinen sieht es nicht besser aus. Nach dem Krieg sehen wir uns wieder! Kommt, lassen wir heute noch ein letztes Mal die Boote ins

Wasser! Na macht schon!", rief Konni ihnen zu.
Als alle in den Booten saßen, ging es los. Doch man hörte keine
fröhlichen Rufe wie sonst zwischen den Booten hin und her
klingen, in gedrückter Stimmung waren die jungen Leute und
Konrad Kästner nahm in Gedanken Abschied von einem Stück
seines Lebens, von Menschen, die er vielleicht nie wieder sehen
würde. Und er war froh darüber, dass ihm zumindest dieser
Abschied noch gegönnt war.
Rechts und links der Kajaks tauchten die Paddel ins Wasser, die
Boote glitten über das Wasser, das hier nur langsam dahin floss.
Konni wollte heute kein normales Training mehr veranstalten.
Was hätte das auch noch für einen Sinn gehabt? Dieser letzte
gemeinsame Abend auf dem Fluss war schließlich ein Abschied
der meisten seiner Schützlinge auch vom Kanusport. Bei anderen
Vereinen unterkommen würden wohl nur die wenigsten, überall
gab es die gleichen Schwierigkeiten wie hier. Nicht einmal
abtrainieren würden die meisten können. Der Krieg machte alles
kaputt, auch den Sport.
Nach ein paar Kilometern steuerte Konni das Ufer an, stieg aus
und zog das Kanu an Land. Alle folgten ihm und saßen bald
zusammen im Kreis um ein kleines Feuer. Konni hatte Würstchen
für alle besorgt. Die jungen Burschen suchten lange Stecken
unter den Bäumen und im Gebüsch. Die Würste und Brotstücken
an den Stecken brutzelten bald im Feuer, die Flammen knisterten
und Funken stoben in den noch hellen Abendhimmel.
Uschi Franz probierte als Erste, prustend verbrannte sie sich die
Lippen.
„Wer so gierig ist!!?", witzelte einer der Burschen und Uschi warf
ihm einen vernichtenden Blick zu.
Stimmung wollte an diesem Abend nicht aufkommen, leise
Gespräche um ernste Themen beschäftigten die meisten der
Sportler. Kaum einer hatte einen Schimmer wie es mit seinem
Sport nun weitergehen sollte. Dieses „Es wird nicht mehr
stattfinden!" schwebte über ihnen allen, geisterte durch alle
Unterhaltungen, erstickte sie.
„Was macht ihr beiden denn so ganz ohne Kajak?", fragte Erwin
Kruse.
Ursula sah die Freundin an, die stumm an ihrer Seite saß, blass
und traurig.
„Wir haben, Gott sei Dank, noch das Schwimmen.", meinte sie

dann, wurde aber sofort von Uschi unterbrochen.

„Und ich habe immer überlegt, welchen Sport ich aufgeben könnte, da die Zeit immer knapper wird neben der Arbeit in der Firma.", rief sie mit Tränen in den Augen.

„Aber dass so etwas kommt, das hätte ich nie gedacht!", sprach sie wütend weiter.

„Nein, so wollte ich die Entscheidung nicht abgenommen kriegen, so nicht!". Sie wischte sich möglichst unauffällig die Tränen ab.

„Klar haben wir, die Uschi und ich, noch das Schwimmen, aber das kann uns doch das hier alles", ihr Arm umschrieb einen großen Kreis, der alle Sportler und Konni mit einschloss, „...nicht ersetzen. Wir sind nicht nur Sportler, sondern auch Freunde! Und wie viel Freude haben wir an dem Sport! Ach...", brach sie ab, hob die Hand und ließ sie resigniert wieder sinken.

„Was tust du nun eigentlich? Suchst du dir einen anderen Verein?", stellte Ursula die Frage an Erwin Kruse.

„Tja, Mädchen, was soll ich sagen? Ich habe heute auch meine Einberufung erhalten. Morgen muss ich mich schon einfinden. Da heißt es sowieso Abschied nehmen!", sagte er leise mehr zu Uschi Franz als zu Ursula, während ihn die beiden jungen Mädchen erschrocken musterten.

„Oh, mein Gott!", rief Uschi Franz und hielt sich die Hand vor den Mund.

„Du auch schon, Erwin? Und schon morgen?", fragte sie und wurde rot.

Erwin Kruse hatte sie die ganze Zeit nicht aus den Augen gelassen.

„Ja, morgen Mittag muss ich am Bahnhof sein.", kam es leise von seinen Lippen.

Noch immer hielten seine Augen die von Uschi Franz fest. Er sah den Schreck darin und etwas anderes, etwas, das er sich schon lange insgeheim gewünscht hatte.

„Uschi, kann ich dich vielleicht einmal kurz allein sprechen?", fragte er dann plötzlich, erstaunt über den eigenen Mut, den er auf einmal dazu aufbrachte.

Ursula blickte verwundert von einem zu anderen und stieß dann die Freundin an.

„Na, geh schon, ich warte hier!"

Sie sah Uschi und Erwin nach, die langsam davon schlenderten.

Ungläubig schüttelte Ursula den Kopf. Sieh einer an! Wenn sie
alles gedacht hätte, aber dass die beiden wohl etwas füreinander
empfanden, das hätte sie nie vermutet. Nun bisher hatte es ja
auch keinerlei Anzeichen dafür gegeben. Wie es aussah, hatten
sie es bisher auch voreinander gut versteckt und nur die
Tatsache, dass Erwin in den Krieg ziehen musste, brachte es ans
Tageslicht.
Aber auch nichts hatte darauf hingedeutet. Auch sie, Ursula, als
beste Freundin hatte nichts bemerkt. Uschi Franz war doch mit
Erwin genauso lustig und freundschaftlich umgegangen wie mit
den anderen Jungen im Verein auch. Oder?
Und nun musste er ziehen und es blieb ihnen keine Zeit mehr
füreinander. Ursula tat es sehr leid für die Freundin.
In tiefen Gedanken versunken saß sie am Feuer, blickte in die
Flammen ohne sie eigentlich wahrzunehmen. Erst als nur noch
glühende Zweige und Äste übereinander lagen und glimmten und
Konni das Signal zum Aufbruch gab, schreckte sie hoch und hielt
Ausschau nach der Freundin. Gerade traten die Beiden Hand in
Hand zu den anderen heran.
Wenig später fuhren die Kajaks wieder zurück zum
Bootsschuppen.

   Am späten Nachmittag, als die beiden Uschis zum
Schwimmtraining radelten, begann es zu regnen. Erst fielen nur
einige wenige große Tropfen und die Mädchen beeilten sich,
doch nach wenigen Minuten brach ein richtiges Unwetter über
sie herein.
Es blitzte und donnerte fast gleichzeitig, der Regen rauschte, als
hätten sich alle Schleusen des Himmels geöffnet, die Straße
wurde im Nu zu einem Bach. Ein scharfer Wind riss sie fast um.
Schnell sprangen die Mädchen von den Rädern und suchten
Schutz in einem Hauseingang. Hier standen sie dicht an die Tür
gepresst und hofften so, dem schlimmsten Regen zu entgehen.
Aber nass wurden sie trotzdem. Ursula hielt sich die Tasche mit
den Schwimmsachen schützend über den Kopf und sah Uschi
Franz fragend an. Sie mussten hier ausharren bis der Regen
etwas nachließ, so kamen sie nicht weiter. Ursula bemerkte
Uschis gerötete Augen, die aussahen, als hätte die Freundin lange
geweint.
„Uschi, was ist los? Hast du geweint? Wegen Erwin?", fragte sie

vorsichtig. Vielleicht wollte Uschi nicht darüber reden.

„Ja! Nun ist er weg! Und ich war so dumm! Immer habe ich gedacht er mag mich nicht, weil er immer nur Witze gemacht hat mit den anderen Jungs. Er war freundlich, ja, aber nicht mehr. Da habe ich mir nichts anmerken lassen, dass er mir gefiel und so…“, schluckte sie und der Regen rann ihr den Hals entlang. Ursulas Rock klebte klitschnass an ihren Beinen.

„Gestern, als er sagte, dass er eingezogen wurde, da war auf einmal alles anders. Da hatte ich nur noch Angst, dass ich ihn nicht mehr sehe, dass er vielleicht umkommt. Er hat mir dann gestanden, dass es ihm ähnlich ging wie mir. Er hatte sich auch nicht getraut, dachte ich mag ihn nicht, wagte nicht mich zu fragen.

Ach Uschi, ist das nicht verrückt? Wir trauen uns beide nicht! Erst als es zu spät ist! Und nun ist er weg! Er hat mich gefragt ob ich auf ihn warte. Ja, das tue ich! Und ich hoffe so sehr, dass er wiederkommt, dass er alles gut übersteht. Aber ich bin so furchtbar traurig!“, weinte sie nun.

Ursula nahm sie in den Arm so gut es ging so an die Tür gepresst.

„Uschi, nicht weinen, bitte! Es wird alles gut werden, ganz bestimmt. Ich hoffe doch auch immer für unseren Sievert. Es geht nicht anders, glaube mir. Du musst daran glauben, sonst machst du dich kaputt mit deiner Angst. Alles wird wieder in Ordnung kommen.“

Langsam regnete es weniger und der Wind ließ nach. Ursula bedeutete der Freundin, dass man besser losfahren sollte. Nass waren sie eh beide schon genug, sie sollten jedoch nicht gar so spät im Schwimmbad sein. Also schwangen sie sich wieder auf die Räder und traten fest in die Pedalen. Sämtliche nassen Kleidungsstücke hingen zum Trocknen in der Garderobe, die Mädchen standen unter der warmen Dusche.

Das Training hatte schon begonnen und Herr Werner wartete bereits auf seine beiden verspäteten Schützlinge. Schließlich galt es die nächsten Wettkämpfe vorzubereiten. Und das war gar nicht so einfach, war doch fast die Hälfte der Trainer und Übungsleiter bereits im Krieg, einer schon gefallen und ein weiterer vermisst. Die Verbliebenen hatten die Schwimmergruppen aufgeteilt und betreuten jeder mehr Sportler als jemals zuvor. Lange ließ sich der Trainingsbetrieb so nicht mehr durchführen, wenn nicht bald ein Wunder geschah.

Er schickte die beiden Uschis zu den anderen ins Wasser. Alle
schwammen einige Bahnen, dann wurde auf Zeit geschwommen,
danach Startsprünge geübt, dann wieder Zeitschwimmen, Wende
üben, dann alles von vorn.
Nach Acht fuhren die Mädchen wieder zurück. Ein schöner
ruhiger Abend. Keine Wolke stand mehr am Himmel, die Luft war
sauber und frisch, gereinigt und gekühlt vom heftigen
Gewitterregen. Große Pfützen blinkten und spiegelten den
Abendhimmel. In den Zweigen der Bäume in den Gärten und an
den Straßen sangen Vögel. Alles war ruhig und friedlich. Was für
ein trügerischer Schein!
Zu müde waren die Mädchen, kein Wort fiel zwischen ihnen, still
fuhren sie durch den Abend und hingen jedes ihren Gedanken
nach.
Kurz vor Franzes Haus sprang ein Eichhörnchen über die Straße
und sie hatten Mühe zu bremsen und nicht vom Rad zu fallen. Sie
umarmten sich zum Abschied und Ursula fuhr allein weiter.

Drei Wochen später hatte Ursula einen ersten Brief des
Bruders erhalten seit er Soldat war. Sievert schrieb nicht viel,
nichts von dem, was dort geschah. Es gehe ihm gut und er warte
auf den Einsatz an der Front. Nach der Mutter fragte er. Wie es
ihr gehe, ob sie seine Entscheidung verkraftet habe. Was die
Geschwister täten und sie, Uschi. Sie spürte, dass es ihm nicht
einerlei war, was sein Weggang in der Familie ausgelöst hatte.
Zwischen den Zeilen konnte sie es lesen, wie schwer es ihn
ankam, so von daheim gegangen zu sein. Zuletzt bat er sie, auch
der Annemarie einmal zu schreiben und schrieb ihre Adresse
unter den Brief. Und die Muttel solle sie doch bitte von ihm
grüßen.
Als Ursula die wenigen Zeilen gelesen hatte, blieb sie noch eine
Weile mit dem Papier in der Hand auf dem Bett sitzen. Hatte
Sievert denn auch so zornig hier wegfahren müssen und der Papa
seinen Sohn gleich verstoßen? Doch irgendwie musste sie dem
Papa Recht geben, der Krieg war nichts, wozu man sich noch
unbedingt freiwillig melden musste. So viel Leid hatte er schon
über die Familien in ihrer nächsten Nähe gebracht. Sie brauchte
nur an die Frau Winterstein zu denken, die sich noch immer
nicht erholt hatte und ihre Mutter brauchte um ihr Kind zu
versorgen. Was war daran denn schön?

Ursula versuchte sich vorzustellen, wie es wäre, würde ihr etwas Ähnliches geschehen. Nein, schrecklich, nur darüber nachzudenken! Lange lag sie noch wach an diesem Abend und erst, als sie mit aller Macht die düsteren Gedanken von sich schob und sich zwang an etwas anderes zu denken, fand sie in einen kurzen unruhigen Schlaf.

XII

Friede war schon in der Küche und bereitete das Frühstück, als Ursula müde und nur mit Hilfe von viel kaltem Wasser für kurze Zeit etwas erfrischt dort erschien.

„Muttelchen, guten Morgen!", rief sie, aß hastig eine Scheibe Brot mit Margarine und Marmelade, gab der Mutter einen Kuss auf die Wange und eilte auch schon wieder zur Tür hinaus, rannte die Treppen hinunter auf die Straße und im Laufschritt zur Straßenbahn.

Sie war spät dran und musste sich beeilen, wollte sie noch pünktlich im Schuhhaus sein. Die Grüße von Sievert würde sie der Mutter heute Abend in Ruhe übermitteln, nicht so eilig zwischen Tür und Angel.

Gerade noch rechtzeitig bimmelte die Ladenglocke und Ursula lief ins Geschäft und ohne Aufenthalt, nur mit einem „Guten Morgen" auf den Lippen, an einer der Aushilfen vorbei, nach hinten in die kleine Garderobe der Mitarbeiter. Hastig öffnete sie ihren Spind, hängte die leichte Jacke, die sie auf dem Weg getragen hatte, auf einen Bügel und ihre Tasche an einen der Haken. Nach kaum mal drei Minuten war sie wieder vorn im Laden und räumte die Regale auf. In einer halben Stunde würde für die Kunden geöffnet werden.

Gegen Mittag, als es im Laden ruhiger wurde, stand er plötzlich mitten im Geschäft. Ursula hatte ihn noch nicht gesehen, da spürte sie schon seine Anwesenheit. Gerade wollte sie ein paar Kartons nach oben ins Regal stellen. Schnell drehte sie sich um, ihr Herz machte einen Satz und klopfte dann hastig weiter. Er ging auf sie zu, blieb vor ihr stehen und reichte ihr die Hand um ihr von dem Tritt herunter zu helfen. Ursula stand auf der obersten Stufe und überragte ihn ein ganzes Stück. Langsam stieg sie herab.

„Guten Tag!", sagte er höflich und hielt noch immer ihre Hand. Rasch zog Ursula ihre zurück, als es ihr bewusst wurde, und eine feine Röte überzog ihr Gesicht. Nein, nicht schon wieder, dachte sie.

„Guten Tag! Was kann ich für Sie tun? Suchen Sie etwas Bestimmtes oder möchten Sie sich erst einmal umsehen?", fragte sie ihn.

Da war er also wieder, der junge Mann, der so süß erröten konnte wie sie selbst. Sie lächelte unwillkürlich.

„Ja, ich möchte, ... also ich suche ein Paar bequemere Schuhe zum Laufen, für Ausflüge und so weiter. Sie wissen schon, was ich meine, oder?". Meinte er zögernd und sah sie dabei unverwandt an.

Ursula sah zur Seite in Richtung der Glastische, als wollte sie dort nach passenden Schuhen Ausschau halten, obwohl dort eigentlich nur die eleganteren Modelle ihren Platz hatten, die zum Laufen oder Wandern gänzlich ungeeignet waren.

„Ja, natürlich!", rief sie verlegen.

„Ich hole Ihnen gleich ein paar, die da genau richtig wären. Wir haben da gestern noch spät einige schöne Modelle geliefert bekommen. Die sind allerdings noch im Lager. Wenn Sie bitte einen Moment hier warten würden, dann lauf ich schnell nach hinten und bringe sie her. Nehmen Sie doch bitte inzwischen hier Platz!". Damit zeigte sie auf die Stühle für die Anprobe.

„Gerne, ja ich warte!", nickte er.

Erleichtert erst einmal aus seiner Nähe zu kommen, eilte Ursula zum Lager, wo die Aushilfe gerade Kartons stapelte. Aus der Lieferung vom Vortag suchte Uschi einige Modelle in der Größe zweiundvierzig heraus und stapelte die Kartons übereinander. Den Stapel vor sich her tragend lief sie vorsichtig, weil sie nicht darüber hinweg sehen konnte, zurück zu ihrem Kunden.

Der junge Mann blickte ihr entgegen, stand schnell auf und half ihr den Riesenstapel Kartons abzusetzen. Verwirrt sah sie ihn an, bat ihn dann Platz zu nehmen, um wieder etwas mehr Abstand von ihm zu haben. Wie sollte sie ihn denn bedienen, wenn er sie so nervös machte?

Sie reichte ihm den ersten Schuh und ließ ihn probieren. Er schlüpfte in den Schuh und band ihn zu. Eine Strähne seines blonden, leicht gewellten Haars, das er locker nach hinten gekämmt trug, fiel ihm dabei in die hohe Stirn. Er strich sie sich wieder nach hinten und lachte. Seine blauen Augen blitzten Ursula lustig an, die hohen Wangen trugen eine leichte Röte. Sie sah seine gerade Nase mit den schmalen Nasenflügeln. Sein Kinn wirkte eher kantig und energisch, die Lippen männlich markant. Sein Gesicht hatte ebenmäßige Züge und wenn er lachte, wie eben, zeigten sein Wangen die Andeutung von kleinen Grübchen, mehr zu erahnen als zu sehen.

Einige Schritte lief er mit dem Schuh vor dem Spiegel, doch er drückte ein wenig beim Laufen. Ursula reichte ihm den nächsten, einen modernen, doch derberen Schuh aus Rindbox. Hier waren ihm die Sohlen zu dünn, schließlich wollte er damit in den Bergen laufen.

Da riet ihm Uschi zu einem derben, robusten Modell mit dicken, profilierten Sohlen und half ihm mit einem langen Schuhlöffel in den Schuh hinein zu kommen. Sie beugte sich über seinen Fuß und er blickte auf ihren Kopf herab.

Am liebsten hätte er seine Hand danach ausgestreckt. So weich und seidig glänzte ihr Haar. Es war von einem etwas dunkleren Blond als das seine und Uschi trug es inzwischen nur noch schulterlang, die Zöpfe waren zu Beginn ihrer Lehre der Schere zum Opfer gefallen. Zum einen, weil es moderner war, zum anderen praktischer für ihren Sport. So fielen die Haare nun locker und wellig auf den Kragen ihrer Bluse und verströmten einen leichten, zarten Duft nach Lavendel.

Endlich saß der Schuh und er stand auf. Ja, es war ein ziemlich derber Schuh, aber er saß gut. Nichts drückte. Es war ein fester, strapazierfähiger Schuh für lange Strecken und schwierige Wege, wie er es sich gewünscht hatte, dazu aber bequem. Was wollte er mehr? Auch der andere Schuh dazu passte wunderbar und er lief mehrmals bis zur Ladentür und wieder zurück.

Die ganze Zeit über hatte ihn Ursula beobachtet. Wie es aussah trugen sich die Schuhe gut. Sicher würde er sie kaufen. Ja, das war ziemlich sicher. Sie seufzte.

„Gefallen Ihnen die Schuhe nicht?", fragte er Ursula vorsichtig.

„Sie sehen gerade nicht so aus, mehr als würde sie etwas bedrücken!?", fügte er halb fragend hinzu.

„Nein, nein!", beeilte sich Ursula zu sagen.

„Diese Schuhe sind perfekt! Ich kann sie Ihnen wirklich nur empfehlen."

Prüfend sah er Ursula an, die verlegen die Augen nach unten auf seine Schuhe richtete.

Er setzte sich wieder und übergab ihr dann die neuen Schuhe zum Einpacken. Langsam und nachdenklich folgte er ihr zur Kasse.

Nervös tippte Ursula den Preis ein und nahm das Geld entgegen. Sie drehte an der Kurbel und das „Bing" der Kasse ertönte laut

durch das, zu dieser Zeit, stille Geschäft. Sie band eine Schnur um den Karton und überreichte ihn dem jungen Mann. Der hielt den Karton eine Weile in der Hand als überlege er, was er hier noch wollte, dann räusperte er sich, hüstelte verlegen und sah Ursula an.
„Darf ich mich Ihnen einmal vorstellen? Schon einige Male war ich hier und habe bei Ihnen Schuhe gekauft.“
Er stockte und schluckte, blickte dabei auf den Schuhkarton, als überlege er angestrengt.
Ursula hatte die Luft angehalten und sah ihn sprachlos an. Als er wieder nach oben und in ihr Gesicht sah, nickte sie stumm.
„Also,... wenn es Ihnen recht ist..., ich heiße Gebert, ... Fred Gebert!“, brachte er zögernd hervor und reichte ihr seine Hand. Ursula ergriff sie langsam.
„Mein Name ist Ursula Granz.“
„Ursula, das ist ein schöner Name!“, rief er freudig, während er noch immer ihre Hand festhielt.
„Darf ich Sie Ursula nennen? Das wäre sehr schön!“, fragte er aufgeregt und Ursula brachte es wieder nur fertig zu nicken, nichts weiter.
Ihre Zunge war wie gelähmt, fest angeklebt im Mund.
Noch immer lag ihre Hand in der seinen. Ihr Herz klopfte so laut, dass sie befürchtete er könnte es hören. Ihr Gesicht war in flammendes Rot getaucht und endlich konnte sie ihm vorsichtig ihre Hand entziehen. Was war los mit ihr? Sie ärgerte sich über ihre Hilflosigkeit ihm gegenüber, ihre Verlegenheit, die ihr immer so deutlich vom Gesicht abzulesen war. Die Hand, die er so lange gehalten hatte, verbarg sie nun hinter ihrem Rücken und hoffte inständig, dass jetzt nicht gerade wieder Herr Anderlich in der Tür stand oder die Aushilfe aus dem Lager zurückkam.
Sie zwang sich zu einem Lächeln, das ihr jedoch nur ziemlich zittrig gelang.
Fred Gebert hatte sie die ganze Zeit nicht aus den Augen gelassen und merkte ihr die Verlegenheit deutlich an.
„Fräulein Ursula, würden Sie mir bitte die Freude machen und mir ein wenig Ihrer Zeit schenken? Darf ich Sie morgen nach Ihrer Arbeit hier abholen, vielleicht auf einen kleinen Spaziergang?“, fragte er vorsichtig, darauf bedacht ihr nicht zu nahe zu treten, und sah sie bittend an.
Dieser gut angezogene, ernsthafte junge Mann wollte tatsächlich

mit ihr einen Nachmittag verbringen? Verlegener konnte man nicht mehr werden, wie es Ursula in diesem Augenblick war.
Sie schüttelte den Kopf.
Enttäuscht schaute er sie an.
„Wollen Sie mich nicht treffen, weil ich hier ein Kunde bin?", vermutete er mit ernster Miene.
„Nein, nein! Das hat nichts damit zu tun!", beeilte sie sich zu versichern.
„Es tut mir leid, aber morgen habe ich Training, da habe ich es eilig, hier wegzukommen und nach Hause zu fahren.", antwortete sie, ohne ihn anzusehen.
„Oh, wie schade!", entfuhr es ihm und als sie den Kopf hob, sah sie das Bedauern in seinem Blick.
„Hätten Sie denn am Freitag Zeit für mich?", fragte er zögernd, doch noch immer hoffnungsvoll.
Lange sah ihn Ursula an, als wolle sie damit seine geheimsten Gedanken ergründen. Schließlich erklärte sie zögernd: „Ja, am Freitag! Da habe ich... nichts vor, jedenfalls wäre da schon mehr Zeit, also ...nach der Arbeit, meine ich."
Ein Strahlen zog über sein Gesicht.
„Das ist ja wunderbar!", rief er.
„Darf ich Sie dann hier abholen?"
Uschi nickte, noch immer mit gerötetem Gesicht.
"Wann passt es Ihnen denn?"
Sie sah ihm die Freude über ihre Antwort deutlich an.
„Ich fange am Freitag zeitig an und habe dann um Vier schon Feierabend. Sie haben Glück, das passiert nicht so oft. Sonst hätte ich auch kaum Zeit."
„Also, dann warte ich um Vier draußen in der Nähe vom Geschäft, wenn es Ihnen recht ist. Auf Wiedersehen, bis Freitag!", sagte er und lächelte.
„Auf Wiedersehen!".
Ursula sah ihm nach wie er aus dem Laden ging, hörte die Glocke bimmeln und drehte sich um. Nein, Gott sei Dank, keiner hatte ihr Gespräch mit Fred Gebert gehört oder beobachtet. Sie war froh. Wer wollte schon freiwillig Gesprächsstoff für die Kollegen sein. Und vor Herrn Anderlich wäre es ihr auch sehr peinlich gewesen. Der alte Herr hielt große Stücke auf sie, das wusste sie, und sie wollte, dass das so blieb. Sie mochte den alten Brummbär auch, wie ein Vater war er für sie, Großvater, und sie wollte kein

Bedauern in seinen Augen sehen.
Sie stand noch immer an der Kasse, hielt die eine Hand auf dem
Rücken, dachte an das Gespräch mit Fred Gebert und lächelte
leicht. Dann gab sie sich einen Ruck, ging quer durch den Laden
zu den Regalen mit den Herrenschuhen und räumte die nicht
mehr benötigten Kartons nach oben in die Regale. Wohin er wohl
mit diesen Schuhen wollte?

Der Freitag war ein wunderschöner, frühsommerlicher Tag.
Schon am Morgen schien die Sonne warm, keine einzige Wolke
stand am Himmel. Überall in den Gärten von Breslau - Zimpel
sangen die Vögel schon seit dem Morgengrauen. Ursula
beschloss, das neue Sommerkleid anzuziehen, das mit dem
bunten Blumenmuster, und nur die leichte Jacke darüber für den
Morgen.
Beim Frühstück sah Friede die Tochter fragend an.
„Du hast dich ja heute so schick gemacht!", stellte sie fest.
„Ach ja, Muttelchen, ich komme heute etwas später, ich habe
noch eine Verabredung nach der Arbeit. Warte nicht auf mich,
ich weiß noch nicht wann ich hier bin. Erst so gegen Abend. Ja?!",
warf Ursula leicht dahin.
„Oho, also eine Verabredung hat das Marjellchen! Kann man
auch erfahren mit wem? Oder ist das noch ein Geheimnis?",
fragte Friede mehr besorgt als neugierig.
„Muttel, sei mir bitte nicht böse, aber ich habe es mal wieder
eilig, heute Abend erzähl ich es dir. Ich muss aber jetzt los!", rief
Ursula noch, schon halb aus der Küchentür.
Eilig schlüpfte sie in die hellen Sommerschuhe, die wunderbar zu
den Farben ihres Kleides passten, griff nach ihrer Tasche in der
gleichen Farbe und schon war sie auf der Treppe nach unten.
Kopfschüttelnd hatte Friede ihr nachgesehen. Nein, das
Marjellchen! Immer hatte sie es eilig, ob sie zur Arbeit fuhr oder
zum Training eilte, ihr im Haushalt oder bei den Geschwistern
half. Uschi erledigte alles flink, doch trotzdem akkurat, genau.
Hoffentlich war das auch ein ordentlicher Mensch, mit dem sie
sich heute traf, jedenfalls ein Mann, da war sich Friede sicher.
Ursula war irgendwie anders gewesen als sonst immer.
Die Tram hatte Ursula gerade noch erreicht, aufatmend ließ sie
sich auf einen Sitz fallen und blickte aus dem Fenster. Häuser,
Gärten und Straßen zogen vorbei. In den Fensterscheiben

spiegelte sich die Morgensonne und das Wasser der Oder glitzerte wie mit tausend Funken besät. Was für ein schöner Morgen! Ob der ganze Tag so sein würde?
Und schon waren ihre Gedanken beim Nachmittag gelandet. Wie würde sie sein, ihre erste Verabredung mit einem Mann? Einige ihrer ehemaligen Klassenkameradinnen aus der Schule und auch aus der Wirtschaftsschule hatten schon feste Freunde, waren verlobt oder gar schon verheiratet. Drei von ihnen waren bereits Mutter, während Uschi Franz und sie bisher nur Zeit für ihren Sport hatten. Gut, Uschi Franz hatte ja nun vor einigen Wochen ihre Liebe gefunden. Und sie? Dieser Fred Gebert hatte sich mit ihr verabredet, aber sie wusste nicht was das bedeuten sollte. Sie kannte ihn doch gar nicht. Man musste abwarten was der Tag brachte.
Die Bahn hielt, Ursula sprang heraus und sauste im Laufschritt zum Schuhhaus, obwohl sie noch genügend Zeit hatte. Aber irgendwie hatte sie das Gefühl, dass dadurch die Stunden bis zum Nachmittag schneller vergehen würden.
Freitags war erfahrungsgemäß ab etwa zwei Uhr in " Anderlichs Schuhhaus" jede Menge zu tun und Ursula hatte Bedenken, dass sie das Geschäft pünktlich verlassen könnte, denn falls sie noch einen Kunden zu betreuen hatte, war das oft genug nicht möglich.
Sie hängte die Jacke in den Spind und die Tasche dazu, strich mit dem Kamm nochmals durch das Haar und ging dann nach vorn, um zu sehen, was man an Kartons noch in den Regalen unterbrachte und welche Modelle aus dem Lager zu holen waren. Gestern Abend war noch viel verkauft worden und sie schrieb alles, was zu holen war, auf einen Zettel, den sie mit ins Lager nahm.
Frau Hermann kam gerade zur Ladentür herein, als Ursula nach hinten gehen wollte, und versprach ihr, gleich ins Lager zu folgen. Gemeinsam räumten sie wenig später die Kartons auf einen kleinen Wagen und schoben ihn in den Verkaufsraum. Inzwischen war auch Herr Anderlich in seinem Büro eingetroffen und rief ihnen durch die nur angelehnte Tür ein „Guten Morgen" zu.
„Guten Morgen, Herr Anderlich!", antworteten die beiden Frauen wie aus einem Mund und lachten.
„Was für ein schöner Morgen!", meinte der alte Herr.

„Ein richtig warmer Sommertag, ein Tag wie er im Buche steht!
Nach draußen müsste man da eigentlich, laufen in der Natur, so
wie ich es früher mit meiner lieben Frau getan habe.", schloss er
leise seufzend.
Ursula lächelte still vor sich hin. Sie mochte den alten Mann, der
ihr Chef war. Und sie wünschte, dass er noch lange leben und der
Besitzer des Schuhhauses sein würde.
„Wir bauen nur noch die Kartons in die Regale, dann öffnen wir
die Tür!", rief sie ihm zu.
„Herr Anderlich, denken Sie bitte daran, dass ich heute früher
gehe?!", fügte sie noch fragend hinzu und stieg dann auf einen
der Tritte. Frau Hermann reichte ihr Karton um Karton hinauf
und Ursula räumte sie, sorgfältig auf die richtigen Modelle
achtend, hinein.
Zehn Minuten später konnte das Geschäft für die Kundschaft
bereits geöffnet werden und die ersten Käufer traten ein.
Gegen halb Eins kam Frau Hermann von hinten aus dem
Aufenthaltsraum, in dem sie eben noch ein paar Scheiben Brot
mit Wurst und Käse gekaut und einige Schlucke Tee getrunken
hatte.
„Komm Uschi, mach erst einmal Mittag!", sagte sie leise.
„Du hast doch gewiss auch Hunger und, wie es aussieht, heute
auch noch etwas vor und möchtest am Feierabend nicht total
erledigt sein!", lachte sie der jungen Kollegin zu, in deren Gesicht
die Farbe mal wieder zu tiefem Rot wechselte.
Verlegen sah Ursula zu Boden. Seit einem halben Jahr durfte sie
die Frau Hermann nun duzen, doch noch immer hatte sie eine
gewisse Scheu vor der Älteren.
„Naja, ich habe doch heute nur bis Vier Dienst. Und dann habe
ich noch eine Verabredung.", sagte sie entschuldigend.
„Ach Mädchen, du musst dich doch nicht entschuldigen!", rief
Frau Hermann,
„Im Gegenteil! Ich freue mich für dich, dass du auch endlich mal
ein Rendezvous hast. Noch nie hast du etwas erzählt, dass du
einen Freund hast oder so. Du bist doch alt genug dafür. Aber
nun geh erst einmal essen!"
Ursula ging nach hinten, lief den Gang entlang, holte sich in dem
kleinen Raum ihr Brotpaket aus der Tasche und setzte sich auf
die Bank. Die Beine streckte sie weit von sich und wackelte zur
Entspannung mehrmals mit den Zehen. Herzhaft biss sie in eine

Scheibe Brot belegt mit Camembert und ließ den weichen Käse
genüsslich im Mund zergehen. Auch die ersten kleinen
Radieschen, die der Papa im Garten unter Glas gezogen hatte,
verschmähte sie nicht. Dazu gab es kalten Kräutertee, den sie in
einer Glasflasche mit Schnappverschluss immer mit zur Arbeit
brachte. Der war ihr am Mittag lieber als der Kaffee, den sie
manchmal von Herrn Anderlich am Nachmittag spendiert
bekamen.
Zwölfuhrfünfundvierzig zeigte ihre Armbanduhr, als sie frisch
gestärkt wieder vorn im Verkaufsraum erschien.
„Wir müssen noch das Lager aufräumen, die Lieferung vom
Vormittag muss noch gestapelt werden. Wollen wir gleich damit
anfangen, Hilde?", fragte sie Frau Hermann.
Die nickte und ging voran. Im Aufenthaltsraum schlüpften beide
in die bunten Kittel, die ihre Kleidung bei solchen Arbeiten
schützen sollten, und liefen ins Lager. Funzeliges Licht kam von
der Lampe an der Decke, das gerade so bis in die hinterste Ecke
reichte, als sie den Lichtschalter drehten.
Gleich neben der Tür standen einige riesige Kartons mit vielen
kleineren darin. Frau Hermann öffnete den ersten Riesen und
reichte Ursula die Schuhkartons zum einräumen für die oberen
Regalböden. Ganz unten schoben sie die großen Kartons im
Ganzen hinein, was das zeitaufwendige Auspacken und
Einräumen ersparte.
Nach einer reichlichen halben Stunde griff Ursula zum Besen, der
in einer Ecke lehnte, und fegte den Dreck, den die Kartons
hinterlassen hatten, zusammen, damit er nicht mit nach vorn
getragen würde, während Frau Hermann wieder nach vorn in
den Laden lief.
Als die ersten Kunden des Nachmittags das Geschäft betraten,
waren die zwei Frauen wieder an ihrem Platz und in einer Stunde
würde auch die Aushilfe erscheinen. Es gab keinen Grund für
Ursula nervös zu sein, doch sie fühlte sich heute so anders als
sonst. Alles erschien ihr so unwirklich, selbst die Arbeit hier.
Irgendwie stand sie neben sich und sah sich selbst dabei zu, wie
sie gerade einer Kundin ein Paar weiße Sommerpumps verkaufte.
Immer wieder erwischte sie sich, wie ihre Gedanken dabei
einfach davonliefen. Sie wollte es nicht, aber unwillkürlich
musste sie an die bevorstehende Verabredung denken. Wie es
wohl sein würde?

Sie half der Kundin die Schuhe anzuprobieren. Die standen der
Frau, passten ausgezeichnet zu jedem Sommerkleid und
zauberten einen schlanken Fuß. Die junge Frau stand vorm
Spiegel und lief einige Schritte, drehte sich herum und kam
zurück. Ein Lächeln lag auf ihrem Gesicht. Kein Zweifel, die
Schuhe gefielen ihr gut. Sie nickte ihrem Spiegelbild zu und
sagte, dass sie diese Schuhe liebe und sie unbedingt haben müsse.
Uschi packte die Schuhe in den Karton und ließ sich das Geld
geben. Die Glocke der Kasse bingte und schon war die Frau aus
dem Laden in den warmen Tag hinaus getreten.
Endlich zeigte Ursulas Uhr zwei Minuten vor um Vier. Geh nach
hinten, bedeutete ihr Frau Hermann, die gute Seele. Warum war
das Mädchen nicht schon früher nach hinten gegangen, sich ein
wenig fein machen?
Schnell sauste Uschi den Gang entlang zur Umkleide und
durchquerte wenig später, frisch gekämmt, die Tasche und die
leichte Jacke über dem Arm, ein „Bis morgen!" auf den Lippen,
das Geschäft und stand auch schon vor der Tür des Schuhhauses
Anderlich. Sie holte tief Luft, hielt einen Augenblick inne und
öffnete, die Glocke bimmelte und im nächsten Moment trat sie
auf den Gehweg.

     Vorsichtig sah sie sich draußen vor dem Laden um. War er
auch wirklich gekommen? Hatte Fred Gebert überhaupt noch an
ihre Verabredung gedacht? Wenn er sie nun vergessen hatte, was
dann? Sie würde nach Hause fahren, keine Frage.
Noch einmal sah sie die Straße entlang, einmal nach Links,
einmal nach Rechts. Nichts. Wieder nichts.
Da löste sich weiter vorn auf der rechten Seite eine Gestalt aus
einem Hauseingang und kam mit großen Schritten auf sie zu. Ihr
Herz tat einen Hüpfer. Fred Gebert hatte wohl dort auf sie
gewartet. Langsam ging sie ein paar Schritte in seine Richtung
und damit weg vom Schuhhaus. Man brauchte sie dort ja nicht
unbedingt mit ihm zu sehen. Erst einmal alles abwarten, was
geschehen, was dieser Nachmittag für sie bringen würde.
Lächelnd stand Fred Gebert vor ihr und nahm dann vorsichtig
ihre Hand um sie zu begrüßen.
„Guten Tag, Fräulein Ursula! Ich freue mich, dass Sie Wort
gehalten haben.", begann er und drückte ihre Hand.
Ursula blickte ihn verlegen an und musste dann über sich selbst

und die Röte, die schon wieder in ihr Gesicht stieg, lachen. Wie
verhext war das aber auch!
„Guten Tag!", rief sie fröhlich und fügte entschuldigend hinzu:
„Tut mir leid, ich musste erst einmal über mich selbst lachen. Das
haben Sie sicher schon bemerkt, ich werde dauernd rot, das ist
schlimm! Mir ist das so peinlich, aber ich kann es nicht ändern."
„Darf ich?"
Er schob seinen Arm unter ihren und ging langsam mit ihr die
Straße hinab in Richtung Weidenstraße.
„Ach das ist nicht schlimm, mit dem Rotwerden meine ich, mir
geht es bei Ihnen doch genauso. Wenn Sie in meiner Nähe sind,
wechsle ich auch jedes Mal die Farbe. Haben Sie das nicht
bemerkt, Fräulein Ursula?", fragte er.
„Wo möchten Sie denn gern hingehen, Ursula? Haben Sie einen
Wunsch? Vielleicht ein Stück spazieren und dann einen Kaffee
trinken? Wäre Ihnen das recht?"
Ursula nickte nur zu seinen Fragen, überlegte einen Moment
bevor sie antwortete.
„Wissen Sie, ich war so lange nicht mehr auf der Liebichshöhe.
Früher waren wir mit der Familie fast jeden Sonntag dort oben.
Meine Eltern waren sehr gern da und wir haben nicht weit davon
gewohnt. Wenn es Ihnen nichts ausmacht, könnten wir doch
dorthin laufen. Ja?"
Fragend sah sie ihn von der Seite an.
Fred Gebert nickte und meinte, das sei eine gute Wahl, dort wäre
er ebenfalls schon lange nicht mehr gewesen und gerade in
dieser Jahreszeit, im zeitigen Sommer sei es dort oben
wunderschön. Uschi nickte zur Bestätigung, lief weiter neben
Fred her, doch entzog ihm vorsichtig ihren Arm.
Von der Seite her sah er sie fragend an, als er aber ihr glühendes
Gesicht sah, verschluckte er seine Frage.
Langsam schlenderten sie weiter die Straße entlang und Fred
Gebert grüßte einige Passanten, die ihnen neugierige Blicke
zuwarfen. Entschuldigend wandte er sich an Ursula. „Es tut mir
leid, das waren Bekannte, eigentlich meiner Eltern, aber ich
kenne sie seit Jahren auch sehr gut. Der Mann hat einige Jahre an
derselben Schule wie mein Vater unterrichtet. Auch heute noch
verkehren sie miteinander.", klärte er sie auf.
„Ach Ihr Vater ist Lehrer. Das ist ein sehr schöner Beruf!", warf
Uschi ein.

„Ja, das schon, aber für die eigenen Kinder sehr anstrengend!",
sagte Fred Gebert und lachte.
„Wissen Sie, Ursula, mein Vater geht in seinem Beruf auf, er ist
nun Konrektor seiner Schule und trägt sein Lehrertum auch bis
in die Familie hinein. Aber inzwischen haben wir uns daran
gewöhnt. Als Kind fand ich es jedoch überhaupt nicht schön, dass
ich ständig unter Kontrolle war, in allen schulischen Belangen.
Jeden Tag kontrollierte mein Vater, was wir Neues gelernt
hatten, meine Aufgaben für den nächsten Tag und natürlich
meine Zensuren. Das war nicht immer lustig, er war streng und
hatte seine genauen Vorstellungen von meiner
Leistungsfähigkeit. Seine Schüler aber lieben ihn und achten
seine Autorität, sein Wissen, das er sehr anschaulich vermittelt,
seine Art zu unterrichten. In der Schule ist er überaus beliebt.
Entschuldigen Sie bitte, dass ich hier ein solches Loblied auf
meinen Vater singe, aber es ist tatsächlich so. Auch seine
Vorträge, die er fakultativ an der Schule hält oder an anderen
Schulen oder aber ganz außerhalb vom Schulbetrieb, sind immer
bestens besucht."
Ursula hatte ihm aufmerksam zugehört. Nachdenklich nickte sie.
„Ach d e r Gebert! ...Das ist Ihr Vater?... Ich meine, Sie sind sein
Sohn? .....Ja, ich habe auch schon einen Vortrag von ihm gehört.
Das war ganz beeindruckend!", rief sie dann begeistert.
Fragend sah er sie an.
„Ja, das war, als ich noch die Hauswirtschaftsschule besuchte.",
beeilte sie sich hinzuzufügen und lachte.
Später erzählte sie dann ein paar Streiche ihrer Brüder, über die
Fred Gebert herzlich lachen musste. Die Zeit verging über ihrer
Unterhaltung und ganz unbemerkt waren sie an der
Liebichshöhe angekommen. An den Treppen blieben sie stehen
und sahen nach oben. Das grüne Laub der Bäume winkte ihnen
entgegen. Ursula sah ihn an, holte tief Luft und hüpfte
leichtfüßig, behände die Stufen hinauf. Fred Gebert sah ihr nach
und folgte dann mit großen langen Schritten. Oben sah er sie
bereits beim Brunnen, die Hände in das kühle Wasser getaucht
saß sie auf dem Rand und blickte ihm entgegen. Ursula blinzelte
ins Sonnenlicht, lachte schelmisch wie ein Schulmädchen und
winkte mit der nassen Hand, dass die Tropfen flogen. Hell glänzte
die Sonne auf ihrem blonden Haar. Langsam ging er auf sie zu,
reichte ihr seine Hand und zog sie sachte empor.

Sie stand vor ihm, ganz nah, fast berührte er sie. Er sah die Sonne
in ihren Augen sich spiegeln, ihr Haar, das sich an ihr Gesicht
schmiegte in zarten Wellen, roch den Duft ihres leichten
Parfüms. So gern wollte er sie berühren, ihr sanft über das Haar
streichen, ihre Wangen. Lange sah er sie an.
Ursula wurde unter seinem Blick glutrot. Etwas war in seinen
Augen, das sie nicht verstand. Sie hielt die Luft an, gab seinen
Blick vorsichtig zurück, unfähig sich abzuwenden oder den Blick
zu senken.
Dann, ganz langsam atmete sie aus, entzog ihm ihre Hand und
wandte sich um. Verlegen lief sie einige Schritte auf den
Säulengang zu und rief ihm, nun schon wieder sicherer, zu:
„Kommen Sie! Wir gehen zum Aussichtsturm!“
Sie lief vor ihm davon und Fred Gebert blieb nichts weiter übrig,
als ihr zu folgen.
Vom Turm warfen sie einen Blick hinab zur Stadt. Ursula beugte
sich leicht nach vorn und betrachtete das Bild, das sich ihr bot.
Tief atmete sie ein, glücklich, wieder hier oben stehen zu können.
Seit die Familie in Zimpel draußen wohnte, war sie nicht mehr
hier gewesen, denn nun führten die Sonntagsausflüge in den Zoo
oder in den Scheitniger Park, da war man näher dran und schnell
auch mit den kleinen Kindern, die man ja ständig hatte, dorthin
gelaufen.
So genoss Ursula jetzt diesen seltenen Anblick.
Fred Gebert stand neben ihr und betrachtete sie von der Seite. Er
spürte ihre Freude, sah ihr lachendes Gesicht, die vom Wind
zerzausten Haare, und war irgendwie gerührt von ihrer Art, diese
Freude zu zeigen. Wenn er sie so ansah, musste er sich einfach
mit ihr freuen.
Sie hatte ihm erzählt, dass sie hier in der Nähe gewohnt hatte
und er fragte, wann sie denn umgezogen seien. Ursula sprach
gern über ihre Familie und aus jedem Wort sprach auch ihre
Liebe zu den Eltern und Geschwistern.
Die Treppe war frei, als sie wieder nach unten stiegen, kein
Mensch kam ihnen entgegen. Ursula hüpfte leicht und federnd
von Stufe zu Stufe und Fred beeilte sich, es ihr gleich zu tun.
Fröhlich lachend kamen sie fast gleichzeitig am Fuß der Treppe
an.
„Welche Art von Training hatten Sie eigentlich gestern? Ich
meine, wenn ich Sie danach fragen darf, Ursula.“, fragte Fred

Gebert vorsichtig und ein wenig zurückhaltend.

„Ja, das dürfen Sie! Das ist kein Geheimnis. Ich hatte Schwimmtraining. Seit einigen Jahren schwimme ich im Verein, auch bei Wettkämpfen. Mit meiner besten Freundin Uschi habe ich damals damit angefangen, weil mein Bruder Sievert schon im Verein geschwommen war.

Ja, er war immer so etwas wie mein Vorbild gewesen. Hm, und Uschi und ich, wir sind dem Sport treu geblieben. Nur leider ist der Trainingsbetrieb zur Zeit recht eingeschränkt, es sind so viele Trainer und auch Schwimmer an der Front. Hoffentlich ist nicht bald ganz damit Schluss, so wie es uns mit dem Kajakpaddeln gegangen ist.", erzählte Ursula.

„Ach, sind sie etwa auch Kajak gefahren?", beeilte sich Fred zu fragen und blickte sie neugierig an. Das hätte er nicht erwartet! Nun entdeckte er eine ganz neue Seite von Ursula, eine, die ihm Achtung abnötigte. Was wohl noch alles in dieser jungen Frau stecken mochte, von dem er keine Ahnung hatte. Vom Sport also kamen ihre gewandten und leichten Bewegungen, die ihm so gut gefielen.

„Ja, Kajak auch, aber noch nicht so lange.", antwortete Ursula. Sie erzählte wie sie damit begonnen hatten, die beiden Uschis, von ihren ersten Wettkämpfen. Dann brach sie unvermittelt ab, als sie an den letzten Abend am Fluss dachte, bevor Konrad Kästner und Erwin Kruse hatten einrücken müssen, den Abend, an dem Uschi Franz ihre Liebe gefunden und doch gleich wiederhatte hergeben müssen.

Ihr Gesicht wurde traurig.

Fred hatte ihr Stocken bemerkt, berührte leicht ihren Arm und sagte leise: „Sie müssen jetzt nicht darüber sprechen, wenn es sie traurig macht. Reden wir ein anderes Mal weiter, wenn Sie mögen."

Ursula blickte ihn dankbar an. Es dauerte nicht lange und sie waren wieder vertieft in ein anregendes Gespräch. Immer wieder sah Fred Gebert sie von der Seite an. Das bunte Sommerkleid stand ihr gut, knielang ließ es noch genug von ihren wohlgeformten, schlanken Beinen sehen, vom Halsbündchen verliefen leicht und locker zwei Doppelfalten nach unten, die unterhalb der Brust von einer eng anliegenden Stoffbahn wie ein Mieder begrenzt wurden, an das der in lockeren Falten fallende Rock anschloss. Duftig leichte, geraffte kurze Ärmel umschlossen

ihre Oberarme und verliehen Ursula einen mädchenhaften
Charme. Fred konnte sich nicht satt sehen. Unversehens waren
sie die Treppen wieder hinunter zur Straße gestiegen. Er
überlegte einen Augenblick.
„Wollten wir nicht eigentlich Kaffee trinken? Entschuldigen Sie
bitte! Das war sehr unaufmerksam von mir. Aber Sie haben so
interessant erzählt, dass ich nicht darauf geachtet habe, dass wir
schon wieder auf dem Rückweg sind.", meinte Fred entsetzt, aber
Ursula lächelte.
„Ach, das ist nicht schlimm! Ich verzeihe Ihnen, Fred!"
„Danke! Ich weiß noch ein hübsches, gemütliches kleines Café,
gar nicht so weit von hier. Wir könnten dort einkehren, wenn Sie
möchten.", sah er sie fragend an.
Wenig später hatte er Ursula den Stuhl zurecht gerückt und ihr
die Speisekarte gereicht. Vom Tisch aus konnte Ursula auf die
Straße sehen, und wäre sie allein hier und Fred Gebert würde ihr
nicht gegenüber sitzen, hätte sie wahrscheinlich das früh
abendliche Treiben draußen beobachtet. Fred gefiel dieser Platz
gar nicht, eigentlich hatte er einen Tisch fernab von den
Fenstern in einer der Nischen gesucht. Zu seinem Leidwesen
waren diese aber alle bereits besetzt. Man sah jede Menge
Uniformen, hier in der Stadt stationierte Soldaten und Offiziere
oder solche auf Heimaturlaub, mit ihren Frauen oder
Freundinnen. Man wollte sich in Ruhe unterhalten können.
Ursula und Fred waren zu spät, um noch einen ruhigen Platz zu
finden. Schade, dachte Fred Gebert, mehr als schade!
Fred gab bei der kleinen, rundlichen Serviererin mit dem
adretten weißen Krönchen im braunen Haar die Bestellung auf.
Ursula und Fred waren sich einig, sie fanden es mittlerweile zu
spät zum Kaffeetrinken und Fred ließ für beide ein leichtes
Abendessen bringen. Das Mädchen bedankte sich und eilte in die
Küche.
Ursula warf einen schnellen Blick aus dem Fenster und erhaschte
gerade noch einen kurzen Blick auf eine junge Frau mit einem
kleinen Mädchen an der Hand. Moment, war das nicht? Doch die
Frau war schon vorbei, Ursula hatte sie nicht richtig erkennen
können. Aber sie war sich fast sicher, das musste Lene gewesen
sein, ihre Schwester Lene mit der kleinen Rosi. Wo wollte sie mit
der Kleinen jetzt noch hin?
Fred Gebert hatte Ursulas Blick und die Frage darin bemerkt.

Sacht legte er seine Hand auf die ihre und sah ihr in die Augen.
„Ist alles in Ordnung?", fragte er sie leise.
„Ja, natürlich!", beeilte sie sich zu antworten.
„Ich dachte nur, ich hätte Lene, meine Schwester, mit meiner
kleinen Nichte gesehen. Aber ich habe mich bestimmt getäuscht.
Um diese Zeit ist sie meist bei sich zu Hause. Sie ist dann froh,
dass sie den langen Arbeitstag im Geschäft hinter sich und die
kleine Rosi von ihrer Schwiegermutter mit nach Hause gebracht
hat."
Noch immer lag ihre Hand unter seiner großen, umfing er sie
ganz vorsichtig, beinahe andächtig, hielt den Blick ihrer blauen
Augen gefangen. Verlegen schlug Ursula die Augen schließlich
nieder und war froh, dass in diesem Augenblick das Mädchen mit
den Getränken an ihren Tisch kam. Schnell zog sie ihre Hand
unter seiner hervor. Seine Hand war warm gewesen, und kräftig,
eine wohlgeformte Männerhand, die sicher auch zupacken
konnte und nicht so schnell losließ, was sie einmal festhielt.
Ursula fröstelte unwillkürlich.
Das wiederaufgenommene Gespräch spann sich nun wieder
sowohl um Freds Eltern als auch um Ursulas Familie und um ihre
Arbeit in Anderlichs Schuhhaus. Ursulas lustige Erzählungen von
den Geschwistern gefielen Fred Gebert nur zu gut, immer wieder
ertönte sein dunkles, tiefes Lachen, zwischen dem auch Ursulas
helles, melodisches erklang. Bald hatte Ursula ihre Befangenheit
überwunden. Immer wieder war das herzliche Gelächter der
beiden jungen Leute am Tisch vor dem Fenster zu hören.
Als die Kellnerin mit dem Essen kam, brach gerade wieder eine
dieser Lachsalven los und wurde nun von den Beiden jäh
unterdrückt, als sie das Mädchen sahen.
Inzwischen hatte Ursula Hunger, seit dem knappen Mittagessen
hatte sie nichts mehr zu sich genommen, war dafür aber durch
die Stadt gelaufen und bis hinauf auf den Aussichtsturm der
Liebichshöhe gestiegen. Da durfte man schon hungrig sein. Auch
Fred ging es nicht besser und so fielen beide mit großem Appetit
über das Essen her.
„Fred, darf ich Sie auch fragen was Sie arbeiten?", fragte Ursula
nach einer Weile leise.
„Ja, sicher, Ursula! Ich habe Architektur studiert. Seit letztem
Jahr arbeite ich bei Hänsler & Forster und entwerfe dort Villen,
Siedlungshäuser und so weiter. Das macht riesigen Spaß, ich

kann mir nichts Schöneres vorstellen. So gern wie Sie bei
Anderlich Schuhe verkaufen, so mit dem Herzen und Liebe zum
Beruf, so liebe ich es, Häuser zu entwerfen."
„Ja, es macht mir sehr große Freude!", fügte er noch
bekräftigend hinzu und lächelte.
Ursula sah ihm nachdenklich ins Gesicht und lächelte zurück. Sie
konnte ihn gut verstehen, genauso ging es ihr ja schließlich auch,
sie liebte ihre Arbeit im Schuhhaus und würde mit niemandem
tauschen wollen. Und dann hatte sie doch auch noch ihren Sport,
den sie liebte, von dem ihr aber leider nur noch das Schwimmen
geblieben war.
Sie schwatzten und redeten und schnell wie im Flug verging die
Zeit. Ursula sah zur Uhr und erschrak, fünfzehn Minuten vor
zehn Uhr zeigte diese an. Oh, nein! Sie musste nach Hause, die
Fahrt bis nach Zimpel hinaus mit der Tram dauerte eine ganze
Weile und morgen früh würde der Wecker klingeln. Was würden
die Eltern sagen, wenn sie so spät kam? Es war nur die Rede vom
Nachmittag gewesen. Ihre Muttel würde sich Sorgen machen,
sicher, jedoch froh sein, wenn sie wohlbehalten nach Hause
käme. Aber der Papa? Er war es nicht gewohnt, dass Ursula eine
Verabredung hatte. Sicher würde er ihr böse sein, denn sie hatte
sich an die getroffenen Vereinbarungen zu halten, jedenfalls so
lange sie zu Hause wohnte. Das pflegte er immer zu betonen.
Entsetzt sah Ursula Fred Gebert an, der nun seinerseits erschrak.
„Was haben Sie denn so plötzlich, Ursula?", fragte er besorgt.
„Ich muss nach Hause fahren, es ist schon viel zu spät!", rief sie
aufgeregt.
„Mein Vater sieht es nicht so gern, wenn man sich verspätet. Und
ich hatte nur gesagt, dass ich den Nachmittag nicht nach Hause
komme, dass ich bis zum Abend eine Verabredung habe. Er wird
sicher böse sein!", fügte sie leise hinzu.
„Dann sollten wir aufbrechen!", sagte Fred Gebert bestimmt.
Er verlangte die Rechnung und gab der kleinen Serviererin ein
großzügiges Trinkgeld.
Als sie endlich vor der Tür des Cafés standen, zeigte die Uhr kurz
nach Zehn.
Nervös hielt Ursula ihre Tasche an sich gedrückt und sah Fred
Gebert aus großen Augen an.
„Ich muss zur Haltestelle!", klang ihre Stimme fast erstickt. Sie
mochte nicht an den Vater denken.

„Haben Sie keine Angst!"; redete Fred beruhigend auf sie ein.
„Ich bringe Sie natürlich bis nach Hause. Mitten in der Nacht
kann ich Sie doch nicht allein bis nach Zimpel fahren lassen.
Schließlich bin ich ja auch Schuld daran, dass Sie nun zu spät
dort ankommen. Kommen Sie!", sagte er und schob wie
selbstverständlich wieder seinen Arm unter ihren.
In schnellem Schritt näherten sie sich der Tramhaltestelle und
hatten Glück, gerade stand noch eine Bahn dort, die Türen schon
geschlossen, und wollte eben anfahren. Fred gestikulierte wie
wild mit den Armen, winkte und schrie, der Fahrer solle bitte
warten. Der Mann hatte ein Einsehen und wartete den Moment
bis Fred und Uschi in die Bahn gesprungen waren. Mit einem
Ruck fuhr der Zug an und die Beiden landeten etwas plötzlich
und unsanft auf den Plätzen. Aber das störte sie nicht, hatten sie
doch die Bahn, Gott sei Dank, noch erreicht. Fred atmete auf, es
würde schon alles in Ordnung gehen, schließlich konnte der
Vater dieses wunderbaren jungen Mädchens ja kein Unmensch
sein. Sicher machte sie sich unnötige Sorgen. Und das tat sie,
denn sie war recht still geworden.
Er sah sie von der Seite her forschend an. Immer besser gefiel sie
ihm, diese Ursula. Ein Mädchen wie sie hatte er noch nie
getroffen. Schon als er sie das erste Mal dort im Schuhhaus
gesehen hatte, fühlte er sich wie magisch von ihr angezogen. Wie
sie dort mit den Kunden umgegangen war, mit wie viel Liebe und
Freude sie Schuhe verkaufte, ja, die Schuhe liebte, den Geruch
von Leder, wie sanft, fast zärtlich sie das Leder berührte,
streichelnd.
Unwillkürlich war da ein Wunsch in ihm gewesen, so unwirklich
und unverständlich, da er sie doch nicht kannte. Sie sollte so
sanft und zärtlich zu ihm sein. Für ihn sollte sie sich so Feen
gleich bewegen, so lieb lächeln, so freundlich sprechen. Er
konnte nicht sagen, woher und wieso dieser Wunsch kam, er war
einfach da gewesen und hatte ihn bis heute nicht verlassen.
Immer wieder war er ins Schuhhaus Anderlich gegangen und,
obwohl er eigentlich gar keine Schuhe brauchte, war er jedes Mal
mit einem neuen Paar wieder heraus gekommen. Immer hatte er
sich vorgenommen, ganz fest sogar, dass er sie ansprechen
würde, diese junge, hübsche Verkäuferin, diese schlanke, große
junge Frau mit den herrlichen, leuchtenden blauen Augen, den
schönsten, die er je gesehen hatte. Doch immer war er

unverrichteter Dinge aus dem Laden geschlichen und hatte sich
selbst aufs Gröbste beschimpft und einen Esel genannt, weil er es
wieder einmal nicht fertig gebracht hatte, dieses Mädchen
anzusprechen.
Sie wirkte manchmal so verletzlich auf ihn, wie etwas, was man
beschützen musste, dem man nicht weh tun dürfte. So hatte ihn
der Mut dann immer wieder verlassen, wenn er vor ihr
gestanden hatte, sie gelächelt, ihm Schuhe gebracht und so voller
Hingabe über deren Vorzüge gesprochen und das Leder so
unnachahmlich liebkost hatte. Hin- und hergerissen war er jedes
Mal aus dem Laden gestürzt, ziellos durch die Straßen gelaufen,
bis er schließlich nach Hause gegangen war. Als er endlich den
Mut gefunden hatte und sie ansprach und Ursula einwilligte, sich
mit ihm zu verabreden, war er der glücklichste aller Menschen
dieser Erde, zumindest hielt er sich dafür.
Ursula spürte seinen Blick, wendete den Kopf und sah in sein
Gesicht, lange und prüfend, so als wolle sie etwas in ihm
ergründen. Er gefiel ihr, ohne Zweifel, doch noch war es zu früh,
mehr über ihn sagen zu können, allerdings hätte sie nur zu gern
gewusst, was er in diesem Moment dachte, warum er sie so von
der Seite gemustert hatte.
Nun, wichtiger war jetzt, heil nach Hause zu kommen und
möglichst wenig Ärger mit dem Vater zu haben, denn dass er
schimpfen würde, war sicher, aber wie sehr, das hing auch von
ihr ab. Der Vater hielt große Stücke auf sie, das wusste Ursula.
Bisher hatte sie ihn nie enttäuscht, abgesehen von wirklich
kleinen Kleinigkeiten. Vielleicht würde er ja noch einmal Gnade
vor Recht ergehen lassen.
Bei diesen Gedanken wirkte Ursula schon wieder etwas gelöster
und lockerer. Ein leichtes Lächeln leuchtete Fred Gebert
entgegen. Schnell griff er nach ihrer Hand und hielt sie leicht in
seiner.
„Nun? Geht es Ihnen wieder besser, Ursula? Sie waren vor
Schreck ganz blass geworden, so dass ich mir schon Sorgen
gemacht habe. So schlimm wird es nicht werden mit Ihrem Herrn
Papa. Oder ist er gar so streng?“
Ursula schüttelte, immer noch lächelnd, den Kopf und entzog
ihm vorsichtshalber ihre Hand.
Die Haltestelle kam in Sicht und Sekunden später hielt die Bahn
bimmelnd an. Fred Gebert stieg aus und reichte ihr die Hand.

Fragend sah sie ihn an. Wollte er nicht sitzen bleiben und gleich
wieder mit zurück in die Stadt fahren?
„Ich dachte, ich bringe Sie noch bis zur Haustür, damit Ihnen
nichts passiert!", bestimmte er, als er Ursulas verwunderten
Blick bemerkte.
„Im Ernstfall helfe ich Ihnen dann auch noch, wenn ihr Vater gar
zu böse mit Ihnen ist!", fügte er lachend hinzu und auch Uschi
musste lachen.
Sie stellte sich vor, wie Fred Gebert ihrem Vater in den Arm fiel,
der sie übers Knie legen wollte. Diese Vorstellung erheiterte sie
dermaßen, dass ihr Gelächter immer lauter wurde und sie sich
schließlich vor Schreck die Hand vor den Mund hielt. Wie albern
benahm sie sich nur in Gegenwart dieses höflichen jungen
Mannes! Was sollte er von ihr denken?
Fred hingegen war froh, dass sie sich keine Gedanken mehr
wegen ihres Vaters machte, sondern ihre Fröhlichkeit und
Natürlichkeit, die er so an ihr mochte, wiedergefunden hatte.
Doch nun hatte es Ursula eilig, sie schlug einen schnelleren
Schritt an, denn noch später sollte es nicht werden. Und sie hielt
durchaus mit seinen großen ausholenden Schritten mit. Bald
bogen sie in den Meisenweg ein. Am Haus Nummer 84
verlangsamte sie den Schritt und blieb dann schließlich vor dem
Haus der elterlichen Wohnung stehen.
Zögernd reichte sie Fred Gebert ihre Hand.
„Vielen Dank für den schönen Nachmittag und Abend!", sagte sie
mit belegter Stimme.
„Der Dank gebührt Ihnen, Ursula! Es war wunderschön! Alles war
wunderschön! Ich bin sehr froh, dass Sie meine Einladung
angenommen haben, Sie ahnen nicht wie froh!", sagte er leise
und sah ihr in die Augen.
Feine Röte stieg Ursula unter seinem Blick ins Gesicht. Am
liebsten hätte sie den Blick gesenkt, doch sie konnte nicht. Da
war es wieder, dieses unerklärliche Etwas in seinen Augen, das
sie festhielt.
„Ich muss reingehen!", murmelte Ursula.
Er hielt noch immer ihre Hand und ihren Blick gefangen und
hatte das Gefühl in ihren Augen zu versinken.
„Ursula, darf ich Sie wiedersehen?"
Sie nickte.
„Nächste Woche?"

Wieder nickte sie.
„Gute Nacht!"
„Gute Nacht, Ursula! Schlafen Sie gut!"
Sie entzog ihm Ihre Hand und lief zur Tür, suchte umständlich
mit fliegenden Fingern den Schlüssel in ihrer Tasche, schloss die
Tür auf, drehte sich um und nickte ihm zu. Dann war sie
verschwunden.
Fred Gebert stand noch immer regungslos und hörte wie die
Haustür hinter ihr ins Schloss fiel. Er starrte auf die geschlossene
Tür. War das Realität? Dieser Nachmittag, der Abend, hatte er das
wirklich erlebt? Mit ihr? War es kein Traum? Alles wahr?
Er hatte mit diesem wunderbaren Wesen, das in seinen Träumen
schon lange von ihm Besitz ergriffen hatte, das er bewunderte
und verehrte, so viele schöne Stunden verbracht! Mit ihr geredet,
gescherzt, gelacht, aber auch ernst und traurig gesprochen, ihr
nah gewesen! Was war er doch für ein Glückspilz!
Er wandte sich zum Gehen. Den Schatten hinter der Gardine
eines der Fenster bemerkte er nicht.

Leise drehte Ursula den Schlüssel im Schloss. Die Schuhe in
der Hand schlich sie durch den Flur, leise, Schritt für Schritt.
Plötzlich flammte das Licht auf. Erschrocken blieb sie stehen. In
der Tür zur Stube stand Martin mit zornigem Gesicht.
„Wo kommst du jetzt her, Fräulein Granz?", fragte er drohend
und blitzte sie an.
Entsetzt wich Ursula einen Schritt zurück. So böse hatte sie der
Vater noch nie angesehen. Doch sie hielt seinem Blick stand. Sie
hatte nichts Böses getan, nur sich verspätet, und es musste noch
vor Elf sein und sie war kein Kind mehr, sie war achtzehn, wurde
im Herbst schon neunzehn.
„Nun, was hast du mir zu sagen, Ursula?"
Ursula schluckte schwer und suchte mühsam nach Worten.
„Papa, es tut mir so leid! Bitte, glaube mir! Ich .... es ist ... ich
bin ... äh ...wir sind ...", verzweifelt brach sie ab.
Tränen stiegen in ihre Augen.
„Ich wollte nicht zu spät kommen, Papa, wirklich nicht!!", rief sie
eingeschüchtert von Martins zusammengekniffenen blitzenden
Augen.
„So?", nichts weiter, nur ein zorniges, aber auch enttäuschtes
Gesicht.

„Nein! Aber wir waren auf der Liebichshöhe, haben viel geredet,
haben in der Stadt noch etwas gegessen, weil wir Hunger hatten.
Und wieder geredet und dann war es auf einmal so spät. Und nun
weißt du's!“, warf sie ihm mit all ihrem Trotz entgegen.
„Aha!“, meinte der Vater und musterte sie noch immer wütend
von oben bis unten.
„Und du meinst, das genügt als Entschuldigung?“, fragte er das
junge Mädchen, das am liebsten auf der Stelle im Erdboden
versunken wäre.
Doch es half alles nichts, sie musste jetzt hier durch, wenn der
Vater noch so böse war. Hatte er denn gar kein Mitleid? Er war
doch auch einmal jung gewesen. Konnte er sie nicht verstehen?
Sie war doch nicht mit Absicht zu spät gekommen.
„Papa, bitte! Es tut mir leid, wenn ihr euch Sorgen gemacht
habt!“
Ursula senkte den Blick und versuchte die Tränen in ihren Augen
weg zu blinzeln.
„Stell dir vor, das haben wir! Deine Muttel hat schon sonst etwas
gedacht, was dir zugestoßen ist. Ach, und überhaupt, was heißt
hier w i r?“, fragte er gedehnt.
Uschi schoss das Blut in den Kopf und ihr Herz flatterte.
„Na was ist? War er das, dort unten vor dem Haus? Ja?“
„Ja!“, kam es zaghaft aus ihrem Mund.
„Jetzt ist es aber genug, Martin! Lass das Marjellchen in Ruhe!“,
tönte es in diesem Augenblick von der Küchentür, in der sich
Friede aufgebaut hatte.
Uschi stürzte auf sie zu und umarmte die Mutter.
„Guten Abend, Muttelchen! Es tut mir so leid, dass ich so spät
bin.“, flüsterte sie.
„Komm Marjell, geh schlafen! Und du auch, Martin! Wirst dem
Marjellchen noch ihre erste Verabredung verderben mit diesem
Ende. Schäme dich!“.
Leiser fügte sie hinzu: „Ihr weckt mir noch die Kinder auf! Geht
ins Bett! Morgen müssen wir alle früh raus. Wir können später
darüber reden. Gute Nacht!“
Erleichtert legte sich Ursula ins Bett und war trotz des
väterlichen Auftritts recht bald eingeschlafen. Mit einem Lächeln
auf den Lippen träumte sie sich dem neuen Morgen entgegen.

Winzig kleine Staubteilchen tanzten in den wenigen

Sonnenstrahlen, die durch die matten Scheiben der vergitterten
Fenster drangen und bis auf die abgewetzten Dielen des
Lagerraumes fielen. Auf und nieder schwebten sie fast schwerelos
in den Lichtfingern, die den Raum durchschnitten. Ursula folgte
ihnen mit den Blicken. Ganz schön duster und schmutzig war es
hier, die Putzfrau sollte einmal wieder hier hereinschauen.
Wo war nur der Karton mit dem Modell, das die Kundin
unbedingt in braun haben wollte? Vorn im Geschäft waren nur
noch schwarze und weiße Schuhe in ihrer Größe gewesen, doch
Ursula konnte sich erinnern, dass auch noch braune im Lager
sein mussten. Alle Regale hatte sie schon durchsucht und nun
stand sie ratlos hier und überlegte, wo sie hingeraten sein
konnten.
Da, endlich sah sie den Karton, es wurde aber auch Zeit, so lange
konnte sie doch nicht danach suchen, die Kundin wartete. Sie
schnappte sich die Schuhe und eilte wieder nach vorn. In der Tür
stockte sie, ihr Herz hüpfte aufgeregt wie ein Vöglein in ihrer
Brust, für einen Moment war ihr, als fiel sie in einen bodenlosen
Abgrund. Mitten im Laden stand Fred Gebert und sah ihr
hoffnungsvoll entgegen.
Doch sie nickte ihm nur unmerklich zu und widmete sich der
Kundin, die auf die braunen Schuhe wartete. Die ältere Frau mit
dem hochgesteckten grauen Haar hatte unbedingt dieses Modell
haben wollen, die Form hatte ihr auf den ersten Blick gefallen.
Hoffentlich passen die Schuhe auch, dachte Ursula. Die Dame lief
lange Zeit mit den Schuhen auf und ab, probierte große und
kleine Schritte, besah sich im Spiegel und lief wieder quer durch
den ganzen Laden. Uschi beobachtete sie und fragte, ob die Frau
gut mit den Schuhen zurecht käme, ansonsten hätte sie noch
verschiedene ähnliche Schuhe im Angebot, die sie ihr gern zeigen
würde. Noch einmal ging die Frau einige Schritte, setzte sich
dann auf einen der Stühle und zog die Schuhe wieder aus. Sie ließ
sich noch zwei andere Modelle zeigen und probierte sie an, lief
damit durch das Geschäft und zog sie wieder aus. Ein drittes und
viertes Paar folgten bis sie endlich nach langem Hin und Her
doch das zuerst ausgesuchte Modell kaufte.
Ursula kassierte erleichtert und atmete auf, als die Kundin dann
durch die Tür trat und das Schuhhaus wieder verließ.
Fred Gebert stand schon neben der Kasse und hielt ihr die Hand
entgegen. Ein Aufleuchten seiner Augen ließ Ursula leicht

erröten. Länger als nötig hielt er ihre Hand und Ursula war froh,
dass keine von den Kolleginnen im Raum war und die Szene
beobachten konnte.
„Ursula, guten Tag! Heute ist endlich Montag und ich musste
ganz einfach kommen und Sie sehen!", flüsterte er nach Worten
suchend.
Ursula sah ihn verlegen an und wusste keine Antwort außer
einem: „Guten Tag!"
Fred Gebert sah sich im Geschäft um, doch sie waren noch immer
allein.
„Wir wollten uns doch in dieser Woche wieder treffen, wissen Sie
noch?!", fragte er vorsichtig mit einem langen erwartungsvollen
Blick in ihre Augen.
Ursula nickte lächelnd, so dass er mutiger fortfuhr.
„Darf ich Sie zum Abendessen einladen?"
Wieder nickte sie und Fred fragte, wann sie Zeit hätte. Schnell
waren sie sich einig und einige Minuten später verließ Fred
Gebert, glücklich lächelnd und mit leuchtenden Augen das
Schuhhaus Anderlich. Ursula schaute ihm hinterher und strahlte
ebenfalls. Morgen Abend würden sie sich in der Schweidnitzer
Straße treffen, in der Schwo, wie sie von vielen Breslauern
liebevoll genannt wurde. Fred würde bis dahin irgendwo einen
Tisch für sie beide bestellen. Sie freute sich darauf, auch wenn ihr
ein wenig mulmig war, wenn sie daran dachte. Was würde der
Papa dazu sagen? Am Freitag war er ziemlich böse auf sie
gewesen, als sie zu spät nach Hause kam.
Erst am Samstag hatte sie dann erfahren, dass an jenem Abend
Lene mit der kleinen Rosi noch in Zimpel gewesen war.
Wahrscheinlich hatte sie die beiden doch durchs
Kaffeehausfenster gesehen, so wie sie angenommen hatte. Lene
war ziemlich aufgelöst und traurig, denn Leo war von heute auf
morgen eingezogen worden und nun stand sie mit der
vierjährigen Rosi allein da und musste sehen wie sie zurecht kam.
Da war es nur gut, dass ihre Schwiegermutter sich um die Kleine
kümmerte, wenn sie in der Fleischerei arbeiten musste. So hatte
sie wenigstens ihr Einkommen.
Den Eltern tat Lene leid und der Vater hatte einmal mehr gegen
den Krieg gewettert. Den ganzen Abend über war er in keiner
guten Stimmung, die Kopfschmerzen hatten ihn wieder voll im
Griff, solcherlei Aufregungen bekamen ihm eben nicht. Ja, und

dann kam sie zu allem Ärger auch noch zu spät und das war dann
der Tropfen gewesen, der das Fass zum Überlaufen gebracht
hatte.
Am nächsten Tag hatte es ihm leid getan und er hatte Ursula
zerknirscht mitgeteilt, dass er es nicht so gemeint hätte, und dass
der junge Mann, der seine Tochter da nach Hause gebracht hatte,
doch so von drinnen, von hinter der Gardine, keinen schlechten
Eindruck auf ihn gemacht habe.
Trotzdem wusste Ursula nicht so recht woran sie war, ein wenig
Angst hatte sie schon vor dem Vater. Und wenn sie nun morgen
gleich wieder mit Fred Gebert auszugehen gedachte, sollte sie
wohl auf der Hut sein und weder später nach Hause kommen als
gesagt, noch sich sonst irgend etwas zu schulden kommen lassen,
was den Vater ärgern konnte.
Still lächelte Ursula vor sich hin. Er war aber manchmal auch
schwierig, ihr Papa. Manches in seiner strengen Art war
sicherlich seinen Problemen mit dem Splitter in seinem Kopf
zuzuschreiben, den ständig wiederkehrenden Schmerzen vor
allem, aber, dachte sie, er hat wohl auch so einen Charakter, der
Papa. Wenn man sich an seine strengen Regeln hielt, kam man
wunderbar mit ihm zurecht, wie sie das bisher ja auch getan
hatte, aber wehe dem, es klappte nicht mit deren Einhaltung,
dann bekam man arge Probleme mit dem Vater.
Ach was, inzwischen hatte sich der Vater sicher wieder beruhigt.
Außerdem hatte ihm der Fred, wenn auch im Dunkeln und aus
der Entfernung, doch ganz gut gefallen. Was wollte sie mehr fürs
Erste.
Uschi räumte die Schuhe, welche die ältere Dame probiert, doch
dann nicht genommen hatte, wieder zurück ins Regal, als die
nächsten Kunden den Verkaufsraum betraten.

Am späten Abend, nach Schwimmtraining, Hilfe im Haushalt,
Spielen mit dem kleinen Linchen und dem Abendessen, kam
Ursula endlich zum Nachdenken über den Tag. Beide Hände im
Abwaschwasser säuberte sie Teller um Teller und lehnte sie dann
in einer anderen Schüssel zum Abtropfen aneinander. Traudel,
ein Wischtuch in der Hand, trocknete ein Geschirrstück nach
dem anderen sorgfältig ab und stapelte alles übereinander und
ineinander auf dem Küchentisch. Friede brachte Peterle ins Bett
und kümmerte sich dann darum, dass auch die älteren Kinder

sich wuschen und die Zähne putzten, um anschließend in den
Zimmern zu verschwinden.
In der Küche war es still, nur das Ticken der Uhr war zu hören.
Ursula hing ihren Gedanken nach und wusch automatisch ab.
Auch Traudel sagte nichts, seit dem Nachmittag schmerzte sie
ein Zahn, sie war froh, den Mund halten zu können.
Als Friede in die Küche kam, räumten die beiden Mädchen noch
den Rest des Geschirrs in den Küchenschrank. Traudel wurde von
der Mutter ins Bett geschickt, dann ließ sich Friede auf einen der
Stühle fallen. Blass und müde sah sie aus. Den Kopf in die Hand
gestützt sah sie gedankenvoll Ursula zu, die schnell noch die
Küche kehrte, den Besen in die Abstellkammer räumte und zur
Mutter trat. Das Mädchen umarmte Friede und drückte sie.
„Na Muttel, bist du sehr müde?", fragte sie leise und besorgt,
strich der Mutter behutsam über die Wange und setzte sich zu
ihr.
„Ach, meine liebe Muttel!", sagte sie dann und legte ihren Kopf
an die Schulter der Mutter.
„Ich hab' dich so lieb! Du bist die beste Muttel auf dieser Welt!"
„Marjellchen, was ist denn los? Bedrückt dich etwas, Uschi?".
Friede nahm die Hand der Tochter.
„Hm? Mir kannst du es doch sagen. Ist es wegen dieses jungen
Mannes, Marjellchen?".
„Nein, Muttel! Wirklich es ist alles gut! Mach dir keine Sorgen!"
Ursula schmiegte sich an die Mutter, so wie sie es oft als kleines
Mädchen getan hatte. Es tat so gut, sie fühlte sich so geborgen
wie als Kind, wenn sie Kummer hatte und die Mutter sie in den
Arm genommen hatte. Nur, dass sie nun kein Kind mehr war.
„Es ist nur so, er war heute im Geschäft und hat mich eingeladen.
Wir wollen morgen Abend essen gehen. Aber der Papa, ob er
wohl was dagegen hat? Was meinst du?", fragte sie dann zögernd.
„Aber nein, Marjellchen! Er war nur am Freitag nicht gut drauf,
der Papa. Aber das weißt du ja inzwischen. Mach dir mal keine
Gedanken!"

XIII

Draußen blitzte und donnerte es. Schnell hintereinander leuchteten Blitze durch die großen Fenster der Schwimmhalle. Kurz darauf krachte der Donner und der Regen trommelte an die Scheiben. Heftige Windböen wirbelten nasse Blätter und kleine Zweige durch die Luft, peitschten sie ebenfalls dagegen und ließen sie kratzend daran herunterrutschen. Der Himmel war dunkel wie die Nacht, von fast schwarzem Lila. Es war ein Unwetter wie es im Buche steht.

Gerade noch rechtzeitig vor dem Regen waren Uschi Franz und Uschi Granz im Bad angekommen, hatten die schwere Tür hinter sich zugezogen und dann war das Wasser auch schon vom Himmel gestürzt. In der Halle hörte man nicht viel von dem Getöse draußen, der Lärmpegel am Becken war hoch genug, aber schon der Anblick der Blitze war furchteinflößend und die Mädchen waren froh, nun hier zu sein.

Schnell liefen sie in die Kabinen, zogen sich um und standen kurz darauf schon unter der Dusche. Heute waren sie überpünktlich, denn wegen des zu erwartenden Gewitters waren sie sehr schnell gefahren. Sie freuten sich auf das Training, mehr denn je, war ihnen doch seit dem Aus des Kajaktrainings nur noch das Schwimmen geblieben.

Ursula sprang ins Wasser und schwamm eine Strecke quer durchs Becken. Einige der Mädchen, auch jüngere waren bereits im Wasser und spielten Fangen. Uschi Franz kam auf Ursula zu und fragte ob sie schon einen der Trainer gesehen hätte und wieso auch die Kleinen heute hier seien.

Suchend schaute sich Ursula um. Dort drüben bei den Startblöcken stand der alte Werner, aber seltsamerweise nur er. Wo waren die anderen? Nur der Schwimmmeister stand neben Herrn Werner. Komisch war das heute. Die beiden Uschis sahen sich betreten an. Ursula beschlich ein mulmiges Gefühl, eine dunkle Ahnung. Ihr Hals wurde eng und sie versuchte den dicken Kloß, der sich darin breit gemacht hatte, hinunter zu schlucken. Ein Pfiff ertönte, laut und schrill, wie sonst auch. Doch Ursula spürte, dass etwas anders war als sonst.

Die Mädchen schwammen zum Beckenrand an der Seite der

Startblöcke, wo sich Herr Werner nun zusammen mit dem
Schwimmmeister aufgebaut hatte.
„Mädchen, hört mal alle her! Wie ihr wisst, haben wir den
Trainingsbetrieb in der letzten Zeit nur noch mit Mühe aufrecht
erhalten können. Viele Trainer, Übungsleiter, Bademeister und
auch einige von den älteren Schwimmern sind schon eingezogen
worden. Nun müssen wir euch leider mitteilen, dass heute noch
die letzten verbliebenen, bis auf mich und Herrn Koschuh hier
neben mir zum Kriegsdienst eingerückt sind. Die Frau Birnbaum,
die Bademeisterin ist noch mit im Dienst, aber wir reichen nicht
aus um den Betrieb aufrecht zu halten.“
Er machte eine Pause, räusperte sich umständlich und wischte
mit der Hand über sein Gesicht.
„Es tut mir sehr leid, ... aber ihr seid heute zum letzten Mal
hier.“, wieder legte er eine Pause ein, schluckte und senkte für
einen langen Moment, in dem nichts zu hören war als das
Klatschen des Regens an die Hallenfenster.
„Auch ich werde nur noch als Bademeister hier arbeiten können.
Natürlich könnt ihr so oft ihr wollt hier zum Schwimmen her
kommen, aber trainieren nur noch für euch allein, ohne Trainer,
nur ihr selbst.
Ich bin sehr traurig darüber und hätte euch allen gern etwas
Erfreulicheres gesagt. Viele von euch habe ich über lange Jahre
betreut und trainiert, habe gesehen wie ihr heran gewachsen und
dabei im Schwimmen immer besser geworden seid. Einige von
euch sind in Wettkämpfen gestartet und sind recht erfolgreiche
Schwimmer, die nicht selten auf dem obersten Siegertreppchen
stehen durften, weil sie gekämpft und alles dafür gegeben hatten.
Für die meisten von euch ist das Schwimmen hier im Verein
nicht nur ein Zeitvertreib, nein sie leben dafür. Wir haben alles
versucht, euch so lange wie nur irgend möglich hier trainieren zu
lassen.
Es tut mir sehr weh, euch nun sagen zu müssen, hier könnt ihr
nicht mehr trainieren, hier ist es unmöglich geworden. Leider
sieht es in anderen Vereinen und Clubs auch nicht besser aus als
bei uns, die meisten haben den Betrieb schon eingestellt, die
anderen werden ihnen über kurz oder lang folgen müssen.
Macht's gut! Ich wünsche euch für eure Zukunft das Beste und
hoffe, wir sehen uns alle wieder! Heute könnt ihr noch eineinhalb
Stunden hier bleiben, dann schließen wir. Die neuen

Öffnungszeiten werden ab morgen draußen an der Tafel stehen."
Herrn Werners letzte Worte waren nur sehr mühsam über seine
Lippen gekommen. Der wortkarge, verschlossene und meist so
kühle Mann kämpfte sichtlich mit den Tränen, die er auf keinen
Fall zeigen wollte.
Bleierne Stille lag über dem Wasser, niemand sprach ein Wort,
kein Getuschel, kein Flüstern, nichts. Wie erstarrt waren alle,
obwohl sie ja schon seit längerer Zeit damit rechnen mussten,
dass das geschehen würde, was sie eben erlebt hatten. Doch für
viele war in diesen letzten Minuten eine ganze Welt zusammen
gebrochen, eine Welt voller Hoffnungen und Träume, angefüllt
mit Freude, aber auch Mühe, mit hartem Training und jubelnden
Erfolgen, ein Teil ihres jungen Lebens.
Fassungslos starrte Ursula die Freundin an. Hatte sie nicht vorhin
schon so eine unheilvolle Ahnung beschlichen, schwer und
erdrückend? Das war es also gewesen! Langsam stiegen Tränen in
ihre Augen, sammelten sich und rannen in großen Tropfen über
ihre Wangen. Ihre Lippen zitterten, sie begann zu frieren und
schüttelte sich wie im Fieber. So viele Jahre hatten sie trainiert
und gekämpft, um jede Teilnahme an Wettkämpfen, um jeden
Sieg, auch oder besonders um jene über sich selbst. Und nun
sollte das alles plötzlich vorbei sein? Aus und vorbei von heute
auf morgen. Dabei hätte doch noch so vieles vor ihnen gelegen.
Sie standen doch erst am Anfang und doch war da auf einmal
schon das Ende, plötzlich und unabwendbar.

   Nein, das konnte nicht wahr sein! Sie durften nicht mehr
trainieren, hier nicht und wohl auch in anderen Vereinen nicht
mehr. Es war überall das gleiche Dilemma. Diese Erkenntnis traf
sie wie ein Keulenschlag. Sie umarmte Uschi Franz, beide weinten
und konnten sich lange nicht beruhigen. Vielen der Mädchen
ging es ähnlich, nur wenige schwammen inzwischen ein paar
Bahnen, vielleicht auch, um sich abzulenken.
Am Beckenrand stand Herr Werner, ernst, mit bleichem Gesicht.
Schließlich wandte er sich ab und ging schleppenden Schrittes in
Richtung der Kabinen. Er brauchte einen Moment Ruhe, einen
Augenblick der Sammlung. Das Herz tat ihm weh, es stach und
zitterte in seiner Brust, alles drehte sich um ihn. Nur einmal war
es ihm in seinem Leben schon so ergangen, damals, als er erfuhr,
dass seine Maria ihren Verlobten heiraten würde.

Schwer atmend saß er bald auf einer Bank und presste die Hände
gegen seinen Brustkorb.

Draußen hatte sich das Unwetter verzogen, nur ein paar
Wolken verdeckten noch den Mond am Himmel. Der Sturm, der
den halben Abend getobt hatte, war einem kühlen Wind
gewichen. Von den Bäumen tropfte es, das Holz der Zäune war
dunkel von der Nässe, riesige Pfützen breiteten sich noch auf den
Straßen aus, in denen sich das Licht der Laternen spiegelte. Auch
die Fahrräder der beiden Uschis waren nass. Ursula wischte mit
dem Handtuch den Sattel trocken und klemmte die Tasche mit
den Badesachen auf den Gepäckträger. Sie stellte einen Fuß auf
das Pedal und schwang sich aufs Rad. Still fuhren die beiden
jungen Frauen nebeneinander her durch den frühherbstlichen
Septemberabend. Keine von Beiden hatte Lust zu reden, jede hing
ihren Gedanken nach. Als Ursula endlich Worte fand, waren sie
schon in den Habichtsweg eingebogen und näherten sich dem
Haus, in dem Uschi Franz wohnte.
Ursula trat die Rücktrittbremse und hüpfte vom Rad. Das
Hinterrad rutschte über den Asphalt.
„Uschi, aber wir können doch wenigstens noch einmal in der
Woche ins Bad zum Schwimmen, oder? Ich meine, wir beide.
Sonst sehen wir uns ja kaum noch und etwas Bewegung brauchen
wir auch. Komm, sag was!“, rief sie der Freundin zu.
Die hatte auch angehalten und ihr Rad auf den Bürgersteig
geschoben. Traurig sah sie Ursula an, hob die Schultern und ließ
sie wieder herunter fallen, als wüsste sie nicht was sie sagen
sollte.
„Was ist los?“, fragte Ursula.
„Da ist doch noch etwas anderes, den ganzen Abend bist du schon
so still, schon als wir ins Bad gefahren sind, als wir noch nichts
vom Trainingsende wussten. Uschi, du hast doch noch etwas!“,
redete sie eindringlich auf die Freundin ein.
Wieder hob Uschi Franz die Schultern. Hilflos und traurig wirkte
die Geste. Sie schüttelte den Kopf.
„Der Erwin“, sagte sie leise und schluchzte trocken auf.
Ursula erschrak.
„Was ist mit ihm, Uschi?“, fragte sie behutsam.
„Der Erwin hat mir, schon seitdem er an der Front ist, nicht mehr
geschrieben!“, rief sie gequält.

„Sonst kam fast jeden Tag ein Brief von ihm, alles hat er mir
geschrieben, alles was er erlebt hat. Und nun seit über drei
Wochen nichts. Kein Lebenszeichen. Was soll ich nur machen?
Was?", kam es kläglich.
Ursula hatte ihr Rad an den Zaun gelehnt und nahm die Freundin
in den Arm. Tröstend sprach sie auf sie ein.
„Mach dir keine Gedanken! Das ist manchmal so, wenn die
Männer an der Front sind, da ist nicht immer Zeit zum Schreiben.
Der Sievert lässt auch manchmal lange nichts von sich hören. Die
Muttel ruft dann meist die Annemie an, oder umgekehrt. Einer
hat meist eine Nachricht. Hast du nicht auch die Adresse von
Erwins Eltern?", fragte sie aufmunternd.
Uschi nickte aufatmend.
„Na, siehst du! Dann fahre doch morgen einmal hin oder ruf sie
an!"
Die beiden Mädchen umarmten und verabschiedeten sich. Noch
lange winkte Uschi Franz der Freundin hinterher.

Der Samstag zeigte sich von seiner herbstlichen Seite.
Stürmischer Wind fegte durch die Straßen, rüttelte an den
Bäumen, schüttelte gelbe Blätter von den Zweigen und verteilte
sie in alle Himmelsrichtungen. Aufgebauschte dunkle
Regenwolken trieb er immer wieder vor sich her, aus denen
große Tropfen fielen. Auf den Straßen standen Pfützen, die
Oberflächen gekräuselt vom Wind, mit Blättern besät. Hin und
wieder spiegelte sich die Sonne darin, um kurz darauf schon
wieder hinter dicken, grauen Wolkenbergen zu verschwinden,
die erneute Regengüsse brachten. Kein Hund traute sich heute
auf die Straßen der Stadt und auch nur wenige Fußgänger waren
unterwegs, die Regenschirme gegen den heftigen Wind
stemmend, froh darüber, wenn diese dabei nicht zu Bruch
gingen.
Jeder, der nicht zur Arbeit musste, blieb zu Hause.
Ursula war froh, das Schuhhaus erreicht zu haben. Vor der Tür
schüttelte sie den Schirm aus und trat schnell ein. So ein
Mistwetter, schimpfte sie innerlich. Sie spannte den Schirm in
der Garderobe auf, damit er über den Tag trocknen konnte, und
zog die nassen Schuhe aus. Gut, dass sie für solche Fälle immer
ein zweites Paar hier im Spind stehen hatte. Auch ihr Rock war
nass geworden, trotz des Schirms, der Wind war gar zu stark dort

draußen. Notdürftig trocknete sie den Rock mit einem Handtuch etwas ab. So, das musste gehen!

Frau Hermann war noch nicht hier, nur eine der Aushilfen, eine kleine zarte Person mit lockigem grauen Bubikopf und einer runden Drahtbrille auf der Nase, kam herein und wechselte ebenfalls ihre Schuhe, zog die Regenjacke aus und schüttelte sich. Inzwischen hatte Ursula ihre gute Laune wiedergefunden. Sie lachte, zog die Frau hinter sich her in den Verkaufsraum und sah mit ihr die Regale durch. Alles in Ordnung, nur ein paar wenige Kartons waren von hinten aus dem Lager zu holen. Das konnte die Aushilfe auch allein.

Schnell befreite sie die Glastische von einigen Fingerspuren, die die Putzfrau übersehen haben musste, überprüfte die Kasse und räumte dann mit der Frau, Hollau war ihr Name, die Schuhe in die Regale.

Pünktlich öffnete sie die Ladentür, die kurz darauf zum ersten Mal am heutigen Tag Kundschaft ankündigte. Als das Bimmeln verklang, stand jedoch keine Kundschaft, sondern Frau Hermann mitten im Raum. Während des Sturms war am frühen Morgen der Ast eines Baumes vor ihrem Haus abgeknickt und in eines ihrer Fenster gedrückt worden, was natürlich zerbarst. So musste die Hermann erst noch das Fenster notdürftig verschließen und dem Glaser Bescheid geben, dass er am Nachmittag den Schaden beheben komme.

Aufgeregt erzählte sie nun diese Geschichte, erst Herrn Anderlich, der in der Tür zum Allerheiligsten stand, dann Ursula und Frau Hollau, die eh auf Kundschaft warteten. Schließlich schickte Herr Anderlich die Frau Hermann in die Garderobe zum Umziehen und Schirm aufspannen, die Frau Hollau ins Lager zum Aufräumen und Ursula sollte den Laden hüten und trotz des schlimmen Wetters draußen möglichst viele Schuhe verkaufen. Oder gerade wegen des Wetters?

Am frühen Nachmittag entließ der alte Herr dann Ursula zum einen wegen der ausbleibenden Kunden, zum anderen ihrer allzu vielen geleisteten Überstunden wegen, früher ins Wochenende. Ach ja, und da wäre vorhin, als sie in dem einzigen längeren Kundengespräch heute gewesen war, auch ein Anruf für sie gekommen. Von einem jungen Mann, der wohl schon des Öfteren hier seine Schuhe gekauft hätte und der sie in genau fünf Minuten hier abholen käme.

Ursula war vor Schreck abwechselnd rot und blass geworden und
hatte Herrn Anderlich mit wachsender Verwunderung
angesehen. Dieser alte Gauner! Das sah ihm ähnlich! Verschmitzt
sah der alte Herr, den sie so oft im Stillen als ihren Großvater
betrachtet hatte, sie an.
„Na los, junges Fräulein!", rief er ihr zu.
„Sputen Sie sich! Ab mit Ihnen in die Garderobe!"
Er hielt ihr die Tür nach hinten auf und sah ihr lächelnd nach.
Schnell lief Ursula zur Garderobe, schlüpfte wieder in ihre
Schuhe vom Morgen, die, Gott sei Dank, bereits getrocknet
waren, zog hastig die Jacke über, bürstete ihr Haar und warf
dann einen prüfenden Blick in den schon etwas altersblinden,
gerahmten Spiegel, der neben den Spinden an der Wand hing. Ja,
gut, so konnte sie gehen. Sie schnappte sich ihren Regenschirm,
die Tasche, und los.
Als sie endlich draußen vor der Ladentür stand, atmete sie auf.
Geschafft!! Gerade noch rechtzeitig.
Schon kam Fred Gebert gelaufen, noch ganze zehn Meter
trennten ihn vom Schuhhaus, als Ursula ihm entgegen ging.
„Guten Tag, Ursula! Schön, dass der alte Anderlich Bescheid
gegeben hat. Als ich anrief, warst du gerade in einem Gespräch,
nicht wahr?", hielt er ihr seine Hand entgegen.
„Guten Tag! Was gibt es denn? Irgendetwas Besonderes? Ich
meine, weil du angerufen hast und mich abholen kommst.",
fragte sie verwundert, denn eigentlich hatten sie sich morgen
treffen wollen, sie hatte Eva-Lina einen Zoo-Besuch versprochen,
einen zu dritt.
„Komm, Mädchen, wir gehen einen Kaffee trinken, dabei können
wir weiter reden!", antwortete Fred und bot ihr seinen Arm.
So schlenderten sie in Richtung „Schwo". Noch immer trieb der
Wind fette, graue Wolken vor sich her über den Himmel, doch sie
waren lange nicht mehr so dunkel wie am Morgen und an den
Rändern ziemlich ausgefranst. Aus ihnen kam kein Regen mehr
und ab und an zwinkerte die Sonne zwischen ihnen herab zur
Erde. Schon sah alles viel freundlicher aus.
„Weißt du, ich bin heute vorfristig mit einem Projekt fertig
geworden und hatte noch so viele Überstunden, da habe ich mir
kurzerhand den Nachmittag frei genommen und dachte, es wäre
schön, dich heute zu sehen."
Ursula sah ihn von der Seite an.

„Ja, das ist schön, so unverhofft. Nur gut, dass der gute Anderlich
mitgespielt hat, denn normalerweise hätte ich noch ein wenig
arbeiten müssen.“
„Ich weiß.“, meinte Fred und lachte.
„Da haben wir richtig Glück gehabt! Ja, überhaupt, seit ich dich
kenne habe ich nur noch Glück!“, rief er übermütig, nahm Ursula
bei der Hand und zog sie mit sich fort.
An einem kleinen Café blieb er abrupt stehen.
„Wollen wir hier hinein gehen? Magst du? Ja?“, fragte er und zog
sie näher zu sich heran.
Ursula lachte.
„Ja, gehen wir hinein! Aber was ist heute nur los mit dir? So
ausgelassen habe ich dich noch gar nicht gesehen!“, rief Ursula
und stand nun lachend und mit leuchtenden Augen vor ihm.
Er sah sie an und plötzlich gab er ihr einen Kuss mitten auf den
Mund. Erschrocken wich sie zurück, blickte in seine Augen und
sah die Zärtlichkeit darin. Langsam und bebend berührten ihre
Lippen seine Wange. Schnell, als hätte sie etwas Unrechtes getan,
zog sich Ursula zurück und berührte nachdenklich mit den
Fingerspitzen ihre Lippen.
Fred sah sie lächelnd an, öffnete die Tür ins Café und ließ Ursula
eintreten. Sie huschte an ihm vorbei bis zur Mitte des Raumes
und sah sich suchend um. In einer Ecke war noch ein Zweiertisch
frei, flankiert von zwei riesigen Gummibäumen. Ursula steuerte
darauf zu.
Auf dem Tisch flackerte eine dicke, weiße Kerze in einem Gesteck
mit weißen und rosa Rosen in einer kleinen kupfernen,
schwungvoll gebogenen Schale.
Gedanken verloren schaute Uschi darauf.
„Ursula, träumst du?“, fragte er mitten in ihre Gedanken hinein.
„Was möchtest du, Eis oder Kuchen?“
„Ich, ja? Kuchen bitte, und eine Tasse Kaffee.“
„Gibt es etwas Neues, Ursula? Wie war es beim Schwimmen? Von
Bekannten habe ich gehört, dass die Vereine große
Schwierigkeiten haben zurzeit. Ich hoffe, ihr seid davon nicht
betroffen.“
Fred blickte Ursula fragend an. Als er sah, dass sie erbleichte,
nahm er ihre Hand und hielt sie fest.
„Wir waren gestern zum letzten Mal zum Training. Es ist aus,
auch bei uns. Der alte Werner hatte Tränen in den Augen, als er

es uns gesagt hat. Richtig schlecht ging es ihm danach. Er musste nach hinten in die Kabinen gehen. Nur der Bademeister war dann noch am Becken. Wir können zwar noch dort im Bad schwimmen, mit anderen Öffnungszeiten allerdings, aber mit Training geht nichts mehr. Alles vorbei! Alles, unsere Träume, unsere Hoffnungen, unsere Freude.....", tonlos brach sie ab.
Tränen glitzerten in ihren Augen, hilflos sah sie Fred Gebert an. Fest drückte er ihre Hand und streichelte sie.
„Sei nicht so traurig, Ursula! Bald wird wieder alles gut. Dieser Krieg muss doch nun bald zu Ende sein! Du wirst sehen.", versuchte er sie zu trösten.
„Das hat mein Bruder auch gesagt, aber es sind schon so viele, die nicht mehr von der Front zurück gekommen sind, so viele! Und in seinem letzten Brief schreibt er nicht mehr so viel vom Siegen, eigentlich kaum etwas von dem, was er dort erlebt und tut."
„Ja, es ist wohl nicht so einfach dort an der Front, auch beim Siegen sterben Menschen."
Inzwischen saß Ursula vor ihrem Kuchen und mühte sich, etwas davon zu essen. Fred beobachtete sie, wie sie tapfer versuchte, an etwas anderes zu denken und dabei dem großen Stück Kuchen Herr zu werden.
„Und morgen?", fragte Fred.
„Morgen gehen wir in den Zoo, ja?", versuchte er abzulenken.
„Ja. Hättest du etwas dagegen, wenn ich meine kleine Schwester Eva-Lina mitbringe? Ich habe immer recht viel mit ihr unternommen, aber in letzter Zeit, seit ich dir fast alle meine freie Zeit schenke, leider weniger. Sie war schon ganz traurig, denn man kümmert sich nicht so viel um sie, vor allem, seit mein jüngster Bruder auf der Welt ist. Er ist halt so das Nesthäkchen für alle. Ich habe sie dann immer mitgenommen, wenn es ging, sogar schon zum Training. Lass uns die Kleine mitnehmen, bitte!", sagte Ursula schnell.
Fred nickte, warum nicht? Das konnte doch ganz lustig werden. Er war es als Einzelkind zwar nicht gewohnt in der Gesellschaft kleinerer Kinder zu sein, aber schließlich war es doch Ursulas Schwester.
Erleichtert atmete Ursula auf, nun hatte sie dem Linchen den Zoobesuch nicht umsonst versprochen. Wie sehr würde sich das kleine Mädchen freuen! Sie lächelte und sah im Geist schon die Kinderaugen froh glänzen.

Fred hatte sie beobachtet, Ursula musste die kleine Schwester
sehr lieben.
„Wollen wir ein Stück laufen?", fragte Fred und winkte schon der
Bedienung.
Draußen vor der Tür nahm Fred Ursulas Hand und zog sie mit
sich.
„Komm, Mädchen! Wir sehen uns die Schaufenster an, jedenfalls
so lange es nicht wieder regnet.", meinte er und zwinkerte ihr zu.
„Ich wollte dir noch etwas sagen.", begann er eine kleine Weile
später.
Ursula blieb stehen und sah ihn erwartungsvoll an. Sie blinzelte
genau in die Sonne, die gerade wieder hinter einer zerfransten
Wolke hervor lugte. Wie süß sie so aussieht, dachte er voller
Sehnsucht. Fred beugte sich vor und küsste Ursula, ganz sacht
und vorsichtig berührten seine Lippen ihren Mund. Nur kurz,
dann löste er sich von ihr.
Verlegen sah sie zu Boden, schluckte und sagte leise: „Du wolltest
mir etwas sagen? Bitte!"
„Uschi!", kam es ebenso leise von Fred.
„Weißt du, meine Eltern, ... also ich habe ihnen von dir erzählt.
Und sie möchten dich gern kennen lernen. Sie laden dich ein,
wir, das heißt du, möchtest bitte nächsten Samstag ihnen die
Freude machen und mit uns,.... was ich sagen will, sie möchten
dich gern zum Essen einladen. Bitte, kommst du?"
Sprachlos sah sie Fred an. Seine Eltern laden sie zum Essen ein.
Was hatte er ihnen erzählt? Dass sie ein Paar wären? Aber das
waren sie doch gar nicht? Oder? Gut, er hatte sie heute zum
ersten Mal geküsst und sie mochte ihn, sehr sogar, aber waren sie
deshalb schon ein Paar? War er sich denn da schon so sicher?
Sollten sie es nicht erst einmal lassen wie es jetzt war? Prüfend
schaute sie ihn an. In seinen Augen sah sie freudige Erwartung
und wieder diesen ganz besonderen Ausdruck, der ihr kalt und
heiß zugleich werden ließ.
Fred beobachtete sie. Freute sie sich denn nicht? Hatte sie etwa
Angst vor seinen Eltern? Das brauchte sie doch nicht. Ja, seine
Mutter war ein wenig schwierig, aber sein Vater war zwar streng,
doch eigentlich ein ganz guter, und was noch viel wichtiger war,
er war ein sehr gerechter Mann. Mit ihm würde die Uschi, sehr
gut auskommen, das war gar nicht anders möglich, hatte sie doch
ebenfalls einen angeborenen Gerechtigkeitssinn.

„Ja, was soll ich sagen?", begann Ursula zögernd und vermied es,
Fred anzusehen.
„Es kommt so überraschend, damit habe ich nicht gerechnet.
Aber ich werde natürlich gern kommen. Können wir uns aber
vorher treffen? Das wäre mir lieb!"
Erleichtert schloss er Ursula in seine Arme und hielt sie fest.
„Ich hatte schon Bedenken, als ich dein Gesicht gesehen habe. Du
brauchst keine Angst vor meinen Eltern zu haben, sie werden
dich mögen. Wer könnte dich auch nicht gern haben!", fügte er
leise hinzu und drückte sie an sich.
Einen Moment lehnte sich Ursula an ihn, genoss die Wärme und
Geborgenheit, die er ausstrahlte. Dann schlüpfte sie vorsichtig
unter seinen Armen hindurch, wich ihm aus, als er sie festhalten
wollte, so dass seine Hände ins Leere griffen, und lief vor ihm
davon. Fred rannte ihr nach. Ursula lief schnell, Fred hatte Mühe,
ihr auf den Fersen zu bleiben. Erst an der nächsten
Straßenkreuzung musste sie ihren Lauf stoppen und er konnte
sie einholen.
Lachend nahm Fred sie in die Arme.
„Jetzt halte ich dich aber fest, damit du mir nicht wieder
entwischst!", flüsterte er an ihrem Ohr.
Ursula lehnte sich leicht an ihn und lachte ebenfalls.
„Du hattest Glück! Wäre die Kreuzung nicht gewesen, hättest du
mich nicht gekriegt.", rief sie und zog ihn weiter.
Erst vor dem Denkmal auf dem Tauentzienplatz blieb Ursula
stehen.
„Wohin wolltest du eigentlich?", fragte sie.
„Ich hatte keinen Plan. Einfach nur dich sehen, ein wenig reden,
einen Kaffee trinken. Gut, Kaffee hatten wir schon. Weißt du, es
ist schön, mit dir zusammen zu sein!", sagte er leise und nahm
ihre Hand.
„Ich sehe dich so gern an."
Er brach ab. Ursula hatte ihn aufmerksam angesehen und war bei
seinen letzten Worten rot geworden. Eine warme Welle
durchflutete sie. Ja, es war angenehm mit Fred zu reden und zu
lachen. Ihm konnte sie alles erzählen, immer hörte er
aufmerksam zu, nie kratzte er nur an der Oberfläche, wenn sie
ihn um seine Meinung bat. Ihre Unterhaltungen konnten sehr
ernsthaft sein und tiefschürfend, aber sich auch lustig um banale
Dinge drehen. Beide legten großen Wert auf die Meinung des

anderen. Bei ihm fühlte sie sich verstanden und ernst
genommen. Und sie spürte, dass sie ihm viel bedeutete. Auch sie
mochte ihn sehr, aber irgendwie hatte sie auch Angst vor diesem
neuen Gefühl.
Langsam legte sie ihre Hand an seine Wange und sah ihm in die
Augen. Offen begegnete er ihrem Blick. Was immer sie gerade
dachte, nur zu gern hätte er es gewusst. Schon manchmal hatte
sie ihn so angesehen, so prüfend, voller Gedanken, die er nicht
kannte. Ganz weich war ihr Blick dann plötzlich geworden, doch
blitzschnell hatte sie sich jedes Mal wieder zurückgezogen. So
wunderschön hatte sie in solchen Momenten ausgesehen, die ihm
nur so unfassbar kurz erschienen, stets nur wie ein kurzes
Aufleuchten. Fred spürte, dass sie ihn mochte und trotzdem
schien sie ihm immer wieder auszuweichen.
Er legte seine Hand auf die ihre, ganz sacht und warm. Noch
immer hielt er ihren Blick fest und küsste sie vorsichtig und
leicht auf die Lippen. Ursula schloss die Augen und fühlte seinen
Mund. Nur kurz, mehr wagte er nicht. Er hatte Angst, sie würde
sich sonst wieder schnell zurück ziehen. Instinktiv wusste er,
dass er ihr Zeit lassen musste.
Da, die ersten großen Tropfen trafen sein Gesicht. Auch Ursula
spürte den Regen und griff nach ihrem Schirm. Fred nahm ihn
ihr aus der Hand, spannte ihn auf und bot Ursula seinen Arm.
Gemeinsam duckten sie sich unter das schützende kleine Dach,
denn im Nu ergoss sich ein ergiebiger Schauer über die Stadt und
die beiden jungen Leute hatten Mühe, trotz des Schirmes so
einigermaßen trockenen Fußes unter das nächste größere Dach
zu gelangen.
Fred zog Ursula mit sich. Schließlich stellten sie sich in der
Einfahrt eines Geschäftshauses unter und warteten auf das
Nachlassen des Schauers.
Im Erdgeschoss des Hauses befand sich ein Juwelier. Das
Schaufenster reichte etwa einen Meter weit in die Einfahrt
hinein, so dass man auch von hier aus die Auslagen betrachten
konnte. Fein gearbeitete Ketten mit Brillanten besetzten
Anhängern sprangen dem Betrachter ins Auge, genau so wie
wunderschöne zierliche Ringe und solche, die Ursula in
Gedanken als Klunker bezeichnete, dicke goldene Reifen mit
riesigen, protzigen Steinen. Da gefielen ihr die kleinen zarten
Stücke, die recht fein verarbeitet waren, viel besser. Ein schmaler

goldener Fingerreif mit drei kleinen hellblauen Saphiren, die in
einer feinen, um den Reif gewundenen, weißgoldenen Schnur
eingearbeitet waren. Zart und zerbrechlich wirkte der Ring, wie
gemacht für ein Mädchen wie Ursula, rank und schlank, mit
schmalen Händen und langen feinen Fingern. Träumend
betrachtete Ursula den Schmuck und konnte sich kaum losreißen
davon, als der Regenschauer nachließ und Fred sie wieder auf die
Straße zog.
Sie liefen die Straße wieder zurück, vorbei an unzähligen Läden,
betrachteten hier und da die Auslagen, lachend und redend.
Immer wieder erhaschte Fred ihre Hand und hielt sie fest so
lange Ursula es zuließ. Es wurde bereits dunkel, als sie zum
Neumarkt einbogen. Ursula lief ihm davon bis zum „Gabeljürge",
dem Neptunbrunnen. Ein paar Kinder spielten noch in der Nähe.
Ursula hielt eine Hand ins Wasser, fischte dann eine Münze aus
ihrer Jackentasche und warf sie hinein. Sie schloss die Augen und
wünschte sich das Ende des Krieges herbei und das alles gut
werden möge, für sie alle, die ganze Familie, für sie und Fred,
obwohl sie nicht so recht wusste, was gut für sie und Fred
bedeuten würde.
Wie schön sie ist, wenn sie so dasitzt und mit geschlossenen
Augen träumt, dachte Fred in diesem Augenblick und küsste sie
sacht auf den Mund. Sie öffnete die Augen und sah ihn an. Fred
reichte ihr seine Hand und zog sie an sich. Einen Moment lang
ließ sie es geschehen, doch dann schob sie ihn leicht von sich.
„Fred, es tut mir leid! Aber es ist schon spät, meine Eltern
glauben, dass ich gleich nach der Arbeit nach Hause komme. Ich
werde jetzt fahren. Wir sehen uns morgen, ja? Bitte sei mir nicht
böse."
Enttäuscht blickte Fred sie an. Das war Ursula! Es war doch
gerade so schön gewesen, so ein wunderbarer Nachmittag! Aber
er konnte sie verstehen, sie hing sehr an ihrer Familie. So blieb
ihm nichts weiter übrig, als Ursula bis zur
Straßenbahnhaltestelle zu begleiten und mit ihr auf die Bahn zu
warten.
„Bis morgen! Um zwei Uhr vor dem Zoo. Bring schönes Wetter
mit!", rief er ihr noch zu, bevor sich die Tür hinter ihr schloss
und Ursula ihm durchs Fenster winkte.
Dann fuhr die Bahn an und Fred sah ihr hinterher, blieb noch
minutenlang in Gedanken versunken stehen, als von der Tram

schon lange nichts mehr zu sehen war. Warum nur war Ursula
manchmal so unnahbar, zog sich plötzlich vor ihm zurück, wo er
doch auch zu spüren glaubte, dass sie etwas für ihn empfand.
Manchmal war sie so weich, so mädchenhaft anziehend, wie oft
lachten sie zusammen, kicherten wie Kinder, waren lustig.
Doch oft, wenn er ihr näher kommen wollte, ihre Hand nahm,
oder wie heute, als er sie geküsst hatte, entzog sie sich ihm.
Nicht, dass sie ihn wegstieß, nein, aber es war immer so ein
„ Achtung nicht weiter" an ihr, das ihm sagte, er müsse ihr noch
Zeit lassen. Es fiel ihm schon schwer, dann immer wieder
Abstand zu halten. Ursula war für ihn etwas ganz Besonderes. Als
er sie gesehen hatte, dort im Schuhhaus, ihre grazilen,
geschmeidigen Bewegungen, ihre schlanke Gestalt, ihr hübsches
Gesicht, hatte er sofort gewusst, sie ist S I E, diese Eine, die er sich
erträumt hatte. Fühlte sie denn nicht genau so?
Langsam und in sich gekehrt lief er den Weg zur Wohnung seiner
Eltern in der Höfchenstraße, stieg in die 2. Etage hinauf und
öffnete die Tür.
Leichte Klaviertöne klangen ihm entgegen, perlten aneinander
gereiht durch die Wohnung und schwangen brausend in einem
Schlussakkord. Unverkennbar, seine Mutter war in Spiellaune. Er
wollte sie nicht stören und öffnete lieber die Tür zum
Arbeitszimmer seines Vaters. Das Zimmer war leer, der
Schreibtisch verlassen, doch von verschiedenen Papieren und
Büchern übersät. Der Vater hatte gearbeitet, sicher wieder eine
seiner Vorlesungen oder Vorträge vorbereitet. Seit er nicht mehr
im aktiven Dienst war, hielt er die noch gegen Honorar, was ihm
so noch einen guten Verdienst neben seiner Pension einbrachte,
die er nun seit drei Monaten bezog. Und er war noch immer sehr
gefragt, Schüler und Studenten liebten ihn.
Fred sah die vielen Bücher in den Regalen, die drei Wände des
Zimmers bedeckten, vom Fußboden bis unter die Decke,
gesammeltes Wissen. Als Kind hatte er oft ehrfürchtig davor
gestanden und sich ängstlich gefragt, ob der Vater die Bücher
wohl alle gelesen hatte und ob er, Fred, die auch alle würde lesen
müssen. Und ihm war angst und bange geworden bei dem
Gedanken. Heute wusste er die Hilfe der Bücher genauso zu
schätzen wie sein Vater.
Nur bei einer Sache konnten ihm auch die Bücher nicht helfen,
dabei, wie er Ursula gewinnen konnte.

Leise klang die Melodie durch die Küche, man hörte sie kaum
durch das Geklirr von Geschirr. Ursula hantierte neben Traudel,
Ursula wusch die Teller in der großen Emailleschüssel, spülte sie
kurz in klarem Wasser und stülpte sie dann aneinander gelehnt
zum Abtropfen in eine weitere Schüssel. Traudel trocknete ab,
sorgfältig Teller für Teller, und räumte sie wieder in den großen
hellgrünen Küchenschrank. Ursula sang mit heller, klarer
Stimme, Traudel summte die Melodie mit. Schnell ging ihnen so
die Arbeit von der Hand. Bald war alles wieder sauber im Schrank
verstaut, der Tisch sauber gewischt und die Mädchen banden sich
die Schürzen ab.
„Willst du noch weg, Uschi?", fragte Traudel mit Blick auf das
Linchen, das auf einem Stuhl am Küchenfenster saß und traurig
nach draußen auf den Garten sah.
„Ja, in einer halben Stunde. Ich bin doch heute zum Abendessen
bei Geberts eingeladen. Aber ich treffe mich schon vorher mit
Fred, weil ich nicht allein dort ankommen möchte. Es ist mir
schon ein wenig seltsam seine Eltern kennen zu lernen.", sagte
sie mehr zu sich selbst als zur Schwester.
„Aber du bist doch mit ihm zusammen, Uschi, oder nicht?",
fragte die Dreizehnjährige.
Zögernd nickte Ursula und ging dann zum Fenster.
„Linchen?! Möchtest du noch ein wenig nach draußen? Die
Traudel kann mit dir und Grete noch zur Wiese gehen. Soll ich sie
fragen?"
Sie beugte sich über die kleine Schwester und nahm sie in den
Arm.
„Und du, Uschi? Kannst du nicht hier bleiben?", fragte das
Mädchen zaghaft.
„Ach meine Kleine! Das geht doch nicht. Und heute kann ich dich
auch nicht mitnehmen, wenn ich zu Geberts gehe. Aber wenn wir
wieder etwas unternehmen, wo du dabei sein kannst, dann darfst
du mitkommen. Das verspreche ich dir! Du weißt doch, das der
Fred dich auch gern mag, nicht wahr?"
Eva-Lina nickte. Ursula drehte sich zu Traudel um, doch die war
schon aus der Küche verschwunden.
„Komm, Linchen, ich zieh mich um, dabei können wir noch ein
wenig reden!", nahm sie die Kleine an die Hand und zog sie mit
sich ins Zimmer der Mädchen.

Das Zimmer war leer, Traudel und Grete blieben verschwunden
bis Ursula eine halbe Stunde später das Haus verließ und zur
Straßenbahnhaltestelle lief. Traurig dachte sie an die kleine
Schwester, die nun allein auf ihrem Bett saß und sicher nun die
Tränen vergoss, welche sie beim Abschied in den Augen gehabt
hatte. Keiner hat Zeit für Linchen, dachte Ursula, sie wird
überhaupt nicht wahrgenommen, das gibt es doch gar nicht! Sie
ist so ein liebes Kind und muss immer abseits stehen. Armes
Linchen! Was soll nur aus dem Mädchen werden, wenn sich
keiner so richtig um sie kümmert, sie stets sich selbst überlassen
bleibt?
Ursula seufzte und sah kaum die goldene Abendsonne auf der
Oder glänzen, die Silhouette der alten Bauten in der Stadt von
den letzten leuchtenden Strahlen gestreichelt, in den Straßen die
sich langsam ausbreitende Dämmerung. Ursulas Gedanken waren
bei Linchen und sie nahm sich vor, sich wieder mehr um die
kleine Schwester zu kümmern.
Quietschend hielt die Tram und Ursula sprang heraus, genau in
Freds Arme. Er hielt sie fest an sich gedrückt, spürte ihren
schnellen Herzschlag. Lächelnd sah er in ihre Augen, in das
leuchtende Blau, konnte nicht sehen, wie traurig sie gerade noch
geblickt hatten. Leicht drückte sich auch Ursula an ihn, froh, in
seiner Nähe zu sein. Sein Gesicht näherte sich dem ihren und sein
Mund berührte ihre Lippen, sacht und zärtlich. Sie ließ es
geschehen, doch sie kam ihm nicht entgegen. Es war ihr eher
unwirklich, so als träume sie und als er sich von ihr löste, stand
sie sinnend und berührte mit der Zunge vorsichtig ihre Lippen,
als wolle sie den Kuss schmecken, als wolle sie ihn schmecken,
Fred.
Es war schön so von ihm geküsst zu werden, so sanft und zart von
seinen Lippen berührt zu werden. Sie hatte es genossen, schon
als er sie zum ersten Mal so geküsst hatte, aber sie brachte es
nicht fertig, ihm den Kuss zurückzugeben, zu sehr verwunderte
sie die Wirkung seiner Küsse, das Gefühl, das in ihr war und ihr
befehlen wollte. Irgendwie fühlte sie sich ihm ausgeliefert,
ohnmächtig gegenüber ihren Gefühlen, denen sie selbst nicht
traute.
Schnell wandte sie sich ab, er sollte nicht in ihrem Gesicht lesen
können, nicht sehen können wie durcheinander sie war, wie
verunsichert.

Fred spürte ihre Unsicherheit dennoch und er schalt sich einmal
mehr einen Esel, weil er ihr nicht mehr Zeit ließ. Ursula war sich
ihrer eigenen Gefühle nicht sicher, er durfte nichts erzwingen.
Aber das war es ja gerade, was ihm so schwer fiel. Viel zu gern
würde er sie in seine Arme reißen und küssen bis sie beide
atemlos wären.
„Komm!", sagte er mit rauer Stimme und nahm ihre Hand, die sie
ihm diesmal auch willig überließ.
Er zog sie weg von der Haltestelle zu den Schaufenstern der
Läden.
„Komm, wir bummeln noch ein wenig bevor wir zu meinen
Eltern gehen. Erzähl mir was du in den letzten Tagen getan hast!
Wie war es bei Anderlich? Habt ihr gut verkauft? Wie geht es
deiner Familie, vor allem dem Linchen?", fragte er mit
wiedergefundener Stimme.
Auch Ursula hatte sich wieder gefasst. Manchmal konnte sie sich
selbst nicht mehr verstehen. Sie mochte Fred doch. Warum
konnte sie ihm dann nicht lockerer gegenüber treten? Warum
fühlte sie sich von ihm bedrängt? Genoss sie nicht auch seine
Küsse und wollte ihm nah sein? Was hinderte sie daran, ihn
selbst auch zu küssen, zu berühren? Es war doch wie verhext!
„Schau mal, Uschi! Was für ein wunderschönes Kleid! Siehst du
dort, das Blaue, das meine ich. Ist es nicht ein Traum? Kannst du
dir vorstellen so ein Kleid zu tragen?"
Fred schob Ursula begeistert vor die Auslage. Wie wunderschön
wäre sie in diesem Kleid! Ursula war immer schön! Für ihn war
sie die schönste Frau, das wunderbarste Mädchen, das er je
gesehen hatte, das er je sehen würde. Oh ja, das war sie! Aber
zusammen mit diesem Kleid, diesem blauen Traum, wäre sie eine
wahre Fee.
Ursula stand vor dem Schaufenster und betrachtete das blaue
Kleid. Es war ein Abendkleid, wie man es in der Oper trug oder
auf einem festlichen Empfang. Der königsblaue Stoff fiel leicht
von einer Schulter, entlang des spitzen Ausschnitts diagonal über
die Hüfte bis zum Boden, in der Taille gerafft mit einer einfachen.
schmalen silbernen Schnalle. Oben auf der Schulter war die feine,
zarte Maulbeerseide drapiert und gehalten von einer silbernen
Nadel im gleichen Design wie die Schnalle und umfloss auch den
oberen Teil des langen schmalen Ärmels. Die andere Seite des
Oberteils bestand aus einem breiten Träger, der die Schulter frei

ließ, der lange Ärmel begann erst in Höhe der Armhöhle und
endete in einer langgezogenen Spitze kurz unterhalb des
Mittelfingers der Hand der Schaufensterpuppe. Alles wirkte
feenhaft, zeitlos, unwirklich. Ja, dachte Ursula, ein Kleid wie aus
dem Märchen! Und ein Preis auch wie aus dem Märchen, aber
einem Gruselmärchen!
„Ja, Fred“, meinte sie seufzend.
„…ein außergewöhnliches Kleid, wie für eine Märchenfee! Nur
leider viel zu teuer. Lass uns weitergehen. Wann erwarten uns
denn deine Eltern?“
„In einer Stunde etwa. Wir haben noch etwas Zeit.“, rief er und
nahm wieder ihre Hand.
Langsam trödelten sie entlang der Schaufenster weiter, blieben
ab und zu stehen, besahen etwas genauer, redeten und lachten,
und manchmal sah Fred sie von der Seite an und es wurde ihm
warm ums Herz, so dass er sie an sich zog und sie küsste. Sie ließ
es geschehen und er spürte, dass es ihr gefiel. Sein Herz tat jedes
Mal einen Sprung.

In der Höfchenstraße stiegen sie die Treppen hinauf, Fred
voran, Ursula etwas zögernd hinterher. Ihr Herz klopfte bis zum
Hals und am liebsten wäre sie auf der Stelle wieder umgekehrt
und aus dem Haus gerannt. War es richtig, was sie hier tat? Sie
wurde das Gefühl nicht los, dass es ein Fehler war hierher zu
kommen, dass es zu früh dafür wäre.
Mit weichen Knien stieg sie hinter Fred die Stufen hinauf bis in
den zweiten Stock und stand blass und bebend neben ihm an der
Tür. Fred sah sie an und strich ihr zärtlich über die Wange.
„Hab keine Angst! Sie fressen dich nicht, Uschi! Alles wird gut!“,
versuchte er sie zu beruhigen.
Er benutzte seinen Schlüssel nicht, sondern klingelte an der Tür.
Drinnen rasselte die Glocke, laut und durchdringend hässlich.
Ursula rutschte das Herz eine Etage tiefer. Oh Gott, wenn doch
der Abend nur schon vorbei wäre, dachte sie.
Durch die Tür hörte man das Klacken von Absätzen. Im nächsten
Moment stand Freds Mutter in der Tür. Das Absatzgeklapper war
von den hohen, hellen Schuhen gekommen, welche sie trug, und
die ein cremefarbenes hochgeschlossenes Kleid mit einem Gürtel
und einer dicken goldenen Kette darauf, in deren miteinander
verschlungenen Strängen vier große facettenreich geschliffene

grüne Smaragde saßen und ein noch größerer Stein, in einem
Anhänger gefasst, sie zu je Zweien in der Mitte teilend,
vervollkommneten.
Bestürzt und von dem Riesenschmuckstück beeindruckt reichte
Ursula der Frau die Hand, während Fred sie seiner Mutter
vorstellte.
„Nun, guten Abend, Fräulein Granz! Es freut mich sehr, dass Sie
unsere Einladung zum Abendessen angenommen haben und uns
die Freude Ihrer Gesellschaft machen.", sagte sie förmlich und
bat sie in die Wohnung.
In diesem Augenblick war Ursula sicher, gerade einen sehr
großen Fehler zu begehen, aber nun konnte sie nicht mehr
zurück. Irgendwie würde sie diesen Abend überstehen, musste sie
ihn überstehen, schließlich war diese große, vornehme Dame, die
sie beim Hereinkommen so überaus kalt gemustert hatte, Freds
Mutter.
Ein lautes Räuspern kam vom anderen Ende des Flurs. Ein
schlanker älterer Herr stand dort in der Tür und hatte die Szene
verfolgt. Ursula hatte Herrn Gebert nur dieses eine Mal während
seines Vortrages in der Hauswirtschaftsschule gesehen, doch sie
erkannte ihn wieder. Zwar war er ein paar Jahre älter
inzwischen, hatte sich sonst aber nicht verändert.
Behände kam er über den Flur gelaufen, genau auf die beiden
Ankömmlinge zu.
„Na, mein Junge, ", rief er seinem Sohn zu, „wen hast du uns
denn da mitgebracht? Ach, das ist ja ein ganz hübsches
Mädchen!", meinte er und Ursula wurde prompt rot und sah den
freundlichen Mann verlegen an.
„Dankeschön!", sagte sie leise.
Freds Vater drückte ihre Hand und nickte ihr zu.
„Keine Angst, ich bin manchmal sehr direkt, aber ich beiße nicht!
Ich bin Freds Vater und habe schon viel von Ihnen gehört,
Fräulein Ursula! Ich darf Sie doch so nennen, oder? Fred ist voll
des Lobes über Sie und Sie sind mir deshalb herzlich
willkommen!
Meine Frau, Freds Mutter, haben Sie ja schon kennen gelernt.
Also kommen Sie ruhig mit herein ins Esszimmer. Es wird gleich
losgehen, meine Frau sagte mir gerade eben, dass alles fertig
wäre. Bitte, kommen Sie!", sagte er höflich und hielt ihr die Tür
zum Speisezimmer auf.

Ursula fiel ein gewaltiger Stein vom Herzen bei Herrn Geberts
Worten. Ein sehr sympathischer und offener Mann, Freds Vater.
Er war ihr bei weitem nicht so unheimlich wie seine Frau, die
Ursula so unnahbar schien, so kalt und ein wenig herzlos. Aber
sicher täuschte sie sich. Fred war doch auch offen und herzlich,
konnte sehr lieb und lustig sein, gut zuhören, war verlässlich und
er war klug. Ursula bewunderte ihn und sie war sehr gern mit
ihm zusammen. Da musste seine Mutter doch auch ganz anders
sein.
Doch auch bei Tisch blieb Frau Gebert sehr förmlich und kühl.
Aufrecht saß sie auf ihrem Stuhl, als hätte sie ein Lineal
verschluckt und ihre Tischmanieren waren tadellos. Das lustige
Tischgespräch jedoch bestritten Herr Gebert und sein Sohn fast
allein. Ursula fühlte sich in der Gesellschaft von Freds Mutter
unwohl, so klein, so bedeutungslos und irgendwie so arm.
Natürlich antwortete sie auf Herrn Geberts Fragen und lachte
auch über seine lustigen und offenen Kommentare zu allen
möglichen Dingen, die zwischen ihm und seinem Sohn zur
Sprache kamen, doch sie konnte nur wenige Worte mit Freds
Mutter wechseln.
„Was arbeiten Sie denn, Fräulein Granz?", fragte Frau Gebert nur.
„Sind Sie auch Architektin? Kennen Sie sich von der Arbeit?"
„Nein, ich arbeite im Schuhhaus Anderlich als .....Verkäuferin.",
meinte Ursula zögernd und wurde unter dem prüfenden Blick
aus kalten Augen unter in die Höhe ruckenden Augenbrauen
flammendrot.
Frau Geberts Gesicht zeigte ein pikiertes Lächeln. Verlegen
blickte Ursula auf ihre Hände. Noch nie war sie sich wegen ihres
Berufs so gering vorgekommen wie jetzt. Sie liebte ihre Arbeit,
doch Freds Mutter tat so, als sei sie eine Almosenempfängerin,
eine Bettlerin, der man mit Verachtung begegnen müsse, so viel
Geringschätzung lag in ihren Augen, ja drückte ihre ganze Miene
aus.
Freds Vater lenkte das Gespräch geschickt auf andere Themen,
seine Frau bedachte er mit einem warnenden Blick.
Erst als Ursula später gemeinsam mit Fred und dessen Mutter
den Tisch abräumte und das Geschirr und das restliche Essen in
die Küche brachte, sprach sie auch mit Frau Gebert für kurze
Zeit. Doch ein richtiges anregendes Gespräch kam nicht
zustande.

Später saßen alle im großen Salon, der ganz in Blau eingerichtet war. Ursula gefielen die zierlichen Möbel mit den dunkelblauen Bezügen. Das gleiche Blau hatten auch die kleinen zarten Blümchen in den weißen Längsstreifen der blassblauen Tapete und die leichten Seidenschals der Vorhänge, die von Kordeln in der gleichen Farbe in Höhe der Fensterstöcke gerafft und gehalten wurden.
Herr Gebert lachte.
"So, Sie haben also schon einen meiner Vorträge gehört! Tapfer, tapfer! Das gelingt nicht jedermann! Manche schlafen dabei ein.", meinte er trocken und lachte.
Ursula lächelte. Freds Vater war nach ihrem Geschmack, von Anfang an hatte er ihr das Gefühl gegeben, keine Fremde zu sein, mit zur Familie zu gehören. Ein schönes Gefühl, wenn sie daran dachte, dass sie am liebsten wieder kehrt gemacht hätte, als sie mit Fred an der Wohnungstür gestanden hatte.
Es wurde noch ein recht lustiger Abend und nach zwei Gläsern Wein war dann auch Frau Gebert in der Lage gewesen, ein wenig mitzulachen. Doch Ursula spürte, dass die Frau ihr mit Misstrauen und vielleicht auch Ablehnung begegnete. So richtig einordnen konnte sie es nicht. Es machte sie traurig. Sie wusste nicht was Frau Gebert gegen sie hatte, aber dieses Gefühl, das sie jedes Mal beschlich, wenn Freds Mutter sie so kühl ansah, so abschätzend, zeigte ihr, dass etwas nicht stimmte, machte sie verletzlich.
Gegen halb Elf verabschiedete sie sich von Freds Eltern und Fred brachte sie noch mit dem Auto des Vaters, der sie nicht allein in die Nacht jagen wolle, wie er sagte, nach Hause.
Fred hielt genau vor dem Haus im Meisenweg und nahm Ursulas Hand. Er streichelte jeden einzelnen ihrer Finger, zog ihn dann an seinen Mund und küsste ihn. Ursula wurde warm. Was tat er? Er musste aufhören! Das geht nicht, dachte sie entsetzt, und wollte ihre Hand wegziehen. Traurig sah Fred sie an.
„Nein, lass mich nur deine Finger küssen! Uschi! Bitte!!", flüsterte er leise und sah ihr in die Augen.
„Weißt du, es ist ... ich .... Uschi ...ich mag dich so sehr!", flüsterte Fred und küsste sacht ihren linken kleinen Finger.
„Und heute Abend ... es war... es tut mir leid, dass meine Mutter nicht so nett war, zu dir, meine ich. Sie ist sonst nicht so. Gut etwas kühl und reserviert ist sie manchmal in den letzten Jahren

gewesen, ich weiß nicht warum. Du bist die liebste Frau, das
schönste Mädchen, das ich kenne."
Ursula wurde rot und war froh, dass Fred das im dunklen Auto
nicht sehen konnte.
„Sie hätte lieber zu dir sein müssen, zumal du ihr gar nichts
getan hast, im Gegenteil. Uschi, sieh es ihr nach, bitte! Ich weiß
nicht, welcher Teufel sie heute geritten hat. Sei nicht traurig,
wenn sie dich erst näher kennt, wird sie merken was für ein
lieber, offener und ehrlicher Mensch du bist."
Er zog sie ein wenig näher zu sich heran, Ursula ließ es zu. Fred
nahm ihr Kinn in seine Hand und hob ihr Gesicht, so dass sie ihm
wieder in die Augen sehen musste.
„Uschi, ich ...habe dich wirklich sehr lieb! Glaube mir das!", er
brach stockend ab, als er sah, dass sich ihre Augen langsam mit
Tränen füllten.
„Nein! Nicht weinen! Bitte!!", rief er entsetzt.
Uschi schluckte und versuchte die Tränen weg zublinzeln. Zu
dumm! Gerade in diesem Augenblick musste sie anfangen zu
weinen, sie konnte sich selbst nicht richtig verstehen. Sie hatte
doch gar keinen Grund in Tränen auszubrechen. Etwa wegen
Freds Mutter? Oder weil er ihr sagte, wie sehr er sie mochte? Sie
hatte ihn ja nicht einmal ausreden lassen. Was war nur in sie
gefahren?
Ursula legte eine Hand an seine Wange und strich sanft über die
Haut, die noch glatt und weich war von der nachmittäglichen
Rasur. Schnell beugte sie sich nach vorn und küsste Fred auf den
Mund, genauso schnell zog sie sich wieder zurück und sprang aus
dem Wagen. Sie winkte ihm noch einmal zu und lief dann zum
Haus. Verdutzt sah Fred ihr nach wie sie in der Haustür
verschwand. Eine Weile saß er noch so und sah in Gedanken
immer wieder die letzten Minuten an sich vorbei ziehen. Dann
ließ er seufzend den Motor an und fuhr den Weg zurück in die
Stadt.

„Was sollte das, Mutter? Warum hast du Uschi so
herablassend behandelt, so ablehnend? Hat sie dir irgendetwas
getan? Sicher nicht! Wie auch?", fragte Fred und sah sein Mutter
fragend und vorwurfsvoll an.
„Ich habe mich verhalten wie man sich ihresgleichen gegenüber
verhält. Was also willst du von mir?", antwortete Frau Gebert

gelassen.

„Mutter, das kann nicht dein Ernst sein! Warum tust du das? Was
hast du gegen sie?“, fragte er wütend. So kannte er seine Mutter
nicht. Gut sie war nie die liebevolle Mutter gewesen, die er sich
gewünscht hätte, doch trotzdem hatte sie immer alles für ihn, ihr
einziges Kind, getan.

„Was soll ich gegen sie haben, Fred? Sie passt nur ganz einfach
nicht zu uns! Das musst du doch merken, Junge.“, sagte sie und
ihre Stimme klang beschwörend.

„Mutter, meinst du wirklich was du da sagst? Warum sollte Uschi
nicht zu uns passen? Was glaubst du? Sie ist der liebste und beste
Mensch, den ich kenne. Sie ist ein wunderschönes Mädchen,
liebevoll, ehrlich, gerecht, klug. Ich kann mit ihr reden, lachen
und weinen. Sie hört mir zu und ich vertraue ihrem Urteil und
sie dem meinen. Sie verkörpert all das, was ich mir für eine Frau
vorstelle, ... für meine Frau, Mutter! Und ich liebe sie! Ja, weiß
Gott, ich liebe sie! Du kannst dir gar nicht vorstellen wie sehr,
Mutter!“, schloss er mit leidenschaftlicher Stimme.

„Ach ja!?“, fragte sie.

„Wie kannst du ein Mädchen lieben, das so weit unter dir steht?
Was ist sie schon, diese Ursula? Eine kleine Verkäuferin!“, meinte
sie kalt lächelnd.

„Fred, Junge! Du kannst doch jedes Mädchen, jede Frau haben! Du
als erfolgreicher Architekt, gut aussehend! Du bist doch nicht auf
so eine Verkäuferin angewiesen.“, kam es geringschätzig aus
ihrem Mund.

Fred schluckte. Das sagte seine Mutter, die seit seiner Geburt
überhaupt keiner Tätigkeit nachging, die zwar aus einer guten
Familie stammte, aber selbst keine Leistungen aufzuweisen hatte,
außer dass sie seinem Vater einen Sohn geboren hatte. Hatte er
richtig gehört? Sie fällte solch ein Urteil über eine junge Frau, die
auf eigenen Füßen stand, die im Sport erfolgreich war, ihren
Beruf liebte, die jedermann liebte, die so fürsorglich und liebevoll
für ihre Familie da war. Er hatte das Gefühl, seine Mutter zum
ersten Mal zu sehen. Wie konnte sie nur so gefühllos und kalt
sein zu dem Menschen, den er am meisten liebte?

„Mutter! Das bist nicht du! Wie kannst du mich lieben, deinen
Sohn, wenn du so über Uschi sprichst! Wenn das deine Meinung
ist, dann haben wir uns nichts mehr zu sagen.“

Fred wandte sich um und wollte das Zimmer verlassen. Er

drückte die Klinke und öffnete die Tür zum Flur.
„Warte, Fred! Warte! Ich ... ich habe es nicht so gemeint!“, rief
Frau Gebert ihm hinterher und tat zwei Schritte in seine
Richtung.
„Wie hast du es denn dann gemeint, Mutter?“, fragte er über die
Schulter zurück.
„Fred, ich meine nur, du sollst nichts überstürzen! Ihr seid noch
jung, sie ist noch sehr jung, sie ist nur eine kleine Verkäuferin.
Du solltest dir Zeit lassen, du kannst noch so viele andere
Mädchen kennenlernen, welche, die auf deinem Niveau sind, dir
ebenbürtig. Du kannst viel bessere finden als diese Uschi. Junge,
höre auf mich!“, meinte sie flehend.
„Mutter, ich liebe die Uschi und das wird immer so bleiben! Das
weiß ich ganz genau! Sie ist alles was ich mir wünsche. Und ich
rate dir dringend, behandle sie besser, sie hat es verdient!“
Damit ließ er seine Mutter stehen und ging zu Bett.

    Wie wunderschön hatte dieser Tag begonnen! Schon beim
Frühstück hatte die Sonne auf den Küchentisch geschienen.
Später hatte sie dann vor dem Tisch in der Stube gestanden, die
Eltern und Geschwister neben ihr, und hatte ihre Geschenke
bewundert, die, der Kriegszeit entsprechend, zwar kleiner und
magerer ausgefallen waren, doch alle hatten sich etwas einfallen
lassen.
In der Mitte lag der hölzerne Kranz mit den Kerzen darauf, in
dessen Mitte der Kerzenhalter für das dicke weiße Lebenslicht.
Weil der Kranz nur Platz für zehn Kerzen bot, hatte die Mutter
neun weitere auf kleinen Untersetzern aus Pappe drum herum
gestellt. Nun stand Ursula und blickte in die brennenden Kerzen
und war zu Tränen gerührt. Alle gratulierten ihr und Ursula
drückte die ganze Familie, einem nach dem anderen, an sich.
Friede strich der Tochter über das Haar, steckte ihr eine Strähne
hinters Ohr und hielte sie ein Stück von sich.
„Uschi, ich wünsche dir nur das Allerbeste, mein Marjellchen, vor
allem Gesundheit und Glück! Halt es fest, das Glück! So oft wird
es uns nicht geschenkt im Leben, glaub mir. Und der Fred mag
dich sehr, das sieht man als Mutter. Gut ich habe noch nicht allzu
viel von ihm gesehen, immer nur kurz, wenn er dich nach Hause
bringt. Doch glaube mir, der meint es ehrlich.“
Ursula lächelte vor sich hin.

Ein Paar dünne Seidenstrümpfe hatten ihr die Eltern geschenkt, kostbar, jetzt mitten im Krieg. Selbst das kleine Linchen hatte Ursula ein selbstgemaltes Bild überreicht, die anderen Kinder hatten zusammen ein wunderschönes Kästchen mit bunt bedrucktem Briefpapier erstanden, damit Uschi wieder Briefe nach Königsberg oder Gumbinnen oder an Sievert an die Front schreiben konnte. Auch Lene, die mit Rosi schon seit gestern Nachmittag hier in Zimpel war, gab Ursula ein kleines Päckchen. Neugierig öffnete Ursula die Schleife und wickelte das Papier auf. Linchen riss die Augen auf.
"Oh, sieh nur Uschi! Ein süßes Täschlein! Wie schön! Uschi guck doch mal, ganz aus Silber ist es und so klein und niedlich! Wozu brauchst du das denn eigentlich? Ist das nicht zu klein für dich?" Ursula lachte, als sie die Hoffnung in Eva-Linas Augen aufblitzen sah, die der kleinen Theatertasche galt.
„Doch, mein kleines Linchen, die kleine Tasche braucht man, wenn man ins Theater oder in die Oper gehen möchte. Da trägt man so eine. Aber sei nicht traurig, du hast doch auch bald Geburtstag, vielleicht wünschst du dir ja auch ein Täschlein für kleine Mädchen wie dich. Und wenn du ganz lieb bist bis dahin ...... na wer weiß?", sagte sie lächelnd zu der Kleinen und nahm sie in den Arm.
Linchen legte die Ärmchen um Ursulas Hals und drückte sich fest an sie.
„Du bist meine beste Schwester! Meine allerbeste, Uschi!", sagte sie leise an Uschis Hals und schmiegte ihr kleines Gesicht an die Schwester.
„Bleibst du heute hier zu Hause? Bleibst du hier bei mir?", fragte sie voller Hoffnung in der Stimme.
Langsam schüttelte Ursula den Kopf und strich dem Mädchen übers Haar.
„Nein, mein Linchen! Heute holt mich doch der Fred ab, er hat mich eingeladen in die Oper, Linchen. Und danach werden wir noch zum Essen gehen, weißt du, weil ich heute Geburtstag habe.", sagte sie vorsichtig.
„Ach wie schade! Kann ich nicht mitgehen in die Oper? Kannst du mich mitnehmen, mit dem Fred?", fragte das Kind traurig, aber mit einer kleinen Hoffnung in den Augen.
Ursula streichelte Eva-Lina und schüttelte den Kopf.
„Ja ich weiß, ich bin noch zu klein dafür! Aber nächstes Jahr

vielleicht! Ja, Uschi?"
Aufatmend nickte Ursula dem Mädchen zu.
Doch den ganzen Sonntag Vormittag über wich Linchen nicht
von Ursulas Seite, obwohl draußen die Sonne einen warmen
wunderschönen Herbsttag zauberte, war sie nicht dazu zu
bewegen mit Grete und Traudel in den Garten zu gehen, und
selbst als Ursula ihre Sachen für die Oper herauslegte, blieb sie
auf Uschis Bett sitzen und sah zu.
Ursula hatte noch über drei Stunden Zeit, dann würde Fred sie
hier abholen, genug Zeit also um ein wenig zu trödeln, heute an
ihrem Geburtstag. Sie setzte sich auf ihr Bett und begann einen
Geldschein und ein Taschentuch in das neue Täschlein zu packen.
Wie gut, dass Lene es ihr geschenkt hatte, sie konnte es heute gut
brauchen. Lene musste es doch geahnt haben, dass sie heute in
die Oper eingeladen war. Und überhaupt war es schön von ihr,
dass sie schon gestern gekommen war, so konnten sie nachher
noch eine Weile miteinander plauschen. Lene fühlte sich, seit Leo
an der Front war, doch auch ziemlich einsam und war über eine
kleine Schwatzerei sicher erfreut.
Plötzlich schrillte laut die Klingel im Flur. Ursula schreckte aus
ihren Gedanken. Wer kommt denn jetzt? Sollte sie nicht langsam
den Tisch in der Stube für den Geburtstagskaffee decken. Sie
sprang hoch und wollte zur Küche eilen. Im Flur stand Traudel an
der eben geöffneten Wohnungstür und in der Tür stand Fred.
Ursula starrte ihn an. Was tat er um diese Zeit schon hier? Sie
war noch nicht einmal umgezogen.
Langsam ging sie auf ihn zu, sah seine strahlenden Augen und die
Blumen in seiner Hand.
„Uschi, entschuldige bitte! Ich bin schon früher da um dir zu
gratulieren.", rief er ihr entgegen und versuchte ein
zerknirschtes Gesicht zu ziehen.
Ungläubig sah sie ihn an. Irgendetwas stimmte hier nicht, Fred
brauchte keine drei Stunden um ihr zu gratulieren und die
gespielte Unschuld, die er zur Schau trug, nahm sie ihm auch
nicht ab.
„Fred, wir haben noch so lange Zeit bis zur Oper!"
Nun stand sie vor ihm. Mit einem Lächeln reichte er ihr einen
Strauß rosafarbener Rosen und gab ihr einen Kuss auf den Mund.
„Meinen Glückwunsch zum Geburtstag der schönsten aller
Rosen!", sagte er mit feierlicher Miene.

Ursula zog ihn in den Flur, stieß die Tür ins Schloss und fiel ihm
dann um den Hals.
„Dankeschön! Das ist ganz lieb von dir, dass du extra früher
gekommen bist. Du kannst mit uns Kaffee trinken, meine Eltern
werden sich freuen, dich endlich einmal näher kennen zu lernen.
Durchs Fenster haben sie dich ja schon öfter gesehen, wenn du
mich nach Hause gebracht oder abgeholt hast. Na, komm, ich
stell dich ihnen vor!", sprudelte sie aufgeregt hervor und wollte
ihn mit sich ziehen.
„Halt, warte, Uschi! Hier ist noch mein Geschenk für dich!", sagte
er und überreichte ihr einen, in feinem Seidenpapier
eingeschlagenen und mit einer silbernen Schleife versehenen,
flachen Karton. Stumm nahm Ursula die Schachtel entgegen,
drückte sie an sich, beugte sich Fred entgegen und küsste ihn
schnell auf den Mund. Als ihr bewusst wurde, dass auch Traudel
noch immer neben ihnen stand, zuckte sie schnell wieder zurück
und sah die Schwester erschrocken an.
„Du, Traudel, sag mal schnell der Muttel Bescheid, dass wir
Besuch haben und ich komme gleich zum Tischdecken!"
„Na, lauf!", setzte sie hinzu, als Traudel keinerlei Anstalten
machte, sich in Bewegung zu setzen, sondern Fred anstarrte.
Traudel stürzte los ins Schlafzimmer, wohin sich die Mutter mit
dem kleinen Bruder zurück gezogen hatte, um eine halbe Stunde
auszuruhen.
Mit leuchtenden Augen nahm Ursula Fred an der Hand und zog
ihn mit sich in die Küche. Sie schob ihm einen Stuhl zurecht und
suchte dann in der kleinen Speisekammer, die zur Aufbewahrung
von Lebensmitteln und anderen Dingen benutzt wurde, nach
einer passenden Vase für die wunderschönen, zarten, noch halb
geschlossenen Rosen. Schließlich entschied sie sich für Friedes
fein geschliffene, kelchförmige Glasvase, die perfekt zu dem
Strauß passen musste. Als sie die Blumen sorgfältig in dem Gefäß
arrangiert hatte und ihr Werk nun begutachtete, begegnete ihr
Blick den lächelnden Augen Freds. Mit wie viel Liebe sie mit den
Blumen umging! Er konnte sich nicht satt sehen an ihr. So
bezaubernd war sie, seine Ursula, so vollkommen! Keine Worte
konnten sie beschreiben, dessen war er sich sicher.
Er stand auf und trat zu ihr, nahm sie stumm in seine Arme und
drückte sie an sich. Sekundenlang standen sie so, als die Tür sich
öffnete und Grete herein stürzte. Die Beiden fuhren erschrocken

auseinander. Nun stand auch Friede in der Tür und lächelte. Sie ging auf Fred zu und reichte ihm die Hand.

„Guten Tag und herzlich willkommen hier bei uns, Herr Gebert! Oder darf ich Sie Fred nennen? Ursula hat von Ihnen erzählt, nur Gutes, und wir waren schon sehr gespannt darauf, Sie endlich kennenzulernen. Ja, und unser Linchen, die Sie ja auch schon kennt, ist doch total begeistert von Ihnen. Mein Mann sitzt noch draußen auf dem Balkon, heute ist es ja so schön draußen, da liest er gern seine Zeitung dort. Aber er wird sicher gleich kommen. Sie trinken doch mit uns Kaffee, nicht wahr? Heute an Uschis Geburtstag.", sagte sie, noch immer lächelnd.

Man merkte ihr deutlich an, dass Fred Gebert ihr gut gefiel. Sie sah die Rosen auf dem Tisch und nickte Fred wohlwollend zu. Ein netter junger Mann, den sich die Uschi da ausgesucht hatte, oder er sie. Na egal, sie passten jedenfalls gut zusammen, waren ein schönes Paar, wie man so sagte. Und so verliebt wie dieser Mann ihre Uschi ansah, konnte das ja nur ihr Glück bedeuten.

„Guten Tag, Frau Granz! Auch ich freue mich sehr, dass ich Sie kennenlernen darf. Uschi spricht so liebevoll von ihrer Familie, dass man richtig neidisch wird, wenn man nicht dazu gehört. Und vielen Dank für Ihre liebe Einladung zum Kaffeetrinken, die ich natürlich gern annehme!", sagte Fred, erfreut über die freundliche und herzliche Aufnahme.

Diese Frau Granz war ganz nach seinem Geschmack, wie Uschi hatte sie das Herz wohl auf dem rechten Fleck. Da waren seine Sorgen, wie er von der großen Familie Uschis aufgenommen würde, denn doch unbegründet gewesen. Wenn er da an seine Mutter dachte!

Uschi hatte inzwischen die anderen Geschwister, die sich nun alle hier in der Küche gedrängt und Fred nacheinander die Hand geschüttelt hatten, wieder in die Kinderzimmer geschickt. Dann wandte sie sich zu Fred um, sah ihm lächelnd in die Augen und nahm seine Hand. Sie zog ihn aus der Küche hinaus auf den Flur und von da in die Stube. Dort ließ sie ihn auf dem Sofa Platz nehmen. Fred setzte sich ganz auf die äußerste Ecke, dorthin, wo die Stehlampe zwischen dem großen grünen Möbel und dem Sessel, Friedes Lieblingsplatz für die abendlichen Handarbeiten, stand.

Langsam wurde ihm doch ein wenig mulmig, wenn er daran dachte, dass er jeden Moment Uschis Vater gegenüber stehen würde, von dem er gehört hatte, dass er sehr streng sein konnte, streng aber gerecht.

Uschi ahnte nichts von seinen Gedanken. Schnell schlüpfte sie wieder zur Tür hinaus und kam kurz darauf mit der Rosenvase wieder zurück. Flink legte sie eine neue Tischdecke auf den riesigen, für die große Familie aber gerade ausreichenden, Tisch und stellte die Blumen in die Mitte der Tafel. Geschmeidig waren ihre Bewegungen, wie die eines Kätzchens, geschmeidig, elegant und ein wenig verspielt. Fred beobachtete sie und als sie es bemerkte, kam sie auf ihn zu, küsste ihn rasch auf die Wange und entzog sich blitzschnell seinen zugreifenden Händen.

Spitzbübisch lachte sie ihn an, öffnete zwei der oberen Türen des dunklen Eichenschrankes und räumte das Kaffeegeschirr heraus. Lene kam herein, begrüßte Fred, als kenne sie ihn schon viele Jahre, und half Uschi die Tafel zu decken.

Eine halbe Stunde später saßen die Familie Granz und Fred am Tisch und unterhielten sich angeregt. Sehr freundlich war Fred zuvor von Martin begrüßt worden, der ihn allerdings nach allen Regeln der Kunst zu sämtlichen Dingen, die ihn interessierten, genauestens befragte, die da waren, Freds Beziehung zu seiner Tochter Uschi, sein Beruf, seine Familie, seine Meinung zur Politik im allgemeinen und zum Krieg im besonderen, was er vom freiwilligen Kriegsdienst halte und noch vieles mehr. Hätte Friede nicht zum Kaffee gerufen, würden die beiden Männer wohl noch immer reden.

Jedenfalls war auch Martin sehr angetan von Fred Gebert und nahm den Faden ihrer Unterhaltung auch bei Tisch bald wieder auf, wurde allerdings kurz darauf von Hannes unterbrochen, der extra zu Uschis Geburtstag heute von Pilsnitz herüber gekommen war, und bei der Gelegenheit den Vater um einen Rat fragen wollte. So war bald das Gespräch in eine völlig andere Richtung gelenkt.

Uschi hatte ihren jüngsten Bruder auf dem Schoß. Der verwöhnte kleine, knapp vierjährige Nachzügler nahm ihre ganze Aufmerksamkeit in Anspruch und sie merkte erst, dass sich niemand um das Linchen kümmerte, als sich eine kleine Hand langsam und vorsichtig auf ihren Arm legte.

„Na, mein Linchen! Ist alles in Ordnung? Wie schmeckt dir denn der Kuchen, den die Muttel und ich gebacken haben?“, fragte sie das Kind und sah ihm in die blauen Augen.

„Gut!", nickte Linchen traurig.

„Weißt du was? Nachher, wenn wir mit dem Essen fertig sind, dann darfst du mein Geschenk auspacken, das der Fred mir mitgebracht hat! Ja, willst du das tun?", fragte sie das Mädchen, dessen Augen zu strahlen begannen.

Später zog Linchen sehr vorsichtig und um sich blickend, ob auch alle genau zusehen würden, die silberne Schleife auf, schlug das Papier auseinander und hob langsam den Deckel von der Schachtel.

„Aaach!", rief sie voller Ehrfurcht und Überraschung.

„Uschi, sieh nur! Das ist für dich?! Ist das ein Kleid?", fragte sie staunend.

Auch Ursula war überrascht und hob mehr als vorsichtig den zarten blauen Traum aus dem flachen Karton und hielt ihn in die Höhe. Ihr Herz schlug schneller und hüpfte wie ein Vöglein in ihrer Brust. Das hatte Fred ihr geschenkt, dieses wunderschöne blaue Kleid, das sie so im Schaufenster bewundert hatten, von dem sie wusste, dass es sündhaft teuer gewesen war, und das man nur zu ganz besonderen Anlässen tragen konnte? Sie stand wie versteinert und konnte es nicht fassen! Dieses wunderschöne Elfenkleid gehörte nun ihr! Sprachlos und mit Tränen in den Augen sah sie ihn an. Fred ging auf sie zu und küsste sie ganz leicht auf die Stirn und die Wange und flüsterte an ihrem Ohr, dass er sie so sehr lieb habe und sich wünsche, dass sie dieses Kleid heute Abend in der Oper trage.

Staunend hatten alle anwesenden Mitglieder der Familie Granz dieser Szene zugesehen. Sie konnten gut verstehen, dass ihre Uschi so aus der Fassung geraten war. Was war das auch für ein traumhaftes Kleid, welches ihr der Fred da schenkte? Das sollte Uschi tragen, ihre liebe, lebenslustige, fleißige Uschi, die immer mit beiden Beinen auf der Erde stand?

Friede fasste sich als erste wieder, ging auf Uschi zu und sah sich das Kleid aus der Nähe an, wagte aber nicht, es zu berühren, aus Angst sie könne mit ihren abgearbeiteten, rauen Händen irgendwo daran hängen bleiben und dieses feine Kunstwerk zerstören.

Vorsichtig legte Uschi das Kleid zurück in den Karton. Mit einem lieben, doch zaghaften Lächeln sah sie Fred an.

„Es ist so wunderschön, Fred! Ich weiß nicht, aber ich kann so ein teures Geschenk überhaupt nicht annehmen! ...."

„Kannst du, Schwesterchen!", rief Hannes dazwischen.
„Endlich trägst du dann etwas, das dir gebührt! Du bist so ein
hübsches Mädchen! Scheinbar weißt du das gar nicht, aber wenn
du nicht meine Schwester wärst, dann hätte der Fred einen
harten Konkurrenten!", sagte er lachend und Martin drohte ihm
mit dem Zeigefinger.
„Wisst ihr, da passt ja das Täschlein von Lene wunderbar zu dem
Kleid, wie dafür gemacht...", rief Uschi und hielt plötzlich inne.
Nachdenklich sah sie von Lene zu Fred und wieder zurück,
schüttelte den Kopf, sagte aber nichts.
Uschi zog sich dann bald zurück, wusch sich und zog sich um.
Auch Fred hatte seine Sachen für die Oper, in seines Vaters Auto,
mitgebracht und wechselte nun seine Kleidung in der
Schlafstube. Nur die Fliege ließ er sich von Friede binden, weil er
damit allein nicht zurechtkam. In der Stube unterhielt er sich
bald wieder angeregt mit Martin und merkte kaum wie die Zeit
verging. Als er endlich auf die Uhr sah, war es so weit, dass sie
zur Oper mussten. Wo blieb nur Uschi so lange? Kam sie denn mit
dem Kleid nicht klar? Nervös erhob er sich, bedankte sich bei
Martin für den schönen Nachmittag und hielt schon die
Türklinke in der Hand, als diese von außen herunter gedrückt
wurde. Er gab nach und die Tür sprang auf.
Wie angewurzelt blieb er stehen und sah voller Staunen in den
Flur. War das seine Uschi? Dieses wunderschöne, Feen gleiche
Wesen, das dort stand und ihn lächelnd ansah mit leuchtenden
blauen Augen, in denen sich das herrliche Blau des zarten Stoffes
ihres Kleides widerspiegelte, das war seine Uschi!? Stolz und
glücklich ging er auf sie zu, nahm ihre Hand und küsste sie ganz
sacht. Wie schön sie ist, dachte er, wie wunderschön! Und sie
wird mir gehören, eines Tages wird sie mir gehören! Und er
lächelte glücklich, als sie an seinem Arm die Treppe hinunter
ging und er ihr auf der Straße in den Wagen half.
Wie im Traum fuhr Fred die Strecke bis zum Opernhaus.
Fred sah die Anerkennung in den Augen seines Vaters, als der
Uschi zur Begrüßung die Hand reichte und er sah auch das
verkniffene Lächeln seiner Mutter. Doch heute störte es ihn
nicht, dazu war er viel zu glücklich an Uschis Seite. Die Mutter
hatte ihm versprochen, sich Uschi gegenüber zurückzuhalten, ihr
freundlicher entgegen zu kommen. Dieser Opernbesuch sollte ein
Friedensangebot sein und er hoffte, dass er das auch tatsächlich

wurde.

Willy Gebert gratulierte Ursula zum Geburtstag und nahm sie herzlich in seine Arme.

„Ich hoffe, Sie machen unseren Fred glücklich! Aber es sieht so aus!", raunte er ihr zu. Sie ist eine sehr hübsche Frau, dachte er dabei, der Fred hat gut gewählt, denn lieb und ehrlich ist sie auch.

Auch Frau Gebert wünschte Ursula viel Glück und Gesundheit, jedoch geriet ihr Lächeln mehr gekünstelt denn herzlich.

Fred übersah die Miene seiner Mutter, sie würde ihn schon verstehen, wenn sie Uschi erst genauer kannte. Dann konnte sie ihr unmöglich mehr mit einer solchen Ablehnung begegnen. Ursula sah sich um, das Parkett war schon gefüllt und auch die Ränge zum Großteil besetzt, in wenigen Minuten begann die Vorstellung. Sie konnte es kaum erwarten. Still saß sie neben Fred und sah ihn von der Seite mit großen Augen an. Ihr erster Opernbesuch, sie war gespannt, erwartungsvoll und noch immer hin und her gerissen wegen des traumhaften Kleides, das sie trug und das nun ihr gehörte.

Da erklang der erste Akkord, die Musik der Ouvertüre brach über Ursula herein, gewaltig, traurig, wunderschön. Sie nahm sie gefangen und trug sie in eine andere Welt, eine die sie bisher nicht kannte, die ihr jedoch ein so wunderbares, überwältigendes Erlebnis schenkte, wie sie es bisher nicht kannte.

Zum Essen waren sie allein gewesen, Geberts hatten nach Hause gehen wollen, Freds Mutter hatte Kopfschmerzen, jedenfalls hatte sie das behauptet. Uschi hatte sie leid getan, mit Kopfschmerzen in der Oper sitzen war bestimmt kein Vergnügen. Doch Fred dachte sich seinen Teil, er ahnte, was wirklich dahinter steckte, dass sie nicht noch mit ins Restaurant gekommen waren. Er war enttäuscht von seiner Mutter. Wollte sie ihn denn nicht glücklich sehen, ihren einzigen Sohn? Ursula legte das Besteck auf den Teller und tupfte sich den Mund mit der Serviette ab. Ein köstliches Mahl, wenngleich sie nicht alles gegessen hatte. Noch zu sehr klang die Musik der Oper in ihr nach, war sie noch immer in Gedanken bei dem Geschehen auf der Bühne. Träumend sah sie Fred an. Der brauchte sie gar nicht fragen, ob es ihr gefallen hatte, das Strahlen und Leuchten ihrer Augen verrieten ihm genug.

Fred ergriff ihre Hand und führte sie an seine Lippen.
„War es so schön in der Oper, Uschi? Deine Augen leuchten, ich
sehe, dass du glücklich bist!", sagte er leise.
„Fred, es war einfach wundervoll! Und ich bin mehr als glücklich!
Es war so bewegend, so voller Gefühl! Aber nicht nur die Oper hat
diesen Tag für mich zu einem so glücklichen gemacht, auch dass
du zu uns nach Hause gekommen bist, mit diesen wunderschönen
Rosen und dieses Kleid...", sie brach ab und in ihren Augen
glitzerten Tränen.
Fred streichelte ihre Hand.
„Ich weiß nicht wie ich dir danken soll. Fred, es war der schönste
Geburtstag meines Lebens!! Heute, der ganze Tag, es war so wie
ein Märchen, wie ein Traum! Dass ich jetzt hier mit dir sitze, in
diesem Feenkleid, ich kann es kaum glauben, dass ich das bin!",
schüttelte sie ungläubig ihren Kopf.
Wieder zog er ihre Hand an seinen Mund. Sie erschauerte, als er
ihr dann in die Augen sah. Er hat wieder diesen Blick, dachte sie.
„Uschi, meine liebe kleine Uschi!", flüsterte er so leise, dass sie
ihn kaum verstehen konnte.
„Wenn du glücklich bist, dann bin ich es auch! Du bist so ein ganz
besonderer Mensch für mich. Uschi, du bist für mich das Liebste
und Beste auf dieser Welt, das Einzige, für das es sich zu leben
lohnt! Du bist die Frau, mit der ich immer zusammen sein
möchte, mit der ich leben möchte, lieben und lachen, auch
weinen. Du bist die, die mein Herz berührt, die mich verzaubert,
so oft ich in ihrer Nähe bin! Du bist die Frau, mit der ich alt
werden möchte, immer Hand in Hand! Verstehst du?", blickte er
sie eindringlich fragend an.
Ursula hatte bei seinen Worten die Augen gesenkt und sah ihn
nun hilflos an. In ihr stritten die Gefühle und sie war sich noch
nicht im Klaren was Fred betraf. Sie mochte ihn sehr, doch sie
war sich nicht sicher, wie sehr sie ihn liebte.
„Uschi, du brauchst jetzt nichts dazu zu sagen! Ich weiß, dass ich
dir noch etwas Zeit lassen muss. Ja, das weiß ich genau. Immer,
wenn ich dich ansehe, wenn wir zusammen sind, und auch, wenn
nicht, eigentlich immer, denke ich an dich. Ich wünsche mir halt
so sehr, dass du immer um mich bist. Und heute bist du
wunderschön, so ganz besonders. Es tut mir leid, aber ich konnte
nicht anders, ich musste es dir sagen. Ich, ..., Uschi, ich liebe
dich!", raunte er leise.

Mit großen Augen sah sie ihn an.

„Fred, ich ...“

Er legte ihr den Zeigefinger an die Lippen.

„Pst! Nein, nichts! Für heute ist genug gesagt! Sag es erst, wenn du sicher bist. Ich möchte dich nicht drängen.“, meinte er bestimmt, aber seine traurigen Augen versetzten ihr einen Stich ins Herz.

Stumm saß Ursula neben Fred im Wagen. Immer wieder berührte er ihre Hand und sie erwiderte den Druck seiner Finger. Ab und zu fiel ein Seitenblick auf sein Gesicht und Ursula lächelte. Ja, auch sie war in ihn verliebt, zum ersten Mal in ihrem jungen Leben so richtig verliebt. Nur zu gern befand sie sich in seiner Gesellschaft, sie genoss es mit ihm zu reden, seine Aufmerksamkeit, seine Klugheit, sie lebte auf in seiner Nähe. Irgendwie fühlte sie sich Fred auf eine ihr bisher unbekannte Art verbunden. Sie mochte ihn nicht missen. Konnten sie sich einige Tage nicht sehen, fehlte er ihr und sie wartete auf das Wiedersehen. Doch reichte all dies für ein ganzes langes Leben? Darüber hatte sie noch nicht nachgedacht. Sie hatte alles so genommen wie es war und damit gut.

Das Auto rollte langsam den Meisenweg entlang und vor ihrem Haus trat Fred auf die Bremse und hielt an. Er schaltete den Motor aus und drehte sich ihr zu.

„Nun mein Uschilein, du bist sicher recht müde. Es war ein langer und aufregender Tag für dich. Ich bin glücklich, dass ich einen Teil davon an deiner Seite verbringen durfte. Du weißt, dass ich sehr gern in deiner Nähe bin. Wann sehen wir uns wieder? Wie sieht es bei dir aus in dieser Woche? Sicher hast du an ein, zwei Tagen wieder früher frei. Ich könnte dich abholen bei Anderlich.“, sagte er hoffnungsvoll und nahm ihr Gesicht in seine Hände.

Ursula sah ihn an und schluckte. Gerade hatte sie daran gedacht, wann sie sich treffen könnten.

Sacht legte sie eine Hand an seine Wange und strich sanft darüber. Lange sahen sie sich in die Augen, dann beugte Fred sich zu ihr und küsste sie. Als er sich wieder von ihr löste, waren seine Augen dunkel, Ursulas Gesicht glühte.

Er räusperte sich und schluckte. Zärtlich strich er ihr über das Haar.

„Uschi“, sagte er.

„Uschi, heute siehst du aus wie eine Märchenfee! Wer könnte dir
widerstehen?“
„Am Mittwoch!“, rief Ursula rasch und stieg aus.
„Hole mich am Mittwoch ab, ja? Gute Nacht, Fred! Und habe
nochmals vielen, vielen Dank für diesen wunderbaren Tag, für
alles!! Ich hatte ganz vergessen, dass Krieg ist. Gute Nacht, du
Lieber!“
Sie winkte, hauchte einen Kuss auf ihre Hand und blies ihn
lächelnd in Freds Richtung. Wenig später war Ursula im Haus
verschwunden.

<h1 style="text-align:center">XIV</h1>

Zwei Wochen später an einem Donnerstag, Ursula war bis kurz nach fünf Uhr abends in Anderlichs Schuhhaus, stand Fred neben dem Schaufenster, als sie den Laden verließ. Verdutzt ging sie auf ihn zu. Sie trug ihre Jacke in der Hand, denn trotz leichter Bewölkung hatte immer wieder die Sonne geschienen und den Breslauern einen warmen, fast sommerlichen Tag geschenkt. Noch jetzt am späten Nachmittag war die Luft angenehm lau, wie an einem Sommerabend. Tief atmete Ursula ein. War das ein Wetter heute!

„Fred?! Wartest du schon lange hier? Ich wusste nicht, dass du kommst, sonst hätte ich mich beeilt beim Aufräumen. Ich hatte heute eigentlich noch früher Schluss, habe aber Frau Hermann noch etwas geholfen. Hast du etwas vor? Ist etwas passiert? Du siehst so ernst und traurig aus, mein Lieber.", fragte sie besorgt. Fred nahm sie am Arm.

„Nicht hier! Komm!"

Sie gingen in Richtung Tramhaltestelle. Verwundert lief Ursula neben ihm her. So kannte sie Fred gar nicht, so furchtbar ernst und geheimnisvoll wie er tat. Kurz vor der Haltestelle blieb Fred stehen, eine Bahn war nicht in Sicht. Behutsam hob er Ursulas Kinn und küsste sie, aber anders als sonst, heftiger, wie ein Ertrinkender hing er an ihren Lippen.

„Du hast mir so gefehlt in den letzten Tagen!", murmelte er dann und schob sie ein wenig von sich.

„Ach, Uschi!", rief er verzweifelt.

Ängstlich sah sie ihn an. Was ist los mit ihm, dachte sie und eine dumpfe Ahnung beschlich sie und versetzte ihr einen Stich.

„Fred, du hast mir auch gefehlt, du fehlst mir immer, wenn wir nicht zusammen sind! Und ich kann dir nicht sagen, wie glücklich ich bin, dass du mich heute abgeholt hast, so unverhofft! Aber du bist so ernst heute, so als wärst du sehr unglücklich. Was quält dich?", fragte sie vorsichtig mit Blick in sein Gesicht.

„Uschi, ich bin einberufen worden.", sagte er tonlos.

Ursula wurde blass. Nein, dachte sie, nein, nein, nicht Fred. Tränen traten in ihre Augen. Auch Fred musste nun in den Krieg,

konnte nicht hier bei ihr bleiben, war nicht mehr in ihrer Nähe.
Fassungslos sah sie ihn an.
„Komm!", sagte Fred, nahm sie bei der Hand und zog sie in den
nächsten Blumenladen. Er kaufte den größten Strauß, den er
finden konnte.
Als sie wieder auf den Gehweg traten, sahen sie die Bahn
kommen und liefen ihr Hand in Hand entgegen.
„Ich komme mit zu euch nach Zimpel!", meinte Fred und ließ
Ursula einsteigen. Sie hielten sich an den Händen bis nach Zimpel
und sprachen kein Wort, sahen sich nur an.

Friede war überrascht, als Ursula in Freds Begleitung vor der
Tür stand. Ihn hatte sie nicht erwartet, doch sie wagte nicht zu
fragen, was ihn heute hierher gebracht hatte, als sie in die
Gesichter der beiden jungen Leute sah.
Fred stand vor Friede, sah sie mit traurigen Augen an, zögerte
kurz und umarmte dann Ursulas Mutter und überreichte ihr die
Blumen. Schon standen Traudel und Grete, gefolgt von Linchen,
im Flur, drückten die Schwester und staunten über den großen
Strauß, den die Mutter in den Armen hielt. Als sich endlich die
Tür hinter Fred und Ursula schloss, war ein richtiger Tumult im
Granzschen Flur und Friede schickte die Kinder ihren Vater zu
holen und befahl ihnen, dann möglichst unsichtbar zu bleiben bis
zum Abendessen.
Verwundert sah Martin auf den Blumenstrauß in Friedes
Händen, die ihn gerade in die größte Vase, die sie hatte, stellen
wollte, und blickte dann zu Fred, von ihm zu Ursula und wieder
zurück. Er schwieg und dachte sich seinen Teil.
Ursula hantierte still in der Küche und bereitete gemeinsam mit
der Mutter und Traudel das Abendessen vor. Fred saß im Zimmer
der Jungen und ließ sich von ihren neuesten Erlebnissen
berichten. Fredi lernte, genau wie Hannes, etwas außerhalb der
Stadt und hatte bei seinem Lehrherrn, einem bekannten
Gärtnermeister, Logis und Kost frei. Normalerweise kam er unter
der Woche nicht nach Zimpel, doch heute hatte der Meister eine
Familienfeier besucht und Fredi sollte nur am Morgen in den
Gewächshäusern gießen und hatte anschließend einen freien
Tag. So war er nach Hause gekommen und wollte morgen in aller
Herrgottsfrühe wieder zurückfahren. Joni hatte ebenfalls seine
Lehre in der Stadt begonnen und es fand ein reger

Erfahrungsaustausch zwischen den beiden Jungen statt, gewürzt
mit Anekdoten, zu denen auch Fred Gebert so einige aus seiner
Studienzeit beizusteuern wusste. Gerade im hitzigsten
Wortgefecht und lautem Gelächter wurde zum Essen gerufen.
Der Tisch war in der Stube gedeckt, das Essen dampfte in den
Schüsseln und die Mädchen und Peterle saßen bereits vor ihren
Tellern. Fred saß an einer der Stirnseiten des Tisches, Martin
gegenüber, neben sich Ursula, die stumm und traurig auf ihren
Teller starrte, gedankenlos darauf herum stocherte, ohne zu
bemerken, was sie aß. Sie war wie gelähmt und konnte keinen
klaren Gedanken fassen, nur den: der Fred muss in den Krieg!
Friede, die in der Küche davon erfahren hatte, tat das Mädchen
leid. Besorgt ließ sie kaum einen Blick von ihr.
Dieser verdammte Krieg! Wie viele junge Männer hatte er schon
aufs Schlachtfeld gejagt, wie vielen schon das Leben gekostet!
Wie viel Leid über Frauen, Kinder, ganze Familien gebracht? Lene
wartete auf ihren Mann und Vater der kleinen Rosi, die Annemie
wartete in Gumbinnen auf Sievert, nun würde auch Uschi bald
des Augenblicks harren, der ihr Fred endlich wieder zurück
brachte. Was musste noch alles geschehen, bevor dieses
furchtbare Morden endlich ein Ende hatte?
Die Stimmung am Tisch war gedrückt, selbst Fredi und Joni
schwiegen, nur Peter plapperte lustig wie gewohnt.
Nach dem Essen brachte Friede den Jungen zu Bett, Uschi
kümmerte sich um Linchen, Grete und Traudel wuschen in der
Küche das Geschirr und Fred saß zusammen mit Martin in der
Stube.
Noch immer saß Martin auf seinem Platz an der einen Stirnseite
des Tisches. Fred hatte sich zu ihm gesetzt, auf den Stuhl neben
ihm an der breiten Seite des Tisches. Vor den beiden Männern
stand Martins Flasche für die besonderen Anlässe und zwei
Gläser. Martin goss die Gläser randvoll, schob das eine zu Fred
und hob das andere langsam und bedächtig an. Mit sorgenvoller
Miene, durch die runden Gläser der schwarz umrandeten Brille
mit traurigen Augen, in denen Tränen der Rührung funkelten,
blinzelnd, betrachtete er erst das Glas und dann Fred.
„Auf euch! Auf deine Gesundheit, Junge! Auf euer Glück!
Hoffentlich...", prostete er Fred zu, feierlich gerührt, doch auch
besorgt.
Fred stieß mit ihm an, mit ernster Miene, doch nicht ohne

Hoffnung im Herzen.
„Danke, Herr Granz, ... Martin! Entschuldige, ich muss mich erst
daran gewöhnen! Vielen Dank! Für alles!", sagte Fred leise.
Friede kam ins Zimmer, sah die Männer am Tisch, entdeckte die
Flasche vor ihnen und warf Martin einen fragenden Blick zu.
„Komm, Friede setz dich zu uns!", rief Martin seiner Frau
entgegen und deutete auf den Stuhl an seiner anderen Seite.
„Wo ist Uschi?", fragte er und sah Friede bedeutungsvoll in die
Augen.
„Hier, Papa!", kam es von der Tür, die in diesem Moment von
Ursula geöffnet worden war.
„Was gibt es denn?", fragte sie den Vater.
„Ja, was gibt es denn? Komm, setz dich zu uns! Hier gibt es einen
jungen Mann, mit dem ich gerade einen Schnaps auf euch
getrunken habe.", meinte er betont sachlich.
Verwundert setzte sich Ursula neben Fred an den Tisch.
Manchmal fand sie ihren Vater schon recht seltsam, vor allem,
wenn er sich wie heute so anders benahm als gewöhnlich.
Immerhin stand vor ihm und Fred die Flasche für besondere
Anlässe, aus der er mit Leo zum Beispiel erst anlässlich der
Verlobung mit Lene getrunken hatte. Das war schon mehr als
merkwürdig, schließlich hatte der Vater seine Prinzipien, die er
streng einhielt. Und nun saß er so leutselig mit Fred hier und
trank aus dieser Flasche? Da stimmte doch etwas nicht!
Doch Ursula konnte gerade heute keine weiteren Aufregungen
gebrauchen, dass Fred zur Wehrmacht musste, hatte sie mehr
getroffen als sie sich selbst eingestehen wollte. Wenn sie sich
vorstellte, ihn bald nicht mehr sehen zu können, drehte sich ihr
der Magen um. Sie war bisher noch nicht einmal in der Lage
gewesen, ihn zu fragen, wann er weg müsste.
Und ihr Vater trank mit Fred Klaren auf sie beide, Fred und sie,
als wäre alles in bester Ordnung. Dabei war gar nichts in
Ordnung! Überhaupt nichts! Was wusste sie denn, wann sie Fred
wiedersehen würde und ob überhaupt, was aus ihnen werden
würde. Wütende und traurige Tränen stiegen langsam in ihre
Augen, was sie noch wütender und trauriger machte. Blinzelnd
versuchte sie die Tränen zu verscheuchen.
„Uschi, Mädchen! Nun heule doch nicht!", rief Martin entsetzt,
doch Ursula war schon aufgesprungen und aus der Stube
gerannt.

Fred lief ihr hinterher, erreichte sie in der Küche und nahm ihre Hand. Ursula stand am Fenster und schluckte schwer. Sie umklammerte seine Hand und kämpfte noch immer mit den Tränen. Vorsichtig und zärtlich wischte Fred ihr die Tropfen, die die Wangen hinunter liefen, mit den Fingern weg. Sacht küsste er Ursula auf die Wangen und die Augen.
„Weine nicht, Uschi, mein Herz! Bitte weine nicht! Was ist los? Ist es wegen meiner Einberufung? Weinst du deshalb?"
Uschi nickte.
„Aber ich werde doch wiederkommen! Ganz bestimmt!", versuchte er sie zu trösten.
Wieder nickte sie.
„Uschi! Ich muss dir noch etwas sagen.", flüsterte er und räusperte sich.
Erschrocken sah sie ihn an und er fühlte, dass sie auf weitere schlimme Nachrichten gefasst war. Beruhigend strich er über ihr Haar und nahm dann ihre Hände fest in die seinen.
„Uschi, ich liebe dich! Ich liebe dich so sehr, so von ganzem Herzen! Das weißt du, ich habe es dir schon gesagt..... Nein, pst, nicht!", er legte ihr den Finger auf den Mund, als sie etwas sagen wollte und fuhr dann fort.
„Und... ich habe dir auch gesagt, dass ich dir Zeit gebe, deine Gefühle für mich zu prüfen, ob du dasselbe für mich empfindest. Ich wollte dich nicht drängen. Doch nun ist alles plötzlich anders geworden, ich muss fort, wir werden uns lange Zeit nicht sehen. Schon jetzt vermisse ich dich, wenn ich nur daran denke."
„Ich dich auch! Ich werde dich ganz furchtbar vermissen!", warf Ursula schnell ein und wieder glitzerten Tränen in ihren Augen.
„Uschi, ich möchte nicht .... einfach so gehen! Weißt du, ich habe vorhin deinen Vater gefragt ..... ob ich dich heiraten darf, ... wenn du willst, natürlich nur. Ich .... ich konnte einfach nicht anders!", brachte Fred stockend heraus.
Entgeistert starrte Ursula ihn an, löste ihre Hände aus seinen und wich einen Schritt zurück. Sie war blass geworden. Also deshalb hatte der Vater die besondere Flasche geöffnet.
„Sei mir bitte nicht böse, Uschi!", flüsterte er tonlos.
„Bitte! Ich weiß, ich hätte vorher mit dir reden sollen. Es tut mir leid. Als ich die Einberufung bekam, habe ich sofort nur noch an dich gedacht, dass ich dich nicht mehr sehen, nicht mehr in deiner Nähe sein darf. Meine Gedanken drehten sich nur noch

um dich. Nichts wünsche ich mir mehr, als dass du mich genauso liebst wie ich dich, dass du auch immer nur mit mir zusammen sein willst, jetzt und auch noch, wenn dieser Krieg vorbei sein wird. Für immer, bis an unser Lebensende, als meine Frau, Uschi! Ich wünsche es mir so sehr! Ich liebe dich mehr als alles andere auf dieser Welt!

Sage jetzt nichts, bitte! Du musst mir noch keine Antwort darauf geben, wenn du nicht kannst. Doch lass es mich wissen, sobald du dir sicher bist. Wir könnten dann in meinem ersten Urlaub heiraten. Dein Vater ist damit einverstanden.

Du würdest mich unendlich glücklich machen! Ich…“, brach Fred ab.

Nur schwer konnte er den Kloß in seinem Hals hinunterschlucken.

Hatte er nun alles falsch gemacht? Gewiss, er hätte zuerst Ursula fragen müssen, seine kleine Uschi. Nein, er hätte warten sollen, bis sie ihm hätte sagen können, sie würde ihn lieben, so sehr, dass es für ein ganzes Leben reichte und darüber hinaus, so wie er sie liebte. Ja, so hatte er es ihr gesagt, er wollte sie nicht drängen. Doch die Mitteilung seiner Einberufung zum Militärdienst hatte ihm vor Augen geführt, wie schnell alles vorbei sein könnte, alles, die Zeit mit Uschi, die Liebe, das Leben. Er konnte und wollte nicht mehr warten! Gewissheit wollte er, etwas, woran er glauben konnte, woran er sich festhalten würde in dunklen Zeiten, die unweigerlich kommen würden, etwas, das ihm keiner nehmen konnte, einen Menschen, der zu ihm gehörte, fest zu ihm hielt, an seiner Seite. Er wollte die Frau, die er so sehr liebte, dass es ihm weh tat, an seiner Seite wissen, bevor er in die Ungewissheit des Krieges zog.

So hatte er sich hinreißen lassen, hatte nach dem Abendessen in der Stube Martin Granz um die Hand seiner Tochter Ursula gebeten, ohne mit Uschi vorher zu sprechen, hatte er sich den Segen des Vaters geholt. Nun war sie mit Recht enttäuscht. So gut kannte er sie, um zu wissen, dass sie zuerst gefragt werden wollte, vor allem, da sie ihm bisher auf sein Geständnis, dass er sie liebe, noch keine Antwort gegeben hatte. Sie war sich wohl noch immer nicht sicher, was ihre Gefühle für ihn betraf, und er hatte sie einfach überfahren, obwohl er hatte warten wollen. Wütend auf sich selbst, hätte Fred sich am liebsten selbst geohrfeigt. Wie hatte er nur so dumm sein können? Er hatte ihr

versprochen auf die Antwort zu warten, doch hatte diese heute
vorweggenommen. Würde sie ihm das verzeihen können?
Wie angewurzelt stand Ursula noch immer auf derselben Stelle
und starrte ihn an, blass mit großen geweiteten Augen, aus
denen sich langsam zwei Tränen lösten. Vertraute ihr Fred nicht?
Hatte er Angst sie würde ihn nicht lieben, oder nicht genug?
Warum hatte er nicht wenigstens unterwegs hierher mit ihr über
seinen schnellen Entschluss, bald zu heiraten gesprochen, sie
gefragt, was sie davon halte. Sie war doch kein Kind mehr! Und
außerdem hatte sie ihm noch nicht einmal gestanden wie sehr sie
ihn mochte. Was hatte er sich dabei gedacht?
„Uschi, bitte!", Fred versuchte ihre Hand zu nehmen, doch Ursula
zog sie rasch zurück und er mochte sie nicht zwingen.
„Bitte sei mir nicht böse! Ich konnte ... ich ... es war wie eine
Eingebung. Glaub mir, bitte, ich wollte nicht ohne dich zu fragen
... aber ich musste mit deinem Vater sprechen in dem Moment!
Seit heute morgen ist alles so anders. Ich habe so große Angst,
dich zu verlieren, dich nicht mehr an meiner Seite zu haben.
Wenn ich aus dem Krieg zurückkomme, möchte ich zu dir
zurückkommen, Uschi. Nur zu dir, als meiner Frau, als meiner
Gefährtin, meiner Liebe. Kannst du das nicht verstehen?", traurig
brach er ab und sah in ihre Augen.
Ursula gab seinen Blick zurück. Sie standen sich gegenüber und
sahen sich nur an, minutenlang, schweigend.
Einen Schritt ging Fred auf sie zu, einen kleinen, vorsichtigen
Schritt. Seine sonst so hell strahlenden blauen Augen wurden
dunkel, Ursula hätte darin versinken können. Sein Blick hielt sie
gefangen, hielt sie fest in seinem Bann. Oh, sie kannte ihn, diesen
Blick, vor dem sie sonst immer auswich. Doch heute hielt sie ihm
stand. Vom Hals an kroch langsam eine feine Röte nach oben,
über ihr Kinn, die Wangen hinauf, über die hohe Stirn bis zum
Haaransatz. Sie wollte den Blick abwenden, nach unten sehen,
doch heute gelang es ihr nicht, sie musste ihm in die Augen
sehen, es ging nicht anders.
Auf einmal spürte er ihre Hand, die sich in seine Rechte stahl.
„Fred, ich ... es ist ja so ...,", ein wenig hilflos brach sie ab.
Erwartungsvoll fragend sah Fred sie an.
„Fred,...", begann Ursula erneut.
„Du denkst vielleicht, dass ich dich gar nicht mag, aber weißt du,
so ist es nicht. Ich ... ich habe dich doch auch lieb, ich bin so

furchtbar gern mit dir zusammen, es ist alles so wunderschön mit dir, aber es ist alles auch so neu für mich. Ich war noch nie vorher verliebt. Alles ist wie ein Traum für mich, dass du mich liebst, für mich da bist, dass wir so viel Zeit miteinander verbringen, zusammen reden, viel lachen, manchmal auch den Kummer des anderen tragen, einfach alles. Manchmal habe ich Angst, dass ich aufwache und alles ist vorbei, dass ich etwas kaputt machen könnte, ich habe oft Angst dich zu berühren, obwohl ich es gern möchte. Ich weiß nicht warum, eigentlich bin ich nicht ängstlich.", nachdenklich sah sie ihn an.
In seinen Augen lag noch immer dieser dunkle Blick, der sie derart anzog.
„Fred, ich ... ich liebe dich auch! Ich konnte es dir bisher nicht sagen, auch wenn ich es wollte. Ich liebe dich!"
Fast ein wenig traurig sah Ursula ihn an. Anders hatte sie ihm das sagen wollen, ganz anders, doch irgendetwas ganz tief in ihrem Innern hinderte sie daran.
Plötzlich riss Fred sie da an sich und hielt sie ganz fest umschlungen.
„Ich kann dich nicht mehr hergeben, festhalten möchte ich dich für ein ganzes Leben! Ich liebe dich, Uschi, ich liebe dich!"
Ursula spürte sein Herz schlagen. Es tat so gut ihm nah zu sein, seine Wärme zu fühlen, sich geschützt zu wissen, einen Menschen fest an ihrer Seite zu haben. Und dennoch! Sie schob Fred sanft von sich, hielt ihn auf Armeslänge von sich, seine Hände fest in den ihren, und sah ihm in die Augen, mit warmen Leuchten in ihrem Blick. Lange sah sie ihn so an, dann wurde ihr Gesicht ernst.
„Fred, mein lieber Fred!", kam es weich mit zärtlichem Klang in der Stimme.
„Ich liebe dich auch! Und ich kann mir die Zeit ohne dich, die mich erwartet, wenn du im Krieg bist, nur sehr schwer vorstellen. Die vielen Tage ohne dich zu sehen, ohne deine Stimme zu hören, die vielen Stunden, in denen ich an dich denken, mich nach dir sehnen werde, die langen Wochen, wo ich nur in Briefen bei dir sein kann, jeder bange Moment, in dem ich Angst um dich haben, ja um dein Leben fürchten werde! Daran mag ich überhaupt nicht denken!
Fred, aber trotzdem, sollten wir nicht mit der Hochzeit noch etwas warten? Gib mir noch ein wenig Zeit, bitte! Wir kennen uns

noch nicht so lange. Lass unsere Gefühle füreinander noch ein wenig wachsen. Du bist der erste Mann in meinem Leben, alles fühlt sich so neu und wunderbar an für mich, doch ich habe Angst vor diesem nächsten Schritt. Ich weiß nicht, ob du mich verstehen kannst.", abrupt brach sie ab, nicht wissend, wie sie es Fred erklären sollte.
Traurig lächelnd hatte er ihr zugehört. Sein Herz hatte höher geschlagen, als er den warmen Schimmer in ihren Augen gesehen hatte, als sie von ihrer Liebe sprach. Ihre Bedenken konnte er verstehen, doch sein Gefühl für sie wollte sie nur zu gern beiseite schieben. Gerade jetzt wo er sie für ungewisse Zeit verlassen musste, sie nicht mehr in seiner Nähe haben würde, machte ihm das unheimlich zu schaffen. Unendlich schwer fielen ihm seine Worte.
„Ach Uschi, ich weiß, ich sollte dich nicht drängen! Immer und immer wieder nehme ich mir das vor. Ich möchte dich so gern so schnell wie möglich zu meiner Frau machen, für immer mit dir sein. So kann ich dich nur bitten, lasse mich nicht so lange warten. Ich werde dir immer schreiben, das verspreche ich. Lass es mich wissen, sobald du dich entschieden hast, bitte! Du weißt, dass ich es kaum erwarten kann, ich werde die Hoffnung nicht aufgeben. Ich liebe dich, ich liebe dich!", erneut zog er sie in seine Arme.
Nach einer Weile ließ er die Arme sinken und nahm sie stattdessen an der Hand.
„Komm, wir sollten wieder hinein gehen zu deinen Eltern! Sie werden sich schon Gedanken machen.“

Ernst blickte ihnen Martin entgegen, sah seine Tochter prüfend an, als wolle er in ihrem Gesicht lesen. Einen besonders glücklichen Eindruck machte sie nicht, nicht so himmelhochjauchzend wie er es erwartet hätte. Schließlich hatte ihn der Fred ja gefragt, ob er seine Ursula heiraten dürfe, ganz wie in alten Zeiten. Doch irgendwie wurde er das Gefühl nicht los, dass seine Tochter davon noch gar nichts gewusst hatte. Jedenfalls hatte sie vorhin nicht diesen Eindruck erweckt, als sie halb weinend aus dem Zimmer gelaufen war, nicht gerade wie eine zukünftige Braut.
„Na, ihr beiden! Was ist los? Alles in Ordnung mit euch?“
Ursula und Fred nickten, keiner von ihnen wollte jetzt

irgendetwas nach der Hochzeit gefragt werden. So sprachen sie stattdessen über Uschis Geschwister, Friede erzählte von Königsberg und Fred einige Geschichten aus seiner Kindheit. Kurz nach elf Uhr verabschiedete sich Fred Gebert und Uschi brachte ihn noch bis vor die Haustür. Jeden Tag würden sie sich jetzt sehen, am Montag aber musste Fred dann einrücken, diese kurze Frist bis dahin würden sie jedoch noch nutzen so gut sie es vermochten. Zum Abschied küsste Fred sie auf den Mund, nur ganz leicht und sehr sanft, so dass Ursula erstaunt in der Tür stand und ihm nachwinkte, als er den Weg zur Straßenbahn einschlug.
Am Sonntagmorgen fragte Martin seine Tochter, bevor sie ihm wieder entwischen konnte, wie schon so erfolgreich an den letzten Tagen, was denn nun mit der Hochzeit sei. Welche Hochzeit, fragte Ursula und er fiel aus allen Wolken, hatte er doch mit einem Termin dafür gerechnet. Doch Ursula wich ihm mit niedergeschlagenen Augen aus, meinte nur, sie müsse erst über eine Hochzeit nachdenken, Fred habe ihr dafür Zeit gegeben. Martin konnte es nicht verstehen und auch Friede drang in sie, sich das doch schnell zu überlegen und Fred zuzusagen, schließlich fände sie nicht so schnell so einen lieben, guten Kerl, wie sie sagte, der sie von Herzen liebe und den sie doch augenscheinlich auch liebe. Worauf warte sie denn noch? Ursula fühlte sich gedrängt von den Eltern und sagte nichts mehr zu diesem Thema. Sie schwieg wie ein Stein.

Es war der Morgen des neunten März 1944. Mühsam öffnete Fred die Augen, erst das rechte, dann das linke, schloss sie schnell wieder und blinzelte nach einem Moment erneut in das helle Morgenlicht. Wo war er? Was war los?
Müde stützte er sich auf und sah sich um. Nur langsam kam er zu sich, ein langer Abend war das gestern gewesen. Neben dem Bett lagen seine Sachen, die Uniform, die Stiefel, die Mütze.
Die grässliche Erinnerung an die letzten Tage stand plötzlich wieder allgegenwärtig vor seinen Augen. Er hörte die Ohren zerfetzenden Detonationen der Einschläge um sich herum, der Geschützdonner der eigenen Kompanie grollte. Erdbatzen, Äste und Steine flogen durch die Luft, Getroffene schrien auf, brüllten vor Schmerzen. Viele blieben gleich leblos liegen.
Stunde um Stunde verrann, Tage kamen und gingen. Das

kräftezehrende Ringen um ein einziges Dorf zwischen ihnen und
dem Gegner ging hin und her und konnte erst durch das
Eingreifen einer anderen Kompanie, die der ihren zu Hilfe eilte,
entschieden werden. Für diesmal waren sie davon gekommen,
doch die grausamen Szenen der Gewalt und des Sterbens um ihn
herum hatten sich tief in seine Seele eingebrannt. Dass der Krieg
grausam war, hatte er gewusst, doch nie hätte er sich dieses
entsetzliche Morden vorstellen können. Dieser erste größere
Fronteinsatz hätte gut schon sein letzter werden können.
Sich schüttelnd wusch er sich mit kaltem Wasser, rasierte sich
gründlich und stieg dann in seine Uniform. Noch immer
versuchte er die furchtbaren Erinnerungen zu verdrängen, die
sich wieder und wieder seiner bemächtigten, sein Hirn
durchdrangen bis in die letzte Windung und sich hartnäckig
darin festzusetzen suchten. Nein, dachte er, nicht heute. Diese
Bilder, die ihn nicht losließen, er musste sie vertreiben. Uschi,
hilf mir, ich brauche dich so sehr, wünschte er sich einmal mehr,
wie immer in der letzten Zeit.
Er warf noch einen Blick in den Spiegel, nahm seine Mütze und
verließ den Raum.
„Kommst du? Fred, wo bleibst du so lange? Das Frühstück ist
fertig. So viel Zeit ist heute nicht. Nun mach schon, mein Lieber!"
Leicht genervt hörte sich ihre Stimme an, er merkte, dass ihr mal
wieder nichts Recht war. Selbst die Vorbereitungen für dieses
Ereignis hatten nichts an ihrer Einstellung geändert. Obwohl es
ihm schien, sie lasse sich nichts mehr von ihrer Abneigung
anmerken, jedenfalls nicht auf den ersten Blick.
Als Fred ins Speisezimmer kam, saßen beide schon am Tisch. Sein
Vater hatte die Zeitung aufgeschlagen, seine Hände zitterten
leicht, was Fred gestern auch schon aufgefallen war, seine Mutter
goss den Kaffee ein und reichte jedem eine Scheibe Brot.
In der Tasse dampfte das heiße Getränk und Fred rührte
versonnen darin. Uschi, dachte er, Uschi, meine süße Uschi!
„Träum doch nicht, Fred, Junge! Es ist schon reichlich spät. Ich
habe dich schlafen lassen, viel zu lange, denke ich. Um elf Uhr
dreißig müssen wir dort sein."
„Nun mach mal nicht so ein Theater! Wir haben noch genügend
Zeit und werden pünktlich sein.", mischte sich Willy Gebert ein.
„Lass Fred erst einmal ein wenig zu sich kommen. Er hat es nicht
leicht gehabt in der letzten Zeit. Aber das verstehst du nicht! Du

bist eine Frau und musst nicht in den Krieg ziehen, hast noch nie ein Schlachtfeld aus der Nähe gesehen, und das ist auch gut so. Glaube mir, das ist kein Spaß und wer welchen daran findet, ist nicht ganz richtig da oben.", sagte er und tippte sich an die Stirn. Freds Blick hatte sich bei den Worten seines Vaters verdunkelt, er runzelte die Stirn und seine Gedanken drohten wieder an die Frontlinie zurückzukehren.
Doch Willy Gebert bat seinen Sohn, ihm schnell noch bei der Krawatte zu helfen. Als sie allein waren, reichte er ihm ein kleines Kästchen.
„Hier, verliere es nicht. Es ist so wie du es wolltest, genau nach deinen Anweisungen."
„Papa, ich danke dir! Was bekommst du von mir?"
Doch der alte Gebert schüttelte energisch den Kopf, das war sein eigenes, ganz persönliches Geschenk. Fred musste das akzeptieren ob er wollte oder nicht.
Wenig später saßen sie in Geberts altem Opel und rollten ihrem Ziel entgegen.

Schnell war sie aus dem Bett gesprungen, so dass Linchen verschlafen die Augen rieb und die große Schwester verwundert ansah. Ursula stand am Fenster und sah hinaus in den Garten. Einige vorwitzige Schneeglöckchen hoben schon die Köpfchen dem Licht entgegen, die kahlen Äste der Bäume reckten sich in den Himmel, als flehten sie um wärmenden Sonnenschein. Ein paar aufgeplusterte graubraune Spatzen hockten darauf und tschilpten laut, weil der kühle Morgenwind ihnen zwischen die Federn fuhr. In den Büschen nahe der Hauswand hüpften schon geschäftig einige Blaumeisen umher. Ruhig und verlassen wirkte der Garten in dieser Stunde.
Ursula betrachtete ihn versonnen und musste dann über die Spatzen lachen, die immer noch erbost schimpfend in den Bäumen saßen.
„Oh Linchen, hab ich dich geweckt? Entschuldige, meine Kleine! Das wollte ich nicht. Komm mal her, da draußen sitzen die Spatzen und schimpfen ganz mächtig, weil sie im Wind frieren."
Schnell flitzte das Mädchen zum Fenster, das konnte sie sich nicht entgehen lassen. Hand in Hand standen die beiden Mädchen am Fenster und lachten. Ursula half der Kleinen beim Anziehen und holte auch Traudel und Grete aus den Betten.

Heute durfte nicht gebummelt werden.

Als später alle am Frühstückstisch saßen, der heiße Tee in den Tassen dampfte und die Geschwister mit vollen Backen kauten, ließ Ursula den Blick von einem zum anderen wandern, wie um Abschied zu nehmen. Ihre Kleinen, die noch behütet hier in der Familie lebten, wie sehr waren sie ihr doch alle ans Herz gewachsen, alle ihre Schwestern und Brüder. Keinen von ihnen mochte sie missen und doch würde es nicht mehr lange dauern, bis sie ihnen nicht mehr so nah wie bisher sein konnte. Doch daran wollte sie heute nicht denken.

Nein, heute war ein wunderbarer Tag! Keine noch so trüben Gedanken sollten heute Platz in ihrem Kopf finden und keine schlechten oder traurigen Gefühle in ihrem Herzen! Nein, auf keinen Fall! Das würde sie nicht zulassen.

„Uschi, meine liebste Schwester, du siehst aus wie eine Prinzessin! So schön möchte ich auch einmal aussehen!", seufzte Linchen und betrachtete voller Andacht ihre große Schwester, wie sie vor dem Spiegel stand und zusah wie die letzten Handgriffe an ihrer Garderobe getan wurden.

Verlegen sah sie die bewundernden Blicke von Friede, den Schwestern und der Friseuse aus der Nachbarschaft, die ihr die Haare gelockt und gesteckt und nun auch beim Anziehen geholfen hatte. Noch einmal zupfte sie ihr die Locken zurecht und prüfte den Sitz der wunderschön geschwungenen Krone, bevor sich Ursula zitternd die Handschuhe überstreifte.

Vorsichtig und nervös schlüpfte sie in die teuren Schuhe aus weichem, glatten Babycalf, eines Geschenks des alten Anderlich, der vor Rührung fast geweint hatte, als er ihr den Karton mit den feinen, leichten Lederwaren überreichte.

Ihre Aufregung wuchs von Minute zu Minute. Würde alles gut gehen? War es überhaupt richtig, was sie tat? Sie stand mitten im Zimmer, umringt von Friede, den Schwestern und der Friseuse, einem jungen Ding, das sich wünschte jetzt an ihrer Stelle zu sein und zitterte.

Alles an ihr begann zu flattern. Heiß stieg eine Welle von ihrem Bauch hinauf bis zu ihrem Hirn, ihr Herz klopfte so heftig, als wollte es zerspringen. Sie wollte weinen, doch sie konnte nur zittern. Den Strauß in den bebenden Händen sah sie ihr Bild im Spiegel und zitterte. Friede nahm sie vorsichtig, damit sie nichts zerdrückte, in den Arm und versuchte sie zu beruhigen.

„Uschi! Alles wird gut! Komm, wir sollten langsam losgehen! Marjellchen, ich bin bei dir, alles wird gut, glaube mir!", redete sie auf Ursula ein.

An der Tür klopfte es. Martin wartete bereits, es wurde Zeit. Langsam wurde Ursula ruhiger, das Zittern hörte auf. Sie straffte sich, nickte der Mutter zu und ging voran zur Tür.

Mit langsamen Schritten führte Martin seine Tochter den Gang zwischen den Sitzreihen entlang. Gewaltig durchbrausten die Klänge der Orgel den hohen Raum. Ursula schritt an Martins Arm auf ihn zu und sah wie seine Augen bei ihrem Anblick aufleuchteten, wie ihm die feine Röte ins Gesicht stieg. Gut sah er aus in seiner Uniform, ihr Herz tat einen Sprung und klopfte aufgeregt weiter, hart gegen ihre Rippen pochend, in einem schnellen Rhythmus, als schwimme sie gerade im Wettkampf um einen Pokal. Mit einem zittrigen Lächeln stand sie vor ihm, als ihr Vater sie an ihn übergab, und sie sah ihn an, sah das Glück in seinen Augen und wusste mit einem Mal, dass es richtig war, was sie hier tat.

Sein festes Ja hallte in der Kirche wider, ihr leises, verlegenes konnte man nur in den ersten beiden Reihen hören. Er hatte das Kästchen, das ihm der alte Gebert am Morgen in die Hand gedrückt hatte, in der Tasche der Uniformjacke. Wunderschöne Ringe kamen zum Vorschein, in deren Innenseite sein Vater das Hochzeitsdatum hatte eingravieren lassen. Dann der Kuss! Innig hielt er sie umfangen. Ihre Geschwister jubelten.

An seiner Seite schritt sie den Weg zurück vom Altar zum Ausgang, vornweg Linchen und Peter mit Blumenkörbchen, Arm in Arm mit ihrem Mann, der lange Schleier schleppte auf dem Boden. Vor der Zimpeler Kirche wurde gratuliert. Ursula lag ihren Eltern in den Armen und drückte die Geschwister.

Willy Gebert umarmte seine Schwiegertochter herzlich und küsste sie innig auf die Wangen. Er mochte diese junge Frau, die ehrlich, lieb und herzlich war und fleißig auf eigenen Füßen stand. Sie war so ganz nach seinem Geschmack. Doch er sah auch das nicht so ganz herzlich ausfallende Lächeln seiner Frau und die nur kurz angedeutete Umarmung, die sie für die junge Frau ihres Sohnes übrig hatte. Sie hatte sich seinem Willen gefügt, nicht mehr und nicht weniger.

Und Willy Gebert ahnte, dass sie noch immer nicht mit der Wahl ihres Sohnes einverstanden war. Nun, man würde sehen, was die

Zeit brachte. Jetzt aber, jetzt würde man erst einmal feiern!
Drüben im Meisenweg vor Granzes Haustür wurden inzwischen
die Fotos vom Brautpaar geschossen. Da standen sie nun, zwei
junge Menschen, inmitten des Krieges, und hofften auf das große
Glück miteinander und begannen doch gleichzeitig zu ahnen,
dass sie das in diesen Zeiten wohl nur sehr schwer würden
festhalten können.
Mit ernstem, doch glücklichem Gesicht lächelte Fred leicht in die
Kamera, Ursula dicht vor ihm, in seinem Arm, verlegen, glücklich
lächelnd, mit leuchtenden Augen. Das lange weiße Kleid mit
langen Ärmeln und bis zum Hals geschlossen, ein
wunderschöner, zarter langer Schleier an der Krone in ihrem
Haar befestigt, prächtiger weißer Flieder in ihrem Arm, die
langen Stiele umhüllt von einer weißen Stofftasche mit Spitze,
deren langes Ende über ihren Arm herunter hing, fast bis zu
ihren Füßen. Nun, das Linchen hat wohl recht gehabt, als sie
meinte, Ursula sehe wie eine Prinzessin aus. Wahrlich, das tat sie
auch. Ihr Gesicht und ihre Figur waren etwas voller geworden in
den letzten Monaten, seit das Training im Kanuklub und im
Schwimmverein eingestellt worden war. Doch es stand ihr gut,
sie war nicht mehr so dünn wie ein Mädchen, doch noch immer
schlank und rank.
Mit unverhohlenem Stolz betrachtete Friede ihre Tochter, wie sie
dort neben Fred vor der Haustür stand, so wunderschön, so
glücklich, verlegen lächelnd, die schönste Braut, die sie glaubte je
gesehen zu haben. Ihre Tochter, ihr Kind, ihre Ursula, die
Kämpferin, die sich so oft schon selbst besiegt hatte, und doch
auch so hilflos und verzagt sein konnte, so liebevoll, herzlich,
fleißig und hilfsbereit.
Auf sie konnte Friede wahrlich stolz sein, was für ein Mädchen,
welch schöne junge Frau sie nun war. Die beiden waren ein
schönes Paar, ohne Zweifel, und Fred liebte ihre Tochter. Er
gefiel ihr, so ernsthaft, ruhig und besonnen, aber liebenswürdig
und freundlich in seiner Art. Einen besseren Mann hätte sich
Uschi nicht wünschen können. Was für ein wunderbares Leben
werden sie haben, diese beiden jungen Leute, wenn der Krieg erst
vorbei war!
Glücklich stand Fred neben seiner jungen Frau, vergessen die
Tage und Wochen des Zweifels, der Ungewissheit über Uschis
Gefühle, der Angst, sie verloren zu haben. Lange bange Wochen

war er sich ihrer Liebe nicht sicher gewesen, doch endlich hatte er diesen Brief von ihr erhalten, der ihn so unendlich glücklich gemacht hatte. In ihrer so warmen, herzlichen Art hatte sie ihm geschrieben, dass sie bereit sei ihn zu heiraten, dass sie immer bei ihm bleiben möchte bis ans Ende ihrer Tage, dass sie ihn liebe, wie sehr, hätte ihr erst die Trennung bewusst gemacht. Sie freue sich darauf, ihn wiederzusehen. Ein Brief voller Liebe, voller Sehnsucht und Wärme. Es war ihm, als spräche sie mit ihm, als würde sie vor ihm stehen und ihm in die Augen sehen mit ihren wundervollen blauen Augen, in denen er so oft die Sonne hatte tanzen sehen, die so angefüllt von Liebe und Wärme waren, wenn sie mit anderen Menschen sprach, vor allem denen, die ihr am Herzen lagen. Ja, er hatte sie an jenem Tag wahrhaftig vor sich gesehen, zum Greifen nah, und er war voller Sehnsucht gewesen und hatte das Wiedersehen kaum erwarten können. Sie würde seine Frau sein, an nichts anderes hatte er mehr denken können in diesem Augenblick. In den schrecklichen Wochen danach, vor allem den letzten Tagen an der Front, war Uschi ihm wie ein Licht erschienen, das ihm eine furchtbare, Albtraum schwere, dunkle Nacht erhellte.

Nun stand er neben ihr, hielt sie im Arm und lächelte in die Kamera, ein versonnenes, nachdenkliches Lächeln, glücklich und doch nicht ganz frei von dem Gedanken, dass er bald wieder fort musste und dass ihn dort, wohin er ging, nichts Gutes erwartete. Umso fester hielt er seine junge Frau, die so hinreißend aussah in ihrem weißen Kleid, mit dem glücklichen Lächeln und den leuchtenden Augen.

Ursula glaubte zu träumen, als plötzlich eine weiße Kutsche, bespannt mit zwei weißen Pferden deren Mähnen im Wind flatterten, den Meisenweg entlang kam. Benommen stieg sie an Freds Hand hinauf in den Wagen. Winkend fuhren sie davon in Richtung Stadt, die staunenden Gäste, die Familien hinter sich lassend. Man würde sich später wiedersehen. Geberts hatten sich nicht lumpen lassen und eine perfekte Hochzeit organisiert und vor allem auch bezahlt, denn das hätten Martin und Friede nicht gekonnt. Freds Mutter war in ihrem Element gewesen während der Vorbereitungen, nun konnte man doch einmal zeigen was man hatte und dass man weit über Granzes stand.

Friede hatte sehr verwundert ihre Tochter in die Kutsche steigen sehen. Ihre Uschi hatte einen Mann aus gutem Hause geheiratet,

da war sie sicher, um sie brauchte sich Friede keine Gedanken
mehr zu machen. Es war ihr ein Rätsel, wie diese Frau Gebert es
geschafft hatte, so mitten in Krieg und schlechten, armen Zeiten
so eine Kutsche aufzutreiben.
Ein wenig traurig sah sie ihren Martin an, als wollte sie sagen,
schade, dass wir unserer Tochter diese wunderbare Hochzeit
nicht selbst bezahlen konnten. Auch er sah der Kutsche sinnend
nach, hoffend, dass seine Tochter glücklich werden würde.
Versorgt würde sie sein, auf alle Fälle, der Fred war ein guter Kerl
und er liebte seine Uschi, doch es waren unruhige, schlimme
Zeiten, der allgegenwärtige, grausame Krieg, den Deutschland
begonnen und mittlerweile gegen eine Unmenge von Staaten
führte, zerstörte immer mehr Familien, brachte Leid und
Kummer und Tod in jedes Haus.
Es war keine Zeit für Glück und Liebe. Und trotzdem wurden
jeden Tag Ehen geschlossen und Kinder geboren, verliebten sich
Menschen ineinander, hoffend auf Halt, auf Glück, darauf, das es
sie nicht so hart trifft, das Schicksal, dass der bittere Kelch schon
an ihnen vorüber gehen wird, dass alles gut wird. Und vielleicht
hielten sie gerade deshalb aneinander fest, damit sie stärker
waren und sich gegenseitig stützen konnten.
So wurde auch Freds und Ursulas Hochzeit trotz Krieg um sie
herum eine herrliche Feier, an die sich die Beiden, aber auch alle
Gäste und Familienangehörigen gern erinnerten.
Erst spät am Abend stahlen sich Fred und Ursula davon,
verließen das Fest und liefen Hand in Hand, die Feier hatte nicht
weit davon entfernt stattgefunden, den Weg zu Geberts
Wohnung. Freds Mutter hatte, auf seine Bitte hin, sein Zimmer
und das Gästezimmer, zwei nebeneinander liegende Räume, als
Domizil für die frisch gebackenen Eheleute eingerichtet. So lange
er Urlaub hatte, würden sie sich hier ihr kleines Nest einrichten.
Sicher, sie waren hier nicht ungestört, aber für die kurze Zeit
würde es schon gehen. Und später wollte Uschi sowieso erst
einmal weiter bei ihren Eltern wohnen, obwohl sie es von hier
aus ungleich näher bis zu Anderlich hatte. Jedoch konnte er sie
verstehen, es würde sich alles finden. Endlich standen sie an der
Tür zu Geberts Wohnung. Fred sperrte die Tür auf, öffnete sie
weit und hob Uschi auf seine Arme. Vorsichtig trug er sie über
die Schwelle in sein Zimmer und ließ sie auf das Bett gleiten. Er
wollte sie küssen. Doch in diesem Moment drangen Stimmen aus

dem Treppenhaus zu ihnen herauf. Schnell lief er und schloss die Wohnungstür. Als er zu Ursula zurück kam, saß sie noch auf dem Bett und sah sich im Zimmer um. Sofort hatte sie gesehen, dass man es umgeräumt hatte und sie fragte Fred danach.
„Komm!", sagte er und zog sie vom Bett.
„Hier zeige ich dir unser neues Reich, unser Nest, wenn du so willst. Meine Eltern haben es umräumen lassen, so wie es meine Mutter für uns gedacht hat. Aber natürlich können wir es auch noch selbst verändern, wenn wir möchten. Jedenfalls können wir hier zusammen wohnen, so lange wir wollen.", rief er mit einladender Armbewegung das gesamte Zimmer umreißend. Schon hatte er Uschi ins ehemalige Gästezimmer geschoben.
„Nun kommen Sie schon herein, mein Fräulein! Sehen Sie sich um!"
„Nicht mehr Fräulein, ab heute Frau!", fiel ihm Ursula berichtigend ins Wort.
Lächelnd sah er sie an, nahm ihre Hand und zog sie zu sich heran.
„Noch nicht, Frau! Aber bald!", meinte er bedeutungsvoll und sah ihr in die Augen.
„Ich muss erst dieses Zimmer noch genau betrachten!", wand sich Ursula aus seinen Armen und lief bis zur Zimmermitte.
„Ja, sieht sehr schön aus! Wirklich! Es wirkt recht vornehm, findest du nicht?!"
Fred sah sie an, versuchte in ihren Augen zu lesen. Doch ihr Blick war heiter, wie den ganzen Tag schon. Was sie über die beiden Räume dachte, konnte er nicht ergründen. Gefiel ihr das wirklich, was seine Mutter daraus gemacht hatte? Er fand vor allem den zukünftigen Wohnraum recht düster, nicht gerade ein Meisterwerk. Doch seine Uschi würde dem Zimmer schon Licht und Glanz verleihen, allein durch ihre Anwesenheit.
Gleich gestern nach seiner Ankunft hatte er die beiden Zimmer angesehen, in seinem war noch ein Schrank zusätzlich aufgestellt worden, das Bett ausgetauscht gegen ein breiteres. Dafür stand jetzt sein großer, wuchtiger Schreibtisch im Gästezimmer vor dem Fenster, daneben an der Wand sein riesiges Bücherregal, das jedoch noch lange nicht die Ausmaße dessen, welches im Arbeitszimmer seines Vaters stand, erreichen konnte.
An der gegenüberliegenden Wand, neben der Tür, war eine dunkle Vitrine platziert worden, die ausgezeichnet mit dem Holz des Schreibtisches und des Regals harmonierte, und die nur noch

darauf wartete, mit vielen nützlichen und mindestens ebenso
vielen unnützen Sachen gefüllt zu werden. Der obere Teil der
Vitrine hatte Glastüren, darunter befanden sich drei große
Schubkästen.
An der linken Wand stand ein Sofa, bezogen mit weichem,
blauem Samt, daran schmiegten sich Kissen, ebenfalls in Blau,
aber einem helleren Ton. Aus dem gleichen Material bestand
auch das Polster des Sessels, der neben einem kleineren Tisch vor
dem Sofa stand. Ein mindestens ein Meter hohes Bild, das eine
alte Ansicht einer Kirche Breslaus zeigte, hing darüber.
Komplettiert wurde die Einrichtung durch eine Stehlampe
gegenüber dem Sessel und einen einzelnen Ohrensessel aus
schwarzem Leder, der vor einen weiteren kleineren
Bücherschrank geschoben war, welcher im rechten Winkel zum
Regal an der Wand stand. Sicher hatte die Mutter zwei, drei Leute
angestellt, die nach ihren Wünschen die Zimmer umgestaltet
hatten. Noch nie hatte er die Mutter selbst mit Hand anlegen
gesehen.
Seufzend nahm er Uschi an der Hand.
„Möchtest du noch etwas essen, Uschi, meine Liebe?“, fragte er
sie und wollte sie in Richtung Küche schieben.
„Fred, nein, danke! Ich möchte nur schnell ins Bad und dann ins
Bett.“
„Ich bin hundemüde!“, fügte sie noch murmelnd dazu.
Später lag sie in seinen Armen und streichelte sein Gesicht. Fred
hielt sie fest umschlungen und küsste sie zärtlich. Im fast
finsteren Zimmer, die abgedunkelten Fenster ließen kein Licht
hinaus und nicht hinein, nur ein paar Kerzen brannten auf der
Waschkommode, sah er ihr in die Augen.
„Meine Uschi!“, flüsterte er an ihrem Ohr und sah sie wieder an.
Dunkel waren seine Augen, fast schwarz, wie ihr schien. Es war
der Blick, den sie kannte, intensiver denn je.
Ihr wurde heiß. Tief in ihrem Bauch begann sich ein warmes
Ziehen auszubreiten. All ihr Blut schien dorthin zu strömen,
woher das Ziehen gekommen war. Angenehm und fordernd war
es, dieses Gefühl, das sie so jäh durchströmte.
Wieder küsste er sie und streichelte ihr Haar.
„Uschi, ich liebe dich!“, raunte er und küsste ihren Hals, ihr
Gesicht, die Stirn, die Augen, das Kinn, dann wieder den Mund.
„Oh, wie sehr ich dich liebe!“, flüsterte er und küsste sie erneut,

diesmal heftiger als zuvor.

Als wäre es der letzte Kuss, den er Ursula geben konnte, hing er
an ihren Lippen, drang seine Zunge ein in ihren Mund.

In Ursula war wieder dieses Ziehen, süß und drängend, viel
versprechend. Unwillkürlich bewegte sie sich, hob ihr Becken,
nur ein wenig, doch Fred hatte es gespürt. Zärtlich streichelte er
sie, küsste sie, berührte mit den Lippen die weiche Haut in der
Grube unter ihrem Hals, wanderte mit dem Mund, zärtlich die
warme Haut liebkosend, hinauf bis zu ihrem Ohrläppchen. Er
knabberte an ihrem Ohr, flüsterte ihr etwas hinein, während
seine Hände auf ihrem Körper auf Wanderschaft gingen. Sacht
strichen seine Finger über ihre Brüste, so dass Ursulas Körper in
wohligem Schauer erbebte.

Oh war das schön! Sie wollte noch mehr. Seine Lippen folgten
den Fingern. Warm und feucht spielten sie mit Ursulas Brüsten,
während Freds Hand der sanften Linie ihres Bauches folgte und
bald die weiche Haut ihrer Schenkel berührte. Als seine Hand
zwischen ihren Beinen verschwand, zuckte Ursula zurück, doch
dann hob sich ihr Körper ihr entgegen.

Und wieder küsste Fred sie auf den Mund, heiß und fordernd
diesmal, und Ursula gab ihm den Kuss genau so zurück. Nun gab
es für sie kein Halten mehr, keiner der Beiden vermochte mehr
vom anderen zu lassen. Eng umschlungen bewegten sich ihre
Körper in den Laken. Ein kleiner spitzer Schrei und Fred drang in
sie ein.

Er hielt sie und er liebte sie und sie ihn, mit jeder Faser ihres
Herzens, mit jedem noch so kleinen Teil ihres Körpers, mit Haut
und Haar und ganzer Seele.

Erst spät in der Nacht, es ging schon gegen Morgen, schliefen sie
erschöpft ein, innig umarmt und aneinander gekuschelt. Fred
hatte sich von hinten an Uschi angeschmiegt, sein Gesicht an
ihren Nacken gedrückt.

Am Morgen erwachte Ursula von dem leichten Luftzug in ihrem
Rücken. Fred lehnte noch an ihr und blies ihr beim Ausatmen die
Luft ins Genick. Sein Arm lag schwer auf ihrer Hüfte. Vorsichtig,
damit sie ihn nicht weckte, befreite sie sich, rollte sich herum
und betrachtete ihn. Gleichmäßig und ruhig hob und senkte sich
sein Brustkorb, wirr hingen ihm die blonden Strähnen seines
Haars in die Stirn. So anders sah er aus als sonst, wenn er sein
Haar nach hinten kämmte, so jungenhaft mit den jetzt

verstrubbelten Haaren. So gefiel er ihr noch besser. Zärtlich
strich sie ihm über die Wange, ganz sacht, leicht, und gab ihm
einen vorsichtigen Kuss auf die Stirn, mitten in die Haarsträhnen
hinein. Seufzend atmete Fred tief ein, murmelte etwas, das wie
Uschi klang und drehte sich auf den Rücken. Ursula lag nun auf
dem Bauch, stützte sich auf die Ellenbogen und beobachtete ihn.
Plötzlich öffnete er die Augen, sah sich blinzelnd um und ließ
seinen Blick auf Ursula ruhen.
„Na, meine Kleine! Hast du gut geschlafen? Mein liebes Uschilein,
ich bin so froh, dass du hier bei mir bist! Ich bin so glücklich!"
Er rollte sich ebenfalls auf den Bauch und legte seinen Arm um
sie. Forschend sah er in ihre Augen.
„Und du!? Sag mir, bist du glücklich? Uschi, bist du glücklich
meine Frau zu sein?", fragte er und sein Blick hing an ihren
Lippen.
Offen sah sie ihn an, mit zärtlichen Augen, deren Farbe nun
dunkelblau erschien und deren Blick ein klein wenig verlegen
war.
„Ja, Fred, das bin ich!", sagte sie leise, aber mit fester, warmer
Stimme, in der noch die innige Zärtlichkeit der Nacht
mitschwang.
„Das bin ich! Ganz gewiss! Ich liebe dich!", flüsterte sie fast und
küsste ihn auf den Mund.

Nur zwei Tage waren ihnen noch vergönnt, schon am
übernächsten Morgen musste Fred wieder einrücken. Bis zum
Mittag blieben sie im Bett. Fred hatte die Tür zugesperrt als er sie
gestern Abend geschlossen hatte. Als seine Mutter am Morgen
klopfte und fragte ob sie frühstücken wollten, verneinte er, sie
wären noch müde und wollten schlafen. Später hörten sie
draußen die Wohnungstür klappen und die eiligen, klickenden
Schritte von Freds Mutter und die leiseren seines Vaters auf der
Treppe. Da wussten sie, dass sie allein waren und keiner sie
hören würde.
Nach ein Uhr standen sie dann auf, sich ständig küssend und
streichelnd wuschen sie sich und zogen sich an. In der Küche
aßen sie eine Kleinigkeit, Ursula spülte schnell das Geschirr. Sie
zogen sich an und gingen hinaus, nicht ohne eine Nachricht auf
den Küchentisch zu legen, dass sie erst später zurückkommen
würden.

Ursula fröstelte und zog den Kragen ihres Wintermantels enger
um ihren Nacken. Es mochten Temperaturen nahe dem
Gefrierpunkt herrschen und es wehte ein eisiger Wind. Keine
Sonne war zu sehen, der Himmel grau wie gestern schon. Sollte
das etwa der Frühling sein?
Als er sah, dass Ursula fror, legte Fred seinen Arm um sie und zog
sie ganz dicht zu sich heran. Sie sollte nicht vor Kälte zittern,
seine kleine süße Frau. Schon jetzt hatte er wieder Sehnsucht
nach ihr, spürte er das Ziehen in seinen Lenden. Wenn er doch
nur nicht schon in zwei Tagen wieder fahren müsste. Welch
kurze Zeit für die Liebe! Für die Frau seines Lebens, von der er
nicht wusste, ob er sie überhaupt eines Tages wiedersehen
konnte. Seit er den Krieg kannte, wusste er wie fraglich das war.
Er seufzte und zog Ursula noch ein Stück näher zu sich heran.
Ihre Augen waren fragend auf ihn gerichtet, ihre Wangen
glühten.
„Komm, Uschi, wir laufen ein kleines Stück und versuchen
irgendwo einen warmen Kaffee und ein Stück Kuchen zu
bekommen. Dann schauen wir mal zu „Wertheim“, und dann, mal
sehen.“, meinte Fred und drückte ihr lachend einen Kuss auf die
Wange.
Er nahm sie an der Hand und langsam schlenderten sie entlang
der Schaufenster. Tatsächlich landeten sie später auch noch in
einem kleinen Café, bekamen Kuchen und Kaffee und saßen über
eine Stunde dort und aßen, flüsterten miteinander und sahen
sich immer wieder lange in die Augen. Fred hielt ihre Hände,
streichelte sie und hätte sie am liebsten nie wieder losgelassen.
Langsam zog er ihre rechte Hand an seinen Mund und drückte
einen zärtlichen Kuss darauf. Ursula beugte Fred ihren Kopf
entgegen und flüsterte: „Fred, nicht hier! Wollen wir nicht noch
ein Stück laufen? Und zu „Wertheim“ wolltest du ja auch noch,
oder?“
Fred lachte. So war seine Uschi. Aber sie hatte ja Recht. Draußen
war es zwar kalt, aber die frische Luft würde ihnen gut tun, denn
sie waren doch recht müde nach dieser langen Nacht.
„Ja, mein Liebes, lass uns gehen!“
Er ließ sich die Rechnung geben, zahlte und bald standen sie
wieder auf der Straße und setzten ihren Bummel fort. Fred
wusste, dass seit dem letzten Herbst, seit dem mehrmaligen
Fliegeralarm, ausgelöst von den Flugzeugen der Engländer und

Amerikaner, die die Stadt auf ihrem Weg zum oberschlesischen
Industriegebiet überflogen hatten, ein Ladenbummel am Abend
nicht mehr so schön war, die Schaufenster blieben dunkel wegen
etwaiger Fliegerangriffe. So war es besser den Nachmittag dafür
zu nutzen. Zu Wertheim konnten sie dann später noch und
vielleicht irgendwo zu Abend essen und dann zurück nach Hause
in die Höfchenstraße.
Im Kaufhaus herrschte geschäftiges Treiben. Fred zog Ursula von
Stand zu Stand, Abteilung zu Abteilung, suchend und Ursula
genau beobachtend. An einem Ständer mit Jacken für den
Übergang, den Frühling, blieb er stehen.
„Uschi, sieh nur, die sind aber schön!", zeigte er auf Jacken in
verschiedenen Farben.
„Komm, such dir eine aus, der Frühling ist im Anmarsch und ich
werde nicht so schnell wieder Urlaub bekommen um mit meiner
jungen Frau einkaufen zu gehen und ihr eine hübsche Jacke zu
kaufen.", meinte er lächelnd.
„Fred, was denkst du? Ich habe dich doch nicht geheiratet, damit
du mich neu einkleidest!", rief sie entrüstet, die Arme in die
Seiten gestemmt.
„Natürlich nicht, mein Liebes! Das weiß ich doch! Nur, sieh mal,
ich möchte dir so gern etwas kaufen und weiß nicht, wann ich
wieder die Gelegenheit dazu haben werde.
Am liebsten würde ich dir hier alles kaufen, was du dir wünschst.
Ich fürchte nur, dass du in diesem Fall einfach behaupten wirst,
dass du nichts brauchst und dir hier sowieso auch gar nichts
gefallen könnte. Dazu kenne ich dich zu gut.
Aber, meine liebe Uschi, bitte tu mir den Gefallen, gib deinem
Ehemann, der ich nun einmal seit gestern bin, eine kleine
Chance, lass mich dir ein paar Kleinigkeiten kaufen. Bitte! Ich
möchte es so wahnsinnig gern, ich will dir eine Freude machen,
weil ich dich so sehr liebe. Schlag es mir nicht ab!", setzte er leise
hinzu und nahm sie einfach in den Arm, als sie protestieren
wollte.
Ursula gab auf. Sie verstand ihn ja, dass er ihr unbedingt etwas
schenken wollte, ihr ging es doch auch nicht anders mit ihm.
Und, dass sie sich auf unbestimmte Zeit nicht sehen würden, war
sicher, also wollte er es jetzt tun, so lange er die Gelegenheit dazu
hatte.
Eine der Jacken gefiel Ursula ausnehmend gut. Das zarte Lila, wie

die Blüten des Flieders, stand ihr gut. Die Jacke passte ihr, wie
eigens für sie hergestellt. Ursula drehte sich vor dem Spiegel und
betrachtete sich von allen Seiten. Fred, der in einem Sessel saß
und sie beobachtete, fand, dass sie von Tag zu Tag schöner
würde, vor allem aber, weil sie so glücklich lachte.
„Gut, die nehmen wir!", sagte er freundlich zu der Verkäuferin,
die wartend die Szene verfolgt hatte.
„Ach, und könnten sie uns vielleicht ein Kleid oder einen Rock
und eine dazu passende Bluse empfehlen? Etwas zu dieser Jacke,
meine ich.", rief er ihr zu, als sie sich schon anschickte, die
fliederfarbene Jacke zur Kasse zu bringen.
Schnell machte sie eine Kehrtwende und brachte sie zurück.
Freundlich zeigte sie in der folgenden dreiviertel Stunde
unzählige Kleider, Röcke und Blusen, die zu der Jacke passen
könnten. Alle diese Sachen musste die arme Ursula nun Stück für
Stück anprobieren, während Fred, zurückgelehnt im Sessel, ihr
dabei zusah, wie sie sich damit vor dem Spiegel drehte, ein paar
Schritte ging, die Jacke darüber zog und ihn um seine Meinung
bat.
Fred mochte sich nicht satt sehen an ihr, wie sie an ihm vorüber
schritt, stolz und aufrecht, wunderschön und lächelnd, anmutig,
glücklich über die Anerkennung und Liebe, die aus seinen Augen
leuchtete.
Sie hätten wohl noch so eine Weile zubringen können, jedoch
war der Verkäuferin der Nachschub an Sachen im wahrsten
Sinne des Wortes ausgegangen. Sie konnte den beiden jungen,
frisch gebackenen Eheleuten, wie sie nur unschwer erraten hatte,
nichts mehr anbieten, so viele verschiedene Modelle waren in
diesen Kriegszeiten nicht zu haben, dabei hatte sie schon alles
gebracht, was in der Größe der jungen Frau vorrätig war und
auch nur im Entferntesten zu der fliederfarbenen Jacke passen
konnte.
Ursula war ganz froh darüber, denn auch so wollte Fred
unbedingt zwei der Kleider, einen Rock und zwei Blusen
mitnehmen.
Sie war unter den Blicken der Verkäuferin rot geworden wie
schon lange nicht mehr, als sie versuchte Fred davon
abzubringen so viele Kleidungsstücke zu kaufen, doch er blieb bei
seiner Entscheidung. Er wolle seiner jungen Frau nicht nur eine
kleine, nein, er wolle ihr eine große Freude machen, denn

schließlich müsse er in zwei Tagen wieder an die Front und wisse
nicht, wann er sie wiedersehen könne. Sie solle ihm die Liebe tun
und diese Geschenke annehmen, denn sie hätte sie verdient, weil
sie ihn zum glücklichsten Mann auf dieser Welt gemacht hätte.
Ursula konnte nicht anders, sie gab sich geschlagen.
Nach weiteren zwanzig Minuten standen die beiden jungen Leute
bepackt und behangen mit Päckchen und Paketen endlich vor
dem Kaufhaus und Ursula war mehr als froh darüber. Doch sie
hatte nicht mit Freds Hartnäckigkeit gerechnet, der noch etwas
anderes im Sinn hatte und Ursula zu Anderlichs Schuhhaus zog.
Ursula weigerte sich mit hinein zu kommen, als sie schon neben
dem Schaufenster standen. Nein, das konnte sie nicht, Fred
meinte das nicht ernst, oder. Jetzt mit den ganzen Päckchen dort
hinein? Was wollte er da? Sie würde am Montag wieder zur
Arbeit hier erscheinen, aber sie mussten nicht heute hierher
kommen, einen Tag nach der Hochzeit.
Fred beugte sich zu ihr, so gut es ihm mit den Päckchen am Arm
möglich war, und küsste sie sacht auf den Mund.
„Na komm schon, nur für einen Moment, zum Ausruhen, ja!“,
meinte er, verschmitzt lächelnd.
Dazu hätten wir nicht bis hierher laufen müssen, dachte Ursula,
das hätten wir in der Höfchenstraße näher gehabt, mein Lieber.
Ohne Zweifel, Fred hatte noch etwas vor. Sie zuckte mit den
Achseln und folgte ihm ergeben.
Hocherfreut lächelnd stürzte Frau Hermann auf Ursula zu und
fiel ihr um den Hals.
„Ja, Mädchen! Was machst du denn heute hier? Alles, alles Gute
noch zur Hochzeit! Für Sie natürlich auch, Herr Gebert!“, wandte
sie sich an Fred.
„Werde glücklich, Uschi, das wünsche ich dir von Herzen!“,
raunte sie Ursula zu und lief dann nach hinten um am
Allerheiligsten zu klopfen.
„Werte Frau Hermann, würden Sie bitte meiner Frau ein paar
Schuhe zeigen, so für Frühjahr und Sommer, die zu einer
fliederfarbenen Jacke passen. Ein Paar weiße hat sie schon, die
ihr der Herr Anderlich zur Hochzeit geschenkt hat. Vielleicht
welche in dunklem Violett oder auch cremefarbene, oder
weinrot, das würde zu einem der Kleider passen. Na, Sie machen
das schon. Ich setze mich inzwischen hierher und sehe bei der
Anprobe zu.“

Eilig suchte Frau Hermann die Regale ab, nachdem sie Ursula auf
einen der Stühle geleitet hatte, um passende Schuhe für die junge
Kollegin zu finden, der das alles sichtlich peinlich war.
Viel Auswahl an farbigen Schuhen war in diesem Frühling nicht.
Es war Krieg, das machte sich allerorten bemerkbar. Ursula
wusste selbst, dass nicht viele Modelle in Frage kamen, die
farblich, wie das Fred gern hätte, zu den neu gekauften Sachen
passen würden. Schließlich brachte die Hermann ein Paar
weinrote Schuhe und eins in creme. Auch ein violettes Paar war
im Angebot, doch leider nicht mehr in ihrer Größe vorhanden. Es
war ähnlich den weinroten Schuhen vom Modell her.
Ursula wusste genau, welche Schuhe Frau Hermann meinte. In
Weiß war dasselbe Modell auch in ihrer Größe vorhanden und
konnte probiert werden. Die Schuhe passten alle. Ursula lief vor
dem Spiegel auf und ab und konnte sich nicht entscheiden.
Vielleicht war es besser, sie nahmen die Schuhe in creme, die
würden zu ihren anderen Sommerkleidern und Röcken in jedem
Fall auch gut aussehen. Andererseits sahen auch die weinroten
schick aus und passten wie für sie gemacht. Unentschlossen
spazierte sie weiter vor dem Spiegel umher und überlegte. Für
welche Schuhe sollte sie sich entscheiden, teuer waren sie alle,
etwa auf dem gleichen Niveau. Nur, welche sollte sie nehmen, auf
einem Paar würde Fred auf alle Fälle bestehen, das hatte sie nun
heute gelernt. Wenn er für sie etwas tun wollte, dann ließ er es
sich nicht wieder ausreden. Und sie mochte auch heute nicht
mehr mit ihm streiten, er tat doch, was er sich vorgenommen
hatte.
In zwei Tagen musste er fort, weit weg von ihr für ungewisse
Zeit, ins Gemetzel eines Schlachtfeldes, in einen Krieg, der nicht
sein Krieg war. Warum sollte sie dann die wenigen Stunden, die
ihnen bis dahin blieben, kaputt machen? Nein, sie wollte ihn
glücklich sehen, so wie er sie glücklich sehen wollte, denn das
würde für vielleicht sehr lange Zeit das letzte sein, was sie von
einander hatten.
Aber welche Schuhe nun? Sie wusste es nicht. Trug sie die Hellen,
gefielen ihr doch die Weinroten besser, lief sie mit denen, dachte
sie eher an die Weißen, aber in Violett. Zum verrückt werden war
das!
Fred konnte ihr ansehen, dass ihr die Entscheidung nicht leicht
fiel. Ganz einfach, dachte er.

„Frau Hermann, seien Sie bitte so gut und packen Sie uns dieses
Paar hier in creme ein!", sagte Fred bestimmt und sah Ursula
dabei an.
Erschrocken nickte sie. Ja, wahrscheinlich hätte sie sich dafür
auch letztendlich entschieden. Oder?
„Ach ja, und die weinroten Schuhe bitte auch noch, es sei denn
man kann die violetten noch einmal bestellen. Dann soll meine
Frau entscheiden!", fügte er hinzu.
„Oh, was für eine weise Entscheidung, mein lieber Herr Gebert!",
klang es in diesem Moment von der Tür nach hinten, in der der
alte Anderlich stand und lächelnd nickte. Langsam kam er heran
gehinkt, denn seit einem halben Jahr bereitete ihm seine linke
Hüfte arge Probleme, die ihm bei solch kaltem Wetter wie heute
besonders schwer zu schaffen machten.
Herzlich und mit warmen Worten gratulierte er den jungen
Eheleuten und umarmte Ursula, als wäre sie seine eigene
Tochter.
„Nun, Ursula, wie sieht es aus, sollen die violetten Schuhe noch
einmal bestellt werden oder packen wir lieber die weinroten ein.
Creme ist ja schon in Sicherheit. Und Ursula, eins noch, er muss
Sie sehr lieben, Ihr Mann!", versicherte er Ursula mit
verschwörendem Blick.
Ursula errötete bei Anderlichs Worten. Verlegen deutete sie auf
die weinroten Pumps, die an den Seiten offen waren, bis auf
jeweils ein schmales Riemchen auf jeder Seite, das die hintere
Schuhhälfte mit der vorderen verband. Schmale, halbhohe
Absätze passten zu dem eleganten, doch schlichten Stil, der
Ursulas Wesen zu unterstreichen schien. Es war eine gute Wahl.
Eine bessere konnte sie nicht treffen, dachte Fred. Zufrieden
bezahlte er beide Paare an der Kasse. Ursula stand daneben,
verlegen wusste sie nicht wohin sie sehen sollte.
Frau Hermann lächelte, als sie die junge Kollegin so vor sich
stehen sah. Meine kleine Uschi, dachte sie, du musst dich doch
nicht schämen, nur weil dein Mann dich liebt.
Heilfroh, endlich wieder vor dem Laden zu stehen und schnell
weggehen zu können, atmete Ursula draußen erleichtert auf.
„Fred, warum mussten wir ausgerechnet hier diese Schuhe
kaufen? Es war mir so schrecklich peinlich. Die Hermann und der
alte Anderlich, was die wohl gedacht haben?"
„Ach, meine kleine Uschi! Warum machst du dir darum

Gedanken? Was sollen sie schon gedacht haben? Dass wir uns
sehr lieben! Das haben sie gedacht! Dass ich dir am liebsten die
ganze Welt zu Füßen legen würde, genau das! Ist das schlimm für
dich? Ich liebe dich und in zwei Tagen muss ich fort, lass mich
das für dich tun, bitte!", flehte er leise und versuchte, sie mit all
den Kartons und Päckchen in den Armen an sich zu ziehen.
Ursula kam ihm entgegen und schmiegte sich an ihn.
„Du hast ja Recht! Mein lieber Fred, ich bin es nur nicht gewohnt,
so beschenkt zu werden. Ich weiß gar nicht wie ich dir danken
soll. Fred, ich liebe dich auch ohne Geschenke! Und ich bin
furchtbar traurig, wenn ich daran denke, dass du schon so bald
wieder fahren musst. Doch nun ist es mehr als genug! Komm, lass
uns nach Hause gehen, mein Lieber!", damit gab sie ihm einen
schnellen Kuss auf den Mund, legte den Arm um seine Hüfte und
schob ihn an ihrer Seite den Gehweg entlang.
Aber selbst die vielen Päckchen, die er trug, derenthalben er
seine Uschi nicht in den Arm nehmen konnte, hielten Fred nicht
davon ab, in den dämmrigen Straßen nach einem Lokal Aussicht
zu halten und als eins gefunden war, auf schnellstem Weg darin
zu verschwinden. Nein, er wollte noch nicht zurück in die
elterliche Wohnung. Uschi sollte so lange wie möglich nur ihm
gehören, so lange er noch hier war. Mit keinem wollte er sie
teilen, auch mit seinen Eltern nicht. Nur so wenig, so kurze Zeit
wie unbedingt nötig, wie es nicht zu verhindern war. Um wie viel
lieber saß er irgendwo mit ihr allein, sah ihr in die Augen, hörte
ihre Stimme, ihr Lachen, hielt ihre Hand zärtlich in seiner, war
ihr nah. So wenig Zeit blieb ihnen noch, so furchtbar wenig! Viel
zu wenig für ein junges Glück!
Es war ein kleines Lokal, eins, das sie bisher nicht kannten. Egal,
Hauptsache sie saßen hier ungestört in einer hinteren Ecke, mit
sich und ihrer jungen Liebe allein, dachte Fred. Ihre teure Fracht
hatten sie auf einem der Stühle vor dem Tisch verstaut, sie saßen
gegenüber auf einer Bank, deren dunkelrotes Samtpolster mit
den Jahren verschlissen war. Auf dem Tisch lag eine
rotweißkarierte saubere Tischdecke, in der Mitte quer darüber
eine kleinere weiße mit einer schmalen Häkelkante, darauf stand
eine dunkelrote kleine Vase aus Glas mit weißen Alpenveilchen
darin.
Fred und Ursula fehlte heute der Blick für ihre Umgebung. Sie
hatten nur Augen für einander und fühlten dazu unbewusst eine

dunkle Gefahr, die wie ein Damokles-Schwert über ihnen zu
schweben schien. Immer wieder mussten sie den Gedanken daran
weit von sich schieben, doch ganz wollte ihnen das nicht
gelingen. Überschattet davon saßen sie und sahen sich an. Fred
sog alle Einzelheiten ihres Gesichtes förmlich in sich auf, ihre
wunderschönen blauen Augen, die ihn so warm und weich
anblickten, die hohe, gerade Stirn, das sie umrahmende
dunkelblonde Haar, die unmerklich leicht gebogene Nase, den
schön geschnittenen Mund, der so lieb und verlegen lächeln
konnte, ihr so ganz eigenes Lächeln, das niemand anders so
zeigte.
So hatte er sie kennengelernt, warmherzig, liebevoll. Sie konnte
elegant und sportlich sein, schlicht, ausdauernd und fleißig. Auch
schätzte er ihre Klugheit, ihren Gerechtigkeitssinn, den sie
hartnäckig verteidigte, die Fähigkeit ein Ziel zu verfolgen, ihre
Ängste zu besiegen und über sich hinaus zu wachsen. Dass sie
manchmal so verlegen, fast schüchtern wirkte, in anderen
Menschen immer das Gute sah, liebte er an ihr. Eigentlich liebte
er alles, für Fred war Ursula vollkommen, ein Wesen wie nicht
von dieser Welt. Ohne sie konnte er sich sein Leben nicht mehr
vorstellen.
Bei diesen Gedanken wurde seine Augen wieder dunkel vor
Verlangen und am liebsten hätte er sie hier im Lokal an sich
gerissen und sie geliebt.
Ursula spürte, was Fred gerade dachte, in seinen Augen konnte
sie es sehen. Warm lag ihre Hand in seiner und sie strich mit
ihrer anderen Hand sacht über seinen Handrücken, fuhr mit dem
Finger die Linie seiner Adern entlang, über sein Handgelenk bis
zum Rand der Manschette seines Hemdes. Er atmete tief ein, hielt
die Luft an und ließ sie endlich mit einem Seufzer wieder hinaus.
Oh, meine kleine Uschi, dachte er. Das Feuer, das in ihm brannte,
seit er sie kannte, war hell aufgelodert.
In dem Augenblick wurde das Essen gebracht und Ursula ließ
erschrocken seine Hand wieder los. Einen verschmitzten Blick
der Kellnerin erntete sie dennoch.
Sie saßen vor ihren Tellern und aßen, wären aber lieber sofort
aufgestanden und gegangen, so sehnten sie sich nacheinander
und wussten ob der wenigen, kurzen Zeit, die ihnen noch blieb.

Bald darauf, als sie mit all ihren Tüten und Paketen in dem

Haus in der Höfchenstraße in die zweite Etage hinauf stiegen, blieb Fred plötzlich am Treppengeländer stehen, ließ das gesamte Gepäck fallen und riss Ursula in seine Arme. Er küsste sie, heftig und wild, bis sie bald keine Luft mehr bekamen. Keuchend hielt er sie fest.

„Ich liebe dich! Uschi, ich liebe dich! Ich kann dir nicht sagen wie sehr, dafür gibt es keine Worte! Nein, so sehr, dass ich keine finden kann! Ich liebe dich!", wiederholte er und noch einmal langsamer und ließ seine Arme dabei sinken.

Wie oft würde er ihr das noch sagen können?

Gemeinsam hoben sie alle Päckchen wieder auf. Ursula stand vor ihm, ihre Augen schimmerten feucht und sie atmete schwer, aufgerüttelt von seinem Ausbruch, stand ihr seine tiefe Liebe zu ihr und die bevorstehende Trennung auf einmal wieder klar vor Augen. Ihr Herz klopfte wie wild, setzte kurz aus, und raste weiter, dass es ihr die Luft nahm.

„Fred!", flüsterte sie.

„Fred, ich liebe dich!", brach es aus ihr heraus.

Langsam füllten sich ihre Augen mit Tränen.

„Ich...", wollte sie ihm noch etwas sagen, doch ihre Stimme versagte.

„Komm, mein Kleine! Gehen wir nach oben!"

Still nebeneinander stiegen sie die Treppen nach oben und Fred öffnete die Tür und ließ sie eintreten.

Auf dem Flur stießen sie fast mit Frau Gebert zusammen, die eben aus der Küche kam und zu ihrem Mann in den Salon eilte. Als sie die vielen Sachen sah, welche ihr Sohn und dessen Frau in den Armen trugen, rutschten ihre Augenbrauen in die Höhe. Fred, der es sofort bemerkte, wartete auf ihre Frage, denn er kannte seine neugierige Mutter.

„Guten Abend, ihr Zwei! Nun, wie ich sehe ward ihr einkaufen. Was habt ihr denn Schönes in euren vielen Schachteln und Paketen?", kam es auch prompt aus ihrem Mund.

Fred und Ursula legten alles, was sie trugen, auf den Boden und begrüßten seine Mutter mit einer Umarmung. Sie drückte ihren Sohn an sich und hielt ihn fest, Ursula aber schob sie recht schnell wieder aus ihren Armen, und das Ganze war ihr sichtlich peinlich. Was hat sie nur immer noch gegen Uschi, dachte Fred traurig? Wie herzlich war er dagegen von Uschis Eltern aufgenommen worden!

„Ja, Mutter, wir haben uns einen schönen Nachmittag gemacht
und zu Abend haben wir auch schon gegessen. Allzu viel Zeit
bleibt uns ja leider nicht bis zu meiner Abreise, liebe Mutter, und
die wollen wir nutzen.
Durch Zufall haben wir einige schöne Sachen gesehen, die mir so
gut gefallen haben, dass ich sie einfach kaufen musste. Weißt du,
meine Liebe, ich möchte doch, dass meine junge Frau immer
schön und modern gekleidet ist und stets an mich denkt, wenn
sie den Kleiderschrank öffnet. Da konnte ich nicht anders!",
meinte er hintergründig.
Lächelnd wartete er auf die Antwort seiner Mutter, die er bereits
erahnen konnte.
Aber sie kniff nur die Lippen zusammen und schwieg. Gerade
einen Tag verheiratet und schon ließ sich dieses
Proletenmädchen von ihrem Sohn in Unmengen beschenken.
Wer weiß wie sie ihn umgarnt hatte? Na, man kannte das ja!
Jedenfalls war die nicht die Richtige für ihren Sohn! Nun, man
würde sehen.
Willy Gebert lächelte still vor sich hin, wie schon so oft an diesem
Abend. Eine Freude war es ihm, seinen Sohn und dessen junge
Frau zu beobachten. Wie liebevoll gingen sie miteinander um.
Diese Ursula, ein Phänomen war sie für ihn, ein besseres
Mädchen konnte Fred nicht zu seiner Frau machen. Mit beiden
Beinen stand sie im Leben, hatte das Herz auf dem rechten Fleck
und einen hohen Gerechtigkeitssinn, was ihm besonders
imponierte. Sie tat seinem Sohn gut, hatte ihn zu einem
offeneren Menschen und leidenschaftlich liebenden Mann
gemacht.
Und wie er sie liebte, schon seine Blicke, mit denen er sie so
zärtlich umfing, sagten alles. Und sie, so zurückhaltend sie sich
auch in Anwesenheit anderer Menschen gab, man spürte doch
ihre Liebe zu Fred in vielen kleinen Gesten, Blicken und wie
liebevoll sie mit ihm sprach, mit wie viel Wärme, Herz und Liebe
in der Stimme. Ja, diese beiden Menschen hatten sich gesucht
und gefunden! Nur warum konnte seine Hildegard das so gar
nicht sehen?
Man unterhielt sich, außer über das Thema Krieg, das teils
bewusst, teils unbewusst umgangen wurde, über Gott und alle
Welt. Willy Gebert hatte wieder einige Vorträge gehalten, doch es
wurden immer weniger, so wie allmählich das gesamte

gesellschaftliche Leben am Krieg seinen Schaden nahm. So lange
es irgend ging, wollte Freds Vater natürlich noch für Schüler und
Studenten da sein, doch wie lange war überhaupt der
Schulunterricht noch aufrecht zu erhalten.
Willy Gebert fragte Ursula nach ihrer Arbeit bei Anderlich und
wie es dem alten Herrn denn ginge, den er seit seiner Jugend gut
kannte. Aber am meisten interessierte er sich für Ursulas
sportliche Erfolge, von denen Fred nur sehr spärlich erzählt
hatte, weil er das ihr überlassen wollte. Aufmerksam verfolgte
Freds Vater ihre Erzählungen vom harten Training und schweren
Wettkämpfen, in denen sie alles hatte geben und sich selbst
immer wieder aufs Neue besiegen müssen. Willy Gebert und Fred
zeigten sich als die wissbegierigsten, eifrigsten und
interessiertesten Zuhörer, die Ursula je für ihren Sport hatte
begeistern können.
So verwunderte es keinen, als es schon auf Mitternacht zu ging,
und man immer noch im Salon miteinander schwatzte.
Fred stand als Erster auf, nahm Ursula bei der Hand und
wünschte den Eltern eine gute Nacht.
Bald darauf lagen die jungen Eheleute in den Kissen und
umarmten sich. Sie flüsterten sich zärtliche Dinge in die Ohren
und rollten sich küssend über das breite Bett, sie streichelten und
liebten sich und vergaßen die Welt um sich herum.

XV

Zwei Tage später war Ursula wieder allein. Die Hochzeit und die letzten Tage lagen wie im Nebel hinter ihr, wie ein ferner Traum, den sie nie vergessen wollte, den sie für ewig bei sich behalten wollte, was die Zukunft ihr und Fred auch bringen mochte. Ihr Herz schmerzte, wenn sie an Fred dachte, an den Mann, der nun fest zu ihr gehörte, zu ihrem Leben.
Sehnsuchtsvoll wartete sie auf den ersten Brief von ihm, denn er hatte versprochen sofort zu schreiben, wenn er bei seiner Truppe angekommen sei.
Im Geiste sah sie immer wieder diese letzten Nächte mit Fred vor sich, wie in Dunst gehüllt, ein wenig verschwommen, sah seine Augen im Dämmerlicht, beim Flackern der Kerzen, spürte seine warmen Hände auf ihrer Haut, seine Lippen auf ihrem Mund, das Ziehen in ihrem Leib, wenn sie sich ihm voller Erwartung entgegen schob.
Niemand und nichts konnte sie jetzt trösten, auch Uschi nicht, ihre beste Freundin, die sich in der gleichen Lage befand. Seit einem halben Jahr hieß Uschi nun schon Kruse, denn Erwin hatte sie in einem Heimaturlaub geheiratet. Nur eine kleine Zeremonie hatte es gegeben, denn kurz vorher war seine Großmutter verstorben und eine Feier nicht passend gewesen. Doch Ursula war Uschis Trauzeugin gewesen.
Seit Fred auch im Kriegsdienst war, sahen sich die beiden jungen Frauen wieder häufiger und oft hatte Ursula auch Linchen dabei, um die sich daheim kaum jemand kümmerte, denn Friedes Gesundheitszustand war seit Peters Geburt nicht wieder ganz in Ordnung gekommen, sie war ständig überfordert mit Peter, um den sich nach wie vor alles drehte, und den Mädchen und nicht zuletzt vom Haushalt.
So war Linchen oft mit den jungen Frauen zusammen, eigentlich an jedem Wochenende, in der Stadt oder auf den Oderwiesen, hörte zu, wenn sie sich unterhielten, aß mit ihnen ein Eis oder lag im ersten zarten Gras dieses Frühlings am Flutkanal oder in der Nähe der Barthelner Schleuse an der Oder, wo die beiden die warme Frühlingssonne genossen, in deren Strahlen sie träumen konnten vom Wiedersehen mit ihren Männern.

351

An einem dieser Sonntagnachmittage begrüßte Uschi die
Freundin mit geröteten Augen, traurig und niedergeschlagen. Sie
fiel ihr um den Hals und zitterte am ganzen Körper. Ursula hielt
sie fest und streichelte ihren Rücken, strich ihr das vom leichten
Wind zerzauste Haar aus der Stirn und nahm ihr Gesicht in beide
Hände. Mitfühlend und prüfend sah sie ihr in die Augen.
„Uschi, was ist denn los? Was hast du denn? Ist was mit Erwin?
Kann ich dir irgendwie helfen? Ach Uschi, sag schon, was ist!"
Stumm stand Uschi Kruse vor ihr, ein trockenes Schluchzen
schüttelte ihren Körper.
„Komm, meine Liebe!", flüsterte Ursula mit einem dicken Kloß
im Hals und umarmte die Freundin wieder.
„Wir gehen ein Stück und du erzählst mir was passiert ist!",
hakte sie die Freundin unter und schob sie mit sich den Gehweg
entlang.
Eine Weile liefen sie schweigend nebeneinander her, Uschi Kruse
tief in ihren Gedanken versunken, Ursula abwartend, bereit der
Freundin, bei was auch immer, beizustehen.
„Uschi, der Erwin.....", begann Uschi Kruse, als sie gerade in Höhe
der Gustav-Adolf-Gedächtniskirche in Richtung Nachtigallenweg
liefen.
„Ach Uschi! Der Erwin ist vermisst!!", rief sie schließlich gequält.
Ursula hielt erschrocken die Hand vor den Mund. Oh, nein! Die
arme Uschi! Hatte sie nicht letzte Woche erst so einen lieben
Brief von ihrem Mann erhalten?
„Und nun? Uschi, weißt du etwas Genaueres?", fragte Ursula
bestürzt.
„Nein, gar nichts! Mein letzter Brief vom Dienstag hat ihn
vielleicht noch erreicht. Ich hoffe es jedenfalls. Gestern Abend
kam die Nachricht, dass er vermisst wird, nichts weiter. Mehr
weiß ich nicht. Ach Uschi, was soll ich nur jetzt tun? Wir
waren......", schluchzend brach sie ab.
Ursula war stehen geblieben und hatte ihre Arme um die
Freundin geschlungen.
„Weine, Uschi, wenn es dir danach ist, weine! Friss es nicht in
dich hinein. Aber, weißt du, vermisst, heißt doch auch, dass man
nicht weiß, was mit ihm geschehen ist. Sicher ist er noch am
Leben, man hat ihn jedoch noch nicht gefunden. Warte erst
einmal ab und gib die Hoffnung nicht auf! Ganz sicher taucht er
wieder auf, vielleicht ist er verwundet und konnte sich nicht

bemerkbar machen, so wie das bei meinem Bruder, bei Sievert
auch schon war. Er war verwundet, doch jetzt geht es ihm wieder
gut."
Hoffnungsvoll sah Uschi Kruse die Freundin an und nickte.
„Vielleicht hast du Recht, Uschi! Ich sollte den Teufel nicht an die
Wand malen. Aber ich war so erschrocken."
Langsam schlenderten die beiden Uschis den Meisenweg entlang
bis zu ihrer ehemaligen Schule und dann immer weiter in
Richtung Jahrhunderthalle, was, seitdem Ursula mit ihren Eltern
hier in Zimpel wohnte, deren gängiges sonntägliches Spazierziel
mit den Kindern war. Nun lief sie den Weg mit Uschi. So eng
waren sich die beiden Freundinnen schon lange nicht mehr
verbunden gewesen wie an diesem Sonntagnachmittag.

Am selben Abend beschloss Ursula an Fred zu schreiben, ihm
etwas Wichtiges mitzuteilen, was sie eigentlich gern noch eine
Weile für sich behalten hätte, als ihr kleines Geheimnis. Doch der
heutige Nachmittag hatte ihr gezeigt wie schnell es passieren
konnte, dass man einem geliebten Menschen die Dinge, die man
ihm sagen wollte, nicht mehr erzählen kann, weil es diesen
Menschen nicht mehr gibt, weil er verschwunden ist, für lange
Zeit oder gar für immer.
Nachdem die kleinen Geschwister versorgt in ihren Betten lagen,
zog Ursula ihr Briefpapier aus dem Schrank, setzte sich an den
Küchentisch und schrieb. Alle ihre Gedanken und Gefühle schrieb
sie auf die weißen Bögen, in vielen warmen, herzlichen Worten,
aus denen ihre Liebe und Zärtlichkeit für Fred sprachen, genau so
wie die Sorge um ihn. All das, was sie ihm erzählen wollte und so
Manches, das sie ihm erst später berichten wollte, floss mit der
Tinte auf das Papier. Lange saß sie so und schrieb von allem was
ihr Herz bewegte, und als sie die Bögen schließlich
zusammenfaltete, passten sie kaum in den Umschlag, so viele
waren es geworden.
Weit nach Mitternacht legte sie sich endlich zur Ruhe, ohne
wirklich welche zu finden, denn viel zu sehr hatte der
vergangene Tag sie aufgewühlt.

Geduckt schlichen sie den Graben entlang, zu zweit
hintereinander, der Gefreite Hornbeck kurz vor ihm, das Gewehr
im Anschlag, den Stahlhelm tief in die Stirn gezogen, das Gesicht

darunter mit Schlamm bedeckt, immer wieder stehen bleibend
und angestrengt über den Grabenrand spähend.
Nichts zu sehen, keine Menschenseele, kein Helm lugte hinter
Gebüsch oder Baumstämmen hervor, kein Vogel flog auf. Kein
Laut war zu hören, eine merkwürdige Stille hatte sich
ausgebreitet, gespenstisch verlassen lag die Gegend plötzlich vor
ihnen, wo doch gerade noch, bis vor wenigen Minuten, die
Geschütze donnerten, MGs ratterten, Männer getroffen zu Boden
fielen, sich in Schmerzen wanden oder hier in diesem Wald ihr
Leben aushauchten, ihre letzten Gedanken bei den Lieben
daheim, egal in welchem Land sich diese ferne Heimat auch
befand.
Was war geschehen? Warum schwiegen die Waffen nun so
plötzlich?
Vorsichtig schlichen sie weiter, Fred hatte das Gewehr fester
gepackt, sein ganzer Körper war angespannt, Schweißperlen
sammelten sich unter dem Helm, liefen seinen Nacken hinab bis
auf den Kragen der Uniform. Der Graben machte eine leichte
Biegung, dann war er zu Ende. Wieder beobachteten sie sorgsam
ihre Umgebung. Alles schien ruhig, keine Bewegung,
Lautlosigkeit, absolut nichts deutete auf die Anwesenheit von
Menschen.
Gefreiter Hornbeck beugte sich ein Stück weit über den
Grabenrand, um besser sehen zu können. Fred sprang vor und
wollte ihn zurückreißen, da sah er plötzlich das Mündungsfeuer
eines MG. Einen Schlag gegen die Schulter spürte er noch und
den brennenden Schmerz, dann wurde es Nacht um ihn.

Über Ursulas Brief hatte er sich so gefreut, immer wieder
hatte er die vielen Seiten gelesen, auf denen mit solch warmen
und liebevollen Worten ihre Gedanken und Gefühle beschrieben
waren. Sein Herz hatte nicht nur einen Freudensprung gemacht,
nun konnte er sicher sein, und er hatte sich vor Glück kaum zu
fassen vermocht. Selbst seine Umgebung sowie die Umstände
seines jetzigen Lebens hatte er für kurze Zeit völlig vergessen
können. Ursula liebte ihn! Hatte er bis dahin noch Zweifel
gehabt, nun war er wirklich der glücklichste Mensch unter der
Sonne. Seine Uschi würde für immer und ewig für ihn da sein.
Und er hatte sich von ganzem Herzen gewünscht, endlich wieder
bei ihr zu sein und sie in den Armen halten zu dürfen.

Doch dann hatte ihn eine unerklärliche, geschäftige Unruhe
überfallen, so dass er noch im gleichen Moment begann, einen
langen Brief an seine Eltern zu schreiben und sie zu bitten, Uschi
doch auch in seiner Abwesenheit in den beiden Zimmern, die sie
ja eigentlich für ihn und seine junge Frau hergerichtet hatten,
wohnen zu lassen und sich um sie zu kümmern. Ja, sie sollten auf
sie aufpassen, dafür sorgen, dass ihr nichts geschieht, dass alles
gut geht bis er wiederkommen würde. Gerade jetzt konnte sie ein
wenig Fürsorge gebrauchen und es wäre besser, sie von nun an
nicht mehr jeden Tag den weiten Weg von Zimpel in die Stadt bis
zu Anderlich zurücklegen zu lassen. Er wollte, dass sie sich mehr
schonen könnte.
Als er den Brief in den Umschlag geschoben und verschlossen
hatte, begann er noch einen an Uschi zu schreiben, obwohl es
schon spät am Abend war und er beim Schein einer flackernden
Kerze hatte seine Worte voller Liebe, Sehnsucht und
Leidenschaft, durchdrungen von Glück und freudiger Erwartung,
zu Papier bringen müssen.
Auch Uschi hatte er gebeten, zu seinen Eltern zu ziehen, damit
sie einen kürzeren Weg und mehr Ruhe hatte für sich, anders als
bei Granzes zu Hause, wo es doch immer sehr lebhaft und laut
zuging und Uschi sich um alles und jedes der Geschwister zu
kümmern hatte. Das musste doch nun nicht mehr sein, obwohl er
wusste, dass sie das alles gern tat, nicht zuletzt auch ihrer Muttel
zuliebe. Er hatte ganz einfach gedacht, sie brauche nun mehr
Schutz, mehr Zeit für sich und das, was auf sie zukäme.
Noch am selben Abend hatte er die beiden Briefe in die Post
gegeben, als hätte er eine Vorahnung gehabt, was schon am
nächsten Tag geschehen würde, doch das Gefühl, er müsse das
unbedingt noch erledigen, war so stark in ihm gewesen und hatte
ihn dazu gedrängt, dass er ihm einfach hatte gehorchen müssen.
Noch lange hatte er wach gelegen und an seine junge Frau
gedacht, an alles, was sie ihm in dem langen Brief geschrieben
hatte. Er hatte sie vor sich sehen können, wie sie, am Tisch
sitzend und vor sich hin träumend, überlegte und schrieb, an ihn
dachte und weiter schrieb. Wie sie lächelte und ihre blauen
Augen strahlten, als sie ihm das Neuste berichtete, das, was nur
sie Beide anging.
Im Traum sah er sie dann so verlegen glücklich als seine Braut in
der Kirche stehen, so realistisch, dass er die Arme nach ihr

ausstreckte und sie küssen wollte.
Und dann war der nächste Tag angebrochen.

Glücklich ließ Ursula den Bogen sinken und sah zum Fenster
hinaus in den Garten. Eine Weile stand sie so, beobachtete den
Vater, wie er mit der Gießkanne die Beete abschritt und den
trockenen Boden wässerte. Und sie dachte an Fred, den sie nun
schon so lange nicht mehr gesehen hatte. Sie war erstaunt, mit
welcher Freude er ihre Nachricht aufgenommen hatte, wie er
sich sofort um sie zu sorgen begann, am meisten aber beglückte
sie, die große und tiefe Liebe, die aus seinem Brief sprach, aus
jeder Zeile, jedem Wort.
Nun, er schlug ihr vor, er bat sie darum, doch zu seinen Eltern zu
ziehen. Sicher hatte er Recht, wenn er meinte, dass sie dort mehr
Zeit für sich haben würde, sich besser schonen könnte. Er wollte
eben das Beste für seine junge Frau, das wusste sie. Wenn sie
jedoch an Frau Gebert dachte, beschlich sie ein Unbehagen, das
sie sich weder erklären noch es verhindern konnte. So oft schon
hatte sie das Gefühl gehabt, dass Freds Mutter sie nicht mochte.
Warum, was der Grund dafür war, wusste sie nicht. Konnte es
unter dieser Voraussetzung gut gehen, wenn sie nun in der
Höfchenstraße einzog?
Vielleicht wartete sie erst einmal ab, was Geberts dazu sagten,
wenn sie überhaupt etwas dazu verlauten ließen. Von sich aus
würde sie jedenfalls nicht in die beiden Räume dort einziehen.
Fred hatte seinen Eltern auch geschrieben, so stand es in seinem
Brief, also konnte sie abwarten, ob sie sich melden würden.
Doch lange brauchte Ursula nicht auf eine Nachricht warten,
bereits am nächsten Tag rief Willy Gebert im Schuhhaus an und
verlangte seine Schwiegertochter zu sprechen. Zaghaft nahm
Ursula den Hörer und meldete sich.
Er freue sich sehr, sie in seinem und dem Heim von Freds Mutter
begrüßen zu dürfen, versicherte er ihr in warmen Worten, aus
denen sie echte Freude heraushören konnte. Dass er sie mochte,
wusste Ursula. Auch sie hatte Freds alten Herrn in ihr Herz
geschlossen, ehrlich und aufrichtig wie er war.
Ob es ein Problem für sie wäre, am Wochenende, das ja
unmittelbar bevorstünde, ihre Sachen eingepackt bereit zu
halten, fragte Willy Gebert. Mit seinem alten Opel wäre es
überhaupt kein Problem, alles bis zu ihrem neuen Zuhause zu

transportieren. Wenn es ihr Recht wäre, käme er am späten Samstagnachmittag, um sie im Meisenweg abzuholen. Er und seine Frau würden sich schon sehr auf sie freuen, meinte er und Ursula wagte es nicht abzulehnen. Nein, so war es schon am Besten. Fred hatte sich das alles gut ausgedacht.

So begann sie denn noch am selben Abend ihre Sachen zusammen zu packen, füllte Koffer für Koffer, Karton für Karton, Tasche für Tasche, alle in Frage kommenden Behältnisse der Familie Granz nutzend. Auch Uschi Kruse, die ihr half, hatte einige Koffer und eine Wanne mitgebracht, die ebenfalls bis oben hin beladen wurden. Anschließend betrachteten sie kritisch ihr Werk und kamen zu dem Schluss, dass Willy Gebert wohl mindestens zweimal hin und her fahren müsste, um alles in die Stadt zu bringen.

„Ach Uschi, dann bist ja gar nicht mehr einfach mal so um die Ecke, ein paar Schritte laufen und bei dir klingeln! Weißt du eigentlich wie furchtbar leid mir das tut?", fragte Uschi Kruse mit einem Mal.

„Ja, ich weiß!", meinte Ursula traurig.

„Mach es mir nur nicht noch schwerer, als es mir sowieso schon fällt! Weg von Zimpel, von euch allen, Muttel, Papa, den Geschwistern! Ich darf nicht daran denken. Aber der Fred denkt halt, dass es für mich leichter wird. Der Weg zu Anderlich wird wesentlich kürzer, ich habe nicht mehr so viele Pflichten und, und, und..... Du weißt schon! Er möchte mich halt wohl behütet wissen, mich und... du weißt schon.", brach sie verlegen ab.

Uschi Kruse lachte über die Freundin. Da war sie nun seit Monaten verheiratet und doch brachten sie manche Themen immer noch dazu, rot und verlegen zu werden. Ach, meine liebe Uschi, dachte sie wehmütig.

„Uschi, wir lassen uns nicht unterkriegen!", rief sie dann burschikos, obwohl sie selbst schlucken musste.

„Nein, wir treffen uns ganz einfach nach der Arbeit in der Stadt und essen Eis oder trinken Schokolade oder ich komme dich in deinem, Verzeihung, eurem Nest besuchen! Ja?", und schon lachte sie wieder.

Sie versprachen sich später beim Abschied hoch und heilig, sich niemals aus den Augen zu verlieren, egal was kommen mag. Für immer und ewig würden die beiden Uschis Freundinnen sein!

Am Samstag arbeitete Ursula nur bis ein Uhr bei Anderlich, danach eilte sie nach Zimpel, um die letzten Dinge einzupacken, die sie mit in die Höfchenstraße nehmen wollte.

Noch einmal las sie Freds Brief und steckte ihn dann in ihre Handtasche, damit sie ihn auch ja schnell wiederfinden könnte. Eva-Lina, die schon auf Ursula gewartet hatte seit sie aus der Schule nach Hause gekommen war, wich der Schwester nicht von der Seite, so dass Ursula sie schließlich an die Hand nahm und mit ihr eines Stück spazieren ging. Ganz wie von selbst schlugen sie die Richtung nach der Guenther-Brücke ein, suchten sich dort ein sonniges Plätzchen auf einer Wiese nahe der Brücke am Flutkanal und setzten sich ins hohe Gras.

„Aber nicht lange, Linchen!", seufzte Ursula und begann der Schwester die langen blonden Haare zu flechten.

„Der Willy Gebert, mein Schwiegervater, holt mich doch nachher mit dem Auto ab. Das weißt du doch. Dann wohne ich bei ihnen in der Höfchenstraße und habe es nicht mehr so weit bis zu Anderlichs Schuhhaus."

Gedankenvoll band sie mehrere kleine Gänseblümchen in jeden von Linchens Zöpfen mit ein, so dass das kleine Mädchen wie ein Elflein aussah.

„Uschi, und was wird dann mit mir?", fragte Linchen bekümmert und sah die große Schwester vorwurfsvoll an.

„Dann kann ich doch gar nicht mehr mit dir in die Stadt fahren oder spazieren gehen oder in den Zoo. Wer spielt denn dann mit mir? Uschi, dann bin ich doch ganz allein hier!", rief sie nach kurzem Nachdenken entsetzt und ihre Unterlippe zuckte.

„Linchen, meine Kleine, was machst du dir nur für Gedanken? So oft ich Zeit habe, komme ich doch und hole dich ab und die Uschi Kruse und dann unternehmen wir etwas zusammen. Ja?", versuchte sie das Kind zu beruhigen.

„Warum kannst du nicht hier bleiben, Uschi, hier bei uns in Zimpel? Bei Muttel und Papa und den Geschwistern?", gab Linchen von sich und blickte trotzig vor sich hin.

Um keinen Preis der Welt wollte sie ihre Uschi hergeben, die Einzige, die sich stets um das kleine Mädchen gekümmert hatte, die sie vor den Geschwistern in Schutz genommen hatte, als Nacht für Nacht ihr Bett durchnässt war und vor allem die großen Jungs über Linchen gelästert hatten. Diese Zeiten waren, Gott sei Dank vorüber, doch Uschi sollte bei ihr bleiben.

„Linchen, du weißt doch, dass der Fred mich geheiratet hat, du
warst doch dabei im März. Nun bin ich seine Frau und wir haben
dort bei seinen Eltern zwei Zimmer. Da ist mehr Platz und da
gehöre ich nun hin.
Du wirst eines Tages auch erwachsen sein und heiraten. Dann
ziehst du ebenfalls weg von den Eltern, das ist nun einmal so.
Sieh mal, die Lene wohnt doch mit der kleinen Rosi auch in der
Stadt in einer Wohnung zusammen mit dem Leo, ihrem Mann.
Nur ist der Leo im Moment eben im Krieg, wie der Fred auch.
Sei nicht mehr traurig! Wir werden uns sehen, so oft es geht. Das
verspreche ich dir! Und ich halte meine Versprechen, das weißt
du."
„Ja, ich weiß, Uschi!", flüsterte das Mädchen und kuschelte sich
an die große Schwester.
Ursula hielt ihre Versprechen, selbst das mit dem Täschlein hatte
sie wahr gemacht. Versonnen blickte Linchen auf die kleine
runde Tasche, die sie quer über den Körper von der Schulter bis
zur gegenüberliegenden Hüfte hängen hatte, die Tasche, die
Ursula ihr gehäkelt hatte, weil deren Theatertäschchen ihr so gut
gefallen hatte. Und wie schön hatte ihre Uschi die kleine Tasche
gearbeitet, aus buntem Garn mit einem langen Häkelband drum
herum, so dass sie sie bequem tragen konnte. Ach, könnte die
Uschi doch bei ihnen allen bleiben. Schnell verscheuchte sie die
die Tränen, die in ihren Augen standen.
Später liefen sie Hand in Hand zurück zum Meisenweg. Ursula
hielt sie ganz fest, die kleine Hand in der ihren, und sie schluckte
mühsam, krampfhaft bemüht an etwas Anderes zu denken als an
ihren Umzug in die Stadt zu den Geberts.

Martin half Willy Gebert Stück um Stück des Gepäcks nach
unten zu tragen und im Auto zu verstauen. Der alte Opel
wackelte bei jedem Teil. Auch die Rücksitze wurden bepackt und
als nichts mehr ging, schwang sich Martin neben Willy Gebert auf
den Beifahrersitz und winkte Ursula zu.
„Bleib erst einmal hier, Mädchen! Wir müssen noch einmal
fahren, dann kannst du mit. Das schwere Zeug tragen wir Männer
mal schön allein. Bleib bei deiner Muttel und kocht erst einmal
Kaffee. Die Muttel hat heute einen Streuselkuchen gebacken, zum
Abschied gewissermaßen. Wir sind bald zurück, setzen uns alle
zusammen an den Tisch und fahren dann später wieder in die

Stadt. Sag das der Muttel, ja!", damit fuhren sie los und Ursula
lief mit dem Linchen zurück ins Haus, froh über den kleinen
Aufschub, der ihr so unversehens gewährt wurde.
Linchen zog die Schwester mit sich ins Zimmer der Mädchen,
holte das dicke Märchenbuch aus dem Schrank und begann zu
lesen. Ursula musste neben ihr sitzen, darauf hatte sie bestanden.
Grete und Traudel hatten schon damit begonnen das Zimmer
umzuräumen, jetzt wo Ursulas Sachen sie in ihrem Drang nach
mehr Platz und Neuordnung nicht mehr behinderten. Nun saßen
die beiden Mädchen in der Küche und warteten darauf, das
Zimmer neu gestalten zu können, nach ihrem Geschmack, ohne
Ursulas Bett, aber unter Nutzung ihres kleinen Schrankes, der
ihnen neue Möglichkeiten eröffnete. Wie freuten sie sich darauf,
mehr Raum zu haben! Dass Ursula nun nicht mehr hier wohnen
würde, fanden sie da gar nicht so schlimm.
„Komm, Linchen! Wir helfen der Muttel den Tisch in der Stube zu
decken. Nachher kommt der Papa mit dem Willy Gebert zurück,
da werden wir Kaffee trinken. Und es gibt Streuselkuchen! Den
isst du doch auch gern. Na los, leg das Buch erst einmal zur
Seite.", damit reichte sie der kleinen Schwester die Hand, zog sie
vom Bett hoch und lief mit ihr in die Küche.
Friede wusch gerade dem Peterle die schmutzigen Hände und
atmete erleichtert aus, als Ursula ihr den Jungen abnahm, ihm
die nassen Händchen trocknete und dabei beobachtete, ob auch
Linchen sich ordentlich die Finger wusch.
Friede hatte bereits das Geschirr auf den Stubentisch gestellt, so
dass Ursula nur noch alles an seinen Platz stellen und das Besteck
dazu legen brauchte. Dann schnitt sie in der kleinen
Vorratskammer den Kuchen gleich auf dem Blech und baute ihn
gemeinsam mit Linchen auf den großen Kuchenteller, der zum
Kaffeeservice gehörte.
Peterle stand daneben, die Händchen in den Hosentaschen, wie
er es von seinen großen Brüdern schon so oft gesehen hatte, und
versuchte dazu zu pfeifen, genau wie sie.
Amüsiert beobachtete Ursula den Kleinen und unterdrückte das
Lachen, als er statt Pfeifen nur die Luft kräftig aus seinem
kleinen Mund mit den angespitzten Lippen heraus presste, aber
keinen Laut dabei zustande brachte. Wie er so da stand und sich
mühte!
Noch nie war es Ursula so verdammt schwer gefallen, ernst zu

bleiben. Ihr ganzer Körper bebte beim Betrachten dieses
niedlichen Bildes, welches ihr jüngster Bruder bot, als er sich mit
einer, an ihm selten zu sehenden, Ernsthaftigkeit bemühte,
genauso auszusehen wie seine großen Brüder, die er
augenscheinlich hoch verehrte. Von der Ähnlichkeit her war das
ja auch nicht schwer, sah man doch den Granz-Jungen allen
schon von weitem an, dass sie Brüder waren, die Haltung und
Miene konnte der jüngste Granz-Sohn auch schon perfekt
imitieren, nur das Pfeifen, das hatte er mit seinen vier Jahren
noch nicht so ganz im Griff. Allerdings war Ursula sicher, das
würde er auch bald beherrschen.
Sie hob den Kuchenteller hoch und trug ihn vor sich her in die
Stube, wobei sie sich endlich ein Lachen gestattete. Linchen hielt
ihr die Türen auf und zog den kleinen Bruder mit sich.
Eine halbe Stunde später saßen alle um den Tisch und kosteten
Friedes herrlichen Streuselkuchen, der so frisch gebacken noch
einmal so gut schmeckte.
Muttels Kuchen, seufzte Ursula innerlich, wie sehr würde sie ihn
vermissen! Daran durfte sie überhaupt nicht denken, daran
wollte sie nicht denken. So oft wie möglich wollte sie hier heraus
nach Zimpel kommen, das nahm sie sich ganz fest vor, so wie sie
es auch dem Linchen versprochen hatte.
Sicher hatte Fred damit Recht, dass sie in der Höfchenstraße bei
seinen Eltern mehr Ruhe und Zeit für sich haben würde, aber ihre
Familie würde ihr ungleich mehr fehlen und nur Fred zuliebe
hatte sie eingewilligt.
Willy Gebert ließ sich den Kuchen munden, so frischen, selbst
gebackenen Kuchen bekam er nur selten vorgesetzt, seine
Hildegard holte meist Kuchen oder Gebäck aus der Bäckerei an
der Ecke, sie stand nicht in der Küche und buk, kochen ja, aber
das reichte dann auch. Umso besser schmeckte es ihm und er
musterte im Stillen seine Schwiegertochter. Ob sie wohl auch so
gut backen konnte wie ihre Mutter? Oh, was wäre das für ein
kolossaler Gewinn für seine alten Tage!
Eine Stunde später stiegen er, Martin und Ursula in den Opel zu
den restlichen von Ursulas Sachen und fuhren in die Stadt, nicht
ohne tränenreichen Abschied von Linchen, Friede und Peterle
vor der Haustür, während die anderen Geschwister an den
Fenstern standen und winkten.

Endlich waren alle ihre Taschen, Koffer, Kartons, Wannen usw. in Freds altem Zimmer, das nun ihr gemeinsames Schlafzimmer war, abgestellt und Ursula hatte bereits damit begonnen, einen Teil der Sachen auszupacken und in den Schränken zu verstauen. Die Wäsche ihrer Aussteuer, Bettwäsche, Handtücher, Geschirrtücher, Tischdecken und Deckchen und all diese Dinge waren bereits zum größten Teil verstaut. Überall an den Türen hingen aber noch Kleiderbügel mit Blusen, Röcken und Jacken, die sie noch unterbringen musste. Aber sie hatte ja auch morgen noch Zeit dazu, zunächst musste sie sich erst Gedanken machen, wohin mit allem. Schließlich hingen Freds Kleidungsstücke ja auch schon in den Schränken.

Sie setzte sich auf das Bett und überlegte und plötzlich sah sie sich und Fred darin liegen. Wie sie sich umarmten und küssten in ihrer Hochzeitsnacht, zum Anfassen nah und deutlich stand das Bild vor ihr. Sie spürte wieder das Ziehen in ihrem Leib, wenn er sie berührte, die Sehnsucht, die sie nach ihm verspürt hatte, die Hitze, die über ihnen zusammenschlug. Und sie weinte, heiße Tränen rannen über ihre Wangen. Wo war er jetzt? Alles war so schnell vergangen, die Hochzeit, die wenigen kostbaren, gemeinsamen Stunden, der Abschied hatte ihn ihr entrissen, kaum, dass sie sich aufeinander eingelassen hatten.

Martin stand plötzlich mitten im Raum, er musste nach Zimpel zurück, Friede würde warten. Ursula hob ihm ihr Tränen feuchtes Gesicht entgegen und versuchte zu lächeln, doch ihr Gesicht war traurig. Martin schloss seine Tochter in die Arme und küsste sie aufs Haar. Dieser verfluchte Krieg, dachte er, strich ihr über die Wange und drückte sie noch einmal an sich.

„Sei nicht traurig!", versuchte er sie zu trösten.

„Der Krieg wird bald vorbei sein und dann kommt dein Fred wieder!"

Er wusste selbst wie unglaubhaft das klang und wie wenig Trost es spenden würde, doch das Leid, das in jeder Familie inzwischen ein zu Hause gefunden hatte, ließ auch ihn sprachlos sein, angesichts seiner traurig weinenden Tochter.

„Ja, so wird es sein! Bis nächste Woche Papa! Ich komme sicher an einem Abend nach Zimpel hinaus. Grüß bitte die Muttel und die Kinder von mir!", rief sie Martin mit zaghaftem, schiefen Lächeln hinterher.

Nun, sie hatte noch zu tun, ein paar Dinge wollte sie schon noch
verstauen. Seufzend stand sie auf und räumte ihre Bücher aus
einer Kiste in eines der Fächer des großen Bücherschrankes im
Nachbarzimmer. In der Wohnung war es still, Willy Gebert war
vorhin in seinem Arbeitszimmer verschwunden und Frau Gebert
hatte sie noch nicht zu Gesicht bekommen.
So schrak sie auch zusammen, als es plötzlich an der Tür klopfte.
Sie öffnete und ließ Willy Gebert eintreten.
„Ursula, hast du schon Hunger?", fragte er besorgt und musterte
sie von oben bis unten.
Verlegen sah Ursula auf ihre Fußspitzen.
„Ein wenig schon, aber das hat noch etwas Zeit!", versuchte sie
zu beschwichtigen.
„Nein, das hat es nicht, Ursula! Wenn du Hunger hast, dann
sollten wir auch etwas essen. Oder hast du Lust Essen zu gehen?",
fragte er nach einer plötzlichen Eingebung.
„Meine Frau, deine Schwiegermutter ist heute zu ihrem
Damentee. Da ist sie immer mal, zusammen mit ein paar älteren,
wie gesagt, Damen. Sie wird nicht vor zehn Uhr abends zurück
sein. Wir müssen uns also selbst versorgen.
Vielleicht sollten wir wirklich zur Feier des Tages, als
Willkommen sozusagen, irgendwo einen Happen essen. Wir
werden schon ein annehmbares, geöffnetes Lokal finden. Was
hältst du davon? Du siehst ein wenig mitgenommen aus, meine
Liebe. Na, komm, ich werde dich doch nicht gleich am ersten
Abend in die Küche scheuchen. Mach dich fertig, wir gehen aus!",
meinte er mit einer Stimme, die keinen Widerspruch duldete.
Ursula lächelte. Ja, er war schon ein lieber Mensch, ihr
Schwiegervater, so ganz anders als seine Hildegard, die es
vorgezogen hatte, heute an ihrem Einzug hier, lieber zum
Damentee zu entfliehen.

Spät am Abend kamen Ursula und Willy Gebert wieder zurück.
In einem kleinen Lokal in der Nähe hatten sie gegessen,
Bratkartoffeln und Rührei, und sich dabei angeregt unterhalten.
Freds Vater war ein sehr belesener Mann und es gab wohl kaum
ein Thema, zu dem er nichts zu sagen gewusst hätte. Jedoch hatte
ihn noch immer am meisten Ursulas sportliche Laufbahn
interessiert. Alles hatte er ganz genau wissen wollen und es sehr
bedauert, dass wegen des Krieges der Trainingsbetrieb in den

Sportklubs und Vereinen fast überall zum Erliegen gekommen war.

Was für eine Vergeudung von Talenten, Zerstörung von Hoffnungen und Träumen! Eine ganze junge Generation zertrümmert, beschädigt, deformiert! Eine Generation ihrer Jugend beraubt, die Kinder ihrer Väter, die Frauen ihrer Männer. Was sollte nach diesem Krieg noch übrig sein? Willy Gebert hatte stark an sich halten müssen, um diese Gedanken nicht laut auszusprechen, nicht wegen eventueller Zuhörer und schon gar nicht, wenn er in das immer noch ein wenig traurig blickende Gesicht seiner Schwiegertochter sah. Dass sie sich Sorgen um ihren Ehemann, seinen Sohn, machte, war nur unschwer zu erkennen gewesen.

So hatte er denn das Gespräch in andere Bahnen zu lenken versucht und Ursula bis in alle Einzelheiten nach ihren kleineren Geschwistern ausgefragt und bald waren aus ihrem Mund die lustigsten Geschichten heraus gesprudelt, die bei so vielen Kindern kaum ein Ende finden konnten.

Die Wohnung war dunkel und leer als sie dort ankamen, von Hildegard Gebert keine Spur. Ursula bedankte sich noch einmal für das Essen und den angenehmen Abend, fiel dem verdutzten Willy Gebert um den Hals und wünschte ihm eine gute Nacht. Schon war sie in Freds ehemaligen Zimmer, das nun ihr Schlafzimmer war, verschwunden.

Sie schob den kleinen Riegel vor und ließ sich aufs Bett fallen. Oh mein Gott, bin ich müde, dachte sie und schaffte es gerade noch, die Schuhe von den Füßen zu streifen und sich die leichte Decke über die Beine zu ziehen, dann war sie eingeschlafen.

Leise klopfte es an der Tür, fast zaghaft. Erschrocken riss Ursula die Augen auf. Wo war sie? Nur wenige Sonnenstrahlen schafften es durch die dichten Jalousien und malten winzige Streifen und Pünktchen auf den Boden vor dem Bett. Mit einem Ruck setzte sich Ursula im Bett auf. Sie musste aufstehen! Wie spät mochte es schon sein? Hatte sie etwa verschlafen? Nein, heute war ja Sonntag, überlegte sie. Na, trotzdem! Was sollten Freds Eltern sagen, wenn sie hier bis in die Puppen schlief. Vor allem Freds Mutter, war sie überhaupt wieder hier? Auf Zehenspitzen schlich sie zur Tür und erschrak, als es erneut vorsichtig klopfte.

„Uschi, bist du schon wach?", vernahm sie die leise Stimme Willy
Geberts.
„Ja, guten Morgen!"
„Ich wollte nur sagen, dass ich Frühstück gemacht habe!
Möchtest du dich zu mir setzen?", fragte es freundlich hinter der
Tür.
„Oh ja, danke! Das ist aber lieb! Ich komme gleich."
„Ich habe gleich in der Küche gedeckt, da ist es gemütlicher.
Mach dich ruhig erst frisch, mein Mädchen.", meinte Willy
Gebert fröhlich und verschwand.
Geschwind nahm Ursula ein Sommerkleid und frische
Unterwäsche aus dem Schrank, flitzte ins Badezimmer, wusch
sich mit kaltem Wasser, putzte die Zähne und zog die frischen
Sachen an. Mit der Bürste versuchte sie, die erst frisch
gewaschenen Haare zu bändigen und saß wenig später Willy
Gebert am Frühstückstisch gegenüber.
„Wo ist denn deine Frau? Frühstückt sie nicht mit uns?", fragte
Ursula leise.
Bedauernd schüttelte er seinen Kopf und goss Ursula Tee in ihre
Tasse.
„Es geht ihr nicht so gut. Sie ist gestern erst spät nach Hause
gekommen und nun hat sie Migräne. Da lässt man sie am besten
in Ruhe bis es ihr wieder besser geht. Meist kommt sie ganz von
allein wieder. Nun lass es dir aber schmecken, Mädchen!"
„Iss ordentlich, das kannst du gut brauchen.", fügte er
schmunzelnd hinzu.
Mit rotem Kopf strich Ursula Marmelade auf eine Scheibe Brot
und biss dann herzhaft hinein. Ach, das tat gut! Seit einiger Zeit
hatte sie vermehrt Appetit auf süße Sachen, fürchtete aber, dass
sie dann zu viel zunehmen könnte. Das durfte auf keinen Fall zur
Gewohnheit werden, nahm sie sich vor.
Den ganzen Sonntag über räumte Ursula ihre Sachen in die
vorhandenen Schränke, packte dann sämtliche
Transportbehältnisse, soweit es ging, ineinander und
übereinander an die Wand rechts neben der Tür im
Schlafzimmer, damit sie, jedenfalls so fern sie ihr nicht gehörten,
wieder zurück nach Zimpel gebracht werden konnten. Doch da
war sie schon wieder auf ihren Schwiegervater angewiesen. Wie
sie ihn kannte, war das aber kein Problem. So bald er etwas Zeit
erübrigen konnte, brächte er sie mitsamt der Taschen usw. sicher

in den Meisenweg. Auf ihn konnte sie sich stets verlassen, das wusste Ursula.

Es war merkwürdig still in der Wohnung, als sie mit Freds Schlüssel die Tür hinter sich verschloss. Lauschend blieb sie im Flur stehen. War denn niemand zu Hause? Es war doch schon gleich sieben Uhr am Abend.
Sie hatte noch mit der Hermann den Verkaufsraum aufgeräumt und einige leere Kartons ins Lager getragen, dann waren sie gemeinsam ein paar Straßen gelaufen, bis sich die Kollegin verabschiedet hatte. Schnell war sie bis hierher gehastet in der Hoffnung, etwas von Fred zu hören, einen Brief von ihm erhalten zu haben. Doch nun schien keiner daheim zu sein. Schade, irgendwie hatte sie sich darauf gefreut wenigstens Freds Eltern zu sehen, wenn er schon nicht hier war, sondern weit weg an der Front.
Ihre Absätze klickerten auf den Dielen im Flur und hallten durch die Wohnung. Sie hatte schon die Türklinke zu ihrem Wohnraum in der Hand, als die Tür von Willy Geberts Arbeitszimmer geöffnet wurde. Ihr Schwiegervater stand im Licht seiner Schreibtischlampe im Türrahmen, sein Gesicht ernst und ungewöhnlich blass. Sein Blick verriet ihr, dass etwas passiert sein musste. Einen Schritt ging er auf sie zu und zog sie langsam und vorsichtig in seine Arme.
„Wie war dein Tag bei Anderlich? Lebt denn der alte Herr noch immer und hat das Sagen?", fragte er leise.
„Uschi, komm bitte herein! Ich muss dir etwas mitteilen. Komm, setz dich!"
Mit diesen Worten schob er Ursula vor sich her und dirigierte sie in den Sessel, der vor seinem Schreibtisch stand. Er selbst rückte sich einen Stuhl heran und setzte sich ihr gegenüber. Er räusperte sich und sah sie prüfend an, als wolle er wissen, wie sie die nun folgende Nachricht aufnehmen würde.
„Uschi, mein Mädchen, du bist mir sehr ans Herz gewachsen, das kannst du mir glauben. Ich bin mehr als zufrieden mit Freds Wahl. Ein besseres Mädchen, eine bessere Frau, konnte er nicht finden. Alles würde ich tun, um dich vor Schmerz zu schützen. Deshalb tut es mir auch so leid, dass ich dir jetzt etwas sagen muss.", seufzend unterbrach er sich selbst.
Was hätte er darum gegeben, auf diese Mission verzichten zu

können? Doch es blieb ihm nichts übrig.

„Bitte erschrick nicht zu sehr, Uschi!", fuhr der sonst so redegewandte Mann schweren Herzens fort.

„Der Fred, ...er ist...", Willy Gebert holte tief Luft, als er die erschrockenen Augen von Ursula sah, die weit aufgerissen auf ihn gerichtet waren.

Kein Wort kam über ihre Lippen, kreidebleich sah sie ihn unverwandt an und er verfluchte innerlich seine Frau, die ihm in dieser Situation nicht zur Seite stehen wollte, die mit einer erneuten angeblichen Migräne im Bett lag.

„Uschi, er ist schwer verwundet worden, der Fred.", kam es schließlich aus Willy Geberts Mund.

Er biss sich auf die Lippen. Hätte er das nicht einfühlsamer sagen können? Warum fiel ihm das so schwer?

„Er liegt im Lazarett, ist inzwischen außer Lebensgefahr, aber es stand nicht gut um ihn. Wir haben am Vormittag die Nachricht erhalten. Schon vor Tagen ist es geschehen, er war erst vermisst, wurde einen halben Tag später gefunden und hatte erheblich viel Blut verloren. Aber, wie gesagt, er ist außer Lebensgefahr. Gott sei Dank!", schloss er erleichtert, zum einen weil er froh war, es Ursula berichtet zu haben, zum anderen, erlöst, dass sein Sohn noch einmal Glück gehabt hatte.

Willy Gebert hatte Ursulas Hände gefasst und hielt sie fest, als er bemerkte, dass sie immer blasser geworden war und sich nur mit Mühe noch aufrecht im Sessel halten konnte. Das arme Ding, dachte er, so eine Nachricht musste sie ja umwerfen, erst kurze Zeit verheiratet, der Ehemann wenige Tage nach der Hochzeit wieder an die Front und nun noch dies. Unendliches Mitleid überschwemmte sein Herz.

„Uschi, kann ich dich einen Moment allein lassen? Wie geht es dir? Ich hole dir ein Glas Wasser, du siehst blass aus, mein Kind!" Er stürzte in die Küche, nahm ein Glas aus dem Schrank und füllte es mit kaltem Wasser aus der Leitung. Als er es ihr brachte, hatte sie sich im Sessel zurück gelehnt und starrte an die Decke hinauf.

„Danke! Vielen Dank! Das war nur der Schreck.", versuchte sie ihn zu beruhigen, weil er sie mit sorgenvoller Miene betrachtete.

„Wirklich, mir geht es schon wieder besser. Fred lebt, und das ist das Wichtigste! Ich bin so dankbar, dass er am Leben ist.", flüsterte sie und erhob sich.

„Ich gehe einen Augenblick nach drüben."
„Uschi, ich bereite das Abendessen vor. Ich rufe dich dann, ja?
Ruhe dich eine Weile aus, das wird dir gut tun.", rief er ihr nach
und begab sich in die Küche, in Gedanken bei seinem Sohn und
dessen junger Frau.
Ursula lag auf dem Bett, den Kopf in den Kissen vergraben und
weinte still vor sich hin. Keiner sollte sie hören, ihr Schmerz ging
nur sie etwas an.

Sinnend saß Ursula am Fenster und blickte hinaus auf die in
der Abendsonne glänzende Oder. Von der Brücke hier oben hatte
man einen wunderbaren Blick auf den Fluss, jedoch war man mit
der Bahn recht schnell darüber gefahren und die Oder
entschwand. Uschi Kruse tippte Ursula an die Schulter.
„Hast du gesehen, Uschi? Die Oder sieht herrlich aus, wenn sich
die Sonne drin badet, nicht wahr?! Wie in Friedenszeiten! Da
sieht man den Krieg nicht.", meinte sie nachdenklich.
Ursula nickte. Für einen kurzen Moment konnte man alles
Schlimme, was der Krieg gebracht hatte, vergessen, ja, doch
genau so schnell war man wieder in der Wirklichkeit angelangt.
Es ging nicht mit dem Vergessen, der Krieg holte sie immer
wieder ein mit all seiner Grausamkeit. Jede Familie hatte
inzwischen zu klagen, keiner bleib verschont.
Und auch Erwin Kruse wurde nach einem schweren Gefecht, in
das er mit seiner Einheit verwickelt worden war, vermisst. Seit
mehreren langen Wochen, seitdem sie diese Nachricht erhalten
hatte, bangte Uschi Kruse um sein Leben, beherrschte die
Ungewissheit ihr Dasein, zehrte sie von Träumen, dass es ihm gut
gehe, wurde gequält von Vorstellungen, was ihm passiert sein
mochte, war sie immer mehr zerfressen von der Angst um den
geliebten Mann.
Gegenseitig hatten sich die beiden Freundinnen ihr Herz
ausgeschüttet, so trug es sich leichter, das Päcklein aus Angst
und Schmerz.
Sie hatten sich nach der Arbeit getroffen und fuhren nun
gemeinsam hinaus nach Zimpel. Ursula wollte die Eltern
besuchen und ihnen von Freds Verwundung berichten. Vielleicht
hatte ja auch noch ein Brief von Fred seinen Weg nach Zimpel
gefunden.
Vor dem Haus im Habichtsweg verabschiedeten sie sich und

Ursula lief den Rest des Weges allein. Sie beeilte sich, eine innere
Unruhe, die sie sich nicht erklären konnte, hatte schon seit
Tagen von ihr Besitz ergriffen. Zunächst hatte sie die mit Freds
Verwundung in Zusammenhang gebracht, als einer Art
Vorahnung, aber sie war geblieben auch nachdem sie die
Nachricht seines Lazarettaufenthalts erhalten hatte, sie war noch
stärker geworden. Und heute war es besonders schlimm, schon
seit dem Morgen hatte eine heftige Beklemmung sie im Griff, die
ihr fast die Luft zum Atmen nahm, ein ungutes Gefühl, als ob
etwas Schreckliches geschehen war.

So rannte sie die letzten Schritte bis zum Haus im Meisenweg
mehr als sie lief, stieß atemlos die Tür auf und stürzte die
wenigen Stufen hinauf. Sie klingelte aufgeregt und nach Luft
schnappend und lauschte auf die sich nähernden Schritte.

Mit versteinertem Gesicht stand der Vater in der Tür. Seine Haut
war grau, die Augen schienen erloschen, wie leblos hingen seine
Arme herab. Wortlos drehte er sich um, Ursula an der Tür stehen
lassend, und schlurfte schwerfällig in die Küche.

Entsetzt starrte ihm Ursula nach. Ihr Herz tat einen
schmerzhaften Sprung und raste dann im Galopp in ihrer Brust.
Etwas Furchtbares musste hier passiert sein, denn so hatte sie
ihren Papa noch nie gesehen, in all den fast zwanzig Jahren nicht,
in denen sie seine Tochter war.

Leise schloss sie die Tür hinter sich und folgte dem Vater in die
Küche.

Ein trauriges Bild bot sich ihr hier. Die Mutter, ihre liebe Muttel,
saß mit leerem, ausdruckslosem Blick am Küchentisch, neben ihr
die weinende Traudel, vor ihr auf dem Tisch ein Brief. Sie saß
einfach da und starrte, starrte durch Ursula hindurch, nahm
nichts mehr wahr um sich herum, saß und starrte, dass es Ursula
graute. Du lieber Gott, was ist hier los, was für ein schreckliches
Ereignis hat sich hier zugetragen? Mehr konnte Ursula nicht
denken.

Langsam, Schritt für Schritt, ging sie auf die Mutter zu, blieb
neben ihrem Stuhl stehen und legte vorsichtig die Arme um ihre
Schultern. Sie lehnte ihre Stirn an den Kopf der Mutter, wie sie es
als Kind so oft getan hatte, und flüsterte leise.

„Mama, Muttel! Was ist passiert? Mein liebes Muttelchen, bitte,
sprich mit mir! Sag mir, was los ist, bitte!“, flehte sie und küsste
die Mutter auf die eingefallene Wange.

Friede rührte sich nicht, sie saß aufrecht, steif und regungslos, so als wäre jedes Leben aus ihr gewichen, wie eine Statue aus Stein. Ursula drückte ihr Gesicht an den Hals der Mutter, streichelte ihr Haar und flüsterte verzweifelt, bat sie immer wieder mit ihr zu sprechen.

„Mama, bitte, sieh mich an! Ich bin es doch, deine Uschi. Bitte, sieh mich an! Sag etwas, bitte!", rief sie nun flehend der Mutter zu.

„Uschi, die Muttel sitzt schon lange so am Tisch!", schluchzte jetzt Traudel und wischte sich über das verweinte Gesicht.

„Sie hat den Brief gelesen und seitdem sitzt sie so.", erzählte das Mädchen und deutete auf den Bogen Papier, der vor der Mutter auf dem Tisch lag.

Ursula griff zögernd nach dem auseinander gefalteten Blatt. Sie blickte auf die Mutter, die weiterhin kerzengerade und starr auf dem Stuhl saß, sah dann zum Vater, der ihr den Rücken kehrte und aus dem Fenster starrte.

Sie las und ließ dann den Bogen sinken, unfähig etwas zu sagen oder zu tun. Ihre Kehle war wie zugeschnürt und langsam senkte sich ein Druck auf ihre Brust, als sollte ihr die Luft zum Atmen genommen werden. Ihr Herz wurde zusammen gepresst und hörte auf zu schlagen, für einen Moment glaubte sie, sie müsse sterben und griff Halt suchend nach einer Stuhllehne. Schwer sank sie auf den Stuhl und presste ihre Hand gegen die Brust, rasend schlug nun ihr Herz weiter. Sie versuchte wieder durchzuatmen, doch die Beklemmung wollte nicht weichen. Dann kamen die Tränen, wie eine Befreiung sammelten sie sich in ihren Augen und rannen ihre Wangen herab. Sie weinte erschüttert und verzweifelt, konnte nicht glauben, was sie gelesen hatte, was sie doch glauben musste. Hatte sie es nicht gewusst, dass es so kommen musste, war da nicht diese seltsame Ahnung, diese Angst in den letzten Tagen gewesen? Nun wusste sie warum. Alles würde sie dafür geben, wenn es nicht geschehen wäre, doch wie hätte sie es verhindern können.

Er war tot, einfach tot, und sie hatte ihn nicht noch einmal gesehen, sie würde ihn auch nie mehr sehen, keiner würde das, ihre ganze Familie nicht. Irgendwo dort in der Fremde würde er begraben sein, für immer fern. Er hatte es so gewollt, hatte damit rechnen müssen und es war so geschehen.

Sievert war tot. Ihr lieber Sievert, ihr bester großer Bruder, mit

dem sie so lange Zeit ein Herz und eine Seele gewesen war, mit
dem sie sich verstanden hatte, den sie immer verteidigt hatte,
der stets für sie dagewesen war. Einfach nicht mehr da, weg für
immer! Nie wieder dürfte sie ihn sehen, sein Lachen hören, seine
Briefe lesen, die so viel erzählt hatten von seinem Leben. Was
wurde nun aus Annemie? Wieso war er überhaupt nicht bei ihr in
Gumbinnen? Sollte er nicht jetzt auf Urlaub dort sein? So hatte er
ihr doch geschrieben. Wieso war er plötzlich in Frankreich
gefallen?
Verzweifelt stellte sie sich diese Fragen, nicht bereit an den Tod
des Bruders zu glauben, vielleicht doch noch alles als Irrtum zu
entlarven und wieder aufatmen zu können.
„Mama!", ergriff sie die Hand der Mutter, welche noch immer
stocksteif auf ihrem Stuhl saß.
„Muttel! Hörst du mich? Wie kann das sein? Sollte Sievert jetzt
nicht seit einer Woche schon in Gumbinnen bei Annemie sein, auf
Urlaub? Da stimmt doch etwas nicht!", fragte sie mit einem
kleinen Hoffnungsschimmer in der Stimme, der Friede endlich
wieder aus ihrer Starre erwachen ließ.
Das Mädchen hatte Recht, eigentlich hätte Sievert in der Zeit, wo
er gefallen sein sollte, in Gumbinnen sein sollen, auf Urlaub,
nicht in Frankreich. Friede sprang auf, sie musste Annemie
sprechen, jetzt, sofort, unbedingt. Man musste es genau wissen!
Sie brauchte sofort ein Telefon!
Beide Frauen liefen hastig die Straße entlang bis zum Pfarrhaus,
klingelten und klopften bis endlich der Pfarrer in der Tür stand
und die aufgeregt um das Telefon Bittenden herein ließ.
Friede war plötzlich ganz ruhig, als sie der jungen Frau am
anderen Ende der Leitung berichtete und ihren Verdacht
erklärte.
Dann hörte sie nur noch zu, nickte, ihr Gesicht wurde aschfahl,
reglos lauschte sie weiter den Worten, die an ihr Ohr drangen
und von da in ihr Hirn schlüpften, die dort alles miteinander
verknüpften und in Zusammenhang brachten, die ihr Gewissheit
gaben. Und welch grausame Gewissheit dies war, sah man an
ihrem Gesicht. Dorthin wo eben noch zaghafte Hoffnung wieder
Farbe auf die Haut gezaubert hatte, die vom raschen Laufen
hierher zum Telefon zu leuchten begonnen und den müden
Augen ein verhaltenes Strahlen zurückgegeben hatte, war die
Eiseskälte, die Starre zurückgekehrt, die Ursula heute beim

ersten Anblick der Mutter so schockiert hatte und ihr nun eisige
Schauer den Rücken hinunter laufen ließ. Der Blick in dieses
versteinerte, totenbleiche Gesicht ließ sie erahnen, was ihrer
Muttel von Annemie erzählt wurde.
Friede sprach kein Wort mehr, ausdruckslos, schweigend hörte
sie zu bis Ursula ihr den Hörer aus der Hand nahm, als man darin
eine immer lauter werdende aufgeregte Stimme vernahm. Mit
Tränen in den Augen und blassem Gesicht führte sie das
Gespräch zu Ende, nahm dann die Mutter an der Hand,
verabschiedete sich vom Pfarrer, der im Nebenzimmer gewartet
hatte, und brachte die Mutter nach Hause.
Still schweigend liefen sie nebeneinander. Ursula hatte die
Mutter untergehakt, die steif und mechanisch Fuß vor Fuß setzte
und kaum merkte wohin sie lief. Auch Ursula war es elend
zumute, wie von eiserner Hand wurde ihr Herz zusammen
gepresst, der Schmerz nahm ihr die Luft. Doch sie musste jetzt
stark sein, die Mutter stützen, sie nach Hause bringen, dem Vater
und den Geschwistern erzählen was geschehen war. Erst danach
würde sie Zeit für ihre eigene Trauer finden können.
Gemeinsam saßen sie in der Stube beisammen, Martin und Friede
auf dem Sofa, Hand in Hand, Friede noch immer wie versteinert
und Martin nicht viel besser dran. Nun hatten sie schon ihr
drittes Kind verloren, war es von ihnen gegangen vor der Zeit,
lange vor ihnen selbst, diesmal nicht durch Krankheit sondern
durch die Grausamkeit des Krieges. Und er war freiwillig in
diesen Krieg gezogen, in den sicheren Tod, freiwillig und mit
Freuden, am Anfang jedenfalls und dann gab es kein Zurück
mehr. Martin konnte es ihm nicht verzeihen, nein, das würde er
wohl nie können. Welch sinnloses Opfer!
Die beiden kleinen Mädchen, die Hedwig und die Erna, sie hatten
nicht gehen wollen, und doch hatten er und Friede ihnen nicht
helfen können. Sievert war sehenden Auges gegangen, trotz aller
Warnungen. Und nun lag er genauso in der kalten Erde wie seine
beiden Schwestern. Alles ihre Kinder! Alle geliebt und aus ihrer
beider Liebe zueinander entstanden. Wie grausam konnte das
Schicksal sein!
Ursula hatte ihnen allen die Geschichte erzählt, alles, was sie von
Annemie erfahren hatte und worüber Friede, die nach wie vor
stumm vor sich hin starrte, nicht zu reden bereit gewesen war.
Nach dem, was Annemie erzählt hatte, war Sievert tatsächlich

vor zehn Tagen in Gumbinnen angekommen. Nicht viel hatte er von Frankreich berichtet, er war gedrückt gewesen, wenn sie ihn danach fragte, aber glücklich, sie endlich wieder in seine Arme schließen zu können. Wie hatte er sich nach ihr gesehnt, nach ihrer Wärme und Zärtlichkeit, ihren Küssen und Umarmungen, danach sein Gesicht in ihr Haar drücken zu können. Noch bevor er sich freiwillig gemeldet hatte, war ihre Verlobung gewesen. Er fühlte, dass sie die einzige Frau war, die er begehrte, die er lieben konnte. Von Anfang an hatte er es gewusst.

Nach der ersten Nacht seines Urlaubs hatte er sich plötzlich entschieden. Ein wenig traurig hatte er sie angesehen, sie an sich gezogen und sich dann auf sie gerollt und lange in ihr Gesicht gesehen. Gedankenverloren hatte er mit einer Strähne ihres hellbraunen Haares gespielt, sie damit an der Stirn gestreichelt und am Ohr gekitzelt.

Plötzlich hatte er sich aufgesetzt und sie gefragt.

„Annemie, was hältst du davon, wenn wir morgen heiraten? Willst du?“

Überrascht hatte sie in seinem Gesicht geforscht, ob das ein Spaß sein sollte, denn es war ausgemacht, geheiratet wird nach dem Krieg. Doch es war ihm Ernst, sie hatte es an seinen Augen sehen können.

Schnell hatte er sie aus dem Bett gezogen und nach dem Frühstück waren sie zum Pfarrer und zum Standesamt gelaufen. Jetzt, mitten im Krieg, würde es doch sicher schnell gehen können mit einer Trauung, da heirateten nicht so viele und sie waren guter Dinge.

Aufgeregt hatten sie vor dem Standesbeamten gestanden und gewartet, dass er ihre Papiere prüfen werde. Der kleine ältere Mann mit dem korrekten Seitenscheitel und der schwarzen Hornbrille auf der Nase hatte sich die Urkunden besehen, gedreht und gewendet, ob auch alle erforderlichen Stempel vorhanden und an der richtigen Stelle angebracht waren, und ihnen dann kopfschüttelnd und mit bedauernder Miene alles wieder über den Tisch gereicht. Verständnislos hatten sie sich angesehen und alle Hoffnungen waren entschwunden. Es fehle etwas ganz Wichtiges, hatte ihnen der kleine Mann erklärt, nämlich die Eheerlaubnis seines Vorgesetzten beim Militär. Ohne dieses Schriftstück dürften sie nicht getraut werden, ob Sievert das denn nicht wüsste.

Da hatte auch keine Versicherung seitens der jungen Leute geholfen, dass Sievert sich doch auf Urlaub befinde und sich von jetzt auf nachher, also ganz plötzlich, entschieden habe, noch in eben diesem Urlaub seine Verlobte zu ehelichen und deshalb diese Erlaubnis nicht dabei habe, der Mann blieb hart und schickte sie weg. Vorschrift sei Vorschrift.

Dann sei Sievert auf die Idee gekommen, er könne es schaffen, noch einmal zurück zu fahren nach Frankreich, seinen Vorgesetzten um das Papier zu bitten und mit dem nächsten Zug wiederzukommen und doch noch in diesem Urlaub zu heiraten. Er hatte es so beschlossen und so würde es gemacht, hatte er zu Annemie gesagt und sich nicht davon abbringen lassen. Noch in der Nacht hatte er einen Zug bestiegen und war in Richtung Westen gefahren. Aus Frankreich hatte er Annemie angerufen, die Eheerlaubnis sei geschrieben und er nehme den Zug am nächsten Morgen. Da hatte sie noch nicht gewusst, dass sie seine Stimme zum letzten Mal gehört hatte. Tagelang hatte sie auf ihn gewartet und sich Sorgen gemacht, warum er noch nicht wieder zurück war und dann war Friedes Anruf gekommen und Annemie hatte sofort gewusst, was Friede nicht hatte wahrhaben wollen, Sievert war tot. Es stimmte, was in der Todesnachricht gestanden hatte. In den Kämpfen, die seit der Landung der Alliierten in der Normandie Anfang Juni in Frankreich überall aufflackerten, war Sievert erschossen worden. Vielleicht war er gerade auf dem Weg zum Bahnhof oder schon im Zug gewesen, auf dem Weg zu seiner Hochzeit mit Annemie, und war von dem Kampfgeschehen überrascht worden, vielleicht. Ob man das je genau erfahren würde, wer konnte das schon sagen?

Stumm saßen sie in der Stube, die Eltern und die Geschwister, und dachten an Sievert. Und auch Ursula ging es, wie den Eltern, nicht aus dem Kopf, dass er sich aus freien Stücken gemeldet hatte. Warum? Wo lag der Sinn?

Erst Anfang August, also einen Monat später, kam dann Annemie nach Breslau zu einer offiziellen Trauerfeier für Sievert. Gemeinsam mit Elsa Berger und Liesel war sie die Strecke gefahren und Ursula hatte die Drei zusammen mit Lene auf dem Bahnhof abgeholt. In der Straßenbahn saßen sie miteinander und sprachen leise über Sievert, über das was sie über die Umstände seines Todes wussten und das, was sie dazu vermuteten, das

erstere war nicht viel, das zweite regte zu immer neuen
Spekulationen an. Doch die Wahrheit kannten sie alle nicht.
Nachdenklich saß Ursula zwischen Liesel und Annemie und
dachte an den Bruder, der sie alle hier zurückgelassen hatte ohne
sich zu verabschieden, doch der für immer in allen ihren
Gedanken sein würde. Plötzlich schrak sie zusammen, eine Hand
hatte sich leicht auf ihren Bauch gelegt.
„Und du Uschi, wann ist es denn so weit?", fragte Annemie von
der Seite.
Über und über rot geworden sah sich Ursula um. Noch keinem
hatte sie davon erzählt, doch mittlerweile konnte ein geübtes
Auge ihr kleines Bäuchlein nicht übersehen. Eigentlich hatte sie
gedacht, es würde noch keiner merken, außer ihrer Muttel
natürlich, die es schon im zweiten Monat gespürt hatte, dass ihre
Uschi in anderen Umständen war.
„Ja, also es ist schon noch Zeit.", wich Ursula aus.
Doch es war zu spät, die jungen Frauen waren schon hellhörig
geworden und warteten auf ihre Antwort.
„Na, komm schon, du bist doch bestimmt schon im fünften
Monat. Also wann kommt das Kind? Sag schon!", rief Annemie
erneut.
„Mitte Dezember ist es so weit.", kam es verlegen von Ursula und
sie legte schützend eine Hand über ihren Bauch.
Nun redeten alle durcheinander, jeder hatte ganz besonders
wichtige Ratschläge oder Hinweise für Ursula und das werdende
Leben in ihr. Liesel drückte Ursulas Hand und streichelte sie. Wie
gern wäre sie jetzt an der Stelle der Schwester! Einen Mann und
ein eigenes Kind zu haben, wie schön musste das sein! Wie
überglücklich musste Ursula jetzt sein in froher Erwartung auf
ein neues Leben, ein Kind, das sie lieben konnte und das sie
lieben würde, nur sie allein, als seine Mutter. Welch
unermesslichen Reichtum würde das für Ursulas Leben bedeuten.
Liesel wurde auf dem Sitz neben Ursula auf einmal ein Stück
kleiner als sie ohnehin schon war. Nur ihr, Liesemarie, würde
dieses Glück niemals zu teil werden, sie war für immer davon
ausgeschlossen. Auf einmal hasste sie ihre Krankheit, die
Behinderung, alle Nachteile und Unannehmlichkeiten, die sie seit
ihrer Kindheit deswegen schon in Kauf hatte nehmen müssen. Sie
liebte ihre jüngere Schwester, doch ein Stück weit beneidete
Liesel sie auch, dafür, dass sie so ein normales Leben führen

konnte, welches ihr verwehrt blieb. Wehmütig blickte sie von der Seite her auf Ursulas Bäuchlein, das sich unter ihrem Kleid leicht wölbte, und sie wünschte der Schwester insgeheim viel Glück und Kraft für sich und das Kind, denn es war nicht gerade eine gute Zeit, um Nachwuchs in die Welt zu setzen, jetzt mitten im Krieg. Es würde nicht leicht werden für Ursula, allein mit dem Kind, der junge Ehemann an der Front.
Was, wenn es ihr so erginge wie der armen Annemie, und Fred etwas passieren würde? Dann stünde ihre Schwester mit dem Kind allein da, nicht auszudenken. Nein, das wollte sie nicht denken! Sie hoffte für die Schwester, dass alles gut gehen werde, sie wünschte es ihr von Herzen.
Ursula war nicht entgangen, dass Liesel ganz in Gedanken, völlig abwesend war. Sanft legte sie den Arm um die Schwester und fragte nach Königsberg, nach den Verwandten in der Umgebung und Onkel Ernst in Gumbinnen, zu dem Liesel und Tante Elsa einen ziemlich engen Kontakt pflegten, besonders seit dem Tod der Großmutter im Februar vor einem Jahr. Sie ließ sich erzählen von Tante Leokadia in Bromberg, Tante Anna und all den anderen.
Liesel erzählte, sie wusste so viel zu berichten, und erzählte noch, als sie längst die Straßenbahn verlassen und zum Meisenweg gelaufen und nun vor der Granzschen Haustür standen.
In Ursula hatte sie eine sehr aufmerksame Zuhörerin, die sie nur unterbrach, um weiterführende, noch genauere Informationen zu erlangen. Am dankbarsten war sie über Liesels Geschichten über Sievert, Onkel Ernst und Tante Herta und darüber, was Liesel über Tante Leokadia zu erzählen wusste, jene wunderschöne, stolze Frau, die allein ihr Leben meisterte. In Ursulas Augen war sie die schönste aller Tanten, die sie hatten, unnahbar wirkend auf den ersten Blick, doch aufgeschlossen und furchtbar lieb zu allen Kindern der Familie, unverständlich für Ursula, dass die Tante allein lebte, so leben wollte, nur für ihren Beruf, dabei schlugen bei ihrem Anblick reihenweise Männerherzen höher, selbst jetzt noch, wo sie fast vierzig Jahre alt war.
Als sie vor ein paar Jahren zum letzten Mal hier in Breslau gewesen war, hatte Ursula die Tante, eine Cousine ihrer Mutter, lange und, wie sie hoffte, unauffällig gemustert, sie hatte nicht

anders gekonnt. Große blaue, strahlende, wache Augen standen
im Kontrast zu ihrem dunklen Haar, welches sie lockig, leicht, als
kurzen Bubikopf frisiert hatte. Eine gerade Nase, ein offenes,
schön geschnittenes Gesicht mit vollendeten Proportionen, das
getragen von einem schlanken, langen Hals, einem leicht
gebogenen Nacken, stets umschmeichelt von einer ihrer
unzähligen, wie für sie extra geschaffenen Ketten, war, eine
wunderbare, schlanke Figur, gekleidet in sanft fließende Kleider,
Röcke und Blusen, das war Tante Leokadia, von allen bewundert
und verehrt.
Ihr Bild hatte sich in Ursula festgesetzt, eingegraben in einem
Winkel ihres Gehirns hatte sie es oft vor Augen und wünschte
sich, auch so zu sein wie diese Tante, die sie bewunderte, wie sie
allein und doch glücklich und festen Schrittes durchs Leben ging,
ein kleines, aber gut gehendes Geschäft ihr eigen nannte,
unabhängig und stolz war, doch auch liebevoll und wohlwollend
im Umgang mit der Familie, Freunden und Bekannten.

Drinnen hörte man die Glocke schellen. Ursula griff nach der
Türklinke, öffnete die Haustür und ließ alle eintreten. Ein
Getrappel vieler Füße ertönte auf ihrem Weg die paar Stufen
hinauf ins Parterre.
Friede stand in der Tür, mit schmalem Gesicht, eingefallenen
Wangen, die ihre hohen Wangenknochen noch mehr betonten,
und traurig müden Augen, glaubte man ihrem Lächeln nicht. Ihr
Leid war unverkennbar. Elsa fiel der Schwester um den Hals und
hielt sie lange fest umfangen. Dann beugte sich Friede zu Liesel
herab und umarmte und küsste die Tochter, froh sie nach langer
Zeit wieder in die Arme schließen zu dürfen. Doch welch
trauriger Anlass dafür!
Annemie folgte weinend, umarmte Friede, die fast ihre
Schwiegermutter geworden wäre, und die sie sehr mochte. Sie
gab sich die Schuld an Sieverts Tod, war sie doch so begeistert
von seiner Idee gewesen, noch in seinem Urlaub zu heiraten.
Hatte sie nicht damit auch ein wenig dafür gesorgt, dass Sievert
zu seiner Truppe nach Frankreich zurück fuhr, um diese
Heiratserlaubnis zu holen? Er könnte noch leben, dachte sie
immer wieder voller Verzweiflung. Sie hatte ihn in den Tod
fahren lassen. Würde sie sich das jemals verzeihen können?
Ursula gab der Mutter einen Kuss auf die Wange und schloss

hinter allen die Wohnungstür. Friede nahm ihre Tochter in den Arm und strich ihr sanft über den Rücken.

„Wie geht es dir, mein Marjellchen?", fragte sie leise, auf Ursulas Bauch deutend. Staunend legte sie ihre Hand auf die kleine Kugel, die sich unter Ursulas Kleid wölbte.

„Dein Bauch ist schon ganz hübsch gewachsen! Bist du sicher, dass du nicht schon weiter bist, dass das Kind nicht schon früher kommt?", meinte sie mit hochgezogenen Brauen.

„Muttel, ich war doch gleich als meine Tage ausblieben beim Arzt. Und außerdem, mit dem Fred habe ich doch erst bei der Hochzeit, du weißt schon. Ich war mir doch nicht sicher, wegen der Heirat ..., ich... hab so lange überlegt, es..... kam mir so übereilt vor. Mama, ich wusste nicht, ob .....", verwirrt, was sie der Mutter sagen sollte, wie sie es ihr erklären konnte, brach Ursula stotternd ab.

Sie würde es sowieso nicht verstehen, warum sie so gezögert hatte, Freds Frau zu werden und dass sie ganz sicher war, dass sie das Kind nicht schon früher empfangen hatte. Nein, ganz gewiss hatte sie das nicht, denn bis zu ihrer Hochzeit mit Fred war sie noch unberührt gewesen.

Friede hatte bereits den Tisch gedeckt und alles für das Frühstück vorbereitet, damit die Ankömmlinge, welche die gesamte Nacht über gefahren waren, sich stärken konnten und mit schönem, heißen, duftenden Kaffee ihre Sinne wecken sollten. Doch nicht wie sonst, wenn Familienbesuch die Granzsche Tafel bevölkerte, ertönte lustiges Stimmengewirr beim Essen, flogen Fragen und Erzählungen quer über den Tisch, nein, heute saß man eher still beieinander und selbst die Kinder hielten ihre Fragen und Berichte über Schule und Streiche zurück. Elsa Berger, die neben ihrer Schwester Friede saß, ließ ihre Blicke wandern, die an jedem einzelnen der ernsten, verschlossenen Gesichter hängen blieben und es betrachteten. Man sah es ihnen an, wie sehr der Verlust von Sievert sie alle schmerzte.

Elsa fragte sich immer wieder, wie es wohl in ihrer Schwester und in ihrem Mann Martin aussehen mochte, die nun schon ihr drittes Kind verloren hatten und die eigentlich nie so richtig über den Tod ihrer beiden Mädchen hinweggekommen waren. Vor allem Friede bereitete ihr Sorgen, wie sie so Gram gebeugt, blass, schmal und verhärmt neben ihr saß, so still und oft so weit weg

in ihren Gedanken. Was dachte sie dann, was fühlte sie? Wie nur
konnte sie der Schwester helfen?
Sicher, auch sie wusste, wie es sich anfühlte, wenn man einen
geliebten Menschen verlor. Als sie ein Kind war, hatte man ihren
Vater begraben, an den sie jedoch wenig Erinnerung hatte, und
im letzten Jahr war die Mutter gestorben, die sie bis zuletzt
gepflegt hatte, ein schmerzlicher Verlust für sie und alle ihre
Geschwister und besonders auch für Liesel, die in der Großmutter
auch stets eine Art Mutterersatz gesehen und diese sehr geliebt
hatte. Immer tat es weh, Abschied zu nehmen, und oft dauerte es
lange mit der Trauer fertig zu werden, die einem die eigene Lust
am Leben nahm, die so furchtbar schmerzen konnte, dass sie
einen nicht atmen ließ, dass man sich nur noch in sich selbst
vergraben möchte. Das alles kannte auch Elsa. Doch wie erging es
einer Mutter, einem Vater, die ihre Kinder, eins nach dem
anderen, wie hier schon das Dritte, hergeben mussten? Wie
konnte man diesen Schmerz ertragen, das eigen Fleisch und Blut,
die Kinder, die man geboren und behütet hatte, in die kalte Erde
legen zu müssen? Wie? Ein eisiger Schauer überlief Elsa Berger
bei dem Versuch, sich das vorzustellen. Wie sehr mochte ihre
arme Schwester jetzt leiden?
Wie grausam ging das Leben mit diesen beiden Menschen um?
Was sollten sie denn noch alles ertragen? War es nicht schon
mehr als genug?
Langsam schüttelte Elsa den Kopf und ganz leicht legte sie ihre
warme Hand auf die kühle von Friede und streichelte sie sacht.
Erstaunt sah Friede der Schwester ins Gesicht und lächelte sanft,
ein kleines, ein wenig schiefes Lächeln, ein trauriges.

Am nächsten Vormittag saß die Familie Granz gemeinsam mit
Elsa Berger, Annemie, sowie den Familien Gebert und Pahl in der
stillen Zimpeler Kirche und gedachte Ursulas Bruder. Neben
Ursula saß Eva-Lina. Still sah das Mädchen vor sich hin und
wagte nicht aufzublicken. An den großen Bruder hatte sie nur
wenige Erinnerungen. Als er nach Gumbinnen zum Onkel Ernst
ging, war sie erst zwei Jahre alt gewesen und später, wenn er zu
Besuch nach Breslau gekommen war, hatte sie ihn mehr als Onkel
denn als Bruder angesehen, denn er war doch schon so
erwachsen gewesen. Immer hatte sie Sievert nur für kurze Zeit
gesehen und war ihm scheu ein wenig aus dem Weg gegangen,

zudem er sich lieber mit den Brüdern beschäftigt hatte, als mit
den Mädchen der Familie. So war ihr der große Bruder immer ein
wenig fremd geblieben und nun sollte sie ihn nie wieder sehen,
er war erschossen worden, hatte die Muttel ihr erzählt. Ihr
ältester Bruder lebte nicht mehr. Irgendwie stimmte sie das
traurig, denn alle um sie herum waren so furchtbar traurig
deswegen. Linchen schob ihre Hand in die Uschis und hielt sie
fest.
Uschis Augen standen voller Tränen. Nach wie vor konnte sie
nicht begreifen, dass Sievert, ihr liebster Bruder, sehenden Auges
in den Tod gegangen war, dass er sich freiwillig zum Kriegsdienst
gemeldet hatte. Und nun saßen sie hier beim Gedenkgottesdienst
und mussten sehen, wie sie mit dem Schmerz, den sein Tod in
ihnen allen hinterlassen hatte, fertig wurden.
So saß sie nun auf der Bank in der Kirche, Hand in Hand mit ihrer
jüngsten Schwester und dachte an ihren ältesten Bruder mit
Schmerz und Zorn im Herzen.

Zusammen gingen sie später alle den Weg zur
Jahrhunderthalle, immer wieder ihren Spaziergang
unterbrechend, um an schönen Stellen im Park ein paar
Aufnahmen mit der Kamera zu machen, damit man sich an
diesen Tag, an dem sie Abschied genommen hatten von Sievert,
immer erinnern konnte. Eine heiße Sommersonne brannte vom
wolkenlosen Himmel und ließ sie in ihren schwarzen Kleidern ins
Schwitzen geraten.
Uschis Kleid hatte unterhalb der Brust eine aufspringende Falte,
in die sich ihr Bäuchlein hinein reckte, keck und etwas runder als
man für den Stand der Schwangerschaft hätte vermuten können.
Ihr war furchtbar warm heute, die schwarzen Strümpfe taten ihr
Übriges dazu. Ihre Hände klebten, besonders die, welche noch
immer Linchens Hand hielt, die wie stets nicht von ihrer Seite
weichen wollte.
Endlich näherten sie sich dem Terrassenrestaurant und Linchen
rannte los, als Erste wollte sie an der Tür sein. Peterle folgte ihr
und versuchte sie fangen, sein derzeit beliebtestes Spiel, doch das
Mädchen war schneller. Ursulas Füße brannten, ihr war heiß und
sie schüttelte die klebrigen Hände. Endlich Schatten, dachte sie,
und eine Toilette und Hände waschen!
Mit beiden Händen schüttete sie sich das kalte Leitungswasser ins

Gesicht und strich sich vor dem Spiegel die Haare wieder glatt.
Tat das gut! Mit einem Seitenblick auf Hildegard Gebert, die
schweigend neben ihr die Hände wusch, wartete Ursula auf
Linchen. Nur wenige belanglose Worte hatte ihre
Schwiegermutter mit ihr gewechselt, seit sie von Sieverts Tod
erfahren hatte. Mitgefühl war wohl nicht so ihre starke Seite,
auch in diesen schmerzlichen Momenten heute in der Kirche und
auf dem Weg hierher hatte sie kaum mit Ursula gesprochen.
Selbst jetzt, hier allein mit der Schwiegertochter, brachte sie es
nicht fertig, ihr ein paar liebe Worte zu sagen, sie vielleicht
einmal in den Arm zu nehmen. Nichts!
Lange saßen sie an diesem Tag noch im Meisenweg beisammen
und redeten, Elsa Berger und Liesel, die Granzes, Annemie, die
Verwandten und die Mutter und Großmutter von Leo Pahl.
Geberts waren gleich nach dem Mittagessen wegen eines akuten
Migräneanfalles von Hildegard Gebert aufgebrochen.
Wieder lauschte Ursula den Erzählungen über die Verwandten in
Ostpreußen, den Geschichten, die Annemie über Sieverts Leben
in Gumbinnen wiedergab, ihrem Bericht über seinen letzten
Urlaub und den Entschluss schnell noch zu heiraten. Bald kamen
auch andere Themen ins Gespräch, das harte Leben, die
Einschränkungen, die der Krieg den Menschen abverlangte, das
Leid der Familien, aber auch die letzten lustigen Streiche der
Granz-Kinder, und es dauerte nicht lange, dass man
durcheinander redete und das Stimmengewirr immer
undurchdringbarer wurde.
Auf der Fahrt mit der Linie 18 bis in die Höfchenstraße schwirrte
Ursula der Kopf, so dass sie Mühe hatte, ihre Gedanken zu
ordnen, so viele Dinge wollten einen festen Platz in ihrem Hirn
finden, beachtet, sortiert und gewichtet werden.
In sich gekehrt stieg sie die Treppen hoch und steckte den
Schlüssel ins Schloss. Es ging nicht, ein anderer Schlüssel steckte
von innen und verhinderte es. Ursula drückte den Klingelknopf
und wartete. Nach einer Weile öffnete Willy Gebert und ließ
Ursula eintreten, nicht ohne sich zu wundern, dass seine Frau
den Schlüssel hatte stecken lassen, wo sie doch wusste, dass
Ursula noch kommen würde.
Auf dem Bett liegend ließ Ursula den Tag an sich vorbei ziehen,
sah noch einmal die Bilder der Zeremonie in der Kirche vor sich,
den Spaziergang durch die Anlagen bis zur Jahrhunderthalle, das

gemeinsame Essen, der Nachmittag daheim, hörte die unzähligen
Gespräche, Neues und Altes. Ihr Bruder war allgegenwärtig, an
ihn dachte sie vor allem, sah ihn als Kind, seine Streiche, wie er
sie verteidigte, wie sie ihn vom Bahnhof abholte und er sich
schämte vor ihr zu weinen. Sie dachte an die Trauer und den
Groll des Vaters, als sich Sievert freiwillig meldete und sah
wieder den Bogen Papier vor sich mit der Mitteilung über seinen
Tod.
Ein jäher Schreck durchzuckte sie, ein Schauer lief kalt über
ihren Rücken. Was wurde nun eigentlich aus Fred, wenn er
wieder aus dem Lazarett kam? Musste er dann wieder an die
Front, weiter kämpfen? Musste er sich auch erschießen lassen,
wie so viele andere? Ihr Fred, der Vater ihres ungeborenen
Kindes? Noch nie waren ihr diese Gedanken so nah gewesen,
hatte Ursula sie doch bisher immer weit von sich geschoben,
hatte gehofft, dass es sie nicht treffen würde, nicht treffen dürfe.
Sie grub sich in die Kissen und blieb dann reglos liegen, lange,
ganz still. Sie wollte nicht weinen, doch sie kamen, die Tränen,
erst ganz langsam füllten sie ihre Augen, dann liefen sie die
Wangen hinunter und versickerten in der Bettwäsche, immer
mehr und immer mehr. Eine ganze Weile konnte sie nicht damit
aufhören. Leise seufzte sie schließlich und gab sich einen Ruck.
Was nutzte all das Weinen? Es machte weder ihren Bruder wieder
lebendig, noch schützte es ihren Mann auf dem Schlachtfeld. Sie
musste jetzt stark sein, sich nicht unterkriegen lassen, ihr
Ungeborenes würde sie brauchen, denn in wenigen Monaten
würde es zur Welt kommen und eine gesunde und kräftige
Mutter wollte sie dann sein.
Sie musste schlafen, auch weil sie morgen wieder zur Arbeit
musste und die Kunden bei Anderlich nicht müde und
verschlafen mit dunklen Augenrändern begrüßen konnte. Sich
selbst neue Hoffnung zusprechend, fiel sie endlich in einen
traumlosen Schlaf.

XVI

Endlich war er gekommen. Endlich! Wie hatte sie darauf
gewartet! Seit zwei Wochen hatte sie keine Nachricht mehr von
Fred erhalten und begonnen sich Sorgen zu machen. War er nicht
mehr im Lazarett? War ihm etwas zugestoßen? Alles war möglich
und ihre Gedanken hatten sich überschlagen im Erfinden immer
neuer Szenarien, was passiert sein könnte. Und nun endlich lag
er auf dem Küchentisch, sie brauchte ihn nur zu öffnen und zu
lesen, sein Brief.
Keiner war in der Wohnung, ihre Schwiegermutter befand sich in
der Gesellschaft ihrer Freundinnen und Willy Gebert war noch
nicht wieder aus der Bibliothek der Universität zurückgekehrt,
wo er seit dem frühen Morgen schon an einer wichtigen
Recherche arbeitete.
Schnell griff Ursula nach dem Umschlag, holte ein Küchenmesser
aus dem Kasten und öffnete ihn, dabei hörte sie in Gedanken ihre
Schwiegermutter sagen, dass man dazu einen Brieföffner
benutzen müsse, und lächelte.
Abgestempelt war der Brief in einem Ort, dessen Name ihr nichts
sagte, als Absender war ein Lazarett angegeben.
Fred schrieb, dass er am nächsten Tag entlassen werde und
wieder zur kämpfenden Truppe abkommandiert sei. Die letzten
beiden Wochen habe er zur Erholung hier in einem anderen
Lazarett verbracht, um wieder ganz einsatzfähig zu werden. Sie
solle sich keine Gedanken machen, es werde alles gut. Wie es ihr
gehe und dem Kind und wie sie mit seinen Eltern auskomme? Er
hoffe, sie werde unterstützt und liebevoll behandelt, denn
schließlich trage sie ja sein Kind und deren Enkel unter ihrem
Herzen. Er freue sich schon so sehr auf den nächsten Urlaub,
wobei er eigentlich gehofft hatte, noch ein, zwei Wochen
Erholungszeit zu Hause verbringen zu dürfen, doch zur Zeit sehe
es damit wohl nicht so gut aus.
Zwischen all seinen Worten und Zeilen sprach seine große Liebe
zu ihr, seine Hoffnung sie bald wiederzusehen und für immer mit
ihr zu leben, mit ihr und dem Kind, seine Sehnsucht und
Verlangen sie so schnell wie möglich wieder in seine Arme
schließen zu dürfen. Ursula konnte es fast körperlich spüren.

Auch sie sehnte sich nach ihm, wünschte sich seine baldige, gesunde Rückkehr und hätte vieles darum gegeben.

Nachdenklich drückte sie das Papier an ihre Brust. Sie stand neben dem Küchentisch und sah aus dem Fenster hinunter in den Hinterhof, wo noch ein paar Kinder Fangen spielten. Ob ihr Kleines auch eines Tages dort unten mit herum toben würde oder würden sie eines Tages, nach dem Krieg, ihre eigene Wohnung haben, vielleicht mit draußen in Zimpel, im Grünen, in der Nähe ihrer Familie. Ja, das wäre schön! Doch erst einmal musste Fred wieder hier sein.

Sie ließ den dicht beschriebenen Bogen sinken, griff nach dem Kuvert und lief in ihr Wohnzimmer. Auf Freds Schreibtisch ließ sie beides liegen, später würde sie den Brief noch einmal lesen, vor dem Einschlafen.

Laut knarrte die Flurtür und sie hörte leise eilige Schritte auf den Holzdielen. Das musste Willy Gebert sein, Hildegards Absätze klapperten lauter und so früh pflegte sie auch nicht von ihrem Damentee nach Hause zu kommen. Ursula lief hinaus und begrüßte den Schwiegervater mit einem Kuss auf die Wange.

Seit Willy Gebert wusste, dass Ursula in anderen Umständen war, benahm er sich noch aufmerksamer und liebevoller ihr gegenüber, als er es ohnehin schon immer getan hatte. Er freute sich auf sein erstes Enkelkind, mindestens genau so, wie er sich vor Zeiten auf sein erstes Kind, das ja zu seinem Leidwesen auch sein einziges bleiben sollte, gefreut hatte. Fürsorglich kümmerte er sich um seine Schwiegertochter, als wäre sie sein eigenes Kind. Sogar die alte Wiege von Fred hatte er schon vom Dachboden geholt und eines Abends angefangen mit Schmirgelpapier die alte Farbe abzuschleifen, trotz Hildegards Missmut über diese schmutzige und niedere Tätigkeit in ihrer Wohnung. Doch schließlich sollte sein Enkelsohn, dass es ein Junge würde, davon war er felsenfest überzeugt, in einem frisch gestrichenen Bettchen liegen und seine ersten Eindrücke von dieser Welt erhalten, da zählten alle Einwände Hildegards nicht.

Gerührt von Willy Geberts Rücksichtnahme und Verständnis ihr gegenüber, versuchte auch Ursula dem Schwiegervater so manche kleine Freude zu bereiten. Am Wochenende stand sie in der Küche und buk frischen Kuchen, so wie er es sich insgeheim gewünscht hatte, als könne sie seine Gedanken lesen. Mit wie viel Genuss sich Willy Gebert dann immer über den frischen Kuchen

her machte, war eine Freude zu sehen.
Auch die Kochrezepte ihrer Muttel stellte sie den
Schwiegereltern vor, nur erntete sie von Hildegard Gebert dafür
weder Dank noch Anerkennung, jedoch jede Menge Missbilligung
und giftiger Kommentare, für die sich deren Ehemann im
Nachhinein jedes Mal bei ihr entschuldigte.
Er konnte seine Hildegard beim besten Willen nicht verstehen.
Was passte ihr nicht an Ursula? Warum war in ihren Augen alles
falsch, was Freds junge Frau tat? Ursula war doch ein sehr
liebenswertes Mädchen, hilfsbereit, natürlich, liebevoll, klug,
fleißig, ehrlich. Willy fand eigentlich nur gute Eigenschaften, die
er ihr zuschreiben konnte. Nur Hildegard verkehrte alles ins
Gegenteil, und je mehr sie das tat, umso mehr glaubte Willy,
seine Schwiegertochter beschützen zu müssen. Er hatte Ursula
gern um sich, die mit ihrem heiteren Gesicht und fröhlichen
Wesen in der Geberischen Wohnung die Sonne aufgehen ließ,
und so oft bei der Hausarbeit sang, dass ihm das Herz aufging.
Nur in Gegenwart seiner Frau verkroch sie sich immer mehr in
sich, wurde sie unsicherer und gedrückter, denn sie spürte die
Ablehnung, welche seine Frau ausstrahlte, die auch bald kein
Hehl mehr aus ihrer Verachtung machte und Ursula deutlich zu
verstehen gab, dass sie ihres einzigen Sohnes Fred nicht würdig
sei.
Vielleicht hatte sein Sohn doch nicht die beste Eingebung gehabt,
als er sie bat, Ursula einstweilen in die beiden Zimmer einziehen
zu lassen. Er, Willy, konnte nur hoffen, dass seine Hilde endlich
ein Einsehen hatte, dass sich ihre Einstellung gegenüber ihrer
jungen Schwiegertochter und baldigen Mutter ihres Enkelkindes
schnell ändern würde.

Bis Ende September 1944 erhielt Ursula in Abständen immer
wieder Briefe von der Front, in denen Fred ihr von seinem Leben
dort berichtete, doch stets nur kurz und ohne Schilderung von
seinem Einsatz, damit sie sich nicht ängstigte. Ausführlich
dagegen beschrieb er seine Sehnsucht nach ihr, seine Liebe, die
durch nichts zu erschüttern war und seine Hoffnung auf ein
baldiges Kriegsende, ein friedliches Leben mit ihr, seine Träume
für das Morgen. Was für eine wunderbare Zukunft sie sich bauen
würden. Ein Haus würden sie haben, ganz gewiss, und er selbst
würde es entwerfen, ein Haus mit Garten für die Kinder zum

Spielen und für Obst, Gemüse und viele Blumen, ein
wunderschönes Haus in einer Siedlung mit vielen Bäumen, eine
Oase im Grün in einem friedlichen Land.
Auch Ursula geriet dann jedes Mal beim Lesen ebenfalls ins
Träumen, sah es genau vor sich, was ihr Fred beschrieb, hoffte,
dass alles bald Wirklichkeit werden würde, für sie und Fred und
das Kind. Doch erst musste dieser furchtbare Krieg vorbei sein,
endlich wieder Frieden herrschen, musste Fred gesund wieder
nach Hause kommen. Diese Hoffnung ließ sie die Tage, Wochen
und Monate ohne ihn überstehen, ließ sie sehnsuchtsvoll auf
seine Briefe warten und ihren wachsenden Bauch mit seinem
ungeborenen Kind streicheln.
Doch dann blieben Anfang Oktober seine Briefe aus. Nicht nur
sie, auch Geberts machten sich Sorgen um Fred, denn auch sie
hatten nichts von ihm gehört. Tagsüber war Ursula abgelenkt
durch ihre Arbeit bei Anderlich, hatte sie wenig Zeit zum
Nachdenken und Grübeln, nicht wie Geberts, die den ganzen Tag
über zu Hause saßen und auf den Postboten warteten. Doch am
Abend, wenn sie in ihrem Wohnzimmer saß, brachen die Angst
und Sorge um ihren Mann erbarmungslos über sie herein, jeden
Abend, immer stärker, immer furchtbarer.
Wie gelähmt saß sie dann im Sessel und starrte vor sich hin.
Warum schrieb er nicht? War er nur noch ununterbrochen im
Einsatz? Ihre Gedanken kreisten nur um ihn.
Willy Gebert lud sie ein, die Abende doch mit ihm und seiner Frau
zu verbringen, und dankbar nahm sie manchmal diese Einladung
auch an. Dann konnte sie nicht so viel Grübeln, erst vor dem
Einschlafen, dann war es nicht ganz so schlimm. Mit ihrem
Schwiegervater zu plaudern brachte ihr stets ein wenig
Ablenkung, während Hildegard eher teilnahmslos daneben saß
und krampfhaft versuchte Ursula zu ignorieren.
Die Bombardements der Alliierten ab dem siebenten Oktober
hatten zudem die Bewohner der Stadt in den folgenden Tagen in
Angst und Schrecken versetzt. Stundenlang saßen Geberts
zusammen mit Ursula im Luftschutzkeller und erzitterten mit
jeder der Detonationen von in der Nähe einschlagenden Bomben.
Der Krieg rückte näher, niemand konnte mehr das Gegenteil
behaupten. In Breslau war der Schulunterricht eingestellt
worden und die älteren Schulkinder zu Arbeitseinsätzen
verpflichtet worden. Viele Menschen sorgten sich um ihre

Familien, die Männer und Söhne an der Front, das immer
schwerer werdende Leben daheim.
Da endlich kam eines Tages ein Brief, abgesandt von Freds
Kommandeur. Keiner brachte es fertig ihn zu öffnen. Geberts
ließen ihn liegen bis Ursula von der Arbeit nach Hause kam. Zu
dritt saßen sie um den Küchentisch, den Brief in der Mitte liegen
und starrten ihn an. Willy Gebert fasste sich endlich ein Herz,
man musste doch wissen was los war.
Mit dem bereit gelegten Brieföffner schlitzte er schließlich das
Feldpost-Kuvert, welches den Stempel von Freds Einheit trug,
auf, zog ein Blatt Papier heraus, das mit Schreibmaschine
beschrieben war, und begann zu lesen. Ursula sah, wie die Farbe
aus seinem Gesicht wich, ihr Herz raste.
Als Willy Gebert den Bogen sinken ließ, sah er sie mit traurigen,
mitleidvollen Augen an.
„Was ist los? Warum sagst du nichts?", fragte Hildegard Gebert
ihren Mann ahnungsvoll.
„Ist er …?", versuchte Ursula mühsam zu fragen, doch ihre
Stimme versagte.
Langsam füllten sich ihre Augen mit Tränen.
„Nein, nein!", beeilte sich Willy Gebert zu entgegnen, doch die
Sorge um den einzigen Sohn sprach ihm deutlich aus dem
Gesicht.
„Sie schreiben, er wäre vermisst, nach schweren
Kampfhandlungen vermisst. Das ist alles, mehr weiß man
angeblich nicht. Man hat ihn nicht gefunden und die Soldaten,
die mit ihm waren, konnten auch nichts über seinen Verbleib
sagen."
Er zuckte mit den Schultern und man sah, dass er den Tränen
nahe war, sich aber nichts anmerken lassen wollte. Hildegard war
ebenfalls blass geworden. Ihr Junge, ihr einziges Kind, wo war er
jetzt? Lebte er noch, war er gefangen, war er tot? Ihre Gedanken
drehten sich im Kreis. Was war ihrem Sohn geschehen?
Verzweifelt sah sie ihren Mann an. Wenn sie auch nicht immer
einer Meinung mit Fred gewesen war, vor allem in der letzten
Zeit, seit er diese Uschi liebte, er war doch immer noch ihr Kind.
Mit einem Ruck stand sie auf und verließ die Küche. Man hörte
die Tür zu Geberts Schlafzimmer schlagen, dann wurde es still.
Hildegard wollte allein sein mit ihrem Kummer und ihrer Angst.
Willy Gebert kannte seine Frau.

Ursula saß noch immer still und stocksteif auf ihrem Stuhl. Ihre blicklosen Augen standen voller Tränen, die nun langsam über ihre Wangen rannen und auf ihre gefalteten Hände tropften. Sie spürte es nicht. Alles um sie herum schien versunken, nur der Gedanke an Fred zählte, die Angst um ihn, die sie fast zerriss. Lieber Gott, lass ihn leben, war alles, was sie noch denken konnte.

Willy Gebert spürte, dass sie nicht mehr weiter wusste, dass er ihr helfen musste, egal wie schwer es ihm selbst ums Herz war.

„Uschi, mach dir nur jetzt nicht so viele Gedanken. Der Fred wird noch am Leben sein, man wird ihn finden, da bin ich ganz sicher! Wir werden sicher bald wieder von ihm hören, meine Liebe.", versuchte er sie zu trösten.

Er zögerte einen Augenblick, als er sah, dass sie noch immer kerzengerade und teilnahmslos ihm gegenüber saß. Hatte sie ihn verstanden? Hörte sie ihm zu oder war sie ganz weit weg, tief in ihren Gedanken bei Fred?

Langsam und stockend fuhr er schließlich fort, Ursula nicht aus den Augen lassend:

„Schlimmstenfalls ist er in Gefangenschaft geraten. Aber dann wird er irgendwann entlassen werden und zurückkommen, ganz bestimmt.

Uschi, du musst jetzt erst einmal an dich denken und vor allem an euer ungeborenes Kind! An Freds Kind! Es wird dich sehr brauchen, in dieser unruhigen Zeit. Du musst stark sein, Uschi, für euer Kind!", sagte er eindringlich und nahm ihre kalten Hände in seine.

„Auch wenn der Fred vielleicht für länger weg ist und später zurück kommt als wir vielleicht denken, sei für euer Kind da, deines und seines. Denk daran, er würde es so wollen! Wenn er dann wiederkommt, möchte er euch doch gesund und munter hier vorfinden. Uschi, ich werde dir helfen, immer. Das weißt du doch. Ich werde immer für dich und das Kind da sein, das verspreche ich dir!"

Ursula nickte langsam. Es kam wieder etwas Leben in ihren Blick. Er hatte ja Recht und sie war froh, dass er sich um sie kümmerte, schließlich war Fred sein einziges Kind und auch er machte sich gewiss große Sorgen um ihn. Sie drückte dankbar und liebevoll seine Hand und erhob sich.

„Nur eine kleine Weile möchte ich allein sein, bitte!", flüsterte sie, denn ihre Stimme wollte ihr noch nicht wieder ganz gehorchen.

„Es ist auch für dich schwer, für euch. Das weiß ich.", fügte sie hinzu und verließ die Küche.

Später, als es leise an ihrer Tür klopfte und Willy Gebert herein sah um sie zu fragen ob sie etwas essen möchte, fand er sie aufrecht im Sessel sitzend im dunklen Zimmer. Erschrocken fuhr sie herum und er sah ihr verweintes Gesicht, das sie eilig vor ihm zu verbergen suchte. Willy Gebert legte seinen Arm um die junge Frau, umarmte sie vorsichtig und zog sie dann langsam zu sich nach oben.

„Komm Uschi, du musst etwas essen, schon wegen des Kindes. Na komm mit in die Küche!"

Gemeinsam bereiteten sie das Abendbrot, schweigend, jeder in seinen Gedanken.

Beim Essen herrschte eine lähmende Stille am Tisch. Hildegard Gebert stocherte genauso auf ihrem Teller herum wie Ursula, nur Willy Gebert hatte sich wieder mehr in seiner Gewalt und aß. Eine Stunde später lag Ursula im Bett, doch an Schlaf war noch lange nicht zu denken. Erst gegen Morgen fiel sie in einen traumlosen, bleiernen Schlaf.

Draußen war es noch dunkel. Dichter Regen klatschte vom kalten Herbstwind, der nasse welke Blätter und kleine Zeige durch die feuchte Luft fliegen ließ, getrieben gegen die Fensterscheiben.

Ursula öffnete die Augen und überlegte einen Augenblick wo sie sich befand. Dann fiel es ihr wieder ein, alles war wieder da. Sie war zu Hause, bei ihrer Muttel, Papa und den Geschwistern. Gott sei Dank! Endlich wieder daheim!

Wie eine Flucht war ihr Auszug bei Geberts gewesen. Sie hatte es nicht mehr ausgehalten, nur noch weg gewollt. Hildegard Geberts Verhalten ihr gegenüber war seit dem Brief, dass Fred vermisst wurde, noch schlimmer geworden. Sie wurde gedemütigt, beleidigt, nicht beachtet, was noch das Geringste war. Auch Willy Geberts Fürsprache bei seiner Frau, seine eindringlichen Bitten, Ursula mit mehr Respekt und vielleicht etwas Liebe zu behandeln, als Frau ihres einzigen, verschollenen Sohnes und baldigen Mutter ihres Enkels, waren ungehört geblieben. Seine Hildegard lebte in dem festen Glauben ihr Sohn sei tot und sie mochte Ursula nicht in ihrer Wohnung haben, sie gar nicht um sich haben, möglichst nie mehr sehen.

Nicht einmal ihren Eltern gegenüber hatte Ursula alles erzählt, was ihr in Geberts Wohnung widerfahren war, nur so viel, dass Friede und Martin verstanden, dass sie dort nicht bleiben wollte und konnte.

So hatte Martin gemeinsam mit Willy Gebert, der ihren Weggang sehr bedauerte, gestern bis spät am Abend Ursulas Sachen wieder nach Zimpel gebracht. Ursula war froh und traurig zugleich, zum einen, ihrer Schwiegermutter, von der sie nur selten ein gutes Wort zu hören bekommen hatte, entronnen zu sein, zum anderen hatte sie sich in ihren beiden Zimmern dort Fred so viel näher gefühlt als hier bei ihrer Familie.

Nun war sie also wieder daheim. Ursula streckte sich und drehte sich auf die andere Seite. Sie könnte noch ein wenig Schlaf gebrauchen, so müde war sie und heute war doch Sonntag und noch früh am Morgen.

Friede ließ ihre Tochter schlafen. So müde und mitgenommen hatte sie gestern ausgesehen, das war ihrem Zustand nicht gerade zuträglich. Ein Glück, dass es rechtzeitig wieder zurück gekommen war, das Marjellchen. Man würde sie ein wenig verwöhnen müssen, jedenfalls so gut das ging in dieser schweren Zeit. Friede schüttelte den Kopf. Warum hatte Ursula nur nicht schon früher etwas erzählt, wie es ihr dort ging? Dann hätte es doch nicht erst so weit kommen müssen. Es war doch auch so schon genug für das Marjellchen, die überstürzte Hochzeit, die schnell darauf folgende Schwangerschaft, Freds schwere Verwundung, Sieverts Tod und nun war Fred vermisst schon seit fast einem Monat und Ursula machte sich furchtbare Sorgen um ihn. Sollte sie sich wenigstens heute erst einmal ein wenig erholen, denn morgen musste sie schon wieder frisch sein, wenn sie in die Stadt zur Arbeit fuhr.

Es störte sie nicht, dass sie nun wieder jeden Tag mit der Bahn fahren musste, um zu Anderlich zu kommen, im Gegenteil, bei den Eltern fühlte sie sich geborgener und wieder freier als bei Geberts, wo sie Angst vor jedem falschen Wort gehabt hatte, für das Hildegard Gebert ihre Augenbrauen nach oben zog und sie tagtäglich spüren ließ, wie wenig sie doch zu ihrem Sohn Fred passte, um wie viel sie unter ihm stand.

Ursula genoss die morgendliche Fahrt in die Stadtmitte, hing ihren Gedanken nach, die sich fast immer mit Fred und dem Kind beschäftigten. Wo mochte er nun sein? Lebte er überhaupt noch? Ging es ihm einigermaßen gut dort wo er war? Immer wieder zogen diese und ähnliche Fragen quer durch ihr Hirn und waren sie endlich in einer Windung verschwunden, tauchten sie alsbald aus der nächsten wieder auf. Sie wurde sie nicht los.
Da, schon wieder ein Tritt gegen ihren Bauch! Das Kind war sehr munter heute. Ursula legte ihre Hand auf den Bauch spürte sogar durch die Jacke die Bewegung. Verträumt lächelte sie. Was es wohl werden wird, ein Mädchen oder ein kleiner süßer Junge mit den blauen Augen von Fred? Ihr Mann wünschte sich einen Sohn, aber er hatte ihr auch geschrieben, dass, wenn es ein Mädchen würde so wie sie, Ursula, er es auch ganz besonders sehr lieben würde. Und außerdem würden sie ja noch einige andere Kinder bekommen, so endete sein Satz. Ach Fred, dachte Ursula, wo bist du?
Beim alten Anderlich gaben sich zurzeit nicht gerade die Kunden die Klinke in die Hand, die Zeiten waren nicht danach. Zu wenig Geld war unter den Leuten und neue Schuhe konnten sich nicht viele leisten. Natürlich hielt die Frau Amtsrat Gleisner dem Schuhhaus ihre Treue und auch heute öffnete sie am frühen Nachmittag mit einem Bimmeln die Ladentür und spazierte geradewegs auf Ursula zu. Ein bewundernder Blick fiel dabei auch auf Ursulas nicht zu übersehende Bauchwölbung.
„Guten Tag, meine liebe Frau Gebert! Sie sehen gut aus! Ich freue mich für Sie, bald haben Sie es geschafft. Es sind doch gewiss nur noch wenige Tage. Wieso stehen Sie eigentlich noch hier im Geschäft? Der Herr Anderlich sollte Sie nicht mehr arbeiten lassen!", meinte sie empört.
Ursula lachte fröhlich auf und schüttelte den Kopf.
„Guten Tag, Frau Gleisner! Schön, dass Sie wieder bei uns vorbeischauen. Ich freue mich, Sie zu sehen! Aber haben Sie keine Angst, der Herr Anderlich tut nichts Böses, wenn er mich hier arbeiten lässt, denn das Kind kommt erst im Dezember, es ist noch ein wenig Zeit bis dahin. Aber womit kann ich Ihnen denn heute behilflich sein? Suchen Sie etwas Bestimmtes?", rief sie entwaffnend heiter, so wie sie stets mit den Kunden umging.
Frau Gleisner, die Ehefrau des Amtsrates, lächelte und ließ sich einige Modelle zeigen, die man gut auf Reisen tragen konnte,

bequem und doch von einem gewissen Chic, worauf sie wie stets einen großen Wert legte. Fast eine halbe Stunde lang brachte Ursula ihr ein Paar Schuhe nach dem anderen und war heilfroh, als die Frau endlich die richtigen Schuhe gefunden hatte. Mit den besten Wünschen für sie und das Kind verließ die Frau Amtsrat das Geschäft und Ursula räumte alle Schuhe wieder ordentlich in die Kartons und brachte sie ins Lager.
Schnell war der Nachmittag vorbei und Ursula schloss nach dem letzten Kunden die Ladentür ab. Nun noch alles in Ordnung bringen, Frau Hermann einen Zettel schreiben, damit diese am Morgen nicht vergaß, dass sie erst später kam und dann ging auch Ursula.
Nach Hause würde sie erst später fahren, zuerst hatte sie noch einen Gang zu erledigen.
Vor kurzem, als sie bei Lene zu Besuch war, hatte diese sie gefragt, ebenso wie schon die Mutter sie vorsichtig darauf hingewiesen hatte, ob das Kind, das sie unter dem Herzen trug, nicht vielleicht früher zur Welt kommen würde als gedacht, denn Ursulas Bauch sähe aus, als sei sie mindestens einen Monat weiter. Doch Ursula wusste ja, dass es gar nicht anders sein konnte. Und nun hatte sich die Amtsrätin ähnlich geäußert. Heute wollte sie sowieso bei der Hebamme vorbeischauen, die sie untersuchen wollte und sehen ob alles in Ordnung war, die konnte sie gleich einmal fragen.
So fuhr sie denn mit der Straßenbahn bis nach Zimpel und lief zum Drosselweg, wo die Hebamme wohnte, und klingelte. Es dauerte nur einen Augenblick bis die Tür geöffnet wurde und die Frau Ursula herein bat. Ein kleineres Zimmer mit einem hohen Fenster war als Untersuchungsraum eingerichtet. Hier wurde Ursulas Bauch mit einem hölzernen Hörrohr abgehorcht, der Bauchumfang gemessen, musste sie sich auf die Waage stellen. Als die Hebamme fertig war und alle Ergebnisse sorgfältig auf einer Karteikarte notiert hatte, platzte Ursula aufgeregt mit ihrer Frage heraus, dass so viele sie darauf angesprochen hätten, dass man dächte, sie sei schon weiter in ihrer Schwangerschaft, ihr Bauch sehe aus wie kurz vor der Entbindung, wie das sein könne, ob das normal sei. Die Frau lächelte, ließ sie in Ruhe ausreden und meinte dann, alles wäre in bester Ordnung, manchmal wäre eine Frau mal ein wenig dicker, vielleicht hätte sie viel Fruchtwasser oder es seien gar zwei Kinder, die sie erwarte. Sie

hätte zwar nur einen Herzton gehört, aber das sei trotzdem möglich. Sie solle damit rechnen, es wären vielleicht zwei neue Leben in ihr, wer weiß.

Nachdenklich verließ Ursula die Praxis und lief gemächlich in Richtung Meisenweg. Sollte die Frau doch Recht haben, bekam sie womöglich Zwillinge? Was wohl Fred dazu sagen würde? Ob sie bald etwas von ihm hörte? Das musste er doch wissen, dass er vielleicht ein doppelter Vater wurde! Ihr Herz machte einen kleinen Satz. Wenn sie doch nur wüsste ob er noch lebt! Den ganzen Weg bis nach Hause grübelte Ursula, kamen die Gedanken und verflogen. Vielleicht zwei Kinder! Wo war Fred?

Als sie endlich im Meisenweg die Wohnungstür aufschloss und die Mutter aus der Küchentür trat, stürzte sie auf sie zu und fiel ihr um den Hals. Weinend und lachend zugleich lehnte ihr Gesicht an der Wange ihrer Muttel, schluchzte und zitterte sie wie Espenlaub, dass Friede sie erstaunt fest in die Arme schloss und nach Martin rief.

Gemeinsam brachten sie Ursula in die Küche, setzten sie auf einen Stuhl und Friede brachte ihr ein Glas Wasser.

„Kind, was ist denn bloß los mit dir?", fragte Friede besorgt.

„Trink einen Schluck! Uschi, alles wird gut! Komm, erzähle was dich so aufgeregt hat! Komm Marjellchen!"

Kopfschüttelnd sahen sich Friede und Martin an, als Ursula ihnen vom Besuch der Hebamme und ihren Sorgen und Nöten und von der Möglichkeit, dass sie Zwillinge bekam, erzählt hatte.

Friede fasste sich als erste wieder.

„Mach dir da mal keine Sorgen, Marjell! Ob eins oder zwei, wir werden damit fertig, eins mehr können wir auch noch durchfüttern. Irgendwie ist es doch auch bei uns immer gegangen und wir haben weiß Gott genug Kinder. Und der Fred? Das wird man sehen, vermisst ist nicht tot! Eines Tages wird er zurückkommen und über ein oder eben zwei Kinder staunen. Und jetzt wird erst einmal gegessen, mein Marjellchen!", meinte sie resolut und holte den Topf mit der Suppe, die es heute zum Abendessen gab, aus der Ofenröhre, wo er warm gehalten wurde.

Fünf Tage waren seitdem vergangen, Ursula war vor einer halben Stunde von der Arbeit gekommen, hatte sich umgezogen und saß nun auf ihrem Bett und spielte mit Linchen und Grete. Das half ihr gegen das Grübeln, denn eine Nachricht von Fred

hatten weder sie noch Geberts inzwischen erhalten, wie ihr Willy
Gebert heute traurig am Telefon mitgeteilt hatte, und auch ihr
Brief, den sie gemeinsam mit ihm an Freds Vorgesetzten
geschrieben hatte, als sie noch mit in der Höfchenstraße gewohnt
hatte, war bisher unbeantwortet geblieben. So saß sie nun
zwischen den Mädchen und versuchte nicht daran zu denken,
was der Schwiegervater ihr berichtet hatte.
Die Kinder hatten ein Mensch-ärgere-dich-nicht-Spiel auf der
Bettdecke aufgebaut und rannten nun mit ihren Spielmännlein
von Feld zu Feld, wer zuerst seine Männlein alle wohlbehalten ins
Häuschen bringen würde. Eilig wurde gewürfelt, gesetzt, der
Würfel weiter gegeben und versucht die Männlein der anderen
Spieler aus dem Spiel zu werfen, damit sie ihre Runde noch
einmal von vorn beginnen mussten. Linchen spielte ruhig und
war zwar traurig, wenn eines ihrer vier Männlein neu beginnen
musste, schluckte aber ihren Groll darüber tapfer hinunter. Grete
jedoch wurde mit jedem Hinauswurf ungeduldiger und wütender,
bis die Zwölfjährige schließlich voller Wut und mit rotem Kopf
mit der Hand alle Spielsteine von der Pappe fegte und samt des
Würfels auf den Boden warf.
Ursula sah die Schwester tadelnd an, sagte aber ruhig und
bestimmt, sie solle alles wieder aufheben und sich nicht wie eine
Dreijährige benehmen.
Doch Grete nahm die Spielunterlage mit beiden Händen und riss
sie mittendurch, warf die Teile ebenfalls auf den Boden und
sprang zornig durch das Bett, das Gesicht hochrot, Tränen in den
Augen, die Hände zu Fäusten geballt. Ihre Augen funkelten auf
einmal böse auf, sie sprang wie auf einem Trampolin, rannte über
das Bett und begann vor lauter Wut nach Ursula zu treten. Sie
war wie rasend, traf Ursula an Armen, Beinen, Brust und Bauch,
so dass diese versuchte mit ihren Händen wenigstens ihren
Bauch zu schützen. Linchen schrie erschrocken, als sie die
Schwester derart toben sah und Traudel, die eben zur Tür herein
stürzte, kam zum Bett gerannt und hielt die immer noch wütend
um sich tretende und schlagende Schwester fest. Inzwischen
hatte Linchen die Mutter geholt, die Grete hinausschickte und
sich um Ursula kümmerte, die zusammengekrümmt auf dem Bett
lag und schwer atmete.
„Uschi, was ist passiert? Hast du Schmerzen?“, erkundigte sie
sich bei Ursula und streichelte der Tochter besorgt die Wange.

Ursula schwieg, sah die Mutter nur an.
„Die Grete hat sie getreten, überall, und jetzt tut der Uschi
bestimmt der Bauch weh und die Arme und Beine auch. Nur, weil
die Grete auch mal rausgeworfen wurde beim Mensch-ärgere-
dich-nicht. Da muss sie doch nicht böse werden, oder Muttel?“
„Es geht schon wieder.“, meinte Ursula gepresst.
„Dass sie aber auch so wütend werden kann!“, fügte sie leise
hinzu und presste die Hände gegen ihren Leib.
„Muttel, ich möchte noch ein wenig hier liegen.“
Friede nickte und nahm auch Linchen mit in die Küche. Sie
würde Ursula dann zum Essen rufen, meinte sie noch mit einem
besorgten Blick zurück auf ihre Tochter, dann schloss sie die Tür
hinter sich.
Ruhig, atme ruhig, versuchte sich Ursula selbst zu
beschwichtigen, dabei noch immer ihre Hände fest gegen ihren
Bauch drückend. Nur langsam ebbten die heftigen Schmerzen,
die eben noch ihren Leib durchzuckten ab, doch ein leichter,
dumpfer Schmerz blieb.
Als die Mutter sie rief, holte sie schon freier Luft, erhob sich
langsam und vorsichtig vom Bett und lief in die Küche zum
Essen.

Am nächsten Morgen waren die Schmerzen verschwunden.
Froh, dass es ihr wieder gut ging, lief Ursula zur Bahn und fuhr in
die Stadt zu Anderlichs Schuhhaus. Sie stürzte sich in die Arbeit
als hinge ihr Leben davon ab, dass sie so viel wie möglich und so
gut wie es nur irgend ging arbeitete.
So sah sich nach zwei Tagen, in denen er Ursula mit wachsender
Sorge beobachtet hatte, der alte Anderlich veranlasst, sie zu
fragen, warum sie denn so hetze, jetzt in ihrem Zustand. Sie blieb
ihm die Antwort schuldig, sah ihn nur mit traurigen Augen an.
Herr Anderlich wusste, dass Fred an der Front war und fragte
nach ihm. Ursula berichtete kurz, dass er schon längere Zeit
vermisst sei und sie sich gemeinsam mit dem Schwiegervater in
einem Brief nochmals nach ihm erkundigt hatten. Doch sie wisse
noch nichts. Sie schwieg, doch die Tränen in ihren Augen sagten
alles.
Der alte Anderlich schluckte und versuchte damit den Kloß in
seinem Hals los zu werden. Sie hatte es nicht leicht, die kleine
Ursula, viel war in der letzten Zeit über sie hereingebrochen,

dachte er, und sie tat ihm leid. In den Jahren, wo sie hier ihre
Lehre absolvierte und dann als Verkäuferin in seinem Haus
arbeitete, war sie ihm so sehr ans Herz gewachsen, dass er mehr
in ihr sah als nur eine Angestellte. Es kam ihm so vor, als kenne
er sie schon seit ihrer Kindheit, als wäre sie immer um ihn
gewesen, wie eine Tochter. Umso mehr traf ihn ihre Traurigkeit,
ihr Wunsch in Arbeit zu ertrinken um alles andere zu vergessen,
die Angst um den Mann, die Ungewissheit über seinen Verbleib,
die Trauer um den Bruder.
„Ursula, ab sofort möchte ich Sie nicht länger als fünf Stunden
hier sehen und Sie helfen mir in erster Linie im Büro und
verkaufen Schuhe. Wobei ich Sie nicht sehen möchte sind
Arbeiten im Lager, Heben und Stapeln von Kartons und das
Stehen auf Leitern, Hockern und so weiter! Ach, und ehe Sie mir
nun vorhalten, dass Sie dann nicht genug Geld verdienen, Sie
werden es den anderen Frauen nicht mitteilen, ich zahle Ihnen
Ihr Geld wie bisher weiter.“
Neugierig auf ihre Reaktion sah er Ursula an, die ihn ungläubig
anstarrte, und lächelte mild.
„Das ...das... kann ich nicht annehmen!“, rutschte es ihr dann
heraus.
Am liebsten hätte er die junge Frau in die Arme genommen, so
sehr rührte ihn ihre Aufrichtigkeit und ihr Unbehagen, etwas
geschenkt zu bekommen, doch er beherrschte sich, wollte ihr
nicht zu nahe treten.
„Seien Sie nicht dumm, wir machen es so und gut! Zur Zeit sind
eh nicht so viele Kunden und die junge Frau Wehrmann kann
ruhig ein wenig mehr mit zupacken, sie ist gesund und kräftig
und Sie haben ihr bisher viel zu viel abgenommen.“
Das war sein letztes Wort und er ließ nichts anderes mehr gelten.
Eigentlich war Ursula ganz froh darüber, denn ihr allzu runder
Bauch bereitete ihr schon einige Ungelegenheiten bei der Arbeit,
doch im Büro mithelfen..... Würde sie das denn können?
Wie froh war sie, als die Arbeit im Büro ihr gut gefiel.
Herr Anderlich hatte ihr alles erklärt und ihr dann als Erstes
einen Stapel mit Rechnungen gegeben, die sie alle überprüfen
und in die Bücher eintragen sollte. Als ihr das gut und schnell
von der Hand ging, war sie begierig darauf, mehr zu tun, mehr zu
wissen und der alte Anderlich freute sich ungemein, dass er mal
wieder Recht behalten hatte, als er sich im Stillen vorgestellt

hatte, dass es gut wäre, die junge Frau Ursula in die Leitung des
Geschäftes ein wenig mehr einzubinden, denn lange konnte er
das nicht mehr allein schaffen. Fröhlich lächelte er in sich hinein.

Nachdem fast eine Woche vergangen war, erhielt Ursula einen
Brief von Freds Vorgesetztem.
Kaum wagte sie es, das Kuvert zu öffnen, denn sie hatte Angst vor
dem was sie darin lesen würde. Ein paar Mal wendete sie den
Umschlag unschlüssig hin und her, las mehrmals den Absender,
als könne er ihr Aufschluss über den Inhalt geben, hielt den Brief
gegen das Licht, drückte ihn an ihre Brust und war sich immer
noch nicht sicher ob sie ihn nun öffnen sollte. Schließlich nahm
sie ein Küchenmesser und schlitzte ihn umständlich und zögernd
auf. Wieder hielt sie inne. Sollte sie ihn wirklich lesen? Ihr Herz
schlug in einem schnellen Rhythmus, doch sie musste ihn lesen,
wollte mehr wissen über Freds Verschwinden, vielleicht gab es ja
auch neue Erkenntnisse. Sie entfaltete den Bogen. In kurzen
Sätzen wurde ihr mitgeteilt, dass man nichts Neues zum Verbleib
ihres Mannes sagen könne. Nach Aussagen seiner Kameraden
wäre er mit einer Gruppe von Soldaten trotz heftiger Gegenwehr
von schwerem Geschützfeuer getroffen und überrannt worden.
Auch die restliche Kompanie hatte ihre Stellung räumen müssen
und sich zurückziehen, nur wenige Verwundete hätte man noch
mitnehmen und retten können.
Sein Verschwinden und das seiner Gruppe wären also noch
immer rätselhaft, er könne sowohl verwundet und in
Gefangenschaft, als auch tot sein. Sie solle mit allem rechnen,
aber das Beste hoffen. Tief in Gedanken ließ sie das Papier
sinken. Es taumelte nach unten und blieb auf ihrem Schoß liegen.
Nach und nach tropften Ursulas Tränen darauf und bildeten
nasse Flecken, mehr und mehr.
Als Friede den Kopf zur Tür herein steckte, saß Ursula noch
ebenso gerade auf dem Stuhl, mit versteinertem Gesicht, vor
ihrem Bauch auf dem Schoß den Brief, auf dem sich die
Tränenspuren aneinander reihten, manche schon halb
getrocknet, andere frisch darauf getropft.
„Mein Gott, Kind, was ist denn? Was steht in dem Brief? Weiß
man etwas von Fred?“, entsetzte sich Friede und sah mitleidsvoll
und fragend in Ursulas Gesicht und suchte in ihren Zügen zu
lesen, da sie keine Antwort erhielt.

Wortlos reichte ihr Ursula das Blatt, die Augen voller Traurigkeit.
Friede las und nickte, das half ihrer Tochter nicht weiter und es
war klar, dass sie es sich, gerade in ihrem Zustand, mehr zu
Herzen nahm als gut war.
„Uschi, mach dir nicht so viele Sorgen! Denk an das Kind, das
bald zur Welt kommen wird, oder vielleicht auch die Kinder. Und
was mit dem Fred ist, das ist doch noch gar nicht entschieden.
Sicher ist es furchtbar, nicht zu wissen, was ihm geschehen ist,
wo er sich befindet, verwundet oder gar tot ist. Aber es besteht
doch noch die Hoffnung, dass er lebt, vielleicht gefangen, aber
lebend. Du weißt es nur noch nicht! Eines Tages wird er sich
melden, da bin ich sicher, und er wird zurückkommen. Sei stark
und mutig, mein Marjellchen, wie du es immer gewesen bist! Wir,
der Papa und ich, wir stehen hinter dir, wir helfen dir.“,
versuchte sie Ursula neuen Mut zu machen.
Sie legte den Arm um die junge Frau und küsste sie auf die Stirn.
„Ach, Muttelchen!“, kam es leise von Ursula.
„Manchmal verliere ich wirklich den Mut. Ist es nicht eine
schreckliche Zeit? Muttel, so viele Männer kommen nicht zurück,
so viele Kinder haben keine Väter mehr, haben sie nie gesehen.
Der Erwin Kruse ist auch gefallen, wie unser Sievert. Uschi Kruse
hat es mir heute auf der Heimfahrt erzählt, als ich sie getroffen
habe. Gerade ein Jahr waren sie miteinander verheiratet. Sie hat
sehr geweint und ließ sich kaum trösten.
Manchmal möchte ich gar nicht darüber nachdenken, aber ich
muss. Immerzu denke ich an Fred und nun ist der Hannes auch
noch eingezogen und man muss noch mehr bangen.
Aber du hast ja Recht, Muttel, das ganze Grübeln bringt nichts.
Ich muss Kraft haben für mich und das Kind.
Danke, Muttelchen, danke für alles, was du für mich tust, was du
stets getan hast.“
Müde und erschöpft lehnte sie ihren Kopf an die Schulter der
Mutter, schloss die Augen und seufzte tief.
Da plötzlich, wie aus dem Nichts, durchzog ein schrecklicher
Schmerz ihren Leib, als wollte etwas in ihrem Innern zerbersten.
Instinktiv presste Ursula die Hände gegen den Bauch und
schnappte nach Luft. Unwillkürlich stiegen ihr Tränen in die
Augen, die sie versuchte weg zu blinzeln. Noch nie hatte sie einen
solchen, sie fast zerreißenden Schmerz gespürt.
„Uschi, was ist?“, fragte Friede und sah in Ursulas blasses

Gesicht.

„Muttel! So ein furchtbarer Schmerz! Was war das? Kommt das Kind etwa schon? Es ist doch noch viel zu früh!", stieß sie hervor, weiterhin nach Luft ringend.

„Sei ganz ruhig, vielleicht hast du schon Senkwehen. Die sind manchmal auch ganz schön heftig. Warte erst einmal ab! Ist es jetzt wieder besser?", fragte sie und Ursula nickte.

Ja, der Schmerz hatte nachgelassen. Langsam entspannte sie sich wieder und sah die Mutter fragend an.

„Ja, komm, Marjellchen, bleib noch eine Weile sitzen. Ich fange schon mal an, den Tisch für das Abendessen zu decken. Die Traudel kann mir ein wenig zur Hand gehen, ich rufe sie.", damit lief sie zur Tür und rief laut in den Flur.

Wieder durchfuhr Ursula wie ein Stromschlag ein heftiger Schmerz, der ihren Leib verkrampfen ließ, dass er hart wurde wie Stein und sie angstvoll nach Luft schnappte. Erschrocken hielt sie eine Hand vor den Mund um nicht laut zu schreien. Es war mitten in der Nacht und sie schlief mit den Mädchen in einem Zimmer, wie sie es vor ihrer Heirat auch getan hatte. Im Nu würde sie die Geschwister aufwecken.

Nur ruhig, ganz ruhig! Alles wird gut, versuchte sie sich einzureden, doch diesmal ebbte der Schmerz nur ganz langsam ab. Immer wieder ertappte sie sich dabei, die Luft anzuhalten und innerlich zu verkrampfen.

Sie schloss die Augen und befahl sich ganz still zu liegen und möglichst entspannt zu atmen. Ein, aus, ein, aus, gelassen und entspannt, ganz ruhig, ein, aus, ein und aus.

Plötzlich war er erneut da und peinigte ihren Körper. Ihre Atmung wurde flach. Sie bemühte sich nicht zu stocken, immer weiter zu atmen, hielt die Hände gegen den Leib gepresst.

Als der Schmerz endlich abklang, erhob sie sich schwerfällig, blieb auf dem Bettrand sitzen und stützte für einen Moment die Arme auf die Knie, dann hielt sie sich am Bettpfosten fest und stand langsam und vorsichtig auf. Barfuss schleppte sie sich zur Tür und ging hinaus in den Flur. Nur im Nachthemd stand sie vor der Tür zur Toilette, hatte die Klinke schon in der Hand, als die Mutter in der Tür zur Kammer stand. Ursula versuchte zu lächeln.

Plötzlich stürzte es zwischen ihren Beinen entlang, bräunliches

Wasser floss an ihr herab. Bestürzt sah Ursula an sich hinunter.
„Muttel!", rief sie angstvoll und kreidebleich.
„Uschi, keine Angst, das war nur das Fruchtwasser. Die
Fruchtblase ist geplatzt, komm leg dich erst einmal in mein Bett,
wir wollen die Kinder nicht wecken.", damit führte sie Ursula in
die Kammer, ließ Martin aufstehen und flüsterte mit ihm
draußen vor der Tür.
„Muttel, was ist? Warum flüsterst du mit Papa?", fragte Ursula
ängstlich und ärgerlich zugleich.
Doch Friede beruhigte sie, sie habe ihn nach der Hebamme in der
Nachbarschaft geschickt, da es ja noch ein wenig früh für die
Entbindung sei und es zu weit wäre zu Ursulas Hebamme.
Schon nach einer Viertelstunde brachte Martin die Hebamme,
mit der Friede kurz sprach und sie dann zu Ursula brachte.
„Na, da ist ja die junge Frau.", sagte sie freundlich zu Ursula und
reichte ihr die Hand. Dann begann sie mit ihrer Untersuchung.
„Ist es nicht zu früh für das Kind?", fragte Ursula beklommen, als
sie den ernsten Gesichtsausdruck der Frau bemerkte.
„Ja, ein paar Wochen wäre schon noch Zeit gewesen. Frau Gebert,
ich will nicht drum herum reden. Ich habe schon das
Krankenauto gerufen, gleich als ihr Vater zu mir kam und
berichtete. Es ist besser sie bekommen das Kind in der Klinik. Die
werden bald hier sein und Sie abholen. Ich bleibe so lange hier
bei Ihnen und fahre dann auch mit. Haben Sie keine Angst, es
wird alles gut werden.", sprach sie leise zu Ursula, die wieder
vom Schmerz einer Wehe durchflutet wurde, sich krümmte und
am Bett festhielt. Schweigend nickte sie, die Zähne aufeinander
gepresst, mit großen, ängstlichen Augen.
Wie versprochen hatte die Hebamme sie ins Krankenhaus
begleitet und auch Friede saß draußen im Flur auf einer Bank
und wartete. Man hatte sie nicht zu Ursula gelassen, weil der
Arzt Komplikationen befürchtete.
Ursula lag im Kreißsaal. Um ihr Bett herum stand ein
Wandschirm, über dem sie an der gegenüberliegenden Wand eine
große Uhr sehen konnte. Ein Mann in mittlerem Alter mit einer
dunkelbraunen Hornbrille auf der Nase hatte sich als Arzt
vorgestellt und Ursula untersucht. Viel hatte er nicht gesagt, nur,
dass alles gut wird und man im Moment noch nicht viel sagen
könne und er hatte dann die Hebamme am Arm genommen und
war mit ihr verschwunden.

Im fünf- Minuten- Abstand kamen nun die Wehen und eine junge
Hebamme trat an ihr Bett und sah nach ihr.
„Was ist los mit mir und dem Kind? Ist etwas nicht in Ordnung?
Es kommt viel zu früh! Ist es das?", fragte Ursula atemlos, die
Augen wie gebannt auf die junge Frau gerichtet.
Beruhigend strich ihr die Hebamme über das Haar, wischte den
Schweiß von der Stirn und setzte das Hörrohr auf Ursulas Bauch.
Angestrengt lauschte sie, schob das Gerät ein wenig weiter und
lauschte abermals. Erwartungsvoll sah Ursula sie an. Ging es dem
Kind gut? Schlug sein Herz? War alles in Ordnung?
Wieder raste eine Wehe durch ihren Körper, dass sie glaubte ihr
Leib würde in tausend Stücke gerissen.
„Oh, oh, oh!", wimmerte Ursula leise.
„Schreien Sie ruhig, Frau Gebert! Schreien Sie, das wird ihnen
gut tun, das befreit!", rief sie Ursula aufmunternd zu.
„Ich werde jetzt nachsehen wie weit der Muttermund schon
geöffnet ist. Erschrecken Sie bitte nicht!"
Liebevoll und mitleidig strich die junge Frau ihr übers Haar. Dann
wusch sie sich gründlich die Hände, zog Gummihandschuhe über
und begann mit der Untersuchung.
„Es ist bald so weit, Frau Gebert. Ich denke, ich hole nun den
Doktor, er hat mich darum gebeten."
Sieben Stunden lag sie nun schon hier und quälte sich. Ihre
Muttel war inzwischen sicher schon wieder nach Hause gefahren.
Es wurde doch langsam Zeit, dass sie endlich ihr Kind oder auch
zwei in den Armen halten konnte. Schade, dachte sie, schade,
dass Fred nicht hier sein kann. Dann würde er nun draußen auf
der Bank sitzen und warten und in Gedanken bei ihr sein.
Wieder wand sie sich in einer Wehe, als der Arzt an ihr Bett trat.
„Nun, wie schaut es aus, kleine Frau?", fragte er Ursula, die
verunsichert in sein ernstes Gesicht blickte.
„Es ging mir schon besser, Herr Doktor!", presste sie stöhnend
hervor.
Der Arzt ergriff ihre Hand, hielt sie einen Moment und sah sie
dabei eindringlich an.
„Sie werden es bald geschafft haben! Die längste Zeit hat es
gedauert. Alles wird gut! Haben Sie keine Angst und hören Sie auf
das, was wir Ihnen sagen!", meinte er.
In diesem Moment schrie Ursula auf, der Schmerz, der sie jetzt
durchzuckte, war stärker als alle bisherigen. Ursula hatte das

Gefühl, sie müsse mit diesem Schmerz, der ihren Leib
zusammenkrampfte, mitpressen, sonst könne sie ihn nicht
aushalten.
„Sie hat Presswehen!“, murmelte die Hebamme aus Zimpel, die
gerade auch hereingekommen und hinter die Abschirmung
getreten war.
„Ja“, sagte der Arzt und sah die beiden Hebammen an.
„Es geht los. Passen Sie gut auf die junge Frau auf!“
Wieder kam der Schmerz.
„Pressen Sie jetzt mit, Frau Gebert! Schön pressen!“
Und wieder, noch stärker.
„Pressen, pressen! Weiter! Pressen!“
Und wieder.
„Ja, schön pressen! Nicht aufhören! Ja, gut machen Sie das!“
Und wieder, und wieder, bis sie dachte, nun geht es nicht mehr,
ich kann doch nicht weiter pressen, ich habe keine Kraft mehr.
Doch es ging weiter. Und endlich rief der Arzt, er sehe das
Köpfchen und trieb sie an.
Noch einmal pressen, rief er ihr zu und Ursula presste mit aller
Kraft. Dann kam auch das kleine Körperchen.
„Da ist es!“, rief der Arzt, sah die junge Hebamme an und bat sie
das Kind hinauszubringen.
Erschöpft mit geschlossenen Augen lag Ursula in den Kissen. Die
Hebamme wischte ihr den Schweiß von der glühenden Stirn und
benetzte ihre aufgesprungenen Lippen mit einem nassen Lappen.
„Aber ihr Bauch ist noch ganz schön rund, meinen Sie nicht auch,
Herr Doktor?“, fragte die Zimpeler Hebamme vorsichtig hinter
dem Wandschirm.
„Ja, wir werden sehen. Erst mal warten wir auf die Nachgeburt.
Gönnen wir der jungen Frau eine kleine Verschnaufpause. Sehen
Sie bitte gleich wieder nach ihr, sie ist ganz schön fertig!“, wies
er sie an.
Zehn Minuten später setzten bei Ursula erneut die Wehen ein
und sie wand sich in den Kissen, schwitzend und keuchend, doch
ohne zu schreien.
Niemand war in der Nähe und Ursula rief erschrocken und laut
nach der Hebamme, als die Schmerzen unerträglich wurden.
„Ich habe wieder Wehen! Ist das noch normal oder warum? Oder
wieso geht es wieder los?“, stammelte sie aufgeregt.
Erstaunt sah die Hebamme sie an.

„Was ist das noch?", fragte sie die Hebamme bevor der Schmerz
sie wieder zerriss.
„Wir warten noch auf die Nachgeburt, Frau Gebert. Das sind
nochmals Wehen, aber das geht schneller vorbei. Sie haben es
gleich geschafft. Bleiben Sie nur ganz ruhig!"
In diesem Moment brachen erneut Presswehen über Ursula
herein, die Hebamme zog an der Notklingel, damit der Arzt
komme und gab Ursula Anweisungen, was sie zu tun habe.
Doch Ursula wurde bereits von so heftigen Presswehen
attackiert, dass sie einfach nur noch mitpresste, so sehr sie es
nach all der Anstrengung noch vermochte. Sie erlebte alles um
sie herum wie im Traum, so irreal, so als sähe sie sich selbst dabei
zu.
Noch ein kleiner Körper wurde geboren und von der Hebamme,
auf einen Wink des Arztes, eilig nach nebenan gebracht. Ursula
hatte weder das erste noch das zweite Kind bisher gesehen.
Mit diesen Gedanken versank sie in einen kurzen Dämmerschlaf.
Sie spürte nicht mehr wie die Hebamme den Schweiß von ihrer
Stirn wischte und ihre Lippen anfeuchtete.
Dann begannen wieder die Wehen und brachten sie zurück in die
Wirklichkeit.
Wieder und wieder rollten Schmerzwellen über sie hinweg, bis
endlich auch eine Nachgeburt geboren war.
In der kurzen Zeit bis zur nächsten Nachgeburt sehnte sie sich
nichts mehr herbei, als ihre beiden Kinder endlich sehen zu
dürfen, sie zu berühren, sie zu spüren, sie zu küssen und lieb zu
haben. Oh ja, lieben wollte sie die Kleinen, und wie, waren es
doch ihre und Freds Kinder. Hüten wollte sie die Beiden bis Fred
hoffentlich bald wieder bei ihnen war, bei ihr und den Kleinen.
Sie sollten es gut haben bei ihr.
Ursula fielen die Augen zu, als die Hebamme ihre Stirn trocken
wischte und ihre Lippen befeuchtete. Es war vorbei, endlich, und
bald würde man ihr die Kinder bringen, ja bald.

Als sie langsam wieder zu sich fand und durch einen kleinen
Spalt zwischen ihren Lidern blinzelte, sah sie sich in einer
ungewohnten Umgebung. Was war geschehen? Wo befand sie
sich? Mit einem Ruck öffnete sie die Augen ganz. Sie lag in einem
Bett in einem großen Raum mit insgesamt vier Betten. Die
Frauen, die darin lagen, schliefen bis auf eine, die in ein Buch

vertieft schien. An der Wand gegenüber standen vier schmale
Schränke, daneben hingen ein Bild und ein Kreuz. Es war still,
man konnte den Regen hören, der an die Fensterscheiben
klatschte, getrieben von einem kräftigen spätherbstlichen Wind.
Nur wenig Licht sendete der düstere Tag in das sonst recht kahle
Zimmer.
Ursula überlegte krampfhaft wie sie hierher gekommen war. Ach,
ja, da fiel es ihr wieder ein. Sie war noch im Krankenhaus, hatte
ihre Kinder bekommen, war dann völlig erschöpft gewesen und
der Arzt hatte ihr eine Spritze gegeben. An mehr konnte sie sich
nicht erinnern. War sie eingeschlafen? Wann hatte man sie in
dieses Zimmer gebracht? Wo waren ihre Kinder? Wann durfte sie
die Zwei endlich im Arm halten? Mussten sie nicht auch gestillt
werden?
Dann würde man sie ihr sicher bringen. Hoffentlich ging es ihnen
gut! Waren es Mädchen oder Jungen oder beides? Sie erinnerte
sich nicht, dass der Arzt es ihr mitgeteilt hatte. Es wollte ihr beim
besten Willen nicht einfallen. Sie würde gleich die Schwester
danach fragen. Aufgeregt drehte sie sich im Bett herum, auf die
andere Seite und wieder zurück, schob sich das Kissen zurecht,
drückte es doppelt zusammengelegt unter den Kopf, um etwas
höher zu liegen und besser sehen zu können, dann, wenn die Tür
sich öffnete.
Doch sie war nochmals eingeschlafen, als die Tür aufflog und eine
Krankenschwester hereinstürzte. Erschrocken fuhr Ursula
zusammen und stützte sich auf die Ellenbogen. Erwartungsvoll
blickte sie der Frau entgegen.
„Sind alle fertig? In fünf Minuten ist Visite!", schnarrte die
heisere Stimme, die jedem Truppenkommandeur, der seine
Soldaten antreten ließ, Ehre gemacht hätte.
„Sie bleiben liegen, Frau Gebert! Wir machen das mit dem
Waschen dann zusammen, nach der Visite!", befahl sie Ursula, als
sie sah, dass diese aufstehen wollte.
Ursula ließ sich wieder ins Kissen sinken.
„Schwester, können Sie mir bitte sagen, wann ich meine Kinder
sehen kann?", fragte sie beklommen und vorsichtig.
„Das kommt alles nach der Visite, sagt Ihnen der Doktor."
Damit war sie aus dem Zimmer und die Tür flog zu.
Wenig später betraten einige Ärzte und zwei Schwestern, von
denen eine einen Stapel mit Krankenakten trug, das Zimmer und

gingen von Bett zu Bett, begrüßten jede der Patientinnen, befragte sie nach dem Befinden. Jedes Mal reichte die Schwester die entsprechende Akte dem Oberarzt, der sie kurz studierte, der Patientin gegebenenfalls den Bauch abtastete, ihr ein paar aufmunternde Worte schenkte und seine weiteren Anweisungen an die Schwester gab.

Endlich standen alle um Ursulas Bett. Als der Oberarzt sie nach ihrem Ergehen fragte, konnte Ursula nicht mehr länger an sich halten und wollte wissen, wann sie denn nun ihre Kinder sehen könne, sie warte doch schon so darauf.

Der Arzt zuckte merklich zusammen.

„Frau Gebert, ich muss da erst einmal mit Ihnen reden!", sagte er in ernstem, aber sanftem Ton, so dass Ursula ihn ängstlich musterte.

„Ich, das heißt wir, ...müssen Ihnen leider sagen, dass Sie ihre Kinder nicht sehen können..."

„Wieso nicht? Sind sie krank, die Beiden? Wie geht es ihnen, Herr Doktor?", unterbrach Ursula den Arzt aufgeregt und mit großer Angst in der Stimme, die immer leiser wurde und schließlich abbrach.

Wie nach Hilfe suchend huschte der Blick des Mannes zu den Schwestern, dann nahm er Ursulas Hand in seine, strich sanft darüber und sah ihr dann ernst in die Augen.

„Sie müssen jetzt ganz tapfer sein, Frau Gebert! Bitte glauben Sie uns, wir würden Ihnen gern etwas Erfreulicheres sagen, aber ......wir können nicht.", und er musterte Ursula mitleidig.

„Ihre Hebamme sagte uns bereits am Telefon, dass etwas nicht in Ordnung sei, die Farbe des Fruchtwassers sei ungewöhnlich gewesen. Deshalb hat man Sie auch schnell hierher gebracht. Nun muss ich Ihnen sagen, obwohl wir alles versucht haben, Ihre beiden Kinder......", brach er ab, als er Ursulas gequälten Blick sah.

„Es tut mir sehr leid, sie sind beide verstorben."

Bleierne, lähmende Stille füllte den Raum, es war, als könne man nie wieder einen Laut vernehmen, als wäre alle Welt für immer in diese Stille getaucht.

Langsam füllten sich Ursulas Augen mit Tränen. Fassungslos starrte sie den Arzt an, als glaube sie nicht, was er da sagte, als könne sie das niemals glauben.

„Frau Gebert! Es waren zwei kleine Jungen.", sprach der Arzt weiter, ihr keine Pause lassend.

„Der eine war schon seit einigen Tagen nicht mehr am Leben, warum wissen wir nicht. Der andere hat es während der Geburt nicht mehr geschafft, schon bei der letzten Untersuchung vorher war sein Herzschlag nur noch sehr schwach gewesen.

Frau Gebert, es tut uns allen furchtbar leid! Ich weiß natürlich, dass Ihnen das nicht hilft. Aber sehen Sie es einmal so: vielleicht waren die beiden ganz einfach nicht kräftig genug, oder auch krank. Vielleicht war es besser so, ich weiß es nicht. Bitte seien Sie nicht zu verzagt! Sie sind eine gesunde junge Frau und können sehr wohl noch Kinder bekommen. Vielleicht ist das ein kleiner Trost für Sie…“, streichelte er nochmals ihre Hand, lächelte ihr aufmunternd zu, um dann mit seinen Kollegen den Raum zu verlassen.

Für Ursula aber war in diesem Moment eine ganze Welt zusammengebrochen, ihre Welt, die sie unter einem Riesenberg aus Scherben nicht mehr wiederfinden konnte. Es war alles vorbei! Alles kaputt! Ihre Kinder, ihre kleinen Jungen, sie waren tot. Sie hatten nicht auf diese Welt kommen wollen, hatten nicht bei ihr sein können, nicht dürfen. Nie würde sie diese kleinen Wesen im Arm halten dürfen, nie in ihre Augen schauen, sie zärtlich an sich drücken, sie küssen dürfen, ihnen bei Wachsen zusehen, ihre Tränen trocknen, ihr Lachen teilen. Nie hatte sie die Kinder sehen dürfen und Fred, ihr Vater auch nicht. Nie würden sie es jemals tun dürfen, nie ihnen zärtlich die feinen Härchen aus der Stirn pusten, sie streicheln und ihren Duft riechen, wenn sie frisch gebadet wieder trocken gerubbelt sind, nie ihre kleinen süßen Händchen halten, ihre Zehen küssen. Nie! Was kann einen Menschen tiefer treffen, stärker vernichten als eine solche Erkenntnis?

Ach Fred, wärst du doch bei mir, dachte sie verzweifelt, hättest du doch bei mir, bei uns, sein können. Wo bist du? Wo seid ihr alle hin? Warum nur, warum?

Sie lag im Bett, starrte an die hohe Decke des dämmrigen Zimmers und die Tränen, die still aus ihren Augen rannen und auf das Kopfkissen tropften, bildeten zwei nasse Flecken neben ihrem Kopf. Stunde um Stunde lag sie so, starrte hinauf und weinte immer wieder, und haderte mit ihrem Schicksal und zum ersten Mal in ihrem Leben auch mit Gott.

Kaum nahm sie etwas wahr um sich herum, sah und hörte nichts,

sie lag nur und starrte und fragte ihn warum. Warum diese
beiden unschuldigen Kinder? Warum gerade sie? Warum Fred?
War es vielleicht falsch gewesen ihn zu heiraten? Hätten sie doch
noch warten sollen? Je länger sie so lag und starrte und grübelte,
umso mehr Fragen und Gedanken tauchten in ihr auf,
verschwanden wieder, kehrten erneut zurück, nisteten sich ein
und zerfraßen sie. Immer mehr und immer wieder. Sie kam nicht
zur Ruhe. Weh taten sie, diese Fragen, diese Ideen, dieses Grübeln
nach der Schuld, nach dem Warum.
Am nächsten Tag spannten ihre Brüste, begannen zu schmerzen,
denn sie waren prall gefüllt, doch kein Kind trank sie leer.
Als Lene sie am Nachmittag besuchen kam, fand sie die Schwester
mit dem Gesicht zur Wand. Vorsichtig tippte sie Ursula an die
Schulter und sah, als die sich zu ihr drehte, in ernste und
todtraurige, rot geränderte Augen.
„Uschi, mein kleines Schwesterchen, es tut mir so leid!“, damit
nahm sie Ursula in den Arm und wiegte sie hin und her, wie sie es
manchmal als Kind mit ihr getan hatte. Sie strich ihr eine lockige
Strähne aus der Stirn und gab ihr einen Kuss auf die Wange.
„Wie ist das nur gekommen? Ich bin aus der Muttel nicht schlau
geworden. Oder willst du lieber nicht darüber reden?“
Ursula nickte schwach, nein, darüber gab es nichts zu reden, sie
konnte es nicht, und sie wusste auch nicht was sie hätte sagen
können, war sie selbst doch zur Zeit nicht in der Lage, ihre
Gedanken dazu zu ordnen, suchte sie noch immer irgendwo eine
Ursache und bei sich selbst die Schuld. In ihrem Kopf drehte sich
stundenlang ein wilder Gedankenkreisel, gefolgt von einer
furchtbaren Leere, auf die sich dann wieder der Kreisel drehte
und immer so weiter. Doch das Schrecklichste war dazwischen
immer wieder die Erkenntnis, die Kinder sind tot, nie werde ich
sie an mein Herz drücken können.
Würde Lene das verstehen können, die lebenslustige Lene, die
nichts so richtig ernst nahm?
Uschi schüttelte wie zur Bestätigung den Kopf.
„Weißt du was, Uschi, wenn du wieder nach Hause darfst, dann
komm ich dich mit Rosi besuchen und wir gehen spazieren und
kehren irgendwo ein, vielleicht im Terrassenrestaurant an der
Jahrhunderthalle. Dann machen wir uns einen richtig schönen
Nachmittag, quatschen und naschen eine Kleinigkeit. Der Rosi
wird das auch gefallen, sie ist auch manchmal traurig, dass ihr

Papa nicht bei uns ist. Aber er soll demnächst auf Urlaub kommen, sie wird sich freuen und ich erst! Einverstanden, Schwesterchen?“, fragte sie betont fröhlich und strich Ursula erneut eine Haarsträhne aus dem Gesicht.
Ursula nickte und blickte die Schwester nachdenklich an. Ein Glück, dass die Lene immer so lustig war, sie ließ auch sie ein wenig freier atmen.

Doch als sie endlich wieder daheim im Meisenweg ankam, blass und abgemagert, still und mit traurigen Augen, bestand Friede zunächst erst einmal darauf, dass sie sich noch schone, schließlich habe sie vor wenigen Tagen Zwillinge zur Welt gebracht und eine einfache Geburt sei es nun einmal nicht gewesen. Lene könne sie frühestens in der übernächsten Woche zu einem längeren Spaziergang begleiten.
Ursula fügte sich. Wenn die Mutter so hartnäckig auf etwas bestand, dann hatte das seinen Grund.
So wurde es Mitte Dezember, draußen fror es Stein und Bein, ehe Lene eines Tages unangekündigt plötzlich vor der Tür stand. Doch wie Spaziergang sah die junge Frau nicht aus. Mit rot verweinten, geschwollenen Augen schob sie die kleine Rosi vor sich her, die auch gleich in den Korridor stürmte und die Oma Friedel, wie sie sie nannte, begrüßte, in dem sie ihr um den Hals fiel. Stumm war Lene in der Tür stehen geblieben. Da stand sie noch, als Ursula den Kopf aus der Küchentür steckte um zu sehen, wer gekommen sei.
„Lene, was ist denn? Ist Leo etwas zugestoßen? Sollte er nicht jetzt auf Urlaub bei euch sein?“, fragte sie verwundert und zog die Schwester in den Flur.
„Nun sag schon, du siehst ganz verweint aus! Es bedrückt dich doch etwas. Konnte Leo nicht kommen?“, fragte sie noch einmal eindringlich, bevor sie die Schwester in die Arme schloss.
„Ich kann nicht, jetzt nicht, später!“, brachte Lene nur hervor, knöpfte den Mantel auf und hängte ihn an einen Haken, Mütze, Schal und Handschuhe folgten.
In der Küche setzte sie sich an den Tisch und Ursula, die Rosi zu Peterle gebracht hatte, goss ihr eine Tasse Tee ein.
Schweigend nippte Lene an dem heißen Getränk, die Tasse umfassend mit ihren beiden Händen, um die kalten Finger zu wärmen.

Friede hatte sich zu ihr gesetzt und Ursula zog sich einen Stuhl in Fensternähe, um in den Garten sehen zu können. Kein einziger Sonnenstrahl erhellte den grauen, Wolken bedeckten Himmel, den ganzen Tag über nicht. Traurig hockten Spatzen und Meisen draußen auf den kahlen, kalten Ästen der Bäume, die Köpfchen ins aufgeplusterte Gefieder gesteckt und hofften wohl, dass aus dem trüben Grau dort oben nicht noch Schnee fallen wollte und ihr kärgliches Futter darunter verschwand.
„Marjellchen, willst du uns nicht erzählen, was dich so bedrückt? Nur selten habe ich dich so traurig gesehen. Du nimmst doch sonst immer alles leichter. Komm, friss es nicht in dich hinein!", sprach Friede begütigend auf die Tochter ein.
Ursula schwieg, sah abwechselnd hinaus in das graue Einerlei und zu Lene.
„Ach Mama!", rief Lene verzweifelt.
„Es tut so weh, Mama! Dieses Schwein!", kam es traurig und wütend zugleich.
„Sag nicht so etwas! Was ist passiert? Nun rede doch!"
„Ach Muttelchen, der Leo! Er ist gestern auf Urlaub gekommen. Ich hatte mich so gefreut, ihn zu sehen und die Rosi erst! Die Kleine war wie aufgezogen, so glücklich! Und ich ebenso. Doch am Abend, als wir schlafen gingen, da sagte er, dass er nicht mit mir schlafen könnte. Zuerst wusste ich nicht warum, was er meinte, da sagte er ....nun er wäre... er hätte .... also er hat die Syphilis. Die Syphilis!!! Mein Leo hat mit anderen Frauen... und bei irgendeiner..... da hat er sich dann wohl angesteckt. Muttel, er wusste nicht einmal bei welcher! Da habe ich seine Sachen aus dem Fenster geworfen, ich war so wütend und verletzt und habe ihn auf der Stelle vor die Tür gesetzt. Nun ist er wohl bei seiner Mutter. So ein Sch....!", schrie sie fast in ihrer Entrüstung, Verzweiflung und Trauer.
Entsetzt sahen sich Friede und Ursula an. Die arme Lene, dachte Ursula! Wenn mein Fred das täte, würde ich dann genau so reagieren wie Lene? Ja, ich denke schon! Wie kann er sie lieben, der Leo, wenn er der Lene das antut? Wenn Fred das machte, dächte ich auch, er liebt mich nicht, dann könnte er mir gestohlen bleiben. Doch das tut er nicht, nicht Fred. Wenn ich nur wüsste wo er ist, ob er noch lebt.
„Mama, ich lasse mich scheiden.", kam es nun leise, aber bestimmt, von Lene.

„Mit so einem Menschen will ich nicht leben. Das kann ich
nicht!“
Friede sah vor sich hin. Eine Scheidung wollte Lene, sie konnte
die Tochter ja verstehen, aber gleich scheiden lassen, ging sie da
nicht zu weit? Ratlos sah sie Lene an, blickte dann zu Ursula,
doch die nickte leicht, kaum merklich. Die jungen Leute geben so
schnell auf, dachte Friede seufzend, dabei haben sie doch vor
dem da oben den Bund für ein ganzes Leben geschlossen. Muss
man da nicht um die Liebe kämpfen? Und doch, liebte der Leo
ihre Tochter überhaupt noch?
Lene hatte sich wieder gefangen. Nein, sie würde sich nicht
reinreden lassen! Der Leo war ihr untreu geworden, und, wie er
selbst zugegeben hatte, nicht nur einmal, das reichte. Mit so
einem Menschen wollte sie nicht ihr Leben verbringen. Lieber
blieb sie allein mit Rosi, sie würde das schon schaffen.
Bis es draußen dunkelte saßen die drei Frauen in der Küche
beieinander, redeten und weinten und trösteten sich und
tranken Tassenweise Friedes Kräutertee. Erst als Martin nach
Hause kam und das Licht aus dem Flur durch den Türspalt fiel,
stand Ursula auf, zog die Verdunklung vor das Fenster und
brannte eine Kerze an. Friede sah nach den Kindern, die alle
zusammen recht einvernehmlich spielten, und Lene half Ursula
beim Tisch decken und Suppe aufwärmen.

Am nächsten Nachmittag liefen sie dann alle zusammen,
Friede, Lene, Ursula und sämtliche Kinder, langsam bis zur
Jahrhunderthalle, tranken dort im Restaurant warmen,
dampfenden Tee und brachten Lene und Rosi noch zur
Straßenbahn in die Stadt.
Ursula hatte dieser Tag gut getan. Wieder ein wenig neue
Hoffnung hatte sich in ihr geregt. Irgendwie musste es und
würde es weitergehen. Fred kam wieder, versuchte sie sich
immer wieder einzureden. Ja, er kam wieder und sie konnten
ihre Ehe neu beginnen, denn bisher hatten sie nicht viel davon
gehabt. So würde es werden, sie musste nur ganz fest daran
glauben, so wie Lene ganz fest daran glaubte allein mit Rosi
glücklicher zu sein als mit ihrem untreuen Ehemann.
Doch so viel sie sich auch vornahm, so unbeschwert und
glücklich lächeln oder gar lachen wie früher konnte sie nicht.
Auch wenn sie nun wieder arbeitete und täglich Ablenkung von

ihrer Trauer um den Bruder und ihre Kinder, die Angst um Fred
hatte, man merkte ihr doch an, dass etwas in ihrem Innern sie
daran hinderte von Herzen fröhlich zu sein. Zwar hielt sie eine
äußere freundliche Fassade aufrecht, doch konnte sie die
Traurigkeit nicht ganz dahinter verbergen.
Der alte Anderlich sann jeden Tag über seine junge Angestellte
nach und wünschte sich, ihr helfen zu können. Öfter als sonst
kam er in den Verkaufsraum, sprach mit den Verkäuferinnen,
scherzte zuweilen, selbst über die immer dünner gesäten
Kunden, nur um „seine Frau Gebert", wie er sie im Stillen bei sich
nannte, wieder einmal lächeln zu sehen. Doch sie vergrub sich in
die Arbeit. War vorn im Laden keine Kundschaft, kam sie nach
hinten in sein Büro und sah Rechnungen durch, prüfte die
Bücher und gab Bestellungen heraus, ganz wie er sich das immer
vorgestellt hatte. Nur fröhlicher wollte der alte Herr die junge
Frau endlich wieder sehen.

Weihnachten rückte immer näher, die Granz-Kinder wurden
langsam nervös. Käme denn der Weihnachtsmann auch in diesem
Jahr und brächte ihnen ein paar Geschenke? Wo doch schon so
lange Krieg war und das Geld, Lebensmittel und andere Waren
erst recht immer knapper wurden, ja Lebensmittel schon lange
nur rationiert erhältlich waren. Da musste doch selbst der alte
Mann mit dem Pferdeschlitten Schwierigkeiten haben, für alle
Kinder eine Kleinigkeit zu besorgen.
Auch bei Granzes sah es nicht gut aus und Friede setzte Himmel
und Hölle in Bewegung, um das diesjährige Fest vorzubereiten.
Die Kinder sollten es doch trotz allem nicht zu sehr merken.
Und das schaffte Friede auch mit Ursulas Hilfe, die der Mutter
zusätzlich finanziell unter die Arme griff. Wieder einmal waren
die Kinder der Familie Granz, soweit noch im Haushalt, einfach
nur glücklich am heiligen Abend. Alle hatten eine kleine Gabe auf
ihren Knien, als sie unter dem Weihnachtsbaum saßen, einem
kleinen, krummen Ding, das Fredi angeblich unterwegs gefunden
hatte. Auch die schlesischen Bratwürste standen auf dem Tisch,
spendiert von Lene, und es gab Klöße dazu und Kraut und Soße,
so dass man sich fühlen konnte wie in Friedenszeiten, wenn nur
nicht die Ängste und Trauer in den Köpfen und Herzen gewesen
wären.
Seit vielen Wochen wartete Ursula nun schon vergebens auf ein

Lebenszeichen von Fred, doch nichts kam, weder die Nachricht, dass er gefallen sei, noch dass er gefangen und noch am Leben wäre. Nichts! Die Ungewissheit zermürbte sie, fraß an ihrem Herzen, an ihrer Seele, die nun auch noch den Verlust der beiden kleinen Leben, die nicht hatten sein dürfen, beweinte.
Keinem, der in Ursulas Innerstes jetzt hätte sehen können, wäre es möglich gewesen zu glauben, dass es eine so gepeinigte menschliche Seele geben könne, wie er sie hier fand. Zerrissen bis in ihren tiefsten Winkel, hoffnungslos, trostlos, traurig. Nur Familie und Arbeit gaben ihr noch Halt und ließen sie jeden Tag aufs Neue beginnen.
Und heute am Weihnachtsabend dachte sie ganz besonders an Fred, fragte sich verzweifelt wo er sei, ob tot oder lebendig. Wie schön wäre es, könnte er hier bei ihr sein!
Wären ihre Jungen bis heute schon ein Stück gewachsen, wenn sie am Leben hätten bleiben können? Es zerfetzte ihr das Herz, wenn sie daran dachte, aber sie konnte die Gedanken nicht loswerden. Jeden Tag, jede Stunde kamen sie zu ihr und zwangen sie, die Kinder und Fred nicht zu vergessen, ließen sie immer und an jedem Ort allgegenwärtig sein. Stets waren sie in ihr.
Sicher, als sie mit den Geschwistern die Geschenke auspackte und Lenes kleine Rosi jubelnd ein kleines Püppchen in die Höhe hielt, Linchen in ihrem neuen Buch blätterte und Peter ein Auto hupend durch die Stube schob, da hatte Ursulas Seele kurz aufgeatmet, denn die junge Frau hatte ihren Kummer in einen der hinteren Winkel ihres Hirns gedrängt.
Bis sie müde ins Bett fiel, hatte sich Ursula liebevoll um die Kleinen gekümmert und war dann der Mutter in der Küche zur Hand gegangen.
Nun lag sie und wartete auf den Schlaf, der trotz aller Müdigkeit nicht kommen wollte. Jetzt waren sie wieder da, ihre Gedanken an Fred und die Kinder, sie ergriffen Besitz von ihr, wie sie es immer taten in den letzten Wochen, wenn sie allein war, und ließen sie keine Ruhe finden.

Mitte Januar 1945 wurde es bitter kalt und es schneite tagelang. Für die Granzkinder wurde es zu einem Vergnügen von den Deichen an der Oder mit dem Schlitten herunter zu fahren. Traudel und Grete standen auf Skiern und fuhren um die Wette. Selbst Ursula hatten sie überredet mitzukommen. Sie besaß ein

Paar recht gute Ski, die sie sich nach Abschluss ihrer Lehre
geleistet hatte. Sie fuhr ganz gern damit, jedoch waren ihr halt
Schwimmen und Kajakfahren immer lieber gewesen. Und
überhaupt, war das jetzt die Zeit um Ski zu laufen? Jetzt, wo sich
der Krieg immer schneller und bedrohlicher auf die Stadt zu
bewegte und sie zu überrollen drohte.
Immer mehr Menschen kamen aus den deutschen Ostgebieten
auf der Flucht vor der Roten Armee, die immer näher rückte,
nach Breslau. Ganze Flüchtlingszüge kamen in der Stadt an auf
ihrem Weg gen Westen.
Hungrige und frierende Menschen wollten versorgt werden.
Ältere Mädchen und junge Frauen wurden zum Bahnhofsdienst
eingeteilt, so auch auf dem Freiburger Bahnhof, wo Traudel ihren
Dienst ableistete. Gemeinsam mit anderen Helferinnen schleppte
sie Kübel mit Malzkaffee und reichte das warme Getränk an
Frauen und Kinder in den völlig überfüllten Waggons, ebenso mit
Leberwurst bestrichene Brote, damit die ihren Durst und Hunger
stillen konnten, bevor der Zug sie in eine ungewisse Zukunft
brachte.
Hoher Schnee lag auf den Bahnsteigen und mühsam bahnten sich
die Helferinnen ihren Weg zu den Wagen. Müde und kaputt fiel
Traudel dann abends ins Bett, Ursula morgens, wenn sie nach
einer Nachtschicht auf dem Bahnhof nach Hause kam.
Gähnend, eine Hand vor dem Mund, stieg Ursula die Treppe nach
oben. So viele Menschen unterwegs in überfüllten Zügen! Wohin?
Keiner wusste, was ihn erwartete. Frauen, Kinder, Alte und
Kranke, alle in eine noch unbestimmte Ferne, in ein nebelhaftes
Nachher. Was sollte nur werden?
Was passierte mit ihr, der Familie, mit Fred? Darüber durfte sie
gar nicht nachdenken, denn sie wusste keine Antwort darauf.
Die Mutter empfing sie mit ernstem, bleichem Gesicht, überall in
Flur und Küche standen zum Teil gepackte Taschen und Koffer,
die Kinder rannten aufgeregt dazwischen umher.
Erstaunt sah Ursula auf das Chaos in der sonst so aufgeräumten
Ordnung der Mutter, die stets darauf geachtet hatte, dass auch
alle Kinder sich daran hielten.
„Uschi, Uschi...", riefen Linchen und Peter gleichzeitig und der
kleine Bruder drückte sein Gesicht gegen Ursulas Mantel, seine
Ärmchen umfingen sie.
„Uschi, die Muttel hat gesagt, wir packen unsere Sachen ein. Ja,

wir fahren mit dem Zug, ganz weit. Kommst du mit?", fragte er mit aufgeregter Stimme.

Groß und fragend waren Linchens Augen auf ihre Lieblingsschwester gerichtet, gespannt und hoffnungsvoll erwartete sie deren Antwort, die doch eigentlich nur Ja heißen konnte.

Beklommen zog Ursula ihren Mantel aus und hängte ihn auf. Langsam und bedächtig streifte sie die Stiefel von den Füßen, noch immer schweigend, und blickte dabei die Mutter immer wieder fassungslos an. Was sollte das heißen?

Friede sah das Unbehagen in ihrem Blick.

„Uschi, hast du es nicht gehört im Radio?"

„Was denn, Muttel? Ich komme vom Nachtdienst. Wo wollt ihr hin?"

„Es kam vorhin, der Breslauer Sender hat es gebracht: die Front rückt näher, deshalb müssen alle Stadtteile östlich und nördlich der Oder geräumt werden. Jeder soll nur einen Rucksack und einen kleinen Koffer als Gepäck mitnehmen.

Marjellchen, wir müssen hier weg! Raus aus Zimpel! Es wird mit der Evakuierung begonnen. Alle sollen zum Bahnhof kommen, wir werden ebenfalls mit Zügen weggebracht, wie die vielen Menschen aus dem Osten, aus Oberschlesien, die ihr auf dem Bahnhof versorgt habt in den letzten Tagen. Packe deine Sachen!", erklärte sie Ursula mit gepresster Stimme, in der ein Weinen mitschwang.

Völlig entgeistert starrte Ursula die Mutter an, blickte dann auf die Geschwister, die mit angstvollen Gesichtern von ihr zur Mutter und wieder zurück sahen. Grete hatte verstanden um was es ging, Linchen und Peter dagegen hatten bisher geglaubt, sie würden einfach so verreisen, und waren nun total verunsichert von den Worten ihrer Muttel, deren Bedeutung sie nicht erfassen konnten. Traudel war, wie in den letzten Tagen auch, schon sehr früh am Morgen zum Bahnhofsdienst gefahren und würde erst am Nachmittag wieder zu Hause sein.

„Nein,...", entfuhr es Ursula heftiger als gewollt.

„Nein, ich werde Breslau nicht verlassen!", meinte sie dann bestimmt und mit fester Stimme.

„Was ist mit Fredi und Joni, die sind auch noch eingezogen, Joni ab morgen, sind hier stationiert, müssen hier bleiben. Was wird aus Papa? Der soll doch die Firma hüten, er kann doch auch nicht

weg. Willst du etwa allein mit den Kindern...? Mama, Muttelchen, bitte bleib hier! Allein mit vier Kindern in so einen brechend vollen Zug! Das ist doch Wahnsinn! Ich habe diese Züge gesehen, Muttel, jeden Tag. Überleg es dir gut!
Ich bleibe jedenfalls hier, niemand bringt mich weg von Breslau, niemand!", sie schrie fast, war so aufgebracht wie seit Monaten nicht, eigentlich wie Friede ihre sonst so friedfertige Tochter noch nicht gesehen hatte.
„Aber Uschi, du kannst nicht hier bleiben, du bringst dich nur unnötig in Gefahr! Der Papa hat auch gesagt, wir sollen gehen. Er meint, das sei der Anfang vom Ende. Und wenn erst die Russen kommen.....! Die Front ist nicht mehr weit, Marjellchen.", kam es leise und besorgt aus ihrem Mund.
„Ja, Muttel, ich weiß! Aber wo soll der Fred mich suchen, wenn er zurückkommt? Wo, wenn nicht hier? Du hast selbst gesagt, dass er zurückkommt, Mama! Und ich werde hier auf ihn warten. Hier bei Papa. Oder ich zieh in die Stadt zu Lene, dann sind die Beiden auch nicht so allein. Ich werde sehen. Aber auf keinen Fall rühre ich mich weg von Breslau!", rief sie entschlossen, als gelte es ganz allein die Stadt zu verteidigen.
„Bitte Muttelchen, versteh mich doch! Ich muss hier bleiben. Der Krieg muss doch auch einmal zu Ende sein, dann werde ich hier sein, wenn Fred nach Hause kommt.", fügte sie leise hinzu.
„Muttel, bleib hier! Geh nicht allein mit den Kleinen, bitte!"
Ursulas Augen waren bettelnd auf die Mutter gerichtet. Sie konnte sich doch unmöglich mit vier kleinen Kindern allein in solch einen total überfüllten, kalten und dunklen Zug wagen. Man würde eine Lösung finden. Zur Not könnten sie doch alle erst einmal bei Lene unterkommen und dann weitersehen.
Doch Friede Granz blieb fest. Als Traudel am Abend müde und kaputt vom Dienst auf dem Bahnhof nach Hause kam, bestimmte sie, dass auch diese einige wenige, wichtige Dinge zusammenpackte. Alle, nun fertig gefüllten und verschnürten, Gepäckstücke wurden im Flur gestapelt, damit sie bereit waren, wenn es losging.
Schweigend saßen sie später um den großen Tisch in der Stube, um noch einmal alle gemeinsam zu Abend zu essen, denn wie es jetzt aussah, würden sie morgen gegen Abend schon einen Zug gen Westen besteigen.
Martin war auch zum Abendessen gekommen, und auch Joni saß

mit am Tisch, musste morgen einrücken in einen Krieg, der nicht
der seine war, kämpfen für ein Vaterland, das doch schon fast
verloren war, sein junges Leben einsetzen, wofür.
Ursula schaute traurig von einem zum anderen. Was kam da auf
sie alle zu? Würde jetzt die ganze Familie auseinanderbrechen,
jeder irgendwo hin in eine andere Richtung verschwinden, auf
Nimmerwiedersehen?
Würde sie die Eltern und Geschwister eines Tages wiederfinden?
Wären dann alle erneut glücklich zusammen? Gesund und
lebendig? Alle??
Martin hatte ihren zweifelnden, fragenden Blick bemerkt und
verstand sie ohne zu fragen. Dieser verdammte Krieg, dachte er,
was tut er mit uns? War es richtig, Friede zuzuraten, mit den
Kindern wegzufahren? Er wusste es nicht, doch er hoffte, dass sie
sich dadurch retten konnten vor Schlimmeren als die Flucht in
Richtung Westen, weiter hinein nach Deutschland, wo sie
hoffentlich sicherer waren als hier.
„Uschi, warum willst du nicht mit deiner Muttel und den Kindern
mitgehen? Du könntest ihnen beistehen.“
„Papa, du kannst sagen, was du willst, ich bleibe hier. Bitte
verstehe mich, ich werde morgen oder übermorgen zu Lene
ziehen, dort ist es vielleicht sicherer als hier, wo geräumt werden
soll, aber aus Breslau gehe ich nicht weg. Das kannst du nicht von
mir verlangen!“
Martin gab sich geschlagen, als er die Entschlossenheit in ihren
Augen las. Seine Ursula war in den letzten Wochen sehr
erwachsen geworden, vom jungen Mädchen zur jungen Frau
gereift. Er spürte, dass sie trotz der Wirren des Krieges und aller
erlittenen Schicksalsschläge, inzwischen wieder genau wusste
was sie wollte und nicht locker ließ, so wie damals mit ihrem
Sport. Martin war stolz auf sein Kind, er wusste seine Uschi
würde ihren Weg gehen, obwohl er es schon lieber gesehen hätte,
sie wäre mit der Mutter mitgefahren, was er im Übrigen auch von
Lene und Rosi gehofft hatte, die ebenfalls in der Stadt bleiben
wollten.
Wenig später musste er wieder los und umarmte und küsste seine
Friede und die Kinder, denn er wusste noch nicht, ob er sie vor
ihrer Abreise noch einmal würde sehen können.
Es wurde ein tränenreicher Abschied, Peter hing an seinem Papa
und wollte ihn nicht mehr loslassen. Er solle mit ihnen verreisen,

ob er denn nicht auch gern mit der Bahn fahren würde. Linchen stand daneben mit Tränen in den Augen und auch Gretes und Traudels Augen blieben nicht trocken.
Joni schluckte schwer an einem dicken Kloß in seinem Hals, denn der Sechzehnjährige, der wie Fredi nun auch noch eingezogen worden war, sah den kommenden Tagen und Wochen mit sehr gemischten Gefühlen entgegen. Zum einen fühlte er sich schon mächtig erwachsen, weil er mit kämpfen sollte, gegen den Feind, wie man ihm erzählt hatte, doch andererseits hatte er auch Angst vor dem Tod seit Sievert gefallen war. Er hatte den großen Bruder geliebt und verehrt, das Ende seines jungen Lebens aber konnte er nur schwer verwinden. Hatte der Bruder denn überhaupt schon richtig gelebt? War es nicht sinnlos, so wenige Tage vor der Hochzeit zu sterben? Und er selbst? Er war erst sechzehn! Seine Lehre hatte er noch nicht einmal beendet. Nein, er wollte auch noch nicht sterben!
Und sagte der Papa nicht immer, Krieg ist nichts Schönes, nichts Gutes, man brauche keinen Krieg?
Und nun ging morgen die Mutter mit den drei Mädchen und Peter zum Bahnhof und sie fuhren mit einem der Flüchtlingszüge. Wann würde er sie alle wiedersehen?
Dieser Abend sollte der letzte vor dem Kriegsende gewesen sein, an dem die Familie Granz in größerer Anzahl beisammen war, denn nun waren die meisten von ihnen auf sich allein gestellt oder nur in kleineren Grüppchen nahe beieinander.
Obwohl der Krieg nicht mehr allzu lange dauerte, begann für sie alle am nächsten Tag eine wahre Odyssee durch Deutschland und zum Teil die angrenzenden Nachbarländer, durch Kriegswirren, Grauen und Angst, Bombennächte und Tieffliegerangriffe. Aber sie lernten auch Mitgefühl und Hilfsbereitschaft kennen, Barmherzigkeit, Freundschaft und Liebe, sie empfanden Furcht, Wut, Erschöpfung, Hunger, Durst und Kälte, die Scham, andere um etwas bitten zu müssen, und tiefe Dankbarkeit für empfangene Hilfeleistungen. Und auch Krankheit und der Tod waren mit ihnen, mit ihnen allen, auch mit Ursula.

XVII

So weit waren sie schon gegangen, so unendlich weit, diese kleinen Füße. Die ferne Heimat lag verloren weit im Osten, kein Weg führte zurück, man konnte nicht noch einmal diese Strecke laufen, auf gar keinen Fall. Nein, nicht noch einmal so weit, so furchtbar weit! Viele, viele Tage mussten die Kinderbeine gehen, wie taten sie weh, diese kleinen Beine, wie müde waren sie. Von Breslau, der fernen schönen Stadt, waren sie bis ins Egerland marschiert, hatten dort nun endlich eine Weile rasten dürfen, weil sie die müden, erschöpften und hungrigen Kinderkörper nicht mehr tragen konnten. Mutter Friede hatte um ein Zimmer gebettelt, als sie in Sankt Joachimsthal rasteten. Hier gab es noch mitleidige Seelen, welche die Not der Flüchtlinge aus Schlesien rührte.

Als sie auf der Hauptstraße einen uralten, wackeligen Mann, der sich auf einen Knotenstock stützte, nach einer Unterkunft im Ort fragte, zeigte er ihr den Weg zur Villa "Chromy".

Hier hatte schon eine Anzahl von Gestrandeten eine Bleibe gefunden.

In einem Zimmer in der von einigen Flüchtlingsfamilien bewohnten Villa konnten sie sich nun erst einmal erholen und neue Kräfte sammeln. Es war ein größeres Zimmer, das schon von einer kleinen Familie, einer Mutter mit zwei halbwüchsigen Kindern, aus der Nähe von Liegnitz bewohnt war.

Vielleicht konnte Friede ja hier im Ort, einem kleinen Städtchen am böhmischen Erzgebirge, auch etwas Essbares finden. Die Kinder mussten endlich wieder richtig essen, schon viel zu viel hatten sie auf dem fürchterlichen Marsch hungern müssen, waren am Ende ihrer Kräfte, kleine, dünne Körper, die im kalten Winterwind jämmerlich froren. So hatten sie sich die letzten Kilometer geschleppt, endlos müde, hungrig, mit schweren Beinen. Die aufgeplatzten Blasen an den Füßen schmerzten unerträglich.

Gott sei Dank hatten sie nicht den ganzen Weg bis hierher laufen müssen, aber nur selten konnten sie in einen der übervollen Flüchtlingszüge einsteigen und einige Kilometer fahren, bevor sie aus Angst vor Bomben oder Tieffliegerangriffen um ihr Leben rennen mussten. Schnell hieß es dann jedes Mal sich verstecken, irgendwo, hinter Zäunen, Hecken, in Scheunen, Toreinfahrten, in Straßengräben still liegen, sich tot stellen, nur nicht gesehen werden. Nicht einfach mit vier Kindern!

Vielleicht war es deshalb besser, dass sich Friede später lieber einer Flüchtlingsgruppe angeschlossen hatte, die mit Handwagen, Kinderwagen und Pferdegespannen abseits der großen Hauptstraßen ihren Weg suchte, weil man hoffte, so von Bombardements und Überfällen verschont zu bleiben. So war es auch möglich geworden, dass der kleine Peter ab und an auf einem der Pferdegespanne mitgenommen wurde, manchmal auch die Mädchen, Gretel, Traudel und Linchen, oder, wenn auch selten, sogar Friede, so dass sie die schmerzenden Füße etwas ausruhen konnten. Meistens aber hatten sie laufen müssen, auch wenn es oft genug zur unsäglichen Qual geworden war.

Sie hatten sich ein wenig Ruhe verdient, die Kinder wie auch Friede, die ja ständig zu den Strapazen des langen Marsches auch noch um das Leben ihrer Kinder bangen musste. Wie viele Ängste hatte sie ausgestanden in den unendlich harten und langen Tagen und Nächten, die sie bis hierher unterwegs gewesen waren, wie oft hatte sie das rasende Pochen ihres Herzens zu beruhigen versucht und sich eingeredet, dass dies bald alles vorüber und sie mit den Kindern wieder in Sicherheit sei.

Doch die Angst war geblieben und sie gewachsen mit dem Grauen, das sie unterwegs gesehen hatten. In Dresden hatten sie den Zug verlassen müssen, Bomben waren auf die Stadt gefallen. Zerbombte, brennende Straßenzüge mit, in den von schwarzem Rauch geschwängerten, in den Himmel ragenden Wänden der qualmenden Ruinen. Das Heulen der Sirenen, tanzende, schwebende Lichter, die den Nachthimmel erhellt hatten, gespenstige Boten des Todes.

Aus zerschossenen, zersplitterten Fenstern hatten nur noch schwarze Höhlen geblickt. Durch eingestürzte Häuser waren verängstigte Kinder geirrt auf der Suche nach ihren Eltern, waren zwischen den Trümmern umher gestiegen und hatten bitterlich geweint. Auf von Tieffliegern zerschossenen Straßen waren sie marschiert, an Straßengräben voller Leichen waren sie vorbei gekommen. Entsetzen und Grauen, wohin sie geblickt hatten.

Die drei jüngsten Mädchen waren nur bei ihr und das kleine

Peterle, ihr Jüngstes, ihr letztes Kind. Rührend kümmerten sich
die Mädchen um den Fünfjährigen, er war nun einmal das
Nesthäkchen, abgöttisch geliebt von den Geschwistern, ein
kleiner Sonnenschein, sein hellblondes Haar hing in Strähnen
manchmal bis in seine hellen Augen, die daheim in Breslau, wenn
er draußen im Garten gespielt, immer so lustig geblitzt hatten.
Doch dann hatten sie fortgehen müssen und je weiter sie
gegangen waren, umso trauriger hatten Peterles Augen geblickt,
umso stiller war der Junge geworden und sein Lachen hatte man
bald gar nicht mehr hören können.
Waren die Mädchen schon völlig erschöpft von den
Anstrengungen der Flucht, wie schlimm mochte es Peter erst
ergehen! Traudel, mit vierzehn die Älteste der drei Mädchen,
hatte oft versucht, den Kleinen eine Weile zu tragen, wenn er
nicht gerade von einem Wagen mitgenommen wurde, denn
Friede hatte mit dem großen Koffer, den sie auch meistens
schleppen musste, all ihre Kräfte gebraucht und konnte nicht
auch noch den Kleinen tragen. Doch Traudel hatte bald aufgeben
müssen, sie hatte selbst nicht genug Kraft gehabt und Peterle
hatte nicht getragen werden wollen, er war doch auch schon
groß, das mussten doch alle sehen!
Auch die Hilfe der zwölfjährigen Grete hatte nichts genutzt,
außerdem hatten sie sich auch um das Linchen kümmern
müssen. Mit ihren acht Jahren war das kleine Mädchen sehr zart,
fast durchsichtig die helle Haut, blaue Augen leuchteten unter
blonden Ponyfransen. Den harten Anforderungen ihres schweren
Weges war der schmächtige Körper nicht gewachsen gewesen.
Immer wieder war sie in Tränen ausgebrochen.
„Mama, ich möchte doch so gern wieder nach Hause. Der Papa ist
doch auch noch da, Lene auch mit der kleinen Rosi, und Uschi ist
noch dort, meine liebe Uschi!
Warum müssen wir so weit fort, jeden Tag so viel laufen, Mama?
Komm, wir gehen wieder zu Papa! Bitte, bitte, Mama, ja wir
gehen wieder heim."
Bettelnd, fast beschwörend blickte sie Friede an.
Peterle nickte traurig. Mit Tränen in den Augen sah er die Mutter
unverwandt an und sagte leise: „Mama ich möchte auch wieder
zu Papa. Und ich habe so Hunger, mein Bauch tut weh!"
Mit einer Hand hielt er sich den Bauch mit der anderen wischte
er tapfer seine Tränen ab. Friede gab es einen Stich, als sie ihren

Jüngsten so sah. Was mussten die Kinder alles erdulden auf
diesem Weg? Was kam noch auf sie zu? Wie lange würden sie
noch unterwegs sein, mussten die kleinen Kinderbeine noch
laufen? Würden sie jemals irgendwo ankommen und gerettet
sein, ihre Lieben wieder sehen, gesund, am Leben?
So viele Fragen und keine Antworten!

Friede war mit ihren Kräften am Ende, auch ihr hatte der
lange Weg bis hierher nach St. Joachimsthal alles abverlangt.
Doch zu allem Überfluss hatte sie sich vor zwei Tagen, kurz
nachdem sie hier angekommen waren, noch den rechten Arm
gebrochen. Wie sollte es nun weitergehen?
Sie konnten nicht zurück, Breslau wurde belagert, ihre
wunderschöne Stadt vielleicht bald ganz zerstört, ihr Zuhause
nicht mehr auffindbar, für immer weg. Sie mochte nicht daran
denken.
Was wird aus Martin, ihrem lieben Martin? Was aus Joni und
Fredi? Sie wurden beide noch eingezogen, die beiden Jungen,
wahnwitzig, sollten versuchen, mit ihrem Leben die Festung
Breslau zu schützen, die Jungs, knapp achtzehn der eine, gerade
sechzehn der andere. Welcher Irrsinn?!!!
Martin aber sollte im Büro seiner Firma die Stellung halten, denn
man hoffte darauf, dass bald alles vorbei sein würde und man die
normale Arbeit wieder aufnehmen könnte.
Nicht auch ihr noch, dachte Friede, nicht ihr! War es nicht genug,
dass Sievert, mein lieber großer Junge, letztes Jahr gefallen ist,
dass wir ihn nie wieder sehen, dass er sterben musste in diesem
Wahnsinn. Oh Gott, was verlangst du noch von mir? Nicht noch
diese beiden Jungs! Sie sind doch noch Kinder.
Und auch Hannes war ja noch 1944 eingezogen worden, kurz
nach Sieverts Tod. Seitdem sie Breslau verlassen hatten, waren
jedoch auch die Nachrichten von der Ostfront abgerissen, hatte
sie auch von ihm nichts mehr gehört. Konnte sie nur noch hoffen
für ihre Lieben? Hoffen und beten und glauben, dass es hilft.
Daran klammerte sie sich, um nicht zu verzweifeln.

Es musste etwas geschehen, sie musste sich kümmern, allein
kam sie im Moment nicht weiter, sie brauchte Hilfe mit den
Kindern.
Am Nachmittag lief Friede mit den Kindern durch die kleine

Stadt, auf dem Postamt war viel Betrieb, hier gab es den einzigen öffentlichen Fernsprecher. Sie musste Elsa anrufen, die, wie sie wusste mit Liesel im Januar Königsberg hatte verlassen müssen. Zwei Wochen lang flüchteten beide mit dem Schiff nach Lübeck und von dort über Hamburg, Hannover, Halle, Leipzig und Chemnitz kamen sie nach Leubsdorf in Sachsen und konnten dort bei einer ihrer Cousinen vorläufig bleiben.
Vielleicht konnte man ihr auf der Post eine Verbindung nach Leubsdorf machen und sie könnte etwas ausrichten lassen oder gar selbst mit Elsa sprechen und um Hilfe bitten.
Lange stand Friede mit den Kindern in der nicht enden wollenden Reihe. Nicht nur sie wollte ihre Verwandten benachrichtigen und so hatte die Vermittlung alle Hände voll zu tun, die Verbindungen zu knüpfen.
Traudel saß seit einer Weile mit den Geschwistern auf einem Fenstersims nahe der Tür. Sie hatte einen Bogen Papier gefunden, den jemand dort hatte liegen lassen. Nun faltete sie daraus ein Schiff für Peterle.
„Aber ich wollte doch etwas darauf malen.", maulte der Kleine enttäuscht.
„Sieh mal, Traudel, hier ist doch ein Stift in meiner Tasche. Nun kann ich das nicht mehr."
Linchen besah sich den Stift und das fertige Schiff.
„Gib mir mal!", meinte sie keck.
„Ich kann da auch so noch malen!"
Sie nahm den Stift und zeichnete kleine Blumen auf beide Seiten des Schiffes und vorn am Bug jeweils eine Sonne.
„Siehst du, Peterle, nun ist dein Schiff fertig!", rief das kleine Mädchen und drückte dem Bruder Schiff und Stift wieder in die Hand.
Entzückt betrachtete der Junge das bemalte Schiff, sah seine großen Schwestern an und fragte: „Kann ich das draußen auf dem Bach schwimmen lassen, Traudel? Da wo die Jungen vorhin ein Loch in das Eis geschlagen haben? Bitte, Traudel!"
Doch die schüttelte den Kopf.
„Wir müssen hier auf Mama warten, sie will Tante Elsa anrufen. Schaut mal Kinder, sie ist nun bald dran. Es dauert nicht mehr lange."
Zärtlich strich sie ihrem Bruder übers Haar, zog ihn auf ihren Schoß und begann ein Märchen zu erzählen.

Ja, endlich war Friede an der Reihe. Sie bat um eine Verbindung zum Postamt Leubsdorf, denn die Verwandte war auch erst dort zugereist und besaß selbst kein Telefon.
„Bitte gehen Sie in die Telefonzelle, die Verbindung wird hergestellt!"
Höflich aber bestimmt zeigte die Beamtin auf die gläserne Tür der Kabine.
Aufgeregt nahm Friede den Hörer ab, als das Telefon rasselte. Doch die Beamtin konnte ihr nur mitteilen, dass die Leitung nach Leubsdorf nicht funktioniere, sie war wohl beschädigt und man wusste nicht wie lange es dauern würde bis Gespräche dorthin wieder möglich waren. Friede solle zum Schalter zurück kommen, dann könne sie ja ein Telegramm aufgeben. Das würde dann befördert werden, sobald es möglich wäre.
Enttäuscht schaute Friede zu den Kindern am Fenster und winkte Traudel, zu ihr zu kommen. Selbst ging sie schon in Richtung Schalter, traf dort mit ihrer Tochter zusammen und bat sie, noch ein Weilchen auf die Kleinen zu achten.
Sie ließ sich ein Formular geben und füllte es ungelenk neben dem Schalter aus, mit der linken, ungeübten Hand, sich selbst antreibend, vor Anstrengung schwitzend, nur die Kinder nicht so lange warten lassen. Hungrig wartet es sich nicht so gut! Sie musste sich schnell um etwas Essbares kümmern.
So schrieb sie denn mit wenigen Worten, dass sie sich den Arm gebrochen habe und außerdem ein Zimmer für Elsa und Liesel bereit stünde. Fertig, das war's! Das musste reichen! Sie kannte ihre Schwester, sie würde ihr sofort zu Hilfe eilen, und Liesel wäre sehr froh, die Mutter endlich wieder zu sehen.

Kopfschüttelnd betrachtete Elsa Berger das Papier in ihren Händen. Nun las sie das Telegramm ihrer Schwester schon zum dritten Mal. Sie ist krank, sie braucht Hilfe mit den Kindern, sie hat ein Zimmer für uns. Sie erwartet, dass wir so schnell es geht kommen, nach Sankt Joachimsthal, dass ich ihr helfe wie schon so oft. Nachdenklich ließ Elsa das Blatt sinken und sah aus dem Fenster.
Liesels Blick war dem ihren ängstlich gefolgt. Was hatte die Tante, war etwas geschehen? Was war mit der Mutter und den Geschwistern? Warum sagte die Tante nichts, sondern schüttelte den Kopf? Was war los mit diesem Telegramm?

Zaghaft kam ihr „Was hast du, Tante?"
Mit großen Augen blickte sie zu Elsa empor. Diese reichte ihr das
Telegramm, das der Postbote vorhin gebracht hatte.
Aufgeregt las Liesel die Worte der Mutter. Sie leben!!! Gott sei
Dank, sie leben! Die Mutter und die vier jüngsten Geschwister
sind am Leben, haben Unterschlupf gefunden in St. Joachimsthal.
Herr im Himmel, ich danke dir! Wenigstens eine gute Nachricht
in dieser schlimmen Zeit. Aber die Mutter war krank, sie
brauchte dringend Hilfe mit den Kindern. In Liesels dunklen
Augen standen Tränen, als sie zur Tante aufsah.
„Tante Elsa, bitte, wir müssen sofort hin! Wir müssen Muttel
helfen, bitte, sie ist doch deine Schwester. Bitte, lass uns nach St.
Joachimsthal gehen, von hier fährt doch noch der Zug, es ist
nicht so weit."
„Liesel, was denkst du? Hier haben wir ein Dach über dem Kopf,
eine Verwandte, die uns beisteht, ein paar Bekannte gefunden.
Aber was uns dort erwartet, wissen wir nicht. Schlimm genug,
dass ständig diese Bomber über das Dorf fliegen und wir um
unser Leben fürchten müssen."
Ernst sah sie ihre Nichte an und die Nasenflügel ihrer gebogenen
Nase bebten, als sie sah wie sich die ersten Tränen von Liesels
Augen lösten und langsam ihre Wangen hinunter liefen.
Furchtbar traurig sah ihr schönes Gesicht mit den hohen
Wangenknochen und den großen dunklen, mit Tränen gefüllten
Augen in diesem Moment aus.
„Tante Elsa, ich habe Muttel doch so lange nicht gesehen, ich
habe große Sehnsucht, auch nach den Geschwistern, und sie
brauchen uns! Bitte! Lass uns fahren, bitte!"
Beschwörend legte Liesel der Tante ihre Hand auf den Arm. Sie
hielt es nicht aus, sie musste ganz einfach zur Mutter, sie
brauchte ihre Hilfe, ihre und die ihrer Schwester, die schon
immer alles so gut organisieren konnte, immer einen Ausweg
wusste, half wo sie konnte.
Elsa sah ihre Nichte lange an, sie wusste, dass sie den bittenden
Augen Liesels nicht mehr lange würde standhalten können, und
sie konnte die junge Frau ja verstehen, die so weit von den Eltern
und Geschwistern entfernt aufgewachsen war und ihre Lieben so
selten hatte sehen können. Jedoch war es so das Beste gewesen
für das kleine, von schwerer Krankheit gezeichnete Mädchen, das
sie gewesen war. Und die Eltern mit ihren vielen Kindern und der

ständigen Geldnot.

Weiß Gott, ihre Schwester Friede hatte es damals nicht leicht
gehabt, als die Entscheidung zu treffen war, was mit Liesel
geschehen sollte. Nein, das hatte sie nicht, und nur ungern hatte
sie ihre Tochter hergegeben, weil es so das Beste für Liesel
gewesen war. Doch das Kind hatte immer wieder unter Heimweh
gelitten, obwohl es ihr bei Großmutter und Tante immer gut
gefallen hatte. Die Eltern und Geschwister hatten sie ihr nicht
ersetzen können.

Und Liesel hatte gelernt, mit allem zurecht zu kommen. Die
Großmutter, die vor zwei Jahren verstorben war, hatte Liesel
geliebt und Elsa nicht minder. Sie hatte Liesel wie ihr eigenes
Kind aufgezogen.

Es war nicht immer leicht gewesen, das Kind zu beschützen, vor
den Bosheiten und Hänseleien der anderen Kinder, die Liesel
immer wieder verlachten, weil sie verwachsen war, nicht größer
wurde, ihr Rücken einen Buckel hatte, sie nicht rennen und
springen konnte wie ihre Mitschüler. Wie oft war das Mädchen
traurig oder gar weinend nach Hause gekommen. Elsa hatte ihr
erklärt, dass es nicht so wichtig sei wie jemand aussehe, sondern
was für ein Herz in seiner Brust schlägt, ein warmes, gutes, voller
Liebe, Güte und Mitgefühl, oder ein hartes Herz aus Stein. Doch
die Kinder waren das kleinere Übel gewesen, mit dem Elsa und
ihre Mutter hatten fertig werden müssen. Es hatte vor allem
gegolten, Liesel vor den Nazis zu beschützen, die körperlich
behinderte Menschen wie Liesel zu Tausenden in
Krankenhäusern oder Lagern hatten verschwinden lassen. Und
wenn bekannt geworden wäre, wer Liesels Vater war, nicht
auszudenken, was mit ihr geschehen wäre.

Nein, es war nicht einfach gewesen, dem Mädchen eine
unbeschwerte Kindheit zu ermöglichen. Ihre Familie in Breslau
hätte es nicht annähernd so gut gekonnt.

Als die Zeit gekommen war, wo sich die anderen Mädchen in
Liesels Alter nach den jungen Männern umsahen, sich verliebten,
Händchen haltend spazieren gingen, war Liesel sehr einsam
gewesen. Und es hatte ihr doppelt wehgetan, dass sie allein war,
weil sie gewusst hatte, es würde nicht anders werden,
wahrscheinlich nie. Welcher junge Mann könnte sich jemals in
sie verlieben? Nein, damit rechnete Liesel nicht. Sie würde allein
bleiben, allein wie Tante Elsa, die ihrer Mutter zuliebe ihre

Verlobung gelöst hatte, als der junge Mann, der ihr zukünftiger
Ehemann hatte werden wollen, seine Versetzung von Königsberg
nach Berlin erhalten und sie gefragt hatte, ob sie mit ihm
komme.
Elsa hatte ihre kranke Mutter nicht allein lassen wollen, das
hatte sie nicht fertig gebracht, wo sich doch die Mutter stets nur
um die Kinder gekümmert hatte, nachdem der Vater so früh
verstorben war. Wie hart hatte sie arbeiten müssen, damit Elsa
und ihre Geschwister keine allzu große Not leiden mussten, mit
wie viel Energie hatte sie tagein tagaus die schmutzige Wäsche
anderer Leute gewaschen. Ihre ältere Schwester Friede hatte die
Mutter jahrelang dabei unterstützt, ohne an sich selbst zu
denken. Dann war eben Elsa an der Reihe gewesen der Mutter
etwas zurückzugeben, ihr damit zu danken für all die
aufopferungsvolle Liebe. Nein, sie hatte die Mutter damals nicht
allein lassen können, sie war bei ihr geblieben und hatte für sie
und Liesel gesorgt.
Genauso wenig brachte sie es heute über sich, Liesel den Wunsch
abzuschlagen, mit ihr zur Mutter, ihrer Schwester Friede, zu
fahren und ihr und den Kindern zu helfen.
Seufzend gab sie Liesel einen Kuss auf die Stirn.

Zwei Tage später stiegen Elsa Berger und Liesel Granz in Sankt
Joachimsthal aus dem Zug. Sie fragten sich durch bis zur Villa
Chromy. Was mochte das für ein Zimmer sein, welches Friede für
sie bereit hielt? Nun, sie würden es bald wissen.
Frau Granz und ihre Kinder waren im Haus ein Begriff und der
kleine Junge mit den vielen Sommersprossen und den rotblonden
Strubbelhaaren, den die beiden an der Haustür fragten, brachte
sie sofort nach oben und klopfte an die Tür am Ende des Ganges.
„Frau Granz, Frau Granz, Sie haben Besuch, eine große und eine
kleine Dame! Sehen Sie mal, die sind ganz neu hier!", rief er
aufgeregt, als die schwere, dunkle Tür geöffnet wurde.
Vor Freude weinend rannte Friede zur Tür und umarmte
Schwester und Tochter.
„Oh, ihr Lieben, ...ich bin so froh, ...ihr seid hier, endlich, ... es
geht euch gut, ich ....", stammelte sie unter Tränen, froh, nicht
mehr mit den Kindern allein zu sein, jemanden an der Seite zu
haben, Hilfe zu bekommen für sich und die Kinder.
Endlich Liesel wieder zu sehen, ihre so schmerzlich vermisste

Tochter, die sie so selten hatte bei sich haben, deren Aufwachsen
sie so wenig hatte miterleben können. Nun durfte sie Liesel
wieder in die Arme schließen. Sie beugte sich zu ihr herunter und
küsste ihre Tochter auf Stirn und Wangen, strich ihr übers
dunkle, gescheitelte Haar.
„Liesemarie, wie geht es dir, mein Lieselchen? Ich freue mich so,
dass du hier bist! Erzähle! Wie war die Fahrt, mein Mädchen? Du
siehst hübsch aus mit deinen großen braunen Augen. Aber was
erzähle ich, ihr werdet müde sein von der Fahrt und dem
Kofferschleppen. Habt ihr uns gleich hier gefunden?", sprudelte
es aus Friede heraus.
Und Elsa, wie schön die Schwester wieder bei sich zu haben!
Wann hatten sie sich zuletzt gesehen? Es schien ihr Ewigkeiten
her zu sein.
Wie gut, dass die Beiden wohlauf waren, dass ihnen nichts
Schlimmeres passiert war auf der Flucht aus Königsberg.
Die Schwestern lagen sich lange in den Armen. Dann hielt Friede
Elsa eine Armlänge von sich und betrachtete sie.
„Du siehst gut aus, wie immer gut!", murmelte sie und dachte
daran, wie müde und abgekämpft sie heute morgen in den
Spiegel draußen im Flur geschaut hatte.
Wie sehr belastete sie nach all den Strapazen auch noch der
gebrochene Arm, wie schwer fiel es ihr, so die Kinder zu
versorgen, Lebensmittel heran zu schaffen, zu kochen, zu
waschen. Gewiss, Traudel unterstützte sie wo sie nur konnte,
aber sie war froh nun Elsa hier zu haben, die immer gut zupacken
konnte, ja, und Liesel war auch immer sehr fleißig und hilfsbereit
gewesen. Zusammen würden sie es schaffen.
„So, meine Liebe, wir sind auch froh, hier zu sein und euch
lebendig vorzufinden. Was macht dein Arm, Friede? Ach du
meine Güte, er ist ja von der Schulter bis zu den Fingern
eingegipst, da kannst du ja wirklich kaum etwas tun damit, und
auch noch rechts. Na, mach dir keine Sorgen mehr, wir sind ja
nun hier und helfen euch.
Aber was ist mit dem Zimmer? Ist es gleich nebenan? Können wir
es sofort beziehen?", fragte sie und räusperte sich, um den
dicken Kloß in ihrem Hals los zu werden.
Friede sah sich nach ihren Kindern um, die nun herangestürmt
kamen und ihre ältere Schwester scheu umarmten, ebenso wie
die Tante. Vor Tante Elsa hatten alle Granz-Kinder sehr großen

Respekt, was wohl ein wenig an ihrer etwas kühlen Art liegen
mochte. Sie war nun einmal zurückhaltend und verschlossen, so
ganz anders als ihre Schwester Friede und die Kinder, vor allem
die warme und herzliche Liesel, die trotz aller Widrigkeiten
während ihrer Kindheit, in allen Menschen nur das Gute sah, die
dankbar war für jedes liebe Wort. Schade, dass die Geschwister
sie nur so selten sehen konnten.
„Das Zimmer, ja, das ist gleich hier nebenan.", meinte Friede
zaghaft und blickte angestrengt zu Boden, als wollte sie
herausfinden ob die Ritzen zwischen den blank gebohnerten
Dielen schön gleichmäßig waren.
„Ja, und?", fragte Elsa Berger, nichts Gutes ahnend.
„Was ist mit dem Zimmer? Nun sag schon, Friede! Was hast du?
Du siehst irgendwie verstört aus."
„Das Zimmer, ja …Oh, es tut mir so leid Elsa! Ich wollte…, also ich
konnte nicht…, aber vielleicht…", seufzend brach Friede ab.
Wie sollte sie es der Schwester beibringen? Sie hatte doch alles
versucht, aber was hätte sie denn tun sollen, in diesen
grauenvollen Zeiten?
Elsa Bergers Augen begannen zu funkeln.
„Friede, was ist los? Nun sag schon!"
„Das Zimmer ist weg, Tante Elsa! Gestern Abend kam eine Familie
aus Glogau mit fünf Kindern. Sie haben das Zimmer bekommen,
da ist noch ein kranker Säugling dabei. Mama konnte nichts
machen, sie hat immer auf das Zimmer aufgepasst, für euch, aber
da ging es nicht mehr."
Traudel nahm die Mutter in Schutz. Schließlich konnte sie nichts
dafür, dass alles so gekommen war.
„Ihr könnt mit bei uns wohnen. Der Raum ist groß genug, ja das
ist er, und Matratzen gibt es noch genügend oben auf dem
Speicher. Schaut mal, wir wohnen hier mit Familie Reinsch und
trotzdem ist noch genug Platz für euch, wir rücken einfach etwas
zusammen. Es wird schon gehen, und für lange wird es doch
hoffentlich nicht sein. Frau Reinsch ist mit ihren Kindern Karola
und Horst ins nächste Dorf gegangen. Ihr werdet sie später
kennen lernen.
Bitte, Elsa, sieh mich nicht so an! Es ging nicht anders. Wäret ihr
nur einen Tag früher gekommen, nur einen Tag! Aber so? Es tut
mir leid!" traurig sah Friede Granz ihre Schwester an.
„Muttel, nimm es nicht so schwer! Es ist doch schön hier, nicht so

viel Platz wie in Leubsdorf, aber wir sind zusammen. Das ist doch viel wichtiger! Und wenn es eng wird, ist es auch gemütlicher, nicht wahr? Mir gefällt es gut. Schaut nur mal aus dem Fenster! Tante, sieh mal, was für ein wunderbarer Blick auf die Berge!"
Liesel lief freudestrahlend von einem der Fenster, die eine Wand des Zimmers einnahmen, zum anderen. Überall bot sich ihr die überwältigende Sicht auf die Höhen des Erzgebirges. Als sie hinaus auf den Balkon, der über die gesamte angrenzende Wand reichte und durch eine hohe, schmale zweiflügelige Tür zu betreten war, ging, atmete sie tief ein. Was für ein Blick! Das entschädigte auf jeden Fall für das verlorene Zimmer. Vielleicht war dieses Panorama ausschlaggebend für den Bau des großen Anwesens der Familie Chromy gewesen. Gut möglich, dachte Liesel bei sich. Auf jeden Fall würde die reine Bergluft, die sie in tiefen Zügen in ihre Lungen sog, ihren, schon seit ihrer schweren Erkrankung als Kind, angegriffenen Bronchien gut tun. Friede war neben ihre Tochter an das schmiedeeiserne Geländer getreten und legte ihr die Hand auf die Schulter und zog sie an sich.
„Es ist schön, dass du hier bist!", flüsterte sie glücklich.

So wohnten sie ab sofort zu zehnt in dem Raum, beengt, doch dass sie zusammen waren, empfanden sie als ein großes Glück. Elsa Berger wurde für das Kochen auf dem kleinen eisernen Ofen in der Ecke an der Wand zum Nachbarzimmer als zuständig erklärt, was sich meist als recht schwieriges Unterfangen herausstellte, da es oft unmöglich erschien, die Zutaten heran zu schaffen. Doch irgendwie ging es dann doch meistens, alle halfen dabei so gut sie konnten. Manchmal hatten sie ganz einfach Glück, waren zur richtigen Zeit am Bahnhof, wenn gerade ein Lazarettzug hielt, wo sie sich ein paar Lebensmittel erbetteln konnten.
Bei den Bauern in den zu St. Joachimsthal gehörenden umliegenden Dörfern gab es auch so manchen Liter Milch für die Kinder, einen Kanten selbst gebackenes Brot oder eine Ecke Wurst. Doch ohne die Kartoffeln, welche noch vom vergangenen Herbst vereinzelt in Mieten auf den Feldern lagen, die Friede, Elsa mit Traudel und Gretel und Frau Reinsch mit Sohn Horst nachts heimlich von dort holten, Kartoffelnstoppeln nannten sie es, wären sie alle wohl sehr viel öfter hungrig geblieben.

Selbst die Beschaffung von Feuerholz war ein Problem, dem man
nur gemeinsam begegnen konnte.

Elsa Berger hatte mit der Kocherei für zehn hungrige Mäuler alle
Hände voll zu tun und war deshalb froh über jeden, der half.
Liesel sah der Tante meist schon an, wenn diese Unterstützung
brauchte. Elsa musste ihre Nichte nicht erst bitten, mit einem
Lächeln übernahm Liesel ständig neue Pflichten und kümmerte
sich nebenbei auch rührend um alle Kinder, die Geschwister, die
Reinsch-Kinder und, wenn Not am Mann war, auch um andere
Kinder aus der Villa.

Besonders an den Abenden, an denen Kartoffeln holen nötig war,
brachte sie die kleineren Granz-Kinder und Karola Reinsch, eine
kleine, zierliche Zehnjährige zu Bett und erzählte Geschichten
und Märchen. Der aufmerksamste Zuhörer war immer ihr kleiner
Bruder Peter. Gebannt hing er mit seinen großen Augen an ihren
Lippen, damit ihm auch ja kein Wort entginge.

Jeden Satz merkte sich der kleine Junge und wehe Liesel ließ
einmal etwas aus oder dichtete ein paar Dinge hinzu, dann
erntete sie seinen heftigen Protest.

Dabei wurde sein kleines Gesicht ganz rot, die großen Augen
darin leuchteten und er meinte, dass Liesel jenes Märchen nicht
ganz richtig erzählen könne. Liesel lächelte wie nur sie lächeln
konnte, liebevoll und gütig, ein warmes Lächeln, das ihr Gesicht
leuchten ließ. Und wenn sie dann den jüngsten Bruder in den
Arm nahm, kuschelte er sich an sie und schlief, an sie
geschmiegt, versöhnt ein.

An manchen Tagen waren die vielen Kinder in der Villa Chromy
aber die reinste Plage, wenn sie untereinander Streit hatten,
durch das ganze Haus tollten, es eine Rauferei nach der anderen
gab und die Mütter und älteren Leute nicht mehr wussten, wie
sie die Streithähne trennen konnten. Allerdings wurden solche
Tage immer seltener, denn es wurde immer schwerer, genug
essbare Dinge zu erhaschen.

An einem der letzten Märztage liefen Elsa Berger und Friede
Granz zusammen mit Liesel, die den kleinen Peter an der Hand
hielt, in die Stadt zum Postamt. Keine einzige Briefmarke war
mehr vorhanden, doch jede Menge Briefe mussten ihre Reise
antreten. Liesel hatte alle möglichen Auskunftsstellen
angeschrieben, um etwas über Papa Granz und die beiden Jungs,

Lene und Rosi und natürlich Uschi in Breslau, und über Hannes an der Ostfront zu erfahren.
Zuerst aber nahmen sie den Weg zur kleinen Kirche in der Nähe, um für ihre Lieben zu beten, da ihnen nichts anderes zu tun blieb in ihrer Not.
Vor allem Friede machte sich die allergrößten Sorgen um Martin, die Kinder und ihr kleines Enkelkind Rosi. Es durfte ihnen nichts geschehen, nein, bloß das nicht noch. Hatten sie nicht schon genug Leid erfahren, schon drei ihrer Kinder verloren.
In der hintersten Bankreihe saßen sie schweigend eine ganze Weile, als Peterle plötzlich anfing zu weinen und die Hände gegen seinen Bauch presste. Liesel rutschte von der Bank, von der ihre Füße den Boden nicht gleich erreichen konnten, und nahm den Jungen mit sich hinaus, um ihn zu trösten.
„Peterle, was ist los? Tut dir der Bauch so weh?" fragte sie vor der Kirchentür den Jungen. Peter hatte Hunger, denn heute hatten sie nur ein winziges Frühstück gehabt, jeder eine kleine Ecke Brot und eine Tasse dünnen Tee. Unbedingt mussten sie sich nachher um Lebensmittel kümmern.
Noch immer schluchzend saß Peter auf den Stufen zur Kirche und malte mit einem Stöckchen im feuchten Sand, der den kleinen Platz bis zur Straße bedeckte.
„Was fehlt dem Jungen? Ist er krank? Brauchen Sie Hilfe?"
Eine junge Frau stand vor den Beiden und sah Liesel fragend an. Mittellanges, hellbraunes, gelocktes Haar umrahmte ihr hübsches Gesicht, die blaugrünen Augen blickten nun ehrlich besorgt.
„Mein Name ist Luckner, ich wohne hier gleich um die Ecke. Sie sind mir schon mehrmals am Sonntag in der Kirche aufgefallen, Sie und Ihre Familie.", sagte sie, beugte sich hinunter zu Peter und strich ihm leicht übers Haar.
Fräulein Luckner arbeitete mit im Geschäft ihres Vaters und erledigte da sämtliche Schreibarbeiten, die Buchhaltung, die Post, war ihm ein Mädchen für alles und eine große Hilfe und erbot sich nun nochmals, als auch Elsa und Friede aus der Kirche heraustraten, der Familie zu helfen.
Dankbar wurde ihr Vorschlag angenommen und es gab in der Folgezeit kaum etwas, für das sie keinen Ausweg fand. Mit Rat und Tat stand sie den Flüchtlingen zur Seite. In ihrer freundlichen Art hatte sie sehr schnell die Herzen der ganzen

Familie gewonnen. In kürzester Zeit wurde Fräulein Luckner zur guten Geist von Elsa und Friede und oftmals auch von Frau Reinsch.

Sonntags traf man sich in der kleinen Kirche und lauschte gemeinsam den Worten von Pfarrer Friedrich, der, selbst ein Flüchtling, stets tröstende und Hoffnung machende Worte für die immer zahlreicher werdenden Familien fand, die auf der Flucht aus ihrer Heimat hier einen Unterschlupf gefunden hatten.

Diese Sonntagspredigten in der Kirche, die gemeinsamen Mahlzeiten am Abend und die Lieder, die sie alle zusammen kurz vor dem Schlafengehen sangen, waren es, die den Kindern, und wohl auch ein wenig den Erwachsenen, so etwas wie einen Hauch Normalität vermittelte, die ihnen eine heilere Welt vorgaukelten als die, in der sie lebten.

Doch die Ängste blieben! Beharrlich saßen sie fest in den Seelen der Menschen in der Villa Chromy. Die Ängste blieben und sie begannen wieder zu wachsen, sie wuchsen mit der Ungewissheit über das Schicksal der Familienangehörigen und der Zukunft, mit der Unsicherheit bezüglich der Umstände des täglichen Lebens, vor allem der Unterkunft, der Beschaffung von Lebensmitteln, Kleidung, der Rückkehr in die Heimat. So viele Dinge waren ungewiss. Doch die schlimmste Pein bereitete wohl die Sorge um das Leben der nächsten Angehörigen.

Besonders Friede grämte sich immer mehr, keine noch so lieben Worte spendeten ihr noch Trost, schützten sie noch vor den quälenden Gedanken um das Los ihres Mannes und ihrer Kinder. Alle Nachforschungen verliefen im Sande, nichts konnte in Erfahrung gebracht werden, obwohl Liesel und Fräulein Luckner nach jedem noch so dünnen Strohhalm griffen und Briefe über Briefe an jedes erdenkliche Amt und jede Behörde schrieben. Es war nichts herauszufinden und mit jeder abschlägigen Antwort wuchsen die Unruhe und die Angst, die an Friede nagten.

Schier unerträglich wurde die Ungewissheit. Waren ihre Lieben noch am Leben? Waren sie unverletzt? Litten sie Hunger? Wie ging es Uschi? Und was war mit dem Haus, stand es noch oder war es einem der zahlreichen Bombenangriffe, die seit dem letzten Oktober auf Breslau geflogen wurden, zum Opfer gefallen?

Fragen über Fragen brannten in Friedes Seele, ließen sie nachts kaum schlafen und machten sich auch am Tage in allen ihren

Gedanken breit. Dieser furchtbare Krieg!

Anfang April kam Fräulein Luckner eines Tages aufgeregt in die Villa, klopfte stürmisch an die Tür, fegte ins Zimmer und fiel atemlos auf den nächsten Stuhl.
„Fräulein Berger, Frau Granz, ... Königsberg, ... es wird belagert, seit Wochen schon, die Russen, sie haben die Stadt umringt!"
Elsa Berger und Liesel waren zusammengezuckt. Obwohl es zu erwarten gewesen war, da seit dem Herbst heftige Kämpfe in Ostpreußen tobten, hatten sie doch noch immer gehofft, dass sie zurückkehren konnten, in absehbarer Zeit zumindest. Doch nun, was sollte nun werden? Elsa drehte sich der Magen um. Was geschah in ihrer Heimat? Würde sie Königsberg jemals wieder sehen? Und ihr Bruder Wilhelm, der mit seiner Familie in Gollau immer noch auf seinem Hof ausharrte, der ohne die geliebte Landwirtschaft nicht leben konnte seit er damals seine Henriette geheiratet und den Hof ihres Vaters übernommen hatte. Wie erging es ihnen?
„Oh mein Gott! Hilf unserem Bruder und seiner Familie!", rief sie und umarmte Friede.
Ganz fest hielten sich die Schwestern, beide mit Tränen in den Augen, beladen mit schweren Gedanken und trüben Ahnungen. Und alle anderen Verwandten, die sie in der Nähe von Königsberg und Posen hatten, was war mit ihnen geschehen? Auch Liesel hatte es tief getroffen, denn Königsberg war ihr schließlich zur Heimat geworden seit die Großmutter sie aufgenommen hatte. Und noch nagte der Tod der alten Frau im Februar vor zwei Jahren an ihrem Herzen.

Doch der große Schmerz kam erst noch. Einige Tage später erfuhren sie, wiederum von Fräulein Luckner, dass Königsberg, die Festung am Meer, von der Roten Armee gestürmt sei. Aus und vorbei! Weinend lagen sich Elsa und Friede in den Armen. Russische Soldaten zogen nun durch die Straßen der Stadt, in der sie beide aufgewachsen waren. Zerstört waren viele Häuser, ganze Straßenzüge lagen in Schutt und Asche, Leid, Not und Elend unter der zurückgebliebenen Bevölkerung, Tote, Verletzte, Hungernde.
Warum das alles? Aber waren wir nicht ebenso in andere Länder einmarschiert, Polen, Russland und all die anderen? Hatten wir,

unser Heer, nicht überall das gleiche Elend angerichtet? War das nun die Vergeltung? War es gerecht? Müssen wir nun unser Schicksal nicht mit Würde tragen?

Diese und so viele andere Fragen drückten die beiden traurigen Frauen förmlich zu Boden. In dumpfen, schmerzenden Gedanken vergingen die folgenden Tage. Jedoch blieb wenig Raum, lange nachzudenken. Viel wichtiger und immer schwieriger gestaltete sich die Suche nach Nahrungsmitteln, damit sie und die Kinder etwas zu Essen hatten.

Und dann ging es Schlag auf Schlag, eine Nachricht jagte die andere. Breslau war gefallen, von der Roten Armee besetzt, in Berlin tobten heftige Straßenkämpfe, der Adolf Hitler war gestorben.

Friede Granz, Elsa Berger, Liesel und Fräulein Luckner, auch Frau Reinsch und den meisten anderen in der Villa "Chromy" wurde klar, dass das Ende des Krieges unmittelbar bevorstehen musste. Friedes Ängste wuchsen ins Unermessliche. Würde sie ihre Lieben, die sie noch immer in Breslau wähnte, gesund wieder sehen? Waren sie überhaupt noch am Leben? Was war aus der schönen Stadt geworden, wie zerstört war Breslau?

Oh, könnte sie doch die Uhr zurückdrehen zu den glücklichen Zeiten, die sie dort erlebt hatten!

Am achten Mai hatte es Fräulein Luckner, die gute Seele der Flüchtlinge, dann als erste im Radio gehört: Deutschland hat den Krieg verloren! Dieser tötende, Menschen verachtende Krieg ist endlich vorüber, endlich, endlich, endlich!

Friede und Elsa, Liesel und die Geschwister, Familie Reinsch, alle in der Villa, alle ringsum, jeder atmete auf. Endlich! Sie konnten wieder nach Hause, konnten zurückkehren und hoffentlich ihre Familien wieder in die Arme schließen.

Deutschland hatte kapituliert, nun konnte alles wieder gut werden. Doch mit dem, was jetzt auf die Flüchtlinge zukam, hatten sie nicht gerechnet.

So schnell wie möglich sollten sie das nun tschechische St. Joachimsthal verlassen.

Jedes Haus wurde von Tschechischen Milizen durchsucht und wieder war es Fräulein Luckner, die ihnen in großer Not beistand, vieles organisierte. Elsa und Friede kauften jeder einen Kinderwagen, damit sie das Gepäck nicht zu tragen brauchten. In Windeseile packten sie ihre Sachen zusammen und beluden die

Wagen. Nur Peterle bestand darauf, seine Büchermappe selbst zu tragen.

So schnell sie konnten verließen sie die Villa und liefen zum Bahnhof nach Schlackenwerth. Die Kinder waren ganz aufgeregt, es geht wieder nach Hause.

Lange standen sie wartend auf dem Bahnsteig, doch kein Zug war zu sehen. Die Kinder vertrieben sich die Zeit mit Geschichten und Rätseln. Nach drei Stunden quälendem Warten hörten sie endlich eine Lokomotive heran fauchen.

„Kinder kommt schnell her! Bleibt dicht bei uns, damit wir euch nicht verlieren. Der Zug kommt!", rief Friede mit freudiger Stimme.

Doch plötzlich blieben alle stehen. Starr vor Schrecken sahen sie was jetzt in den Bahnhof einfuhr, ein tschechischer Panzerzug rollte über die Schienen und hielt mit einem lauten Quietschen. Bewaffnete Milizionäre sprangen auf den Bahnsteig. Kofferkontrollen wolle man vornehmen, so hieß es. Die Menschen auf dem Bahnsteig wichen entsetzt zurück, doch es half nichts. Uniformierte hatten sich überall verteilt, hielten die Waffen in den Händen.

Zwei von ihnen kamen auf Elsa, Friede und die Kinder zu, stießen die Koffer und anderen Gepäckstücke von den beiden Kinderwagen, öffneten und durchwühlten alles.

Elsas wohlbehütete Silbersachen, die sie aus Königsberg gerettet hatte, gefielen dem einen sehr gut. So kam es, dass diese und andere wertvollere Sachen in den nächsten Minuten ihre Besitzer wechselten, begleitet vom lauten Lachen der Männer.

Als Friede und Elsa begannen, ihre Habseligkeiten wieder zusammen zu suchen, schrie der eine: „Ihr deutschen Schweine, für euch fährt hier keine Eisenbahn! Wenn ihr nicht in fünf Minuten vom Bahnhof seid, schieße ich in euren Haufen hinein! Verschwindet, aber schnell!"

Panik brach aus, alle Flüchtlinge liefen gleichzeitig los, versuchten so schnell wie möglich vom Bahnsteig zu kommen. Elsa Berger und Friede Granz setzten Peterle und Linchen mit auf das Gepäck in den Kinderwagen. Traudel und Gretel halfen schieben, Liesel ebenso. In größter Eile liefen sie in Richtung Bahnhofsgebäude, um sie herum eine wilde Jagd und Hatz um Leben und Gut, Drängeln und Schieben, Weinen und Schreien, Flüche, Angst. Im Wartesaal zersprang eine Fensterscheibe,

Bänke wurden im Laufen umgerissen.

Aufatmend blieben die Schwestern mit den Kindern auf der gegenüberliegenden Straßenseite stehen, doch nur, um nach kurzem Verschnaufen eilig wieder in Richtung der Villa zu laufen, verbittert ob der erlittenen Verluste und der ausgestandenen Angst. Ein neuer Weg musste gefunden werden. Und wieder einmal war es Fräulein Luckner, die eine Lösung fand. Sie kannte die Strecke über die schwarze Grenze, wie sie hier genannt wurde.

Dass es kein leichter Weg sein würde, hatte sie den Frauen vorher gesagt, aber sie hatten keine Wahl. So ließen sie denn schweren Herzens ihre Koffer zurück, weil sie dachten, dass die ihnen sowieso abgenommen werden würden, nahmen nur mit was jeder tragen konnte, der Rest war verloren, und machten sich auf den Weg.

Über siebenhundert Meter ging es bergauf, eine schwere Tour, Fräulein Luckner hatte nicht übertrieben. Am schlimmsten war es allerdings für Liesel, wegen ihrer kranken Bronchien und dem stark verbogenen Rücken, und den kleinen Peter. Tapfer versuchten die beiden, sich weder Schmerzen noch Erschöpfung anmerken zu lassen, wenn der Weg auch noch so steinig und steil sein mochte.

Nur gut, dass der Wind jetzt im Mai nicht mehr so kalt über die Höhen blies. Wundersam war die Natur in den Bergen erwacht nach dem langen, kalten Winter, zartes Grün in den Wäldern und auf den Wiesen entlang des Weges, Sonnenschein bis hinauf auf die Höhen, Wärme, die ihnen den Schweiß in die Gesichter trieb. Das laute Murmeln der Gebirgsbäche wurde ihr Begleiter. Langes Rasten aber war nicht möglich, erst mussten sie über die Grenze, in Sicherheit sein, ein Dach über dem Kopf und Essen finden für so viele Personen.

So liefen sie weiter und weiter, Fräulein Luckner immer voran. Sie begleitete die beiden Familien bis fast nach Oberwiesenthal, das sie nach vielen Qualen endlich erreichten.

Am Rande eines dichten Fichtenwaldes blieben sie stehen. Weiter unten konnte man das Städtchen liegen sehen, eingebettet in Wiesen und Felder.

„Dort unten finden Sie sicher eine Unterkunft für die Nacht und etwas für das Abendessen. Ich muss wieder zurück, Papa wird sicher schon in großer Sorge sein, man weiß ja nie was alles

passiert in diesen Zeiten. Sie haben es doch selbst erlebt. Ich hoffe, dass Sie alle wieder gesund in Ihrer Heimat ankommen. Es macht mich froh, dass ich Ihnen bis hierher helfen konnte. Leben Sie alle wohl! Gott beschütze Sie und die Kinder."
Mit Tränen in den Augen umarmte Fräulein Luckner alle der Reihe nach.
„Mein liebes Fräulein Luckner," auch Elsa Berger schluckte und umarmte die tapfere junge Frau, die Ihnen so oft und auch heute wieder so selbstlos geholfen hatte, und nun allein den weiten beschwerlichen Weg wieder zurück laufen musste.
„Sie waren immer unser guter Engel! Was hätten wir die ganze Zeit ohne Ihre Hilfe getan. Wir können Ihnen nicht genug danken. Sie haben uns gerettet, uns alle hier. Sie sind so ein lieber Mensch! Passen Sie gut auf sich auf, der Rückweg ist lang, wenn man allein unterwegs ist. Wir haben Ihre Adresse und ich bin sicher, wir werden immer in Verbindung bleiben. Leben Sie wohl! Vielleicht eines Tages: Auf Wiedersehen!"
Als die junge Frau ihren Blicken entschwunden war, stiegen sie müde ins Städtchen hinab. Ja, müde waren allesamt, total abgekämpft Linchen und Peterle, mit traurigen Gedanken beladen die Frauen.
Oberwiesenthal, eine ruhige, winzige Stadt mit kleinen, hübschen Häusern war bald erreicht.
Hier ruhten sie sich ein wenig aus, hatten ein Quartier für zwei Nächte und ein wenig Brot erbettelt, denn ihr letztes Geld hatte auf dem Bahnhof in Schlackenwerth auch einen neuen Besitzer gefunden. Nur einige wenige Sachen waren ihnen noch geblieben, die sie nun umso argwöhnischer bewachten. Sie sammelten neue Kräfte in diesen beiden Tagen, richteten sich aneinander auf und fanden neuen Mut um wieder weiter zu gehen, entgegen der Heimat.
Und so ging es los. Am dritten Morgen hatten sie schnell ihre wenigen Utensilien zusammengepackt und waren hastig aufgebrochen in Richtung Osten, Breslau als leuchtendes Ziel vor Augen.
Doch es war erneut eine Straße voller Qualen, die sie gingen, zwar ohne Bomben und Tiefflieger nun, aber wie oft schleppten sie sich im strömenden Regen verschlammte Wege entlang, dursteten sie in brütender Hitze auf verstaubten Straßen. Und wie demütigend war es, um ein Stück Brot bitten zu müssen,

wenn der Hunger gar zu bitter weh tat. Es schmerzte so sehr, die
Kinder vor Müdigkeit weinen zu sehen, und dennoch mussten sie
weiter gehen und erst nach einem Nachtquartier suchen. Und
wieder bitten, fremde Menschen um Hilfe bitten, weil sie sich
selbst kaum noch helfen konnten, nichts mehr hatten, was sie im
Tausch hätten anbieten können für ein wenig Essen und ein Dach
für die Nacht, vielleicht im Stroh.
Mit dem Bitten lernten sie auch das Danken, wobei sie das Erste
demütig und leise, das Zweite aber mit Tränen in den Augen und
einem Lächeln auf den Lippen taten.
Ja, der Weg war nicht leicht, doch die Sehnsucht nach dem
Zuhause, nach der Familie, ließ sie alle Mühen und Beschwerden
auf sich nehmen. Selbst Peterle trug den ganzen Weg über die
schwere Büchertasche, ohne zu weinen, ohne zu klagen. Wütend
wurde er nur, wenn ihm jemand die Tasche abnehmen wollte.
Ein fürchterlicher Weg, ein Weg voller Entbehrungen, aber auch
voller Hoffnungen und Zuversicht, ein Weg, der sie weiter führte
über Annaberg nach Chemnitz, von da nach Dresden und weiter
nach Bautzen.
Auch hier verbrachten sie eine Nacht. Nach einer Stunde Suchen
nach einer Unterkunft hatten sie am Abend ein Zimmer in einem
Gehöft am Rand eines Dorfes nahe der Stadt gefunden. Von der
Bäuerin mitleidig mit Milch für die Kinder und Bratkartoffeln für
alle versorgt, waren sie bald alle in tiefen Schlaf gesunken und
hatten bis zum Morgen geruht.
Nun liefen sie schon wieder entlang der Straße in Richtung
Görlitz. Am Straßenrand stand, ein Stück entfernt noch, ein
russisches Militärfahrzeug, ein Lastwagen mit Plane, der
augenscheinlich in Richtung Görlitz wollte. Der Fahrer stand
abseits im Gebüsch, sonst war niemand zu sehen.
„Bleibt ihr hier! Wenn er zum Auto zurück geht, werde ich ihn
fragen ob er uns mitnimmt.", sagte Friede leise zu den Anderen.
Langsam ging sie auf den Wagen zu und traf genau dort auf den
Fahrer.
Nach einer Weile winkte sie alle heran. Glücklich stiegen sie auf
den Wagen, doch als Friede Granz mit den vier Kindern und
Familie Reinsch auf der Ladefläche saßen, winkte der Soldat
plötzlich ab, es wären genug jetzt, mehr würde der Wagen nicht
fassen. Verzweifelt sahen sich die Schwestern an, Friede flehte
und bettelte, doch der Soldat ließ sich nicht erweichen. Das Auto

gehe kaputt, meinte er, und es gehe ihn nichts an was mit Elsa
Berger und Liesel Granz geschehe. Schnell stieg er ins
Fahrerhaus, startete den Motor und fuhr davon.
Tante und Nichte standen wie versteinert mitten auf der
Landstraße, blickten dem Wagen nach und versuchten zu
begreifen was gerade geschehen war. Verlassen und ohne dass sie
sich von ihren Lieben hatten verabschieden können, standen sie
noch lange dort an der Straße und blickten in Richtung des
verschwundenen Wagens. Tränen liefen beiden Frauen über die
Wangen.

XVIII

Auf der mit zahlreichen Löchern übersäten Landstraße nach
Görlitz holperte der Lastwagen dahin. Viel von dem Land, den
Wiesen und Feldern, Dörfern und Städtchen konnten die
Passagiere auf der Ladefläche wegen der Plane nicht sehen. Die
Frauen gaben Acht, dass sich die Kinder gut festhielten, denn
man wurde mächtig durchgeschüttelt.
Endlich sah man größere Häuser, Straßenbahngleise, eine Stadt.
Das musste Görlitz sein!
Abrupt kam der Wagen zum Stehen, erzitterte noch einmal, dann
stand der Motor still. Der russische Soldat riss die Plane auf.
„Müssen absteigen nun, dawai! Nix mehr weiter fahren, nur ich
allein. Dawai, dawai!"
Aufgeregt riefen alle durcheinander.
„Können wir nicht noch ein wenig mitfahren, bitte?!"
„Nehmen Sie uns noch eine Weile mit! Bitte, bitte, wir müssen
unbedingt nach Breslau. Nur noch ein kleines Stück, bitte!"
Sie baten und sie flehten, doch der Soldat schüttelte nur
bedauernd seinen Kopf. Er kratzte sich die Stirn, schob sein Käppi
nach hinten und sagte, wiederum in gebrochenem Deutsch: „Ihr
nix kommen mit! Am Fluss ist gesperrt für Deutsche, nix können
hinüber, nur für Militär sein offen."
Erschrocken und betroffen sahen sich alle an. Was hatte er
gesagt? Die Neiße war gesperrt für Deutsche, nur die Russen
konnten über die Brücken fahren? Sie duften hier nicht weiter,
nicht in ihre Heimat, saßen hier fest in Görlitz?
Was sollte das bedeuten? Warum ließ man sie nicht hinüber?
In einer Nebenstraße fragten sie die Leute und erfuhren, dass
sämtliche Brücken über den Fluss seit Tagen schon gesperrt
waren, das sei wohl jetzt die Grenze.
So war es also bereits beschlossene Sache! Sie würden ihre
Heimat nicht mehr wieder sehen. Hier war für sie das Ende des
langen Weges, aus und vorbei.
„Das glaube ich nicht!", meinte Friede Granz entrüstet.
„Es wird sich schon wieder ändern, wartet es ab! Bald lassen sie
uns hinüber und dann geht es weiter nach Hause. Wir können
doch nicht hier bleiben."

Traurig blickte Frau Reinsch ihr in die Augen, sah den feuchten
Schimmer darin und nahm sie in die Arme.
„Wir müssen hoffen! Was können wir sonst tun? Fürs Erste aber
sollten wir uns nach einer Bleibe umsehen, es ist schon spät und
die Kinder haben alle Hunger und sind müde. Mir tun alle
Knochen weh vom Sitzen auf dieser Ladefläche. Ihnen doch
sicher auch?!"
Gesagt, getan! Lange liefen sie noch durch die arg zerstörte Stadt
bevor sie ein paar alte Matratzen im Keller eines zerbombten
Hauses fanden. Die Kellerdecke und zwei Kellerräume waren
nahezu unversehrt. Hier richteten sie sich ein für die Nacht und
aßen das wenige erbettelte Brot. Schnitten die kleine Ecke Wurst,
die sie ebenfalls erhalten hatten in acht gleichgroße, besser
gleichkleine Stücke, für jeden eins dazu, das musste fürs Erste
reichen.
Erschöpft und voller Enttäuschung schliefen die Kinder bald ein,
während die beiden Frauen noch lange schlaflos in die
Dunkelheit starrten. Was sollte nun werden?
Friede strich ihren Kindern nachdenklich übers Haar. Peters
Stirn war warm, die Haare feucht, unruhig drehte sich der Junge
hin und her und murmelte unverständliche Worte. Schon beim
Essen war ihr aufgefallen, dass der Kleine kaum ein paar Bissen
hinunter würgen konnte, hatte es aber auf seine große Müdigkeit
geschoben. Doch es musste noch etwas anderes sein mit dem
Kind. Besorgt nahm ihn Friede in den Arm und schlief unruhig
wie er ein paar Stunden.
Als der Morgen graute, wurde Peter ruhiger und Friede atmete
auf. Doch Ihre Besorgnis war nicht ganz erloschen. Irgendetwas
hatte Peterle, sie musste besser auf ihn aufpassen, er war doch
ihr Jüngster und den Strapazen der letzten Wochen und Monate
eigentlich noch nicht gewachsen. Unbedingt brauchte er ein paar
Tage Ruhe. Vielleicht konnten sie ja in einem der umliegenden
Dörfer eine Bleibe finden, für einige Zeit jedenfalls. Bis dahin
würde sich bestimmt auch klären, was es mit der Sperre an der
Neiße auf sich hatte. Man musste eben für eine Weile abwarten.
Sicher würde dann alles gut werden.

Noch am selben Tag fanden die beiden Flüchtlingsfrauen
jeweils einen Unterschlupf für sich und ihre Kinder in einem Dorf
nordwestlich von Görlitz, Uhsmannsdorf. Ein großer Hof war es

nicht, auf dem sie unterkamen, nicht groß und bessere Tage
hatten Haus, Ställe und Scheune auch vor langer Zeit zum letzten
Mal gesehen. Alle vier Töchter hatten auf anderen Höfen in den
umliegenden Dörfern eingeheiratet, beide Söhne waren gleich zu
Kriegsbeginn gefallen, im Abstand von nur zwei Wochen hatte
die Mutter die Nachrichten erhalten. Der Vater war bereits zwei
Jahre vor dem Krieg an einer Blutvergiftung gestorben. Nie zuvor
in seinem Leben hatte er ärztlicher Hilfe bedurft und auch
damals keine gewollt. So hatte die Frau ihn dann begraben
müssen und den Hof mit den Söhnen weiter geführt.
Doch nun war die Bäuerin allein, es blieb ihr nicht genug Geld
einen Knecht zu bezahlen. Und die vielen fleißigen Hände, die
früher immer genug zu tun gehabt hatten, konnte die ältere Frau
allein nicht ersetzen. Wie sollte sie alle Felder bestellen, Garten
und Ställe bewirtschaften ohne Hilfe. Nur noch ein Feld, auf dem
sie alles Mögliche für den Eigenbedarf anbaute, und den Garten,
wo zum Großteil Obstbäume standen, hielt sie in Schuss, in einem
Stall stand eine Ziege und an der Wand ein Kaninchenstall mit
acht Insassen. Im Laufe der Kriegsjahre war es eben immer
weniger geworden.
So einigte sie sich mit den ausgemergelten, müden Flüchtlingen
auf gegenseitige Hilfe und Unterstützung und beiden Seiten war
es recht.
Die Frau, die Kleinschmidt hieß und groß und dürr war, die
langen grauen geflochtenen Haare in einem Kranz rund um den
Kopf gesteckt, trug eine schwarze, ausgewaschene
Baumwollbluse in einen braunen langen Rock gesteckt. Darüber
hatte sie eine ebenfalls schwarze Trägerschürze gebunden. Ihre
Füße steckten in kurzen Gummistiefeln. Sie lächelte leicht, als sie
jedem Kind ein Stückchen Brot reichte, doch ihre graugrünen
Augen blickten müde. Sie ging voraus ins Haus, die Zimmer zu
zeigen.
Von den Tritten der Schuhe knarrte die alte abgetretene
Holztreppe, welche hinauf in das Obergeschoss führte. Dann ging
es eine wacklige Stiege weiter hinauf auf den Dachboden. Rechts
und links am hinteren Ende des großen Raumes voller Gerümpel
und Staub befand sich jeweils eine dünne Brettertür und
dahinter ein kleines, schmales Bodenkämmerchen mit einem
winzigen, windschiefen Fensterchen, das eine mit Blick auf den
Hof und den Misthaufen, das andere auf die Apfelbäume im

Garten hinter dem Haus.

Da im Gartenzimmer zwei Betten standen, erhielt Friede mit ihren Kindern dieses, Frau Reinsch das Hofzimmer, denn darin gab es nur ein Bett.

In jedem Zimmer stand eine größere Kommode mit drei Schubladen. Die Möbel waren alt und wurmstichig und die Politur war abgewetzt. Auf einer cremefarbenen ovalen Decke mit ehemals weißer Spitze stand jeweils eine blecherne Waschschüssel mit passendem Wasserkrug vor einem kleinen, an den Rändern schon leicht fleckigen Spiegel, der über der Kommode hing. Vor den Betten lagen gewebte bunte, ausgefranste Läufer und neben dem Fensterchen hing ein Kreuz an der Wand.

Doch die Zimmer waren sauber und dufteten nach frisch gewaschener Wäsche. Kleine gelbliche Mullgardinen hingen vor den Fensterscheiben und je eine Lampe mit hellblauem Glasschirm an kurzem Pendel in der Zimmermitte von der Decke. Alles sah irgendwie friedlich aus und ein wenig wie ein Zuhause. Seit langem waren diese winzigen Bodenkämmerchen, die wohl früher als Unterkunft für Landarbeiter gedient hatten, die schönste Bleibe, die sie hatten finden können.

Hier würden sie endlich ein wenig Ruhe finden und von hier aus konnten sie nach ihrer restlichen Familie suchen.

In den nächsten beiden Tagen halfen alle so gut sie konnten auf dem Hof und im Garten mit, obwohl es Friede und den Kindern und auch Familie Reinsch nach dem langen Marsch bis hierher und den vielen Entbehrungen, vor allem dem Hunger, sehr schwer fiel. Abends konnten sich die Kinder kaum noch auf den Beinen halten und Peter konnte vor Müdigkeit nichts mehr essen. Nachts schlief er schlecht, schwitzte und hatte Albträume, weinte im Schlaf. Zuviel Kraft hatte der lange Marsch bis hierher den Jungen gekostet, der so furchtbar dünn geworden war. Zu oft hatte er hungern müssen, wie sie alle. Doch er war der Jüngste, der Schwächste, und hatte doch tapfer durchgehalten. Bis hier zu diesem Bauernhof, den ganzen langen Weg über, hatte der Kleine seine schwere Büchermappe geschleppt und sie sich von keinem der Geschwister abnehmen lassen. Er war doch schon ein großer Junge, da durften ihm ja die Mädchen oder gar die Mutter nicht seine Tasche tragen!

Weißer Nebel stieg morgens aus den Wiesen, die Bäume
trugen gelb, rot und braun. Immer kürzer wurden die kühlen
Tage, die Nächte länger und kälter. Bis auf die Kartoffeln, die in
den nächsten Tagen aus dem Boden sollten, war die Ernte
eingebracht.
Die Bauern im Dorf hatten schwer dafür geschuftet, die meisten
waren alt und die Söhne waren im Krieg geblieben oder noch in
Gefangenschaft, vielleicht auch vermisst. Nur die Alten, Frauen
und jüngere Kinder hatten die schwere Arbeit verrichten
müssen, entsprechend mager war die Ernte ausgefallen.
Nicht nur Frau Kleinschmidt hatte zu kämpfen, vielen anderen
ging es ebenso.
Und im Dorf nahm die Zahl der Flüchtlinge ständig zu, viel zu
viele hatten ihre Heimat, ihr gesamtes Hab und Gut verloren,
wenig oder nichts davon retten können, waren nicht in der Lage
für eine Bleibe und Essen zu sorgen. Es gab Zahllose, die abends
hungrig einschlafen mussten.
Wenn auch Friede mit ihren Kindern auf dem Kleinschmidthof in
Sicherheit war, Nahrung in Hülle und Fülle gab es auch dort
nicht, denn die Bäuerin hatte nicht für so viele Leute angebaut,
war sie doch bis vor kurzem auf sich allein gestellt gewesen.
Zudem hatte sie vor drei Tagen noch eine andere
Flüchtlingsfamilie aufgenommen, zwei Schwestern, junge Frauen
mit jeweils einem Kind.
Eine, mit Namen Sophie, schmal, blass mit einem etwa fünf
Monate altem Säugling, deren Mann vor sechs Monaten gefallen
war, hatte lange hellbraune Haare zu einem Zopf geflochten, der
ihr bis zum Po reichte, in ihrem Gesicht schimmerten
wunderschöne leuchtend grüne Augen.
Dunkelblond mit gescheitelten Bubikopf und blaugrauen großen
fragenden Augen sah die andere, Lisa, ihrer Schwester kaum
ähnlich. Ihre kleine Tochter war ein aufgewecktes dreijähriges
Mädchen, das ständig nach ihrem Vater fragte. Die traurigen
Augen der Mutter, die sich dann immer mit Tränen füllten,
konnte die Kleine noch nicht verstehen.
So war der Hof voller armer, verzweifelter und hungriger
Heimatloser, die nicht wussten, was die Zukunft für sie bringen
würde und was aus ihrer Heimat und den Familien geworden
war.
Auch Friede war in ständigem Zweifel ob und wann sie ihre

Lieben wieder sehen würde. Aber diese Ängste traten seit Tagen
mehr und mehr in den Hintergrund, verblassten vor der Angst
um ihr jüngstes Kind.
Peter hatte sich noch immer nicht von den fürchterlichen
Strapazen der letzten Wochen und Monate erholen können, im
Gegenteil, alles war nur noch schlimmer geworden. Nachts hatte
er schlimme Albträume, rief nach dem Vater, nach ihr und den
Geschwistern, warf sich im Bett hin und her, so dass weder eines
der Kinder noch Friede ruhig schlafen konnte. Irgendwann
wachte er dann schweißgebadet auf und wusste nicht wo er war.
Seit Tagen hustete er nun schon, einen harten, trockenen Husten,
der ihm sichtlich Schmerzen bereitete. Und er hatte kaum noch
etwas gegessen.
Als sie vor drei Tagen auf dem Weg durchs Dorf gegangen waren,
um im nahen Wald nach Zweigen und Ästen für das Feuer im
Herd in Frau Kleinschmidts Küche zu suchen, kamen sie an Bauer
Starkes Hof vorbei. Durch das geöffnete Kellerfenster konnte
man die geräucherten Würste und den Schinken hängen sehen
vom Schlachten eines Schweins einige Tage zuvor. Der Duft von
Leberwurst und Blutwurst war bis auf der Straße zu riechen und
die Kinder blieben stehen und starrten hinein. Ja, solche
wunderbaren Dinge gab es auf dem Kleinschmidthof nicht, die
konnte die Bäuerin sich selbst nicht leisten.
Peterle hatte vor dem Fenster gestanden und seine Augen waren
in Tränen geschwommen, als er leise gesagt hatte: „Oh, seht doch
nur! Was hängen dort für schöne Würste und Fleisch!"
Mit dem Fleisch hatte er den Schinken gemeint.
„Ach, wie gern möchte ich ein wenig Fleisch essen! Ach, Mama,
nur ein kleines Stück!"
Friede hatte das Herz geschmerzt, als sie seine Worte gehört
hatte. Wie schwer war das alles für die Kinder zu ertragen, wie
sehr litten sie unter Hunger und Entbehrungen.
Peter war das Fleisch, wie er den Schinken nannte, nicht mehr
aus dem Sinn gegangen. Je länger er daran dachte umso größer
war sein Verlangen geworden. So hatte er den Reinsch-Kindern
am Abend erzählt was für ein großes Wunder sie heute gesehen
hätten.
Doch in der Nacht war es ihm wieder schlechter gegangen. Das
Fieber war höher gewesen als in den Nächten zuvor und er hatte
die ganze Zeit über gehustet, einen schmerzhaften, trockenen

Husten, der ihn vor Schmerzen nicht zur Ruhe hatte kommen lassen.
Bis zum Morgen hatte Friede ihren Sohn in den Armen gehalten und immer wieder beruhigt, schlafen hatten sie beide nicht können.

Nachdem die kleine Ernte, viel hatte Frau Kleinschmidt für sich allein nicht angebaut, eingebracht war, gab es für die Flüchtlinge nicht mehr viel zu helfen. Sicher, Arbeit gab es noch immer genug auf dem Hof, doch Frau Kleinschmidt hatte nicht genug Nahrungsmittel, mit denen sie sich für geleistete Arbeit hätte erkenntlich zeigen können. Schließlich musste sie mit dem wenigen, was sie selbst hatte an Obst, Gemüse und Kartoffeln, noch über den Winter kommen.
So waren auch Familie Reinsch und Friede Granz mit ihren Kindern wieder mehr und mehr auf die Güte und Barmherzigkeit anderer Bauern im Dorf angewiesen. Und Fleisch hatten sie auf dem Kleinschmidthof sowieso nicht bekommen können, ganz zu schweigen von Schinken. Im Gegenteil, der Hunger war nun wieder ihr ständiger Begleiter.
Doch der kleine Peter träumte von dieser Seltenheit, diesem Schinken in Bauer Starkes Keller, wie die Kinder vor diesem schrecklichen Krieg nur vom Weihnachtsmann geträumt hatten, mit weit offenen, glänzenden Augen.
Friede musste nur in diese fiebrig feuchten Augen ihres Jüngsten sehen und sie wusste was er sich so sehnlichst wünschte. Das Herz tat ihr weh, dass sie ihm diesen Wunsch nicht erfüllen konnte.
Dabei war der Kleine am meisten gezeichnet vom schweren, langen Marsch hierher, den Entbehrungen, dem Hunger. Und er war immer noch krank, ständig wurde er schwächer.
Auch Grete musste immer wieder an diesen Nachmittag und Peterles leuchtende Augen denken, als er den Schinken gleich neben dem geöffneten Kellerfenster entdeckt hatte, und an seine Tränen. Wenn sie dem kleinen Bruder doch nur helfen könnte! Wüsste sie nur wie!
Peter hatte seit jenem Nachmittag das kleine Zimmer nicht mehr verlassen. Auch tagsüber fieberte er jetzt, der Husten wurde immer trockener und ließ den kleinen schmächtigen Körper bei jedem Anfall heftig erbeben. Schweißperlen bedeckten die kleine

hohe Stirn. Fiebrig und matt lag der kleine Junge in den Kissen,
zu schwach aufzustehen.
Friede hatte das Bett gemeinsam mit Traudel und Grete so nah
wie möglich unter das kleine Fenster geschoben, damit Peter
wenigstens die Kronen der Bäume im Garten sehen konnte, und
die Wolken am Himmel.
Er hatte kaum etwas gegessen, mühsam nur ein paar Bissen
hinunter gewürgt. Der Husten ließ ihm kaum noch etwas Ruhe,
ob bei Tag oder in der Nacht, wo er fast den kleinen schwachen
Körper zerriss.
Friedes Brust schmerzte vor Kummer, wenn sie den kleinen
bebenden Jungen anhob und an sich bettete, damit Peterle
leichter atmen konnte.
„Lieber Gott!", flehte sie jedes Mal.
„Hilf meinem kleinen Liebling! Bitte, bitte, bitte hilf ihm! Lass ihn
bald wieder gesund werden! Bitte, bitte hilf uns! Bitte lass mein
Peterle wieder gesund und fröhlich sein wie in Breslau! Ich flehe
dich an, lieber Gott, lass ihn leben, bitte! Nimm mir nicht auch
noch dieses Kind!
Oh, mein Gott bitte, er ist noch so klein und doch schon so tapfer,
ein so lieber, ruhiger Junge. Er musste schon so viel erdulden,
obwohl er noch so klein ist. Bitte, bitte, lieber Gott, ich flehe dich
an: lass uns dieses Kind! Sein ganzes Leben liegt noch vor ihm, er
wird doch bald sechs Jahre. Bitte lass ihn seinen Geburtstag
erleben! Großer Gott, hilf uns! Wir lieben ihn doch alle so sehr! Er
ist unser kleiner Sonnenschein. Bitte, bitte, bitte...."
So hielt sie ihren Jüngsten in den Armen und versuchte nicht zu
weinen. Peter sollte es nicht sehen und auch die Mädchen nicht.
Sie musste stark sein, stark für alle.

Ein kalter Nieselregen setzte am Nachmittag ein, so dass es
noch zeitiger dunkel wurde. Mittags hatte die Bäuerin Besuch
gehabt, Walter, ein Cousin, der in der Kreisstadt mit seiner Frau
ein kleines Kurzwarengeschäft betrieb. Als Frau Kleinschmidt
ihm von Friede und den Kindern, vor allem von dem kranken
Jungen erzählte, versprach er zu helfen. Er kannte da einen Arzt,
einen alten Mann, der am Stadtrand noch eine kleine Praxis
betrieb, obwohl er selbst schon sehr unter der Gicht zu leiden
hatte. Der Doktor hatte ein kleines, sehr altes Auto. Vielleicht
konnte Walter ihn, wenn er die Lage der Familie Granz

schilderte, dazu bringen, einmal nach dem Kleinen zu sehen.
Gleich heute Abend wäre wohl das Beste. Und es wäre die einzige
Möglichkeit, der Familie zu helfen, denn in den umliegenden
Dörfern gab es seit Anfang 1944 keinen Arzt mehr.
Friede schöpfte neue Hoffnung, als ihr Frau Kleinschmidt den
Besuch des alten Arztes in Aussicht stellte. Nun würde alles
wieder gut werden!

    Draußen hatte der Regen etwas nachgelassen.
Die Mädchen schlichen durchs Zimmer, selbst die kleine Eva-Lina
saß mucksmäuschenstill am Fußende des Bettes. Peterle sollte
nicht gestört werden, vor Erschöpfung war er vor einer halben
Stunde eingeschlafen. Doch er wälzte sich unruhig im Bett hin
und her und war bald wieder wach.
Grete kramte in Peters Büchertasche, suchte das Märchenbuch
heraus und drückte es Traudel in die Hand.
„Hier, lies den Beiden etwas vor bis der Doktor kommt! Ich gehe
noch mal raus... auf den Hof, ...ja, nur auf den Hof. Muttel ist
noch unten bei Frau Kleinschmidt. Sag ihr bitte, dass ich gleich
wieder hier bin! Ja?"
Erstaunt blickte Traudel die jüngere Schwester an. Sie hatte so
entschlossen geklungen. Und wieso ging sie hinaus, ohne das der
Mutter selber zu sagen? Traudel schluckte, sagte aber nichts. Sie
sah von Grete zu Peterle, dann zu Linchen, schlug das Buch auf
und begann vorzulesen.
Leise verließ Grete den Raum und stieg ebenso leise und
vorsichtig die Treppe hinunter, Stufe für Stufe, immer bedacht, ja
kein Knarren zu verursachen. Muttel würde sie nicht gehen
lassen, wenn sie wüsste was Grete vorhatte.
Aus der Küche hörte sie Stimmen. Muttel bittet sicher gerade
Frau Kleinschmidt um ein paar Kartoffeln. Seit dem kleinen
Brotkanten heute Morgen haben wir nichts gegessen. Und Peter
ist so krank, Muttel kommt kaum aus dem Haus.
Ganz in Gedanken schlich Grete an der Küche vorbei und wäre
beinahe über ein Paar Gummistiefel gestolpert, wenn sie nicht
gerade noch im letzten Augenblick die Klinke der Haustür zu
fassen gekriegt hätte und nach unten drückte. Einen Spalt breit
öffnete sich die Tür, um dann von Gretes Gewicht mit lautem
Knacken wieder ins Schloss gedrückt zu werden. Wie erstarrt
hielt Grete die Klinke in der Hand und lauschte, bereit sich beim

Öffnen der Küchentür unter der Treppe zu verstecken.
Doch nichts geschah. Aus der Küche drangen noch immer die
Stimmen der Mutter und der Bäuerin, und das Klappern von
Geschirr, als sei nichts geschehen.
Leise öffnete Grete die Haustür erneut und schlüpfte hinaus. An
der Hauswand entlang schlich sie im Dunkel bis zum Hoftor, zog
vorsichtig den schweren Eisenriegel zurück, schob das Tor nur
einen Spalt breit auf und zwängte sich hindurch. Nur nicht
gehört und gesehen werden, von niemandem! Wenn Muttel sie
erwischen würde, müsste sie wieder hinein. Was sie vorhatte,
würde die Mutter nie erlauben.
Durchs Dorf kam sie ungesehen, die Straße war menschenleer
und stockdunkel. Nur bei Bauer Kunze schlug der Hund an, als sie
vorbei ging. Die Kette rasselte, wütend sprang der große
Schäferhund gegen das Tor. Aufgeregt sauste eine gefleckte Katze
genau vor Gretes Füßen unter dem Tor hindurch und über die
Straße. Gretes Herz flatterte. Für einen Moment hatte sie
gedacht, das wütende Gebell würde ihr gelten, man hätte sie
gesehen. Doch sie kam unbehelligt bis zu Starkes Hof.
Nach allen Seiten schaute sie sich um, ob sie nicht doch jemand
gesehen hatte. Leise lief sie am Haus entlang. Wie eine kleine
Burg bestand der Hof aus mehreren Gebäuden, die sich im
Viereck gegenüber standen und einen Innenhof mit dem riesigen
Misthaufen einschlossen. Durch die große Scheune, die dem Tor
gegenüber lag, konnte man hindurch laufen, wenn ihre großen,
breiten Türen geöffnet waren. So konnte bequem mit den
Erntewagen von dem, hinter dem Hof liegenden, Feldern und
Wiesen hinein gefahren werden bis in den Innenhof.
Auch ein riesiger Obstgarten, nicht zu vergleichen mit dem vom
Kleinschmidthof, lag seitlich hinter dem Anwesen. Das
Wohnhaus, aus dem man jetzt laut eine Radiostimme hören
konnte, befand sich rechts vom Tor, links die Ställe und die
Straßenfront bildete ein kleines Gesindehaus und eine
übermannshohe, dicke Mauer mit dem großen, zweiflügeligen
Hoftor. Gleich neben dem Wohnhaus führte ein kleiner Pfad
vorbei in die Wiesen und Felder dahinter und schlängelte sich bis
zum Wald. Diesen Pfad war Grete vor Tagen mit Muttel und den
Geschwistern gelaufen, als sie das offene Kellerfenster
entdeckten und Peter so andächtig und träumend den dort
hängenden Schinken betrachtet hatte.

Ja, sie hatte ihren kleinen Bruder beobachtet. Seine traurigen Augen, das Aufleuchten darin, als er den Schinken erblickt hatte, ließen sie seitdem nicht mehr los. Er war so dünn geworden, ihr jüngster Bruder, ihr kleines Peterle. Unbedingt wollte sie ihm eine Freude machen.

Heute war das Kellerfenster nur einen Spalt offen und von innen fest gehängt. Lange versuchte sie vergeblich, das kleine Fensterchen ganz zu öffnen. In der Dunkelheit konnte sie nur wenig sehen und es begann wieder zu regnen, sie musste sich beeilen.

Plötzlich knackte und raschelte es laut ganz in der Nähe, ein lautes Kreischen ließ sie zusammenzucken. Erschrocken drückte sie sich an die Hauswand. Ein großer, alter Rabe war krächzend aus dem Gebüsch an der hinteren Hausecke aufgeflogen und flatterte über das Haus.

Erleichtert, mit jedoch immer noch zitternden Händen, versuchte sie erneut das Fenster zu öffnen. Doch ihre Finger waren kalt und steif und sie kam nicht an den Haken heran, der verrostet in einer ebensolchen Öse innen, ein Stück oberhalb des Fensters befestigt war. Es half nichts! Sie kniete sich in die nasse, kalte Erde, fast lag sie im Schlamm vor dem Fenster. Da, endlich! Endlich kriegte sie den Haken zu fassen und im nächsten Moment sprang das Fenster auf. Leise schob sie sich durch die Öffnung, mit den Beinen voran, und sprang auf den Boden. Beinahe riss sie ein großes, rundes Kuchenbrett mit einem halben Apfelkuchen herunter, das auf einem Hocker etwas seitlich unter dem Fenster stand.

Oh, Glück gehabt, dachte sie, sonst hätten sie mich erwischt. Dort hing der Schinken, eigentlich nur noch ein Teil davon, etwa zwei Drittel waren schon abgeschnitten worden. Macht nichts, dachte Grete, Hauptsache etwas für Peterle. Ach wird sich der Kleine freuen! Nun kann er endlich Fleisch essen, wo er so ein Verlangen danach hatte. Grete sah das glückliche Gesicht des Bruders vor sich, so wie sie es aus der Zeit in Breslau kannte. Aber nun schnell weg hier! Sie schob langsam und vorsichtig einen Stuhl, von dem die Lehne abgesägt worden war, um ihn als Hocker oder kleinen Tisch zu benutzen, unter das Kellerfenster. Als sie darauf stand, um aus dem Fenster zu steigen, hörte sie Schritte und Gepolter auf der Kellertreppe.

„Es sieht nicht gut aus, meine liebe Frau Granz!"
Der alte, weißhaarige Arzt schüttelte den Kopf und sah Friede
durch seine dünne Nickelbrille ernst und mitfühlend an.
„Ihr Junge hat eine schwere, doppelseitige Lungenentzündung
und er ist sehr, sehr schwach. Der Hunger hat den kleinen Körper
ausgemergelt und ihm alle Kraft geraubt. Ihm fehlt es an allen
wichtigen Stoffen, um so eine schwere Krankheit zu besiegen. Ich
habe auch nur noch wenige Medikamente zur Verfügung. Was ihr
Sohn eigentlich braucht, habe ich nicht. Aber ich lasse Ihnen ein
Mittel gegen das hohe Fieber da, ja, und machen Sie auch weiter
Wadenwickel! Und, Frau Granz, er muss unbedingt essen, damit
er zu Kräften kommt. Sonst weiß ich nicht, ob er die nächsten
beiden Tage übersteht. Es ist sehr ernst!"
Friede umklammerte das Treppengeländer, bleich und entsetzt
sah sie dem alten Mann ins Gesicht. Sie stand auf der untersten
Stufe der Treppe, am ganzen Körper zitternd.
Beruhigend strich ihr der Gicht gebeugte Mediziner über den
Arm.
„Liebe Frau Granz, seien Sie stark! Ihr Sohn braucht Sie jetzt sehr
dringend. Ich weiß, es geht Ihnen selbst nicht gut, Ihnen und
Ihren Kindern. Sie haben kaum zu essen, kein Geld.
Nehmen Sie das Fiebermittel, ich schenke es Ihnen! Ich möchte
Ihnen helfen so gut ich kann. Morgen schaue ich wieder vorbei.
Versuchen Sie, dass der Kleine isst, unbedingt! Gute Nacht, Frau
Granz!"
Erstarrt, keines klaren Gedankens mehr fähig, saß Friede auf der
Treppe.
Es geht nicht mehr, dachte sie nach einer ganzen Weile, ich kann
nicht mehr. Was muss ich noch ertragen? Lieber Gott, wie schwer
prüfst du mich?
Die Arme um die Knie geschlungen, den müden Kopf darauf
gelegt, saß Friede auf der Treppe und weinte stille, heiße Tränen.
Nach einer Weile wurde sie ruhiger. Die rot geweinten Augen
brannten, als sie sich die Nase putzte und aufstand. Sie strich sich
den Rock glatt und stieg langsam nach oben.
Die Kinder werden warten, dachte sie. Wo nur Grete bleibt? Läuft
einfach weg, das Mädchen, ohne etwas zu sagen.
Keine zehn Minuten später riss Grete die Zimmertür auf und kam
schwer atmend ins Zimmer gestürmt. Schmutzig war das
Mädchen von Kopf bis Fuß, Schlamm verkrustet die Knie, staubig

und voller Spinnfäden Jacke und die geflochtenen Zöpfe. Doch
die hellen Augen blitzten triumphierend aus dem hochroten,
spitzbübisch lachenden Gesicht. Sie öffnete ihre Jacke und holte
das Stück Schinken hervor.
„Muttel, das ist fürs Peterle!", und sie hob triumphierend den
Schinken empor.
„Hier sieh mal Peter, das hast du dir doch gewünscht! Und ich
habe ihn für dich geholt. Beinahe hätte mich der Bauer Starke
noch geschnappt, er war schon an der Tür, aber ich war ganz
schnell wieder aus dem Fenster und weg. Freust du dich,
Peterle?", tanzte sie vor dem Bett hin und her, ausgelassen wie
ein kleines Kind.
Vorwurfsvoll sah Friede ihre Tochter an.
„Darüber sprechen wir noch, Annegrete!", sagte sie mit strengem
Blick.
„Dass du Peter eine Freude machen wolltest, weiß ich, aber wir
Granzes stehlen nicht aus den Häusern anderer Leute oder aus
einem Keller!"
Grete senkte den Blick und wurde still. Sie zog die schmutzigen
Sachen aus und begann sie zu säubern.
Friede legte ihr die Hand auf die Schulter und sagte leise:
„Trotzdem Dank, dass du so viel für deinen kranken Bruder
gewagt hast!"
Wenig später saßen alle um einen kleinen, wackligen Tisch, den
sie bis zu dem Bett, in dem Peterle lag, geschoben hatten, und
aßen frisch gekochte Pellkartoffeln, jedes Kind eine. Jeder bekam
dazu ein winziges, dünnes, fast durchsichtiges Scheibchen
Schinken. Ein wahres Festmahl für alle. Der Rest wurde verwahrt,
morgen war auch noch ein Tag
Friede hatte den kleinen Peter etwas höher gehoben und alle
vorhandenen Kissen und Kleidungsstücke unter seinen Rücken
geschoben, so dass er fast sitzen konnte ohne sich anzustrengen.
Allein fehlte ihm die Kraft dazu. Mit großen Augen, die sein
kleines, eingefallenes Geschichtchen beherrschten, sah er auf den
Teller, den ihm die Mutter auf einem kleinen Brett auf die
Bettdecke gestellt hatte. Etwas zerdrückte Kartoffel und klein
geschnittener Schinken lagen darauf. Sehnsüchtig sah er den
Schinken an.
Friede schob ihm vorsichtig etwas davon in den Mund. Peterle
lächelte versonnen, etwas verloren. Er begann zu kauen und

schob das Essen lange im Mund hin und her, bis er es schließlich
langsam und mühsam hinunter würgte. Als ihm Friede noch
etwas geben wollte, lächelte er wieder und ließ seinen
fieberheißen Kopf tiefer in die Kissen sinken. Nur ein Flüstern
kam aus den Kissen:
„Mama, das ist so schönes Fleisch! Danke, Grete! Mama, …ich
kann nicht essen … es ist so warm! … hab so Durst. Mama!"
Erschöpft schloss der Kleine die Augen und atmete schwer. Es
war sehr still am Tisch geworden. Scheu blickten die Mädchen
von Peter zu ihrer Mutter. Friede sah die Angst in ihren Augen,
die gleiche Angst, welche auch sie beherrschte. Was sollte nur
werden?
Friede klammerte sich an den Gedanken, dass morgen der Arzt
wiederkommen wollte. Er würde ihrem Jungen helfen, er musste!
Es musste einfach alles wieder gut werden!

Friede konnte nicht schlafen, lange lag sie wach, mit Peter im
Arm. Was konnte sie nur noch tun für ihr Kind? Nachdem der
Arzt gegangen war, hatte sie Peter die Arznei gegen das Fieber
gegeben und erneut Wadenwickel angelegt. Doch das Fieber
wollte nicht weichen. Frau Kleinschmidt hatte Peter Tee gebracht
gegen den Husten, wie schon die Tage vorher. Nichts half.
Nach dem Abendessen hatte Peter wieder stärker gefiebert, die
kleine Stirn hatte selbst unter den kalten Umschlägen, die sie
ihm gemacht hatte, geglüht. Dann wieder hatte der schmächtige
Körper im Schüttelfrost so stark gezittert, dass sie ihn festhalten
musste. Und immer wieder hatte er nach ihr und dem Vater
gerufen oder im Fieberwahn geglaubt, mit seinen Geschwistern
zu spielen.
Sie machte sich Vorwürfe, weil er nichts gegessen hatte, nicht
einmal den Schinken, welchen er sich so sehr gewünscht hatte.
Auch die Brühe, die Frau Kleinschmidt mit dem Tee mit nach
oben gebracht hatte, war von ihm nur gekostet worden. Ganze
zwei Löffel davon hatte er sich zwischen die Lippen schieben
lassen. Es schien, als wollte der kleine Junge nicht mehr, als
könnte er nicht mehr.
Leise tropften Friedes Tränen in die Kissen, während sie still
betete. ER musste sie doch erhören.
Als Peter etwas ruhiger wurde, schlief auch Friede vor
Erschöpfung ein.

Plötzlich schreckte sie hoch. Was war das? Sie hatte ein Geräusch gehört und lauschte, noch benommen vom kurzen Schlaf. Da war es wieder, ein halb ersticktes, heiseres Röcheln neben ihr. Ein kalter Schauer jagte über ihren Rücken und machte sie vollends wach. Peter! Was war mit ihm? Was für ein schreckliches Röcheln gab er von sich! Vorsichtig stand sie auf und zündete die Kerze auf dem Tisch wieder an.
Peters ganzer Körper glühte. Seine Zähne schlugen im Schüttelfrost aufeinander, bei jedem Atemzug entrang sich seiner schmalen Brust ein heiseres Krächzen. Friede erschauerte erneut. Sie wechselte die Wadenwickel und kühlte seine glühende Stirn. Vorsichtig strich sie über sein schweißnasses Haar. Peter sah sie an, doch erkannte sie nicht. Er flüsterte Worte, die sie nicht verstand. Sie beugte sich über ihn, um besser zu hören, doch es waren nur wirre Worte ohne Zusammenhang. „Peterle, Liebling, was möchtest du mir sagen? Hier ist die Mama, deine Muttel. Peterle, hörst du mich? Bleib bei mir, mein kleiner Sonnenschein, bleib bei mir! Ich hab dich so lieb! Wir alle haben dich lieb!", flüsterte sie aufgeregt.
Sie hielt ihn mit ihren Armen umfangen, seinen schweißnassen Kopf an ihre Brust gebettet. Weinend, ihn hin und her wiegend, flüsterte sie ihm immer wieder ins Ohr, erzählte sie ihm von Breslau, vom Vater, vom Spiel mit den Geschwistern. Doch ihre Stimme konnte ihn nicht mehr erreichen. Mit einem rasselnden Keuchen und einem tiefen Seufzer verließ das letzte Fünkchen Leben den kleinen, kraftlosen, ausgemergelten Körper.

Als die Mädchen erwachten, fanden sie Friede noch immer wie erstarrt mit Peterles leblosem Körper im Arm, ausdruckslos und leer ihre Augen, ihr Gesicht grau und eingefallen.
In Frau Kleinschmidts Waschküche wurde der kleine Peter aufgebahrt.
Auf zwei Waschböcken, die sonst die hölzernen Wannen der Bäuerin trugen, stand ein kleiner, einfacher Sarg aus Kiefernholz, den der Stellmacher gespendet hatte. Den alten Mann, dessen Söhne im Krieg geblieben waren, hatte das Schicksal der Flüchtlinge gerührt, denn bezahlen konnte ihn Friede nicht. Und nun lag Peter dort in einem weißen Laken der Bäuerin, mit gefalteten Händen, so friedlich, dass man meinen konnte, er schlafe nur. Und es sah aus, als lächle er im Schlaf, so wie er in

Breslau immer gelächelt hatte.
Friedes verzweifelter Blick ruhte auf dem Gesicht ihres jüngsten
Kindes, das sie nun zu Grabe tragen musste. Ihr kleiner Junge, ihr
Nesthäkchen! Wieder hatte sie ein Kind verloren! Welch
grausames Schicksal ließ der Herr sie tragen.
Still standen die Mädchen neben ihr, weinend Traudel und Grete,
mit großen fragenden Augen die kleine Eva-Lina.
Frau Kleinschmidt, die Flüchtlingsfamilien vom Kleinschmidthof
und drei Frauen aus dem Dorf drückten sich entlang der
Waschhauswände. Es war so still, dass man hätte eine Stecknadel
hören können, die zu Boden fiel.
„Kommt Kinder, wir wollen für unser Peterle singen!", sagte
Friede mit heiserer Stimme und räusperte sich.
Erschrocken blickten die Mädchen sie an, öffneten den Mund,
doch kein Laut kam über ihre Lippen, zu dick war der Kloß, der
ihnen im Hals steckte und den Atem nahm. Da lag ihr kleiner
toter Bruder, den sie so sehr liebten, und sie sollten singen. Das
war unmöglich! Was verlangte die Mutter da von ihnen?

Friedes versteinertes Gesicht war ihrem Jüngsten zugewandt,
als sie begann mit ihrer schönen Stimme zu singen. Mit
zerspringendem Herzen sang sie das Schlaflied, das Peterle so
gern gehört hatte. Tränen hatten ihre Augen keine mehr, zu viele
hatten sie schon geweint.

ENDE
Band I

Jede Ähnlichkeit mit bereits verstorbenen oder noch lebenden
Personen ist Zufall und nicht beabsichtigt.